dtv

Eine Meeresbiologin kommt für ein Forschungsprojekt nach Neufundland, in das Land ihrer Geburt. Als sie ein kleines Kind war, ist ihre Mutter mit ihr vor der Einsamkeit an der Küste geflohen. Jetzt will Lavinia mehr über ihre Wurzeln erfahren. Sie findet ein altes Tagebuch, geschrieben von der Matriarchin ihrer Familie, als diese sich vor hundertfünfzig Jahren auf Cape Random ansiedelte, einem wilden, menschenleeren Teil der neufundländischen Küste. Die wechselvolle Geschichte dieser Mary Bundle läßt Lavinia nicht mehr los. Doch sie wird unsanft in die Gegenwart zurückgerissen: Ihr Forschungsprojekt wird von politischen Kreisen torpediert, plötzlich sieht sie sich vor eine Entscheidung zwischen Karriere und Moral gestellt.
Ein Roman mit einem »unwiderstehlichen Sog – Morgan weiß, wovon sie schreibt, und sie schreibt hervorragend!« (Focus)
»Weit ausholend öffnet sich uns die Geschichte des windumtosten Landes am Meer ... Ein Frauenentwicklungs- und Familienroman, zugleich Chronik eines Landes über ein Jahrhundert hinweg, farbig und detailreich.« (Ellen Pomikalko)

Bernice Morgan wurde in Neufundland geboren. Sie lebt heute mit ihrem Mann in St. John's und arbeitet im Bereich Public Relations. Für den vorliegenden Roman erhielt sie den renommierten Canadian Authors Association Award.

Bernice Morgan

Am Ende des Meeres

Roman

Deutsch von Hanna Neves

Deutscher Taschenbuch Verlag

Dieses Buch ist den jungen Leuten von Neufundland gewidmet, die fortgehen müssen – besonders meinen Kindern Greg, Jackie und Jennifer. Möge euer Fortgehen auch ein Heimkommen sein.

Ungekürzte Ausgabe
Januar 2001
Deutscher Taschenbuch Verlag GmbH & Co. KG,
München
www.dtv.de

Titel der kanadischen Originalausgabe:
›Waiting for Time‹ (Breakwater Books Ltd., St. John's)

Umschlagkonzept: Balk & Brumshagen
Umschlagfoto: © Gary Faye/GRAPHISTOCK
Satz: KCS GmbH, Buchholz/Hamburg
Druck und Bindung: C. H. Beck'sche Buchdruckerei,
Nördlingen
Gedruckt auf säurefreiem, chlorfrei gebleichtem Papier
Printed in Germany · ISBN 3-423-20388-9

Teil 1

Lav Andrews

1

Heute heirate ich«, sagt meine Mutter und lächelt in den herzförmigen Spiegel über der Kommode.

Ich sitze hinter ihr auf dem Bett, in dem wir in dem großen Zimmer oben im Haus der Petrassis gemeinsam schlafen. Meine Mutter hat mir die Spitzenbluse und die Cordjacke von meinem ersten Schultag angezogen. Es ist Frühling in Ottawa, aber noch kalt – wahrscheinlich Osterferien. Ich lächle und nicke, damit meine Mutter weiterredet. Aber sie bemerkt das gar nicht. Kühl, sachlich betrachtet sie ihr eigenes Spiegelbild. Dann zuckt sie kurz aufseufzend die Schultern, bringt ihr Gesicht nahe an den Spiegel und fängt an, sich mit einem Stift die Lippen zu betupfen. Sonst sind ihre Bewegungen doch so schnell und sicher, aber heute wirken sie zögernd. Make-up mag sie nicht, deshalb trägt sie es auch fast nie. Man sollte immer man selber bleiben, sagt meine Mutter.

Ich habe genug davon, ihr zuzuschauen, und beuge mich vor, um meine strahlend weißen Socken und die glänzenden Schnallen zu bewundern, die ersten Schnallenschuhe, die ich je hatte. Ich bin sehr stolz darauf.

Ich weiß, was heiraten ist. Randy Petrassi hat letzten Sommer geheiratet. Audrey und ich warfen Randy und Donna Reis ins Gesicht, als sie die Stufen von St. Kevin heruntergelaufen kamen. Nachher gab es eine Party im vorderen Zimmer, das Mrs. Petrassi und meine Mutter schön geschmückt hatten. Auf dem Tisch lag ein Stück rosa Stoff, rosa und weiße Luftballons waren an die Lampe über dem Tisch gebunden, und Girlanden aus rosa Bändern zogen sich von dort in alle vier Ecken.

Zu dieser Hochzeit kamen die Eltern und die Großeltern der Braut und außerdem die ganze Petrassi-Verwandtschaft: Onkel und Tanten, ein Baby-Cousin, zwei Großväter und eine Großmutter. Am Tisch war aber nur Platz für Randy und Donna und die sieben Großmütter und Großväter. Wir anderen standen. Mrs. Petrassi servierte allen Kuchen auf ihrem schönen Geschirr, und Donnas Mutter reichte den Erwachsenen Drinks in Stielgläsern.

Mr. Petrassi spielte auf dem Akkordeon, und wir sangen alle:

Lavendel ist blau, dilly-dilly,
Lavendel ist grün,
bist du dann König, dilly-dilly,
bin ich deine Königin.

Sogar meine Mutter sang mit und sah dabei so unglaublich jung aus, daß mir fast unheimlich wurde, deshalb drängte ich mich zwischen den dunklen Anzügen und den Blumenkleidern zu ihr durch, um sie zu berühren. Nach dem Singen gab es noch mehr Drinks für die Erwachsenen, Eiscreme-Soda für uns Kinder und Geschenke für Randy und Donna.

Dann ging Donna hinauf und zog ihr Brautkleid aus Spitze aus und ein hellblaues Kostüm an – Lavendelblau, dachte ich –, denn sie und Randy fuhren mit dem Zug nach Timmins, wo er eine Stelle hatte. Als das Taxi kam, gingen wir alle hinaus, um ihnen nachzuwinken, alle drängten sich auf dem Gehsteig, Lächeln und Abschiedsküsse. Audrey und ich quietschten und warfen noch mehr Reis, den wir in der Küche gefunden hatten. Und die Jungen versuchten, Blechdosen an die Stoßstangen des Taxis zu binden, bis der Fahrer sie verscheuchte. Die Onkel schüttelten Hände und klopften Randy auf den Rücken, und die Tanten umarmten jeden einzelnen – sogar mich. Wunderschön war das gewesen, so umgeben von Audreys Familie, und alle winkten wir und waren glücklich, als das Taxi fortfuhr.

Ich lasse meine Füße vom Bettrand baumeln, beobachte die Spiegelungen auf den Schuhspitzen und überlege, ob meine Mutter wohl auch eine Hochzeitsparty haben wird. Mir würde das gefallen. Werden Audrey und ich wieder Reis zum Werfen kriegen? Und gibt es nachher wohl auch Kuchen und Eiscreme? Meine

Mutter und ich haben keine Verwandten – wer wird kommen? Aber am meisten interessiert mich, wen meine Mutter eigentlich heiratet. Wird sie dann fortgehen? Und wenn sie fortgeht, komme ich mit? Ich gehe gern in die Schule, und ich bin gern im Haus der Petrassis, mit Audrey als meiner besten Freundin.

Eigentlich möchte ich gar nicht fort.

Geboren bin ich an einem anderen Ort – in den Maritimes, glaube ich. Aber meine Mutter und ich leben schon in der Dugan Street in Ottawa, solange ich mich erinnern kann. Ich habe keine Geschwister. Audrey hat viele Brüder, aber keine Schwestern, deshalb tun wir immer so, als ob wir Schwestern wären. Audrey sagt, Brüder sind ohnehin zu nichts gut. Ihre Brüder sind groß und stark und schlimm, Mrs. Petrassi nennt sie Rowdys und scheucht sie fast immer auf die Straße. Mrs. Petrassi paßt auf mich auf, wenn meine Mutter in der Arbeit ist. Wenn es draußen schön ist, schickt sie Audrey und mich auch hinaus. Sie sagt, wir müssen lernen, uns selbst zu beschäftigen.

Aber an verregneten Tagen läßt Mrs. Petrassi Audrey und mich, wenn wir versprechen, daß wir gar nichts anrühren, im Zimmer meiner Mutter spielen. Das Zimmer meiner Mutter nennt man ein Wohnschlafzimmer, weil ein großer Lehnstuhl vor dem Fenster steht. Früher hat Audreys Tante Celie dieses Zimmer gehabt, aber die arbeitet jetzt in Eaton. Das Wohnschlafzimmer ist sonnig und geht auf die Straße. Es ist das schönste Zimmer im Haus. In der Nacht schlafen meine Mutter und ich dort.

Ich würde meine Mutter sehr gern fragen, ob wir aus dem Wohnschlafzimmer fort müssen, wenn sie jetzt heiratet. Aber es ist besser, nicht zu fragen. Erwachsene sagen einem doch nie, was man wissen möchte – jedenfalls nicht meine Mutter. Wenn ich ganz still bin, dann erzählt sie mir manchmal rein zufällig etwas. Ich presse meine Hände gegeneinander, stecke sie zwischen die Knie, halte meine Füße ruhig und warte.

»Der Vater des Kindes war Kapitän – von den Maritimes«, habe ich sie einmal zu Mrs. Petrassi sagen gehört.

Ich hasse die Art, wie meine Mutter »das Kind« sagt – als gehörte ich jemand anderem. Ich weiß nicht, wo die Maritimes sind, aber es klingt irgendwie hübsch. Vielleicht heiratet meine Mutter in den Maritimes. Werde ich dann den Kapitän, meinen Vater, sehen? Werden wir bei ihm in den Maritimes leben? Wird sie erlauben, daß Audrey mich in den Ferien besucht?

Meine Mutter ist damit beschäftigt, eine Brosche unter dem Kragen ihres Sonntagskleides zu befestigen. Bestimmt wird sie jetzt gar nichts sagen. »Heiratest du meinen Vater?« platze ich heraus.

»Dein Vater ist im Krieg gefallen – das weißt du doch, Scrap!« Meine Mutter wendet sich vom Spiegel ab, hebt mich von dem hohen altmodischen Bett herunter und stellt mich auf die Füße. »Komm jetzt, wir müssen zu Milady.«

Hatte ich gewußt, daß mein Vater im Krieg gefallen ist? Vielleicht. Ich kann mich nicht erinnern, daß ich traurig oder auch nur überrascht war – bloß etwas enttäuscht, daß wir nur nach nebenan zu Milady gingen.

Milady ist ein winziges Modegeschäft, geduckt zwischen dem Haus der Petrassis und Saul Rosenbergs Buch- und Papierhandlung, wo meine Mutter arbeitet. Audrey und ich nennen die Frau, der das Geschäft gehört, Milady – wir glauben, daß sie so heißt. Milady ist groß, imposant, sehr bleich, mit purpurroten Lippen und purpurroten Fingernägeln. Sie trägt Turbane aus dunklem Samt, in denen an der Seite riesige glänzende Hutnadeln stecken. Audreys Mutter hat uns erzählt, daß Milady nach einer großen Tragödie in ihrem Leben das ganze Haar ausfiel.

»Sie ist glatzköpfig wie ein Ei!« sagte Mrs. Petrassi. Und deshalb gehen Audrey und ich nie an dem Geschäft vorüber, ohne das Kinn aufs Fensterbrett zu drücken und hineinzustarren. Wir hoffen, Milady eines Tages ohne ihren Turban zu erwischen und ihren glänzenden Eierkopf zu sehen.

»Heute ist also Ihr großer Tag, Charlotte«, sagt Milady, als wir ins Geschäft treten. Sie lächelt ihr feuchtes Purpurlächeln und holt eine runde Schachtel hinter dem Ladentisch hervor. Dann greift sie mit beiden Händen hinein, als würde sie ein Baby aus einem Kinderwagen heben. Als ihre Hände wieder auftauchen, halten sie einen Hut.

»Altrosa – genau der richtige Farbton zu diesem Kleid.« Milady reicht meiner Mutter den Hut und hält ihr einen Spiegel hin, damit sie sich drin sehen kann.

Meine Mutter neigt den Kopf, einmal so, einmal so, und lächelt ihr Spiegelbild an. Ihre dunklen Locken ringeln sich vor der rosa Krempe. Sie ist sehr hübsch.

»Haben Sie was Passendes für Scrap?« fragt sie. Dann bemerkt sie, wie finster ich blicke, und verbessert sich: »Lav – sie möchte Lav gerufen werden«, erklärt sie Milady.

Es durchfährt mich heiß und unangenehm – Ärger, gemischt mit Schuldgefühl und Unverständnis. Ich will nicht Lav gerufen werden. »Mein Name ist Lavinia – Lavinia Andrews. Scrap ist ein Babyname – ich bin jetzt alt genug, daß man Lavinia zu mir sagt«, stelle ich klar.

»Spiel dich nicht auf.« Meine Mutter starrt mich an, genau wie am ersten Schultag, als sie der Lehrerin sagte, daß sie mich Lav nennen soll. Und jetzt tut sie so, als würde ich mir diesen blöden Namen wünschen.

Keine der beiden Frauen bemerkt, daß ich mich ärgere. Milady hebt ein Organdy-Gebilde hoch, das wie eine große verwelkte Sonnenblume aussieht.

»Das ist wunderschön«, sagt meine Mutter, »wie etwas, das Scarlett O'Hara tragen könnte.« Sie setzt mir den breitkrempigen Hut auf und bindet die gelben Bänder unter meinem Kinn zu einer steifen, kratzigen Schleife.

Ich kenne keine Scarlett O'Hara. Ich verschränke meine Arme über der Brust. »Das setze ich nicht auf«, sage ich.

Die beiden Frauen blicken auf mich herunter. Dann wechseln sie ein albernes Lächeln. »Tja – kann sein, daß sie recht hat – irgendwie steht ihr das nicht«, sagt meine Mutter und ist gar nicht enttäuscht. Sie löst die Schleife, zuckt kurz die Schultern und gibt den Hut zurück.

»Sie wird sicher auch einmal sehr hübsch«, behauptet Milady.

Aber meine Mutter hat mich schon vergessen. Zerstreut nickt sie und läßt sich weiße Handschuhe zeigen.

Als wir auf die Straße treten, sperrt ein Mann in dunklem Anzug gerade die Buchhandlung zu, obwohl es erst drei Uhr ist und Saul doch immer selbst zusperrt. Dann steckt der Mann den Schlüssel ein und dreht sich um, und ich sehe, daß es Saul ist. Saul mit glattgekämmtem Haar und akkurat geschnittenem Bart, der jetzt nicht mehr fransig über den grünen Wollpullover hängt, den er sonst immer trägt.

Saul lächelt. Er nimmt meine Hand, und dann gehen wir wortlos den Gehsteig entlang und um die Ecke in die Kirche in der Mulgrove Road. Ich bin froh, daß Saul es ist, den meine Mutter heiratet, und nicht irgendein finsterer unbekannter Kapitän, auch wenn der mein Vater sein sollte. Ich hebe die Hand und lege sie in die behandschuhte Hand meiner Mutter, und so gehen wir, alle drei Hand in Hand.

Diese Erinnerung ist über dreißig Jahre alt und stimmt so wahrscheinlich gar nicht. Lav hat beobachtet, daß Erinnerungen ein Eigenleben entfalten, sich Details aneignen, sich zu Geschichten mit Anfang, Mitte und Ende entwickeln – manchmal sogar mit einer Moral. Es schießt ihr durch den Sinn, daß irgendeine dunkle, uneingestandene Angst gerade heute diese Erinnerung in ihr wachgerufen haben könnte. Aber sie verdrängt diese Idee energisch und beschließt, daß die Erinnerung an den glücklichen Familienspaziergang Hand in Hand in der Sonne, und zu einer Hochzeit, ein glückliches Omen für das ist, was sie heute vorhat.

Lav geht ein bißchen schneller durch das Meer von Menschen auf dem breiten Gehsteig. Sie fühlt sich zuversichtlich, ja glücklich. Wie angenehm ist doch ein Spaziergang in einer modernen Stadt – besonders an einem Tag wie heute, einem Tag so voll Sonne, voll jagender weißer Wolken, die sich tausendfach in den Glasfassaden der Gebäude spiegeln – die Erde wirbelt und die Stadt wirbelt und du selbst im Mittelpunkt, Absätze auf dem Gehsteig klappernd, Rock schwingend, das Haar wie Seide in den Nacken fallend.

Was kümmern dich jetzt die dicken Winterjacken, Pelzmützen, schweren Stiefel, die schon wieder in den Schaufenstern lauern. Was zählt, ist das Heute, heute pulsieren diese Straßen voller Energie, voller Geheimnisse, die vom warmen Mittelpunkt der Erde emporströmen.

Es gibt da ein Gedicht, etwas über Menschenmengen wie reife Weizenfelder. Lav kann sich nicht erinnern, wie das Gedicht weitergeht. Wie freundlich, wie gutgekleidet, wie glücklich sie alle aussehen, dieses große goldene Weizenfeld von Menschen, alle gutgelaunt nach Essen und Trinken Ausschau haltend, das schnell genug serviert wird, damit sie pünktlich um ein Uhr dreißig wieder an ihren Schreibtischen sitzen können.

Lav bewundert den Ideenreichtum des menschlichen Geistes – dem so unterschiedliche Dinge einfallen wie Cafés mit Air-condition, Blumenstände voller orangefarbener Chrysanthemen, Gedichte, Damenschuhe mit hohen Absätzen und Glastürme, in denen sich der Himmel spiegelt. Sie denkt daran, wie ihr Stiefvater ihr von der unsichtbaren Energie erzählt hat, die eines Tages Gedanken mit Papier verschmelzen würde, von Atomen, deren Schwingungen die Zeit verlangsamen oder beschleunigen, wie es einem gerade paßt. Saul meinte, diese Dinge seien von Anfang an immer schon dagewesen. Von Anbeginn der Welt, erklärte er ihr, warteten Geheimnisse tief in der Erde nur darauf, entdeckt zu werden.

Diese Auffassung von Wissenschaft als etwas, das Erde, Luft und Wasser ihre Geheimnisse entingt, das war es wahrscheinlich, was sie selbst zur Wissenschaftlerin gemacht hat. Die Religion hat versagt, erklärte Saul immer, Recht und Politik und Philosophie haben versagt. Selbst seine geliebte Dichtkunst hatte versagt.

»Aber«, und damit beugte sich ihr Stiefvater vor, in der Hand ein Buch, das er ihr ans Herz legen wollte, »die Wissenschaft wird uns eine gesündere, glücklichere Welt bescheren – eine sichere und produktive Welt.«

Und vielleicht hat Saul recht gehabt, denkt Lav, als sie durch die summende Oktober-Stadt zum Apartment ihrer Mutter eilt.

Nach Sauls Tod zog Charlotte in die Stadt. Ohne lange zu überlegen, hatte sie die Buchhandlung in der Dugan Street verkauft und ein Apartment gemietet, nur fünfzehn Minuten vom Gebäude des Department of Fisheries entfernt, wo Lav arbeitet. Damals hatte Lav sich gefragt, ob vielleicht ein Freundschaftsangebot dahinterstünde, eine Andeutung, daß sie und ihre Mutter sich vielleicht öfter sehen könnten. Doch offenbar nicht. Es hat keine beiläufigen Besuche gegeben, und nie gingen sie miteinander einkaufen, wie Lav das bei anderen Müttern und Töchtern so oft sah.

Seit Lav und Philip gemeinsam ein Haus im Glebe besitzen, laden sie ihre Mutter manchmal zum Abendessen ein. Aber Charlotte erwidert die Einladung nie. Charlotte gibt keine Einladungen. Ihre Mutter hat das zwar nie als Programm geäußert – aber es ist so. Lav kann sich nicht an einen einzigen Besucher in all den Jahren ihrer Kindheit erinnern, der je an ihrem Tisch gesessen hätte. Übrigens saßen auch sie selbst und Saul und ihre Mutter nur selten dort.

Immerhin nimmt ihre Mutter drei- oder viermal im Jahr eine Einladung an. Und dann ist Lav immer wieder überrascht, wie gut Philip und Charlotte sich verstehen, sie sind einander in gewisser Weise ähnlich. Philip hat einmal gesagt, Charlotte könne rational denken – ungewöhnlich für eine Frau, fand er.

Lav hatte nur die Achseln gezuckt. Sie versuchte schon seit langem nicht mehr, ihre Mutter zu entschlüsseln, sie hatte aufgehört, sich für ihre Geheimnisse zu interessieren, sich von ihrem Schweigen irritieren zu lassen. Lav lebt jetzt glücklich und zufrieden in der Gegenwart, die Vergangenheit kümmert sie nicht.

Heute braucht sie von ihrer Mutter nur ein paar präzise Angaben. Es geht um eine Sicherheitsüberprüfung im DFO, dem Department of Fisheries and Oceans. Sie braucht nur den Namen ihres Vaters, seine Geburts- und Sterbedaten, und die Namen ihrer Großeltern. »Na gut, ich werde nachsehen«, hatte ihre Mutter heute früh am Telefon gesagt. Sie klang etwas geistesabwesend und teilte ihr dann mit, daß sie nach Kalifornien ziehen wird. Ihrer Mutter gelingt es immer noch, sie zu überraschen.

Lav reist nicht gern, Züge, Flugzeuge, ja sogar Busse machen sie nervös. Im letzten Frühjahr hatte sie, teils Saul zum Gedächtnis, an einer Gruppenreise nach Israel und Ägypten teilgenommen, war dort krank geworden und vorzeitig heimgefahren. Es wäre ihr nie in den Sinn gekommen, irgendwo anders zu leben als in Ottawa. »Warum?« fragte sie ihre Mutter. »Warum wegziehen? Und warum ausgerechnet nach Kalifornien?«

»Ich hab die Kälte immer gehaßt – warum soll ich dann nicht meinen Lebensabend im Süden verbringen«, gab Charlotte darauf zur Antwort, so ungerührt, als ginge es nur darum, ihre Bank oder ihre Teemarke zu wechseln. Und dann schlug sie vor, Lav solle doch in ihrer Mittagspause vorbeikommen, bevor sie mit dem Packen anfing.

Als Lav kommt, durchwühlt ihre Mutter schon den großen Schreibtisch, der einmal Saul gehört hat. »Was du brauchst, ist irgendwo da drin«, sagt sie.

Charlottes Apartment befindet sich im zehnten Stock mit Blick auf den Fluß. Lav ist erst zweimal hiergewesen. Sie wundert sich noch heute darüber, daß ihre Mutter in einer solchen Wohnung lebt, viel größer, viel stilvoller, als sie erwartet hätte.

Sauls Schreibtisch ist offenbar das einzige, was Charlotte aus den dunklen Räumen hinter der Buchhandlung mitgenommen hat. Die Wohnung ist ganz in Schwarzweiß gehalten: schwere Glastische, weißer Teppich, schwarze Eßtischgarnitur aus Stahlrohr, schwarze Leder-Sitzgruppe. Obwohl Charlotte schon seit vier Jahren hier lebt, wirkt die Wohnung so sauber und so nüchtern wie eine Hotelsuite. Die einzige Farbe in der ganzen Wohnung kommt von einem Gemälde, einer riesigen, feuerroten Mohnblume über dem schwarzen Sofa.

»Von deinem Vater habe ich nur einen einzigen Brief – keine Dokumente. Vielleicht kam ja noch etwas, als ich schon fort war.« Und ihre Mutter späht in die kleinen Schreibtischfächer, die aber anscheinend alle leer sind.

»Fort von wo?« fragt Lav. Es ist eine zerstreute Frage, sie schaut sich um, versucht zu begreifen, wie eine Frau, die eine solche Inneneinrichtung wählt, sich je zwischen Sauls alten Büchern und seinem Durcheinander von alten Möbeln wohl fühlen konnte. Ob ihre Mutter ihr Mittagessen anbietet? Lav schnuppert, man kann kein Essen riechen, aber Charlotte hat schließlich nie gern gekocht, vielleicht gibt es Tee und Toast und ein bißchen Obst dazu.

»Von Cape Random – das weißt du doch! Ein dutzendmal hab ich dir erzählt, daß ich von diesem Ort namens Cape Random fortgelaufen bin!« Lav dreht sich um und ertappt ihre Mutter bei einem Blick, in dem Abneigung zu liegen scheint – eine Abneigung, die schnell unterdrückt wird, als Charlotte sich vorbeugt und eine der Schreibtischladen öffnet, während sie weiterredet.

»Das heißt, falls eine Frau mit einem drei Monate alten Baby überhaupt laufen kann. Und ich habe mit seinen Leuten nie wieder Kontakt aufgenommen. Ich weiß nicht einmal, wann er Geburtstag hatte. Setz einfach irgendein Datum ein – was macht das schon für einen Unterschied? Er war zwischen neunzehn und einundzwanzig in dem Jahr, in dem du geboren wurdest.«

Das Telefon läutet. Lav entnimmt dem Gespräch, daß Charlotte das gesamte scharfkantige Mobiliar verkaufen will. »So gut wie neu, kaum gebraucht«, sagt sie eben, »alles ganz modern, wie es jetzt in ist.«

Lav steht in der Mitte des Zimmers, ihre Mutter hat ihr keinen Platz angeboten. Nie, nie habe ich von Cape Random gehört, denkt sie. Sie wühlt sich durch Erinnerungen, Phantasien, durch eine Rumpelkammer aus Wahrheiten, Halbwahrheiten und Lügen, und versucht, das eine vom anderen zu trennen. Was hat sie gehört? Was sich vorgestellt? Was sich eingebildet, gehört zu haben? Vergiß nicht, du bist Wissenschaftlerin, sagt sie sich, du hast gelernt zu beobachten, Hypothesen zu testen, die Wahrheit dingfest zu machen – aber in ihrer eigenen Vergangenheit gibt es keine Wahrheit, nichts ist beschriftet, nichts ist sicher.

Während sie ihrer Mutter bei den Verhandlungen mit dem Möbelkäufer zuhört, ist Lav wieder einmal beeindruckt davon, wie schnell Charlotte sich von den Dingen trennen kann. Meine Mutter, die Minimalistin, denkt sie. »Alles neu, bis auf ein einziges Stück – ein Schreibtisch ohne besonderen Wert«, sagt ihre Mutter.

Ein Schreibtisch ohne besonderen Wert – ihre Mutter hat die Vergangenheit gehäutet, gepreßt, eindimensional gemacht. Nichts bleibt – keine Geschichten, keine Andenken, kein einziges von Sauls Werkzeugen, keines seiner in Leder gebundenen Bücher, kein Trauschein, keine Schachtel mit vergilbten Fotografien.

Ihre Mutter legt den Hörer auf, beugt sich über die Schublade, blättert in Aktenordnern. Lav kann ihr Gesicht nicht sehen.

»Was ist aus dem kleinen Foto in dem ovalen Rahmen geworden, das immer neben Sauls Federhalter stand?« Das ist doch eine unverfängliche Frage.

Charlotte blickt hoch. »Das Bild von der Frau und den zwei Kindern«, sagt sie. Ihr Gesicht ist ganz offen, arglos. »Das ist weg.«

In Lav steigt plötzlich Zorn auf. Wer ist diese gelassene Frau im hellen Wollkleid, ein Seidentuch elegant um den Hals drapiert, geschmackvolle Lederpumps an den aparten kleinen Füßen?

Ihre Kindheit, die ihr in der Erinnerung immer kahl erschien –

eine Kahlheit, die geradezu zum Anlaß für Anekdoten wurde, zu einer Quelle der Erheiterung für sie und Philip –, diese öde Landschaft erscheint Lav jetzt plötzlich angefüllt mit einer Vielzahl von Dingen, die sie sehen möchte, besitzen, berühren, riechen. Wohin sind die Samtpantoffeln mit den Keilabsätzen gekommen, die ihre Mutter früher getragen hat? Was ist aus den bunten Tüchern geworden, mit denen sie beim Bücherabstauben ihre Haare hochband? Wo sind die Kleiderschürzen mit den Blumenmustern? Wo die Teekanne mit den kitschigen Purpurrosen? Die grüne Schreibtischlampe, der glänzende Toastständer? Aber vor allem, wo ist das Foto? Dieses kleine braune Foto von Sauls erster Familie, seiner ausländischen Frau und den Kindern – tot, auf tragische Weise umgekommen, obwohl Lav nicht sagen könnte, woher sie das weiß, weder Charlotte noch Saul haben jemals über das Foto oder über eine frühere Familie gesprochen.

Als Kind starrte Lav oft stundenlang die drei Gesichter in dem ovalen Rahmen an – eine Frau und zwei Kinder. Die Frau trug ein sommerliches Spitzenkleid. Sie hatte sehr schöne Hände, weiß und schmal, sie trug Ringe und hielt mit der einen Hand die Hand des Jungen, der neben ihr stand, mit der anderen hielt sie ein blondes Baby fest, das von ihrem Schoß herunterwollte. Die Frau und der Junge sind noch nicht wirklich bereit für die Aufnahme, aber Saul schaut auf das Baby, das runde strahlende Gesicht, die kleinen Patschhändchen, die ihn ins Bild holen wollen – und das ist der Moment, den er einfangen will. Der Junge möchte lieber fort, das kann man deutlich sehen, er haßt das gestärkte Hemd und die kurzen Hosen, in die man ihn gesteckt hat. Steif, ungeduldig steht er neben der Frau, reagiert nicht auf das liebevolle, halb bittende Lächeln, mit dem sie sich ihm zuwendet.

Diese Menschen waren ihre eigentliche Familie. Sie war das Baby, der Junge war ihr Bruder, die lächelnde Frau ihre Mutter. Sie kannte sie, kannte auch den Raum – konnte Dinge sehen, die nicht mehr auf dem Foto waren: Tischchen voller Andenken, ein offenes Sprossenfenster, vor dem sich der Vorhang blähte. Durch das Fenster drangen Kinderstimmen – von Kindern im Alter des Jungen, die lachten, Ball spielten und den Namen ihres Bruders riefen. Fast konnte sie seinen Namen hören.

»Wie kann man denn so etwas nur wegwerfen?« schreit sie, so böse, daß ihre Mutter den Kopf hochreißt, die Hände fliegen ans Gesicht, die Finger pressen sich gegen die Unterlippe. Charlotte vergißt ihre Akten und starrt ihre Tochter an, mit dieser wohlvertrauten Mischung aus Verblüffung und Ärger, ja fast Abscheu.

Lav schließt die Augen und holt einmal tief Luft: »Ich meine, wenn du das Bild nicht wolltest, ich hätte es wirklich gern gehabt. Auf die Idee bist du nicht gekommen?«

»Aber es kannte doch keiner von uns den Himmel über den Menschen auf diesem Bild …«

»Na und? Ich habe es immer gern gehabt, und ich hab kein Andenken an Saul – kein einziges!« Lav läßt sich auf einen der unbequemen Stühle fallen, verschränkt die Arme über der Brust und starrt gereizt vor sich hin. Wie sie so dasitzt, mürrisch und rotgesichtig, hat sie gar keine Ähnlichkeit mehr mit der eleganten, selbstsicheren Frau, die erst vor wenigen Minuten durch die Herbstsonne wirbelte und die Welt bewunderte.

»Ich hab's ihm mit ins Grab gegeben. Ich dachte, das hätte Saul sicher so gewollt – meinst du nicht auch?« sagt Charlotte, sie, die niemals zögert, niemals einen falschen Schritt tut. Jetzt tut sie, als würde sie den Ärger ihrer Tochter nicht bemerken, wendet sich wieder der Schublade zu und zieht ein gefaltetes Blatt Papier aus einer Mappe. Richtig selbstgefällig sieht sie drein, als könnte sie Lavs Gedanken lesen, als würde dieser papierne Fetzen Vergangenheit alles gutmachen, was sie bisher verheimlicht hat.

»Da – das ist es wohl, was du brauchst. Es muß jedenfalls genügen. Was anderes hab ich nicht, das ist alles, was ich jemals hatte von David Andrews – David Andrews!« Charlotte wiederholt seinen Namen, das Echo einer Erinnerung huscht über ihr Gesicht und ist schon fort, bevor Lav es richtig bemerkt.

»Ich weiß nicht einmal mehr, wie er aussah – schließlich hab ich deinen Vater ja nicht wirklich gut gekannt.« Sie reicht Lav ein einzelnes hellblaues Blatt Papier, klopft sich unsichtbaren Staub vom Kleid und nimmt auf einem Stuhl auf der anderen Seite des Zimmers Platz.

Es ist ein kurzer Brief, das Blatt ist einseitig beschrieben und in sich selbst zum Briefumschlag gefaltet. Mit grüner Tinte ist die Adresse draufgeschrieben: Mrs. David Andrews, c/o Mr. und Mrs. Andrews, Cape Random, Bonavista Bay, Neufundland. Zwei verschmierte Stempel unter der Adresse belegen, daß der Briefinhalt vom britischen Kriegsministerium gelesen und zensiert wurde.

Lav entfaltet das schlaffe Papier und liest laut: »*Mein Darling Lottie.*« Eine unerwartete Anrede. Sie blickt hoch, in der Hoffnung, im Gesicht ihrer Mutter einen Hinweis auf dieses jüngere Selbst, diesen Darling Lottie zu lesen, aber Charlotte lächelt nicht, unbeteiligt sitzt sie da. Ihre Tochter könnte ebensogut die gestrige Zeitung lesen, oder eine überholte Einkaufsliste.

Mein Darling, ich weiß, Du hattest eine stürmische Überfahrt. Ich wollte Dir vorher gar nicht sagen, wie stürmisch die Überfahrt sein wird. Aber jetzt bist Du daheim, und es macht mich so glücklich, Dich daheim zu wissen. Ich bin sicher, Mamma und Pop werden gut für Dich sorgen. Es gibt auf der ganzen Welt keinen sichereren Ort als das Kap. Ich stelle mir Dich so gern dort vor – wie Du aus meinem Zimmer aufs Meer blickst und am Strand hinter unserem Haus spazierengehst. Manchmal wache ich auf und glaube, das alles hier ist ein Traum – oder eine von diesen Geschichten, die der arme alte Sollie Gill uns in der Schule vorlas. Wenn es doch nur so wäre. Bitte sage Sollie, daß ich Dir von ihm erzählt habe, das wird ihn freuen.

Hier in (an dieser Stelle hatte man in den Brief ein kleines Loch gekratzt) sind wir noch in der Ausbildung und deshalb alle noch zusammen, aber sicher werden wir bald aufgeteilt. Die Engländer – Limies nennen wir sie – machen sich gern lustig über unsere Art zu sprechen und was wir alles nicht wissen. Wir Neufundländer können es kaum erwarten, daß wir sie in die Schiffe kriegen – dann werden wir ihnen schon zeigen, was wir können! Sag bitte Cle von mir, daß er auf keinen Fall einrücken soll.

Richte Mama aus, mir geht ihr Kochen ab. Hier bekommen wir jeden zweiten Tag Walfleisch. Die nennen es zwar anders – aber in Wirklichkeit ist es Walfleisch. Jim Way sagt,

den haben sie sicher schon harpuniert, bevor wir geboren wurden!
Ich denke immer nur an Dich – und wie wir miteinander auf dem Kap leben werden, wenn alles vorbei ist.

Dein Dich liebender David

Das war mehr, als Lav erwartet hatte – viel mehr. Ihre Hand mit dem blauen Papier beginnt zu zittern. Sie sieht ihn vor sich – ein junger Mann, fast noch ein Kind – die Zunge zwischen den Zähnen, sorgfältig die runden Buchstaben malend, in grüner Tinte auf blauem Papier – beides wahrscheinlich ausgeborgt.

Langsam, ganz langsam liest sie den Brief noch einmal. Sie kommt sich alt vor, müde – sie ist auch alt, siebenunddreißig, unendlich viel älter als dieser heimwehkranke, liebeskranke Junge.

»Wer war Cle?« fragt sie.

»Sein jüngerer Bruder. Cle war schon nach St. John's gegangen, hatte mit seinem Alter geschwindelt und sich freiwillig gemeldet. Dieser Brief brauchte fünf Monate von England bis zum Kap. Du warst schon auf der Welt, und dein Vater wahrscheinlich gefallen, als ich ihn bekam.«

»Aha.« Sie wartet, hofft, daß ihre Mutter weiterredet. Tut sie aber nicht. »Und warum bist du fortgegangen?«

»Jeder, der nur halbwegs bei Verstand war, wäre fortgegangen.«

Was zu tun war, haben sie erledigt. Charlotte läßt die leere Mappe in einen Papierkorb fallen. »Du kannst den Brief behalten, wenn du willst. Der Name deines Vaters war David Andrews, sein Vater hieß Hezekiah – dort nannten sie ihn Ki, und die Mutter Cass, Abkürzung für Cassandra. So lange Namen haben sie dort gern. Cass wollte, daß ich dich Lavinia taufe – nach irgendeiner alten Tante oder Großmutter, die schon vor Urzeiten gestorben war. Hier, das kannst du auch haben.« Damit läßt sie etwas in Lavs Hand gleiten, hinter den Brief.

Ohne hinzusehen, weiß Lav, daß sie Sauls Falzbein bekommen hat, den kleinen Stab, den er zum Buchbinden benutzte. Sie reibt das abgegriffene Elfenbein an ihrer Wange.

»Trink eine Tasse Tee, bevor du gehst«, sagt ihre Mutter.

Lav nimmt die Tasse, und sie setzen sich, links und rechts von diesem Tisch, der wie ein grob behauener Eisblock aussieht. Langsam nippt sie an ihrem Tee, in der Hand das Falzbein und den Brief, und murmelt ein verlegenes Dankeschön. Es folgt ein langes Schweigen. Abneigung gegen ihre Mutter ist zu einer der Gewißheiten von Lavs Leben geworden – angesichts dieser Freundlichkeit kommt sie sich jetzt irgendwie nackt vor.

Charlotte schiebt den Dank beiseite. »Warum sollst du nicht ein Andenken an beide haben«, meint sie. Wie ein Schulmädchen sitzt sie da, Füße dicht nebeneinander, mit dem aufrechten Rücken berührt sie kaum das schwarze Leder.

Lav spürt, daß ihre Mutter sich ebenso unbehaglich fühlt wie sie selber, hört sich aber sagen: »Ich möchte mehr über meinen Vater wissen. Ich möchte wissen, wie er war.«

»Mußt du nicht zurück in die Arbeit?«

Lav schüttelt den Kopf, setzt sich tiefer in den Stuhl, hartnäckig, nicht zu vertreiben. »Das ist vielleicht die letzte Gelegenheit zu fragen – ich möchte etwas über ihn wissen.«

»Da gibt es nichts zu wissen. Keine großen Geheimnisse. Ich weiß überhaupt nicht, wovon du redest, was du eigentlich willst«, sagt Charlotte. Sie geht ihre Tassen nachfüllen, bringt einen Teller mit Apfel- und Käsestücken, seufzt und nimmt wieder Platz. »Also, was willst du eigentlich? Was willst du denn da immer aus mir herausholen? Ich hab dir doch schon gesagt, daß ich den Mann kaum kannte – und was ich von ihm wußte, hab ich vergessen!«

Fragen, seit der Kindheit immer wieder hinuntergeschluckt, fliegen aus ihrem Mund wie krächzende Krähen: »Wer bin ich? Was bin ich? Das will ich dich fragen. Wie ist es möglich, daß du dich nicht erinnerst? Du mußt dich doch erinnern! Herrgott noch mal! Wie alt bist du? Sechsundfünfzig – siebenundfünfzig? Doch nicht alt – doch noch nicht senil!«

Ohne jede Dankbarkeit für die Andenken auf ihrem Schoß schleudert Lav diese Fragen ihrer Mutter entgegen. Schütteln möchte sie sie, Informationen aus ihr herausbeuteln, ein für allemal ihren Wissensdurst befriedigen.

»Es ist so lange her – ich war jung, er war jung – wir waren Kinder, ich bitte dich!«

Lav hat kein Erbarmen. Wortlos starrt sie ihre Mutter an, besteht darauf, daß sie sich erinnert.

»Wir waren jung«, wiederholt Charlotte, hält sich sehr gerade, drückt die Schultern an die Lehne und blickt zur Seite. »Viel jünger als du heute – aber in gewissem Sinn waren wir auch alt – Hunderte von Leuten in unserem Alter kamen jede Nacht um. Meine eigene Mutter war tot, seit ich vierzehn war, und mein Papa verschwand bei Kriegsanfang.« Mit gerunzelter Stirn hält sie inne, als koste es sie wirklich Anstrengung, sich zu erinnern. »Ich war schon seit Jahren ganz auf mich gestellt – in einer Schuhfabrik in Portsmouth hab ich gearbeitet – neun Stunden täglich eingesperrt in einer riesigen rußigen Lagerhalle, ohne Aussicht, daß es jemals besser würde. Ich war froh, als der Krieg kam und sie das alte Fort in einen Marinestützpunkt umwandelten. Das war aufregend, wenn Flugzeuge aus dem Himmel fielen, unten am Dock Bomben explodierten und Tausende Matrosen – junge Leute in Uniform, in weiten Hosen und engen Pullovern – die Straßen unsicher machten. Er war nicht anders als die anderen, aber irgendwie fiel er mir auf – vielleicht weil seine Matrosenmütze so schief auf seinem wuscheligen Rotschopf saß.«

Charlottes Stimme klingt plötzlich ganz anders, rauh und hart, wie ihre Tochter sie nie zuvor gehört hat: »Er hat mir immer Geschichten von diesem wunderbaren Ort erzählt, von wo er kam – Cape Random. Er redete immer nur vom ›Kap‹, als gäb's in der ganzen Welt kein anderes. Ganz, ganz anders als Portsmouth, sagte er – rein und sauber, mit langen leeren Stränden und Sonne und viel Meer. Ich dachte, das müßte der Himmel sein – aber das war es ganz und gar nicht.«

»Und dann habt ihr geheiratet. Habt ihr überhaupt geheiratet?«

»Natürlich – mußten wir ja, damit ich als Marine-Angehörige die Überfahrt bekam. Er gab sich die größte Mühe, mich aus England hinauszubringen, bevor er auf ein Schiff mußte. Und ich ging, voller Hoffnung, hielt mich für einen echten Glückspilz. Ich stellte mir was ganz Modernes vor, eine neue Welt – so einen Ort, wie man ihn in Filmen sieht – eine kleine amerikanische Stadt am Meer, mit Bäumen und Straßen voller weißer Häuser. Herr im Himmel!«

Ihre Mutter redet – sehr gerade sitzend, Füße geschlossen, mit im Schoß geballten Händen redet sie. Lav, die Angst hat zu sprechen, sich zu bewegen, ja sie anzusehen, starrt auf die große blutrote Mohnblume und hört zu.

»Wir fuhren im Konvoi, im Zickzack über den Ozean, damit uns die U-Boote nicht erwischten. Es dauerte drei Wochen, und mir war die ganze Zeit hundeübel – wie den meisten anderen Frauen, und ganz besonders uns Schwangeren. Aber denen, die ihre Babys schon hatten, denen ging es noch schlechter.«

Charlotte erzählt von schreienden Babys, vom feuchtkalten Inneren des Transportschiffs, der öden Verpflegung – in der letzten Woche gab es fast zu jeder Mahlzeit Dosentomaten! Und als sie dann in Halifax anlegten und dachten, jetzt hätten sie es überstanden, da kam ein Marineoffizier an Bord, um mit jenen Frauen zu sprechen, die mit Neufundländern verheiratet waren.

»Er holte uns alle zusammen – nicht einmal setzen konnten wir uns, im Kreis standen wir um ihn herum, fünfzehn Frauen, einige so wie ich schwanger, andere mit kleinen Kindern – und erklärte uns, wir sollten uns gründlich überlegen, was wir taten. Neufundland war noch eine Tagesreise weiter, ein merkwürdiger Ort, ein ganz anderes Land als Kanada, sagte er. Und wenn wir einmal dort waren, dann war's das! Er machte uns richtig angst. Er sagte, wir würden ins letzte Jahrhundert zurückgehen auf dieser gottverlassenen Insel, wo die halbe Bevölkerung Tb hatte. Bedeckt von Nebel, umgeben von Fischen, bewohnt von Verrückten, so beschrieb er es. Und dann schaute er uns an und lachte, als hielte er das alles für einen guten Witz.

Man habe ihn angewiesen, uns mitzuteilen, daß es auf Neufundland keine Scheidung gäbe, und wir sollten es uns wirklich gründlich überlegen. Wenn wir hier in Halifax an Land gingen, dann würde sich die Marine unser annehmen, aber wer weiterfuhr, für den übernahmen sie keine Verantwortung. Ein Mädchen ging mit ihm – ging sofort von Bord. Am nächsten Morgen vor der Weiterfahrt verließen noch zwei weitere das Schiff.«

Aber nicht Lottie Andrews. Lottie, seekrank, schwanger und verängstigt, fuhr weiter nach Neufundland, nach St. John's, wo man sie auf ein kleines Küstenfahrzeug verfrachtete.

Einen Monat und drei Tage nach der Abreise aus England stand sie auf dem Kai von Cape Random – einer länglichen Sandbank mitten im Nordatlantik. Sie wußte nicht, daß das Schiff ihres Ehemannes bereits im selben Ozean, den sein Darling eben sicher überquert hatte, von einem Torpedo getroffen worden war.

»Das ist alles, was ich dir erzählen kann!« sagt sie. Draußen ist es schon fast dunkel, Wolken jagen über den Himmel. Charlotte steht auf und schenkt sich einen Whisky ein, kommt zurück und berichtet ungefragt weiter, wie sie mit dem Baby nach Ottawa kam, wie sie ein Zimmer bei den Petrassis fand, dann eine Stelle in Sauls Buchhandlung. Sie spricht über Saul, was er für ein guter Mensch war, wie gern er Lav hatte, wie er für ihre Ausbildung aufkam und wie stolz er war, als sie mit ihrer Doktorarbeit anfing.

Es ist vielleicht unschön gegenüber Saul, Charlotte zu unterbrechen, aber Lav tut es schließlich doch – im Eingang zum Apartment stehend, stemmt sie sich dem Fluß der Worte entgegen und fragt: »Und wie war Cape Random? War es wirklich so schlimm?«

»Es war furchtbar – einfach furchtbar!« Charlotte lehnt den Kopf an den Türrahmen, als würde sie schon der Gedanke daran erschöpfen.

»Aber wie denn? Was war das Furchtbare daran?«

»Es war der scheußlichste Ort, den ich je gesehen habe – grauenhaft! Kalt – düster – eingeschlossen vom Meer, das Tag und Nacht rauscht und tost! Eine gottverlassene schmale Sandbank mitten im Ozean, und darauf lebten vier oder fünf verrückte Familien. Kein Strom, keine Kanalisation – nicht einmal sauberes Trinkwasser gab es, denn das Ganze glitt ja unaufhaltsam weiter hinein ins Meer. Meerwasser sickerte überall herein, und die Brunnen waren alle brackig. Per Schiff mußten sie Wasser von woanders herbringen, in großen Fässern, oder aus dem Sumpf filtrieren – Brackwasser, das man über Nacht in Krügen stehenließ, damit sich der Dreck setzte. Und auch dann war es noch braun – giftig braun. Ich kann's noch immer schmecken – braun und voller Sand, stinkend nach Verwesung!« Charlotte bemerkt, wie laut ihre Stimme geworden ist, und verstummt.

Ihre Gesichtszüge haben sich aufgelöst. Mit ihrer Erzählung von Cape Random hat sie ein Tabu gebrochen. Sie läuft auf dem beigen Teppich im Flur hin und her – als könne jeden Moment ein Nachbar auftauchen und den verhaßten Ort verteidigen.

Nach einer langen Minute fährt ihre Mutter fort, jetzt aber flüsternd: »In der Nacht, als du zur Welt kamst, hat dich die alte Frau in dem Sumpfwasser gebadet. Alt hast du gerochen, wie frisch ausgegraben. Entsetzlich war dieser Geruch. In dem Augenblick hab ich mir geschworen, daß ich fortgehen würde vom Kap, fort von Neufundland, bevor du gehen und sprechen konntest – bevor der Ort dich verschlang, wie er die anderen dort verschlungen hatte. Und es war nicht nur das Kap – die ganze Insel ist ein Höllenloch. Kahles Ödland – ein Ort, der jeden in den Wahnsinn treibt – oder gleich in den Tod!« Charlotte beugt sich vor, ganz nahe zu ihrer Tochter, zischt ihr die Worte ins Gesicht: »Geh nie, nie dorthin! Laß dich von keinem je dorthin schicken!«

Lav rührt sich nicht, sagt kein Wort. Das Unmögliche ist geschehen, ihre Mutter hat von Gefühlen gesprochen, von Leidenschaft, von Haß. Horrorgeschichten, die sie immer schon hören wollte.

Charlotte wirkt erschöpft. »Jetzt bist du wohl zufrieden«, sagt sie bitter. »Das war's doch, was du hören wolltest? War es nicht das, was du mir seit Jahren schon entlocken wolltest?«

Heuchlerisch schüttelt Lav den Kopf. Doch ihre Mutter läßt sich nicht täuschen: »Aber sicher. Genau das willst du – Kummergeschichten, billiges Leid. Soviel Leid aus dem Leben herauspressen wie möglich – so warst du immer schon, schon als du klein warst. Du genießt den Schmerz – wahrscheinlich hast du das aus diesem Sumpfwasser aufgesogen!«

Charlotte zuckt die Schultern und tritt einen Schritt zurück. Sie sammelt sich, fährt sich übers Haar, legt sich das Tuch wieder ordentlich um den Hals und schlägt ohne ein weiteres Wort ihrer Tochter die Tür vor der Nase zu.

Philips Vergangenheit zeigt dagegen keine dunklen Flecken, seine Identität ist wie aus dem Geschichtsbuch. Ihr Geliebter hat Lavinia von Anfang an durch die Klarheit seines Lebens beeindruckt.

Rund um die Bay von Quinte stehen Häuser, gedrängt voll mit Philips Geschichte. Häuser, wo nichts je verlorenging: Pulverhörner, alte Töpfe, Familienbibeln, Kreuzsticharbeiten, alter Schmuck, Werkzeug und emaillierte Pillenschächtelchen, Lackdosen, die einmal chinesischen Tee enthielten, Elfenbeinknöpfe und Stiefelettenknöpfer und Glasflaschen, alle sauber poliert und zur Schau gestellt. Beweise nicht so sehr für Erfolg als für Dauer, für Dauer und Verantwortung.

Und Philips Verwandte sind natürlich auch dort, in diesen grauen Steinhäusern: Eltern, Großeltern, Tanten und Onkel, Cousins, Nichten und Neffen.

Lav schien es, als existierte Philips Familie außerhalb von Zeit und Sorge. Seine älteren Brüder sind Architekten, sie arbeiten in der Familienfirma, die Ehemänner seiner Schwestern tun irgend etwas Nebulöses im Büro. Zu Hause wird über die Arbeit nicht gesprochen. Die Frauen sind gebildet, aber offenbar ohne persönlichen Ehrgeiz. Eine unverheiratete Tante lehrt an der Universität von Toronto. Die Ehefrauen sind zwar oft bis spät in die Nacht hinein für karitative Zwecke tätig, sammeln Geld für Krankenhäuser, Symphonieorchester und Kunstgalerien, gehen aber keiner bezahlten Tätigkeit nach. Nichten und Neffen unter zwanzig besuchen private Schulen. Sie nehmen keine Drogen, oder jedenfalls nicht so, daß es auffällt, fahren nicht per Anhalter quer durch Kanada und verschwinden nicht in irgendwelchen Sekten.

In Philips Welt verschwinden Menschen eigentlich gar nicht – sie sterben nicht einmal. Nicht nur sind seine Eltern noch am Leben, sondern auch seine Großeltern, und zwar alle vier. Selbst die, die in den meisten Familien dann doch verschwinden, die Toten und die Geschiedenen, sind bei Philip noch recht gegenwärtig. Sepia-gesichtige Ahnen blicken von den Wänden herab, als bewachten sie den Besitz, geschiedene Paare verkehren freundschaftlich miteinander, die Steinhäuser bleiben Zufluchtsort für sie und ihre Kinder. Die Familien versammeln sich und feiern gemeinsam Weihnachten, treffen sich zu Hochzeiten, Taufen und Begräbnissen. Indem sie solchen Treffen fernblieb, indem sie sich ihre Wut anmerken ließ, indem sie sich der Familientradition des zivilisierten Umgangs miteinander nicht unterwarf, machte Philips Ehefrau Zinnie sich nach ihrer Trennung unmöglich.

Diese Pulverhörner waren schuld, diese Kochtöpfe und Familienbibeln, die Stiefelettenknöpfer und geschnitzten Anrichten, daß Lav ihren Geliebten nicht hörte, als er ihr sagte, daß er fortging. Philips Herkunft war so sichtbar und klar, also erwartete sie das auch von seinen Zielen.

Es war November und bitterkalt in Ottawa an jenem Abend, als Philip seine Ankündigung vorbrachte. Er hatte vorgeschlagen, Feuer zu machen – zum ersten Mal in diesem Winter. Das trockene Holz fing sofort Feuer, und Lav machte es sich auf dem Sofa bequem, mit dem Brief ihrer Mutter und einem Stoß Papiere, die sie von der Arbeit heimgebracht hatte.

»Damit gibst du dich doch heute nicht mehr ab, oder?« fragte Philip, reichte ihr einen Drink, lehnte sich mit dem Ellbogen an den Kaminsims und nippte an seinem Whisky.

Später wird Lav sich daran erinnern, wie gut ihm diese klassische männliche Pose stand. Trotz des schütteren Haars, trotz der bifokalen Brille, die er aus Eitelkeit im Institut nicht trug, sah Philip sehr gut aus, groß und schlaksig, wie er so dastand und den Niedergang der Grundlagenforschung in Kanada beklagte – etwas, das ihn besonders aufregt, obwohl er selbst seit Jahren nichts Derartiges mehr geleistet hat.

Lav las den Brief ihrer Mutter. Einen Brief, der die Einladung enthielt, Weihnachten bei ihr in Kalifornien zu verbringen. Charlotte lebt jetzt bereits seit drei Jahren dort, ist verheiratet mit Rick Cabrillo, den Lav noch nicht kennt. Die Cabrillos leben in Bayside, in einem Haus, das Charlotte als modernes Viktorianisch beschreibt – ein Haus mit viel Holzgitterwerk und einem Portikus, den zwei cremefarbene griechische Säulen tragen. Charlotte hat ein Foto geschickt, es zeigt sie und Rick unter dem Portikus stehend, umrandet von rosa Azaleen in Töpfen. Sie haben die Arme umeinandergelegt, lächeln braungebrannt und sehen aus, als hätten sie sich passend zu dem rosa-cremefarbenen Haus gekleidet. Lav studiert das Bild, es wäre vielleicht ganz nett, Weihnachten in Kalifornien zu verbringen, sie überlegt, ob sie es Philip vorschlagen soll.

»... während in Australien wirklich Bedeutendes vor sich geht. Nach zwanzig Jahren beim DFO bekomme ich ja eine ordentliche Abfindung«, sagte Philip gerade, als sie anfing, ihm zuzuhören. »Auf jeden Fall werde ich meinen Anteil an der Hypothek für dieses Haus abzahlen können. Wenn du dich also entschließt, das Haus zu verkaufen, können wir uns den Gewinn teilen – in den neun Jahren, die wir hier sind, hat sich der Wert wahrscheinlich verdoppelt.«

Hatte er das wirklich so gesagt? War da keine Spur von Unsicherheit in seiner Stimme, als er von den neun Jahren sprach, die sie zusammenwaren? Hatte er wirklich so brutal seine Pläne angekündigt, war sofort zu den praktischen Aspekten seines Fortgehens übergegangen? Sicher täuscht sie ihr Gedächtnis.

Sicher. Und doch sieht sie alles so klar vor sich, wie er dastand, wie er redete, keineswegs zögernd, sondern überlegt, mit kleinen Pausen, genau wie bei einem Vortrag im Institut – aufmerksam auf Fragen wartend.

Lav stellte keine Fragen. Sie saß einfach da, bemühte sich, ihr Gesicht nicht entgleisen zu lassen, und durchforschte die jüngste Vergangenheit nach warnenden Vorzeichen – vor ein paar Monaten hatte es einmal eine Abendeinladung gegeben, an deren Ende Gastgeber und Gastgeberin einander in der Küche anfauchten. Lav und Philip hatten zu jenen Gästen gehört, die in ihre Mäntel schlüpften und die Szene so leise wie möglich verließen.

»Gottlob sind wir nicht wie diese beiden – ich kann nicht verstehen, warum Menschen solche Beziehungen aufrechterhalten!« bemerkte Philip später, als er in der friedlichen Stille ihres Hauses seine Krawatte löste.

In ihrer Beziehung gab es nie die geringste Verstimmung – keine Peinlichkeiten, keine großen Auseinandersetzungen, keine kleinen Gemeinheiten. Lav und Philip hatten hart daran gearbeitet, ihre Beziehung von solchen Dingen freizuhalten, und sich in allen wesentlichen Punkten geeinigt: im Finanziellen, ob sie Kinder haben wollten, wieviel Freiraum jeder brauchte.

Es hatte ein bißchen Zeit gebraucht, und auch ein bißchen Mühe, aber dann hatten sie ihr Leben so geordnet, daß jeder seinen eigenen Interessen nachgehen – bei Lav war es die ehrenamtliche Mitarbeit in der National Gallery, Philip spielte Squash und war Mitglied bei einer Theatergruppe – und zugleich mit dem anderen die Freuden eines zivilisierten Lebens genießen konnte: ein gemütliches altes Haus, gutes Essen, gepflegte Konversation, Musik, zweimal jährlich Ski-Wochenenden mit seinen Verwandten, Besuche in Galerien und Theater.

Als Lav erfuhr, daß sie zu Philips Assistentin ernannt worden war, hatte sie sich heimlich kurz gesorgt, ob sie dann dieses sorgfältig austarierte Gleichgewicht weiter erhalten konnten. Wäre das nicht zuviel – tagsüber Seite an Seite arbeiten und dann am Abend miteinander essen, reden, Ideen austauschen, schlafen? Aber ihre Sorge erwies sich als unnötig, ihr Arbeitsleben ging glatt und ohne Störung ins Privatleben über. Lav wußte, und freute sich darüber, daß Philips wachsender Ruf als hervorragender Administrator nicht zuletzt darauf beruhte, wie *sie* Probleme anging: nämlich, so dachte sie, noch analytischer als er.

Es war ihr natürlich bewußt, man hatte es sie spüren lassen, daß bestimmte Kollegen in der Abteilung ihre Beförderung für unverdient hielten. Lav war nicht dieser Meinung, sie war gut in ihrer Arbeit und wußte es. Später fragte sie sich allerdings – schließlich hatte sie wenig eigene Forschung geleistet und keine Aufsätze veröffentlicht –, ob Philip nicht doch ganz oben ihren Namen ins Spiel gebracht, ihr vielleicht Arbeiten zugeschrieben hatte, die eigentlich von ihm stammten?

»... und ich werde finanzielle Vorkehrungen für Zinnie und die Kinder treffen ... Nat kann vielleicht als Treuhänder fungieren.« Offenbar möchte Philip von ihr einen Vorschlag, wie er für Frau und Kinder am besten vorsorgen soll. Und Lav sitzt da und bemüht sich, hilfreich dreinzuschauen – mitfühlend und verständnisvoll – eine zivilisierte, moderne Frau. Eine Frau, die gelernt hat, sich anzupassen, die nie ausfällig wird, niemals schreit, sich nie die Haare rauft, nie die Zähne zeigt und zubeißt.

Natürlich sind wir etwas unfair – wir stellen Philip in einem ungünstigen Moment vor. Er ist in vieler Hinsicht zu bewundern, ist taktvoll, rücksichtsvoll, ein Mann, mit dem Lav immerhin neun glückliche Jahre verbracht hat. Von Anfang an war er vollkommen ehrlich in bezug auf Zinnie und seine Söhne, die, wie er es beschrieb, im Chaos lebten, umgeben von schmutzigen Socken, unbeantworteten Briefen und gebrochenen Versprechen.

Philip und seine Frau hatten schon zwei Jahre getrennt gelebt, als er Lav kennenlernte. Sie hatten nicht vor, sich scheiden zu lassen – Zinnie, weil es ihr egal war, und Philip, weil er auf diese Weise jederzeit Zugang zu seinen Kindern hatte und auf die Finanzen seiner Familie Einfluß nehmen konnte.

Aber an diesem Abend sprach er von seinen Kindern mit einer Art zerstreuter Nostalgie, als gehörten sie, und auch Lav, schon der Vergangenheit an: »... schmutziges Geschirr und Dreckwäsche in jedem Zimmer, Berge von Papieren und Broschüren und Postern – Propaganda für diese Umweltsache, bei der sie sich engagiert ... und Katzen – überall Katzen. Ich habe mit ansehen müssen, wie meine Kinder Bohnen aus der Dose aßen, und ich bezweifle, daß sich im ganzen Haus eine Tasse mit passender Untertasse findet.«

Gereizt stochert Philip im Feuer herum, daß die Funken stieben. »Früher einmal – aber wirklich nur ganz kurz – hielt ich diese Lebensweise für exotisch, aber jetzt sehe ich, wie scheußlich das alles ist, wie vollkommen undiszipliniert Zinnie ist – zu undiszipliniert, um je irgend etwas zu erreichen. Ihre Eltern waren natürlich genauso – merkwürdige Bohemiens, die sich von ihrer Tochter mit Vornamen anreden ließen, mit über sechzig gingen sie nach Zaire, und seither hat man nichts von ihnen gehört. Die Jungen geraten ihnen offenbar nach – für Chris hatte ich noch etwas Hoffnung, aber wenn man nach seinem ersten Semester urteilen darf, dann wird er wohl den Abschluß in Queen's nicht schaffen.«

Philip hat versucht, seine Söhne zu akademischen Karrieren zu ermuntern, er hoffte, der älteste würde Architekt werden und zu seinen Onkeln im Familienbetrieb stoßen. Aber jetzt steigt zum ersten Mal vor ihm die Möglichkeit auf, daß seine eigenen Kinder aus der Mittelschicht herausfallen könnten.

Nachdem Philip hinaufgegangen war – und Lav auf den Scheitel geküßt und gemurmelt hatte, eine Frau wie sie gäbe es kein zweites Mal –, blieb Lav sitzen und drehte ihr Glas in der Hand. Vielleicht sollte sie Zinnie anrufen und ihr vorschlagen, Philip die drei Kinder aufzuhalsen und mit ihr zu verschwinden. Lav nahm sich die poetische Freiheit, sich die Kinder viel jünger vorzustellen, als sie wirklich waren, und malte sich voll Schadenfreude aus, wie die tägliche Anwesenheit der Söhne Philips Leben und seinen Fluchtplan durcheinanderbrächten.

Sie und Zinnie könnten gemeinsam in den Süden fahren, ihre Kleider abwerfen, braun werden, mit jeder Meile jünger werden. Vielleicht Charlotte besuchen. Lav schenkte sich noch einen Brandy ein, las den Brief ihrer Mutter ein zweites Mal und stellte sich vor, wie sie in dem viktorianischen Haus ankämen – Zinnie in ihren gelben Leinenschuhen, mit ihren Bergen von tintenverkleckten Broschüren, ihren gräßlichen Katzen.

Ein dummer Traum, eine kindische, alberne Phantasie, die es aber Lav eines Tages ermöglichen wird, Zinnie aufzusuchen und um Hilfe zu bitten.

In Wirklichkeit trennten sich Lav und Philip mit einem Minimum an Aufsehen, feierten ihren Abschied im selben Restaurant, in das sie seit Jahren am ersten Weihnachtsfeiertag gegangen waren. Es gab dort Weihnachtsbeleuchtung, einen Baum neben dem offenen Kaminfeuer, dekorative Bücherschränke – die Illusion von Privatheit, die Illusion von Zuhause.

Sehr erwachsen, sehr zivilisiert waren sie miteinander umgegangen. Zwischen den Gängen tauschten sie Abschiedsgeschenke aus: seines an sie eine Filigranbrosche, venezianisch, 17. Jahrhundert – ein Fisch in einem Kreis von verschnörkelten Herzen; ihres an ihn ein kleiner Kupferstich mit dem Titel ›Wanderung der Inuit‹ – eine lange Reihe von Menschen, die dem Horizont zustreben und dort im weißen Nichts verschwinden.

Erst als sie einander draußen vor dem Restaurant ein tränenloses Lebewohl sagten, erst als Lav sein Taxi im Verkehrsstrom verschwinden sah, überfiel sie das Gefühl, daß alles falsch war, als hätte man sie um eine angemessen gefühlvolle Zeremonie betrogen. Sie stand auf dem matschigen Gehsteig und spürte plötzlich den verrückten Drang, dem Taxi nachzulaufen, Philip herauszuzerren, eine solche Szene zu machen, daß die Weihnachtsgäste aus dem Restaurant stürzten, Truthahnknochen in der Hand, rote Servietten im Wind flatternd, mit offenem Mund ihren Kampf verfolgend. Ein derart übergeschnapptes Benehmen schien ihr plötzlich viel menschlicher, befriedigender, passender als die höflichen Konventionen, an die sie sich gehalten hatten.

2

In der unsinnigen Vorstellung, sie könnte von der Luft aus den Umriß von Neufundland erkennen, ja womöglich sogar Cape Random, versucht Lavinia Andrews wach zu bleiben. Aber das Dröhnen der Motoren und das Bewußtsein, eine endgültige, unwiderrufliche Entscheidung getroffen zu haben, bringen ihr Entspannung, und jetzt, hoch oben über dem weiten grauen Atlantik, schläft sie ein. Lav schläft, den Mund leicht geöffnet, den Kopf eingeklemmt zwischen harter Rückenlehne und kaltem Plexiglas.

Sie schläft und träumt von Fisch. Sogar im Schlaf weiß sie, daß er nicht neu ist, dieser Traum, in dem sie durch Wasserschluchten schwimmt, durch bleich fächelndes Schilf, durch feuchtes Licht, das aus einer unbekannten Quelle bis hier herunter dringt – einem Mond vielleicht, oder einer sterbenden Sonne.

Das Dröhnen der Motoren ändert sich, der Traum zersplittert. Wachgerissen, bedrängt von Übelkeit und Kälte, zieht Lav sich hoch, holt tief Atem und schließt den Sicherheitsgurt.

Unter ihnen liegt St. John's, ein Kupferstich in Schwarz und Weiß. Der Pilot schießt über die Stadt hinaus, kreist über dem Ozean und bringt das Flugzeug zwischen Klippen, über Stadt und Hafen herunter. Weich landen sie in einer Landschaft, die so öd ist wie Sibirien.

Hat man den Flughafen hinter sich gelassen, wirkt St. John's durchaus erträglich. Ein unbequemes Taxi bringt sie so rasch ins Hotel »Newfoundland«, daß sie noch schwimmen kann vor dem ausgezeichneten Abendessen, festfleischigem Fisch mit Sahnesauce und Salat. Lav ißt mit Genuß, sie ißt überhaupt gern, besonders wenn jemand anderer kocht. In den Wochen, seit Philip sie verlassen hat, hat sie weder gut gegessen noch gut geschlafen.

Lavinia Andrews ist groß, elegant, mit leichter Neigung zur Rundlichkeit um die Hüften, nun, da sie fast vierzig ist. Sie muß hier unbedingt ein Fitneßcenter finden. Inzwischen trinkt sie Tee und ißt Marmeladetörtchen und denkt darüber nach, warum sie sich an diesem Punkt in ihrer Karriere an den äußersten Rand des Kontinents hat schicken lassen.

Sie war überrascht, ja schockiert von der Traurigkeit, die nach Philips Abgang über ihr zusammenschlug. Nachts, allein in ihrer beider Haus, erfaßte sie Verzweiflung. Und da fingen auch die Träume an – Träume von einem Fisch, der durch tintenschwarzes Wasser zog, kalt, voll Angst – und allein. Träume, aus denen sie zerschlagen erwachte, verirrt und verlassen.

In der Arbeit war plötzlich alles anders. Die Faszination, die ihr Job für sie hatte, solange Philip da war, war verschwunden. Und etwas Unangenehmes war hinzugekommen. Sie fühlte sich beobachtet. An ihren Kollegen bemerkte sie ein neues Lauern, eine Haltung irgendwo zwischen Mitgefühl und Schadenfreude.

In diesen Wochen achtete Lav ganz besonders auf ihr Aussehen, ging regelmäßig in die »Beauty Boutique«, eine Kombination von Schönheitssalon und Fitneßcenter im Einkaufszentrum unten im Tiefgeschoß des DFO-Gebäudes. Und sie bemühte sich um totale Konzentration auf das vorliegende Projekt, nämlich die Zusammenstellung aller Statistiken für Zone PK3 – fünfzig Quadratmeilen Ozean vor der Ostküste Kanadas. Dieses Projekt, eine ungemein langweilige Sache, wäre schon längst ad acta gelegt worden, hätte nicht der Minister selbst darauf gedrängt.

Sie dachte jetzt oft an Charlotte und hätte sich die Fähigkeit ihrer Mutter gewünscht, die Vergangenheit einfach abzuschütteln, hinter sich zu lassen, leer und vergessen wie eine abgeworfene Haut. Sie dachte an Charlotte, schrieb aber nicht und rief sie auch nicht an, sagte ihr auch nicht, daß Philip sie verlassen hatte, obwohl von Charlotte ein gewisses Interesse, vielleicht sogar Bedauern zu erwarten war. Philip und Charlotte hatten sich gut verstanden – die Schlamperei in diesem Land und in der Welt überhaupt hatte sie beide ständig in Rage gebracht.

Das letzte Mal, als sie zu dritt zusammen gewesen waren, an dem Abend vor Charlottes Abreise nach Kalifornien, hatten sie das bittere Gespräch in der Wohnung ihrer Mutter nicht erwähnt.

Sie hatten überhaupt nicht viel erwähnt. Nachdem die konventionellen Themen beim Abendessen abgehandelt waren, verbrachten sie den Rest des Abends vor dem Fernseher. Gerade war ein bundesweiter Wahlkampf im Gang, sie stellten daher eine Spezialausgabe der Nachrichten an, und Philip und Charlotte gaben ihre Kommentare ab, als verschiedene Kabinettsmitglieder ihren Wahlkreisen die unwahrscheinlichsten Versprechungen machten.

Lav erinnerte sich, daß der Fischerei-Minister gelobt hatte, sein Ministerium würde »... weitgehende Forschungen veranlassen, deren Ergebnisse Kanadas Küstenprovinzen mit neuem Leben erfüllen« würden.

»Alter Lügner!« murmelten Philip und Charlotte einstimmig in Timothy Drews lächelndes Gesicht. Sein Vorschlag machte sie beide rasend, wenn auch aus verschiedenen Gründen: Charlotte, weil sie der Meinung war, man sollte nicht Steuergelder verschleudern an Orte, die für die menschliche Existenz nicht geeignet waren, und Philip, weil »weitgehende Forschungen« bedeuteten, daß dreißig Prozent seines Budgets für irgendein halb ausgegorenes Projekt hinausgeworfen würden, das wahrscheinlich ohnehin nur Augenwischerei war.

Lav hat sich nie für Politik interessiert. Saul hatte alle Politiker als Marionetten der Banken abgetan. An diesem Abend war sie einfach froh über alles, was die Konversation erleichtern würde in der letzten Stunde, bevor ihre Mutter fortging.

Abschiede. Erst Charlotte, dann Philip – und jetzt ich, denkt Lav.

Letzte Nacht hat sie nicht gut geschlafen – war mit Kopfweh aufgewacht, und der vagen Erinnerung an einen schweren Traum, der noch am Rand ihres Blickfeldes zitterte. Erst dann fing sie zu packen an – stopfte Kleidung und ein paar Bücher irgendwie in die Koffer. Die Behörde hätte die Übersiedlung ja bezahlt, Möbel, sogar Geschirr und Bettwäsche, aber Lav will nichts davon wissen. Nie wieder will sie von dem aparten tiefblauen Speiseservice essen, nie wieder in der Bettwäsche mit dem Liberty-Druck schlafen, die sie und Philip jahrelang benutzt haben.

Um neun hatte sie einen Termin bei Nat Hornsby, Philips Anwalt – jetzt offenbar auch der ihre. Lav überlegt kurz, warum sie es nicht über sich bringt, Teller und Bettücher aus ihrer Zeit mit Philip zu benutzen, seinen Anwalt aber schon. Den Hausschlüssel übergab sie Nat, teilte ihm mit, daß die Behörde sie auf ein Jahr nach Neufundland schickte, und bat ihn, das Haus zu vermieten und sich um die Instandhaltung zu kümmern. Was nach Abzug der Kosten übrigbleibt, ist zwischen ihr selbst und Philip aufzuteilen. Dann gab sie ihm noch die Anschrift der Forschungsstation, damit er ihr die Post nachschicken konnte, fragte aber nicht, ob er von Philip gehört hatte, und auch nicht nach der australischen Adresse ihres Ex-Geliebten.

Lav ist müde, bleibt aber noch im Speisesaal des Hotels sitzen und hört mit, was drei Geschäftsleute am Nebentisch über Verträge und Regierungskredite reden – fades Zeug. Lieber würde sie in der Nähe des Ecktisches sitzen, wo ein älteres Paar von lachenden Kindern und Enkeln gefeiert wird.

Sie sollte ihre Mutter anrufen. Die Vorstellung bedrückt sie. Sie sollte aufstehen, in ihr Zimmer gehen und Charlotte anrufen: »Gerade bin ich in klarem blauem geheiztem Wasser geschwommen«, würde sie sagen, »habe an einem mit Damast und Silber gedeckten Tisch eine köstliche Mahlzeit genossen, und jetzt liege ich auf einer Gesundheitsmatratze in einem Hotelzimmer, das genauso aussieht wie Millionen andere auf der ganzen Welt – ich bin in Neufundland.« Und sie fragt sich, wie ihre Mutter darauf wohl reagieren würde.

Aber es ist zu spät – zu spät oder zu früh für einen Anruf nach Kalifornien –, und so bleibt sie sitzen, trinkt Tee, hört fremde Gespräche mit und brütet vor sich hin.

Ian Farman war es, der den Neufundland-Job zuerst erwähnte. Ian war ein guter Freund von Philip – und von ihr wohl auch. Eines Tages im Januar blieb er im Türrahmen ihres Arbeitszimmers stehen und bemerkte, er hätte oben gerade etwas erfahren. Dabei verdrehte er die Augen himmelwärts, wie sie das alle taten, wenn von den obersten Stockwerken des DFO-Gebäudes in Ottawa die Rede war – von jenen Räumen, wo die Entourage des Ministers amtiert, Stockwerken ohne Numerierung, wo normale Menschen keinen Zutritt haben.

»Die PK3-Forschung soll aufgewertet werden, zusätzliche Mittel bekommen, das Ganze heißt ab jetzt *Oceans 2000*«, erklärte Ian. »Und es soll jemand von hier dem Projekt zugeteilt werden, der drüben in Neufundland die Sache in die Hand nimmt – wahrscheinlich für den Rest des Jahres. Jemand, der sich hier in Ottawa auskennt und genügend Erfahrung hat, um auch die Leute dort zu leiten – mit ihnen zusammenzuarbeiten, die PK3-Daten so zusammenzustellen, daß wir noch vor der nächsten Wahl ein Richtungspapier dabei herausholen können.« Ian senkte die Stimme. »Also – mir fiel ein, das wäre vielleicht genau das richtige für dich. Du kennst dich mit den geltenden Richtlinien aus, und du hast lange genug mit Philip zusammengearbeitet, um zu wissen, wie man einen verwendbaren Bericht herstellt. Du bist auf jeden Fall qualifiziert, und« – ein schiefes, mitfühlendes Lächeln – »und vielleicht täten dir ein paar Monate weit weg von hier ganz gut.«

Lav sagte nicht viel dazu, doch in Wirklichkeit war sie von Ians Vorschlag sehr angetan. Sie war zwar noch nie dort gewesen, wußte aber, daß sich die neufundländische Fisheries-and-Oceans-Forschungsstation in St. John's befand. Doch bei Ians Worten sah sie vor ihrem inneren Auge ein paar einsame Häuser im Nichts aufsteigen, ein leuchtturmartiges Gebäude, das an den meerumtosten Klippen hing. Ein Ort, wo es Stürme gab, Nebel und braunes Wasser. Ungerufen schoß ihr der Gedanke durch den Kopf, wie sehr diese Übersiedlung ihre Mutter ärgern würde.

Wahrscheinlich hatte sie gelächelt. Ian fühlte sich jedenfalls bestätigt und erklärte, er würde ein gutes Wort für sie einlegen, wenn sie es wollte. »Denk drüber nach«, sagte er, »es hätte viel für sich – erstens käme so gut wie sicher eine Beförderung dabei heraus, zweitens könntest du dabei Erfahrung in den Regionen sammeln. Ich bin ziemlich sicher, du bekommst die Stelle, wenn du sie nur willst.« Es sah aus wie eine freundschaftliche Geste, nichts Offizielles, aber Lav kannte die Mechanismen der Behörde gut genug, um die Botschaft herauszulesen: seit Philips Abgang war ihre Position längst nicht mehr so sicher wie früher.

Noch bevor Ian Farman ihr Büro verlassen hatte, beschloß Lavinia, sich um den Job in Neufundland zu bewerben. Fortgehen: Zum ersten Mal in ihrem Leben fand sie die Vorstellung verlockend. Das war genau, was sie brauchte, ein paar Monate an einem neuen Ort, einen Schnitt zwischen Philip und dem, was die Zukunft noch für sie bereithielt.

Jetzt allerdings, da sie in dem fast leeren Speisesaal des Hotels Newfoundland sitzt, den Schlaf hinausschiebt, jetzt legt sich eisige Einsamkeit um Lavinia. Philip ist gegangen, hat sie verlassen, um in die Wärme Australiens zu ziehen. Saul ist tot, das Geschäft verkauft, die Bücher verstreut in alle Winde. Ihre Mutter ist fort, lange fort, und heißt jetzt Charlotte Cabrillo. Lav findet, der neue Name paßt besser zu ihr als die alltäglichen abgelegten Namen: Charlotte Rosenberg, Lottie Andrews, Darling Lottie – wie Papier gefaltet und weggelegt in einer vergessenen Schublade, zusammen mit Charlotte Hinchley, dem naiven kleinen Fabrikmädchen, das geglaubt hatte, es erwarte sie das Paradies.

Vielleicht ist es besser, daß sie ihre Mutter nicht angerufen hat. Würde es ihre Mutter, die zwischen Töpfen mit rosa Azaleen lächelt, stören, daß ihre Tochter, in Mißachtung des einzigen Rates, den sie ihr je gegeben hat, an diesem grauen Februartag ostwärts geflogen ist – ostwärts und nordwärts – fort vom Licht, fort von der Sonne, fort von der sicheren Mitte ihres Kontinents?

Als sie am nächsten Morgen aufwacht, scheint die Sonne. Lav blickt hinaus auf die verschneiten Straßen und über den tiefblauen Hafen und spürt, daß sie traumlos geschlafen hat, ihrem Fisch entkommen ist, sich gegen ihre Mutter behauptet und vielleicht sogar Philip ausgetrieben hat.

Ich bin am Leben und gesund, vierzig ist nicht alt, ich bin an einem neuen Ort, einem Ort, wo die Vergangenheit nicht zählt, sagt sie sich. Voller Energie besorgt sie sich einen Leihwagen, ißt ein ausgiebiges Frühstück und macht sich auf die Suche nach der Forschungsstation, die der Hotelangestellte als »diese verrückte Hütte oben in den White Hills« beschreibt.

Lav fährt eine steile kurvenreiche Straße bergauf, zwischen

Hügeln, die in Wirklichkeit schwarz sind, und hält plötzlich vor dem Gebäude. Es steht in einer Mulde zwischen Felsvorsprüngen, abgeschirmt von Anblick und Geräusch des Meeres. Zwischen der Straße und dem Haupteingang sprudelt ein Bach, so daß man über eine Art Zugbrücke muß, wenn man hineinwill. Die Anlage erinnert an eine Festung, aber man denkt bei ihrem Anblick – die runde Betonmauer, die fünf Türme, die von einer Stahlkonstruktion umrahmt und durch gläserne Korridore miteinander verbunden sind – eher an noch bizarrere Gebilde, eine Raumstation vielleicht, oder einen dieser vielgeschossigen Türme von Babel in den Bibeln, die ihr Stiefvater neu zu binden hatte. Lav stellt sich helle Labors vor, sonnendurchflutete Räume zum Arbeiten und Reden.

Doch als der Sicherheitsbeamte sie durch merkwürdig abschüssige Korridore führt, mit tiefblauen, grellgrünen und violetten Wänden, wird ihr klar, daß es hier keine Zimmer mit Aussicht gibt, keine glänzenden Labors und keine gemütliche Cafeteria, keine Armee von Forschungsassistenten in weißen Mänteln. Im Inneren ähnelt das Gebäude eher einer Ansammlung von Wellblechhütten, verbunden durch verwinkelte Korridore, unterteilt in kleine Zellen.

Bündel von recht mitgenommen wirkenden blauen Arbeitsheften, mit Spagat zusammengebunden, stapeln sich schlampig neben den Türen der Büros. Da alle Türen offen sind, kann Lav die Insassen sehen: die meisten, gekleidet in Cordhosen und Pullover, geben Daten in Computer ein; einige stochern nachdenklich in Proben herum und machen sich Notizen, andere starren auf Computerbildschirme, auf denen endlose vielfarbige Tabellen abrollen.

Sie bleibt an der Tür zu einem abgedunkelten Zimmer stehen, in dem ein großer Schwarzer einer Gruppe von Kindern Videobilder erklärt. Lav beobachtet die Kinder, sieht, wie ihre Blicke hin und her wandern zwischen dem Gesicht des Mannes und den Bildern von Zellen, die er an die Wand projiziert. Wahrscheinlich, denkt sie, fürchten sich die Kinder ein bißchen, aber auf angenehme Art, es gruselt sie, und zugleich fühlen sie sich ganz sicher – und verwirrt, wenn sie eine Verbindung suchen zwischen dem schwarzen Gesicht des Wissenschaftlers und den hellen, durchscheinenden Bildern an der Wand.

»Die sind zu jung, um das zu verstehen«, sagt ihr Führer kopfschüttelnd und winkt Lav weiter abwärts, über Rampen und durch kreisförmige Gänge, wo jeder Quergang durch riesige, mit Vorhängeschloß versehene Kühltruhen versperrt ist. Der Inhalt dieser Kühltruhen ist Anhängeschildern zu entnehmen, die mit Draht an den Schlössern befestigt sind: Ölschlieren von Fischernetzen, Kabeljau-Leber, Speiseröhren von Seevögeln, Seehunds-Genitalien – und aus allem steigt der Geruch von Formaldehyd und Tod auf.

Tief, tief unten, dies muß ein Bunker tief im Fels sein, führt man sie zu einem fensterlosen, küchenartigen Raum, in dem ein schlaksiger junger Mann sie erwartet. Als Lav sich vorstellt, gibt er zu, als müßte man ihm jedes Wort abringen, daß er Mark Rodway ist, ihr Forschungsassistent »… und Laufbursche«, fügt er hinzu und brummelt, daß er an seiner Doktorarbeit sitze und nur drei Tage die Woche zur Verfügung stehe.

Instinktiv mißtrauisch gegen diesen Menschen, der ihr nicht in die Augen sehen will, wenn er spricht, beginnt Lav, die Schränke zu inspizieren, wackelige, behelfsmäßige Gebilde.

»Ich hatte eigentlich mit einem Vollzeit-Assistenten gerechnet, jemandem mit Erfahrung«, sagt sie und späht in die Schränke – alles leer.

Daß sie ihm kaum Aufmerksamkeit widmet, löst ihm offenbar die Zunge. »Erfahrung habe ich genug, in unterschiedlichster Hinsicht«, erklärt er. »Für das DFO arbeite ich seit vier Jahren – jedes Jahr zweimal gekündigt und zweimal wieder angestellt – und das Jahr für Jahr seit meinem Diplom. Hier im DFO können sie sich nicht über mich beklagen – und beim Arbeitsamt schon gar nicht, und im Statistischen Zentralamt bin ich Persona gratissima. Jaa, mein Name scheinet weit in alle Lande. Sie müssen doch von mir gehört haben, Dr. Andrews! Ich bin der Mann, der in vier Jahren acht Stellen neu geschaffen hat! Nur mußte ich sie leider alle enttäuschen – irgendwann hat's mir gereicht, im September bin ich zurück an die Uni gegangen. Ein dickes schwarzes Minus in Betragen, sagt Nan – jetzt bin ich von befristeter Ganztagskraft auf Halbtags-Aushilfskraft zurückgestuft.«

Das in etwa waren Mark Rodways Worte – oder das, was Lav seinem Gemurmel entnehmen kann. Künftig wird sie ihm wohl besser zuhören müssen. Er spricht so schnell, so leise, so monoton – wirkt stumpf, fast desinteressiert an den Worten, die aus seinem eigenen Mund kommen.

Aber bei Mark Rodway paßt der Klang nicht zum Inhalt; ihm zuhören, das ist wie einen schlecht synchronisierten Film ansehen. Die Schärfe, den Sarkasmus erkennt man erst im nachhinein, wenn er, beiläufig über die Schulter geschleudert, ins Schwarze getroffen hat – aber man selbst ist doch sicher nicht gemeint. Solche Pfeile können doch nicht von einem derart gutaussehenden jungen Mann kommen, der da nachlässig an der Wand lehnt und unschuldig seine Hände betrachtet.

Während Lav über die Sprechweise dieses jungen Mannes nachdenkt, hat sie bereits einiges von dem versäumt, was Mark ihr über das Gebäude und seine Einwohner erklärt. Mark Rodway erläutert gerade, daß in den fünf Türmen über sechshundert Menschen arbeiten und daß jeder Turm eine Welt für sich ist.

»Wie der Turm von Babel ist das hier – und es bestaunte ihn die ganze Menschheit«, sagt er und gibt damit ihren eigenen Eindruck wieder, obwohl Mark nicht von den spiralförmigen Gängen und Räumen spricht, sondern von den Menschen, die darin sitzen. »Jeder in diesem Haus spricht eine andere Sprache, jeder hockt in seiner eigenen kleinen Zelle, bewacht sein eigenes kleines Projekt, bewegt sich in seiner eigenen kleinen Clique. Ein Junge, mit dem ich zur Schule ging, arbeitet seit fünf Jahren bei Kontingente/Konzessionserteilungen und schwört, er habe weder seinen Boß noch den Haupteingang je gesehen. Die höheren Typen sind natürlich total paranoid in bezug auf ihr eigenes kleines Forschungsgebiet und ihre Arbeitsräume. Die sitzen alle ganz oben im äußeren Ring von Zimmern – denen mit Fenstern. Wir anderen fristen hier unten im Zwischendeck unser Dasein. Alle lassen ihre Türen offen – das wirkt offen und freundlich, hat aber nur den Zweck, daß wir nicht in dem Formaldehyd ersticken, das sie durch die Belüftung pumpen, um uns das Gehirn einzunebeln und uns friedfertig zu halten.« Und das alles in der gleichen apathisch monotonen Stimme.

Nur einmal blickt er hoch, will wahrscheinlich prüfen, wie weit er gehen kann mit dieser älteren Person aus Ottawa, dieser Frau mit ihrem Doktortitel – dieser Fremden.

Lav geht jetzt langsam im Zimmer herum, bewahrt sich ihr gänzlich ausdrucksloses Gesicht und tut, als würde sie gar nicht richtig zuhören. Das ist offenbar die richtige Methode, denn schon spricht er weiter.

»Als Halbtags-Aushilfskraft habe ich keinen Schlüssel für das Materialzimmer, Sie müssen also jede Kleinigkeit anfordern – Hilfe vom Sekretariat, Computer-Software, Telefon, Papier, sogar Bleistifte und Büroklammern. Es gibt keine richtige Cafeteria, und Sie haben ja wohl bemerkt, daß uns keine Filtermaschine zusteht – weiter unten im Korridor gibt's eine Kaffeemaschine, aber das Gesöff möchte man seinem ärgsten Feind nicht wünschen.«

Er schlägt ihr vor, daß sie einen elektrischen Wasserkocher kauft: »Wir können es uns hier unten schon gemütlich machen. Sie bringen Kaffee und Teebeutel mit, und ich Milch und ein paar Kekse.« Damit ist ihr Gespräch zu Ende. Er richtet sich auf, tippt sich mit zwei Fingern an die Stirn – eine Geste, die vor mehreren Generationen vielleicht ein demütiges Ziehen der Mütze bedeutete, sich aber heute auf einen kurzen Gruß reduziert hat – und geht hinaus.

Lav bleibt allein zurück und betrachtet jetzt das Zimmer, was vielleicht eine Spur erfreulicher ist als die Beschäftigung mit Charakter und Background ihres Assistenten. Es gibt zwei Schreibtische und zwei Stühle, beide verkratzt und angeschlagen. Ein Computer-Terminal, ein Aktenschrank, leer und unversperrt. Unter den Wandschränken eine Holzarbeitsplatte mit einem Stahlspülbecken darin. An der Wand gegenüber ein großes, rissiges Pinnbrett aus Kork, und darauf ist ein Umschlag festgemacht.

All ihre langen Arbeitsjahre, all ihre Träume – alle Träume ihres Stiefvaters für sie (»Wenn du Glück hast, Laviniakind, wirst du noch selbst den Beginn der Zivilisation erleben ...«) münden nun in diesen Raum.

Es ist klar, daß *Oceans 2000* hier nicht sehr viel gilt. Wie lange wird es dauern, bis die Daten, die sie braucht, von Ottawa hierher transferiert werden? Wie wird sie es aushalten, in dieser Besenkammer hier zu arbeiten? Wie wird sie mit einem einzigen, nur halbtags angestellten, sicher aufmüpfigen und wahrscheinlich faulen Assistenten zurechtkommen?

Wenn ich in sechs Monaten zurückgehe, wird sich herausstellen, daß ich zur Forschungsassistentin degradiert bin, denkt Lavinia. Um auf andere Gedanken zu kommen, geht sie zur Pinnwand und nimmt den Umschlag ab.

Der Umschlag enthält ein paar Zeilen von ihrem Vorgänger in diesem Zimmer. Roger Martin schlägt ihr vor, ob sie nicht sein Haus mieten möchte. Es sei ein gemütliches Haus, schreibt er, und da er und seine Familie die nächsten achtzehn Monate in Südamerika verbringen würden, solle Lav es sich doch zumindest ansehen. Den Schlüssel habe der Sicherheitsbeamte vorn am Eingang.

Sie ist Roger Martin dankbar. Seine Zeilen sind vernünftig, klar – ein kleiner Willkommensgruß. Noch vor Einbruch der Dunkelheit ist sie bei Martins eingezogen.

Das Haus ist schmal, eingezwängt zwischen zwei beinahe identischen Häusern, jedes mit handtuchgroßen Vor- und Hintergärten und ohne Garage. Von außen wirkt das Haus, als bestünde es aus zwei Stockwerken unter einem steilen Dach, aber Generationen von Fußboden-Angleichungen, Decken-Absenkungen, Umbauten und Anbauten hatten zur Folge, daß jetzt jeder Raum auf unterschiedlichem Niveau liegt, daher muß Lav dauernd ein oder zwei Stufen hinauf- oder hinunterlaufen.

Es ist ein übervolles, gemütliches Haus, vollgestopft mit den Schätzen der Familie Martin. Der Schrank in der Eingangshalle ist bis zum Platzen voll mit Winterjacken, schweren Stiefeln, Wollmützen und Wollschals. Auf den Regalen drängen sich Bücher, an den Wänden Bilder. Kassetten und Spiele, Monopoly, Dame, Scrabble, sind in einer Ecke des Wohnzimmers gestapelt. Auf dem Kaminsims lehnen schreiendbunte Kunstwerke von Kinderhand neben häßlichen Souvenir-Tellern. Anrichten enthalten Porzellan, das nicht zusammenpaßt, und fleckiges Silber.

Die Martins sind von Haus aus nicht sehr ordentlich, aber Lav kann erkennen, daß sie sich bemüht haben, für ihre unbekannte Mieterin Platz zu schaffen. Eislaufschuhe, Skier und Tennisschläger wurden in einen Schrank unter der Treppe gezwängt. Ein Schlafzimmer, zum Lagerraum umfunktioniert, enthält allen möglichen Krempel: Berge alter Schallplatten, alte Magazine, ›Atlantic‹, ›National Geographic‹, ›Chatelaine‹, ›Science Report‹, ›Canadian Forum‹, sogar Comics – die Martins sind in ihrer Lektüre offenbar nicht wählerisch. Auf dem Bett ein Haufen Puppen, Teddybären, ein hölzernes Segelschiff und Hunderte Plastikspielsachen. Aus Kartons quellen Schulzeugnisse, Briefe, Rezepte, den Boden bedecken Fotos. Ihr Drang, in dieser Masse von ungeordneter Geschichte, diesem Abfall des Lebens zu wühlen, ist so stark, daß Lav ein kleines Bücherregal quer vor die Tür schiebt.

Daß am Abend das Haus der Martins auf sie wartet, macht ihr den unerfreulichen Arbeitsraum erträglich. Dann sitzt sie in Roger Martins Lehnstuhl und überlegt, ob sie jetzt wohl ihre Karriere ruiniert hat, ob Ian Farman sie in diese Versetzung nach Neufundland hineinmanipuliert hat. Schließlich langweilt sie sich selbst damit und hört auf, sagt sich, daß sie aus ihrem Aufenthalt hier einen Erfolg machen und einen Bericht vorlegen wird, der jeden Verdacht, sie habe ihre Position nur Philip zu verdanken, auf immer zum Schweigen bringt.

Eingedenk Philips Grundsatz, daß ein Minimum an zivilisiertem Verhalten alles möglich macht, schickt Lav höfliche Anfragen nach Ottawa, man möge doch bitte alle PK3-Daten nach St. John's transferieren, und ersucht um mehr Platz und mehr Personal. Und sie kauft einen Wasserkocher und fordert Material an.

Sie starrt abwesend in ihre Tasse und drückt ihren Teebeutel sorgfältig aus, als sie Mark Rodway darauf aufmerksam macht, daß der *Oceans-2000*-Bericht ihm die einmalige Gelegenheit böte, sich zu profilieren, die Lebensstellung als Beamter zu bekommen, die, wie er ihr schon erklärt hat, das Lebensziel eines jeden aufrechten Neufundländers ist. Nachdem sie das gesagt hat, blickt Lav schnell genug hoch, um Überraschung in Marks Augen wahrzunehmen. »So so«, sagt der Blick, »diese Person vom Festland hat also tatsächlich mitgekriegt, was ich sage!«

Lav beglückwünscht sich. Sie ist überzeugt, daß Mark sie bisher für taub gehalten hat.

Mehr Platz bekommen sie nicht, aber am nächsten Montag ist das Material schon geliefert, und Lav hat einen Schlüssel zu ihrem Büro. Daten aus Ottawa sind bereits in ihrem Computer abgespeichert, und mehrere Dutzend Arbeitshefte, alle randvoll mit Beobachtungen in Zone PK3, stapeln sich wie durch Zauberhand im Gang vor ihrem Büro.

Doch was das wichtigste ist: sie haben Mrs. Alice O'Reilly bekommen. Mrs. O'Reilly ist etwas über fünfzig und sehr förmlich – Cordhosen und Vornamen im Büro lehnt sie ab.

»Von der Handelsakademie in Mercy kam ich direkt hierher. Ich war achtzehn – damals hatte man noch ein ganz anderes Niveau –, ein Diplom der Handelsakademie, das war schon was. Das war kurz nach dem Zusammenschluß – die Provinzregierung übergab die gesamte Fischereibehörde, Personal, Papiere und alles, an den Bund. In diesem Jahr bekam jeder eine Stelle beim Bund«, erzählte sie Lav am Tag ihrer Ankunft.

»Nein, das muß ja nun auch nicht sein«, erklärte Alice O'Reilly und betrachtete die deprimierende Kammer. Dann stellte sie die Topfpflanze, die sie mitgebracht hatte, auf einen Schreibtisch und begann, Kartons auszupacken und das Büromaterial in ordentlichen, deutlich beschrifteten Stößen in die Schränke zu räumen. Anschließend schickte sie Mark auf die Suche nach einem weiteren Schreibtisch.

Lav erkennt Alice O'Reilly sofort – Frauen wie sie gibt es in Ottawa zu Hunderten. Sie sind der Stoff, der den Staatsdienst zusammenhält. Wenn man sie nur ließe, könnte Mrs. O'Reilly die gesamte Behörde leiten, wahrscheinlich die gesamte Nation. In dem Moment, in dem sie zur Tür hereinkommt, benimmt sich Mark bereits weniger impertinent – die Kammer wird zum Büro, und die Angestellten beginnen Lav zu behandeln, als würde sie hier bleiben.

Vor Mark und Mrs. O'Reilly nimmt sich Lav zusammen, ist konzentriert und achtet auf jedes Detail. Obwohl ihr das Ziel des ganzen Projektes nebulös scheint und sie tief im Inneren entsetzt ist über die riesige Menge an ungeordnetem, unkatalogisiertem Material in dem Stoß von blauen Arbeitsheften, bemüht sie sich um zuversichtliches, zupackendes Auftreten.

»Wir müssen dieses regionale Material standardisieren und in das Material aus Ottawa integrieren. Und dann werden wir sehen, wie *Oceans 2000* Gestalt annimmt«, verkündet sie energisch und hört dabei selber, wie pompös das klingt.

Woche über elendslanger Woche hocken die drei über den neufundländischen Forschungsdaten. Mark und Lav analysieren, codieren, transferieren die Daten auf Schaubilder und Tabellen, vergleichen Zahlen mit Angaben aus Ottawa. Mrs. O'Reilly hackt endlos auf den Computer ein. Seit der Universität ist es das erste Mal, daß Lav so eine Arbeit tut. Sie hat ganz vergessen, wie öde das ist.

Auf den bekleckten und verschmierten Seiten der blauen Arbeitshefte haben Fischereibeobachter, Biologen und Ozeanographen ihre jahrelange Arbeit festgehalten, Tausende Seemeilen Forschung in Zone PK3. Gemessen wurde alles, was sich messen läßt: Strömungen, Salzgehalt, Mondphasen, Fangmengen, Unterwasserakustik, die Laichgebiete und Biomasse von zwölf verschiedenen Arten, das Vorhandensein von Eis, von Seehunden, Plankton, herumtreibenden Netzen, Plastikabfällen und, dort, wo Container mit giftigen Chemikalien abgeladen wurden, Anteile von Dioxin und Schwermetallen. Das alles und noch viel mehr haben Forscher beobachtet und in den Arbeitsheften festgehalten.

Obwohl die Materialfülle sie schier betäubt, ist Lav entschlossen, durchzuhalten, nicht aufzuhören, bis sie den Inhalt jedes einzelnen Heftes in den Computer eingegeben haben. Mit jeder Woche werden ihre Arbeitstage länger. Nach der Arbeit geht sie sofort nach Haus, wo sie in einer Art zeit- und geistloser Isolation existiert, wie ein Gespenst das Haus durchwandert, die Besitztümer der Martins durchgeht und sich dabei ohne viel Interesse überlegt, was für eine Art Familie sie wohl sind.

Sie spricht mit niemandem, telefoniert nicht, schreibt keine Briefe – weder an ihre Mutter noch an Philip noch an irgend jemanden in Ottawa. Nat Hornsby teilt ihr mit, daß keine Privatbriefe für sie gekommen sind. Losgelöst von ihrer Vergangenheit, treibt Lav in eine Art Zwischenzeit. Diesmal ist sie verschwunden.

Das einzige Gefühl, das sie sich in diesen ersten Wochen eingesteht, ist der Stich der Enttäuschung, den sie jedesmal spürt, wenn sie mit der Stadt und ihren Einwohnern in Berührung kommt. Als hätten Neufundland und die Neufundländer sie im Stich gelassen. Wenn sie dem Sicherheitsbeamten – einem freundlichen Mann, der sie, wenn es spät wird, bis zur Tür bringt und ihr nachsieht auf ihrem Weg zum Parkplatz – ein gute Nacht zunickt, spürt sie hinter seinem Wohlwollen Kritik. Und überall glaubt sie diese mißtrauische Wachsamkeit zu spüren, in Geschäften, Restaurants, bei Mark und sogar bei Alice O'Reilly, trotz ihres freundlichen Verhaltens im Büro. Manchmal hat sie das Gefühl, als befände sie sich überhaupt nicht in Kanada, sondern in einem gefährlichen fremden Land, das sie beim ersten falschen Schritt verschlingen wird. Es ist klar, daß diese Menschen hier ihr nicht trauen – und auch sie darf ihnen nicht trauen.

Bis April gibt es in ihrer Kammer kaum noch Platz vor lauter Computerausdrucken, Meilen von Statistiken, aus denen sich, so sehr Lav sich auch um Zuordnungen und Querverbindungen bemüht, kein wie immer geartetes Muster ablesen läßt. Es liegt etwas zutiefst Beunruhigendes in diesen endlosen Zahlenreihen, wie sie Stunde um Stunde auf den Boden gleiten. Als sie Mark das sagt, versteht er sie sofort.

»Es ist wie ein Horoskop, das man nicht lesen kann – eine Million Horoskope!« sagt er, dann fällt ihm etwas ein. »Nein – eher wie der arme alte Belsazar in der Bibel!«

Auf Lavs verständnislosen Blick erklärt der junge Mann, daß Belsazar ein König war, der den alten Daniel aus dem Ruhestand in den Palast rufen ließ, damit er ihm die mysteriöse Handschrift deute, die immer wieder an der Wand erschien. »Vielleicht«, schlug er vor, »sollten Sie ins Hoyles-Heim hinübergehen und dort jemand finden, der unsere Ausdrucke lesen kann – fragen Sie doch, ob die nicht irgendeinen alten Fischer haben, den wir uns ausborgen können.« Mark lacht über seinen eigenen Witz.

Lav bittet ihn, den Mund zu halten.

Ihre Unruhe ist wieder da, und mit ihr der Fisch, der durch ihre Träume schwimmt. Aus seinem Inneren heraus spürt sie die Kälte, die Wasserströmungen, das Schweigen. Nächte und Tage sind von Vorahnungen erfüllt. Aus Ottawa ist kein Wort zu hören, sie ist vergessen, abgelegt. Lav hat solche Dinge in Regierungsbehörden schon erlebt – daß man eine unbequeme Person auf ein sinnloses Projekt ansetzt, das weder Anfang hat noch Ende.

Mark wird mürrisch, beschwert sich, daß er vor Langeweile umkommt. Mehr um die Luft zu reinigen als in der Hoffnung auf irgend etwas Konkretes gibt Lav ihm den Auftrag, die ursprüngliche Zielsetzung für das Projekt Zone PK3 auszugraben.

Zwei Tage lang ist er verschollen. Am Freitag nachmittag erscheint er wieder und erklärt, und zwar endlich einmal mit einer Stimme, die auch Lav verständlich ist, er sei der Gesandte des Herrn und verkünde ihnen Ottawas Gebot – das Wahre Dokument.

Als Lav und Alice O'Reilly mit ihren Stühlen zu dem jungen Mann herumschwingen, senkt Mark die Stimme und verkündet mit einem Akzent, den Lav bereits als seinen angenommenen Festland-Akzent erkennt: »Die Untersuchung von Zone PK3 vor der Nordostküste Neufundlands ist als konzertierte Aktion verschiedener Institutionen und Forschungsbereiche zu betrachten.

Zu den angestrebten Zielen gehört unter anderem, durch entsprechende Vorarbeiten die Regierung künftig in die Lage zu versetzen, alle ozeanbezogenen Probleme rechtzeitig aufzugreifen und entsprechend zu reagieren, bevor diese sich krisenhaft entwickeln können. Auf der Grundlage dieser Studie wird das Department of Fisheries and Oceans ein auf einen größeren Zeitraum angelegtes meereswissenschaftliches Planungspapier ausarbeiten und sachbezogene Projekte entwickeln, wobei diese Projekte den Prioritäten der Regierungspolitik entsprechend gestaltet werden.

Sehr präzis, sehr klar! Finden Sie nicht auch, Dr. Andrews?« Unbewegten Gesichts starrt Mark Lav in die Augen, während er ihr das Papier reicht.

Sie sehen einander eine Sekunde lang an, dann brechen sie in Lachen aus. Das offizielle Blabla entzückt sie beide. Umgeben von den Stößen blauer Arbeitshefte, den meilenlangen Ausdrucken, den Tausenden von Statistiken, die dieses Blabla ins Leben rief, halten sich Mark und Lav aneinander fest und lachen.

Das ist seit Monaten das erste Mal, daß Lav jemanden berührt, daß sie überhaupt lacht. Einmal begonnen, kann sie nicht mehr aufhören. Alice O'Reilly ist verblüfft, dann verärgert, aber das erheitert die beiden anderen nur noch mehr. Lav lacht, bis sie in den Stuhl fällt und fast erstickt und Mark ihr auf den Rücken klopfen muß.

»Na also, Sie sollten öfter lachen«, sagt er, als sie sich erholt hat, dann wendet er sich an Alice: »Dr. Andrews nimmt das alles viel zu ernst – sie hat noch nicht erfaßt, daß wir hier unten in Neufundland alles tun können, alles oder nichts – es zählt ja sowieso nicht.

Nicht im großen Plan der Dinge. Stimmt's oder hab ich recht, Mrs. O'Reilly?«

Alice O'Reilly würdigt ihn keiner Antwort. Das Gesicht mißbilligend verkniffen, reicht sie Lav ein Glas Wasser.

Lav liest das Papier noch einmal durch. Mark und Alice gehen an ihre Schreibtische zurück. Bis auf das Klicken der Computertasten ist es im Büro ganz still. In anderen Büros läuten wenigstens die Telefone. Weiter unten im Gang hört man ein schleifendes Geräusch, dann eine Männerstimme, die scharf sagt: »Festhalten! Paßt doch auf!« Kühltruhen mit Proben werden umgestellt.

Was habe ich mir die ganzen Wochen hier nur vorgespielt? fragt sich Lav. Habe ich versucht, mich in Philip zu verwandeln, seinen Management-Stil zu kopieren, seine Methoden? Die Art, wie er vollkommen aufgeht in jedem Projekt, das er anpackt – der Tatsache zum Trotz, daß mich das Projekt hier nicht im geringsten interessiert, weder dieses wilde Durcheinander an Informationen noch deren Quelle – eine winzige Bucht irgendwo an der Nordostküste von Neufundland. Den Prioritäten der Regierungspolitik entsprechend, daß ich nicht lache.

Das ganze Projekt hängt ihr zum Hals heraus. Mark hat recht, nichts, was hier unten geschieht, zählt.

Sie zieht ihren Mantel an und verläßt wortlos das Büro. Draußen wirkt sogar das Licht fremd, hellgrau und feucht. Es ist seit Wochen das erste Mal, daß sie das Gebäude vor Einbruch der Dunkelheit verläßt. Überall sonst auf dem Kontinent ist schon der Frühling eingekehrt, aber hier umklammert noch das Eis die Klippen, und gefrorener Matsch bedeckt den Parkplatz.

Lav fährt weg von der Forschungsstation, bergab, dann bergauf, immer weiter bis hinauf zum Gipfel von Signal Hill, dort parkt sie und bleibt sitzen und starrt auf das träge, halb gefrorene Meer. Fisch geht ihr durch den Kopf, nicht die stumpfen leblosen Statistiken, die ihr Büro füllen, sondern der anmutige einsame Fisch, der jede Nacht durch ihre Träume schwimmt.

Lav hat ihren Fisch identifiziert – eine Lachsart, bei der das Weibchen sich bei dem hektischen Bemühen, ihre Eier auf exakt dem Stück Sand abzulegen, wo sie selbst dem Laich entsprang, in vorzeitige Senilität treibt. Beladen mit elf Millionen Eiern, schwimmt der große Fisch langsam durch endlose Ozeane, meidet – wenn er Glück hat – Netze, Fischkutter, Haie, schwimmt der erfüllten Zeit entgegen, dem erfüllten Ort, dem erfüllten Anderen. Wie sinnvoll, würdevoll, wie richtig erscheint ihr diese Suche.

Den Traum überschattet das Wissen, daß ihr Lachs verloren ist. Er produziert nicht mehr jene Flüssigkeit, die den Sauerstoff durch die Kiemen in Fleisch und Knochen filtert. Innerhalb von wenigen Tagen wird sich sein Kiefer strecken – in ihrem Traum geschieht es schon – bald hat der Fisch ein großes vorstehendes Maul, die Schuppen verlieren ihren Glanz, werden fleckig und rötlich braun. Wenn das Lachsweibchen das Ziel, das es so leidenschaftlich sucht, erreicht hat, laicht es und stirbt – unerklärlicherweise an vorzeitiger Vergreisung.

Ein starker Wind geht hier oben auf dem Hügel, drückt gegen den Wagen, bewegt ihn sanft. Lav ist halb eingeschlafen, in Schlaf gewiegt von den Gedanken an ihren alternden Fisch, vom Wind und dem trägen Auf und Ab des Meeres – Woge auf Woge dieses grauen, halb gefrorenen Wassers mit zarten weißen Schaumkronen, das heranschwappt und sich wieder zurückzieht, zurückrollt bis an eine weit entfernte, unsichtbare englische Küste.

Falls ihr Lachs jetzt umkehren würde, wieder in die andere Richtung schwimmen, würde dann der Lebenssaft wieder durch seinen Leib pumpen? Ließe sich der natürliche Prozeß dann umkehren? Könnten sich Fleisch und Skelett regenerieren?

Lav wird in die Realität zurückgerissen durch ein lautes Klopfen an das Fenster des Beifahrersitzes. Draußen bückt sich eine Frau, das Gesicht ans Glas gepreßt. Nase und Wangen sind von der Kälte gerötet, der Wind zerrt an ihrem schwarzen Tuch und ihrem struppigen grauen Haar. Die Erscheinung klopft ans Glas und bedeutet ihr mit einer ungeduldigen Geste, sie möge doch das Fenster hinunterlassen.

Als sie sich hinüberbeugt und die Tür öffnet, hüpft die Frau herein, zieht Berge von Mantelstoff hinter sich nach und wickelt sich darin ein wie in eine Decke. Dann legt sie einen Stoß Broschüren vorn auf die Ablage und haucht sich in die Hände.

»Es gibt nur einen Weg hinunter – außer Sie wollen über die Klippen fahren«, bemerkt die Frau scharf und sieht Lav ohne jedes

Lächeln ins Gesicht. »Aber ich bin sicher, Sie fahren in meine Richtung – und dann können Sie mich doch wohl mitnehmen.« Ihre Stimme ist so eisig wie die Luft, die sie ins Auto bringt.

Mit einem Gefühl, als hätte man sie aus tiefem Schlaf gerissen, blickt Lav hinunter auf das dunkle Wasser, den weißen Schaum und die vereisten Felsen, und schaudert. Hat sie etwa wirklich daran gedacht, sich da hinabzustürzen? Überzeugt, daß ihr nichts Derartiges in den Sinn gekommen war, fragt sie die Frau, wohin sie sie denn bringen soll.

»Ach, lassen Sie mich nur unten am Fuß des Hügels wieder raus – dann hab ich's nicht mehr weit. Eigentlich hätte ich ja heute überhaupt nicht hier heraufgebraucht, aber ich mußte mit Gus Whittens Enkel reden – der arbeitet im Turm. Außerdem dachte ich heute morgen, es wär Frühling – diese blöden CBC-Kerle haben ja Sonne angesagt«, und sie starrt böse auf den weiten grauen Himmel.

Hier, denkt Lav, ist eine Chance, mit einer echten Neufundländerin zu sprechen, sich mit etwas anderem zu beschäftigen als mit Fisch. Sie wird die Alte da entführen, sie in ein Restaurant schleppen, mit Tee vollpumpen, bis sie alles sagt: wer sie ist, wie sie ihren Tag verbringt, was sie so wild macht – was sie hier am eisstarrenden Rand der Welt am Leben hält.

»Ist es hier im April immer so?« fragt Lav.

Die Frau nickt. »Ja, immer.« Geplauder interessiert sie nicht, kaum schaut sie zu Lav herüber. Sie redet mit sich selbst, wühlt murmelnd in den Broschüren – Hochglanzpapier, auf dem sonnenhelles Meer und blauer Himmel prangen. Schnaubend schiebt sie den Berg Touristenmüll auf den Boden des Autos, versinkt in ihrem Mantel und sagt nichts mehr, bis sie unten am Fuß des Hügels ankommen.

»Hier!« befiehlt sie, und als Lav hält, fängt sie sofort an, sich hinauszuwickeln. Einen Fuß auf dem Gehsteig, dreht sie sich noch einmal um: »Früher haben sie da oben Menschen gehängt – das ist ein schlimmer Ort, nicht gut zum Nachdenken.« Die Frau nickt, hüllt sich in ihren Wintermantel und stapft davon.

Die verschlossene Arroganz der Alten tut Lav gut. Auf dem Heimweg kauft sie ›The Globe and Mail‹, ›Ottawa Citizen‹, frisches Brot und eine Flasche Wein.

Auf dem Boden hinter der Eingangstür liegt ein Berg Post. Lav zwängt ihren Mantel zwischen die Wintermäntel der Martins und bückt sich, um die Briefe aufzuheben. Dabei sieht sie in dem kleinen ovalen Spiegel neben dem Wandschrank unvermutet sich selbst. Erschrocken hält sie das Gesicht näher an den Spiegel und studiert ihre Züge, dreht den Kopf nach links und rechts, betrachtet die Linien von Kiefer, Kinn und Nase – die ist doch länger, gebogener als vor sieben Wochen, als sie Ottawa verließ? Beim Haar gibt es keinen Zweifel, das ist jetzt farblos, spröde und an den Spitzen gespalten und fällt ihr gar nicht mehr mit weichem kastanienbraunem Glanz um die Ohren. Ihre Haut ist allerdings heller, feiner, durchsichtiger – aber sie spürt keinen Sog, keinen Drang zu laichen. Sie wendet sich ab von diesem müden, erschöpften Gesicht, verleugnet es – das ist nicht ihres.

In Ottawa ist Lav regelmäßig in die »Beauty Boutique« direkt unter dem DFO-Gebäude gegangen. Jeden Dienstag und Freitag verließ sie das Büro etwas früher und ging zuerst schwimmen und dann in die Sauna. Danach hüllte sie sich in einen schneeweißen Bademantel mit dem Monogramm B. B. und ließ sich Nägel, Haar und Gesicht verschönern. Die Angestellte geleitete sie in einen kleinen Raum, der wie das Innere einer Schmuckschachtel dekoriert war, und brachte frisch gebrühten Kaffee, an dem Lav nippte in ihrem weichen Sessel, sanfter Musik lauschend und dem gedämpften Klang von Stimmen von der anderen Seite der Wand.

Alle in der »Beauty Boutique« kannten sie: das Shampoo-Mädchen nannte sie Dr. Andrews und gab zirpende Geräusche von sich, während sie Lavs Schultern mit einem seidenen Cape umhüllte und ihren Kopf ganz zart zurückbeugte auf den gepolsterten Rand des pfirsichfarbenen Kopfwaschbeckens.

Das Mädchen, es hieß Kyra, hatte gefährlich aussehende lackierte Nägel, berührte ihre Kopfhaut aber immer nur mit den weichen Fingerkuppen. Kyras Finger bewegten sich in hypnotischen Kreisen entlang Lavs Haaransatz, zurück auf den Scheitel, rund um die Ohren, hinunter in den Nacken, während sie ihr mit Shampoo, dann mit warmem Wasser, dann mit einer Spülung und schließlich mit einer Kastanien-Gold-Tönung das Haupt salbte. Zweimal pro Woche lag Lav in diesem dampfenden, schläfrigen

Dunst, der nach zerdrückten Aprikosen roch und sich mit der Musik vermischte und die Vögel und Blumen behauchte, die an Decke und Wänden tanzten.

Erstaunlich eigentlich, wie solche Rituale trösten und ein Glücksgefühl hervorrufen können. Wenn Lav so daran denkt, ist sie eigentlich überzeugt, daß sie Kyra ebensosehr vermißt wie Philip.

Entschlossen, am Montag Alice O'Reilly bezüglich Fitneßclubs und Friseuren auszufragen, hebt Lav die Post auf und geht durchs Wohnzimmer und die drei Stufen hinauf in die große Küche an der Hinterseite des Hauses. Dort legt sie die Post mit dem Gesicht nach unten auf den Küchentisch, gießt sich ein Glas Wein ein und macht sich auf die Suche nach der Dose mit den Wiener Würstchen, die sie doch irgendwo in dem hohen altmodischen Schrank einmal gesehen hat.

Lavs Eßgewohnheiten sind genauso lax geworden wie ihre Beschäftigung mit ihrem Äußeren. Sie trägt Wein, Brot und die Dosenwürste hinüber zu dem Polstersessel am Küchenfenster. Mit dem Rücken zum Tisch und zur Post ißt sie ihr Abendessen.

Lav hat immer die abgewohnten, ganz gewöhnlichen Stadtteile geliebt, Orte wie die Dugan Street in Ottawa, wo sie aufwuchs: Wohnhäuser wie das, in dem die Familie Petrassi lebte, Kirchen und kleine Lebensmittelläden, Reparaturgeschäfte und Delikatessenhandlungen, Buchläden wie den von Saul, und alles eng nebeneinander. Sie schätzt dieses umschlossene Gefühl in den schmalen Gassen, auf Gehsteigen, die den Leuten gehören, die hier wohnen.

Aus der Küche der Martins kann sie hinuntersehen in solche Gassen, auf dichtgedrängte schneebedeckte Dächer, Schornsteine, Tauben und Seemöwen, in kleine Hinterhöfe, wo Katzen sich zwischen rostigen Fahrrädern, kaputten Grills, Autoreifen und Kinderwagengestellen hindurchschlängeln.

Zwischen den Schornsteinen und durch eine kleine Hintergasse kann Lav eine Ecke von Crottys Gemischtwarenhandlung sehen. Im Fenster steckt ein Karton mit der Aufschrift: »Gewässerter Fisch für Ihren Brewis.« Geheimnisvolle, von Hand geschriebene Buchstaben, wie jene, die sie Charlotte an Sauls Auslage schreiben sah. Heute abend kann Lav die Worte nicht sehen, aber sie weiß, daß sie da sind, weil sie nach Einbruch der Dunkelheit öfter rund um den Block geht.

Die meisten Häuser hier schließen ohne Vorgärten gleich an den Gehsteig an. Wenn die Leute ihre Vorhänge zuzuziehen vergessen, kann Lav in ihre Küchen und Wohnzimmer sehen. Wenn ich ein Maler wäre, denkt sie, würde ich sie malen, sie mit Farbe umgeben, mit Licht und Schatten. Einander zugewandt, dem Essen zugewandt, sitzen die Menschen beim Abendessen, einem schweren, erdfarbenen Essen, wie man es in den Supermärkten niemals findet. Alles, die milchweißen Arme der Frauen beim Geschirrspülen, die blaugesichtigen jungen Verliebten, die sich vor unsichtbaren Fernsehern aneinanderkuscheln, die erschöpfte junge Mutter, die Abend für Abend Essen in den rosig lächelnden Mund ihres Babys löffelt, alle wirken sie wie aus einem anderen Jahrhundert. Sogar die Kinder, reglos wie Fels, auf Sofas hingesunken, die Augen fest auf den Fernseher geheftet, könnten genausogut einen Hahnenkampf auf einem mittelalterlichen Marktplatz verfolgen. Jedes erleuchtete Fenster ist ein Bild, fast nichts ändert sich von einem Abend zum anderen, höchstens vielleicht die Farbe eines Hemds, ein Tischtuch, die Anordnung der Kinder beim Fernsehen. Gerade diese Monotonie verleiht den alltäglichen Szenen Würde. Lav selbst bleibt unsichtbar. Nur die Katzen, die die Straße vom Fensterbrett aus beobachten, sehen ihr mit grün-goldenen Augen nach.

Auf ihren Rundgängen kommt sie an Crottys Auslage vorbei, liest die geheimnisvollen Worte, beobachtet die Verkäuferin. Diese redet manchmal mit einem Kunden, aber noch öfter lehnt sie einfach auf der Theke, ein Vermeer, das unbewegte rundliche Gesicht in die Hände gestützt, in eine Zeitschrift vertieft. Lav hat überlegt, ob sie nicht hineingehen soll und herausfinden, was die Angestellte da mit soviel Hingabe liest – und fragen, was denn Brewis ist.

Weit hinter dem Geschäft, hinter vielen Häusern und Gassen, kann Lav ein kleines Stück Hafen sehen. Stahlgrau glänzt es im kalten Aprillicht.

»Können Sie den Hafen sehen?« hatte Mrs. O'Reilly gefragt, als Lav ihr erzählte, daß sie im Haus der Martins wohnte.

Nein, antwortete Lav, aber Alice bestand darauf: »Aber sicher doch«, sagte sie, »vom oberen Stockwerk sehen Sie doch ganz sicherlich den Hafen!«

Eine ganze Woche lang oder sogar noch länger stellte sie jeden Tag die gleiche Frage – als könnte der Anblick des Hafens von St. John's unvorstellbares Glück bringen. Und dann erkannte Lav eines sonnigen Morgens, daß der kleine tiefblaue Streifen zwischen Crottys zwei Schornsteinen tatsächlich der Hafen war.

»Das hab ich doch gewußt, daß Sie von dem Haus aus den Hafen sehen können!« bemerkte Alice O'Reilly höchst befriedigt.

Noch am gleichen Abend hatte Lav Roger Martins üppig gepolsterten Lehnstuhl aus seinem Arbeitszimmer heraus, durch die Diele und die drei Stufen in die Küche hinaufgezerrt und dabei zwei weißlackierte Türen angeschlagen. Aber dafür steht der Fauteuil jetzt vor dem großen Sprossenfenster, und jeden Abend verbringt sie wenigstens eine Stunde vor dem Zubettgehen darin. Nur hier hat sie das Gefühl, wirklich an einem anderen Ort zu sein – einem Ort, der von fern an die von ihrer Mutter beschriebene Insel erinnert.

Lav sitzt hier und sieht zu, wie der Hafen von St. John's sich von Grau zu Schwarz verdunkelt, und fühlt sich als Besucherin, als Beobachterin, ohne Verbindung zum wirklichen Leben dieses Ortes.

Ich tue hier meine Arbeit, und dann gehe ich, denkt sie. Es wäre verrückt, sich was anderes vorzustellen. Nie werde ich hier jemandem nahekommen, nie in eins der Häuser, an denen ich vorbeigehe, eingeladen werden, keine Gespräche mit Menschen führen wie der Frau oben auf dem Hügel oder der Verkäuferin in Crottys Laden. Meine Sehnsucht danach ist irgendwie unnatürlich, gewöhnlich, vielleicht sogar gefährlich. Lav wird sich mehr Distanz zulegen müssen. Wenn sie an die angenehmen, wohlgeordneten Jahre mit Philip denkt, muß sie zugeben, daß sie mit Distanz immer gut gefahren ist.

Sie gießt sich noch etwas Wein ein und überlegt, was sie tun würde, falls die Post auf dem Tisch hinter ihr einen Brief von Philip enthielte – eine Antwort auf ihre sachlich gehaltene Karte mit der Mitteilung, daß sie das Haus in Ottawa geschlossen hat.

Sie stellt sich vor, Philip schriebe ihr von Australien, ein wilder, leidenschaftlicher Philip, der sie überraschen wird – er hat schließlich gezeigt, daß er imstande ist, sie zu überraschen. Lav amüsiert sich eine Weile damit, sich diesen neuen Philip auszumalen: einen Mann, der sich zuerst von der Geographie gelöst hat und sich jetzt überhaupt von allem löst, von der Geschichte, von Ordnung, Gewohnheit, Tradition, der jetzt frei ist für ein neues Arrangement von Begierden, von Impulsen, die besser zum australischen Staub und Sonnenlicht passen, besser zu Hitze und Verlangen.

»Komm sofort – kann ohne dich nicht leben!« wird dieser ganz un-Philip-hafte Mann ihr schreiben. Und was sagt sie? Wie wird diese Lavinia, die Frau mit dem spröden Haar und dem länger werdenden Fischmaul, auf seinen Sirenengesang antworten?

Es ist schon fast Mitternacht, als sie, nachdem die Weinflasche geleert ist, endlich die Post ansieht. Von Philip ist kein Brief dabei. Es sind Rechnungen für Strom und Heizöl, eine gekritzelte Erinnerung von Roger Martin, sie möge bitte die Heizung kontrollieren und reinigen lassen – erstaunlich, in Caracas an so was zu denken! Dann noch ein Magazin, ein Reklameblatt für »Papas Pizza« und ein brauner Umschlag ohne Briefmarke mit der Aufschrift »An Dr. Andrews, von M. Rodway«. Er enthält drei Blatt Papier.

Auf dem obersten steht in Marks Handschrift: »Ich habe etwas gefunden, was Sie vielleicht interessiert. Könnten wir uns am Montag nach der Arbeit im Universitäts-Marine-Archiv treffen? Die beiligenden Faxe kamen übrigens rein, als Sie schon fort waren. Mene, mene, tekel.«

Eine codierte Nachricht ihres Assistenten – vielleicht eine Warnung.

Auf dem zweiten Blatt nur drei getippte Zeilen unter dem DFO-Briefkopf: »An: Dr. Andrews, Forschungsstation des Department of Fisheries and Oceans, St. John's, Nfld. Von: Dr. Ian Farman, Planungsabteilung, Sektion Wissenschaft, DFO, Ottawa. Bin mir über die Bedeutung Deines Vorausberichts nicht im klaren. Ersuche um Re-Evaluierung des Materials unter Bezugnahme auf beigefügtes Memo der Abteilung Öffentlichkeitsarbeit.«

Nicht im klaren, so so. Was für ein Vorausbericht? Und was noch viel schmerzlicher ist: warum hat Ian Farman, der mindestens ein dutzendmal bei ihr zu Hause gegessen hat, seinen kurzen eisigen Zeilen nicht wenigstens einen persönlichen Gruß angefügt?

Das letzte Blatt ist die Kopie eines weiteren Büro-Memos, adressiert an Ian Farman, gezeichnet von einem Typ namens Wayne. Wayne hat weder Titel noch Familiennamen.

Das wird mir nicht gefallen – ich weiß, daß mir das gar nicht gefallen wird, denkt Lav. Das Papier wie eine Handtasche unter den Ellbogen geklemmt, macht sie sich noch eine Tasse Tee, nimmt sie mit ins Schlafzimmer und kriecht dann ohne sich auszuziehen ins Bett, um sich das verdammte Memo zu Gemüte zu führen.

»Empfehle dringend, Dr. Andrews folgende Richtlinien als Basis für ihren in St. John's, Neufundland, fertigzustellenden Bericht über *Oceans 2000* zu verdeutlichen: Der Report über Zone PK3 ist zu sehen als ein Baustein unter vielen, vermittels welcher die Regierung eine Zukunftsstrategie entwickeln kann, die Wissenschaft und Technologie als Triebkräfte der wirtschaftlichen Entwicklung an Kanadas Küstengebieten in den Vordergrund stellt. Es ist ein Anliegen des Ministers, mit dieser langfristigen Planung sowohl die Bedürfnisse des privaten Sektors zu berücksichtigen als auch die Strategie der Regierung voranzutreiben, Entwicklung und Ausbeutung des natürlichen Reichtums unserer Gewässer zum Wohle des kanadischen Volkes zu maximieren.«

Unter dieser abgefeimten Formulierung, durch drei Sternchen davon getrennt, hat der Verfasser noch eine kurze Nachricht an Ian Farman angefügt: »Fahre nächste Woche nach St. John's – werde mir diese Dr. Andrews einmal ansehen. Wayne.«

Lav liegt im Bett, die drei Blätter in der Hand. Sie studiert die Unterschriften – zwei davon sind mit der Maschine geschrieben – und liest jedes Wort noch einmal. Unsicherheit breitet sich schwer wie ein Stein in ihrem Magen aus. Sie hat Mark Rodway im Verdacht. Was hat er gemacht? Warum hat er ihr das Zeug hierhergebracht? Wer ist Wayne? Was heißt »Wissenschaft und Technologie als die Triebkräfte der wirtschaftlichen Entwicklung in den Vordergrund stellen«? Warum »empfehle dringend«? Was für ein Vorausbericht?

Sie kennt sich nicht mehr aus, sie fühlt sich krank, wie ein Tourist, der sich in einem fremden Labyrinth verirrt. Es ist spät, es scheint ihr Tage her, seit sie das Büro verlassen hat. Sie hat zuviel Wein getrunken, kann nicht klar denken. Sie schiebt die Blätter auf den Boden und versinkt in einen unruhigen Schlaf.

Die ganze Nacht schwimmt ihr alternder Lachs dahin, zuerst durch wabernden, schilfdurchwachsenen Schlamm, dann durch Computerausdrucke, entlang wäßriger Pfade, durchklappert von Tastaturen, die nach Formaldehyd riechen.

Als sie am Samstag erwacht, fühlt sie sich kaum besser – sie weiß, daß die Nacht vom Fisch besessen war, sie sagt sich, daß sie eigentlich sofort ins Büro gehen und den mysteriösen Report aufspüren sollte, von dem in den Memos die Rede ist. Beim Kaffee beschließt sie aber, die Memos zunächst einmal zu vergessen – vor Montag kann sie schließlich gar nichts unternehmen.

Sie wird das Wochenende ihrem Körper widmen, etwas für ihr Aussehen tun, ihr Gesicht und ihre Haare. Sie sieht im Telefonbuch nach, sucht sich Boutiquen heraus, vereinbart Termine. Dann findet sie ein Fitneßcenter, geht schwimmen, macht Gymnastik und läßt sich massieren. Sie besucht drei Boutiquen, ein Schuhgeschäft, dann einen Kosmetiksalon, läßt sich das Haar färben und schneiden, läßt sich das Gesicht behandeln und die Hände maniküren. Sie läßt sich hätscheln und tätscheln, frisieren und komplimentieren. Dieses Verwöhntwerden kostet ziemlich viel. Wer sagt, mit Geld könne man Glück nicht kaufen, lügt.

Am Sonntag schüttet es, und der Wind heult. Die drei Blatt Papier liegen noch immer auf dem Boden neben ihrem Bett. Lav denkt nicht daran. Statt dessen probiert sie die Kleider, das Wollkostüm, die Schals und die Schuhe, die sie gestern gekauft hat, und bewundert ihr frischgetöntes kastanienbraunes Haar.

Später macht sie im offenen Wohnzimmerkamin ein Feuer und versenkt sich in ein auf gut Glück von den Martinschen Bücherregalen ausgewähltes Buch. Unter dem Titel ›Vom Himmel gefallen‹ finden sich Geschichten, die, eigentlich für Kinder geschrieben, alle irgendwie brutal und ganz unkindlich sind. Erzählungen davon, wie Himmel und Erde, einst vereint, auseinandergerissen wurden, wie Götter und Göttinnen stürzten, anfällig wurden für Schmerz und Sünde und Tod.

Den ganzen winddurchrüttelten Nachmittag hindurch sitzt sie

am Feuer und trinkt Tee, verschlingt Crackers und Käse und liest über Zeus, Apollo und Aphrodite, und wie sie ganz ungöttlich aneinander und an den armen Menschen Rache üben. Anscheinend wollen auch Götter, ganz wie die Menschen, das lehren, was sie selbst nicht erlernen können. Immer wieder verfallen sie dem Zauber eines Sterblichen und leiden manchmal endlose Qualen, wenn sie ihm helfen wollen. Prometheus bietet dem Zorn des Zeus die Stirn und bringt den Menschen Feuer, Pandora öffnet ihre schlau konstruierte Büchse, Baldur der Schöne stirbt, in seinem feurigen Schiff segelt er hinaus aufs Meer, »brennend wie Herbstlaub, und die Erde weinte um ihn, und Kälte und Finsternis brachen herein«.

Auch Lavinia weint um ihn.

Der Laut ihres Weinens erschüttert sie. Sie hat doch gedacht, sie sei zufrieden, fühle sich wohl mit sich allein, mit dem Feuer und dem Buch. Aber als sie von Baldurs Tod liest, überfällt sie Trauer. Ein Leichentuch der Verzweiflung, eine allumfassende, unpersönliche Trauer senkt sich über sie, und sie weint. Hinter dem Rand ihrer Tränen lauert etwas anderes, etwas Näheres, Persönlicheres. Aber Eis und Schneeregen, die gegen das Fenster trommeln, vertreiben dieses Andere, und sie liegt zusammengerollt auf dem Sofa und weint, weint um alle armen Götter und armen Menschen, die sterben müssen, ihr Besitz verstreut in alle Winde, ihre Geschichten vergessen.

Als das Weinen aufhört, bleibt sie, unglücklich schniefend, liegen, bis es dunkel wird, bis im Kamin kein Funken Feuer mehr lebendig ist – dann geht sie schlafen.

3

Von da an war nichts mehr so wie früher. – Das ist so ein Spruch, den man oft hören kann. »Damit hat alles angefangen«, sagen die Leute, »ab diesem Tag war alles anders«, oder »das hab ich damals gleich gewußt«. Konventionelle, bequeme Phrasen, Phrasen, die die Illusion von Ordnung vermitteln, von der eigenen Fähigkeit, alles in Schubladen zu ordnen, Ereignisse säuberlich voneinander zu trennen, zu entwirren.

Aber das Leben läßt sich nicht entwirren, läßt kein Muster erkennen, und die Ereignisse haben untereinander höchstens so viel Zusammenhang wie Kiesel, die aus einem engen Flaschenhals kollern – jeder den anderen schiebend, jeder fällt nur, damit der nächste hinter ihm auch fallen kann. Für die meisten von uns – wenn man nicht gerade von einem Lastwagen überfahren wird oder einem die Erde unter den Füßen wegrutscht – gibt es keinen Augenblick, keine Stunde, keinen Tag, wo wir sagen könnten: »Danach war alles anders.«

Und doch wird Lavinia Andrews das sagen.

»Nach diesem stürmischen Sonntag war plötzlich alles anders«, wird sie sagen. »Nach dieser durchweinten Nacht haben die Ereignisse in meinem Leben nicht mehr aufeinander gewartet, einander nicht mehr höflich den Vortritt in die Existenz gelassen. Nach diesem Sonntag kollerte alles irgendwie hervor – ein völliges Durcheinander, Gegenwart und Vergangenheit, öffentlich und privat, Wirklichkeit und Phantasie, alles vermischte sich.«

So hat sie die darauffolgenden Tage in Erinnerung – aber natürlich geschehen Tage und Ereignisse in einer bestimmten Ordnung, in einer festgelegten Zeit, und so müssen wir sie jedenfalls beschreiben.

Am Montag morgen trägt Lav ihren neuen Schal, den Wollblazer und den engen Rock, ihre Neuerwerbungen vom Samstag. Sorgfältig frisiert sie ihr karamelfarbenes Haar und verdeckt mit Make-up die Spuren der durchweinten Nacht.

Alice O'Reilly, die in der Lobby neben dem Tisch der Sicherheitsbeamten auf- und abläuft, bemerkt davon gar nichts.

»Wir werden versetzt! Einfach so! Ohne jede Vorwarnung – ohne auch nur ein einziges Wort – mit Sack und Pack verfrachten sie uns hinauf in den obersten Stock! Und das ist nicht alles«, sprudelt sie hervor und drängt Lav zum spiralförmigen Verbindungsgang, »noch diese Woche werden Wayne Drover und seine Leute hier auftauchen! An welchem Tag, das erfährt man natürlich nicht, nur: ›Eintreffen Mitte der Woche aus Ottawa‹.«

Alice hält inne, um Lavs Reaktion zu sehen, die sie aber offenbar nicht ganz befriedigt. »Sie wissen, wer Wayne Drover ist?« fragt sie und wirkt schockiert, als Lav den Kopf schüttelt. »Also, ich dachte, daß den jeder in der Abteilung kennt! Wayne Drover ist der persönliche Assistent von Timothy Drew – nach seiner Wahl hat ihn der Minister nach Ottawa mitgenommen. Wayne ist von hier, einer von den Unsrigen – ist in der Battery aufgewachsen, aber mit allen Wassern gewaschen …«

Auf dem Weg zu ihren neuen Büroräumen verbreitet sich Alice über die Karriere von Wayne Drover, über die Wahlkämpfe, die er für Timothy Drew geführt hat, über seine eingegangene Werbefirma, seine verkrachte Ehe, seine hochfliegenden Pläne. Der Mann ist offenbar eine Lokalgröße.

Die Zimmer, die man ihnen zugewiesen hat, sind hell und geräumig. Lav deutet auf die Fenster, die Wandschränke, den Ecktisch, auf dem bereits Wasserkocher und Kaffeemaschine stehen, alles Beweise ihres Aufstiegs, und sagt Alice, sie solle sich doch freuen.

»Irgendwie gefällt mir das Ganze nicht – das geht doch sonst nicht so schnell. Üblicherweise hört man davon Wochen im voraus. Es geht da irgendwas Sonderbares vor – wie immer, wenn die Politischen sich einmischen – und das tun sie hier, denken Sie an meine Worte. Für Hilfskräfte ist das hier viel zuviel Platz – und nichts anderes sind ja ich und Mark und wen wir sonst noch brauchen. Das mittlere ist Ihres«, sagt Alice und deutet auf eines der fünf separaten Büros, die alle auf die Empfangshalle hinausgehen. »Ein wirklich schönes Büro – Sie haben ein Fenster, und neue Möbel sind schon unterwegs. Der Hausmeister sagt, das Büro links von Ihnen ist für Wayne Drover, und die anderen sind für Drovers Sunnyboys – das bedeutet, daß sie eine Weile hierbleiben.« Alice bemerkt plötzlich das neue Erscheinungsbild ihrer Vorgesetzten und fragt scharf: »Haben Sie denn davon gewußt?«

Lav versichert ihr, sie sei genauso überrascht wie alle anderen, und fragt schnell, ob man denn weiß, wer außer Wayne Drover noch kommt.

»Der Minister selber jedenfalls nicht – Gott sei bedankt für kleine Gnaden! Aber Wayne bringt wahrscheinlich zwei oder drei von seinen eigenen Jungs aus der Öffentlichkeitsarbeit mit – vielleicht Tony Mallard und Keith Laing, das kann gut sein, oder womöglich diese chinesische Fotografin, die er letztes Mal mithatte.« Alice verzieht das Gesicht, aber anscheinend nicht wegen der chinesischen Fotografin, sondern wegen einer Person namens Melba Summers, die Wayne Drover immer aus dem Sekretärinnen-Pool heraufholt. »Melba raucht – stört es Sie, wenn jemand im Büro raucht?«

Lav geht auf diese Frage nicht ein, sondern fragt statt dessen nach Mark.

»Da liegt etwas auf Ihrem Schreibtisch – ein Bericht, den Mark hingelegt hat, und übrigens sagte er, er würde mit dem Projekt vielleicht aufhören.«

Alice wirft Lav einen weiteren vorwurfsvollen Blick zu. Dieser Umzug und Marks Andeutungen – daran kann Lav doch nicht ganz unschuldig sein. »Das wird eine anstrengende Woche – und es wäre alles viel leichter, hätte man mich rechtzeitig vorgewarnt«, brummt sie und wendet sich dann einem Mann zu, der auf einem Wägelchen einen Berg von Kartons mit ihren Computer-Ausdrucken ankarrt.

Das Büro, das man Lav zugewiesen hat, macht einen sehr freundlichen Eindruck. Es gibt keinen Computer, keinen Bürokram. Auf der schwarzglänzenden Oberfläche ihres Schreibtisches steht ein Telefon und liegt eine dünne Mappe aus Karton – sonst nichts. Hinter dem Schreibtisch ein rosaroter Stuhl. In der Ecke gegenüber gruppieren sich ein Tischchen, ein Sofa und ein Lehnsessel, ebenfalls rosarot, um ein Fenster mit Aussicht auf die Felswand.

Sie setzt sich an den Schreibtisch und legt eine Hand auf die Mappe. Diese trägt keine Aufschrift, und Lav ist sicher, daß sie eine Abschrift jenes Vorausberichts enthält, auf den sich die Memos vom Freitag bezogen; und daß sie jetzt erfahren wird, warum Mark sie heute nach der Arbeit treffen möchte und warum Wayne Drover und seine Crew so plötzlich auf St. John's herabstoßen.

Nach einer kurzen Pause öffnet sie die Mappe. Drinnen ist keine handschriftliche Nachricht, keine Erklärung – nur fünfzehn fotokopierte Seiten, von denen zehn nichts als Querverweise und Quellenangaben enthalten.

Die Überschrift lautet: »Vorausbericht *Oceans 2000*. Von: Sektion für Planung und Entwicklung, DFO, St. John's«, und adressiert ist das Ganze an: »Direktion der Abt. Meeresbiologie, Sektion für Planung und Entwicklung, DFO, Ottawa.«

Lav überfliegt die ersten fünf Seiten. Bestimmte Wendungen stechen ihr ins Auge: »… eine kontinuierliche, eindeutig belegte und möglicherweise unumkehrbare Abnahme von Größe und Menge des in Zone PK3 gefangenen Kabeljaus. In neun Jahren hat sich die Anzahl der in diesem Gebiet ermittelten dreijährigen Exemplare auf die Hälfte reduziert …«

»Daß kanadische und ausländische Fischereiflotten den Meeresboden mit Schleppnetzen leerfischen, hat zur Zerstörung riesiger Laichgebiete geführt …«

»Systematisches Abernten von Dickmaul-Laich für den riesigen japanischen Markt hat den Dickmaul-Bestand stark dezimiert und den Zug des Kabeljaus in Richtung Küste einschneidend verändert.«

Und so weiter und so weiter, Ölteppiche und das Versenken von Giftmüll, der Verkauf von Fischereirechten ans Ausland, zu hohe Fangquoten, zu engmaschige Netze, Warnungen der Fischer, unsachgemäße, nicht analysierte, unvollständige Untersuchungen, ungenaue Basisdaten, schlechte Koordinierung.

Mark hat nichts ausgelassen. Denn ohne Zweifel stammt dieser Report von Mark – Lav erkennt den Stil, die apokalyptische Sichtweise, die Art, wie er trostlose Fakten aneinanderreiht, mit Fußnoten und Querverweisen belegt und dem entsprechenden Forschungscode zuordnet.

Und alles strebt unausweichlich der abschließenden düsteren Prophezeiung zu, die Mark, damit sie auch niemand übersieht, fett und in Großbuchstaben ausgedruckt hat: »Man kann davon ausgehen, daß die Daten für Zone PK3 auch auf die benachbarten Zonen übertragbar sind, wie überhaupt auf den gesamten nördlichen Atlantik. Daraus ergibt sich die unausweichliche Schlußfolgerung: Ohne die sofortige drastische Entscheidung, jegliche Fischerei auf Jahre hin vollkommen einzustellen, wird das komplette Ökosystem innerhalb des nächsten Jahrzehnts zugrunde gehen. Das bedeutet auch das Aussterben mehrerer Arten, darunter des Nördlichen Kabeljaus.«

Lavs Hände zittern, als sie den Bericht wieder auf den Schreibtisch sinken läßt. Mark Rodway hat wahrscheinlich ihre Karriere zerstört.

Sie war noch nie so zornig. Daß ein Forschungsassistent sich untersteht, einen derartigen Bericht abzusenden, ist unverzeihlich – eine unglaubliche Frechheit. Sie tritt ans Fenster und holt tief Luft. Draußen ist es herrlich, sonnig, frühlingshaft. Auf dieser Seite des Gebäudes keine Spur von Eis mehr. Die Felsen vor ihr sehen aus wie von einem Landschaftsgärtner herausgeputzt, jede Vertiefung im nassen Gestein ist mit Moos gefüllt, mit Farnen und japanisch aussehenden immergrünen Pflanzen.

Intensiv betrachtet sie das Grün, das ja angeblich beruhigend wirken soll, zwingt sich, langsam zu atmen, und überlegt ihre Möglichkeiten. Der Schaden ist ja nun angerichtet. Es hätte kaum Sinn, sich zu rechtfertigen oder über Marks selbstzerstörerischen Charakter zu brüten, seinen Mangel an Erfahrung, seinen Pessimismus, seine fundamentalistische Großmutter, seine merkwürdige Art zu reden und zu schreiben. Ebensowenig Sinn hätte es, darauf hinzuweisen, daß dieser junge Mann von seiner Position her überhaupt nicht befugt ist, einen solchen Bericht zu erstellen.

Für Ottawa, Ian Farman und Wayne Drover gilt eindeutig Lavinia Andrews als Verfasserin.

Liegt es denn im Bereich des Möglichen, daß Marks Schlußfolgerungen stimmen? Und wenn ja, warum hat das sonst niemand erkannt? Warum hat sie es nicht erkannt? Weil sie unerfahren ist? Unfähig? Weil sie von »draußen« kommt? Weil sie absichtlich die Augen verschließt?

Langsam liest Lav den Bericht noch einmal durch. Das von Mark beschriebene Szenarium wirkt doch äußerst unwahrscheinlich. Dennoch gibt sie Alice die Liste mit den bibliographischen Verweisen und ersucht sie, alles zu bringen, was im Archiv des DFO zu finden ist, und dazu alle neueren Berechnungen der Biomasse sowie ihre eigenen ausgedruckten Daten.

Den ganzen Tag verbringt sie damit, Basisdaten zu vergleichen, Fangquoten, Größe des Vorkommens, Schätzungen der Biomasse. Alle Angaben unterzieht sie einer Gegenprobe – Untersuchungen von Forschungsschiffen und Fangangaben der Industrie, Zahlen der DFO und Angaben der übrigen G7-Länder.

Sämtliche Arbeiten äußern sich optimistisch. In auffallendem Gegensatz zu Marks Bericht. Eine größere Untersuchung, erst zwei Monate zuvor von einer internationalen Fischereigesellschaft veröffentlicht, kommt zu dem Schluß: »Seit 1950 hat sich der maritime Fischfang fast verfünffacht und bildet zur Zeit eine weltweite Industrie im Wert von 30 Milliarden Dollar; im letzten Jahr wurden, global gesehen, über 85 Millionen Tonnen Fisch gefangen. Unter Berücksichtigung der heute gültigen wissenschaftlichen Richtlinien und internationalen Gesetze kann man beim derzeitigen Stand der Forschung davon ausgehen, daß eine jährliche Fangmenge von 100 Millionen Tonnen sowohl erreichbar als auch langfristig vertretbar ist.«

Diese Worte, verfaßt von einem international angesehenen Experten, zusammen mit der Feststellung in einem Dutzend weiterer Studien, daß die Weltmeere eine so gut wie unbeschränkte Fischmenge enthalten, überzeugen Lav, daß keine Notwendigkeit besteht, die düsteren Voraussagen eines Doktoranden ernst zu nehmen. Zone PK3 ist einer der reichsten Fanggründe der Welt und wird das zweifellos auch bleiben.

Inzwischen mehr verwirrt als verärgert – vielleicht ist der junge Mann ja psychisch angeknackst, leidet unter Depressionen oder möchte sich für irgendeine eingebildete Zurücksetzung rächen –, verläßt sie bei Arbeitsende das Büro, fährt zur Memorial-Universität und begibt sich auf die Suche nach Mark Rodway.

Sie braucht fast eine halbe Stunde, um das Archiv für Marinegeschichte ausfindig zu machen – es befindet sich in einer Art unterirdischer Höhle hinter einem Netzwerk von tunnelartigen Gängen unterhalb der Universität. Der niedrige Raum scheint leer. Die junge Frau an einem Schreibtisch neben der Tür blickt bei Lavs Eintritt nicht einmal auf. Lav wandert herum und entdeckt Mark schließlich in einer versteckten Ecke, auf einem zurückgekippten Stuhl, die Füße auf den Heizungsrohren. Den Kopf hat er über ein großes Buch gebeugt, das er auf den Knien abstützt, das blonde Haar fällt ihm wie ein Vorhang vors Gesicht.

Er bietet einen netten Anblick. Trotz ihres Ärgers (denn das ist von ihrem ursprünglichen Zorn geblieben – eine Art mütterlicher Gereiztheit, schütteln könnte sie den jungen Mann, ihn fragen, was denn los ist mit ihm, was er sich da wieder geleistet hat) bleibt sie eine Minute stehen und betrachtet das junge Gesicht, die knochigen Finger auf dem Buch. Der Anblick erinnert Lav an ein Gemälde aus dem 17. Jahrhundert mit dem Titel ›Der Junge Student‹ – der gleiche dunkle Hintergrund, die langen, in Blau gekleideten Beine, der abgegriffene Ledereinband des Buches, das schräg einfallende Licht auf Gesicht und Händen. Nur Marks Füße, die in senfgelben klobigen Schuhen mit roten Schnürsenkeln stecken, passen nicht zu dem erinnerten Bild. Überrascht spürt sie eine Woge des Verlangens in sich aufsteigen.

»Hallo.« Das ist ein freundlicherer Gruß, als sie geplant hat. Trotzdem kracht sein Stuhl mit einem lauten Plumps auf den Boden zurück, und sein Gesichtsausdruck, eine Mischung aus Schuldgefühl und Verlegenheit, verwirrt sie.

»Warum?«

Er blinzelt, als verstünde er ihre Frage nicht.

»Warum um Gottes willen haben Sie diesen blödsinnigen Bericht nach Ottawa geschickt?«

»Weil ich wußte, daß *Sie* es nicht tun würden.« Der bekannte verdrossene Blick ist wieder da.

»Natürlich hätte ich das nicht getan! – Wie kann man nur so kindisch und verantwortungslos sein? Den ganzen Tag hab ich damit verbracht, die sogenannten Fakten in Ihrem Bericht zu checken – kein einziger hält einer Überprüfung stand.«

»Hängt davon ab, wen Sie fragen«, antwortet er und murmelt etwas von gewogen und zu leicht befunden.

Lav hat jetzt weder Zeit für seine albernen Scherze noch für seine geliebten Bibelrätsel. Statt dessen zählt sie auf, wie viele Beamtenvorschriften er verletzt hat, wie viele Dokumente sie durchforstet hat, und hält ihm überhaupt einen erschöpfenden Vortrag über das nordatlantische Ökosystem; und Mark sitzt da mit gesenktem Kopf, Buch auf den Knien, Finger auf der Seite, als würde er gern wieder zu seiner Lektüre zurückkehren.

Als sie fertig ist und unter anderem darauf hingewiesen hat, daß er höchstwahrscheinlich nicht nur ihre, sondern auch seine eigene Zukunft aufs Spiel gesetzt hat, entsteht ein derart langes Schweigen, daß sie schon glaubt, er wäre eingeschlafen. Jetzt kommt sie sich ziemlich dumm vor. Hoch aufragend über der zusammengesunkenen Gestalt, fragt sie sich, wieviel von ihrer Tirade die junge Frau am Schreibtisch wohl mitbekommen hat.

Schließlich sagt er, ohne aufzublicken: »Jeder einzelne Fischer auf dem Wasser würde Ihnen das gleiche sagen.«

»Kein Fischer hat hier irgendwas gesagt, sondern allein Sie – und es sind auch nicht die Fischer, die diesen Bericht lesen«, schnappt Lav.

»Unsere Berichte liest ja sowieso kein Mensch«, murmelt er.

»Ihren Bericht aber offenbar doch. Warum sonst diese plötzliche Invasion durch Wayne Drover?«

Der Name scheint ihn aufzuwecken. »Wayne Drover – also der hat seine schmierigen Pfoten da mit drin!«

Er richtet sich auf, eifrig wie ein Schuljunge, der seinem Lehrer alles erklären will. »Dieser Affe saust die ganze Zeit zwischen hier und Ottawa hin und her – die Einwohner in Timothy Drews Wahlkreis einseifen, mit der Handelskammer Händchen halten, mit jedem, der Drew nützen kann, wenn Wahlzeit kommt – den Herren Universitätsprofessoren, den Kirchenfritzen, der Provinzregierung –, Drover hat keine Hemmungen, wem er hinten reinkriecht. Das kostet alles ziemlich viel Zeit, aber er findet das toll – und sich auch, dem ist jede Ausrede recht, um hier aufzutauchen und den königlichen Boten zu spielen, Geschäftsessen mit den Anwälten und Managern, Einladungen zu Cocktailpartys, Flirt und Schöntun mit den Damen.«

Noch nie hat Lav eine Stimme mit soviel Bitterkeit darin gehört. Sie kann sich nicht vorstellen, warum er Wayne Drover so sehr haßt, und will es auch nicht. Sein Zorn erschöpft sie, er kommt ihr so jung vor – jung und kopflos und vielleicht ein bißchen verrückt.

Mark steht auf, preßt das schwere Buch an die Brust wie einen Schild, blickt über ihre linke Schulter und hält ihr seinerseits einen Vortrag: »Wayne Drover kennt genau die richtigen Leute, hat ihnen Gefallen getan, deshalb schulden auch sie ihm einen Gefallen. Keine Angst, Leute wie er verbringen keine schlaflosen Nächte über Berichten, die Leute wie wir nach Ottawa schicken. Ich hab's gewußt, wenn der unseren Bericht in die Pfoten kriegt, dann landet er bestenfalls im Papierkorb – entschärfen nennen sie das, glaub ich.«

Als Lav ihn unterbricht und darauf hinweist, daß nicht »wir« diesen Report nach Ottawa geschickt haben, geht er gar nicht darauf ein.

»Sie werden Drover mögen«, redet er weiter, »ich hab ihm zugesehen, wie er arbeitet. Mein Gott, wird er charmant sein, entgegenkommend. Der hat das Flugzeug noch nicht verlassen, da hat er schon eine neue Interpretation unserer Daten – zurechtgestutzt, auf Stromlinie gebracht und entstunken, genau wie das Zeug, das Sie heute den ganzen Tag studiert haben – behübscht, auf daß es keiner Fliege mehr schaden kann, und noch viel weniger einer Karrierebeamtin wie Ihnen.«

Lav fällt nichts Passendes darauf ein. »Wir sprechen im Büro darüber«, sagt sie ihm.

Und damit will sie gehen, doch da hält er ihr das Buch hin. »Das hat übrigens nichts damit zu tun, warum ich Sie hier treffen wollte – hier, das sollten Sie, glaube ich, sehen.«

Es ist ein Kontenbuch, auf dem Ledereinband stehen, in Gold bossiert, verblaßt, die Worte »Ellsworth Brothers – Journal 1810 bis …« An den Rändern ist das Leder durchgewetzt, so daß der Karton sichtbar ist. Es ist die Art von Buch, das Saul gern restauriert hätte.

Mark reicht ihr das Buch und dreht es dabei um, so daß die leere schwarze Rückseite nach oben schaut: eine Geste, die später im Rückblick fast etwas Rituelles annehmen wird.

Jahre später wird Lav daran denken, wie sie wie eine Novizin in dem niedrigen Raum stand und zusah, wie Mark Rodways Finger über die fleckige Seite glitt. Ein Erinnerungsbild, eine Vorstellung, die die eigentliche Erinnerung verdrängt. Wahrscheinlich spürte sie gar keine Vorahnung, als sie die verblaßte Handschrift betrachtete und direkt über Marks Finger ihren eigenen Namen sah – Lavinia Andrews – ihn zum ersten Mal sah. Ihr gefällt die Art, wie die Buchstaben sich von den blauen Linien des Kontenbuchs weg optimistisch nach oben bewegen.

Mark setzt zu einer langen gemurmelten Erklärung an, von der Lav nicht viel mitbekommt. Irgend etwas in der Art, daß er drüben in der Hauptbibliothek irgendwelche Mikrofiches über Frachtschiffahrt durchging, feststellte, daß das Ellsworth-Hauptbuch als eine der Quellen angeführt war, beschloß, sich dieses Hauptbuch einmal anzusehen, entdeckte, daß die Kontenführung mit Herbst 1824 endete und noch nicht einmal das halbe Buch ausfüllte, nach hinten blätterte und auf ihren Namen stieß.

Überrascht erkennt Lav, daß Mark verlegen ist – gar nicht wegen seines hinterhältigen Berichts, dafür aber wegen des Buches, das sie jetzt beide halten. Sie würde gern wissen, was diesen sonst so unerschütterlichen jungen Mann jetzt in Verlegenheit bringt – vielleicht etwas, das er in dem Buch gefunden hat?

Sie blickt hinunter auf ihren Namen – Lavinia Andrews – in runder Kinderschrift geschrieben. Das ist der Name, mit dem sie früher einmal gern gerufen worden wäre, der Name, den ihre Mutter nie benutzen wollte. An ihrem ersten Schultag bekam sie einen richtigen Wutanfall, darauf gab Charlotte nach und stellte sie wenigstens als Lav vor statt als Scrap – diesen verhaßten Namen, mit dem man sie bisher gerufen hatte.

»Kann man dieses Buch ausleihen?« fragt sie.

»Nein – hier aus dem Archiv darf überhaupt nichts mitgenommen werden«, sagt Mark, läßt widerstrebend das Buch los und tritt einen Schritt zurück.

»Gut, dann muß ich's eben hier lesen – wenn Sie so nett sind und mir den Stuhl hier überlassen.« Lav geht um ihn herum zu dem geraden hölzernen Stuhl, den er ans Heizungsrohr geschoben hat. »Wie lang hat das Archiv noch offen?«

»Noch zwei Stunden.«

Sie nickt, bedankt sich, nickt noch einmal. Mark rührt sich nicht. Noch einmal sagt sie, daß sie ihn morgen früh im Büro erwartet. »Dann unterhalten wir uns weiter«, sagt sie und lächelt sogar. Endlich geht er, zögernd, wie es scheint.

Ein merkwürdiger Mensch. Offenbar hatte er etwas Bestimmtes erwartet, irgendeine Reaktion, die dann nicht kam – aber was?

Lav schlägt sich Mark Rodway aus dem Kopf, faltet ihren Mantel zu einem Kissen, setzt sich und lehnt den Stuhl genauso zurück, wie er es getan hatte. Sie fühlt sich jetzt ganz wohl mit diesem kleinen abgegrenzten Geheimnis, freut sich über die Ablenkung von dem großen, alles durchdringenden Geheimnis von Mensch und Fisch. Angenehm fühlt sich dieser Lederband an, ihr gefällt sein verstaubter Geruch, das kompakte, spürbare Gewicht auf ihren Knien. Lav legt ihre Beine, die für eine Frau ungewöhnlich lang sind, auf die Heizungsrohre und beginnt zu lesen.

Zuerst kann sie nur ihren eigenen Namen entziffern. Dann blättert sie langsam um und erkennt weitere Namen: Meg, Ned, Ben – und den Namen des Ortes: Cape Random.

Alles übrige ist ein Wirrwarr von Wörtern, durcheinander und übereinander, unverbundene Wörter zwischen den Zeilen, entlang den Rändern, wie ein verwilderter Garten, ein chaotisches Gewirr von Kraut und Unkraut, Busch und Strauch, Blumen und Gräsern, und alles wuchert durcheinander und bedeckt jeden Quadratzoll Papier.

Beinah gibt sie auf, will nach Haus und zu Bett gehen, um morgen fit zu sein. Das Buch ist schon halb zugeklappt, als ihr der Teil eines Satzes entgegenspringt.

»... das Beste, wenn Ellsworth Ned hängte ...« liest sie – und

Worte werden Stimmen. Sie beugt sich wieder darüber, fährt Lavinias runde Kinderschrift nach, tastet sich den Stamm entlang ins Unterholz, legt ihre Worte unter denen der anderen frei, die rund um und über und durch ihre Geschichte geschrieben haben.

Viel später, als die schick gekleidete Angestellte Lav auf die Schulter tippt, hat sie sich erst bis zur zweiten Seite durchgekämpft. Blinzelnd schwimmt sie aus dem Netz von Worten hoch, durch die Schichten der Jahre, herauf in das fluoreszierende Licht und den leichten Geruch nach verbranntem Gummi, der von ihren Stiefeln aufsteigt.

Lav hat den Eindruck, daß die Bibliothekarin vielleicht schon länger neben ihr gestanden hat. Sie bemüht sich, professionell zu wirken, erklärt, sie sei noch nicht fertig und müsse daher das Ellsworth-Journal mitnehmen.

Das sei unmöglich, sagt die junge Frau. Die Archive enthielten nur Originaldokumente, und diese könnten nicht entliehen werden. Den benötigten Abschnitt könne sie kopieren – doch auch dies sei eigentlich unnötig, denn das gesamte Material sei ja bereits auf Mikrofiches in der Hauptbibliothek gespeichert.

Lav dreht das Buch um, so daß die Angestellte die Worte »Ellsworth-Journal« auf dem Einband lesen kann, und erklärt, es handle sich um wertvolles Quellenmaterial – unerläßliche Grundlage für ihre Untersuchungen zur Geschichte der Schiffahrt im 19. Jahrhundert. »Ich brauche es unbedingt im Original – natürlich tue ich alles, was dafür notwendig ist, mich ausweisen, eine Sicherheit hinterlegen, was auch immer.« Und sie zückt eine Handvoll Plastikkarten, aus denen hervorgeht, daß sie kanadische Staatsbürgerin ist, Mitglied des National Research Council, Fördermitglied des Queen's Alumni Fund, Angestellte des Department of Fisheries, Besitzerin einer Mastercard, Mitglied einer obskuren Vereinigung namens Seminar für Industrie und Forschung, ehrenamtliche Mitarbeiterin der National Gallery, Blutspenderin der Blutgruppe B positiv.

Die hübsche junge Frau läßt sich nicht erweichen. Sie streckt ihre Hand nach dem Buch aus und sieht gleichmütig zu, wie Lav sich in ihren verdrückten Wintermantel kämpft, dann begleitet sie sie zur Tür.

Lav hört das Klicken des Schlosses hinter sich und fühlt sich wie beraubt – und schuldbewußt. Im Gang bleibt sie stehen, prüft dieses Gefühl, denkt an das Mädchen namens Lavinia Andrews, an deren Familie, die vielleicht auch die ihre ist, und wünscht, es gäbe einen Weg, wie sie das Buch nach Haus mitnehmen könnte.

Das Journal hat mehr als hundertundsechzig Jahre überlebt, es wird auch morgen noch da sein. Doch im selben Moment, da sie sich das sagt, weiß Lav auch schon, daß sie noch einmal zurückgehen muß und der Bibliothekarin sagen, sie möge das Buch für sie reservieren. Natürlich kann es auch kein anderer ausleihen, aber vielleicht kommt jemand anderes her, um es zu lesen, vielleicht sogar Mark Rodway. Laut klopft sie an die Tür, die sofort geöffnet wird, die Angestellte wollte offensichtlich selbst gerade hinausgehen. Mit schicksalsergebener Miene läßt sie Lav noch einmal herein, dreht das Licht an, schreibt »Reserviert« auf eine Karte und legt sie in das Buch.

Diesmal gehen sie zusammen fort, gehen wortlos durch verlassene Gänge, die hallenden Eisentreppen hinauf und hinaus in die feuchte Nacht. Als Lav bemerkt, daß die Angestellte nicht in Richtung Parkplatz, sondern zur Bushaltestelle geht, fragt sie, ob sie sie mit dem Wagen mitnehmen kann.

Das Mädchen zögert nur ganz kurz, dann kommt sie zurück, achselzuckend und lächelnd. Ohne ihr offizielles Benehmen wirkt sie jetzt viel jünger. »Gut, warum nicht – Ihretwegen hab ich wahrscheinlich ohnehin den letzten Bus versäumt«, sagt sie knapp – worauf Lav sich denkt, daß sie sich künftig mit diesem Angebot an Fremde vielleicht etwas zurückhalten sollte.

Ihr Name ist Lori Sutton, sie studiert Handelswissenschaften und arbeitet nebenbei am Abend im Archiv. Das ist eine gute Stelle, erklärt sie Lav, denn am Abend kommt kaum jemand, und hier kann sie besser lernen als in der kleinen Wohnung, die sie mit zwei Freundinnen teilt.

»Samstags arbeite ich in einem Geschäft in der Village Mall, die zahlen zwar kaum was, aber dafür bekomme ich Kleider billiger.« Mit einem Blick auf Lavs zerknitterten Mantel schlägt sie ihr vor, doch einmal dort vorbeizukommen. »Gerade haben wir ein paar wunderbare Mäntel hereinbekommen – dieses neue glänzende Material, wie Satin, aber wasserdicht und knittert nicht.«

Munter plappert sie weiter und nickt bei Kreuzungen nach links oder rechts.

Lav hört nicht mehr zu. Vor ihrem inneren Auge sieht sie ein Mädchen am Strand sitzen und schreiben. Sie denkt über das nach, was sie gerade gelesen hat, und vergleicht Lavinia Andrews' Ankunft auf Cape Random mit der Ankunft, die ihre Mutter ihr beschrieb. Und sie überlegt, wie wohl das Ellsworth-Journal ins Marine-Archiv gelangt ist.

Lori Sutton ruft laut: »Halt!« Lav bringt den Wagen mit einem Ruck zum Stehen. Lori erklärt, daß sie gerade zwei Einbahnstraßen in der falschen Richtung durchfahren hat – aber das macht nichts, »es hat uns keiner erwischt, und hier wohne ich schon.«

Sie parken vor einer Reihe schmaler Häuser, ohne Zwischenraum aneinander angebaut, alle bemalt in der gleichen dunklen öligen Farbe. Zu den Eingangstüren, von denen der Lack abblättert, führen jeweils drei Betonstufen.

Lori deutet auf ein Haus, das sich in nichts von seinen Nachbarn unterscheidet: »Sehen Sie, dort oben – das ist unsere Wohnung – die ganz oben. Nächsten Monat kriegen wir Vorhänge fürs Fenster. Die Teppiche kommen noch diesen Monat. Es ist wirklich eine gemütliche Wohnung – sehen Sie, dort neben dem Fenster haben wir sogar einen kleinen Balkon!«

Lav hebt den Blick zum dritten Stock, zu dem erleuchteten, vorhanglosen Fenster über einer klapprigen hölzernen Feuertreppe, und ist sich im klaren, daß sie etwas ganz anderes sieht als das Mädchen neben ihr. Und Lav fragt sich, ob sie selbst wohl je so jung war, so selbstzufrieden, so zuversichtlich?

Nachdem sie gezeigt hat, wo ihre Wohnung ist, macht Lori Sutton keine Anstalten, auszusteigen, sondern lehnt sich zurück und erzählt ihre Geschichte weiter, deren Anfang Lav überhört hat: »... Aber ich sah keinen Sinn darin, einen Fischer zu heiraten – also hab ich mit ihm Schluß gemacht. In Chance Harbour gibt's kein Leben, da ist wirklich gar nichts los. Glauben Sie mir, man kann nicht existieren ohne ein bißchen Spaß und ein bißchen Leben rundrum. Hier in der Stadt, da ist immer was los, Tag und Nacht«, und Lori deutet auf die heruntergekommene kleine Straße.

Während Lori redet, betrachtet Lav die Straße, die ganz leer ist, bis auf zwei Teenager in Lederjacken auf den Eingangsstufen vier Haustüren weiter. Die Straßenlaternen können mit ihrem fast schaurig rötlichen Schein kaum durch den Nebel dringen, der von den sandigen Gehsteigen aufzusteigen scheint, den schmutzigen Schneehaufen rund um jeden Laternenpfahl. Auf der gegenüberliegenden Straßenseite warten sechs mit Brettern vernagelte Häuser auf ihren Abbruch. Eine Reklametafel mit der Aufschrift »Luxusapartments ab sofort zu vermieten« ist mit phantasielosen Graffiti in Leuchtfarben vollgesprayt.

»Und warum hat es keinen Sinn, einen Fischer zu heiraten?« fragt Lav.

Die Frage bringt einen derart ungläubigen Ausdruck in das muntere kleine Gesicht, daß Lav laut loslachen möchte – und es auch tut.

»Was? Einen Fischer heiraten – einen Fischer heiraten und auf das alles hier verzichten!«

Lori Sutton ist begeistert, hingerissen von diesem Ort, wo es Straßen gibt, Gehsteige und Straßenlaternen; wo es Arbeit gibt, Geld und Männer und kleine Wohnungen für Mädchen wie sie selbst – gescheite Mädchen, Mädchen, die genug Courage haben, Chance Harbour zu verlassen.

Die junge Frau bebt vor Ungeduld, sie kann es kaum erwarten, alles zu lernen, und zwar so schnell wie möglich. Sie formuliert das so: »Ich muß alles mitkriegen, was man so macht«, und lacht dabei und zählt die Dinge auf, die sie mitkriegen muß: die richtigen Redewendungen benutzen, in welche Clubs man geht, wie man Salat aus Sachen macht, die man noch nie gegessen hat, die richtige Musik hören. Sie muß die Namen der beliebtesten Musiker kennen, muß das richtige Make-up lernen, wie man zu Geld kommt, welchen Wein man wozu trinkt, wie man sich anzieht, wie man Teppiche auswählt und Möbel – und Männer.

Lav ertappt sich bei wenig freundlichen Gedanken über Lori Sutton und überlegt, ob die mit jedermann so offen redet. So naiv, wie sie tut, kann diese junge Frau doch gar nicht sein, denkt sie –

wahrscheinlich ist ihre jugendliche Begeisterung zum großen Teil Pose.

»… mein erstes Jahr hier hab ich vertan … hab mich kaum rausgetraut. Da war ich eine richtige graue Maus, aber das war, bevor ich Kim und Treese kennenlernte – bevor ich Handelswissenschaften begann und anfing, mit Darren auszugehen …«

Mark Rodway ist ihr aufgefallen, und sie zeigt sich interessiert: »Ich hab Sie mit ihm reden sehen – der ist toll! Ich weiß noch nicht, ob das mit Darren wirklich so ganz ernst ist. Außerdem arbeitet der jetzt für eine Weile oben in Lab City – und man wird ja die Augen offenhalten dürfen …«

Schließlich geht ihr doch die Luft aus. Nach einer kurzen verlegenen Pause, in der sie ihre Offenheit vielleicht bedauert, bedankt sie sich höflich bei Lav und steigt aus. Lav sieht dem Mädchen nach, wie es in dem schäbigen Haus verschwindet, und denkt, daß sie ein solches Gespräch eigentlich gern mit der alten Hexe geführt hätte, die sie vom Signal Hill mitgenommen hat – als Überlebenslektion an diesem feuchten trostlosen Ort.

Lav wendet den Wagen, tastet sich durch das Labyrinth der Einbahnstraßen und denkt dabei weder an Lavinia Andrews, die Frau aus dem Journal, noch an Wayne Drover, den Mann aus Ottawa, sondern an Lori Sutton und ihre Lebensphilosophie.

»Glauben Sie mir, man kann nicht leben ohne ein bißchen Spaß – und ein bißchen Leben rundrum«, wiederholt sie ihre Worte laut. Und obwohl sie so müde ist, muß sie darüber lächeln.

4

Die Macht der Einbildung über die Erinnerung, die Macht des Willens über die Vergeßlichkeit. Lav ist sicher, oder sagt sich, daß sie sicher ist, daß sie sich ihre Vergangenheit nicht einbildet. Sie wäre auch gern sicher, daß sie nicht wichtige Teile davon vergessen hat – weiß aber, daß das nicht stimmt. Sie hat vergessen – absichtlich vergessen.

In den Tagen vor Wayne Drovers Ankunft erwacht das Büro zu bisher ungekanntem Leben. Unter Alices Leitung füllen sich die Räume mit Schreibtischen, Computern und Aktenschränken, die wie durch Zauber plötzlich voll mit Akten sind. Melba, die Raucherin, wird ins Schreibbüro verfrachtet, die Berge von zerfledderten blauen Arbeitsheften werden in säurefreie Kartons verpackt.

Am Mittwoch trifft Wayne Drover ein, eilt mit ausgestreckten Händen auf Lav zu und ruft: »Ich bin hier, um Ihnen zu helfen«, oder hat sie sich das, in Erfüllung von Marks Voraussagen, nur eingebildet? Im Gefolge hat er zwei jüngere Männer, die wie Steuerprüfer aussehen. Lav geht ihnen nicht entgegen, sondern bleibt im Türrahmen ihres Arbeitszimmers stehen.

Sie schätzt Wayne Drover auf Ende Dreißig – vielleicht ein oder zwei Jahre jünger als sie selbst und ein oder zwei Zoll kleiner. Sein Haar, länger als die Mode vorschreibt, ist ziemlich zerrauft, seine Krawatte gelockert. Er trägt eine übergroße Aktentasche, die ihn zusammen mit dem wehenden Trenchcoat voluminöser erscheinen läßt, als er wirklich ist. Und die Männer hinter ihm wirken dadurch vielleicht ordentlicher, kleiner, geschniegelter.

»Wayne Drover und sein Team«, stellt er sich vor, dreht sich zur

Seite und drückt Alice O'Reilly einen lauten Kuß auf die Wange, den sie errötend lächelnd zurückgibt. Bevor Lav sich darüber wundern kann, schüttelt er schon ihre Hand. »Freut mich, freut mich, Dr. Andrews – Ihr Freund bei der Planungsabteilung hat gemeint, ich soll doch mal vorbeischauen«, sagt er lächelnd und blickt ihr direkt in die Augen. Sein Gesicht ist rund und ungeheuer offen.

»Haben Sie den Vorausbericht gelesen?« fragt sie ohne Lächeln oder Begrüßung. In einem Punkt hat Mark Rodway sich getäuscht – sympathisch ist ihr Wayne Drover sicher nicht.

»Nein«, antwortet er und folgt ihr, steht hinter ihr im Türrahmen und überfliegt mit einem Blick den Raum. »Billige Möbel«, sagt er, und wirklich knarrt das Sofa, als er sich auf die altrosa Polsterung wirft. Lav setzt sich hinter ihren Schreibtisch, so weit weg von ihm wie möglich. Politische Beamte wie Wayne Drover, Philip nannte sie immer Informationsmanager, halten es für hinderlich, den Inhalt der Projekte zu kennen, die sie nach außen vertreten sollen; sie weiß also, was die Antwort sein wird, als sie fragt, ob er ihr Material durchsehen möchte.

»Hätte ja doch keinen Sinn. Ich bin kein Wissenschaftler – ich verlasse mich da auf Dr. Farman, der den Bericht, den Sie nach Ottawa geschickt haben, für falsch hält, völlig falsch. ›Von völlig falschen Voraussetzungen ausgehend‹, das waren seine Worte – und das muß mir reichen. Darf ich?«, und er klopft auf seine verschiedenen Taschen, in der zerstreuten Art von Rauchern, die nach Zigaretten suchen. »Sehen Sie, im Sommer haben wir Wahlen – ich glaube ja nicht, daß der Alte mehr Chancen hat als ein Schneeball in der Hölle; kaum haben es die Leute einigermaßen verdaut, daß wir den Franzosen extra Fangquoten zugestehen, gibt's Geschrei, weil wir an die Japaner Dickmaulrogen verkaufen – Dickmaulrogen, Herrgott im Himmel! Damit haben wir früher Gärten gedüngt!«

Endlich hat er eine Zigarre gefunden. »Darf ich?« fragt er, zündet sie an, bevor Lav antworten kann, und raucht dann wortlos ein paar Minuten lang.

»Natürlich kann man das in den Griff bekommen. Kriegen wir schon hin – wie fast alles, wenn sich ein Minister nur ans Skript hält. Nur, der Alte tut's nicht, das ist das Problem – und noch dazu schnauzt er oft die Reporter an. Und wenn Timothy Drew geht, dann geht die Hälfte aller Transferzahlungen für Neufundland mit ihm flöten – und ein Dutzend weiterer Bundesprojekte – das alles hier!« Weit ausholend deutet er auf die billige Einrichtung, Zigarrenasche umweht sein Cherubsgesicht. Es ist nicht klar, was da alles flötengehen wird: das Zimmer, Lav, das Projekt *Oceans 2000*, das Gebäude – vielleicht die ganze Provinz.

»Trotzdem bin ich Optimist!« Unvermittelt wechselt er das Thema, saust in eine andere Richtung ab. »Der letzte Optimist, das bin ich! Eine bedrohte Art – ich gehöre eigentlich in den Zoo«, grinst er, »aber woher würden die eine Optimistin nehmen und mit mir paaren?«

Frisch aufgeladen von seinem eigenen Witz, richtet er sich auf und drückt die Zigarre im jungfräulichen Aschenbecher aus. »Tja, wer weiß? Vielleicht schafft's der gute alte Tim ja doch noch einmal – man ist ihm verpflichtet, viele sind ihm verpflichtet. Vielleicht bringt er den PM dazu, ein deutliches Wort mit den Europäern zu reden – bleibt in eurem eigenen Hinterhof, sonst könnt ihr euren Schnaps selber saufen! Kommt nicht viel dabei heraus natürlich, aber es wäre eine nette Geste – macht sich gut im Fernsehen. Schließlich haben die Wähler ein kurzes Gedächtnis, und darüber kann man wirklich froh sein!« Er springt auf, tritt ans Fenster und betrachtet die Felswand.

Der Mann ist eine Überraschung, plumper, als Lav erwartet hat, durchsichtiger. Weder eingeschüchtert noch bezaubert, fragt sie, wozu er gekommen ist.

»Was Fisch angeht, bin ich kein Analphabet, Dr. Andrews. Ich hab vielleicht keinen Doktor in Meeresbiologie, aber über Fisch weiß ich mehr, als Sie je herausfinden werden, und wenn Sie noch so lange ein paar Fitzel Kabeljaugedärm aus irgendeiner Winzlingsbucht von der Nordostküste anstarren.«

Wayne Drover dreht sich nicht um, aber seine Stimme klingt kalt, und sie erkennt, daß er schon wieder in eine neue Haut geschlüpft ist. »Ich komme von der Seeseite dieser Felsen hier. Fünfzig Jahre lang hat mein Vater vor der Battery gefischt, fünfzig Jahre lang vom Morgengrauen bis in die Finsternis – und sein ganzes Leben keine neun Tausender im Jahr verdient. So was Verbohrtes! Ja, aber das ist es nicht, was Sie wissen wollen, stimmt's? Sie wollen wissen, was ich hier verloren habe«, sagt er und wendet sich um, strahlt sie an, jungenhaft, aufrichtig. »Ich bin hier, um bei der Abfassung des Berichtes über *Oceans 2000* zu helfen. Nicht nur ich, natürlich – Tony Mallard und Keith auch, und noch ein paar andere in drei oder vier Wochen, wenn wir dann über Layout, Präsentation und so weiter entscheiden.«

Lav protestiert, dieser Termin ist nicht einzuhalten, in drei oder vier Wochen kann man das Material nicht ausreichend auswerten – auch nicht in acht oder neun. Sie erwähnt akustische Messungen, die noch nicht übertragen sind, Material, das ständig neu hereinkommt, blaue Arbeitshefte voll nicht aufgearbeiteter Daten.

Wayne Drover scheint kein Wort zu hören. Als sie fertig ist, geht er zur Tür, immer noch lächelnd, und schüttelt den Kopf. »Im Mai ist der Minister in Washington, anschließend kommt er direkt hierher. Großer Bahnhof, Pressekonferenz, Planungsbericht zur Fischereiwirtschaft – alles, was gut und teuer ist!«

Sie erinnert ihn, daß man ihr sechs Monate versprochen hat, möglicherweise sogar ein Jahr, um den Bericht abzuschließen – aber er hört gar nicht zu.

»Schauen Sie, Schatz, die Wahl haben wir doch schon viel früher am Hals. Ich soll jetzt Ihren Quälgeist spielen – Tag und Nacht hinter Ihnen her sein, aber wenn wir uns verstehen, dann ist das gar nicht notwendig. Meine Jungs kümmern sich um alles, sie analysieren Ihr Material, vergleichen es mit anderen Studien, schreiben auch gleich eine Rohfassung des Berichts – das haben sie gelernt, dazu sind sie ja da. Also machen wir uns keine Sorgen und warten ab, was die Fachleute da ausbrüten, ja?«

Die Hand schon auf der Klinke, hält Wayne Drover noch einmal inne. »Irgendwelche Fragen?« fragt er und schaut erleichtert drein, als Lav den Kopf schüttelt. »Das wär's dann. Und wo Sie jetzt wissen, wie wichtig dieser Bericht für Mr. Drew ist – und für mich –, überlasse ich Sie Ihrem Schicksal.«

Und das tut er. Stellt seine Aktentasche im Büro neben ihrem ab und verschwindet.

Ein oder zwei Tage lang mißachtet Lav seine Anweisungen, wühlt sich in den Berg von Daten, geht alles noch einmal durch, was sie, Mark und Alice bisher getan haben. Aber bald ist sie entmutigt. Tony Mallard und Keith Laing brauchen ihre Mitarbeit nicht, im Gegenteil, sie zeigen deutlich, daß sie in Ruhe gelassen werden wollen. Mark läßt sich kaum mehr blicken, Alice und Melba Summers ersticken in dem Wust von Papieren, den die Herren aus Ottawa zum Ausstoß bringen, und flehen Lav um eine weitere Schreibkraft an.

Lavs eigener Arbeitstag wird immer kürzer. Es gibt nichts für sie zu tun. Dinge, über denen sie noch vor ein paar Wochen stundenlang gebrütet hätte – die pausenlose Geschäftigkeit von Drovers Gehilfen, die endlosen Besprechungen, zu denen sie nicht eingeladen wird, Marks häufige Abwesenheit, ein harmloser Plauderanruf von Ian Farman, der ganz nebenbei fragt, wie es denn mit dem Bericht so ginge –, kommen ihr alle unwichtig vor.

Ohne Abendessen, manchmal auch ohne Mittagessen fährt sie täglich in die Universität, eilt durch höhlenartige Gänge in den ungemütlichen Raum, der das Marine-Archiv beherbergt. Dort ist es heiß und stickig, das Ellsworth-Journal ist schwer und sperrig, aber sie ist fest entschlossen, alles herauszufinden, was das Buch ihr über die Andrews' und Cape Random sagen kann.

Die sorgfältige Schrift ist bald in ein ungleichmäßiges Gekritzel übergegangen, Lavinias Buchstaben werden immer unleserlicher, die Rechtschreibung immer abenteuerlicher, viele Wörter sind überschrieben, manchmal ganze Zeilen gelöscht.

Lav lernt zu lesen wie ein Blinder, mit den Fingerkuppen fährt sie über die Spuren der durchgedrückten Feder auf der Unterseite des schweren Papiers. Sie vergißt, daß sie sich fit halten wollte, bekommt einen steifen Nacken und ein dumpfes Ziehen in der linken Schulter. Ihr Haar verliert die hübsche Karamelfarbe. Das ungemütliche Archiv geht ihr immer mehr auf die Nerven, sie möchte gern ganz aufgehen in dem Buch, sich darin versenken ohne die Störungen eines harten Stuhls, gegrillter Füße und eines vereisten Rückens. Jeden Abend versucht sie, Lori Sutton wieder dazu zu überreden, ihr das Journal mit nach Hause zu geben.

»Wenn es nur an mir läge, täte ich's ja, das wissen Sie«, sagt die junge Frau, die Lavs hartnäckige Fragerei als eine Art Dauerscherz betrachtet.

Lori Sutton und Lav sind fast schon befreundet, sie beobachten einander wie Anthropologe und Forschungsobjekt – wobei man nicht leicht sagen könnte, wer hier wer ist. Die junge Frau beobachtet die ältere mit einer Art verwirrter Nachsicht – sie weiß nicht genau, wo sie Lav in dem gesellschaftlichen System, an dem sie gerade bastelt, eigentlich unterbringen soll.

Lav ihrerseits studiert Lori fasziniert, weil sie der Prozeß fesselt, vermittels dessen Menschen sich immer wieder neu erfinden. Warum hat sie selbst nicht diesen Trick gelernt? Das Mädchen erinnert Lav an ihre Mutter. Wie nachgiebig war ich doch immer, Wachs in den Händen eines jeden, der mich formen wollte, angepaßt an jede Rolle, die mir das Leben zuteilte, denkt Lav.

Aber es ist das Journal, das jetzt fast ihre ganze Zeit und ihr ganzes Denken beherrscht. Langsam, zögernd, während sie sich durch Lavinias Geschichte weitertastet – und dabei den Protest »Nein!« und »Ich tat das nicht!« ignoriert, der ihr an manchen Zeilenrändern entgegenspringt, nicht auf die Wortranken achtet, die fast jede Seite umrahmen, in endlosen Verschlingungen und verrückten Wirbeln –, gewinnen die Menschen von Cape Random für Lav mehr Leben als Lori Sutton oder die Kollegen in der Forschungsstation. Sobald das Archiv schließt, geht sie nach Hause und plagt sich damit ab, einen Stammbaum der Familie Andrews zu entwerfen.

Eines Morgens übergibt Alice O'Reilly Lav einen Zettel: »Mr. Drover war gestern hier, das ist für Sie.«

Alice ist sehr förmlich geworden. Sie mißbilligt Lavs neue Arbeitszeiten, sie verachtet sie dafür, daß sie sich kampflos ihre Autorität entreißen ließ und daß sie Mark Rodway nicht an die Kandare nimmt. Alice kann das alles zum Ausdruck bringen, ohne ein einziges Wort darüber zu verlieren.

Gut, meinetwegen, denkt Lav, als sie die Nachricht liest, ein Befehl, getarnt als Frage – darf Wayne um fünf Uhr dreißig bei ihr vorbeikommen?

Es ist fast sechs, als er dann wirklich kommt. Lav tut, als würde sie lesen, spielt die Überraschte, als er neben ihrem Schreibtisch steht und lächelnd fragt, wie's denn so ginge. »Gut«, antwortet sie, »ausgezeichnet«, worauf er seine Aktentasche öffnet und eine Flasche Scotch herausholt.

»Darauf wollen wir anstoßen, Dr. Andrews – auf daß alles so gut weitergeht. Und dann lade ich Sie zum besten Abendessen Ihres Lebens ein.«

Es stört Wayne Drover nicht, daß sie nichts erwidert. Er wühlt in seiner riesigen Aktentasche und fischt zwei Gläser heraus – große, schwere Gläser mit dem Logo eines Golfclubs drauf. Er sieht glücklicher aus, gepflegter als bei seiner Ankunft – irgend jemand, wahrscheinlich eine Frau, scheint sich um ihn zu kümmern.

Wie ist sie zur Meeresbiologie gekommen, will er wissen.

»Durch magnetische Anziehung«, möchte Lav darauf sagen. »Wegen der Kraft unter der Erdoberfläche und der Kraft unter dem Meer, wegen der Poesie und der Buchbinderei, wegen der Geheimnisse …«

Statt dessen gibt sie die erwartete Antwort – Interesse für Naturwissenschaft, Liebe zu allem, was sich im Meer bewegt. Und wie, fragt sie, kam er zu seiner Stellung als rechte Hand des Ministers für Fischereiwesen?

»Oh, ich bin schon im Gymnasium auf die Drews gestoßen. Da hab ich einen Sommer lang bei Drew Construction, einem Bauunternehmen, gearbeitet, bei der Renovierung eines Gebäudes an der South Side – Drews Fischverpackungsfirma, Ocean North hieß die damals noch, die hatte die Familie gerade übernommen. Dort sah ich Timothy Drew zum ersten Mal – am letzten Zahltag steckte er uns Studenten noch allen einen extra Zwanziger zu – die Drews waren immer gut zu ihren Leuten, kann Ihnen jeder bestätigen.«

Sie trinken und unterhalten sich. Beim Abendessen kommt er wieder auf seinen Sommer bei Drew Construction zurück. Lav kann sehen, daß er gern über die Drews redet. Es ist für Wayne Drover unendlich faszinierend, darüber zu spekulieren, wie eine Familie zu Macht und Geld gelangt.

»In diesem Sommer packten wir alle wirklich tüchtig an und brachten die Anlage auf der South Side auf Vordermann. Die lief dann auch lange wie geschmiert – und dann hat sich Ocean North mit den Japanern eingelassen«, und er zählt jeden weiteren Schritt an den Fingern ab. »Von denen wurde die Firma an eine Gruppe von Rechtsanwälten aus St. John's verkauft. Die beschafften sich einen Regierungskredit, und dafür haben sie den Betrieb dann eingemottet. Jetzt ist er seit Jahren stillgelegt, aber der Alte fängt vielleicht noch was damit an – eventuell für seine neue Firma, Green Valley Holdings, eingetragen in Tennessee. Vielleicht können wir da noch ein Paket schnüren – Sie wissen schon, Subventionen, Fangquoten, Exportlizenzen, was man eben so braucht!«

Er ist vollkommen unbefangen, macht sich überhaupt nichts daraus, was sie vielleicht von ihm hält, ist so mit sich beschäftigt, daß er mit Widerspruch nicht rechnet und keine Zustimmung braucht.

Danach bürgert es sich ein, daß er jeden Freitag nach der Arbeit bei Lav vorbeikommt. Er ist genau die Gesellschaft, die ich brauche, denkt Lav, genau der Richtige, der mich davon abhält, im Journal unterzugehen, auf Cape Random zu verschwinden.

In der Arbeit ist nichts mehr wie früher. Wayne Drover taucht kaum jemals auf, aber Keith Laing und Tony Mallard, seine Handlanger, haben alles an sich gezogen. Diese beiden, die so ehrgeizig sind, so vif, so zielbewußt, haben Mark völlig ausgeschaltet. Gekränkt und überflüssig, sitzt er schmollend im Winkel.

Alice erklärt ihm, er sähe aus wie ein begossener Pudel, und als immer klarer wird, daß Lav sich darum nicht kümmert, betraut Alice ihn mit kleinen alltäglichen Aufgaben: Post holen, Kaffee machen, die stündlichen Meldungen nach Ottawa absenden – Communiqués, die Lav nicht liest, die aber, wie Mark ihr berichtet, alle mit der Anweisung »Überprüfen!« oder »Bestätigen!« enden.

Mark kommt weder auf das Archiv noch auf das Journal zurück. Er und Lav führen auch nie das versprochene ernste Gespräch – wozu denn auch, sein Bericht scheint ja vergessen. Sie sind beide von anderen verdrängt worden.

In einem Teil des Journals, das von einem gewissen Thomas Hutchings stammt, entdeckt Lav den Namen Drew und andere Namen, die ihr schon bekannt sind. Im Gegensatz zu Lavinias Gekritzel schreibt Thomas Hutchings wie gestochen. Nur leider ist das Buch irgendwann einmal feucht geworden; die Tinte hat sich aufgelöst, so daß auf vielen Seiten am äußeren Rand nichts mehr zu lesen ist.

Lav sucht und findet ein Vergrößerungsglas – alles läßt sich im Haus der Martins irgendwo finden – und nimmt es mit ins Archiv. Als sie hindurchblinzelt auf die spinnwebhafte Schrift, die sich hin und her und zwischen und rund um die Zeilen schlängelt, entdeckt sie eine dritte Geschichte – eine Geschichte, die weder von Lavinia Andrews noch von Thomas Hutchings stammt – ein Text hinter und neben dem offiziellen Text.

Saul fällt ihr ein, der ihr erklärte, solche Randkritzeleien hießen Marginalien – ein schönes Wort. In den Marginalien stößt Lav auf Mary Bundle. In Marys Stimme liegt etwas, das so stark, so entschlossen ist, daß Lav darin versinkt und über das Buch gebeugt bleibt, bis das Archiv schließt.

Auch an diesem Abend gehen Lav und Lori Sutton gemeinsam fort. Und da sie seit Mittag im Archiv war, ist sie jetzt hungrig und lädt die junge Frau zu sich nach Hause zum Abendessen ein. Während Lav Eier aufschlägt und Käse reibt, spürt sie, wie Lori von einem Raum in den anderen geht, vor Dingen, die sie interessieren, stehenbleibt wie in einer Ausstellung, sie erst von einer Seite studiert, dann von einer anderen, dann zurücktritt und sie durch halbgeschlossene Augen noch einmal prüft.

»Ein paar schöne Sachen haben Sie da«, sagt Lori, als sie sich zu Tisch setzen, und zum ersten Mal bemerkt Lav einen Anflug von Respekt in den Augen der jungen Frau.

»Nichts in diesem Haus gehört mir – auch die Bilder und die Bücher sind von den Martins, den Leuten, denen dieses Haus gehört.«

»Aber ich wette, Sie haben selber in Ottawa genauso schöne Sachen.«

Lav nickt. Sie hat dem Mädchen gar nichts von sich selbst erzählt, hat nie von Charlotte gesprochen oder von Philip, von ihrer Arbeit oder von Wayne Drover – hat nie gesagt, warum sie so viele Stunden im Archiv verbringt.

»Ich habe eine Art Plan gemacht – einen Zeitplan«, sagt Lori. »Ich gebe mir drei Jahre – ein Jahr für mein Diplom, zwei Jahre, bis ich einen guten Job bekomme. Dann habe ich auch so ein Haus, und eine Geschäftskarte. Haben Sie eine Geschäftskarte?«

Warum sind wir eigentlich so neugierig aufeinander? fragt sich Lav. Warum finde ich den so offen zur Schau getragenen Ehrgeiz dieses Mädchens so anziehend – wäre das auch so, wenn sie alt oder häßlich oder männlich wäre? Was wären doch sie und Wayne Drover für ein Paar! Diesem Gedanken folgt ein Stich von Eifersucht, der Lav verblüfft. Sie fragt Lori, ob sie nach dem Studium vielleicht wieder zurück nach Hause gehen will.

»Herr im Himmel, sicher nicht!« Lori ist entsetzt über soviel Unverständnis. »Wozu sollte ich denn nach Haus zurück? Kein Mensch geht nach der Uni je wieder nach Chance Harbour – dort gibt's außer Fisch ja überhaupt nichts.«

Lori sieht sofort, was Lav durch den Kopf geht. »Ja klar! Fisch ist schon okay für Leute wie Sie! Fisch durch ein Mikroskop studieren oder interessante saubere Ausdrucke über Fisch lesen! Sie müssen den Fisch nicht über die Seiten eines Boots zerren, nicht in der eiskalten Fischfabrik stehen – alles voller Schleim – und acht Stunden pro Tag Fischgedärme rausziehen. In einem Labor in Ottawa würde ich auch gern mit Fisch arbeiten – oder an der Börse in Toronto – hab ich neulich abends im Fernsehen gesehen, lauter knackige Burschen in weißen Hemden, Jacketts ausgezogen, Ärmel aufgerollt, ein paar waren richtig sexy!«

Sie wird ernst. »Ich sag Ihnen, keiner geht zurück nach Chance Harbour. Nicht, wenn sie sonst irgendwo einen Job landen können. Ja ja, im Sommer ist es ja recht hübsch, die Fremden überpurzeln sich alle, wie schön es bei uns ist – stimmt ja auch, nur Meer und Himmel und grüne Hügel, aber davon kann man nicht leben, oder? Was anderes ist es im Februar, wenn der Nordost in die Bucht fährt und man im Schneesturm seine Hand nicht vor den Augen sieht! Nein, Chance Harbour ist kein Ort zum Zurückgehen. Meine Mutter sagt das auch, sie selber hat mir ja immer eingeredet, daß ich fort muß – die meisten Frauen hämmern ihren Töchtern das ein. Wer tät das nicht, nach sechs Wochen von irgend so einer augenauswischerischen Winter-Arbeitsbeschaffungsmaßnahme? Ich habe meiner Mutter zugesehen, wie sie bei den Wellenbrechern mit den Händen große Steine herumgeschleppt hat, und ein anderes Mal war sie jeden Abend oben in der Schule, damit sie Maschineschreiben lernt, was sie doch ihr Leben lang ganz sicher niemals braucht.« Einen Moment scheint Lori den Tränen nahe, aber dann schluckt sie, ißt den letzten Bissen Omelett und fragt Lav, warum sie sich nicht mit ihren Verwandten in Verbindung setzt.

Lav versteht nicht, was das Mädchen meint.

»Na, Sie sagten doch, Ihr Vater war aus Neufundland – wahrscheinlich haben Sie also Verwandte hier, warum nehmen Sie denn nicht mit ihnen Verbindung auf?«

»Ich weiß nicht – daran habe ich noch gar nicht gedacht. Mein Vater fiel im Krieg, bevor ich zur Welt kam, ich hatte nie mit irgendeinem Mitglied der Familie Kontakt.«

»Aber es gibt doch sicher Leute hier, zu denen Sie gehören«, wiederholt Lori mit gewohnter Sachlichkeit. »Die lassen sich doch leicht ausfindig machen – sagen Sie einfach nur, Sie sind auf der Suche nach Ihrem Stammbaum. Vom Festland kommen dauernd welche und suchen nach ihrem Stammbaum. Wissen Sie, wie Ihr Großvater hieß?« Sie hat schon das Telefonbuch in der Hand.

»Der Name meines Großvaters war Ki – eine Abkürzung für Hezekiah. Und mein Vater hieß David«, erklärt Lav, ganz nebenbei, als hätte sie diese Namen schon tausendmal gesagt.

»Na bitte, da haben wir's! Da brauchen Sie nur den Hörer in die Hand zu nehmen und jemand anzurufen, der genauso heißt! Ich wette, es stehen ein paar Hezekiahs hier drin – es gibt immer noch Leute mit diesen alten Namen – mich haben sie Dolores getauft, was Besseres ist ihnen nicht eingefallen!«

Sie blickt von ihrer Suche hoch und lächelt Lav leicht verlegen an. »Wenn jemand mit Ihnen verwandt ist, sagt er Ihnen das sofort. Schauen wir mal, Anderson, Andres – Andrews – Herr im Himmel, da gibt's ja gleich Dutzende davon!«

»Sie haben Lavinias Tagebuch gelesen!« Lav weiß plötzlich, daß das so ist, entreißt der jungen Frau das Telefonbuch und stellt es zurück ins Regal.

»Tut mir leid«, sagt Lori und sieht nur mäßig schuldbewußt drein. »Ich dachte, Sie hätten nichts dagegen – es hat mich einfach so neugierig gemacht, was Sie die ganze Zeit da lesen. Stört es Sie?«

»Nein – natürlich nicht. Das Ellsworth-Journal ist schließlich öffentliches Eigentum.« Das ist natürlich eine Lüge. Es stört sie sehr, Lav ist schockiert bei der Vorstellung, daß das Journal auch Lori Sutton zugänglich ist – und jedem dahergelaufenen Neugierigen.

Plötzlich hat Lav genug von dem Mädchen mit ihrem kleinen Fuchsgesicht und ihren gierigen Händen. Sie räumt das Geschirr weg und schlägt etwas abrupt vor, sie nach Haus zu bringen.

Später, während sie achtlos die Fernsehnachrichten laufen läßt (immer das gleiche heutzutage – kurze Clips von verschiedenen Männern, die in Konferenzzimmern verschwinden wollen und kurz stehenbleiben und sagen, nein, sie haben nichts dazu zu sagen, nein, es ist noch zu früh für irgendeinen Kommentar), blättert Lav doch wieder im Telefonbuch von St. John's und geht die Liste aller Andrews' durch, dann wählt sie eine beliebige Nummer daraus und fragt ganz ruhig diesen Fremden, ob er Andrews' von Cape Random kennt.

Beim dritten Anruf erwidert ein gewisser Clarence K. Andrews ohne jedes Zeichen von Überraschung: »Wir sind die Port-de-Grave-Andrews' – wen Sie suchen, das sind die Bonavista-North-Andrews'. Aber ich sag Ihnen, am besten ist es, wenn Sie mit Stephen Andrews' Jungen sprechen – mit dem, der das Haus in Davisporte betreibt.«

An diesem Punkt ruft er über seine Schulter: »He, Marg, Marg – weißt du noch, wie der Mensch heißt, bei dem wir damals unten in Davisporte gewohnt haben?«

Eine Sekunde später erklärt er ihr, der junge Alf Andrews habe da unten einen Betrieb, Lav hat den Eindruck, daß es sich um ein Motel handelt; der Betrieb heißt Cat Harbour Inn.

»Die Nummer kriegen Sie von der Vermittlung. Ein komischer Name, aber das Haus ist sonst recht ordentlich«, bemerkt er, wünscht ihr Erfolg und legt auf. Lori hat recht, es ist in Neufundland nicht schwer, seine Leute ausfindig zu machen.

Aber sie will Alf Andrews gar nicht anrufen – zumindest jetzt noch nicht. Sie hat Angst davor, sich mit Verwandten einzulassen, lebenden Menschen, die man nicht wieder ins Regal stellen kann, wenn man genug von ihnen hat oder sie überhaupt nicht mag. Und dann ist sie wieder ganz deprimiert über ihre eigene Feigheit.

Beim Einschlafen stellt sie sich vor, wie schön es wäre, das Journal zu besitzen, es hier im Haus zu haben. Am nächsten Morgen schwimmt Lav aus ihrem Fischtraum herauf mit einem klaren Plan, wie sie das Journal stehlen wird. Von da an ist der letzte Gedanke vor dem Einschlafen und der erste jeden Morgen das Stehlen des Journals.

5

Auf *Oceans 2000* – auf die endgültige Fassung!« Wayne Drover stößt mit Lav an.

Sie sind in Lavs Büro beim gewohnten Wochenenddrink, bevor sie wieder essen gehen. Freitag ist jetzt der einzige Tag, den sie zur Gänze im Büro verbringt – was Wayne sicher nicht entgangen ist.

Lav fühlt sich in Waynes Gesellschaft inzwischen richtig wohl. Wenn er entspannt ist, dann hat er eine Art von kindlicher Naivität, die in größtem Gegensatz zu seiner sonstigen Yuppie-Art steht.

»Heute zeige ich dir was ganz Besonderes. Am nächsten Freitag gibt's eine kleine Abschlußparty im Büro – und am Montag darauf kommt der Minister persönlich her, um *Oceans 2000* zu präsentieren! Nächste Woche ist hier der Teufel los!« Angeregt geht Wayne auf und ab, wie elektrisch aufgeladen vor Vorfreude.

Lav gibt keinen Kommentar ab. Sie hat jeden Widerstand gegen Waynes Terminplanung längst aufgegeben, ebenso wie jedes Besitzdenken an dem Projekt, das sie, rein formal gesehen, eigentlich noch immer leitet.

»Du mußt den Abschlußbericht aber schon lesen«, sagt er. »Schließlich hat dein Team die Vorarbeit gemacht, und wenn du wieder in Ottawa bist, wird man von dir erwarten, daß du dich auskennst.«

Er steht vorm Schreibtisch und blickt zu ihr herunter: »Was hast du vor, wenn du zurück bist? Soll ich bei den richtigen Stellen ein Wort für dich einlegen?«

Die Frage bringt sie aus der Fassung. Was habe ich vor, wenn ich zurück bin? Sie greift nach ihrem Glas und meidet seinen sachlich prüfenden Blick, starrt an ihm vorbei durchs Fenster auf die Felswand. Draußen ist es noch hell, es ist Ende April, die Tage werden länger. Bis jetzt hat sie noch gar nicht daran gedacht, daß sie vielleicht nicht den ganzen Sommer hier ist.

Das Schweigen dauert eine ganze Weile, bis Wayne begreift, daß von ihr keine Antwort kommt. Er schüttelt den Kopf. »Wer nicht weiß, was er will, bekommt es nie«, sagt er, zuckt die Achseln und lächelt. »Komm, das ist vielleicht unser letztes Abendmahl – ich kenne da was ganz Besonderes.«

Das Besondere erweist sich als Restaurant in einem wunderbaren alten Haus, das einmal den Drews gehört hat.

»Die Drews waren immer eine weitverzweigte Familie, haben ihre Kinder auf Privatschulen geschickt, sind viel gereist, hatten einen Sinn für schöne Dinge«, erklärt Wayne und deutet auf die Mahagonitüren, die Schnitzereien über dem Kamin, die Einlegearbeit an der Anrichte.

»Früher gehörte ihnen ja auch die halbe Stadt, ganze Häuserzeilen, Läden, Zeitungen, Fabriken und Fischereibetriebe – Schuhe und Schiffe und Stadträte und Könige.« Die Formulierung gefällt ihm, daher wiederholt er sie: »Schuhe und Schiffe und Stadträte und Könige. In St. John's gehört ihnen immer noch eine Menge – wie überhaupt in ganz Neufundland.«

Sie hat Wayne nie erzählt, was sie über die Familie Drew weiß, über jenen Teil ihrer Geschichte, den Mary in Lavinias Tagebuch geschrieben hat; und sie tut es auch jetzt nicht. Sie will überhaupt nicht viel reden. Die Frage, die er ihr gestellt hat, geht ihr noch immer durch den Kopf: was hat sie vor, wenn sie wieder in Ottawa ist? Um von ihrer Zukunft abzulenken, von sich selbst abzulenken, fragt Lav, ob die Drews noch immer im Fischgeschäft tätig sind.

»Nein, nein – heutzutage kommt ihr Geld nicht mehr vom Fisch, jedenfalls nicht direkt. Aber jedesmal, wenn du hier eine Flasche Milch kaufst oder eine Flasche Schnaps, jedesmal, wenn du das Licht andrehst oder das Backrohr, wenn du bei einer Umweltkampagne unterschreibst, trägst du dein Scherflein bei zum Drew-Imperium. Heute steht der Name Drew wahrscheinlich nicht mal mehr auf dem Briefkopf – aber du kannst Gift drauf nehmen, daß in jedem Kuchen in Neufundland irgendein Drew-Onkel oder Rechtsanwalts-Cousin oder verschwägerter Tunichtgut seine Finger stecken hat, von Hibernia bis Hydro, von Doreens Einrichtungshaus bis zu Dickie Dunns Taxi.«

Er lächelt ihr über den Tisch zu, und dieses Lächeln soll zeigen, daß er in alle Geheimnisse der Drews eingeweiht ist, es sagt: »Ich, Wayne Drover, bin den Drews so wichtig wie ein Sohn, so notwendig wie Schmiergeld!« Und Lav fragt sich nicht zum ersten Mal, warum er ihr diese Einblicke gewährt – und was er überhaupt an ihrer Gesellschaft findet.

»Aber lassen wir die alten Geschichten! Iß, Mädchen, laß es dir schmecken!«, und er füllt ihr Weinglas nach und fragt, ob sie sich mit Volksmusik auskennt.

Als Lav den Kopf schüttelt, beginnt er einen Vortrag über dieses Thema, zitiert Stellen aus alten Balladen und führt die Wurzeln der Volksmusik von Neufundland zurück auf vor-elisabethanische höfische Musik und irische Barden. Seit Jahren sammelt er alte Notenblätter, erzählt er ihr. Und zu ihrer größten Überraschung fängt er – ohne Rücksicht auf den Ober, der in der Nähe steht, und auf ein sehr elegantes grauhaariges Paar in der Ecke – an zu singen:

Im Frühling wanderte ich dahin
Da sah ich eine schöne Maid allein
Sitzen unter dem Weidenbaum ...

Wayne Drover hat eine angenehme Stimme, er singt leise, hält sein Glas an die weiße Hemdbrust und blickt hinunter in den Wein.

Lav fühlt sich entspannt und glücklich. Warum sich um Vergangenes grämen oder Zukünftiges sorgen, wenn man hier sitzen kann, umgeben von schönen Dingen, Wein trinken, hervorragendes Essen genießen – und im weichen Kerzenlicht einem Mann zuhören, wie er über Liebe und Verrat unter grünen Weidenbäumen singt?

Als sie das Restaurant verlassen, schlägt Wayne einen Spaziergang in die Stadt vor, es ist ein milder Abend, vielleicht gibt es irgendwo Live-Musik. Er ist immer noch voll Energie.

Den Hügel hinunter wird es kühler, Lav kann den Hafen riechen, den salzigen Nebel spüren. Aber in den Hauseingängen stehen Menschen, und auf den schmalen Gehsteigen drängen sich Studenten, die in lärmenden, lachenden Gruppen von einem Pub zum anderen wandern. Die meisten Flanierer sind viel jünger als Lav oder Wayne – genau wie ihre Musik. Sie gehen einmal da hinein und einmal dort, Wayne winkt ein paar Leuten zu, bleibt aber nirgends länger, um sich mit jemand zu unterhalten.

Lav rechnet damit, Lori Sutton zu begegnen, aber sie sehen sie nicht – vielleicht muß das Mädchen Freitag abend arbeiten. In einer Bar entdecken sie Mark Rodway, in eine Ecke gedrückt neben einer blassen Blondine. Auch Wayne sieht Mark, winkt ihm lächelnd zu und sagt: »Der Junge hat seine eigenen Ideen, dem traue ich nicht über den Weg.«

Als sie wieder zurück bei dem alten Restaurant sind, wo der Wagen geparkt ist, bleibt Wayne unter einer Staßenlaterne stehen: »Du bist nicht zufällig Optimistin, Lav Andrews?« fragt er.

Der Dunst hat sich zu echtem Nebel verdichtet, so dick, daß sie wie in einer Wolke nebeneinanderstehen. Nebelfinger, feucht von Meeressalz, streichen Lav über Gesicht und Haar, und sie denkt, daß sie wahrscheinlich ganz nett aussieht. Sie fühlt sich entspannt, ganz leicht beschwipst.

Aber sie versteht seine Frage. »Ich nehme ein Taxi nach Haus – drinnen gibt's sicher ein Telefon«, sagt sie, dreht sich um und geht schnell über den Gehsteig ins Restaurant.

Er geht ihr nach. »He, Lav – flichtst du nie grüne Bänder in dein Haar? Liegst nie unter schattiggrünen Bäumen?« Er geht neben ihr, berührt sie aber nicht, sieht sie nicht einmal an.

»Nein, nein, tu ich nicht. Tun wahrscheinlich heute nicht mehr viele Leute«, antwortet sie sachlich. Die Frage klingt so unpersönlich, daß sie gar nicht das Gefühl hat, ihm einen Korb zu geben.

»Oh«, sagt er, nachdenklich, »schade – ja, kann sein, daß du recht hast.«

Ein Nebelhorn stöhnt auf, und er bleibt stehen und lauscht: »Ist das nicht der tollste Klang, den du je gehört hast? Manchmal stelle ich mir vor, ich lasse mir auf meinem Schreibtisch in Ottawa eins aufstellen. Ich hab das Nebelhorn von CBC aufgenommen – du weißt schon, das bei den Spezialnachrichten für Schiffe auf See.«

Und er macht den CBC-Radioansager nach: »Heute nacht gefrierender Gischt vor den Funk Island Banks. Navigationslicht Nummer 046 vor Gunners Rock ist ausgefallen. Treibende Wrackteile östlich von Bankero gesichtet … unglaublich – besser als jedes Gedicht.« Wayne Drover schüttelt den Kopf über seine eigene Verrücktheit. Er hat offenbar seinen Antrag vergessen, wenn es denn überhaupt einer war.

Sie gehen weiter durch die feuchte Stille. Lav widersteht dem Impuls, seine Hand zu nehmen – er würde die Geste falsch deuten.

Später liegt sie im Bett, plant den Diebstahl des Journals und hört das Klagen des Nebelhorns vom Hafen heraufsteigen. Der Klang wird ihr fehlen. Gab es Nebelhörner auf dem Kap? Wenn ja, warum hat Lavinia sie nie erwähnt? Welche Geräusche hörten die Menschen dort – Meer und Stürme, vielleicht auch Vögel? Sie schwankt hin und her zwischen Gegenwart und Vergangenheit. Im Einschlafen hört sie tief, tief unter dem klagenden Laut eine Männerstimme von Liebe und schönen Maiden singen, die unter schattiggrünen Bäumen sitzen – das Lied kommt ihr bekannt vor, und einen Moment lang ist sie auf dem Kap, ist Lavinia Andrews und tanzt rund ums Feuer und sehnt sich nach Thomas Hutchings.

Am nächsten Morgen fährt sie durch dichten Nebel zum Archiv, hört wieder das Nebelhorn und erinnert sich, wie sie im Moment vor dem Einschlafen in Lavinias Haut geschlüpft ist, Lavinias Körper und Lavinias Sehnen als ihr eigenes gespürt hat. Diese Vermischung von Traum und Wirklichkeit erschreckt sie. Was ist besser – gar keine Geschichte zu haben oder aber eine vorgestellte, erträumte?

Was tue ich hier eigentlich? denkt Lav. Statt zu arbeiten, beschäftige ich mich mit Menschen, die schon lange tot sind, rufe bei Leuten an, die ich gar nicht kennenlernen will, entwerfe Pläne, ein zerfleddertes altes Buch zu stehlen!

Sie wendet den Wagen. Sie wird nicht zum Archiv fahren. Sie schwört sich, das Journal zu vergessen, und fährt statt dessen zur Forschungsstation.

In den nächsten paar Tagen bemüht sich Lav, wieder in die Wirklichkeit zurückzufinden. Sie zahlt ihre Rechnungen, geht zum Friseur, hört sich die Nachrichten an und tut, als würde sie sich interessieren für das brodelnde Durcheinander im Büro, das dem Besuch des Ministers offenbar vorausgehen muß.

Mit zusammengebissenen Zähnen arbeitet sie sich durch die endgültige Fassung von *Oceans 2000* und wühlt sich durch die Masse von Papieren, die Alice auf ihrem Schreibtisch aufgestapelt hat: Terminlisten für das Wochenende des Ministers, eine Ansprache beim Mittagessen in der Handelskammer, ein Interview mit dem Lokalblatt und ein zweites im überregionalen Fernsehen, ein Dinner an der Universität, kurze Fahrt mit Fotografen nach Petty Harbour. Täglich kommt etwas Neues dazu.

Andere Memos befassen sich mit dem Höhepunkt des Besuchs, der Pressekonferenz des Ministers, bei der er *Oceans 2000* vorstellen wird. Diese Memos, viele von ihnen aus der Feder von Wayne Drover, geben Auskunft über jedes Detail, von den Unterkünften der Reporter bis zu jenen Fragen, die Timothy Drew zu beantworten bereit ist.

Plötzlich ist Wayne überall, sitzt auf ihrem Schreibtisch und erklärt einen Punkt in dem Bericht, sticht mit dem Kugelschreiber auf Computerlisten, eilt von Experten umgeben durch die Flure, brüllt Anweisungen an sein Büro in Ottawa ins Telefon, fährt wütend mit dem Rotstift durch seitenlange Ausdrucke.

Jeden Tag treffen jetzt neue Leute ein, Leute ohne Familiennamen – Jay, der Amerikaner, der sagt, er sei Schriftsteller, dann eine berückend schöne Fotografin in Seidenbluse und hautengen Jeans, dann Clive, der englische Grafiker, und drei Menschen, die sich Medienberater nennen.

Mitten in dem ganzen Zirkus müssen Mark und Melba und sogar Alice Sachen hin und her schleppen und holen und apportieren und, bereits ziemlich verdrossen, die Büroparty organisieren, die auf Waynes Wunsch unbedingt noch vor der Ankunft des Ministers stattzufinden hat.

Lav interessiert das alles überhaupt nicht.

Angesichts der Leere ihrer Tage und der unheilverkündenden nächtlichen Träume versinkt sie in eine Depression. Ihr Leben ist ihr nicht genug – sie sehnt sich nach dem Kap, den Andrews' und den Vincents. Sie vermißt jetzt sogar Lori Sutton. Sie fühlt sich einsam und ruft ihre Mutter an.

Charlottes Stimme klingt kühl und geschäftlich, knatternd über sechstausend Meilen, und sie befiehlt ihrer Tochter, sofort die Insel zu verlassen. Tut sie es nicht, ist sie verloren.

Während sie Charlotte zuhört, begreift Lav auf einmal, daß Neufundland die Quelle von Charlottes Stärke ist – ein Ort mythischer Schrecken, ein großer, fürchterlicher Sumpf, von dem kein Reisender zurückkehrt – keiner außer ihr, der es mit der Schlauheit eines Odysseus gelang, sich aus dieser Unterwelt zu retten. Und das, denkt Lav, war Charlottes erster und größter Sieg, der alle anderen erst ermöglichte.

Lav legt auf. Nachdem sie darauf hingewiesen hat, daß nach drei vollen Monaten ihre Mutter keine einzige Frage nach ihrer Arbeit gestellt hat, nach Philip, nach ihr selbst, brüllt sie sie an, sie sei ein egoistisches Biest, und schmeißt den Hörer auf die Gabel.

Die Büroparty beginnt nicht gut. Wayne hält eine Ansprache, die er seine Excelsior-Rede nennt, und gibt ihnen allen einen Überblick über das Projekt *Oceans 2000*: »Diese Enquête, die gründlichste Untersuchung der nordatlantischen Fischerei, die je erstellt wurde, wird uns ein Ansporn sein, den Ertrag auf das höchstmögliche Niveau zu heben ... ein goldenes Zeitalter für die atlantischen Provinzen ... der großartigste Plan, den je eine Regierung für die Nutzung der Meere in globaler Wettbewerbsfähigkeit erstellt hat ...« Sorgfältig geschliffene und polierte Phrasen für die morgige Vorstellung vor der Presse.

Er fährt fort mit einer Zusammenfassung von Timothy Drews bisherigem Leben und zitiert aus seinen Reden – die meisten ohnehin von Wayne selbst geschrieben. Er erzählt ihnen, daß der Minister in diesem Augenblick gerade an einer Meereskonferenz der Vereinten Nationen teilnimmt. Noch heute wird der Präsident der Vereinigten Staaten vor dieser Konferenz sprechen und nette Dinge über Kanada sagen und über Mr. Drew – und vielleicht sogar *Oceans 2000* erwähnen!

Das wird in den Schlagzeilen der ganzen Welt erscheinen, wird noch am Montag eine heiße Story sein, wenn der Minister in St. John's eintrifft. »Ich kann euch sagen, mit ihm kommt eine Traube von Reportern, nicht nur aus ganz Kanada, sondern auch aus Washington. Hier wird's nur so wimmeln von Politikern und Beamten, jeder mit einem Gefolge von Sponsorengeldjägern, Wissenschaftlern, Sekretären und diversen Experten!« Wayne ist enthusiastisch, er macht eine kleine Pause, damit die drei Medienexperten klatschen können.

»Bis morgen mittag ist jedes Hotel in dieser Stadt voll mit Leuten, die ihr Geld hierlassen – darüber werden sich die Jungs von der Handelskammer aber freuen. Und über *Oceans 2000* ebenso! Aufgrund dieser Arbeit können wir mit Regierungssubventionen rechnen, mit Sponsorengeldern für Studien zu Forschung und Marketing, mit Zuschüssen für Fischer, für Fabriken, für die Hochseeschiffahrt, für die einschlägigen Studienfächer an der Universität!«

Wayne Drover lehnt sich zurück, die Fingerspitzen unter dem Kinn zusammengelegt, und strahlt seine Leute an: »Ihr könnt alle stolz sein – ich sage euch, es gibt niemand, der über diesen Bericht nicht glücklich ist!«

Da hört man von ganz hinten eine Stimme murmeln: »Der ganze Bericht ist ein Scheiß!«

Das Lächeln fällt von Waynes Gesicht, er lehnt sich vor: »Was war das?«

»Dieser Bericht ist ein Scheiß, und Sie wissen das!« Mark Rodway spricht noch immer leise, aber was er sagt, ist klar zu hören.

Wayne wird vor Zorn ganz weiß. Lav erwartet, daß er aufspringt und dem jungen Mann eine klebt.

Aber er beherrscht sich. »Ach, Herrgott noch mal, werde doch erwachsen!« sagt er zu Mark. »In deinem Alter hat man das Bedürfnis, sich zu profilieren, kann ich ja verstehen – aber nicht bei diesem Job, das garantiere ich dir. Das hier ist für Timothy Drew – einen Mann, der für Figuren wie dich mehr getan hat, als du je begreifen wirst!« Er schaut im Zimmer herum und faßt jeden einzelnen kurz ins Auge. »Timothy Drew wird wiedergewählt, denn wenn er nämlich nicht gewählt wird, dann sind wir alle im Arsch – jeder einzelne hier in diesem Zimmer, jeder auf der ganzen Insel!«

»Drover, du bist ein Lügner – ein Lügner und ein Arschkriecher!« brüllt Mark jetzt durch den ganzen Raum. »Du betest Drew an und Drews Geld, und dafür würdest du alles tun, einfach alles …« Der junge Mann scheint den Tränen nahe.

Den anderen ist das peinlich – Gefühle passen doch nicht in eine Behörde. Die wunderschöne Fotografin wirkt unglücklich, sie beugt sich zu Mark, zupft ihn am Arm, flüstert ihm etwas ins Ohr, und darauf gehen sie beide hinaus.

Wayne lächelt wieder, lächelt in die Runde. »So!« sagt er und reibt sich die Hände, steht auf und gibt allen die Hand und strebt dem Büfett zu, das beim Empfang aufgebaut ist. »Nach heute abend wird keine Zeit mehr sein für Brot und Spiele – also dann ran ans Futter!«

Lav spürt, daß sie gehen sollte. Irgendwo in ihrem Unbewußten bohrt etwas und will heraus, eine haarige Kugel aus quälenden Gedanken, Mißtrauen, Unbehagen und Verraten-Sein. Nichts stimmt in diesem Raum – nicht das Licht, nicht die Gesichter, auch nicht die Musik, die jemand angestellt hat –, und Wayne Drovers Bericht, davon ist sie jetzt überzeugt, stimmt von Anfang bis Ende nicht.

Oder sind diese dunklen Vorahnungen etwas, was sie sich nur einredet? Sie setzt eine blasierte Miene auf, nippt an ihrem Drink und sieht Mark Rodway nach. Sein Ausbruch ist ein weiterer Beweis seiner Feindseligkeit, dieses tief eingewurzelten Mißmuts, den sie immer in ihm gespürt hat.

Inzwischen ist das restliche DFO-Gebäude schon ganz leer. Die Medienexperten traben durch den Flur und kehren mit Stühlen zurück, die sie von anderen Büros requiriert haben. Die Leute sitzen und trinken und reden, Mark ist vergessen, *Oceans 2000* ist vergessen.

Das Gespräch wird lebhaft, man redet über die unterschiedlichsten Dinge: Qualität und Quantität des Weines, das unerträgliche Frühlingswetter sowohl in Ottawa wie in St. John's, neue Farbdrucktechniken, kanadische Kunst, Zweisprachigkeit, die multikulturelle Gesellschaft – und gelangt auf diesem Umweg zu einer Diskussion über Provinzeigenheiten, im besonderen die der Provinzen Quebec und Neufundland.

»Neufis und Quebecois haben eins gemeinsam – sie sind total humorlos!« erklärt der Mann, der sich Jay nennt. Alice und Wayne als Eingeborene versuchen, Öl auf die aufkommenden Wogen zu gießen, die diese Bemerkung hervorruft.

Jay hat schon recht, behauptet einer der Experten. Er war schon einmal hier in Neufundland, von einer Ölgesellschaft aus Texas eingeflogen, zwecks Schadensbegrenzung nach der Ocean-Ranger-Katastrophe. »Also«, sagt er, »die Neufis sind sogar noch schneller beleidigt als Nigger!«

Darauf steht Alice auf und erklärt, sie gehe jetzt, bevor die Neufi-Witze aufs Tapet kämen. Als sie fort ist, haben alle irgendwie ein schlechtes Gewissen, und man bemüht sich um einen Themenwechsel. Es geht jetzt um Orte, wo man gearbeitet hat, um Projekte und Leute, die vielleicht auch die anderen kennen.

Lav hat den ganzen Abend lang fast nichts gesagt. Sie ist von einer schrecklichen Lethargie befallen. Was soll ich tun? Wenn ich aufstehe, wohin soll ich dann gehen? fragt sie sich. Und was ist mit morgen und übermorgen?

Also bleibt sie sitzen – während den Leuten rundherum die Gesprächsthemen ausgehen und die Konversation langsam verebbt und einer nach dem anderen geht.

Zuletzt sind Wayne, der Engländer und Lav allein, sie trinken und schweigen.

»Jay und Desmond sind doch Scheißtypen!« sagt der Engländer leise.

Aber Wayne ist das egal. »Ach Gott – irgendeinen Knacks hat doch jeder!« Er steht auf und zieht seinen Mantel an. »Kommt, gehen wir was Anständiges essen.«

Clive kann nicht, sagt er. Er muß noch mit der Druckerei über den Einband für den Bericht reden.

Wayne wird sofort ganz wach. »Du willst mir doch nicht sagen, daß der Einband noch nicht gedruckt ist!«

»Keine Sorge, alter Junge – es ist alles unter Kontrolle. Sie machen Überstunden – ich will den Einband folienkaschiert haben.«

Lav muß kichern. Sie hat noch nie jemanden wie Clive sprechen hören, wie ein Engländer auf der Bühne.

Wayne wirft ihr einen scharfen Blick zu. »Kommt, kommt, ihr

beiden, gehen wir ins Hotel auf eine Suppe und ein paar Sandwiches. Dann kannst du wieder raufgehen, und Lav und ich werden schon was zu tun finden – nicht wahr, altes Mädchen?« Wayne macht Clive nach.

Wayne ist in allerbester Stimmung. Nach dem Essen will er weiter, die Pubs unten in der Stadt abklappern, aber Clive sagt, nein, nein, er muß wirklich zurück, nur für den Fall, daß irgendwas schiefgeht.

»Der ist schon in Ordnung, aber mit dem Akzent landet er noch im Hafenbecken, wenn er versucht, einen Drucker aus St. John's herumzukommandieren«, sagt Wayne, nachdem der Engländer fort ist. »Wir genehmigen uns noch einen Drink, dann zeig ich dir was Interessantes«, sagt er zu Lav.

Obwohl es schon spät ist, hat sie nichts dagegen. Die Hotel-Lounge ist menschenleer, aber angenehm erfüllt von Schatten und leiser Musik. Draußen vor den hohen Fenstern schimmern Lichter über dem Hafen, wehen in einsamen Funken die schwarzen Hügel hinauf. Lav stellt sich Deserteure vor oder Schmuggler – höchstwahrscheinlich die Vorfahren von Wayne Drover –, die diese Felswände hinaufklettern, jeder mit seiner Laterne. Sie ist etwas beschwipst, verwirrt, sehnt sich nach einem Menschen, dem sie sich anvertrauen könnte, muß sich beherrschen, um Wayne nicht von dem Journal zu erzählen, von ihrer Mutter, von ihrer Unlust, nach Ottawa zurückzukehren.

»Es ist nicht weit zu gehen – und der Abend ist doch so schön«, sagt Wayne, und führt sie zu ihrer Überraschung (hab ich denn damit gerechnet, daß er mich in sein Zimmer einlädt? fragt sie sich) durch einen Seiteneingang fort aus dem Hotel.

Es ist eine warme Nacht – weich, erfüllt vom Duft nach frischem Gras und Frühling. Sie gehen vom Hotel weg, nach Osten auf die Hügel zu, in Richtung Wasser. Nach wenigen Minuten erreichen sie einen schmalen Weg mit tiefen Fahrspuren und spärlicher Beleuchtung. Für die Nacht geparkte Autos drücken sich eng an die Häuser oder stehen einfach irgendwie auf der Straße.

Der Weg ist menschenleer. Links von ihnen führen hölzerne

Treppenstufen hinauf zu den Häusern. Eines hinter dem anderen, lehnen sich die Häuser an die Felswand. Gelbes Licht fällt aus den Küchen, bläuliches aus den Wohnzimmern. Wenn Lav den Kopf zurücklegt, kann sie Spitzenvorhänge sehen, Ausschnitte von Zimmerdecken und Balkongeländer, auf denen weiße Katzen wie Vögel hocken.

Wayne Drover geht rechts von ihr und führt sie am Ellbogen. Hinter ihm ist nichts. Nur Schwärze und das träge, bedrohliche Klatschen des Ozeans gegen Beton. »Das ist die Battery«, sagt er – und etwas später: »Wir sind fast da.«

Sie steigen sechzehn hölzerne Stufen hinauf, gehen über eine große Veranda, öffnen eine Tür und stehen in einem vollgestopften, grell erleuchteten Raum. Das Gesicht eines Nachrichtensprechers flimmert über einen kleinen Fernsehschirm, er bewegt den Mund, aber es ist kein Laut zu hören. Efeuranken kriechen aus einem Topf neben dem Fernseher an Schnüren die Wand hinauf, klammern sich an Stuckleisten fest, umrunden gut fünfzig Schulfotos von zwei Kindern, einem Jungen und einem Mädchen, von früher Kindheit bis in ihre spätere Jugend. Fernseher und Efeutopf stehen beide auf einem gewaltigen Holzofen. Den Fußboden verdecken Zeitungsstapel, über welche Stehlampen ihre schwarzen Kabel schleifen lassen. Es gibt eine Treppe, unordentliche Bücherregale, ein Sofa, einen Schaukelstuhl, den eine Katze besetzt hält, einen Kühlschrank und noch tausend andere Dinge.

Überwältigt von diesem Raum, bleibt Lav im Eingang stehen, bis Wayne sie auf den Rücken tippt und über die Schwelle schiebt. »Geh nur rein, Mädchen, es passiert dir nichts«, sagt er und geht an ihr vorbei zu einem großen Fenster.

Vor dem Fenster steht ein Tisch, der ganz mit Zeitungen bedeckt ist. Eine Stehlampe beleuchtet eine Frau, grauhaarig, bebrillt. Die Schere in ihrer Hand hält sie wie einen Speer auf den Artikel gerichtet, den sie gerade liest.

»Ich grüße dich, Mudder«, sagt Wayne, aber die Frau blickt nicht auf und rührt sich nicht. Trotz ihrer grauen Haare hat sie etwas Kindliches, wie sie da sitzt, ein Bild äußerster Konzentration, bequem gekleidet in einen karierten Schlafrock, die Füße in rosa Hausschuhen um die Stuhlleisten gewunden.

»Abend, Mudder!« Wayne genießt offensichtlich diese übertriebene Aussprache des Wortes. Er beugt sich vor und küßt sie auf die Wange.

Da wird sie munter, sticht mit der Schere auf den Artikel. »Schau dir das an! Schau, was die Kerle uns jetzt wieder antun! Jetzt nehmen sie uns die Eisenbahn weg! Erst haben sie sie so verkommen lassen, daß niemand mehr damit gefahren ist, und dann stellen sie sie ein, weil niemand mehr damit fährt! Als nächstes sind die Flugzeuge dran, und dann die Busse!« Wütend mustert sie ihren Sohn, als wäre alles seine Schuld.

Als sie Lav bemerkt, sagt sie: »Entschuldigung«, aber ohne rechte Überzeugung. Dann steht sie auf und tritt auf sie zu, und Lav erkennt, daß das die Hexe ist, die seltsame Alte, die neulich auf dem Signal Hill mitgenommen werden wollte.

»Mama, das ist Lav Andrews – Dr. Andrews, das ist meine Mutter, Verna«, sagt Wayne sehr förmlich.

Beide Frauen nicken und geben sich die Hand. »Ungewöhnlicher Name, Lav – Sie sind nicht von hier, was?« sagt Waynes Mutter.

Lav gibt eine gemurmelte Antwort. Sie kommt sich wie eine dieser passiven Märchengestalten vor, über die sie immer nur den Kopf geschüttelt hat, dumme, willenlose Mädchen, die sich in den Wald führen oder an der Schwelle eines Hexenhauses absetzen lassen.

Irgend etwas an Lav scheint Verna nachdenklich zu stimmen, vielleicht versucht sie sich zu erinnern, wo sie sie schon einmal gesehen hat. Lav macht sich auf weitere Fragen gefaßt, aber Verna wendet sich ihrem Sohn zu: »Ich hatte nicht mehr mit dir gerechnet – dachte, du würdest die Nacht im Hotel verbringen.«

»Wir haben heut lange gearbeitet, wir beide, Mudder«, erklärt Wayne und bewegt dabei den Schaukelstuhl so lange, bis die Katze ihn freigibt. »Nehmen Sie doch Platz, verehrte Frau Doktor«, er grinst Lav kurz an, bevor er zum Fernseher hinüberschnellt und den Ton andreht.

Die Stimme des Ansagers plärrt laut los, aber Wayne, der vor dem Apparat hockt, dreht ihn nicht leiser. »Der kanadische Minister für Fischereiwesen traf heute mit dem Präsidenten und seinen Ratgebern zusammen. Im Hinblick auf eine bilaterale Vereinbarung zur weiteren Erforschung der Gegebenheiten an den Küsten Kanadas und der USA konnten beachtliche Fortschritte erzielt werden.«

Gleichzeitig sieht man Timothy Drew, wie er dem amerikanischen Präsidenten die Hand schüttelt, dann Schnitt, die beiden an Deck einer Yacht. »Am Abend diniert der Minister mit dem Präsidenten«, fährt der Ansager fort und beschreibt dann die Menüfolge.

»Na, die passen gut zusammen – ein Jammer, daß sie nicht über Bord fallen und ersaufen, alle beide«, knurrt Verna den Bildschirm an. »Möchtet ihr was essen?«

»Da würde ich nicht nein sagen«, erwidert Wayne, der noch immer vor dem Apparat kniet, aber der Ansager ist schon bei der nächsten Story, bei einem Kutter, der die halbe Welt umsegelt hat, nur um seine Fracht – New Yorker Müll – irgendwo loszuwerden.

Er schaltet das Gerät ab. »Schön! Bin froh, daß wir das erwischt haben!« Er zückt ein Notizbuch und kritzelt etwas hinein. »Das war recht gut, besser als erwartet eigentlich.«

Verna begibt sich in jenen Teil des Raums, der einer Küche noch am ähnlichsten sieht, steckt Toaster und Wasserkessel an und kommt zurück mit Milch, Zucker, Marmelade und Rosinenkuchen. Das alles stellt sie auf die Zeitungen, weggeräumt werden nur die Schere und ein Haufen von Zeitungsausschnitten, die sie in einen Karton unter dem Tisch wirft.

»Mudder sammelt schlimme Geschichten aus den Zeitungen – Hintergrundmaterial für die Revolution«, sagt Wayne und schaut grinsend von einer zur anderen, als erwarte er irgendwelche heftigen, vielleicht auch amüsanten Reaktionen von einer oder von allen beiden.

Lav, der durchaus nichts Besonderes dazu einfällt, deutet auf die Fotos: »Ich sehe, du hast eine Schwester.« Doch selbst diese Bemerkung klingt irgendwie deplaziert, deplaziert und eigenartig – vielleicht ist die Schwester gefressen worden, oder in eine Katze verwandelt.

Aber Verna reagiert ganz normal. »Das ist Kelly.« Lächelnd blickt sie auf die Fotos. »Mein Baby aus den Wechseljahren – sie ist fast zehn Jahre jünger als Wayne hier.«

Kelly geht in die Schwesternschule, erklärt sie, und lebt im Wohnheim, die sind dort streng, aber sie wird gut behandelt. »Nicht wie in meiner Jugend. Eine Schwester von mir, die ist auch Krankenschwester geworden, aber die haben sie damals behandelt wie die Sklaven.« Beim Reden schneidet Verna den Rosinenkuchen, gießt den Tee auf, streicht Butter auf Toast.

Gerade als sie zu essen anfangen wollen, läutet im Flur ein Telefon. Wayne hebt ab. »Ach du Scheiße!« hören sie ihn sagen.

Verna schnalzt mit der Zunge. »Dieses Wort mag ich gar nicht.«

Wayne sagt: »Bin sofort da«, legt auf und wählt gleich wieder. »Ich lasse Vic kommen«, erklärt er seiner Mutter, und zu Lav: »Das war Clive – kleiner Zwischenfall im Büro. Nichts Schlimmes – ich bin zurück, bevor der Tee kalt wird.«

Wahrscheinlich um weiteren Fragen aus dem Weg zu gehen, schlüpft er schnell in seinen Mantel und wartet draußen auf der Veranda. Inzwischen geht Verna von einer Lampe zur anderen und dreht jedes Licht im Raum ab. »Wenn die Lampen an sind, kann man gar nicht sehen«, sagt sie.

Eine Minute lang denkt Lav, daß die Frau wirklich verrückt ist, begreift aber, sobald sie sich wieder setzen – die Aussicht von dem dunklen Raum aus ist überwältigend. Sie trinken Tee und beobachten Wayne, der draußen vor dem Fenster auf und ab geht, hinter ihm das dunkle Hafenbecken, eingerahmt von den Lichtern der Stadt. Dann hört man eine Hupe, Wayne saust die Stufen hinunter, und sie hören eine Autotür zuschlagen.

»Vic hat sein Taxi immer vor der Haustür – auf die Art ist er die ganze Nacht für uns erreichbar.« Verna scheint der plötzliche Aufbruch ihres Sohnes nichts auszumachen. Sie leckt sich Butter von den Fingern und starrt hinaus in die Nacht. »Sie sind das Mädchen, das mich neulich vom Signal Hill herunter mitgenommen hat«, sagt sie dann. »Haben Sie Wayne in Ottawa schon gekannt?«

Lav erklärt, daß sie Wayne erst hier in St. John's kennengelernt hat. Schweigend essen sie, schauen zu, wie Autoscheinwerfer sich die kurvigen Straßen bergauf winden, und genießen die Wärme des altmodischen eisernen Heizkörpers unterm Fenster.

»Im Krieg hab ich mich daran gewöhnt, hier im Finstern zu sitzen – da hatten wir ja Verdunklung. Da konnte man die eigene

Hand nicht vor den Augen sehen. Straßenbeleuchtung gab's im Krieg natürlich auch nicht – sogar die Autos hatten kleine Blechhauben über ihren Scheinwerfern – alles war schwarz, schwarz.

Aber manchmal konnte ich im Mondlicht Schiffe in den Hafen gleiten sehen. Schatten – ganze Schattenherden – wie schwarze Wale, Scharen von Walen, die unter den Klippen hereinglitten. Fast war's, als würde ich mir alles einbilden, aber in der Früh schaute man hinaus, und da waren sie, ein ganzer Schiffskonvoi von hier bis zur anderen Hafenseite. Ein paar Tage später waren alle wieder weg. Waynes Papa hat damals als Schauermann gearbeitet und manchmal Männer mit heimgebracht zum Abendessen. Wir hatten beide Brüder bei der Marine, also war das für uns ganz normal – kanadische Matrosen, englische und amerikanische. Vor dem Krieg außerdem Portugiesen und Spanier – und nachher auch, als die Handelsmarine wiederkam. Waren alles nette Burschen, aber die Portugiesen mochten wir am liebsten – irgendwie waren die genau wie wir. Einer von ihnen hat uns dann noch jahrelang geschrieben.« Verna redet, als wäre sie allein hier, redet wahrscheinlich auch sonst mit sich selber.

Aber dann unterbricht sie sich: »Andrews ist ein neufundländischer Name – also haben Sie Verwandte hier?«

»Schon möglich.« Lav sagt der Alten nicht, daß sie bereits herumtelefoniert hat, mit Alf Andrews gesprochen, mit seiner Mutter, sogar mit der alten Großmutter Rachel. »Ich bin hier geboren – in Neufundland, meine ich. Mein Vater war in der Marine, in England, und nach der Hochzeit kam meine Mutter hierher«, erzählt sie.

»Da war Ihre Mutter eine Kriegsbraut?«

»Ja, so kann man wahrscheinlich sagen – aber mein Vater fiel im Krieg, und ich bin in Ottawa aufgewachsen.«

Und Lav fängt an, Verna von den schönen Kindheitserinnerungen an Ottawa zu erzählen: von der Kleinstadtatmosphäre in der Dugan Street, Sauls Buchladen, dem Bücherbinden, ihrer Freundin Audrey.

Irgend etwas geht von dieser warmen Küche aus, dieser schwarzen Nacht hinter dem großen Fenster, dem aufmerksamen Schweigen dieser Frau, was Lav dazu einlädt, ihr Herz auszuschütten. Bald redet sie über Philip und seine plötzliche Abreise nach Australien, wie sie zu diesem Job hier kam und wie sie ihn vernachlässigt – lauter Dinge, über die sie schon seit langem sprechen wollte.

An den passenden Stellen murmelt Verna: »Ja, warum auch nicht?« und »Nein, so etwas!«

Das ermutigt Lav, und sie wagt sich weiter. »Wahrscheinlich war meine Mutter auf einem dieser Schiffe, die Sie in den Hafen gleiten sahen.«

»Sie lebt doch noch, Ihre Mutter?« fragt Verna ohne Neugier, aber voll Sympathie und Mitgefühl.

»O ja, sie hat auch wieder geheiratet«, und Lav erzählt von den vielen Reinkarnationen ihrer Mutter, von Charlotte Hinchley zu Darling Lottie, von Charlotte Rosenberg, der strengen, besorgten Gattin, zu Charlotte Cabrillo in ihrem bonbonrosa Haus in Kalifornien.

Mit fortschreitender Erzählung regt sich Lav immer mehr auf. Sie weiß, es muß kindisch klingen, wie sie ihre Mutter zu erklären sucht, ihre Kälte, ihre perfekte Selbstbeherrschung, wie Charlotte sich ihrer Tochter niemals anvertraut hat, ihr nicht einmal gesagt hat, daß sie heiraten würde. Wie sie nie versuchte, ihr ein Zuhause zu geben, sie nie geliebt hat, und wie es ihrer Mutter sogar gelungen ist, ihre gemeinsame Vergangenheit zu löschen.

Selbst die sparsamen Laute des Mitgefühls, die Verna von sich gibt, lassen Lav vollkommen die Fassung verlieren. Sie heult, trinkt Tee, blickt aus dem Fenster und heult dann wieder, erzählt von dem letzten Besuch bei der Mutter und wie Charlotte ihr den Brief ihres Vaters gab. Und sie erzählt von ihrem letzten Telefongespräch – und von den schrecklichen Dingen, die sie ihrer Mutter an den Kopf warf.

Beim Erzählen wirkt das alles gar nicht mehr so furchtbar wie in Wirklichkeit, aber als sie zu reden aufhört, wird Lav von unkontrollierbarem Schluchzen geschüttelt.

Verna tätschelt ihr die Hand, macht sich im Zimmer zu schaffen, bringt frischen Tee, noch mehr Toast. Lav weint noch immer, aber auf befreiende Art, als Wayne zurückkommt.

Er scheint nicht überrascht. »Schon gut«, sagt er, »alles ist in Ordnung.« Er nimmt ihr die Tasse aus der Hand, zieht sie hoch und hält sie fest. »Wird alles wieder gut, wird schon alles wieder gut …« Zärtlich streicht er Lav über den Rücken und wiederholt diese sinnlose, magische, lang ersehnte Phrase immer wieder.

»Wir sehen uns dann morgen früh, Mama«, sagt er und führt Lav die Treppe hinauf.

Ausgeweint, ohne Willen, ohne Überlegung, setzt sie sich auf den Bettrand und sieht Wayne bei seinem Kampf mit dem Fenster zu, das er nicht aufbekommt. Nach mehreren Schlägen gegen den Rahmen hat er endlich Erfolg. Seeluft dringt ins Zimmer.

»Mutter heizt immer viel zuviel«, sagt er, kommt zum Bett zurück, kniet vor ihr nieder und zieht ihr die Schuhe aus. Dann das Kleid – rot und marineblau bedruckt, die dazupassende marineblaue Jacke hat sie unten liegengelassen, auf dem Schaukelstuhl, wo jetzt die Katze hockt.

Das ist das einzige, was Lav Sorgen macht, als Wayne sie auszieht, daß sie nicht besser auf ihre Jacke achtgegeben hat. Kein Gedanke daran, es könnte ihr am Morgen vielleicht leid tun, daß sie so passiv, so gefügig mit Wayne Drover ins Bett geht – kein Gedanke daran, daß es vielleicht auch ihm leid tun könnte.

Als sie in dem hellen Raum erwacht, glaubt sie einen Moment lang, sie sei Lavinia. Sonne und Kühle und Salzluft dringen durch das geöffnete Fenster. Sie hört Seemöwen und sieht die Reflexionen des Wassers sich an den weißen Balken über ihrem Kopf kringeln.

Dann fällt ihr die verschossene Chenille-Bettdecke auf – und sie weiß wieder, daß sie in Wayne Drovers Bett ist. Vorsichtig bewegt sie ein Bein und erkennt, daß sie allein ist. Ein bißchen bleibt sie noch liegen, wohlig zusammengerollt, und denkt über die möglichen Folgen dieses impulsiven Liebesabenteuers nach – Verlegenheit, Schmerz, Infektion, Schwangerschaft, sogar Tod kann heutzutage aus solchen Begegnungen entstehen. Aber die letzten drei hält sie denn doch für ziemlich unwahrscheinlich, und mit den beiden ersten, beschließt sie, wird sie fertig. Und natürlich wird das nicht wieder vorkommen.

Sie fühlt sich erfrischt und voll Energie, ob vom Sex oder vom Heulen, ist nicht klar; jedenfalls wickelt sie sich in die Bettdecke und begibt sich auf die Suche nach dem Bad.

Die oberen Zimmer sind leer. Von unten steigt der Duft von Filterkaffee herauf und trägt zu Lavs guter Stimmung bei. Sie nimmt in der großen altmodischen Badewanne ein Bad, putzt sich die Zähne mit irgend jemandes Zahnbürste, schlüpft in ihr zerdrücktes Kleid und macht sich – langsam, weil sie sich vor Waynes Mutter etwas unsicher fühlt – auf den Weg hinunter. Von unten kann sie laute Stimmen hören. Leise tritt sie auf die Treppe und lauscht zunächst ganz ungeniert, was Verna da so wütend zu sagen hat.

»Ich weiß, was ihr Kerle schon wieder vorhabt! Glaub nur nicht, daß ich euch nicht durchschaue!«

»Herr im Himmel, Frau, was willst du denn? Wer ein Omelett will, zerschlägt eben ein paar Eier!«

»Wir reden aber nicht von Eiern – wir reden von Menschen – und ihr zerschlagt Menschenleben!«

»Du hast ja den Verfolgungswahn – du bist verrückt geworden von deinen ewigen Fernseh-Horrorgeschichten und dem Zeitungsgeschmier. Ist dir denn immer noch nicht klar, daß die das meiste nur erfinden, um den Platz zwischen den Anzeigen irgendwie zu füllen?« Wayne klingt nicht zornig, aber doch recht gereizt.

»Was ich heut früh im Radio gehört habe, war nicht erfunden – Mark Rodways Namen habe ich gehört«, entgegnet Verna.

Lav erstarrt auf halbem Weg die Treppe herunter, aber die beiden sind zu sehr in ihren Streit vertieft, um sie zu bemerken.

Verna steht am Tisch, eine dunkle Silhouette vor dem sonnenhellen Fenster, und hackt energisch irgend etwas Grünes auf dem Schneidbrett, während Wayne ihren Rücken anschreit: »Ach komm! Am Montag ist alles vorbei – einfach eine Verwechslung, und damit Schluß – Anzeige fallengelassen! Und Rodway kann gehen, wohin er will, und nichts ist passiert ...«

»Nichts ist passiert! Nichts ist passiert! Wo Hilda Rodway glaubt, daß die Sonne aus diesem Jungen scheint – der bricht das Herz, wenn sie im Radio hört, daß ihr Enkel hinter Gittern sitzt. Und was ist mit Mark – würdest *du* vielleicht gern die Nacht in diesem Loch hinter dem Gericht verbringen? Und hättest *du* gern deinen Namen in der ganzen Stadt breitgetreten – daß jeder weiß, man hat dich wegen Einbruch und Überfall eingesperrt? So was kann doch einen Menschen ein für allemal ruinieren!«

»Ach was, Mutter – das kann doch dem Kerl nur guttun.« Wayne klingt wieder ganz versöhnlich.

Dann hört er Lav, blickt hoch und blinzelt ihr zu. »Mudder rechnet immer mit dem Schlimmsten«, sagt er und erklärt übergangslos, was er Vernas Konföderationstheorie nennt: »Es war ein Komplott, daß du's weißt – schon von Anfang an. Ein Trick, um uns Neufundländer von der Insel wegzulocken – auszuhungern und dann woanders anzusiedeln. Laut Mudder wünscht sich Ottawa nichts dringender als diesen großen leeren Felsen ...«

Lav läßt ihn nicht ausreden, sondern stürzt an ihm vorbei zu seiner Mutter und fragt sie, was sie denn im Radio gehört hat, aber Verna hackt wortlos weiter, das Messer blitzt auf und nieder, ganz nah an ihren Fingerkuppen.

»Darüber reden wir später«, sagt Wayne. »Komm doch hier herüber – frühstücken. Mudder hat was ganz Besonderes für dich gemacht ...« Redend und summend, kleine Liedfetzen singend geleitet er Lav und seine Mutter zeremoniös zu Tisch.

Er schenkt Kaffee ein und serviert mit großer Geste die vorgewärmten Teller und das Essen und kündigt jede Speise großartig an: »Fisch und Brewis! Scruncheons! Und – als besondere Konzession an Madames kontinentalen Gaumen – Schnittlauch in geschmolzener Butter!«

Der Hunger siegt. Trotz steigender Besorgnis, trotz des unappetitlichen Aussehens der Speisen stürzt sich Lav darauf.

»Da, schau doch hinaus! Schau hinaus und sag mir, was denn nicht stimmt mit dem Meer, was nicht stimmt mit der Erde!« Wayne tätschelt seiner Mutter die Schulter und deutet auf den funkelnden, von Sonne überglänzten Hafen.

»Du weißt genau, womit der Hafen voll ist!« entgegnet Verna, aber sie gibt schon nach, läßt sich vom Charme ihres Sohnes und der Schönheit dieses Morgens erweichen – von Fels und Meer, dem kleinen roten Boot, das durch die Hafenausfahrt tuckert, von der gezackten, leicht diesigen Skyline von St. John's vor einem blauen Himmel.

»Die schönste Aussicht der ganzen Welt hat man aus diesem Fenster«, sagt Wayne.

Sie essen und beobachten den Fischkutter, wie er, gefolgt von

Seemöwen und weißem Schaum, wendet und an einer der kleinen Molen anlegt, die von den Felsklippen der Battery ins Meer ragen.

»Das wird Herb Pearcey sein auf seiner Samstagmorgenfahrt«, sagt Wayne. »Muß schon achtzig sein, geht aber noch jeden Tag seines Lebens hinaus aufs Wasser.«

Fisch und Brewis schmecken besser, als sie aussehen. Lav hat ihren Teller leergegessen, als Verna mit einem harten Blick auf ihren Sohn ihn fragt: »Willst du's ihr sagen – oder sag ich's ihr?«

Wayne schenkt Kaffee nach, zündet sich eine Zigarre an, wendet sich an Lav und sagt: »Mark Rodway ist gestern nacht in unser Büro eingebrochen – man hat ihn festgenommen.«

»Aber er ist doch ein Angestellter! Warum sollte er da einbrechen?«

»Nur Aushilfe – ohne DFO-Sicherheitspaß. Aber er kam rein – hat die Wache überredet, und die haben ihn ohne weiteres in mein Büro gelassen. Er wollte den Bericht finden, den er nach Ottawa geschickt hat – war offenbar zu blöd, um sich eine eigene Kopie davon aufzuheben! Und dann hat er nicht nur meinen Schreibtisch durchwühlt, sondern ist auch noch, nachdem er das Zeug gefunden hat, in den Kopierraum gegangen und hat angefangen zu kopieren. Dabei hat ihn dann Clive erwischt. Zum Glück für uns ist Clive noch einmal zurückgegangen – dieser Vorausbericht könnte die Präsentation von *Oceans 2000* wirklich auf den Kopf stellen. Und dich deinen Job kosten!«

»Und warum um Himmels willen ist dann Mark jetzt hinter Gittern?«

»Ich hab ihn festnehmen lassen wegen Einbruch und Entwenden von Dokumenten aus einer staatlichen Institution.«

»Aber warum?«

»Herrgott! Siehst du denn nicht, was sonst Montag früh passiert? Der Minister gibt drinnen im Radisson Hotel seine Pressekonferenz, und diese kleine Laus verteilt draußen seine eigene Version des Berichts!«

Der Mann, der sie durch eine Rauchwolke hindurch mustert, scheint ein ganz anderer als der, mit dem sie heute nacht geschlafen hat.

»Und außerdem«, sagt er, steht auf und schiebt seinen Stuhl

zurück, »außerdem hat er den Wachbeamten verdroschen – und so was tut man nicht mit einem Mitglied der Gewerkschaft. Er hätte lieber Clive oder mich prügeln sollen – aber so sind sie, diese Linken, kein Gespür für Klasse, kein Anstand!« Jetzt wieder ganz Charmeur, schüttelt er in gespieltem Entsetzen den Kopf, beugt sich herüber und küßt seine Mutter auf den Scheitel. »Mach dir keine Sorgen, gute alte Mudder, ich hab schon einen Rechtsanwalt besorgt – der arme Kerl ist aus dem Kittchen draußen, sobald Minister und Medien auf dem Weg nach Ottawa sind.«

»Behalt dir deine gute alte Mudder!« Verna stößt ihn weg. »Von mir aus soll Mark Rodway ausbrechen und in deine Pressekonferenz eine Bombe schmeißen! Was ist das überhaupt für ein Vorausbericht, von dem du da redest?«

»Nicht geeignet für Ohren wie die deinen – wir wollen doch der Résistance keine Informationen liefern, was?« Wayne grinst seine Mutter an, aber dann wird er mit einem seiner jähen Stimmungswechsel wieder eiskalt und todernst. »Schau, Mutter, mach es mir nicht schwer. Halte dich da raus. Timothy Drew will doch hier nur ein paar Jobs schaffen. Wären deine Freunde von der Gewerkschaft denn nicht mit der Wiedereröffnung der Fischfabrik am Hafen einverstanden?«

»Du hast die Stirn, das wieder aufzuwärmen – als nächstes schwadronierst du wahrscheinlich von einer Küstenwachstation für die Battery und einem Bundesknast für Bell Island.«

»Das ist aber die Wahrheit – Drew wird sich darum kümmern, daß der Betrieb refinanziert wird …«

»Refinanziert!« Vernas Stimme zittert vor Zorn. »Ich habe einen zwei Zoll dicken Ordner über diesen Betrieb – den haben sie schon öfter refinanziert als die arme Patsy Carey unten hinterm Postamt!«

»Aber Mutter! Ich wußte nicht, daß du solche Leute kennst! Man kann dich ja nicht mehr zu den Dinnerpartys im Government House gehen lassen!«

Mutter und Sohn bleiben einander nichts schuldig. Verna schwenkt noch heftig argumentierend Zeitungsausschnitte hinter ihnen her, als sie schon die Treppe hinunter zu Vics Taxi eilen. Erst im letzten Moment besinnt sie sich auf die Erfordernisse der Etikette und ruft hinunter: »Hat mich gefreut, Lav – komm bald wieder!«

»Was ist mit Marks Bericht passiert?« fragt Lav, während Vic das Taxi aus der Sackgasse manövriert.

»Weg – vernichtet. Von der Diskette gelöscht – hat nie existiert.« Von einem plötzlichen Verdacht gepackt, wirft Wayne ihr einen scharfen Blick zu: »Hast du eine Kopie?«

Als sie nein sagt, lächelt er wieder. »Ich setz dich zu Hause ab, wenn du willst«, sagt er, stellt sich die Aktentasche auf die Knie, öffnet sie und fängt an, in Papieren zu wühlen. »Ich fahre weiter ins Büro – muß sehen, wie Clive zurechtkommt, wie das Endergebnis aussieht. Den restlichen Tag und den ganzen Sonntag kümmere ich mich um die Stadt – muß sehen, daß Montag alles glattgeht.«

Dann sagt Wayne nichts mehr, bis sie vor Lavs Tür stehenbleiben. »Bis Montag bin ich schwer beschäftigt – aber ich sehe dich beim Empfang des Ministers – und natürlich bei der Pressekonferenz!« Strahlend wie ein Kind am Weihnachtstag küßt er sie auf die Wange, und als der Wagen wegfährt, winkt er noch und ruft: »Wir sehen uns im Radisson, Schatz.«

Teil 2

Mary Bundle

6

In ihrem siebenundneunzigsten Jahr erwachte Mary Bundle eines Morgens mit der untrüglichen Gewißheit, daß sie den nächsten Frühling nicht erleben würde. Das Heulen des Windes, das Klirren des Frosts und das Klappern der Eiszapfen gegen die Dachrinne hatte sie früher nicht einmal bemerkt, jetzt aber ließen diese Geräusche sie nicht schlafen.

Der Gedanke an den Tod schreckte die alte Frau nicht, er ärgerte sie nur. »Das paßt mir jetzt überhaupt nicht – voriges Jahr um die Zeit wär ich gern gegangen.« Davon kann natürlich keine Rede sein – Mary wäre damals nicht gern gegangen und würde nie gern gehen – und schon gar nicht jetzt, wo Rachels Leben derartig verkorkst war.

Mary Bundle liegt in ihrem Bett, das weich ist und in der Mitte eingetieft wie ein Boot, und denkt an ihre Urenkelin, und an Geborgenheit – an Orte, wo man geborgen ist. Solche Orte gibt es nicht.

»Ihr seid sicher wie in Gottes Westentasche«, sagte Meg immer zu ihren Kindern, wenn Hunger und Tod unausweichlich schienen. Mary würde es zwar nie zugeben, aber diese Worte hatten auch ihr immer Trost gegeben. Sie stellte sich dann Gottes Westentasche vor, und wie gemütlich es dort sein mußte, warm und trocken und geborgen. Tja, Meg ist schon lange fort, Sarah auch und fast alle Kinder, die sie beide zu Bett gebracht haben. Das Meer hat sie geholt, Kälte, Alter, Krankheit.

»Alle hab ich sie überlebt«, denkt die alte Frau nicht ohne Stolz,

»alle diese guten Frauen, die gekniet haben und gebetet, auf den Knien den schieferigen Kirchenboden geschrubbt, ihre Männer und ihre Kinder jeden Sonntag in diese heilige Kälte getrieben. Alle fort. Wenn wir in Gottes Westentasche sind, dann wie Brösel, die er vergessen hat, und wenn er sein Taschentuch herauszieht, wirft er ein paar von uns raus und verstreut uns.«

Die Vorstellung von Gottes Achtlosigkeit macht ihr Vergnügen. Ohne Rücksicht auf ihre steifen Knochen steigt sie aus dem Bett, legt sich eine Decke um die Schultern und tappt zum nächstgelegenen Fenster. Dort kratzt sie mit den Fingernägeln einen Kreis in die Eisblumen und späht hinaus, um zu sehen, wie das Wetter heute ist.

Als Thomas Hutchings endlich sein eigenes Haus baute, da suchte er sich schon den richtigen Flecken Erde aus, hier oben über dem alten Kartoffelacker, fest und hoch und sicher, weg vom Wasser. Von hier oben kann Mary das ganze Kap überblicken – oder könnte es, wären ihre Augen noch so gut wie früher. Aber die Welt wird immer kleiner, der milchige Dunstring um sie herum immer größer. Oh, sie kommt schon noch zurecht – wenn sie die Augen zukneift, erkennt sie am Ende des Tunnels die dunklen Umrisse der Häuser, der Schuppen und der Fischhürden, und dahinter das glitzernde Meer. Genau unter ihrem Fenster ist der Holzsteg, der zu ihrer Tür führt, dann der Hühnerstall und dahinter das Schieferdach des neuen Hauses ihres Enkels Calvin. Ein bißchen weiter weg kann sie fast noch eine Ecke des alten Andrews-Hauses ausmachen – jenes großen Doppelhauses, in dem sie ihr ganzes Eheleben verbracht hat, sie und Ned und ihre Kinder in der einen, und Meg und Ben in der anderen Hälfte –, das jetzt als Scheune und Speicher benutzt wird.

Nichts rührt sich, kein Tier, kein Vogel, nicht einmal Rauch. Die Wände und das Fenster scheinen kalte Luft auszuströmen, aber dic alte Frau bleibt stehen, blickt auf Cape Random hinunter und denkt an die Menschen, die in jedem Haus wohnen. Letzte Nacht hat sie sich selbst geprüft und sich das Gesicht eines jeden einzelnen, der hier lebt, vor ihr inneres Auge gerufen, sich erinnert, wer ihre Eltern und Großeltern waren, und nachgezeichnet, wer über ihre eigenen drei Söhne und Fannys Sohn Toma mit ihr verwandt war. Mary hat bemerkt, daß an manchen Tagen die Vergangenheit wie umnebelt ist, vielleicht vom Frost, der auch ihren Geist umschließt, denkt sie. Aber letzte Nacht fiel ihr jede einzelne Menschenseele auf dem ganzen Kap ein, alle einhundertundsechsundzwanzig.

Sie sieht zu, wie die Sonne aufgeht, wie das Meer von Dunkelgrau in Hellblau übergeht, schimmernd wie ein Seidenschal, den Lavinia einmal besaß. Es wird ein schöner Tag werden, aber bitterkalt.

Fröstelnd wendet sie sich vom Fenster ab und sucht ihre Kleider zusammen: zwei Flanellunterröcke, ein selbstgenähtes Leinenkorsett, Schafwollstrümpfe, dicke Unterhosen und das Kleid, das ihre Enkel zu ihrem fünfundneunzigsten Geburtstag in St. John's für sie anfertigen ließen. Seither hat Mary dieses Kleid jeden Tag getragen, da konnte Jessie noch so oft mahnen, es sei doch nur »für schön«. Das Kleid ist aus warmem rotem Tuch – aus einem Geschäft, nicht dieses selbstgewebte kratzige Zeug. Am Hals hat es eine schwarze Spitzenrüsche, und die zwei V-förmigen Taschen sind mit der gleichen Spitze besetzt. Es ist das schönste Kleid, das Mary Bundle je getragen hat. Der Gedanke daran, ein solches Kleid zu besitzen und wie wunderbar es sich anfühlt – das bereitet ihr unglaubliche Freude. Sie hat keineswegs die Absicht, sich das Kleid als Totenhemd zu bewahren.

Das Kleiderbündel an die Brust gedrückt, eine Hand fest am Geländer, tastet sie sich langsam hinunter. In der Küche legt sie die Kleider über einen Stuhl neben dem Herd, der noch immer etwas Wärme gibt. Die Katze kommt unter dem Herd hervor und schlingt sich um ihre Beine. Leise, um die junge Frau, die auf dem Sofa schläft, nicht zu wecken, füttert Mary das Tier und schenkt sich selber eine Tasse schwarzen Tee ein aus der Teekanne, die die ganze Nacht über hinten auf dem Herd gestanden hat.

Sie nimmt einen Schluck heißen Tee und stellt die Tasse ab – eine große Tasse, mit dem Wort »Mutter« darauf und einem Bild der strengen alten Victoria, die Mary voller Stolz überlebt hat. Dann fährt sie achtlos ins Gewand, eine Schicht nach der anderen, und hüllt sich zuletzt in einen riesigen Wollschal, den eine ihrer Schwiegertöchter, sie weiß nicht mehr welche, ihr vor Jahren einmal gehäkelt hat.

Angezogen setzt sich Mary in den Schaukelstuhl neben dem Sofa, nippt nachdenklich an ihrem Tee und blickt auf den Berg von Steppdecken über Rachels dunklem Schopf. Sie kann nicht – darf nicht – sterben, bevor sie für das Kind eine Lösung findet.

Rachel ist fünfzehn, in dem Jahr geboren, in dem Lavinia starb. Mary hätte das Baby gern Lavinia getauft, aber die Kindsmutter war dagegen: »Ich bitte dich, Nan, wenn's nach dir ginge, dann hieße jedes Mädchen auf dem Kap Meg oder Sarah, oder Lavinia, und jeder Junge Ned. Wir werden sie Rachel nennen, Lavinia kann sie als zweiten Namen haben.«

Bei sich nennt Mary ihre Urenkelin immer noch Lavinia. Es lindert ihren Schmerz über den Tod der Freundin, wenn sie weiß, daß es auf dem Kap eine zweite Lavinia Andrews gibt.

Sie hatte erwartet, daß Rachel sich zu einer großen, schlanken Lavinia auswachsen würde, mit fuchsroten Locken und Lavinias heller Haut. Statt dessen hörte das Kind mit fünf Fuß zu wachsen auf und ist so dunkel wie ein Türke. Rachel ist, was Mary jedoch nicht sehen kann, ihr selbst an dem Tag, da sie auf Cape Random landete, wie aus dem Gesicht geschnitten.

Die alte Frau schaukelt hin und her und überlegt, wie unendlich voll von Überraschungen doch dieses Leben ist: »Damals an dem furchtbaren Tag, als Ned umkam und ich dachte, nie wieder im Leben könnte ich glücklich sein, und dann war ich trotzdem wieder glücklich. Und dann soviel später, als Vinnie starb und ich schwor, ich würde nie wieder lachen – aber Rachel und ich haben seither doch viele glückliche Tage miteinander verbracht.«

Daß sie sich in den letzten Jahren so glücklich gefühlt hat, kam zum Teil daher, daß sie jede Verantwortung abgab: eine merkwürdig berauschende Erfahrung, von Mary lange und gründlich überlegt, bevor sie ihre Kinder und Enkel davon in Kenntnis setzte.

»Mir reicht's!« verkündete sie an ihrem achtzigsten Geburtstag – an dem Datum jedenfalls, an dem sie wie üblich ihren Geburtstag feierten (in Wirklichkeit geschah an diesem Tag etwas ganz anderes, aber was man nicht weiß, macht einen nicht heiß). »Nie wieder will ich einen Erdapfel ausgraben, noch Holz hacken, noch einen Fischladen betreten, noch einen Fisch ausnehmen und nicht einmal wenden – das heißt, nie wieder sehe ich einen Fisch an, außer vor mir auf dem Teller«, erklärte sie, und sie hielt Wort.

»Ich muß schon sagen, sie sind wirklich gut zu mir«, erzählt die alte Frau einem jeden, der es hören will, und deutet auf das rote Kleid, die Legehennen, den guten Tee, den Tessa ihr von Greenspond herunterbringt. Letztes Frühjahr taten die Jungs sich zusammen und teerten ihr Dach, und es vergeht kaum ein Tag, ohne daß einer einen Hasen bringt, einen Fisch oder eine hübsche Forelle, fix und fertig für den Kochtopf. Die Frauen kümmern sich um ihren Garten, und jedesmal, wenn sie heimkommt aus dem Wald, steht etwas für sie auf dem Tisch: ein Krug Milch, ein warmer Laib Brot, ein Teller Suppe. Sie sind gut zu ihr, und sie kann zufrieden sein – aber was sie glücklich macht, das ist Rachel.

Jahrein, jahraus, von Frühlingsanfang, wenn die ersten winzigen weißen Blüten erscheinen, bis zum Spätherbst, wenn die Erde gefriert, waren die alte Frau und ihre Urenkelin draußen im Freien. Gemeinsam pflückten sie scharlachrote Becherpilze, Espenkätzchen, Frauenhaar, Flohknöterich und Erlenknospen, sammelten Seetang, Moos und Seegras, gruben die Wurzeln von gelben Sumpflilien aus, von Löwenmaul und Löwenzahn, brachten Körbe voller Dörräpfel und Hagebutten heim, Eimer voller Heidelbeeren und Moosbeeren, Kissenbezüge voller Wintergrün, und Knospen und Blütenblätter von Hunderten von Pflanzen, die in Felsenspalten und im Schatten immergrüner Bäume wuchsen. Ob es regnete oder ob die Sonne schien, immer konnte man sie in Wald und Sumpf oder am Strand beim Sammeln sehen.

Sobald die Schneeflocken gewirbelt kamen, blieben die beiden daheim und machten sich in der würzig duftenden Wärme von Marys Küche an die Arbeit, umgeben von den vielen Dingen, die sie bis dahin gesammelt hatten. Wurzeln mußten getrocknet und zu Pulver gemahlen werden, manche gegen Verbrennungen, andere gegen Magenweh. Aus Blättern gewann man Tees gegen Rheumatismus, Ohrenschmerzen und Lungenkrankheit, oder man nähte sie in Kissen ein, und das half gegen die Schwindsucht. Aus Hagebutten und Seetang machten sie Augensalbe gegen Schneeblindheit, Salben gegen Hämorrhoiden, zum Blutstillen, zur Wundheilung. Gemeinsam brauten sie stärkende Getränke gegen Krebsgeschwüre, Frühjahrskrankheiten und Frauenleiden, gegen Kopfweh und Tod, Getränke, die die Geburt erleichtern helfen, und auch solche, die die Trauer lindern. Wenn die Krüge auf den Tischen die Wände entlang dann alle voll waren und alle kleinen Leinensäckchen verschnürt und in Reihen hinter dem Ofen hingen, dann begannen Mary und Rachel damit, Marmeladen einzukochen und Karibu-, Seehund- und Wildentenfleisch einzuwecken.

Wenn dann im Winter eine Lehrerin kam, ging Rachel mit den anderen jungen Leuten in die Schule, aber selbst dann kehrte sie sofort nach Ende der Schulstunden wieder zu Mary zurück. Manchmal saßen sie nur da und tratschten, besprachen alles, was passiert war, jede kleinste Neuigkeit, die sie an dem Tag gehört hatten. Oder Rachel hörte stundenlang der Alten zu, wie man Warzen entfernte, heiße Umschläge machte oder eine Nabelschnur abband. Durch die Jahre hindurch hat Mary ihrer Urenkelin alle alten Wünsche, Segens- und Zaubersprüche beigebracht, die sie in ihrem langen Leben bei der Pflege von Kranken je gelernt hat. Manchmal scheint es, als würde die alte Frau ihre Seele in den Leib des kleinen dunklen Mädchens strömen lassen.

»Für unsere Nan ist Rachel Sonne und Mond, die hat die Kleine schrecklich verwöhnt«, bemerkt Jessie in ihrer freundlichen, etwas abwesenden Art, eher weil man derartige Bemerkungen von ihr erwartet, als weil sie sich um ihre Tochter wirklich Sorgen macht.

»Dieses Kind ist mit einem alten Kopf zwischen den Schultern auf die Welt gekommen«, schnappt Mary jeden an, der den Einwand wagt, sie hielte das Mädchen von einem geeigneteren Umgang ab. Und die Frau, der kein Wort des Lobes für ihrc cigenen Kinder je über die Lippen kam, sagt jedem, der es hören will, Rachel sei das gescheiteste und hübscheste und begabteste Kind, das je am Kap geboren wurde.

»War sie auch – ist sie auch – und ich würde ja gern sterben, wüßt ich nur, daß alles gutgehen wird für sie«, denkt Mary, während sie Schluck für Schluck den kalten Tee trinkt. »Ohne ein Wort würd ich gehen, obwohl ich gar nicht alles im Leben bekam, was mir zustand, ja nicht einmal die Hälfte davon.« Letzteres nur zur

Erinnerung an Gott, damit er ja nicht glaubt, mit ihr sei nicht mehr zu rechnen.

»Und dann kommt dieser Saftarsch daher und tut ihr das an! Und wo war da Gottes bescheuerte Westentasche?« In den Jahren des Zusammenlebens mit Lavinia besserte sich Marys Ausdrucksweise, aber nach dem Tod ihrer Freundin rissen die alten Unsitten bald wieder ein, und heutzutage, sagte ihre Tochter Tessa, »würde sie uns ganz schön blamieren vor unserem Herrn und Heiland, sollte er eines Tages auf dem Kap landen.«

Stephen Vincent, der junge Mann, dessen Mary mit soviel Bitterkeit gedenkt, war im Juni am Kap eingetroffen. Überraschend kam er, unangekündigt, mit zwei großen messingbeschlagenen Lederkoffern, der eine voll mit Büchern, der andere mit Gewand, wie es sich keiner am Kap je hätte vorstellen können. Die Männer und die Jungen haßten Stephen auf den ersten Blick und kamen fast um vor Lachen, als er einmal ein Boot skullen wollte und dabei einen Köpfer machte. Fast wäre er ertrunken. Wär er's doch, denkt Mary.

Mädchen und Frauen waren hingerissen, alle sagten, er hätte Augen und Gesicht seines Großvaters. Rachels Mutter Jessie, eigentlich alt genug, um es besser zu wissen, ließ ihn bei sich am Küchentisch sitzen und sich stundenlang Gedichte vorsagen. »Versteh gar nicht, was du gegen ihn hast, Nan, wo er mich doch so an Lavinia erinnert, wie er die Gedichte aufsagt!« Nan – Großmutter – so nannten sie Mary Bundle alle heutzutage.

Mary hatte Calvins Frau angestarrt. Manchmal fragte sie sich, ob Jessie nicht vielleicht auch ein bißchen schwach im Kopf war wie die arme Fanny – die war ja schließlich ihre Großmutter. Lavinia hatte einmal darauf hingewiesen, daß Calvin Marys Enkel und Jessie ihre Urenkelin war, und die beiden also Cousins zweiten Grades: »Das ist kein Grund, so blöd zu sein!« warf Mary ein, und Lavinia mußte das zugeben.

»Hast dich wohl hinter der Tür versteckt, als die Vernunft verteilt wurde, meine arme Kleine«, sagte Mary zu Jessie damals, als sie meinte, Stephen Vincent habe Ähnlichkeit mit Lavinia. »Und woher soll die Ähnlichkeit denn kommen, wenn sein Großvater doch Char Vincent war, der zuerst in St. John's geheiratet hat und sich dann verzog, um irgendwo auf der Welt die Wilden zu bekehren? Der junge Spund hat mit den Andrews' nichts zu tun!«

»Wenn ihr mich fragt, für mich ist dieser Stephen Vincent ein Wildfremder. Kann sein, daß er Charlies Enkel ist – trotzdem, mir gefällt er nicht«, knurrte Mary und ließ sich nicht erweichen.

Sie hätte eigentlich nicht genau sagen können, was sie an dem blonden, manierlichen jungen Mann so abstieß. Erstens einmal war er gute zehn Jahre älter als Rachel, die knapp fünfzehn war und unschuldig wie ein Lamm. Und dann hatte er so was Fremdländisches, das lag nicht nur an seiner Ausdrucksweise, sondern überhaupt an seinem ganzen Auftreten. An ihm war ein scharfes, helles Glitzern, das nie verlosch, als wüßte er, er brauche nur die Hand auszustrecken und bekäme alles, was er wollte.

Vielleicht war sie auch einfach eifersüchtig, wie Jessie behauptete. Es ging ihr sehr gegen den Strich, wenn sie Stephen Vincent und Rachel beisammen sah – und sie waren immer beisammen. Mary stieß oft auf sie, wenn sie draußen über die Hügel wanderte, sah sie irgendwo im Moos sitzen, Köpfe zusammen, leise ins Gespräch vertieft, oder er hielt ein aufgeschlagenes Buch vor sich und las dem Mädchen vor. Und so vernünftig sie sonst war, in diesem Sommer war Rachel so närrisch wie ein kleines Kätzchen.

Aber dann verschwand Stephen so plötzlich, wie er gekommen war. Ließ sich von Eldon Gill auf dem Ochsenwagen nach Wesleyville bringen, und dort nahm er den Küstenkutter nach St. John's.

Rachels stummer Verzweiflung war zu entnehmen, daß die Abreise des Jungen sie nicht weniger überrascht hatte als die anderen, aber die alte Frau sagte: »Sei froh, daß du ihn los bist!«, und freute sich, daß Stephen Vincent Cape Random nicht mehr unsicher machte. Jetzt konnte alles wieder werden so wie früher, so wie sich's gehörte.

Und zuerst sah es auch so aus. Im Herbst ging Rachel wieder mit ihrer Urgroßmutter in den Wald und an den Strand. Und doch war es nicht wie früher, Rachel kam ihr kleiner vor, geschrumpft, ohne ihre frühere Lebenslust. Es brach Mary das Herz, wenn sie Rachels verhärmtes Gesicht betrachtete und wie sie jedesmal, wenn ein Schiff anlegte, sehnlichst auf ein Wort von ihm wartete.

Wird schon vergehen, dachte Mary – sie ist nicht die erste mit einem gebrochenen Herzen, sie ist noch jung, und gebrochene Herzen heilen schneller als eingeschlagene Köpfe.

Aber im November mußte sie erkennen, daß dem nicht so war. Wesley Lush hatte sich mit seinem Hundeschlitten die Küste herunter bis zu ihnen durchgekämpft und erschien in Marys Küche mit der letzten Post in diesem Jahr. Es war ein schauerlicher Tag, Nebel und Eisregen hatten alles mit Gefunkel überzogen. Aber Wes hatte kaum seinen Allerwertesten auf einen Stuhl gesetzt, als schon Pash und Tessa, die ihn offenbar an ihrem Haus hatten vorüberkommen sehen, den Weg heraufgekeucht kamen.

Pash war es, die, blind wie ein Maulwurf, sich am eisverkrusteten Zaun vorwärtshangelte und die fette, arthritische Tessa vor sich her schob. Dabei machten sie soviel Lärm, daß die Hunde, die Wes unter dem Eingang untergebracht hatte, herausschossen und Pash umstießen.

»Hätt ich mir ja denken können, daß die beiden alten Vetteln gleich als erste hier sind«, knurrte Mary und schickte Rachel hinaus, daß sie ihnen die Stufen heraufhalf.

»Wär ja sonst keiner imstande, die Post zu verteilen, würde nicht Tessa Andrews alles in die Hand nehmen! Seit zwanzig Jahren unterrichtet Tessa nicht mehr in der Schule, aber immer noch muß sie überall die Lehrerin spielen – man könnte glauben, sie wär Megs Tochter und nicht meine«, brummelte Mary, an niemand Bestimmten gerichtet, als die beiden Frauen endlich schnaufend und dampfend ihre Küche betraten.

»Hör auf zu keppeln, Mutter«, sagte Tessa. Sie ist der einzige Mensch am ganzen Kap, der es wagt, mit Mary Bundle in einem solchen Ton zu sprechen. »Ich möchte Wes allein für mich, bevor hier alles voll wird«, sagte Tessa und zwinkerte Rachel zu, ließ sich dann ächzend neben den Postboten auf die Bank sinken und fing an, ihn auszufragen: wie viele Leute überall in die Kirche gingen, ob die Fischerei auf Labrador florierte, wie es um diverse Liebesgeschichten bestellt war, wie das Wetter war und wie weit das Eis schon reichte, und nach Krankheiten, Geburten und Todesfällen in den Gemeinden, die er auf dem Weg nach Cape Random passiert hatte.

Dicht hinter Pash und Tessa schlüpften schon sechs Kinder in die Stube, und dahinter kamen Rose und Willie Andrews mit ihrem jüngsten Enkel Ki – einer rechten Plage. Tessa schickte den Kleinen auf die andere Seite der Küche, fort von den kleineren Kindern, die nebeneinander auf dem Sofa hockten wie eine Schar großäugiger Lunde. Als nächste kamen Toma Hutchings und seine Frau Comfort, dann Floss Gill und Dorcas Vincent, jede mit einem Säugling im Arm, und hinter ihnen Ned und Greta Way, Tante Min und Skipper Lem Hounsell – und alle rochen nach gefrorenem Nebel und nasser Wolle, trampelten Wasser auf Marys sauberen Boden und tranken ihren Tee und aßen ihren Rosinenkuchen, den Jessie herumreichte, ohne sie überhaupt um Erlaubnis zu fragen.

Sie umdrängten den armen Wes, einen schrecklich schüchternen Menschen, der mit seinem Stuhl immer weiter nach hinten rückte, bis er fast hinter dem Ofen verschwand. Er starrte verzweifelt auf seine Hände und antwortete auf ihr neugieriges Drängen nur mit einsilbigem Grunzen.

Als schließlich Miss Mugford kam, die Lehrerin, sagte Tessa ihr, man brauche auf niemanden mehr zu warten, und die Verteilung der Post begann. Erst die Pakete, wie es Brauch war, mit ordentlich langen Pausen, damit der Inhalt eines jeden Pakets herumgereicht und begutachtet und kommentiert werden konnte.

Sehr viel Post hatte Wes' Tasche ja nicht enthalten. Mary erinnerte sich an jedes einzelne Stück: die Türangeln, die Calvin vor zwei Jahren bei Curran in St. John's bestellt hatte, Jessies Kirchenzeitung, die Kiste mit Orangen, die Toma und Comfort jeden Herbst für die Kinder zu Weihnachten bestellten, ein Probeexemplar des neuen Kirchenliederbuchs der Methodisten – an die Kirche adressiert, aber Tessa nahm das in die Hand – und ein Kalender für Rose von der Kunstbuchhandlung in St. John's. Das Bild auf dem Kalender zeigte das Colonial Building, erklärte Tessa. Und außerdem gab es noch ein paar Knäuel Häkelgarn für Triff Norris, eine große Rolle Zeitungen für David und Sophie Hutchings – und zwei Briefe, die Miss Mugford ganz zum Schluß aushändigte. Der eine war an die Lehrerin selbst gerichtet, der andere an Rachel.

Das Mädchen riß ihr den Umschlag aus der Hand, als enthielte er die Schlüssel zum Paradies. Dann schlüpfte sie in ihre Jacke und stürzte hinaus, obwohl noch immer Eisregen fiel und es bald dunkel wurde.

Von den anderen zeigte niemand Lust zu gehen. Die Frauen zogen ihr Strickzeug heraus, und Jessie stellte noch eine Kanne Tee auf. Die Zeitungen, einige darunter schon vier Monate alt, wurden an die Männer verteilt, die sie untereinander weitergaben und abwechselnd Abschnitte daraus vorlasen, von denen sie glaubten, daß sie ihre Frauen interessieren würden.

Der Burenkrieg dauert immer noch an, lasen sie. Der Exportpreis für gepökelten Kabeljau ist in den vergangenen zehn Jahren um zwanzig Prozent gesunken, die Regierung schlägt daher vor, die Bevölkerung solle sich vom Fischfang auf Ackerbau umstellen. St. John's wird neu aufgebaut, größer und schöner als vor dem letzten Feuer, mit Holzbürgersteigen und elektrischer Straßenbeleuchtung in der Water Street.

Zuerst hörten die Frauen und Kinder aufmerksam zu, aber dann stieg der Druck der vielen Informationen und wurde unverdaulich. Gruppenweise entwickelten sich Diskussionen: Sind »Buren« Menschen oder Tiere? Was sind Bürgersteige, und wie kann man denn eine ganze Straße beleuchten? Unbegreifliche, unlösbare Fragen – die man schnell fallenließ zugunsten eines neuen Strickmusters oder des Ausschlags von Floss' Baby.

Doch als Kapitän Hounsell seine Zeitung schüttelte und forderte, sie mögen alle still sein und sich anhören, was er die allerneueste Schufterei der Regierung nannte, spitzten sie wieder die Ohren. »›Wie bekannt wurde, ist Finanzminister A. B. Morine, der gegenwärtig den Vertrag Neufundlands mit dem Eisenbahnbauer R. G. Reid aushandelt, gleichzeitig Anwalt für die Firma Reid und erhielt im letzten Jahr $ 5000 von Reid ausbezahlt …‹ na, was sagt ihr dazu?« Der alte Mann hielt beim Lesen die Zeitung auf Armeslänge entfernt.

»Bitte dich, ohne Reid hätte keiner von uns letzten Winter einen Cent bekommen – hat denn nicht er für das viele Holz bezahlt, das geschnitten und geflößt wurde?«

Ein paar Männer stimmten zu. »Was macht es schon aus, wieviel die großen Tiere absahnen, solange sie den anständigen Leuten Arbeit geben?« Andere wieder hielten es für barbarisch, wie solche Menschen wie Reid sich an den Neufundländern bereicherten. »Was gibt diesen verdammten Kerlen in St. John's eigentlich überhaupt das Recht, die Regierung in den Sack zu stecken, he?« fragte einer der jüngeren Männer – und Mary freute sich, daß noch jemand anderer außer ihr fluchte.

»Klar, das weiß doch jeder, wie diese Clique Banken anzapft, aus Regierungsverträgen Milliarden absahnt und sich an jedem Stück Essen, Fisch oder Ausrüstung, das ein- oder ausgeführt wird, bereichert«, erklärte Kapitän Hounsell.

Lem Hounsell war mit seinen Schonern in ganz Neufundland herumgekommen, ja bis hinunter zu den Westindischen Inseln, daher hörte man ihm mit Respekt zu, aber als er geendet hatte, entstand eine allgemeine Debatte, mit viel Geschrei und Zeitungsgeschüttel.

Ein oder zwei Männer, darunter Toma Hutchings, fanden es nicht richtig, alle in einen Topf zu werfen: »Nehmt doch zum Beispiel diesen Bond – das ist einer, der uns retten kann!« erklärte Toma.

Dieses Politisieren ist doch immer dasselbe, dachte Mary. Sie wußte noch genau, wie vor sechzig Jahren Ned und Thomas und Alex Brennan darüber debattierten, wie das Land zu retten wäre.

»Immer muß es gerettet werden, und nie wird's gerettet, dieses Land. Warten, bis die Zeit kommt, sagte Ned immer – wir müssen nur warten, bis die Zeit kommt. Warten, ›bis unser Schiff reinkommt‹, sagte er immer. Also soviel ich sehe, ist unser Schiff vor den Funks gesunken!« Mary blickte strafend im ganzen Raum herum und wartete, ob ihr jemand widersprechen wollte. Als keiner den Mund auftat, befahl sie Tessa, ein paar Annoncen vorzulesen: »Die kann man wenigstens verstehen – da weiß man, was die Leute heutzutage verdienen und was es kostet, Leib und Seel' zusammenzuhalten!«

Willie Andrews, der mit Müh und Not seinen eigenen Namen lesen konnte, reichte die Zeitung, die er in der Hand hielt, an Tessa weiter. Die anderen Männer lehnten sich zurück und zündeten ihre Pfeifen an. Dann würden sie eben später über die Nachrichten in der Zeitung reden, bei der Arbeit, wenn die Frauen nicht dabei waren. Eines von den ganz Kleinen watschelte zu Toma hinüber, der das Kind aufhob und sich auf die Knie setzte, es hin und her schaukelte und ihm die Füße am Kopf seiner Tonpfeife wärmte.

»Werftarbeiter gesucht, Dauerstellung, 8 Cents die Stunde bei Zehnstundentag«, las Tessa mit ihrer Lehrerinnenstimme laut vor. »Stabile Stühle mit Rückenlehne, handgefertigt von Ephraim Nichols, 55 Cents das Stück. Kräftiger Junge als Druckereilehrling gesucht, $ 6.00 pro Monat, Kost und Quartier nicht eingeschlossen«, und so weiter durch die ganze Zeitung, bis Mary genug davon bekam. Da erklärte sie ihrer Tochter, sie möge sich nicht weiter aufspielen, und scheuchte ihre Gäste heim zum Abendessen.

Sie selbst war heute abend gar nicht hungrig. Sie wollte sich gemütlich hinsetzen und auf Rachel warten, aber bald schritt sie unruhig auf und ab, redete sich ein, ihrer Urenkelin könne nichts passieren, sie sei wahrscheinlich heimgegangen, um den Brief zu lesen, und schlafe jetzt friedlich in ihrem Bett. Aber schließlich kam das Mädchen doch zu ihr, wie immer, wenn irgend etwas nicht stimmte. Zitternd und blau vor Kälte, fiel sie auf einen Stuhl und fing zu weinen an.

»Hirnlos wie ein Täuberich – sich draußen rumtreiben in so einer scheußlichen Nacht«, schimpfte Mary, während sie dem Mädchen Eis aus den Haaren kämmte und es in eine Decke wickelte und ihre erfrorenen Füße auf die Ofenstange stützte. Rachel ließ alles schlaff wie eine Fetzenpuppe mit sich geschehen, hielt den zerknautschten Brief in der Hand und weinte lautlos in sich hinein. Als ihr Vater viel später auftauchte, um sie zu suchen, hatte sie immer noch kein Wort gesprochen.

»Komm jetzt heim, Kind, Schlafenszeit ist längst vorbei«, sagte Calvin barsch und tat, als würde er ihre roten Augen und tropfende Nase nicht bemerken.

»Die bleibt heute nacht bei mir. Ihre Füße sind ganz steifgefroren – die kann heute nicht mehr gehen«, sagte Mary mit einem unfreundlichen Blick auf ihren Enkel und dachte zum tausendsten Mal, wie sehr er ihr auf die Nerven ging. Dabei sah er ihrem Ned so ähnlich, mit seinem runden, lächelnden Gesicht, daß sie auch Neds Wesen von ihm erwartete. Allerdings umsonst. Calvin war seinem Vater Henry nachgeraten – nicht mehr Temperament als eine Schüssel voller Teig.

Mary hätte ihn am liebsten getreten, wie er an diesem Abend an der Tür herumdruckste und nicht wußte, sollte er bleiben oder gehen: »Jessie sagt, sie will die Kleine zu Hause haben – bevor sie ins Bett geht, will sie wissen, was in dem Brief steht.«

»Pech für sie, wenn sie das will!« schnappte Mary. Calvin und seine Frau sollten ihr den Buckel runterrutschen – was konnten diese beiden Schwachköpfe denn schon für Rachel tun?

Mary hatte Rachels kraftlosen Händen den Brief entrissen und den Herdring hochgehoben, um den Brief ins Feuer zu werfen. Im letzten Moment hielt aber etwas im Gesicht des Mädchens sie davon ab, und so stopfte sie den Brief tief in eine Tasche ihres roten Kleids.

»Jetzt geh schon heim und sag deiner Frau, daß sie eben nicht alles haben kann, was sie will – das soll ihr eine Lehre sein!« erklärte Mary.

Verblüfft, wie oft durch seine Großmutter, schüttelte Calvin den Kopf und verschwand ohne ein weiteres Wort. Als er weg war, betrachtete Mary das Mädchen eine volle Minute lang. Dann ging sie in die Speisekammer, schöpfte Milch in einen Topf und stellte ihn auf den Herd, drückte Brot in eine kleine Schüssel, streute braunen Zucker auf das Brot und goß die heiße Milch darüber. Diese Mischung, von den Kindern Musch genannt, galt als besonderer Genuß, der einem nur zustand, wenn man ernsthaft krank war.

Ein Gefühl von Aussichtslosigkeit und schrecklicher Traurigkeit hatte Mary befallen. Und so geht's immer weiter, dachte sie, und nur dann entgeht man solchen Qualen, wenn man an nichts und niemanden sein Herz hängt.

»Na, und wovon kommt denn nun dein ganzer Jammer?« fragte sie Rachel, als diese Brot und Milch gegessen hatte – und bemühte sich dabei, frisch und zuversichtlich zu klingen, so wie früher, wenn Rachel als Kind mit zerschundenen Knien oder verletzten Gefühlen zu ihr gestürzt war.

»Ach, Nan, ich hab ihm geschrieben. Ich hab Stephen ja gleich geschrieben, als er fort war – nicht viel – nur gebeten, daß er mir schreiben soll ...« Ihre Stimme versagte.

»Na und – jetzt hat er dir zurückgeschrieben?«

»Ich weiß überhaupt nicht, ob er meinen Brief je bekommen

hat. Der Brief, der heut gekommen ist«, Rachel deutete auf Marys Tasche, »der war nicht von ihm – der war von seiner Mutter. Er ist – er ist – Nan, Stephen ist tot!«

Damit hatte Mary nicht gerechnet. Jetzt wartete sie darauf, daß Rachels Weinen wieder nachließ, zog inzwischen den Brief aus der Tasche, legte ihn auf ihren Schoß und strich ihn glatt. Dann betrachtete sie das hellgraue, schwarzgerandete Papier und blickte mit zugekniffenen Augen auf die spinnwebartigen Zeichen irgendeiner Fremden, die ihrer Urenkelin die Nachricht brachten, daß Charlie Vincents Enkel tot war.

»Das würde einem doch keiner glauben, wie solche Geschichten oft enden«, dachte Mary, während sie den Brief dem Mädchen reichte. »Tut mir leid, Kind, daß ich dir den Brief so verknittert habe.«

»Willst du ihn hören, Nan? Sie nennt mich ›Stephens kleine Freundin‹.« Rachel fing zu lesen an, langsam, die langen Worte sorgfältig buchstabierend, so wie sie es gelernt hatte.

Ich schreibe in Antwort auf Deinen reizenden Brief und um Dir die traurige Nachricht mitzuteilen, daß unser geliebter Sohn Stephen drei Wochen nach seiner Rückkehr dahingegangen ist. Er war, wie Du ja weißt, seit längerem krank, jedoch hatten wir gehofft, ein Sommer am Meer würde ihn wiederherstellen. Doch die Vorsehung wollte es anders. In den letzten Tagen vor seinem Tod sprach Stephen mit sehr viel Zuneigung von seinen Verwandten auf Cape Random und seiner lieben kleinen Freundin Rachel. Melissa, seine bedauernswerte Frau, erst kürzlich von der Geburt ihres Sohnes genesen, ist verzweifelt und kann keine Briefe schreiben. In ihrem Namen wie auch in meinem und dem meines Gatten möchte ich Dir meinen aufrichtigen Dank für Deine Freundlichkeit unserem geliebten Stephen gegenüber aussprechen.

Deine
aufrichtig ergebene
Mrs. Paul Vincent
1026 Riverside Drive, Boston

»Seine Frau Melissa und ein Sohn! Kein Wort hat er je von ihnen erzählt, Nan, kein Wort! Er hat gesagt: ›Nächsten Sommer komme ich wieder, Rachel, nächsten Sommer hole ich dich!‹ Ach, Nan, er war so anders, so lebendig – und wo er überall schon war! Und wenn er davon erzählt hat, dann war's mir, als wär ich selber dort gewesen!« Das Mädchen schluckte und schloß die Augen, begann aber nicht noch einmal zu weinen.

»Wie war denn sein Großvater?« fragte sie nach ein paar Minuten.

Mary ruft sich Stephens Großvater ins Gedächtnis: »Dünn und knochig war er, wie alle Vincents, aber später ging er ein bißchen in die Breite, wurde behäbig, so wie Sarah. Mit allen Salben geschmiert und allen Wassern gewaschen, meinte zumindest Lavinia. Er war noch recht jung, als er in irgend so eine Pfaffenschule ging. Meg und Ben Andrews haben für ihn bezahlt – das weiß ich ganz genau. Sie hatten jahrelang alles aufgespart – nur damit sie aus ihrem Willie einen Pfaffen machen konnten. Aber dann geht Willie hin und heiratet Rose Norris, die dazumals ein rechter Fludriwusch war. Meg war darauf derart verbittert, daß sie das ganze Ersparte dem Charlie Vincent gab – so daß wenigstens er ein Pfaffe werden konnte, wenn schon nicht ihr Willie. Und als er mit der Ausbildung fertig war, hat sich Charlie doch tatsächlich davongemacht und wurde Missionar und ging zu den Wilden, und kein Mensch hat je wieder von ihm gehört.« Und Mary schüttelte den Kopf, nach so vielen Jahren immer noch verständnislos gegenüber einer derartigen Verschwendung.

»Stephen ist – war – auch so klug, ganz anders als die Jungen hier, weißt du ...« Zum ersten Mal an diesem Abend blickte Rachel auf und begegnete dem Blick ihrer Urgroßmutter. »Ach Nan, ich hätte alles für ihn getan – alles.« Sie senkte ihre Stimme zu einem Flüstern. »Nan – ich trage sein Kind – was soll ich denn jetzt tun?«

»Ich hab's doch gewußt!« dachte Mary, und laut knurrte sie: »Ich kann dir sagen, was du tun sollst – loswerden sollst du's, und zwar noch heute nacht!«

Mary hielt inne, sie zwang sich, still zu bleiben und kurz nachzudenken, und betrachtete ihre Hände, dünne, sehnige Hände, voller Altersflecken und hervortretender Adern. »Haben schon allerhand mitgemacht, diese Hände«, dachte sie in Erinnerung an die vielen Geburten und die vielen Tode, denen sie schon vorgestanden hatte.

Aber das Mädchen hatte nichts eingewendet, hatte nicht gesagt: »Nein, Nan, ich will das Kind behalten!« Also ging Mary zur hinteren Küchentür und holte den großen Kochtopf herein, füllte ihn mit Wasser und stellte ihn auf den Herd. Dann wählte sie sorgsam fünf Beutelchen von der Leine hinter dem Ofen und gab aus jedem einen Löffel voll in den Topf. Das Mädchen mußte Goldfaden-Wurzeln mahlen und mit Samen von Wilden Möhren mischen, während sie selbst bittersüße Beeren zu einer Paste rührte. Während sie so friedlich nebeneinander dahinarbeiteten, schien eine Weile alles ganz normal und so wie sonst.

Die ganze folgende schreckliche Nacht hindurch folgte Rachel den Anweisungen der Alten ohne Widerspruch. Das Mädchen wehrte sich nicht, auch dann nicht, als Mary sie zwang, das bittere Zeug zu schlucken bis zum Erbrechen, und sie dann so lange auf- und abgehen mußte, bis ihr todübel war. Die Alte hielt den Kopf des Mädchens über ein dampfendes Gebräu aus Kräutern, löffelte ihr klebrigen schwarzen Seetang in den Mund, stopfte ihr rohe Eier hinein, und als alles nichts half, verordnete sie ihr noch eine Ladung Rizinusöl. Am Ende war Mary selbst schon übel, und sie war so müde, daß ihr jeder einzelne Knochen weh tat.

Sie trat ans Fenster, preßte den Kopf an die kalten Scheiben und dachte krampfhaft nach, was sie sonst noch tun konnte. Draußen war pechschwarze Nacht – »schwarz wie in einem Kuhdarm«, dachte Mary, »kein Licht zu sehen an Land noch See …«

Es gab noch andere Mittel, furchtbar gefährliche, um ein Kind abzutreiben. Scheußliches Stechen und Herumbohren, Dinge, von denen sie und Sarah nur flüsternd gesprochen hatten. Dinge, an die sie im Zusammenhang mit Rachel nicht einmal denken mochte.

»Hat alles keinen Sinn, Kind – ich hab getan, was ich konnte – es soll eben sein …«

Dann wandte Mary sich vom Fenster zurück in die Stube – und bekam den Schrecken ihres Lebens. Wer dort am Tisch stand und sich festhielt, als würde er jeden Augenblick umfallen, war nicht

Rachel, sondern Una – Una Sprig. Marys Mutter, seit fast neunzig Jahren im Grab, stand da und sah ziemlich genauso aus wie am letzten Tag ihres Lebens. Die müde vorgebeugten Schultern, das schmutzige, feuchte Kleid, das stumpfe Haar, die tiefen Linien zwischen Nase und Mund, der irre Blick, das war alles ganz Una. Doch dann bewegte sich die Gestalt, richtete sich auf, und Una verschwand und wurde wieder Rachel.

»Aha«, dachte Mary, »der gerät das Kind also nach!«

Da Mary sich nie selbst in Rachel gesehen hatte, dachte sie oft darüber nach, warum Rachel gar so dunkel war, und fragte sich insgeheim, ob die Leute nicht recht hatten und Jessie eben doch von ihrem Vater Toma indianisches Blut in den Adern hatte. Aber jetzt erkannte Mary, daß Rachel einfach Una nachgeriet. In ihr floß das Blut des Alten Volkes – das einzige, wovon ihre Mutter je voll Stolz gesprochen hatte.

Mary hatte zu weinen begonnen, ohne es selbst zu merken. Dann ging sie zu ihrer Enkelin und küßte sie auf die Wange, zum ersten Mal, seit sie ein Baby war. »Es gibt Dinge, die man eben nicht ändern kann, Kind – wenn es sein soll, soll es eben sein.«

»Aber Nan, was soll ich denn tun, was werden Mama und Papa sagen? Was soll ich den Leuten sagen?«

»Je weniger, je besser. Das ist nicht das erste Kind der Freude an dieser Küste, und ich bezweifle stark, daß es das letzte ist.«

Nach einem Blick auf Rachels erschöpftes Gesicht fuhr sie viel milder fort: »Mach dir keine Sorgen, Kind, es wird schon alles gutgehen. Ich werd schon eine Lösung finden. Geh, leg dich in mein Bett und schlaf ein bißchen, garantiert ist noch vor Tagesanbruch deine Mutter hier und schnüffelt überall herum.«

Rachel nickte und ging hinauf, folgsam wie ein kleines Kind.

Es war hell geworden, Mary blies die Lampe aus und schaute sich um. In der Küche herrschte Chaos, ein Stuhl war umgeworfen, an der Tür stand ein Eimer mit Erbrochenem, der Tisch war bedeckt mit verstreuten Kräutern und Moosen, Löffeln, Untertassen, Tassen und Schüsseln, in jedem Reste einer anderen Mischung. Wo Pulver auf den Boden ausgeschüttet war, hatten sie es bei ihrem Auf- und Abgehen noch tiefer eingetreten. Auf dem Herd köchelten noch immer einige Mixturen vor sich hin und verstärkten die Geruchsmischung aus Gestank von Erbrochenem und dem säuerlichen Geruch von Seetang, Schweiß und Angst. Das mußte alles beseitigt werden. Jessie durfte nicht erraten, was sie da versucht hatten.

»Ich werd schon eine Lösung finden«, hatte Mary Bundle versprochen – und das hatte sie ernst gemeint. Aber für Frauen gab es keine Lösung ohne Ehemann – diese Lektion hatte Mary schon vor Urzeiten gelernt. Während sie jetzt den Küchenboden aufrieb, ging sie im Geist bereits die Reihe der ledigen Männer auf dem Kap durch und überlegte, wer von ihnen Rachels Baby seinen Namen geben könnte.

Nach dieser Nacht schien Rachel aufzugeben. Sie verkroch sich ganz in ihrem Schmerz, legte sich auf Marys Sofa und schlief jeden Tag länger und länger. Das Mädchen wurde richtig verstockt, wollte nicht einmal von Weihnachten was wissen, tat weder beim Weihnachtsumzug noch beim Liedersingen mit und wollte nicht einmal mit Mary über ihren bereits offenkundigen Zustand reden.

Inzwischen wußte natürlich jeder, daß die kleine Rachel Andrews in anderen Umständen war und der verstorbene Stephen Vincent der Vater. Es wurde darüber geredet, aber nicht offen, und soviel Mary sehen konnte, gab man Rachel keine Schuld, im Gegenteil, sie tat den meisten leid, vor allem den Frauen. Im Tod erschien Stephen allen noch romantischer als im Leben. Man erinnerte sich an sein Aussehen, seine feine Kleidung, seine Art, an einen unsichtbaren Hut zu tippen, Gedichte vorzutragen, seine poetischen Komplimente, und sprach viel darüber.

»Ich mach mir selbst Vorwürfe, das muß ich schon zugeben, schließlich war er doch der Sohn von meiner Kusine«, hörte Mary eines Tages Flora Vincent zu Jessie sagen, als die Frauen in ihrer Küche zusammenkamen und jede eine Schüssel Haseneintopf mitbrachte. »Ich hätte auf den Jungen besser aufpassen sollen – aber meiner Seel', er sah doch so gut aus, und er und deine Rachel waren so ein schönes Paar – der wollte doch sicher zurückkommen und das Mädchen heiraten!« Es war klar, daß Flora Jessie die Würmer aus der Nase ziehen wollte. Und Jessie nickte und lächelte – ohne auf den Umstand einzugehen, daß der hübsche Junge längst verheiratet war.

»Dumm wie ein Arsch mit Ohren, alle beide!« dachte Mary, sagte aber nichts, denn sie spürte, daß diese kindische Ausschmückung der Wahrheit Rachel und ihrem Kind nur nützen konnte.

Es ist jetzt Ende Januar, Mary sitzt da und nippt an ihrem kalten Tee und weiß, daß sie noch immer keine Lösung gefunden hat, um ihre Urenkelin zu schützen. Das arme Mädchen wird sich mit Kind und ohne Mann ganz allein durchschlagen müssen – und Mary weiß, wie das ist. Sie betrachtet den Umriß der Gestalt unter der Decke, denkt nach, was sie tun könnte, und versucht zu errechnen, wie lange es noch dauert, bis das Baby kommt – und bis sie selber stirbt.

Es ist bald Mittag, aber das Mädchen hat sich noch immer nicht gerührt. »Wenn sie so weitermacht, immer den halben Tag verschläft, nichts ißt und nicht vor die Tür geht, nur herumliegt, als scherte es sie nicht, ob sie am Leben bleibt oder stirbt, dann tut sie sich selbst nichts Gutes, und dem Kind sicher auch nicht.« Mary hat schon mehr als einen Menschen sterben sehen, nur weil er nicht mehr leben wollte, und sie erinnert sich an ihre Tochter Fanny und an Ida Norris, arme verrückte Weiber alle beide, Weiber, die in einer anderen Welt lebten.

Mary wünscht sich, Lavinia oder Sarah oder auch Meg wären noch am Leben, daß sie mit ihnen reden könnte, und sie wünscht sich, ihre Anfälle von Schwindel und Gedächtnisausfall hätten nicht gerade jetzt zu einem so unpassenden Zeitpunkt eingesetzt, sie wünscht, sie hätte die Kraft, Rachel vom Sofa hochzuziehen und sie nach draußen zu schleppen. Ein paar Tage lang durch den Schnee wandern, das würde dem Mädchen unerhört guttun.

Aber eines kann sie tun. Noch heute abend, beschließt Mary, werden sie den Schlafplatz tauschen. Von heute an wird sie selbst in der Küche schlafen, und Rachel in dem Bett oben. Der obere Stock ist so eiskalt, daß das Mädchen wenigstens jeden Morgen aufstehen muß.

Mary seufzt, viel ist das nicht, aber doch immerhin ein Anfang. Sie legt mehr Holz aufs Feuer, gießt Wasser zu den gequetschten Haferkörnern, die seit gestern quellen, und zieht den Topf auf dem Herd weiter nach vorn. Dann beugt sie sich über das Mädchen und betrachtet ihr Gesicht, klein und rund mit einem spitzen Kinn, ein richtiges Kindergesicht. Mary stupst ihre Urenkelin so lange, bis sie wach wird, dann zwingt sie sie, aufzustehen und etwas zu essen.

Den Rest des kurzen Wintertags gibt sich die alte Frau alle Mühe, Rachel aus ihrer Lethargie zu wecken. Sie erzählt von den Dingen, die am Kap so passiert sind: daß Greta Way gestern abend in der Betstunde niedergesungen wurde, wie viele Fuchsfallen Moses John aufgestellt hat, das Licht, das einer von den Jungen am Horizont gesehen hat, die Festlichkeit, die für Freitag abend in der Schule geplant ist, und die – jedenfalls für Mary – erstaunliche Neuigkeit, daß Triff Norris für das Hochzeitskleid ihrer Nichte Joanna eine zwölf Fuß lange Schleppe häkelt.

Früher konnten Mary und Rachel sich oft stundenlang über solche Dinge unterhalten. Aber heute zeigt das Mädchen nicht die leiseste Spur von Interesse. Mary, in deren Augen Neugier etwas ist, das einen am Leben erhält, schlägt Rachel vor, sie möge doch die Lehrerin besuchen, die sich schon ein paarmal nach ihr erkundigt hat. Aber Rachel schüttelt nur den Kopf, kriecht unter die Decke zurück und scheint wieder einzuschlafen. Die alte Frau bleibt nachdenklich allein am Feuer sitzen.

Draußen ist es schon wieder dunkel, als Mary endlich eine Idee kommt, wie sie das Kind vielleicht aufwecken könnte. »Gerade fällt mir ein, wie wir was über Char Vincent erfahren können, du weißt schon, Stephens Großvater«, murmelt sie, offenbar an die Katze gewandt, die sich neben dem Mädchen eingerollt hat, aber doch wenigstens noch ein Auge offenhält.

Rachel antwortet nicht, rührt sich aber leise.

»Wir könnten doch einmal nachsehen, was Lavinia da in ihr Buch über Charlie Vincent geschrieben hat«, fährt Mary fort, sorgfältig darauf achtend, daß in ihrer Stimme nichts Drängendes liegt. »Aber was interessieren dich denn die alten Sachen, die lange vor deiner Zeit geschehen sind.«

Das Mädchen richtet sich auf. »Was für ein Buch?« fragt sie.

»Das dicke alte Buch, in das Vinnie jahrelang gekritzelt hat und gesagt hat, ich soll's für sie aufheben«, antwortet Mary und schürt das Feuer, den Atem anhaltend.

»Wo ist das Buch jetzt?«

»Irgendwo verstaut – oben in Vinnies Zimmer, glaub ich, in dem alten Beutel, der an der Tür hängt. Du kannst ja raufgehen und dir's holen, wenn du möchtest.«

Mary weiß genau, wo das Tagebuch ist. Sie hat es damals unter dem Kissen von Lavinias Totenbett hervorgeholt und in den abgetragenen, geflickten Schultersack gesteckt, den Lavinia fast ihr ganzes Leben lang mit sich herumgetragen hatte. Und nach dem Begräbnis, als sie dachte, sie müßte selber bald dran glauben, hatte Mary ihre kostbarsten Schätze in diesen Beutel gesteckt und an die Tür gehängt.

Wie oft hat sie in den letzten Jahren, die sie miteinander verbrachten, Lavinia zugesehen, wie sie eine Seite nach der anderen vollschrieb und dann wieder las und vor sich hinlächelte. Mary hat das rasend gemacht. Mehr als einmal hat sie gedroht, sie würde das verdammte Buch ins Feuer werfen. Und Lavinia wußte ja, wie sehr Mary das Schreiben haßte und verabscheute. Und dennoch bat sie Mary ein paar Tage vor ihrem Tod, auf das Buch achtzugeben und es später an jemand weiterzugeben, der es ebenfalls achten und schätzen würde.

»Eines Tages wird das Kap ein großer, bedeutender Ort sein, eine Stadt wird hier entstehen mit Tausenden von Menschen, und die werden wissen wollen, wie es war am Anfang, als wir hierherkamen. Es ist ein Zeugnis, Mary, für das, was wir getan haben. Wie die Bibel«, hatte Lavinia erklärt, mit diesem offenen Lächeln, das sich nicht verändert hatte seit dem ersten Mal, daß Mary sie gesehen hatte.

Rachel runzelt voll Ekel die Nase, als sie den Sack auf den Küchentisch legt. Er riecht feucht und verschimmelt. Lang, lang ist es her, seit Jennie Andrews auf ihrem Stuhl am Fenster in der Monk Street diesen Sack für ihre Tochter genäht hat. Rachel sitzt Mary gegenüber und sieht der alten Frau zu, wie sie einen Gegenstand nach dem anderen aus dem Beutel holt und auf den Küchentisch legt.

Der größte Gegenstand ist das Tagebuch, das Mary gleich auf die Seite legt. »Vinnies Buch«, sagt sie und klopft darauf. »Das erkläre ich dir später – zuerst will ich dir zeigen, was da sonst noch drin ist.«

»Das ist was ganz Altes«, sagt sie und zieht eine kleine Börse aus

Seehundfell heraus, die zusammengefaltet und mit einem Stück schmierigem Spagat verschnürt ist, »die machte mir, glaub ich, Tante Jane damals, als sie nähen lernte.« In der Börse sind drei Goldstücke, die ganz neu aussehen, der Kopf von George III. funkelt immer noch.

Rachel dreht die Münzen in der Hand und betrachtet sie genau. »›König William war König Georges Sohn und allen Landes Herr‹ – ist das der König, von dem das Lied handelt, Nan?«

»Weiß ich auch nicht, Kind.« Mary interessiert sich nicht für Geschichte. »Ich weiß nur, daß das echte Sovereigns sind, aus purem Gold, und je länger man sie aufhebt, um so mehr sind sie wert. Da, sieh dir das an«, sagt sie und schlägt ein Stück Flanell auseinander. »Was sagst du dazu?« fragt sie stolz.

Das Mädchen nimmt die dunkelrote Brosche und hält sie mit derselben sehnsüchtigen Bewunderung ins Licht wie einst Mary: »Ach Nan, das ist das Allerschönste, was ich in meinem Leben je gesehen habe! Wem gehört das?«

»Es hat Tessa gehört – nicht deiner Großtante – meiner Schwester Tessa, das war ihre Brosche. Einmal hat Sarah Vincent sie mir abgehandelt, aber dann bekam ich sie wieder zurück.«

Rachel seufzt. »So etwas Schönes hätte ich mir nie vorstellen können!«

»Nie hab ich sie getragen, nicht ein einziges Mal. Das tut mir jetzt leid«, sagt Mary, beugt sich vor und befestigt die Brosche auf Rachels gestricktem Mieder. »Hier, sie gehört dir – trag sie, daß die Leute sie sehen und wissen, daß du auch was hast.«

Und wieder fährt sie in den alten Sack, diesmal zieht sie ein kleines Bündel Banknoten heraus, zerknittert und weich wie Papier, zusammengehalten von einer rostigen Sicherheitsnadel, und darauf gedruckt steht »Newfoundland Commercial Bank«. Um die Banknoten ist ein Stück Pergament gefaltet. Mary streicht das Papier glatt und reicht es Rachel: »Lies vor!«

»Hiermit wird bestätigt, daß Werft und Geschäft, als da vormals im Besitze von Caleb Gosse, und danach von Timothy Drew gewesen, fürderhin Mary Andrews, geb. Bundle, verschrieben sind, und nach ihr ihren Erben oder Nutznießern in Ewigkeit« – Rachel stolpert über das ungewohnte Wort.

»In Ewigkeit!« Mary läßt sich das Wort auf der Zunge zergehen. »Das heißt, auf immer – solang der Fluß fließt und die Fische darin schwimmen!«

Das Mädchen legt das Pergament neben die Banknoten und stapelt die Goldstücke übereinander. Dann starrt sie ihre Urgroßmutter an: »Nan – du bist ja reich!«

»Nein, Kind, reich wirklich nicht; was ich da habe, damit könnte ich keinem Reichen Pferd und Wagen abkaufen. Aber ich sterbe wenigstens nicht als Habenichts – und ich bin die erste in meiner Familie, die das sagen kann.« Stolz betrachtet Mary den ausgebreiteten Schatz.

Dieses rituelle Zählen ihrer Schätze verschafft ihr eine tiefe Beruhigung. Das tat es immer schon. Aber heute abend kommt noch etwas dazu, sie findet Trost im Anblick jenes Tagebuches, das Lavinia geschrieben hat, und des Beutels, den sie immer um die Schulter geschlungen trug. Die schreckliche Niedergeschlagenheit, die Mary seit jenem Abend bedrückt, da sie von Rachels Schwangerschaft erfuhr, die scheint sich jetzt von ihr zu lösen. Sie hätte den Beutel schon längst herunterbringen sollen und ihn nicht fünfzehn Jahre lang ungeöffnet hängen lassen.

»Morgen früh mußt du als erstes gleich die Lehrerin holen. Bring sie zu mir, und sie soll Tinte und Papier mitnehmen. Ich möchte, daß sie aufschreibt, daß du nach meinem Tod dieses Haus und das Geschäft erben sollst. Und mach ihr klar, daß sie kein Wort davon herumerzählen darf.«

»Aber Nan, du stirbst doch nicht – du wirst bestimmt nie sterben!« Rachel wiederholt den alten Spruch, den sie früher immer nach jedem Begräbnis gesagt hat. Damals hat Mary ihrer Urenkelin beigepflichtet. Aber jetzt sagt sie, sie soll doch keinen Unsinn reden.

»Kind, ich bin über neunzig, ewig leben kann doch keiner – bin auch gar nicht mehr sicher, ob ich das wirklich möchte.« Doch Mary spürt im gleichen Augenblick, daß sie lügt. Sie möchte durchaus gern ewig leben – aber nicht als verschrumpelte alte Frau. Wie gern würde sie glauben, was Meg und Sarah ihr immer vorschwärmten: Straßen von Gold und Gewänder aus Licht, ewiger Sommer mit Ned und Lavinia – und mit ihrer Schwester Tessa …

Mary schüttelt diese Phantasien ab. »Vor Alter werd ich schon ganz blöd«, denkt sie und setzt ihre Anweisungen fort: »Wenn ich hinüber bin, hast du einiges zu tun – was, das sage ich dir jetzt, also merk dir's. Wenn meine Zeit kommt, dann geh sofort hinauf und versteck das Gold und das Tagebuch, denn das gehört dir – sollen sie den Beutel nur finden und aushandeln, wem der Rest gehört, aber vergiß nicht, versteck zuerst das Buch und das Gold.«

Und es gibt noch andere Dinge, die Rachel tun muß. Ohne auf die Einwände des Mädchens zu achten, zählt Mary alles auf. In den kommenden Wochen wird sie die Liste immer wieder durchgehen: »Du mußt deine Nan herrichten, dann hinaufgehen und Buch und Gold verstecken, den Beutel an den Haken hängen ...«

»Was meinst du mit ›Nan herrichten‹?« Rachel betet die Liste zweimal nach, bevor sie den Mut zu dieser Frage aufbringt.

»Mich zudecken, Kind, kämmen und mir die Augen zudrücken – ich werd schon selbst tun, was ich kann, aber ich muß mich auf dich verlassen können, daß du tust, was nötig ist, bevor sie alle hier reinpoltern und mich daliegen sehen wie eine Hexe!« Mary muß gackernd lachen und bekommt einen Hustenanfall.

»Mach dir keine Sorgen«, sagt sie, als sie wieder Luft kriegt, »Tote spüren nichts mehr, drück mir nur die Augen zu und flicht mir Zöpfe – nimm du dir meine schönen Haarspangen – für das Grab sind die ganz einfachen gut genug.«

Rachel schaudert, aber das stört Mary nicht. »Du wirst dich wundern, wie leicht das geht, Mädchen – in deinem Alter hatte ich schon viel Ärgeres hinter mir.«

Nach dieser morbiden Unterhaltung geraten sie in festliche Stimmung und genehmigen sich den letzten Rest vom Weihnachtskuchen mit Sirup, bevor sie sich wie Kinder nebeneinander aufs Sofa setzen und gemeinsam Lavinias Tagebuch öffnen.

»Das ist mir heut erst eingefallen, daß ich jetzt endlich einmal erfahren kann, was Vinnie über uns alle geschrieben hat – über Charlie und seine Leute, über Meg und Ben und Thomas, und auch über mich und Ned«, sagt Mary zu dem Mädchen.

Die alte Frau wird ganz aufgeregt, sie blättert in dem Buch, zählt Namen auf von Menschen, die längst tot sind – mit Rachels Hilfe kann sie nicht nur alles herausfinden, was in diesem Buch hier steht – sie kann auch selbst etwas hineinschreiben! Zum ersten Mal dämmert Mary die Macht des geschriebenen Wortes – Geschriebenes kann einen überleben und sprechen, als ob man noch am Leben wäre: »Also deshalb hat Vinnie das getan!«

»Du sollst dann auch für mich was schreiben, etwas von mir und über mich – vielleicht hier, hier am Ende«, und Mary zeigt ihrer Urenkelin die leeren Seiten und schaut schlauen Blickes zu, wie das Mädchen das Buch aufhebt und mit zusammengekniffenen Augen den Zeilen der verblichenen Schrift nachgeht.

»Ich kann schreiben, aber langsam. Das Fräulein sagt immer, ich bin die langsamste Schreiberin in der Klasse – und sie sagt auch, daß ich zu klein schreibe.«

»Meiner Meinung nach bist du mindestens genauso gescheit wie Vinnie. Wir schreiben eben immer nur ein Wort nach dem anderen. Wenn ich dir ansage, was du schreiben sollst, kannst du's dann für mich ins Buch da setzen?« Es gibt auf der ganzen Welt keine andere Menschenseele, die sie darum bitten könnte oder wollte.

Schreiben ist harte Arbeit. Mary hat gar nicht gewußt, wie schwierig und wie langwierig das ist, aber sie hält ihre Ungeduld im Zaum, wiederholt jeden Satz unzählige Male, schaut der Feder zu, wie sie im Schneckentempo über das dicke Papier gleitet, und nach einer Woche sind drei Seiten mit Rachels spinnwebhaften Buchstaben bedeckt.

Bis auf den wachsenden Umfang des Mädchens ist es fast, als hätte Stephen Vincent niemals einen Fuß aufs Kap gesetzt. Rachel und ihre Urgroßmutter sind die ganze Zeit beisammen. Mary sitzt im Schaukelstuhl, den sie vor den Herd gezogen haben, während Rachel, auf dem Sofa eingerollt, laut Lavinias Worte vorliest. Auch das geht langsam. Lavinias Schrift ist nicht leicht zu entziffern, es gibt viele Schreibfehler, ausgekratzte Zeilen und nahezu unleserliche.

Im großen und ganzen ist Mary enttäuscht.

»Wie die Bibel«, hatte Vinnie gesagt, und Mary hatte ihr geglaubt, hatte Geschichten von Riesen und von gewaltigen Fluten erwartet, von Stürmen und Blitzen, die aus dem Himmel fuhren, von Erzählungen in herrlich großen Worten, wie denen, die Ned aus dem Munde rollten, wenn er glücklich oder außer sich war. Statt dessen schreibt Lavinia über Frauen, die den Garten jäten, über das Einpökeln von Fisch und Einfahren von Heu oder Ziehen von Kerzen – die alltäglichsten Dinge, die Mary kein bißchen interessieren.

»Wann geschieht denn endlich mal was?« fragt die alte Frau in übelster Laune, nachdem Rachel eine Stunde lang über Beerenpflücken und Bootbauen vorgelesen hat. Aber wenn Lavinia endlich doch einmal zu einem besonderen Ereignis kommt, dann ist es Mary auch nicht recht, und sie unterbricht das Mädchen immer wieder, um zu betonen, daß Lavinia hier gelogen oder alles falsch verstanden hat.

»Schreib da drunter, wie es wirklich war«, befiehlt Mary, deutet auf den weißen Platz am Rand der Seite und diktiert ihre eigene Version des Geschehens.

Manchmal fühlt sie sich von der Vergangenheit bedrückt wie von einem Sargdeckel. Dann will sie nichts als allein sein und nachdenken, um darauf zu kommen, wie es wirklich war. Wenn das passiert, dann erklärt Mary, sie sei müde und möchte sich gern ausruhen, und dann läßt sie sich irgend etwas einfallen, was Rachel nach draußen bringt, damit sie frische Luft in ihre Lungen kriegt. Nach der dringenden Ermahnung an das Mädchen, sie möge ja nichts von dem verlauten lassen, was sie hier drinnen gemeinsam anstellen, schickt Mary sie fort, um Garn zu leihen, Holz zu holen oder Wasser, um nach den Hühnern zu sehen oder den Schnee vom Steg vor dem Haus zu schaufeln.

Trotzdem verbringen sie fast den ganzen Tag gemeinsam vor dem Herd, lesend und schreibend, so vertieft darin, daß sie oft erst am späten Abend merken, daß sie seit morgens nichts gegessen haben. Plötzlich hungrig, wärmen sie dann die Suppe auf, die Jessie ihnen gebracht hat, oder machen sich Tee und essen dazu dicke Brotscheiben, bestrichen mit Melasse. Rachel bringt das Essen auf Marys altem Zinntablett ans Feuer. Sie essen in freundschaftlichem Schweigen, starren in die Glut und denken an Lavinia und Thomas, Meg und Ben, an Moses und Ned und die Vincents, die ihnen bald wirklicher vorkommen als die Menschen in den Häusern rundherum.

Und auf diese Weise entsteht Marys Anteil an diesem Tagebuch. Lange dunkle Winterabende sitzen sie nebeneinander da und merken gar nicht, wie der Schnee gegen das Fenster weht und vor dem Sturmtor immer höher wächst. Der alten Frau fallen Dinge ein, die sie seit Jahren schon vor aller Welt verborgen hat, und die junge Frau vergißt, was letzten Sommer war, denkt nicht an das Kind, das in ihr wächst, und erkennt nicht, daß auch dieses Kind zu der Geschichte gehören wird, die sie jetzt schreibt.

7

An meine Mutter kann ich mich noch gut erinnern, aber an das Gesicht meines Vaters nicht – er war eben auch da, aber ich dachte an ihn nicht öfter als an das Pferd oder das Schwein, das wir jeden Sommer hielten. Er sah auch nicht anders aus als ein Tier, ging immer gebückt, in einer zotteligen alten Schaffelljacke, die hatte die gleiche schmutzige Farbe wie sein Gesicht und Haar. Ich weiß noch, daß er immer einen Stock trug und nach mir und Tessa schlug und dazu etwas brüllte, was wir nicht verstanden.

Der Name meiner Mutter war Una, und jetzt kommt es mir so vor, als hätte er sie auch geschlagen. Wenn er daheim war, schoß sie nervös in der Hütte herum und wich ihm aus wie ein Hund, der sich vor Tritten fürchtet. Ich weiß nicht, wie sie mit Familiennamen hieß – vielleicht hatte sie keinen –, verheiratet waren sie wohl nicht, sie hatten niemanden wie Meg, der sie vor einen Pfaffen schleppte.«

Rachel schrieb jedes Wort nieder, wie es die Großmutter diktierte, auch die Worte, die sie nicht verstand.

Mary Bundle kam unter der Herrschaft von George III. zur Welt, in jenem Teil von Dorset, der Shepton Hills genannt wird. Walter Sprig, ihr Vater, verdingte sich bei großen Landbesitzern als Schäfer. Jedes Jahr, sobald die Tage länger wurden, führte er die Schafe hinauf in die Hügel, und im Spätherbst brachte er sie wieder zurück, fett und bereit für den Markt. Er war ein schweigsamer, mürrischer Mann, dem das einsame Leben oben in den Hügeln zusagte.

Una und die beiden Mädchen lebten in einer Hütte auf einem kleinen Stück Land neben den Roggen- und Haferfeldern von Master William Potts, der im etwa zehn Meilen entfernten Dorf Coltsford wohnte. Diesem William Potts gehörte vieles, darunter auch eine Mühle und eine Brauerei in Coltsford. Auch die Hütte gehörte ihm, aber er ließ die Sprigs darin wohnen, solange sie seine Felder bewachten und sich um seine Schafe kümmerten.

Una (Mary hatte diesen Namen sonst noch nie gehört und fragte sich, ob sie ihn auch richtig in Erinnerung hatte) war eine schmächtige, sehnige Person, keine fünf Fuß groß. Sie tat die Arbeit in Haus und Garten ganz allein, zog gelbe und rote Rüben und Kohl, hielt Hühner, Hasen und ein Schwein und kümmerte sich widerwillig um den Klepper – das Pferd hielt sie für unnötigen Luxus, da es doch nur im Winter gebraucht wurde, und auch dann nur dazu, um ihren Mann ins Wirtshaus nach Coltsford zu bringen. Una hetzte von einer Arbeit zur anderen wie ein kleiner brauner Aasgeier, außer sich vor Angst, der Winter könne einbrechen, bevor sie bereit war, ließ eine Arbeit halb vollendet stehen und wandte sich schon einer noch dringlicheren zu; hackte die trockene Erde in ihrem Garten, schleppte eimerweise Wasser aus dem Bach herauf, jätete den Garten und warf den Hasen das Unkraut zu, durchstöberte den Wald nach Nüssen, Beeren und toten Ästen, die sie auf einem Fell aufhäufte und nach Hause zog, stahl Heu für das Pferd, vorsichtig den Wiesenrand entlangschleichend, damit nicht William Potts auf einem seiner seltenen Besuche sie dabei erwischte.

Ständig besserte Una Dach und Wände ihrer Hütte aus, und zwar mit allem, was sie in die Hand bekam: Schaf- und Hasenfellen, Holz, Stroh und Grasstücken. Infolgedessen war das Haus von Ungeziefer verseucht und sah selbst aus wie ein großes schmutziges Tier, hingekauert auf einem zertrampelten Flecken Erde. Im Herbst stach sie das Schwein ab und verarbeitete das Tier bis aufs Letzte, auch Hufe, Knochen, Haut und Innereien. Was sich nicht essen ließ, daraus machte sie Öl zum Kochen oder für Binsenlichter – die sie nicht oft anzündeten, denn Una ging zu Bett, sobald es zum Arbeiten zu dunkel war, und Mutter und Kinder verkrochen sich gemeinsam in einem Haufen von zerlumpten Decken, Schaf- und Hasenfellen in einer Ecke der Hütte.

Als Mary und Tessa alt genug waren, versuchte ihre Mutter sie dazu zu bringen, daß sie ihr bei der Arbeit halfen, aber die Mädchen waren wild wie Ziegen, und Una besaß nicht die nötige Zähigkeit, um sie zu zwingen. Also gab sie's bald wieder auf und tat die ganze Arbeit weiterhin allein, aber die Mädchen kümmerten sich wenigstens umeinander und später, nach seiner Geburt, um ihren Bruder John Luke. Das Baby war klein und jammervoll und hörte nur zu greinen auf, wenn ihm die Brustwarzen der Mutter oder ein in Tee getunkter Fetzen in den Mund gestopft wurden.

Jahrein, jahraus sahen sie keinen Menschen als nur die Knechte von Master Potts, wenn sie zur Ernte kamen, und hie und da einen Hausierer oder Kesselflicker, der vorbeikam und um einen Schluck Wasser bat. Noch nie hatten sie ein anderes weibliches Wesen gesehen. Mary und Tessa wuchsen auf wie junge Tiere, spielten im hohen Haferfeld Verstecken, spielten am Waldrand Fangen und bespritzten sich im Bach. Das einzige Unglück, das sie kannten, war die Anwesenheit ihres Vaters – und das war selten –, und das ständige Nagen ihres Hungers, aber da dies stets gegenwärtig war, hielten sie es für normal. Sie aßen alles, was sie fanden: Nüsse, Pilze, Beeren, sogar Samen, und kauten rote und gelbe Rüben, die sie aus dem Garten ihrer Mutter stahlen.

Mary war sieben oder acht und ihre Schwester zwei Jahre älter in dem Frühjahr nach John Lukes Geburt, als ihr Vater die Familie verließ und zu den Soldaten ging. Im Lauf einer durchzechten Nacht in Coltsford lernte Walt Sprig zwei Männer kennen, die auf dem Weg zu Wellington in Spanien waren, wo England diesen ewigen Iberischen Krieg gegen Frankreich führte. In die Hütte zurückgekehrt, eröffnete er Una mit ein paar gegrunzten Worten, daß er fortginge, riß die Decke an sich, unter der die beiden Mädchen schliefen, und stopfte sie zusammen mit Käse, Tee, dem zweiten Paar Hosen und seinem Messer in sein Felleisen.

Mary erinnerte sich, wie er sich vorbeugte und die Mutter mit seinen knochigen Fingern am Arm packte. Er riß die Frau zu sich, fuhr mit der anderen Hand in die Tasche ihres Kattunrocks, zog die paar Münzen heraus, die sie vor ihm hatte verstecken wollen, und stopfte sie in seine eigene Tasche. Dann ließ er sie so plötzlich los, daß sie auf den Haufen aus Lumpen und Kindern stürzte. Als er durch die Tür polterte, erhaschte Mary einen Blick auf seine Gefährten, die vor dem Garten auf ihn warteten. Im Frühnebel sahen sie aus wie Männer ohne Beine. Dieses Bild blieb ihr das ganze Leben lang vor Augen, Männer, die ohne Beine durch das graue Frühlicht ziehen – Männer, die fortziehen.

Mary und Tessa vermißten ihren Vater nicht, aber bevor viele Wochen um waren, wurde klar, daß sie die paar Shillings vermissen würden, die er heimgebracht hatte. Mehl und Tee gingen aus, bevor im Garten noch das geringste reifte, und sie lebten nur mehr von den zwei oder drei Eiern, die die mickrigen Hennen jeden Tag legten.

Um nicht zu verhungern, brachte Una den Mädchen bei, wie sie in dem Bach, den sie den Watt nannte, Fische fangen konnten. Sie zeigte ihnen, wie man eine hölzerne Schwinge herstellte, indem man ein Stück Schweinedarm rund um ein gebogenes Holz spannte und den Rand mit Fett einschmierte, und einen Zauberspruch murmelte, wenn man das Ganze unter die Wasseroberfläche gleiten ließ. Fische, erklärte ihnen Una, gehören dem Mond an, und man muß sie im ersten Frühlicht fangen, wenn sie noch vom Mond benommen sind.

Tessa, sonst die Abenteuerlichere der beiden, blieb am Ufer sitzen und sah zu. Sie haßte Fischen, haßte das kalte Wasser, die glitschigen Fische, und haßte es, still sein zu müssen. Die Stille machte ihr angst. Una warnte sie, sie müßten, sobald sie jemand kommen hörten, sofort das Netz fallen lassen und unter Steinen verstecken und so tun, als würden sie einfach im Wasser planschen.

Aber Mary war verzückt von dieser einfachen Art, wie man zu Essen kommen konnte. Und daß sie dabei etwas tat, was Master Potts nicht gefiel, machte es in ihren Augen nur noch lustiger. Knietief stand sie dann im Bach, flüsterte die Worte, die Una sie gelehrt hatte: »*Maienkälte, Juniwärm', Mondenfische zu mir send*«, und ließ langsam das Netz sinken.

Dann hielt sie die Schwinge reglos und angespannt unter Wasser und konnte zusehen, wie ihre Hände und Füße blau und runzlig wurden. Aber kaum spürte sie die leiseste Bewegung, ließ Mary das Netz zuschnappen, riß es aus dem Wasser, packte den glitzernden Fisch und warf ihn Tessa zu. Wenn sie dann den Fisch in silbrigem Bogen durch die Luft segeln sah, dachte Mary, ihre Mutter hätte wohl recht, Fische seien Stücke vom Mond, und Master Potts hätte auch nicht mehr Anrecht darauf als sie selber.

Eines Tages im Spätsommer, als Hafer und Heu schon eingebracht waren und Una jedes einzelne Korn, das die Männer übersehen hatten, vom Stoppelfeld geklaubt hatte, schlachtete sie alle Hasen und zog ihnen das Fell ab. Dann zog sie fast alle gelben und roten Rüben aus den Beeten und holte die Eier, die sie seit Wochen gesammelt hatte, aus dem Weidenkorb zwischen zwei großen Steinen im Bach, spannte das Pferd vor den Leiterwagen, lud alles auf und machte sich mit den Kindern auf den Weg zum Markt nach Coltsford.

Mary und Tessa verließen ihre vertraute Umgebung zum allerersten Mal und waren vor Aufregung ganz außer sich. Es war ein schwüler Tag und der Fuhrweg schmal und gewunden. Der Wagen ratterte zwischen Haferfeldern und Wiesen hindurch, um Baumgruppen herum, und von den Rädern stiegen Staubwolken auf. Mary konnte den Staub und die Sonne und das warme reife Korn richtig schmecken. Das Pferd trottete dahin, viel langsamer, als wenn sie zu Fuß gegangen wären, und die Mädchen fingen an, die Mutter auszufragen. Es war das erste Mal, daß sie dazu Gelegenheit hatten. Überhaupt kam es ihnen wie das erste Mal vor, daß sie Una stillsitzen sahen.

Als Mary Rachel ihre Mutter beschreiben will, sieht sie sie an jenem Tag vor sich, da sie auf dem Leiterwagen sitzend nach Coltsford fuhr. Una, mit ihrem von der Arbeit im Freien bei jedem Wetter ledrig braunen Gesicht, mit tiefen Falten um die Nase und eingesunkenen Wangen, wo ihre Zähne abgefault waren. Nur ihre Augen waren schön und groß und grau, und manchmal spiegelten sie den blauen Himmel, manchmal die grünen oder goldenen Felder.

Una besaß zwei Kleidungsstücke, ein sackartiges aus Kattun, das sie fast immer unter der schmutzigen Schaffelljacke trug, die ihr Mann ihr gelassen hatte; und ein verblichenes braunes Wollkleid, das sie zusammengefaltet in einem sauberen Leinenbeutel aufbewahrte. An diesem Tag trug Una ihr braunes Kleid. Mary, die eng an sie gedrückt auf dem Kutschersitz saß, bemerkte zum ersten

Mal, daß dieses Kleid früher einmal ein Muster aus winzigen Rosen gehabt haben mußte, das unterm Kragen und auf der Unterseite der Manschetten immer noch sichtbar war. Mary betrachtete die kleinen weißen Blüten und fragte sich, ob ihre Mutter das Kleid wohl schon besessen hatte, als die Farben noch neu und kräftig waren.

Tessa saß mit John Luke im Arm hinten im Wagen und plapperte die ganze Fahrt. Übermütig und viel gesprächiger als Mary, deutete sie hierhin und dorthin und wollte immer, daß die Mutter und die Schwester schauten – auf die Vogelscheuche schauten, die in einem entfernten Feld flatterte, auf Lerchen, die aus den Maisfeldern aufstiegen, auf Schmetterlinge, die wie kleine blaue Wolken am Wegrand hingen, auf den Turm einer fernen Kirche.

»Schaut! Schaut! Schaut!« jubelte Tessa – selbst die Steine auf der Straße schienen ihr schöner und auf wunderbare Weise anders als alles, was sie je zuvor gesehen hatte.

Schließlich sagte Mary in eine kurze Pause hinein: »Ma, dein Kleid hat rosa Blumen drauf – woher hast du's?«

Una fuhr zusammen – vielleicht hatte sie ihre jüngste Tochter bis dahin noch nie sprechen gehört. Überrascht blickte sie an sich hinunter, wie um nachzusehen, was sie denn da trug.

»Das Kleid hab ich bekommen, bevor ich hierherkam. Zwei Sommer lang hab ich in der Molkerei auf Rogers' Farm gearbeitet – dort war's schön zu arbeiten, warm und freundlich.«

Sie rieb den Stoff zwischen ihren schwieligen Fingern. »Beim Melken haben wir den Kühen immer vorgesungen.«

Ungläubig starrte Mary ihre Mutter an, die jetzt lächelnd in die Ferne blickte.

Nein so was, hübsche Kleider tragen und den Kühen vorsingen!

»Was hast du denn gesungen, Ma?« fragte Tessa. Nie hatte ihre Mutter ihnen etwas vorgesungen – nicht einmal John Luke!

Die Mädchen überpurzelten sich vor Fragen, wollten alles ganz genau wissen. Wie war denn diese Farm gewesen? Wer waren die anderen Mädchen, die dort sangen und die Kühe molken? Waren das ihre Freundinnen? Hatten sie auch geblümte Kleider? Und die dringendste Frage von allen: Warum hatte ihre Mutter einen so wunderbaren Ort verlassen?

Aber sie erzählte ihnen nichts mehr. Als sie erkannten, daß Una wieder einmal in Trance versunken war, legte Tessa das Baby auf den Haufen aus Hasenbalgen, und die beiden Mädchen hüpften vom Leiterwagen hinunter und liefen voraus und kicherten bei dem Gedanken an ihre Mutter, die den Kühen vorsang.

Mittag war schon lang vorbei, als sie nach Coltsford kamen. Die Häuser standen so eng nebeneinander, daß die Mädchen sich wie eingesperrt vorkamen. Alles war voller Menschen und Hunde und Pferde, und weil Markttag war, wurden Schafe und Gänse durch die Straßen getrieben. Der Lärm und das Durcheinander verschreckten die Kinder, John Luke fing zu schreien an, und die Mädchen wurden still und kletterten wieder auf den Wagen, neben ihre Mutter.

Als sie auf dem Markt eintrafen, packten einige Leute ihre Sachen schon wieder zusammen und machten sich auf den Heimweg. Ein großer Mann in einem hellblauen Mantel, in dem er doch schwitzen mußte, brüllte sie an, wenn sie hier was verkaufen wollten, müßten sie ihm dafür zahlen. Una fixierte ihn, griff sich an den Zahn, den sie an einer Schnur um den Hals trug, und starrte ihn so lange an, bis der Mann immer kleiner wurde und sich schließlich abwandte.

»Wir haben die Hasen und die Eier gegen Mehl und Tee getauscht«, erzählte Mary ihrer Urenkelin. »Aber die Rüben wollte niemand, also mußten wir sie wieder mit heimnehmen. Ich weiß noch, wie wir im Dunkeln auf der Rückfahrt daran kauten. Diese Fahrt brachte das Pferd wohl um, wenigstens kann ich mich später nicht mehr daran erinnern, und nächsten Winter, als es so schlimm wurde, war das Vieh sicher nicht mehr da – sonst hätten wir's gegessen.«

John Luke starb. Eines Morgens wachte Mary auf und spürte, daß irgend etwas in der Hütte anders war. An Tessa geschmiegt, lag sie auf dem Haufen aus schmutzigen Fellen und überlegte, was es wohl war, was da nicht stimmte. Ihr Blick tastete die grob verputzten, mit weißem Reif bedeckten Wände ab, ging an dem verhangenen Loch in der Wand vorbei, wo bleiches Licht an den Rändern des Hasenbalgs hereinsickerte, über den kleinen Haufen Reisig neben dem Feuerloch und den eisernen Kessel, der in vorsichtiger

Balance eine winzige Flamme abdeckte, die die ganze Nacht geglommen hatte. Der Raum sah aus wie immer, finster und verrußt, und wie immer roch es nach Öl und Schmutz, nach Schweiß, gekochten Rüben und gestampftem Lehmboden – ein Geruch, der so sehr zu ihrer Welt gehörte, daß sie ihn nicht mehr wahrnahm. Aber an diesem Morgen lauerte hier noch etwas anderes, etwas Kaltes, Fremdes.

Dann erkannte sie, daß das ganz Neue, Fremde diese Stille war – kein Greinen, kein Geschluchze von John Luke. Mary schaute sich nicht um und rührte sich nicht, gebogen wie ein Löffel lag sie an Tessa geschmiegt und wartete, daß irgend etwas geschah.

Schließlich bewegte sich auch Una, erwachte, setzte sich auf und neigte sich über ihren Sohn. Sie deckte den jämmerlichen gelben kleinen Körper auf und weinte. Aber nur eine Minute lang. Mary beobachtete durch halbgeschlossene Augen ihre Mutter, wie sie sich von John Luke abwandte, aufstand, und anfing, hin- und herzugehen. Dann fing sie an, Sachen aufzunehmen und auf dem groben Holztisch zu einem kleinen Haufen aufzuschichten: eine Tasse, zwei Messer, eine kleine Blechdose, die sie unter einem Stein in der Ecke hervorzog, die beiden letzten Rüben und den Flintstein. Dann leerte sie die letzten Teeblätter in die Kanne, sorgfältig die allerletzten Brösel aus der Tüte schüttelnd, goß kochendes Wasser darauf und ließ den Tee in der heißen Asche ziehen. Mary fiel auf, daß ihre Mutter sich sehr langsam bewegte und daß ihre Hände beim Einschenken zitterten.

»Aufstehen«, sagte sie zu Mary und Tessa, die immer noch eingerollt neben ihrem toten Bruder lagen. Die Mutter holte einen Spaten hinter der Tür hervor und ging damit hinaus, und ein eisiger Windstoß fuhr in die Hütte. Da die Mädchen seit einem Monat auch beim Schlafen sämtliche Kleidungsstücke, die sie besaßen, anbehielten, dauerte es keine Minute, bis sie die hohen Schuhe und die schweren Jacken übergezogen hatten, die ihre Mutter aus Hasenfellen und Spagat zusammengeflickt hatte. Die Mädchen traten schnell ans Feuer und hielten die Hände so nahe wie möglich an die dampfende Kanne. Und während sie dort hockten und den Teeduft einsogen, flüsterte Mary Tessa zu, daß John Luke tot war.

Als Una zurückkam, war sie auf Gesicht und Hals vor Schweiß ganz naß, aber sie hatte den gefrorenen Boden nicht aufhacken können. Ohne ein Wort zu ihren Töchtern ging die Mutter jetzt in die gleiche Ecke, von wo sie die Blechdose geholt hatte, und fing im Lehmboden der Hütte zu graben an.

Als das Loch groß genug war, kehrte sie ans Bett zurück und rollte ein Schaffell fest um den kleinen Bruder. Dann nahm sie ihn hoch, legte ihn aber wieder hin, trat an den Tisch und winkte die beiden Mädchen zu sich heran. Als die beiden links und rechts neben ihr standen, schob Una den Deckel der verrosteten Schachtel hoch und holte eine Brosche heraus – eine Brosche mit winzigen Steinen in einem Kreis aus dunkelrotem Leuchten. Die Mädchen rissen den Mund auf, und Mary schaute voll gieriger Sehnsucht auf das Schmuckstück, das alles Licht in diesem dunklen Raum an sich zu ziehen schien. Es war das Allerschönste, was sie je gesehen hatte. Wie gemein von ihrer Mutter, daß sie es jahrelang vor ihnen versteckt hatte! Tränen quollen ihr aus den Augen und liefen über die Wangen. »Wem hätte es denn geschadet, wenn Tessa und ich es manchmal hätten ansehen dürfen?« dachte sie verbittert.

Una nahm die leuchtende Brosche hoch und steckte sie an Tessas schwerer Jacke fest – auf der Innenseite, wo sie niemand sah – und klopfte ein paarmal von außen darauf.

Mary wollte schon protestieren, aber da griff ihre Mutter noch einmal in die Dose und zog zwei lange Steckkämme heraus. Die gewellten bernsteinfarbenen Zähne endeten in Miniatur-Fächern aus Perlmutt – dreißig Jahre sollte es dauern, bis Mary erfuhr, wie dieses leuchtende, schillernde Material genannt wurde. Una schob die Kämme in Marys dichtes Haar, jeden auf eine Seite. Dann klopfte ihre Mutter leicht dagegen, so wie zuerst auf Tessas Jacke, es war fast, als segnete sie sie.

Auf dem Boden der kleinen Dose lag jetzt nur noch ein einzelner Knopf aus Silber, mit dem Umriß eines großen Vogels auf der fleckigen Oberfläche. Una Sprig nahm den Knopf heraus, rieb ihn an ihren Lippen und legte ihn wieder in die Dose. Dann drückte sie den Deckel drauf, trug die Dose hinüber zu der kleinen Leiche und steckte sie in das Fell hinein, das sie um ihren Sohn gewickelt hatte, nahm das ganze Bündel hoch, trug es langsam zu dem Loch, das sie ausgehoben hatte, legte es in die Erde und schaufelte die ausgegrabene Erde darauf.

Lange blieb ihre Mutter dort stehen, stützte sich auf die Schaufel und blickte auf die frisch umgegrabene Erde. Tessa und Mary warteten hinter ihr, und Mary war sicher, ihre Mutter würde bald nach vorn fallen und sterben. Sie umklammerte Tessas Hand und machte sich schon Sorgen, was sie wohl mit ihrer Mutter tun sollten, wenn sie tot war. Aber Una fiel nicht hin. Sie drehte sich um, lehnte die Schaufel an die Wand, trat ans Feuer und goß vorsichtig Tee ein. Langsam tranken sie, wärmten sich die Hände an den Tassen. Es gab genug Tee, daß jede eine zweite Tasse trinken konnte. Als der Tee alle war, wies Una die Mädchen an, jede eine Decke zu nehmen und sich um die Schultern zu wickeln und dann ihre dicken Mützen aufzusetzen. Sie tat dasselbe, und nachdem sie den Teekessel und die Tassen zu dem kleinen Haufen auf dem Tisch gestellt hatte, packte sie ihr altes Tuch an seinen vier Ecken und formte daraus einen Tragebeutel.

»Wohin gehen wir?« fragte Tessa. Das war das erste, was sie heute morgen sagte.

»Nach Coltsford«, erwiderte ihre Mutter, »es gibt nichts mehr zu essen.«

»Aber wo sollen wir denn wohnen, wenn wir kein Haus mehr haben?« fragte Tessa mit zitternder Unterlippe.

»Weiß ich nicht.« Una schaute sich um, ob nicht noch irgendwo ein Ei oder ein Stück Brot wäre, das sie nicht gegessen hatten, aber da war gar nichts. »Vielleicht kann ich in einem von den großen Häusern Arbeit finden, vielleicht hat das Postfräulein etwas für uns von eurem Vater. Wir können nicht hierbleiben und zugrundegehen.«

Sie gingen und gingen den ganzen Tag. Es war sehr kalt, und sie kamen nur langsam vom Fleck. Die Erde war hartgefroren, der Weg stellenweise vereist. Als die Dunkelheit einbrach, war noch immer keine Spur von dem Kirchturm zu sehen, der Coltsford ankündigte. Sie versuchten weiterzugehen, aber als Mary bis zu den Knien in einer eiskalten Wasserlache einsank, mußten sie für die Nacht haltmachen.

Sie bogen vom Weg ab und in ein Feld, dessen Stoppeln starr nach oben standen und wie Glas klirrten, als sie hindurchgingen. Marys Füße waren steifgefroren. Sie versuchten, mit dem Flint und trockenem Gras Feuer zu machen, aber es wollte nicht gelingen, und nach einer Weile gaben sie es auf. Tessa rollte ihre beiden Decken zusammen und zog Mary zu sich hinein, zog ihr die nassen Schuhe aus und rieb ihrer Schwester die Füße und Beine, bis das Blut darin wieder zu kreisen anfing. Dann kuschelten sich die Kinder aneinander und schliefen ein, nicht anders als die Nacht zuvor.

Als der kalte Morgen graute, kam ihre Mutter nicht auf die Beine. Wieder und wieder versuchte sie aufzustehen, aber die Willenskraft, die sie gestern aufrechterhalten hatte, war verschwunden. Sie sagte den Mädchen, sie sollten ins Dorf gehen und dort nach Master Potts fragen. Der würde sicher jemand schicken, um sie zu holen. Also hüllten die Mädchen die Mutter in ihre Decken und gingen wortlos fort. Es dauerte lange, bis sie das Dorf erreichten, und noch viel länger, bis sie sich verständlich machen und erreichen konnten, daß jemand ihre Mutter holen ging.

Una war tot, als sie sie, ausgestreckt auf einem Leiterwagen, nach Coltsford brachten. Man schaffte die beiden Mädchen und die Leiche zum Haus von Master Potts, der jede Verantwortung für die unglückliche Familie von sich wies.

»Nur aus Gutherzigkeit habe ich die Sprigs so lange in meiner Hütte wohnen lassen. Jetzt gibt es nichts mehr, was ich für sie tun könnte oder sollte«, erklärte er dem Dorfwachtmeister, der ihm die Kinder an die Tür brachte.

Da William Potts aber einer der Armenräte für die Grafschaft war, traf er Anordnung, Una in dem Totenacker hinter dem eigentlichen Friedhof begraben zu lassen, dort, wo Arme, Zigeuner und andere, die der allgemeinen Ansicht nach kein kirchliches Begräbnis verdienten, begraben wurden.

Die Mädchen loszuwerden war schon schwieriger. Master Potts warf Mary und Tessa streng vor, was sie ihm und dem Dorf für Umstände verursachten: »Coltsford muß ohnehin schon ein Dutzend Familien unterstützen, die, hätten sie nur vorgesorgt, allein ihr Auskommen finden könnten. Aber nein, da kommen sie zu uns und jammern, das sei der kälteste Winter in den letzten hundert Jahren – als wäre das ein Grund für uns, Bettelleute aus allen Himmelsrichtungen hier aufzunehmen. Hört das denn überhaupt nicht mehr auf!«

Die anderen Armenräte waren offenbar ganz seiner Meinung, denn nachdem sie die Nacht in Master Potts' Haus in einer Hinterküche verbracht (und von seiner Köchin das beste Abendessen und das beste Frühstück ihres Lebens bekommen) hatten, wurden Mary und Tessa nach Christchurch gebracht und dort im Armenhaus abgeliefert.

Das Armenhaus war ein strenges, zweistöckiges Gebäude mit einem Friedhof auf der einen und einem Stall auf der anderen Seite. Hinter dem Friedhof stand die Kirche, und gegenüber eine Zeile schäbiger Häuser. An der Schwelle kam den Mädchen nicht nur Mrs. Brockwell entgegen, sondern auch der überwältigende Geruch von Karbol – fortan war beides in Marys Gedächtnis untrennbar verbunden.

Mrs. Brockwell war erst kürzlich zur Aufseherin des Armenhauses bestellt worden, nachdem eine Typhusepidemie fast alle Insassen dahingerafft hatte. Und mit ihr hatte man die Richtige gewählt, denn ein größerer Feind des Schmutzes als Mrs. Brockwell war noch nicht auf Erden gewandelt. Kaum nahm sie sich Zeit, den Kutscher von Mr. Potts zu Ende anzuhören, da hatte sie die Mädchen schon ausgezogen und in ein Schaff gesteckt und so lange geschrubbt, bis ihnen fast die Haut abging.

Die nächsten drei Jahre lebten Mary und Tessa im Armenhaus von Christchurch und schrubbten Wäsche, Böden, Geschirr und die Leiber der alten, kranken, sterbenden Armen, die ihre letzten Tage hier verbrachten. Die Mädchen schufteten dreizehn Stunden am Tag und lebten hauptsächlich von wäßriger Suppe und dem Armenhaus-Brot, aus dem Mehl gebacken, das der Müller jeden Tag von seinem Fußboden aufkehrte.

»Du glaubst jetzt wahrscheinlich, daß wir dort furchtbar unglücklich waren, aber weißt du, das stimmt gar nicht«, erzählt Mary ihrer Urenkelin.

»Hie und da fiel uns der arme kleine John Luke ein, der in Master Potts' Hütte unter der Erde lag, oder unsere Mutter, kalt und verlassen außerhalb des Friedhofs von Coltsford, aber an unseren Vater dachten wir nie und rechneten auch nicht damit, ihn je wiederzusehen, obwohl wir Mrs. Brockwell oft versicherten, gewiß würde er eines Tages kommen und Kost und Quartier für uns bezahlen, wie's der Kutscher von Mr. Potts ihr versprochen hatte.«

Obwohl Mary und Tessa schufteten, bis sie nicht mehr aufrecht stehen konnten, bis ihnen von Lauge und Wasser die Haut abging, waren sie doch jung und zuversichtlich und hatten immer noch genug Kraft, um sich abends auf dem Friedhof mit einer Bande von Straßenbengeln zu treffen und Knobeln oder Fangen zu spielen – oder um, auf umgefallenen Grabsteinen sitzend, mit den Jungen das Essen zu teilen, das diese irgendwo geklaut hatten.

»Meine Schwester Tessa war eine ganz Lustige, wir kamen fast um vor Lachen, wenn sie Mrs. Brockwell spielte. Die arme Frau, die gar nicht so böse war, wenn ich's mir heute überlege, hatte so eine Art, immer die Augen zum Himmel zu drehen und über Sünd' und Schmutz der Welt zu jammern. Das war wirklich eine Schau, wenn Tessa sie nachmachte.«

Ein rattengesichtiger Junge, Tim Toop genannt, der kleinste, wenn auch nicht der jüngste der ganzen Bande, freundete sich mit Mary und Tessa besonders an. Mrs. Brockwell, die manchmal einen von den Jungen dafür bezahlte, daß er ihr den Kartoffelacker umgrub oder sonst eine Arbeit verrichtete, die über Marys oder Tessas Kräfte ging, ließ Tim nicht in ihre Nähe, sie sagte: »Der bestiehlt seine Freunde nicht weniger als seine Feinde und schert sich weder um Mensch noch Gott!«

Und das stimmte. Tim war schlau und schnell, seine kleinen Augen schossen hierhin und dorthin, und seine Hände folgten wie ein Blitz. Er konnte einen Kuchen, ein Band oder eine Münze vom Brett holen und in den Falten seines ausgefransten Hemds verstecken, bevor einer, der neben ihm stand, überhaupt eine Bewegung merkte.

Tim lag oft im Streit mit seiner eigenen Diebesbande. Er war habsüchtig, wollte seine Beute nicht teilen, weigerte sich, sie in die allgemeine Kasse zu geben, mit der die Jungen dann Kleidung und Nahrung eintauschten oder den Wächter bestachen, der sie in einem Lagerhaus unten in den Docks schlafen ließ. Den beiden

Mädchen gegenüber war er aber außerordentlich freigebig, besonders gegen Mary, die er Blackie nannte, denn er sagte: »Verglichen mit Tessa bist du wie eine schwarze Wolke.«

Wenn Tim mit den größeren Jungs wieder einmal auf Kriegsfuß stand, dann ging er nicht mit ihnen, wenn sie den Friedhof verließen, sondern blieb bei Tessa und Mary hocken und gab ihnen von irgendwelchen ganz besonderen Leckerbissen etwas ab. Einmal brachte er einen Beutel voll unbekannter süßer Nüsse, ein anderes Mal einen kleinen Laib weißes Brot, noch ganz warm aus dem Ofen. An einem denkwürdigen Abend hockten sie um einen Grabstein und verschlangen gemeinsam ein ganzes gebratenes Huhn.

Als die Jahre vergingen und noch kein Lebenszeichen von Walter Sprig kam, wurde Mrs. Brockwell langsam ungeduldig.

»Jetzt habe ich aber bald genug. Ich sehe nicht ein, warum man mir die Verantwortung für zwei so große Mädchen aufhalst, besonders jetzt, da sie in ein Alter kommen, wo man auf sie aufpassen muß«, hörte Mary sie einmal Hochwürden Wentworth erklären, dem Pastor der Saint-James-Kirche.

»Ich kann ihnen doch nicht Tag und Nacht hinterherlaufen, Hochwürden, sie brauchen mehr Unterweisung, als ich ihnen geben kann, wenn Sie verstehen, was ich meine.«

Mary war nicht klar, was Mrs. Brockwell mit »Unterweisung« meinte, da sie den Mädchen nie etwas anderes sagte, als welchen Fußboden sie heute schrubben müßten, welchen Alten säubern, welches Gemüse für die morgige Suppe aus dem Garten holen. Tessa und Mary hatten nie, wie der Geistliche glauben sollte, den geringsten Religionsunterricht erhalten, und konnten A nicht von B unterscheiden.

Als der Pfarrer das nächste Mal mit seiner Frau das Armenhaus besuchte, erwähnte Mrs. Wentworth, daß eine ihrer Bekannten auf die Inseln der Neuen Welt auszuwandern plante. »Mrs. Armstrong ist eine Frau von Stand, mit einem angesehenen christlichen Mann verheiratet, der mit Tuchlieferungen an die Armee recht gut verdient hat. Soviel ich gehört habe, wollen sie jetzt ihr Heim und Geschäft an einem Ort errichten, den man Neu-Fundland nennt.«

Und die Gattin des Geistlichen erklärte weiter, daß ihre Bekannte zwei oder drei Mägde mitnehmen wollte, da die Familie vier kleine Kinder hatte.

Voll Freude über diesen Fingerzeig Gottes organisierte Mrs. Brockwell unverzüglich eine Zusammenkunft, damit die Dame und ihr Gemahl sich Mary und Tessa ansehen konnten. Und sie selbst unterzeichnete die nötigen Papiere, die die Mädchen im Tausch gegen die Überfahrt in die Neue Welt auf fünf Jahre an den Dienst bei der Familie banden.

»Das scheint mir aber nicht richtig, daß wir auf fünf Jahre verschachert werden, nur um an einen Ort zu kommen, von dem wir nie gehört haben«, wendete Tessa mutig ein.

»Dein freches Maul wird noch einmal dein Unglück, denk an mich«, entgegnete darauf Mrs. Brockwell. »Hunderte zahlen viel, viel Geld für diese Gelegenheit, die ihr beiden ganz umsonst bekommt. Es geht mir nicht in den Kopf, warum ihr so undankbar seid – aber wahrscheinlich ist das eben so, unseren Lohn bekommen wir erst im Himmel.«

Vor der Abreise ging sie mit den Mädchen in die Kirche, wo Hochwürden Wentworth für sie betete und sie ermahnte, immer brav zu sein.

Von der Überfahrt weiß Mary fast nichts mehr. Sie wurde sehr krank und wäre wohl gestorben (so wie die Dienstmagd einer anderen Familie auf dem gleichen Schiff), hätte nicht Tessa sich um sie gekümmert und dafür gesorgt, daß sie einen Bissen Nahrung und sauberes Wasser bekam. Tessa wurde nicht krank, aber sehr blaß und ganz erschöpft, vom ewigen Hin- und Herlaufen zwischen Mary und den vier Armstrong-Kindern.

Mrs. Armstrong, eine arrogante Bohnenstange mit dem Gesicht einer Seemöwe, verstand es, die Mädchen so zu schlagen, daß ein großer Granat an ihrem Finger die Schläge viel schmerzhafter machte, als sie aussahen. Tessa haßte sie besonders und schlug sie daher oft. Mary war ruhiger und vorsichtiger und lernte bald, ihren Schlägen auszuweichen und der Frau überhaupt aus dem Weg zu gehen, wenn sie eine ihrer Launen hatte.

Mr. Armstrong wurde Oberst genannt und hatte anscheinend, von seinen Geschäften abgesehen, auch Beziehungen zu der Garnison von Neufundland. Er war ganz anders als seine Frau, klein, rundlich, rotwangig mit einem glatten, glänzenden Gesicht, scherzte viel und lachte gern. Er war auf dem ganzen Schiff beliebt, plauderte mit den anderen Passagieren und den Offizieren der Besatzung über Geschäfte und hielt sich von Frau und Kindern fern. Wenn sie ihm aber doch einmal begegneten, dann war Oberst Armstrong immer lustig und nett, nannte Mrs. Armstrong »meine Schöne«, und Mary und Tessa, die er nicht auseinanderhalten konnte, »meine kleinen Knödelchen«.

Mrs. Armstrong verfolgte ihren Gatten, wohin er auch ging, mit scharfen Blicken, fast wie ein Kind die Nachspeise, die rund um den Tisch ging, gierig und erwartungsvoll und voller Angst, man könnte ihr alles wegessen, bevor die Schüssel bis zu ihr kam. Wenn der Oberst mit den Mädchen scherzte, blickte Mrs. Armstrong strafend drein und wies sie zurecht und sagte, sie hätten dem Herrn mehr Achtung zu zeigen, obwohl sie doch nie auf seine Scherze eingingen und seinen feisten feuchten Händen auswichen, die immer wieder ihre Wangen kneifen oder sie auf die Hinterbacken tätscheln wollten.

In der zweiten Woche auf dem Schiff erwischte der Oberst Mary einmal allein, schob ihr seine Hand wie eine fette Made in den Ausschnitt und faßte sie an ihrer kleinen Brust. Sie riß sich los und rannte fort und versteckte sich im unteren Deck, wo Tessa sie später entdeckte, wie sie sich hinter einem Stapel von Fässern mit gepökeltem Schweinefleisch übergab.

Von da an taten die beiden Mädchen alles, um nur ja dem Obersten nicht allein zu begegnen. Dabei kam ihnen Tim Toop zu Hilfe. Tim hatte sich bei seinen Diebskumpanen ein für allemal unmöglich gemacht; sie hatten ihn derart bedroht, daß der Junge sich auf ein Schiff flüchtete, das bald in See stechen sollte. Gleich am zweiten Tag wurde er entdeckt und vor den Ersten Maat geführt, und der zwang ihn, sein Kreuz unter ein Papier zu setzen, demzufolge er seine Überfahrt abzuarbeiten und für zwei weitere Fahrten auf dem Schiff zu verbleiben hatte.

Der Maat wies Tim darauf hin, daß er nicht unterschreiben mußte, wenn er nicht wollte; in diesem Fall würde er über Bord geworfen. Worauf Tim entschlossen sein Kreuz auf die Papiere machte und zusah, wie der Maat den Namen »Tim Toop« der Liste der Schiffsbesatzung hinzufügte. Es war dies das erste in einer langen Reihe von legalen – und auch weniger legalen – Dokumenten, die sein Name zieren sollte.

Sobald er mit seiner Unterschrift ein Mitglied der Besatzung geworden war, konnte sich Tim auf dem ganzen Schiff frei bewegen und war begeistert, als er die Genossinnen seiner Friedhofsmahlzeiten entdeckte. Immer wenn er Tessa oder Mary sah, zwinkerte er ihnen zu oder stieß sie scherzhaft in die Rippen. Manchmal kuschelten sich die drei Kinder nachts im Schutz des Vorderdecks aneinander und tuschelten über den Ort, an den sie segelten.

»Die Insel ist so groß wie ganz England«, gab Tim weiter, was er von den anderen Matrosen hörte, »mit Wäldern, Meilen über Meilen lang – Meilen über Meilen, die niemandem gehören, nur den Indianern, aber die sind wild und beschießen einen mit Pfeilen! Und Viecher gibt's, richtig riesige Ungetüme, Bären und Wildkatzen und Hirsche, doppelt so groß wie daheim in England – und wißt ihr was? Unter den Steinen kann man Gold und Edelsteine finden!«

Tim senkte die Stimme, so daß die Mädchen sich ganz nah zu ihm beugen mußten. »Denen pfeif ich was, sobald wir landen! Ich sag's euch, ich geh nicht zurück, ich lauf davon und werde reich!« Und dann zeigte er Mary und Tessa eine Münze, die er dem Koch geklaut hatte, als er ihm einmal in der Kombüse half.

»Bis wir dort sind, krieg ich noch ein paar dazu – dann hab ich gleich ein Startkapital. Ihr beiden solltet auch was für die Zukunft tun – diese Armstrong-Ziege merkt's doch gar nicht, wenn ihr ein Ring fehlt.«

Tadelnd erklärten ihm die beiden Schwestern, daß sie so etwas nie tun würden. Und Tessa warnte ihn, man würde ihn am Mast aufknüpfen, wenn man ihn beim Stehlen erwischte.

Die Mädchen erzählten Tim, wie Mrs. Armstrong sie schlug, und zeigten ihm die blauen Flecken auf den Armen. Tim, den fast sein ganzes Leben lang immer jemand geschlagen hatte, zeigte sich nicht beeindruckt. Als aber Tessa berichtete, wie Mr. Armstrong Mary in die Bluse gegriffen hatte, da erfaßte der Junge die Absichten des Obersten sofort. »Wenn der nur eine Chance bekommt, dann macht er euch beide unglücklich!« bemerkte er und holte nach, was Mrs. Brockwell versäumt hatte: nämlich sie beide aufzuklären. Er bot sich auch gleich zu einer praktischen Vorführung an, klopfte sich auf den Hosenschlitz und lachte über die entsetzten Gesichter der beiden Mädchen.

Als das Schiff dann in St. John's anlegte, war der Teufel los: Familien und Bediente rannten hin und her, riefen abgängige Kinder und suchten ihre Habseligkeiten zusammen. Kisten, Hutschachteln, Tische, Stühle, Betten, Bücher und sogar Musikinstrumente wurden auf den Kai gehievt. Tiere wurden an Land geführt, riesige Kisten an der Seite heruntergelassen, Fässer über die Gangplanken gerollt. Und überall höllisches Getöse: Seeleute, die Befehle brüllten, rasselnde Ankerketten, quietschende Seilrollen, bellende Hunde, brüllende Babys, verschreckt wiehernde Pferde. In diesem Durcheinander gelang es Tim zu verschwinden.

Die Armstrongs mieteten ein schmales Haus auf dem Hügel unterhalb des Forts. Mrs. Armstrong war alles andere als begeistert: es sei kaum groß genug für die Familie, erklärte sie, und jedenfalls zu klein für ihre gesellschaftlichen Verpflichtungen. Mary, Tessa und die Alte, die als Köchin angestellt wurde, schliefen gemeinsam im zweiten Stock unter dem steilen Dach. Das Zimmer hatte zwei winzige Fenster, aus denen man auf verwinkelte Gassen sehen konnte, auf andere Dächer und den Hafen. Das Glas in den Fensterrahmen und die Schieferplatten auf dem Dach klapperten im Wind, und mehrere Nächte lang konnten die Mädchen kaum schlafen.

Der Herbst ging in den Winter über, und in der Mansarde wurde es immer kälter. In manchen Nächten war Mary völlig überzeugt, daß der Sturm das Haus wegblasen und den Hügel hinunter in den Hafen stürzen würde. Mary und Tessa schliefen auf einem Strohsack auf dem Boden und hatten zusammen nur eine einzige Decke. Mrs. Bowden, die Köchin (die Mädchen fanden nie heraus, von wo sie kam), hatte immer eine Flasche mit brauner Medizin im Rand ihrer Wollstrümpfe stecken und tat daraus jeden Abend vor dem Zubettgehen einen tiefen Zug.

»Lang haben wir gebraucht, bis wir drauf kamen, daß das der Rum unseres Obersten war! Kann ihr keinen Vorwurf machen, man brauchte schon so was, daß man in diesem Zimmer schlafen konnte! In ihren Taschen hatte sie immer auch ein bißchen Brot und Käse – für mich und Tessa –, und den ganzen Tag ließ sie drei Ziegel am Küchenherd wärmen, damit wir sie abends mit hinaufnehmen konnten. Diese Ziegel waren unser einziger Trost in der Kälte, wir versuchten immer einzuschlafen, bevor sie kalt wurden.«

Bei den Armstrongs mußten die Mädchen noch viel härter schuften als für Mrs. Brockwell. Nie konnten sie zu Bett gehen, bevor nicht der gesamte Haushalt aufgeräumt, die Gäste gegangen, Teller und Töpfe abgewaschen und die Küche wieder sauber war. Dann mußte Porridge fürs Frühstück angesetzt werden, die Kerzen geschneuzt, Lampen gereinigt und das Feuer für den nächsten Morgen vorbereitet werden. Lange vor Morgengrauen mußten sie schon wieder aufstehen und von vorn anfangen: das Wasser eimerweise an einem Haken vom Pumpbrunnen, der sich halb den Hügel hinunter befand, heraufschleppen und dann die vier Feuerstellen anzünden: eine in der Küche, eine im Eßzimmer, eine im Wohnzimmer und eine in Mrs. Armstrongs Schlafzimmer.

Während Mrs. Bowden den Armstrongs das Frühstück richtete, machten Tessa und Mary das Wasser heiß und trugen es hinauf für Mrs. Armstrongs Bad. Dann leerten sie alle Nachttöpfe, säuberten sie und stellten sie wieder an ihren Platz unter den Betten, leerten den Leinenbeutel mit den verschmutzten Seidenfetzen, die später gewaschen wurden, und hängten einen frischen Beutel mit sauberen Fetzen an die Stange neben Mrs. Armstrongs Nachttopf. Als nächstes weckten sie die Kinder, badeten sie und zogen sie vor dem offenen Kamin in Mrs. Armstrongs Schlafzimmer an.

Manchmal nahm auch Mr. Armstrong hier ein Bad. Er schätzte es, wenn Tessa oder Mary noch zusätzlich Eimer mit heißem Wasser aus der Küche heraufholten und ihm über den Rücken gossen. Bei diesem Anlaß saß dann Mrs. Armstrong immer an ihrem kleinen Tisch in der Ecke und nippte an einer Tasse Tee. »Ihr beiden verwöhnt mir den Oberst ja richtig«, schalt sie sie dann mit hoher falscher Stimme, als wäre es Marys oder Tessas Einfall gewesen, eimerweise heißes Wasser die Treppe heraufzuschleppen. Und immer wandte sie züchtig den Kopf ab, wenn die Mädchen warmes Wasser über ihren Gatten in der Wanne gossen, er aber schlug den Mädchen glucksend vor, sie möchten doch zu ihm in die Wanne steigen, und grabschte scherzhaft nach ihnen mit seinen nassen Händen. Seine Frau schnalzte mißbilligend mit der Zunge und tat, als wäre alles nur ein Spiel.

Mrs. Armstrong heuerte und feuerte schnell hintereinander fünf Kindermädchen. »Schlampige, strohdumme Geschöpfe, die man in keinem anständigen englischen Haus durch die Tür lassen würde«, erklärte sie ihrem Gatten und schickte die beiden älteren Kinder von da an in eine Schule am Upper Path, die eine Miss Slater leitete. Um die zwei Kleinen mußten sich eben Mary und Tessa kümmern, die ja, wie sie sagte, ohnehin sonst kaum was zu tun hatten.

Mrs. Bowden durfte den Hügel hinunter, um Gemüse, Fleisch und Fisch einzukaufen, aber Mary und Tessa durften nur bis zum Brunnen und nicht weiter. Mr. Armstrong behauptete, Frauen könnten sich am Abend nicht allein auf die Straßen von St. John's wagen. Da sie aber tagsüber keine Zeit zum Fortgehen hatten, sahen die Mädchen so gut wie gar nichts von der Stadt. Eines Tages kam Tessa vom Brunnen zurück und erzählte Mary, sie habe Tim in einem Hauseingang stehen sehen, als hielte er nach jemandem Ausschau, aber als sie ihm winkte und etwas zurief, schien er sie nicht zu erkennen.

Mrs. Armstrong verbrachte ihre Zeit vor dem Wohnzimmerkamin, wo sie rote Rosen auf Petit-Point-Vorlagen für die Stühle im Speisezimmer stickte. Dauernd beschwerte sie sich über die Kälte und den Mangel an gutem Tee und standesgemäßer Gesellschaft. Und ihre Stimmung wurde noch gereizter, als der Winter kam und sie mit ansehen mußte, wie jede einzelne Dame, die sie für gesellschaftlich ebenbürtig hielt, für die Wintersaison nach England ging. Sie schwor, sie würde bis zum Frühling an der Kälte sterben, wenn ihr nicht schon vorher das Essen hier den Garaus machte, das, behauptete sie, faulig schmecke und ihr Übelkeit verursache.

Jede Woche fiel ihr irgend etwas Neues zur Führung ihres Haushalts ein. Einmal beschuldigte sie die Dienstboten, sie zu bestehlen, zählte ihnen jeden Bissen vor und schaute zu, wie Mrs. Bowden jeden Abend die Speisekammer absperrte. Das nützte aber alles nichts. Mrs. Bowdens braune Medizinflasche war stets voll, und am Abend gab es immer Brot und Käse für die Mädchen.

Als der Tick mit dem Essen vorbei war, verkündete Mrs. Armstrong, daß von nun an der Oberst jeden Morgen Punkt sechs Uhr früh zum gemeinsamen Gebet rufen würde. Dann beschloß sie, die Dienstboten müßten sich jeden Samstag abend kalt baden. Jede verrückte Idee hielt immer etwa eine Woche an, dann fiel ihr etwas anderes ein, womit sie ihnen das Leben zur Hölle machte.

Nur was ihren Geiz anlangte, blieb alles beim alten. Als Marys Schuhe zerfielen, ließ Mrs. Armstrong sie ein Paar abgelegte Schuhe ihres Mannes tragen. Aber obwohl Mary vorne Stoffetzen hineinschob, waren die Schuhe immer noch so groß, daß sie darin hin- und herrutschte und sich die Fersen blutig rieb. Mary haßte ihre Herrschaft. Aber sie konnte ihren Haß hinunterschlucken, wenn sie sich ausmalte, wie das Blut die Farbe ihres Kleides verändern würde, wenn sie Mrs. Armstrong ein Messer in den Leib stieß.

Ihre einzige Genugtuung zog Mrs. Armstrong aus der gesellschaftlichen Stellung ihres Mannes bei den Offizieren des Forts. Seit der Gouverneur und Lady Hamilton nach England zurückgekehrt waren, sah sie es nun als ihre Pflicht, »diesen bedauernswerten Männern einen Hauch von zivilisiertem Leben zu bringen«, und zu diesem Zweck gab sie jede Woche eine Abendgesellschaft.

Bei diesen Dinners war Mrs. Armstrong meist die einzige Dame. Wenn dann die Armstrongs mit ihren Gästen im Speisezimmer um den Tisch saßen, der für den kleinen Raum viel zu pompös war, dann wirkte Mrs. Armstrong mit ihrem gelockten hochgesteckten Haar gelöst und glücklich, gar nicht wie eine Furie, die den ganzen Tag die Dienerschaft gequält und malträtiert hatte. Sie lächelte im Kerzenlicht, und wenn sie sich im Gespräch mit den Offizieren vorbeugte, schob das dunkle Taftmieder ihre blassen Brüste hoch. Tessa und Mary servierten und beobachteten voll Staunen, wie jung die Frau auf einmal aussah, wenn sie so an ihrem Wein nippte und mit den jungen Offizieren flirtete.

»Aber sie war lange nicht so hübsch wie Tessa. Obwohl wir halbverhungert waren und schufteten wie die Tiere, war Tessa immer noch schön, größer als ich, mit blauen Augen und blauschwarzem Haar und heller Haut – nicht so knochig und dunkel wie ich«, erzählt die Alte ihrer Urenkelin.

Mary und Tessa mußten im Durchgang zwischen Küche und Speisezimmer stehen und warten, bis Mrs. Armstrong ihnen bedeutete, das nächste Gericht auf- oder abzutragen. In der Küche hinter den Mädchen rührte die alte Frau in Töpfen, ordnete das Essen auf Serviertellern an und stapelte das schmutzige Geschirr in einer Ecke, um es später abzuspülen. Manchmal lungerten auch ein oder zwei Soldaten in der Küche herum, die auf ihre Offiziere warteten, und kümmerten sich um das Feuer.

An jenem Abend, da es geschah, servierte Tessa gerade Backhuhn und ging mit der Platte von einem Gast zum anderen. Einer der jungen Offiziere bediente sich, blickte dabei auf und sagte: »Da haben Sie aber ein ungewöhnlich hübsches Dienstmädchen, Mrs. Armstrong«, und lächelte Tessa an.

Mrs. Armstrong schoß Tessa einen derart haßerfüllten Blick zu, daß es Mary, die sie von ihrem Platz im Durchgang aus beobachtete, vor Schreck durch Mark und Bein ging, es war, als würde eine eiskalte Messerspitze eine Linie um ihr Herz ziehen.

»Das war unser Ende, in diesem Moment war es aus mit uns, und ich wußte es. Ich sah es in dem Blick, den die alte Ziege Tessa zuwarf.«

Kaum waren die Gäste durch die Tür, als Mrs. Armstrong in die Küche schoß, auf Tessa zu, die die Arme in eine Schüssel mit fettigem Wasser getaucht hatte, sie an ihren langen Haaren packte und zu sich herumriß. Dann zerrte sie Tessa quer durch den ganzen Raum und schrie dabei, sie sei nichts als eine dreckige kleine Schlampe und werde keine weitere Nacht unter ihrem Dach verbringen.

Mrs. Bowden stürzte zu ihnen und versuchte mutig, die Frau zu beruhigen und ihr zu versichern, das Mädchen habe es doch sicher nicht bös gemeint. Aber Mrs. Armstrong schlug ihr mit der freien Hand ins Gesicht und zerrte Tessa weiter in Richtung Tür. Dabei wurde ihr Geschrei immer lauter und lauter, bis es die ganze Küche füllte. Sie nannte Tessa eine schamlose Hure, behauptete, zuerst hätte sie ihren Mann verführen wollen und jetzt ihre Gäste, und daher könne sie unter keinen Umständen weiter mit unschuldigen Kindern unter einem Dach bleiben. Tessa schluchzte und versuchte sich zu befreien, und Mary stand mit dem Rücken gegen die

Wand gepreßt, wie vom Blitz gerührt, und wußte, daß niemand das Verhängnis aufhalten konnte.

Mrs. Armstrong war jetzt am Hintereingang angelangt und stieß Tessa, die nur ein dünnes Kleid anhatte, gerade in den Schnee hinaus, als Mr. Armstrong in die Küche trat und fröhlich fragte, worüber man sich hier so aufrege. Er versuchte seine Frau zu beruhigen, und wirklich wurde sie auch etwas leiser, kreischte aber noch, das Mädchen dürfe keine Nacht mehr unter ihrem Dach verbringen, und sie würde sie wegen Frechheit und liederlichen Betragens vor Gericht bringen.

»Schon gut, schon gut, meine Schöne, geh du nur rauf ins Bett«, und es gelang ihm, die Hand seiner Frau aus Tessas Haar zu lösen. »Geh du nur rauf ins Bett, ich bringe das Mädchen ins Fort hinauf – dort behalten sie sie über Nacht, und morgen früh können wir uns darüber unterhalten.«

Darauf gab Mrs. Armstrong nach und trat zurück, während Mrs. Bowden um Tessas alte Jacke rannte. Mary, die sich nicht vom Fleck gerührt hatte, sah wortlos zu, wie Mrs. Armstrong die Tür weit aufhielt und ihr Gatte Tessa hinausschob und mit sich in die Nacht führte.

»Und dann ging das alte Biest ohne ein weiteres Wort ins Bett. Ich und Mrs. Bowden, wir räumten alles weg, und am Ende war noch immer nichts von Mister zu sehen. Es muß Stunden später gewesen sein, ich kniete oben in unserer Dachkammer am Fenster, das Gesicht gegen das Glas gedrückt, als ich ihn allein zum Haus zurückkommen sah.«

An diesem Punkt in ihrer Geschichte hält die alte Frau inne. Sie steht auf, schürt das Feuer, geht ans Fenster und starrt hinaus auf die gefrorene Landschaft des Kaps, kommt zum Herd zurück und setzt sich. Schließlich sagt sie Rachel, sie soll ins Bett gehen.

Als Rachel am nächsten Morgen in die Küche kommt, sitzt Mary immer noch genauso da und starrt in die kalte Asche.

8

Überzeugt, daß ihre Urgroßmutter bald sterben würde, wollte Rachel nun ihr Versprechen halten. Sie steckte das Tagebuch in den großen Beutel und hängte ihn wieder an den Nagel hinter Lavinias Tür. Dann ging sie zu ihrer Mutter. Die Küche füllte sich mit Frauen, die Essen und guten Rat mitbrachten. Die alte Frau nahm ihre Anwesenheit nicht zur Kenntnis, trank aber eine Tasse Tee, als man sie ihr in die Hand drückte. Manchmal rollten ihr Tränen über die Wangen. Diese Tränen waren es, die den anderen angst machten, denn niemand am Kap konnte sich erinnern, daß Mary Bundle je geweint hatte.

Erst am zweiten Tag nach Einbruch der Dunkelheit schüttelte sich Mary, sah sich in der Küche voller Menschen um und redete Rachel an, als hätte sie ihre Erzählung kaum eine Minute lang unterbrochen: »Herrgott noch mal, was ist denn nur los mit dir, mein Kind? Hol das Buch. Und ihr anderen – packt euch heim!«

Als endlich ihre sämtlichen Kinder und Enkelkinder verärgert wieder heimgegangen waren, ließ Mary Rachel die ganze Nacht lang schreiben. Manchmal hielt sie inne, um einen Namen oder auch einen ganzen Satz zu wiederholen: »Paß auf, daß du auch alles genau niederschreibst – alles, Wort für Wort!«

Marys pechschwarze Augen lagen tief in den Höhlen, Nase und Kinn wurden immer spitzer, je mehr das übrige Gesicht zu schrumpfen schien. Rachel begriff zum ersten Mal, warum sich manche Menschen vor ihrer Nan fürchteten.

In der Nacht, da sie Tessa fortbrachten, tat Mary kein Auge zu. Sie lehnte immer noch halb erfroren am Fenster, als die Köchin sie an die Schulter tippte und sagte, es sei Zeit zum Hinuntergehen. Denn auch wenn Tessa fort war, mußte man immer noch Wasser heraufholen, die Kinder ankleiden und das Frühstück für die Familie bereiten. Nach dem Frühstück verließen beide Armstrongs wortlos das Haus. In ihren Sonntagsstaat gehüllt, er in seiner Uniform mit einer Medaille an der Brust, begaben sie sich in die Kirche.

Alles war genauso wie an jedem Morgen – nur daß Tessa fehlte. Mary war vor Sorge außer sich. »Wir müssen was tun, wir müssen was tun«, sagte sie immer wieder, aber Mrs. Bowden meinte, es bliebe ihnen nichts übrig, als geduldig abzuwarten.

Die Armstrongs kamen erst nach Hause, als es schon dunkel war. Von Tessa sagten sie kein Wort. Am nächsten Tag kam niemand ins Haus, und Mary bildete sich ein, die Menschen würden sich von ihr abwenden, als sie hinunter zum Brunnen ging. »Ich glaube, sowohl ich wie auch Mrs. Bowden wußten, daß etwas Schreckliches geschehen war, aber wir hatten Angst, Tessas Namen vor den Armstrongs zu erwähnen. Vor lauter Angst bediente ich sie weiter, putzte ihre Scheiße weg und servierte ihre Mahlzeiten, bediente sie von vorn bis hinten.

Du weißt doch, Kind, wie die guten Christen immer sagen, daß man bereuen soll, was man getan hat. Ich kann dir sagen, ich hab in meinem Leben nicht viel getan, was ich bereue. Was ich aber mein ganzes Leben lang bereut habe, das sind Dinge, die ich nicht getan habe – und ganz besonders, was ich nicht getan habe in diesen Tagen, nachdem sie Tessa fortbrachten. Wie oft hab ich gewünscht, ich hätte in diesen zwei Tagen die Armstrongs vergiftet!«

Am Montag nach dem Abendessen, als sie eben mit dem Geschirrspülen beginnen wollten, klopfte es an die Küchentür. Als Mary öffnete, stand Tim Toop vor ihr. Bevor er in die Küche trat, warf er einen mißtrauischen Blick auf die Köchin. »Ist die in Ordnung?« fragte er Mary.

Mary nickte und schloß dann schnell die Tür zwischen der Küche und den übrigen Räumen des Hauses. Als sie sich umwandte, verschlang Tim gerade ein großes Stück Fleisch, das er sich von der Anrichte geangelt hatte. »Weißt du, was mit Tessa ist?« fragte er dann mit vollem Mund.

Mary schüttelte den Kopf.

»Also, soweit ich herausfinden konnte, haben die Armstrongs sie verklagt, und zwar wegen Auflehnung und liederlicher Aufführung. Und erklärt, man müsse ihr zeigen, wo ihr Platz ist – sie wollten sie bestrafen und im Frühjahr mit dem ersten Schiff nach England schicken. Jedenfalls kam sie vor Leutnant Emerson – ein Mistkerl, der viel auf dem Gewissen hat. Der soll sich in finsteren Nächten besser nicht allein auf die Straße trauen ...«

Auf das Zeugnis von Mr. und Mrs. Armstrong ließ dieser Emerson Tessa an den Fuß des Garnisonshügels bringen und verurteilte sie zu zwanzig Stockschlägen. Nach zehn Schlägen auf den nackten Rücken wurde Tessa ohnmächtig. Tim war nicht dabeigewesen, sondern hatte es von einem Soldaten in der Taverne gehört, daß sie dann in der furchtbaren Kälte Wasser über das Mädchen geschüttet hatten. Als Tessa wieder zu sich kam, machten sie weiter. Es war furchtbar mit anzusehen, sagte der Mann, das kalte Wasser gefror auf ihrem blutenden Rücken sofort zu Eis, und als sie mit dem Schlagen wieder anfingen, brach das Eis, und der Stock riß ihr Eis und Fleisch herunter.

Mary fing zu würgen an, worauf Mrs. Bowden sie fortriß und ins Freie schob, wo sie sich im Schnee erbrach. Als sie wieder in die Küche trat, erzählte Tim der Köchin, wie man Tessa nach dem Auspeitschen sich selbst überlassen habe. Ein Soldat erbarmte sich des Mädchens und brachte sie nach Hause zu seiner Frau. Dort war sie noch, in einem der Häuser draußen hinter der Garnison. Er habe gehört, es ginge ihr nicht gut.

Bevor Tim noch zu reden aufhörte, zerrte Mary ihn schon atemlos zur Tür, aber Mrs. Bowden zwang sie zu warten, bis sie ihr ihren Mantel von der Dachkammer gebracht hatte.

»Du mußt aufs Schlimmste gefaßt sein. Nimm das mit – falls du eine Bestechung brauchst«, und die Köchin schob ihr Marys Steckkämme und Tessas Brosche, die die Mädchen in ihren Strohsäcken versteckt hatten, in die Manteltasche. Dann wickelte Mrs. Bowden einen Brotlaib und was vom Fleisch noch übrig war in ein Geschirrtuch: »Ich laß den Riegel an der Hintertür offen, damit du wieder hereinkannst«, sagte sie, und gab Tim das Essen in die Hand. »Und hier«, fuhr die gute Frau fort, drehte ihnen den Rücken, hob den Rock hoch und zog die kleine braune Flasche aus ihrem Strumpf, »nimm das auch mit – vielleicht hilft's der armen Kleinen. Ich wünschte, ich könnte mehr für sie tun!«

Draußen war es etwas milder geworden, aber der Nebel war so dicht, daß er vom Schnee nicht zu unterscheiden war und alles sich zu einer grauweißen Wolke verband. Der Schnee begann zu schmelzen, und mit jedem Schritt versank Mary bis zu den Knöcheln im Matsch. Das eiskalte Wasser spritzte ihr über Strümpfe und Rock, so daß sie auf halbem Weg den Garnisonshügel hinauf schon bis zur Taille naß war.

Ihr war vor lauter Angst ganz übel, und es tat ihr bitter leid, daß sie nicht früher auf die Suche nach Tessa gegangen war. Hätte sie nur irgendwas getan – sich gewehrt, geschrien, gebrüllt, getreten, Tessa nachgelaufen – auch wenn es nichts genützt hätte, würde sie sich jetzt wohler fühlen. Wenigstens wären sie beisammen geblieben. Dafür würden die Armstrongs noch bezahlen. Und wenn sie sie umbrächten – den Armstrongs würde es noch leid tun, was sie Tessa angetan hatten. Den schmalen Pfad hinter Tim hinaufstolpernd, gelobte Mary sich, nie wieder irgend etwas schweigend zu erdulden.

Tim führte sie um die verfallene Außenmauer des Forts zur Rückseite, wo die verheirateten Soldaten lebten. Die an die Palisade angebauten Häuser waren halb im Schnee versunken.

Tim klopfte gegen die Tür des dritten Hauses, die sofort von einer jungen Frau mit einem Säugling im Arm geöffnet wurde. Wortlos führte sie sie hinein und deutete mit dem Kopf auf den Fußboden, wo Tessa vor einem schwachen Kaminfeuer auf einer Decke lag. Ihr Rücken war ganz offen und blutig, das Fleisch hing ihr in Fetzen herunter.

»Ich hab schon versucht, die Wunden zu säubern, aber die Arme hat so geschrien, daß ich aufhören mußte – vielleicht heilt es von selbst, denn wir können sonst gar nichts tun.« Die Frau klang müde, wurde aber etwas munterer, als Tim ihr das Paket mit Brot und Fleisch überreichte. »Wir konnten wirklich nicht viel für sie tun«, erklärte sie Mary, »Harry ist ja nur ein Gemeiner, er muß oben Wache schieben, und ich muß mich um das Kind kümmern. Gestern konnte ich der armen Dirn etwas Milch einflößen, aber heute brachte sie nichts runter. Glühendheiß ist sie, und stundenlang gestöhnt hat sie, bevor sie einschlief.«

Zwischen Tessa und dem Feuer lag ein riesiger Hund. Es gab im ganzen Zimmer keinen Stuhl, nur einen Tisch, eine Bank, und an der Wand ein Bett. Mary und Tim setzten sich neben das schlafende Mädchen auf den Boden, Mary beugte sich vor und betrachtete das Gesicht ihrer Schwester. Ihre Haut hatte einen bläulichen Schimmer, und sie atmete rasselnd. Die Frau ging mit dem Säugling zum Bett und legte sich hin. Nach einer Weile rückte Tim näher an den Hund und schlief dort ein, den Kopf auf das große Tier gebettet.

Mary hockte neben ihrer Schwester auf der Decke und blickte unverwandt in ihr Gesicht und auf den zerfetzten Rücken. Sie hatte im Armenhaus Menschen sterben sehen und wußte, was das Rasseln zu bedeuten hatte. Nach etwa einer Stunde meinte sie eine Veränderung in dem Klang zu hören, und beugte sich ganz nahe zu ihrer Schwester. »Tessa – ich bin's, Mary – kannst du mich hören? Tess, mir tut's ja so leid.«

Tessas Lider flatterten, sie schrie auf und sagte etwas, was Mary nicht verstand. Dann schlug sie die Augen auf und erkannte Mary: »Mary, ach Mary, er hat mir weh getan, er hat mir so weh getan ...«

»Warte, warte eine Minute.« Mary suchte den Raum ab, fand einen Löffel und kam damit zurück. Dann goß sie Mrs. Bowdens Rum darauf und hielt ihn ihrer Schwester an die Lippen, aber die dickliche Flüssigkeit rann an Tessas Wange herunter und in ihr Haar.

Tessa murmelte weiter, wie sehr er ihr weh getan hatte. Mary beugte sich weit vor, um jedes Wort zu verstehen, und langsam dämmerte ihr, daß ihre Schwester nicht von den Stockschlägen redete.

»Geh nicht in dieses Haus zurück, geh ihm nicht in die Nähe, Mary«, sagte Tessa immer wieder. Es dauerte lange, bis Mary wirklich mitbekam, was die Sterbende ihr sagen wollte, aber endlich hatte sie begriffen.

Mr. Armstrong hatte Tessa weh getan. An dem Abend, als er sie aus der Küche zerrte, hatte er sie in eine der leerstehenden Pulverhütten mitgenommen und dort, bevor er sie zum Fort hinauf ins Gefängnis brachte, vergewaltigt.

An die Auspeitschung schien sich Tessa nicht mehr zu erinnern. Was sie so verstörte, war die Vergewaltigung und daß sie Mary davon abhalten mußte, je wieder dort hinzugehen.

Weinend versprach es Mary. Nie wieder würde sie zu den Armstrongs gehen. Darauf beruhigte sich Tessa sofort und schien einzuschlafen. Mary saß bei ihr, eine Stunde, zwei Stunden – sie hatte keine Ahnung, wie lange – sie wußte später nur, daß irgendwann in der Nacht auf einmal kein Laut mehr von Tessa kam. Aber sie blieb immer noch neben ihr sitzen, erinnerte sich an alles, was Tessa für sie getan hatte, wie sie ihr Essen gebracht, sie vor Schlägen beschützt, für sie gesorgt hatte, als sie krank war – und was hatte sie selber je für Tessa getan?

Später merkte sie irgendwann, daß Tim neben ihr kniete, und dann zog er die Decke über Tessa. »Willst du ein Gebet aufsagen oder was?« flüsterte er. Mary schüttelte den Kopf, streckte die Hand aus und berührte Tessas Haar. Dann standen sie auf und gingen geräuschlos hinaus in die dichte weiße Winternacht.

»Was willst du tun?« Tims Rattengesicht starrte sie aus dem Nebel an.

»Weiß ich nicht.« Tessa war der einzige Mensch gewesen, dem sie je etwas bedeutet hatte. »Weiß ich nicht«, wiederholte sie. »Ohne Tessa wäre ich längst gestorben – jetzt bin ich mutterseelenallein auf der Welt.«

»Wenn's gar nicht anders geht, kannst du ja immer noch zurück zu den Armstrongs«, bemerkte er.

Darauf erzählte sie ihm von der Vergewaltigung. Als sie fertig war, klapperten ihr die Zähne. Es war jetzt viel kälter geworden, ihre Fußspuren von vorhin waren steinhart gefroren, und der Weg den Hügel hinunter war eine glänzende Rutschbahn.

»Ich hab Tessa versprochen, daß ich den Armstrongs nie wieder in die Nähe gehe. Was geschieht mit – mit ihrer Leiche?«

»Keine Ahnung – spielt doch keine Rolle, oder? Jetzt können sie ihr nichts mehr antun, die Schweinehunde.« Tims Stimme klang auch dann noch unbeteiligt, wenn er fluchte.

Mary nickte. Nein, jetzt konnten sie Tessa nichts mehr antun. Sie stellte sich die Armstrongs in ihren warmen Betten vor. Sie hatten Tessa umgebracht, und trotzdem lagen sie sicher und bequem in ihren Betten. Morgen würden sie in ihren Pelzmänteln in der Stadt herumspazieren, mit Mrs. Bowdens gutem Frühstück im Magen, ganz als hätte Tessa nie gelebt. Eine große rote Woge des Hasses erfaßte Mary.

»Mrs. Bowden hat uns gesagt, daß sie den Hintereingang offenläßt«, bemerkte sie.

Tim verstand sie sofort. Am Fuß des Hügels hieß er sie warten, während er in einem Schuppen verschwand. Nach einer Minute kehrte er zurück, in der Hand zwei dreckige und vor Kälte steife Jutesäcke. Das fahle Licht hatte sich nicht verändert, obwohl schon fast der Morgen graute, als sie in das reglose Haus schlichen.

Die große Küche war leer, das Feuer ausgegangen, die Schüssel, in der Mary bei Tims Ankunft Geschirr gespült hatte, noch unberührt, die Teller von gestocktem Fett bedeckt.

Tim warf ihr einen der beiden Säcke zu. »Da, Blackie!« zischte er und schob sie in Richtung Speisekammer. »Füll den mit Essen – ich seh mich derweil um!«

Aber sie folgte ihm, durch den Gang und in das kleine vordere Zimmer, und beobachtete, was er alles im Sack verschwinden ließ: eine kleine Vase, Mr. Armstrongs goldene Uhr, zwei Kerzenhalter. Grinsend wandte er sich an sie: »Geh zurück und pack das Futter ein, ich geh hinauf.«

Aufgeregt schüttelte sie den Kopf, überzeugt, daß jeden Moment Mr. Armstrong oben auf der Treppe erscheinen würde. Aber Tim beachtete sie nicht, sondern schlich die Treppe hinauf, lautlos wie ein Schatten, und Mary ging zurück zur Speisekammer und schob alles in den Sack, was ihr in die Hände fiel: Butter, Brot, Käse, Fisch, Wurst.

Aber nicht zum Stehlen war sie hergekommen! Zerstören wollte sie, allerdings lautlos zerstören, und was eignete sich dafür? Suchend blickte sie sich um und entdeckte Mr. Armstrongs Weinvorrat, den er unter dem Butterkühler aufbewahrte. Den Korkenzieher einsetzend, wie die Köchin es ihr gezeigt hatte, zog sie den Korken aus drei Flaschen Rotwein, ging damit ins Speisezimmer und goß den Wein über Mrs. Armstrongs Petit-Point-Polsterlehnen. Diese Tat verschaffte ihr soviel Befriedigung, daß sie beschloß, noch weitere Weinflaschen mit hinaufzunehmen und den Inhalt oben auszuschütten – über Mr. Armstrongs Jacken, über Mrs. Armstrongs Kleidern, vielleicht über Mr. Armstrong selber.

»Nein, ich werde ihn nicht mit Wein anschütten – ich werde ihm die Flasche auf dem Kopf zerschlagen – und dann schneide ich seine Dinger ab!«

Sie stürzte in die Speisekammer zurück und wollte gerade eine weitere Flasche unter dem Butterkühler hervorholen, als sie eine Hand auf der Schulter spürte.

Die Flasche fiel krachend auf den Steinboden und zerschellte, und Mary fuhr herum und starrte Tim ins Gesicht, der, noch immer grinsend, einen wohlgefüllten Sack über der Schulter trug. Er ließ sich gerade so viel Zeit, um die beiden noch nicht geöffneten Flaschen in ihren Sack zu stecken, oben drauf aufs Essen, dann packte er sie am Handgelenk und zog sie hinter sich durch die Küchentür.

Mary wollte noch nicht fort. Sie fühlte sich von einer Woge des Triumphs getragen. Ihr einziger Gedanke war jetzt, Mr. Armstrong umzubringen. Das wollte sie mehr als alles andere auf der Welt, das ersehnte sie mit einer Inbrunst, die sie nie auch nur für möglich gehalten hätte! Mit ihrer ganzen Kraft versuchte sie sich von Tim zu befreien, aber Tim hielt sie fest und zog sie auf die Gasse, um die Ecke, hinter eine Taverne, durch eine Reihe von Hinterhöfen und kleinen Gassen, bis sie auf einer der Molen standen, die in den Hafen hinausragten.

»Na, was sagst du dazu? Ziemlich gut, was? Niemand anderer in ganz St. John's hätte dich so schnell hierhergebracht!« Tim deutete auf den kaum sichtbaren Umriß der Lagerhäuser, den nebelverhangenen Hafen und die ins Nichts führende Mole, als wär's ein Zauberreich, das er aus einer Flasche heraufbeschworen hatte.

Aber Mary war nicht dankbar gestimmt. Sie ließ den Sack fallen und rieb sich das Handgelenk. »Fast hast du mir den Arm ausgerenkt, du blöder Arsch!« Sie schaute sich um. »Und was nützt uns das? Der Hafen ist der erste Ort, wo sie uns suchen!«

»Das werden sie nicht!« Er bedeutete ihr, ihm zu folgen, kletterte an einer Seite der Mole hinunter und verschwand. Unterhalb der Mole bewegten sie sich wieder fort vom Wasser, wichen muschelüberwachsenen Stützpfeilern aus, kletterten über glitschige, nach Abfall stinkende Steine immer tiefer in die Finsternis. Es war so dunkel, daß Mary gegen einen steinernen Stützpfeiler prallte und, obwohl es nicht wirklich weh tat, zu schluchzen anfing.

»Halt's Maul, um Christi willen – in einer Minute sind wir drin«, zischte Tim.

Sie hörte, wie er irgend etwas beiseite schob, und dann mußten sie auf Händen und Knien durch eine niedrige Tür kriechen. Sobald sie drin waren, zündete Tim eine Kerze an und sagte mit demselben Stolz wie vorhin auf der Mole: »Schau – das gehört mir ganz allein – na, ist das nicht gemütlich?«

Der Raum war nicht größer als ein kleiner Hühnerstall. Den meisten Platz nahm ein tiefes Brett an der einen Wand ein, wo Tim offenbar nicht nur schlief, sondern auch seine Schätze aufbewahrte.

»Auf dem Fußboden wird's manchmal naß, aber hier oben bleibt es immer trocken.« Er warf beide Säcke auf das Brett, kletterte dann selbst hinauf, ließ die Beine herunterbaumeln und grinste ihr ins Gesicht.

Er erklärte, sie befänden sich hier genau unter dem Lagerhaus und der Küche des Handelshauses von Caleb Gosse. »Ich mache manchmal Botengänge für ihn – oder springe für den alten Kracher ein, der in der Nacht Wache hält. Aber keiner von ihnen kennt dieses Plätzchen hier.«

Irgendwann einmal in der Vergangenheit, erklärte er, hatten sie wahrscheinlich den Boden von Gosses Lagerhalle angehoben und danach diesen Raum hier, der wohl einmal ein Hintereingang war, vergessen. Mary ließ es sich nicht anmerken – sie knurrte, sie würden beide absaufen wie Ratten, wenn eine Flutwelle einmal das Meer an ihre Schwelle brachte –, aber sie war beeindruckt von dem warmen sicheren Platz, den Tim gefunden hatte. Viel zu müde, um sich den Kopf über die Zukunft zu zerbrechen, rollte sie sich in eine der Steppdecken ein und weinte sich in den Schlaf.

In den ersten Tagen, die sie beide in dem geheimen Raum verbrachten, gingen Mary und Tim etwas verlegen miteinander um, aber sobald die erste Peinlichkeit vorbei war, kamen sie gut zurecht. Sie schliefen, wann sie wollten, wuschen sich nie, rollten in den Steppdecken herum und entdeckten die Freuden des Sex, und aßen besser als die halbe Bevölkerung der gottverlassenen Stadt.

Zwei Winter und den Sommer dazwischen lebte Mary mit Tim in der winzigen Höhle, ging nur in der Nacht fort, um ihm beim Stehlen zu helfen, »mitgehen lassen« nannte er es, seine Opfer waren Seeleute in den etwa fünfzig Spelunken rund um den Hafen. Tim nannte Mary immer nur Blackie. Er schnipselte ihr das dichte Haar weg, gab ihr Männerhosen und eine übergroße Jacke zum Anziehen, die er einem Portugiesen abgenommen hatte, und wies sie an, die Stumme zu spielen, wenn sie auf andere jugendliche Beutelschneider stießen, die hier am Hafen arbeiteten.

Sie versuchte, nicht an Tessa zu denken – und was mit ihr geschehen war. Aber an die Armstrongs dachte sie oft und wünschte ihnen inbrünstig den Tod. Tim erfuhr, daß sie einen Haftbefehl für Mary Sprig hatten ausstellen lassen. Monatelang wurde jedes Schiff, das aus dem Hafen auslief, nach der entflohenen Dienstmagd durchsucht, die das Haus ihrer Herrschaft geplündert und sich mit einer goldenen Uhr, zwei Kerzenleuchtern und, wie es hieß, »einer beträchtlichen Summe Geldes« aus dem Staub gemacht hatte.

Voll boshaften Vergnügens erzählte ihr Tim Geschichten vom angeblichen Auftauchen dieser Mary Sprig, die für die Armen dieser Stadt inzwischen zur Heldin geworden war. Jemand hatte sie zu Pferd über die Landstraße reiten sehen und gehört, wie sie die Armstrongs für die Auspeitschung ihrer Schwester verwünschte. Andere sagten, sie sei in die Wälder gegangen und lebe jetzt unter den Rothäuten. Jedes etwas einfallsreichere Vergehen schob man Mary Sprig in die Schuhe, aber was ihr und Tim am besten gefiel, war das Gerücht, sie sei die Frau von Mike Morey, einem Piraten, der seit drei Sommern die Küsten Neufundlands unsicher machte. Und jetzt seien sie nach den Bermudas abgesegelt und lebten dort reich wie Fürsten von ihrer Beute.

Tim kannte sich in St. John's aus wie in seiner Westentasche – kannte jede Fischhürde, jeden Kuhstall, jede Bucht und jede Hintergasse, jede Spelunke und jede heimliche Spielhölle. Er kannte jedes Schiff, das in den Hafen einlief, jeden Nachtwächter im ganzen Hafenviertel, und achtete darauf, daß jeder Dieb und Bettler und Trunkenbold, der unter den Molen schlief, ihm zu Dank verpflichtet war.

»Die Tröpfe in Christchurch hatten schon recht – handeln muß man lernen«, machte er Mary klar. Seine alten Kumpane wären stolz auf ihn gewesen, er konnte zwar nicht lesen, zählen hatte er aber schnell gelernt, und geschäftlich war er auch dem größten ortsansässigen Halsabschneider längst gewachsen.

»Wenn ich ehrlich bin, mir hat es unglaublich gut gefallen – wenn du je die Chance bekommst, ein Junge zu sein, dann pack sie – das ist viel lustiger!« sagt Mary zu ihrer Urenkelin.

Sie wäre auf immer bei Tim geblieben, als Junge verkleidet, nachts die nebligen Gassen unsicher machend, tagsüber essend, schlafend und sich mit Sex vergnügend. Doch eines Tages bemerkte sie, daß sie die Hosen nicht mehr zuknöpfen konnte, worauf Tim ihr die Schuppen von den Augen riß: »Na, da hast du dich ja stopfen lassen!«

Trotz seines Wissens um alles Sexuelle war Tim über diese Folge ihres sorglosen Herumbalgens von den Socken. »Herr im Himmel!« sagte er und verschwand.

Da er schon öfter einen Tag oder mehr weggeblieben war, kam Mary erst am vierten Tag auf die Idee, er könnte auf Nimmerwiedersehen davon sein. Das würde ihm ähnlich sehen, dachte sie, sich als blinder Passagier auf einem ausländischen Schiff zu verkriechen und sie unter den Fußbodenbrettern von Caleb Gosses Lagerhaus verschimmeln zu lassen.

Sie wühlte in den schmutzigen Decken und suchte tastend nach jenem Bündel, in dem Tim das, was er sein »Höllenfahrts-Geld« nannte, versteckt hatte. Als sie es gefunden hatte, knotete sie den zerrissenen Stoff auf und zog die Goldstücke eines nach dem anderen heraus. Acht waren es im ganzen, zwei große und sechs kleinere, Mary wußte von keinem, wieviel es wert war. Aber das Geld gab ihr die Versicherung, daß Tim zurückkam. Sie teilte die Münzen in zwei Stapel, mit je einem großen Goldstück zuunterst, knüpfte vier Goldstücke wieder in das Bündel und wickelte einen kleinen Stoffetzen um die andere Hälfte. Dann steckte sie ihre Hälfte mit Nadeln in einer Tasche ihrer alten Jacke fest, zusammen mit Tessas dunkelroter Brosche und den beiden Steckkämmen, die sie mit ihrer kurzen Jungenfrisur nicht mehr tragen konnte. Nachdem das erledigt war, hockte Mary sich hin, um auf Tim zu warten und über ihre Zukunft nachzudenken.

Er kam herein, ließ Münzen in seiner Tasche klingeln und berichtete von einer Gruppe Matrosen, die er zum Kartenspielen in Doyle's Taverne geschleppt hatte. Zum Dank für seine Schlepperdienste gab Rube Doyle ihm Sixpence und eine kalte Fleischpastete. Tim war gut aufgelegt. Während sie sich über die Pastete hermachten, erzählte er, er habe sie bis zur Geburt des Kindes bei einer der Matrosenfrauen untergebracht, die mit ihren fünf Kindern den Winter in einer Hütte unten in Logie's Bay verbringen würde.

»Ich denk doch nicht dran, mich den Winter in einem Notquartier abzufrieren, mit fünf schreienden Fratzen und 'ner alten Schlampe, mit der du's wahrscheinlich auch schon getrieben hast!«

»Ach was, du wirst sehen, das gefällt dir, Kate hat ein Herz aus Gold, und da unten ist es wirklich schön – nette kleine Bauernhäuser mit Hühnern und Schafen.«

»Hühner und Schafe hab ich so viel gesehen, daß es mir für's Leben langt – ich kann so eine Ödnis nicht aushalten, wo's keine Menschen und keine Straßen gibt und nicht mal was, wo man sich verstecken kann«, schnappte Mary.

Dann erklärte sie Tim ihren eigenen Plan: »Wenn ich nur irgendwie in eine große Stadt bei uns daheim komme, dann sorg ich schon für mich selber – kann ja Sachen mitgehen lassen, so wie du.«

»Aber geh, Mädchen, ein Weib kommt doch nicht allein zurecht, dich fängt und hängt man gleich am ersten Tag – oder du endest als Hure, voller Pockennarben wie Nutty Nelly unten in Bates' Cave – wär das ein schönes Leben, hm?«

»Schöner als für Leute wie die Armstrongs arbeiten und dann so enden wie die arme Tessa«, sagte sie bitter.

Und so stritten sie wochenlang weiter, und die Tage wurden immer kürzer und Marys Taille immer umfangreicher. Zwar ging sie immer noch, eingemummt in eine dicke Schicht aus Lumpen, jede Nacht hinaus, aber bald fiel es ihr schon schwer, unter der Mole wieder in ihr Versteck zu kriechen.

An diesem Punkt in ihrer Geschichte hält Mary inne und betrachtet den wachsenden Bauch ihrer Urenkelin: »Ich wollte mit Tim handeln, wie ich's von ihm gelernt hatte, aber offengestanden war ich vor Angst schon halb von Sinnen. Tim wollte mich loswerden, und ich wußte nicht, was aus mir werden sollte.

Und dann eines Nachts – es war Winter, und wir saßen alle rund um eine Teertonne mit einem Feuer drin – war meine Stunde da. Den Auflauf kannst du dir nicht vorstellen! Ich schrei und halte mir den Bauch, und diese Raufbolde johlen und plärren. Die dachten, ich hätte mich vergiftet mit der Flasche, die im Kreis rumging – und Tim bemühte sich wie irr, mich wegzukriegen, bevor ich dort das Kind bekam, hinter Murrays Speicher!«

Es gelang Tim, Mary die Straße hochzuziehen und an den ersten Ort, der ihm einfiel, ein kleines Zimmer über einer der Spelunken, wo Fan Larkin und ihre Schwester Lol für die Unterhaltung der Schiffsoffiziere sorgten. Er hatte ihnen oft Männer gebracht, daher standen sie seiner Meinung nach in seiner Schuld. Mit einer gemurmelten kurzen Erklärung deponierte er Mary am Gang vor der Wohnung der beiden und wollte die Treppe hinuntersausen.

»Umsonst nehmen wir sie aber nicht hier auf«, rief Fan ihm nach und fing schon an, Mary aus ihrer Vermummung herauszuschälen.

Ohne einen weiteren Blick zurück rief Tim über die Schulter: »Die hat schon ihr eigenes Geld, wenn du sie bis auf die Haut schälst, findest du's!« Und mit diesen Worten – dem einzigen Hinweis darauf, daß er das Verschwinden der Goldstücke aus seinem Versteck sehr wohl bemerkt hatte – rannte er die Treppe hinunter und verschwand.

Das Kind kam noch in dieser Nacht zur Welt, ein winziges Mädchen, und so dunkelhäutig und -haarig, daß Lol Mary fragte, ob sie's mit einem Schwarzen getrieben hätte. Mary nannte das Kind Fanny, nach ihrer Wohltäterin, und blieb über zwei Monate lang in dem Zimmer über der Taverne. Trotz ihrer geschäftsmäßigen Einstellung waren die beiden Schwestern recht gut zu ihr, aber es war klar, daß die Anwesenheit von Mary und dem Baby sie in ihrer Bewegungsfreiheit stark hemmte.

Im März teilte Fanny ihr mit, daß Lol und sie die Absicht hätten, ihre Arbeit aufzugeben und feine Damen zu werden: »Ich heirate einen Herrn, und Lol zieht zu uns. Wir haben uns ja doch einiges beiseite gelegt, und damit wollen wir an der neuen Straße zu Topp's Hill hinauf einen Tearoom aufmachen.« Und sie schlug Mary vor, ob sie nicht die Wohnung und zugleich auch ihr Gewerbe übernehmen wollte.

Mary überlegte sich das. »Aber weißt du, ich war immer häßlich wie ein alter Schuh, nicht hübsch wie die beiden«, sagt sie, und als sie in Rachels schockiertes Gesicht blickt, fährt sie fort: »Ja, lügen kann ich nun einmal nicht, ich hab überlegt, ob ich nicht eine Hure werden soll. Tim würde schon fürs Geschäft sorgen, das wußte ich. Andererseits hatte ich jetzt aber zugesehen und wußte, ich könnt's nicht ertragen, mein Geld auf dem Rücken liegend zu verdienen – das war ja fast so schlimm wie Nachttöpfe ausputzen. Und außerdem, erklärte ich Fanny, war das doch für uns arme Leute das einzige Vergnügen, das wir haben, und ich wollte kein Geschäft draus machen.«

Mary lehnte das Angebot also ab, gab den Schwestern aber das größte von ihren Goldstücken und nähte die übrigen drei wieder in das Mieder des abgetragenen Kleides, das Lol nicht mehr wollte. Dann wickelte sie Fanny in eine alte Decke und machte sich auf die Suche nach Tim Toop.

Draußen fühlte sie sich unsicher und verletzlich. Es war schon so lang her, seit sie sich in Frauenkleidern hinausgewagt hatte. Sie hatte gerüchteweise gehört, daß die Armstrongs in ein größeres Haus gezogen waren und sich gut mit dem Gouverneur und seiner Frau standen – und Mary fragte sich, ob man wohl immer noch nach ihr suchte. Zur Vorsicht verbarg sie auch ihr eigenes Gesicht unter der Babydecke.

Sie lief so schnell sie konnte durch die von Abfällen und Schneematsch bedeckten Straßen in Richtung Hafen, von panischer Furcht erfüllt, es möchte ihr plötzlich jemand die Hand auf die Schulter legen und sie ins Kittchen bringen. In seinen üblichen Schlupfwinkeln war Tim nicht zu finden. Immer heftiger von der

Angst gejagt, daß einer von den Soldaten oder den Händlern aus ihrer Zeit bei den Armstrongs sie erkennen könnte, kroch sie schließlich unter der Mole in das Versteck unter Gosses Lagerhaus.

Tim lebte noch hier drin, das war klar zu sehen. Steppdecken und Kleider lagen in einem großen verschmutzten Haufen auf dem Brett an der Wand, neben Diebesbeute, einer Rumflasche mit kaltem Tee und einer Dose Schiffszwieback. Sie tastete sich herum und fand schließlich Tims Geld in einen Zipfel der grauen Wolldecke geknüpft – und das bedeutete ja wohl, daß er zurückkam. Sie ließ das Geld, wo es war, legte das Kind nieder und breitete neben dem Säugling ihre Sachen aus. Den Feuerstein ihrer Mutter aus der Hütte in Shepton hatte sie immer noch, außerdem die schönen Steckkämme und Tessas dunkelrote Brosche, die Kleider, die sie anhatte, die drei in ihr Kleid eingenähten Goldmünzen – und das Baby.

Was sollte sie tun? Mary dachte wieder, wie vor einigen Monaten, über ihre Zukunft nach und erkannte, daß Stehlen das einzige war, was sie gelernt hatte. Aber mit dem Baby war das nicht so einfach. Mary schlug die Decke zurück, betrachtete das kleine dunkle Gesicht und fragte sich, ob sie vielleicht mehr Zuneigung für das Kind spüren würde, wenn es hübsch wäre wie Tessa und nicht häßlich wie ein kleiner Affe.

»Und was hat es denn für einen Sinn, sich zu überlegen, wie es wär, wenn alles anders wär. Es ist aber so, wie es ist, sonst wär der Bettelmann Kaiser«, und damit knöpfte sie ihr Kleid auf und legte sich gerade den winzigen Mund an die Brust, als Tims Kopf im Eingang auftauchte.

»Herr im Himmel!« Er machte ein so bestürztes Gesicht, daß Mary laut auflachte. Bevor er ein Wort sagen konnte, erklärte sie ihm ihren Plan, ab jetzt wieder mit ihm zusammenzuarbeiten.

»Du hast den letzten Rest Verstand verloren, Mensch! Was denkst du dir denn? Was ist denn – damit?« und er deutete auf das saugende Kind. »Außerdem wird man dich erkennen und ins Kittchen stecken.«

»Wir werden doch in der Nacht arbeiten, genau wie früher. Sie stört uns nicht, sie schreit nie – wir können sie auch hier in den Decken liegenlassen!«

Tim schüttelte weiter den Kopf, aber Mary ließ nicht locker. »Schau doch – mitnehmen kann ich sie ja nirgends, ganz egal, wo ich arbeite. Es stellt doch niemand eine Dienstmagd ein, die ihr Kind immer auf dem Rücken trägt! Früher war ich dir eine große Hilfe – wir waren ein gutes Team, und ich sehe nicht ein, warum wir das nicht wieder sein sollen.«

Aber Tim wollte nichts davon hören, und als sie weiter darauf bestand, erklärte er ganz rücksichtslos, er sei nicht für sie verantwortlich. »Für eine Nacht hab ich dich zu mir genommen, und zwei Jahre später hab ich dich immer noch am Hals – mir reicht's! Nur weil du mir leid tatest, hab ich dich so lang bei mir bleiben lassen, aber jetzt will ich weiterkommen – ich will nicht ewig nur Matrosen beklauen – ich muß an meine Zukunft denken!«

Nichts rührte ihn, weder ihr Bitten noch ihr zorniger Vorwurf: »Dein Schwanz war's, der das Kind gemacht hat!«

Tim hatte sich verändert – er war nicht nur körperlich gewachsen, er hatte auch seinen Humor verloren, war in den Monaten, seit sie fort war, hart geworden. »Ich bleibe nicht ewig hier in diesem Rattenloch!« sagte er und sah sich voll Abscheu um in dem Raum, auf den er einst so stolz gewesen war.

Mary erkannte, daß es sinnlos war, aber sie gab noch nicht auf: »Das sagst du bloß so, Tim Toop! Du willst mich nur loswerden. Was kannst du denn schon mehr als ich, um damit was zu verdienen? Du kannst auch nur stehlen, genau wie ich!«

»Das denkst du – aber ich kann viel mehr – viel, viel mehr. Und ich kenne ein paar wichtige Leute hier. Ich kenne da einen alten Laden oben am Hafen, leer, seit ich hier bin, den könnte ich übernehmen und sehen, wie's Geschäft läuft. Vielleicht fang ich mit beschädigter Schiffsfracht an, und mit gebrauchtem Zeug.«

»Gestohlenem Zeug, willst du sagen«, zischte Mary.

Tim zuckte nicht mit der Wimper. »Red keinen Unsinn, Weib – hier ist kein Platz für dich – du kannst nicht wo leben, wo du dich bei Tageslicht nicht raustrauen kannst. Wenn ich dir eine Überfahrt organisiere, machst du's?«

Sie nickte – besiegt.

Er ging fort, kam schon nach einer Stunde zurück und verkündete, er habe eine Stelle als Köchin für sie gefunden, auf einem von Caleb Gosses Schiffen auf der Fahrt hinauf nach Labrador.

»Labrador! Aber ich wollte doch nach England!«

»Und wer, glaubst du, wird's bezahlen?«

»Aber ich kann doch gar nicht kochen, und schon gar nicht will ich den Sommer auf einem stinkenden alten Schiff verbringen – ich werde seekrank – du weißt, wie seekrank ich werde«, jammerte Mary.

Tim versicherte ihr, die *Tern* sei so groß, daß sie gar nicht seekrank werden könne: »Außerdem hab ich sagen hören, da oben vor Labrador ist das Meer nicht stürmisch, sondern glatt wie Seide. Und du hast Kost und Quartier den ganzen Sommer lang und kommst rechtzeitig zurück für die Überfahrt nach England – und mit genug Geld in der Tasche für einen neuen Anfang.«

Mit Kapitän Brennan, dem Herrn der *Tern*, war alles abgesprochen: »Hab ihm gesagt, ich kenne dich nur kurz – du heißt Mary Irgendwas, bist grad von England gekommen und suchst Sommerarbeit nach Labrador hinauf. Er wollte nur wissen, ob du Erdäpfel kochen kannst – war froh, so schnell eine Köchin zu finden.« Tim sah sehr selbstzufrieden drein. Jetzt mußte sie nur noch das Kind an Bord schmuggeln, sagte er. Wenn sie einmal die Meerenge passiert hatten, könnten sie nichts mehr gegen das Baby unternehmen und sie konnte sich einen neuen Familiennamen einfallen lassen und brauchte sich vor niemandem mehr zu fürchten, der Ausschau hielt nach Mary Sprig.

Mary studierte Tims Gesicht. »Wieso? Wird denn immer noch nach mir gefahndet?«

»Gefahndet nicht gerade, aber vergessen bist du nicht – im letzten Winter hat man überall gemunkelt, Mary Sprig wär eine Hexe. Es hieß, man hätte sie gesehen, wie sie bei den Armstrongs in ihrem neuen Haus in die Fenster starrte – und dann soll sie Mrs. Armstrong verhext haben.«

»Ewig schade, daß es nicht wahr ist!«

»Angeblich ist die aber verhext – jedenfalls ist sie todkrank, und wenn sie dich schnappen, geht's dir schlecht, wo alle dich für eine Hexe halten.« Tim hockte sich auf die Fersen und las ihrem Gesicht ab, daß er gewonnen hatte.

»Ich geh nicht nach Labrador, außer du gibst mir was, wenn ich zurückkomme – irgendwas, womit ich in England anfangen kann – was ist übrigens aus den Kerzenleuchtern geworden, die du den Armstrongs abgenommen hast?«

Die Kerzenleuchter waren längst dahin, einem Schuster überlassen im Tausch gegen ein Paar ordentliche Stiefel, erklärte er. »Ich schulde dir gar nichts, Mary Sprig – am Tag, wo Tessa starb, hab ich dich doch gerettet – du stehst in meiner Schuld, nicht umgekehrt!«

Eine Stunde lang stritten sie hin und her, und Mary bestand darauf, sie würde sich nicht vom Fleck rühren, solang er ihr nicht irgendwas versprach, womit sie sich in irgendeiner englischen Stadt als ehrbare Witwe einrichten konnte.

»Von mir aus! Ich finde was für dich – was Gutes, bis du wieder hier bist!« gab er schließlich nach.

Aber auch damit gab sie sich nicht zufrieden. Aus Angst, das Schiff würde ohne sie absegeln, zog er schließlich einen kleinen Lederbeutel heraus, den er an einer Schnur um den Hals trug, und zeigte ihr die Uhr darin. Anfassen ließ er sie sie nicht, sondern drehte sie nur in seiner eigenen Hand hin und her und zeigte auf einen Blätterkranz mit gekreuzten Schwertern: »Da, schau her, so was nennen sie ein Wappen, und die Buchstaben links und rechts stehen für den Namen des alten Armstrong. Das ist alles, was ich von dem Zeug aus ihrem Haus noch habe, aber die Uhr konnte ich nicht loswerden, zumindest nicht hier in dieser Stadt – die Leute wären ja draufgekommen, woher ich sie hab, verstehst du? Ich sag dir was – diese Uhr da kannst du im Herbst dann haben.«

Mary wollte sich drauf stürzen, aber er war schneller als sie. »Nichts da! Du kriegst sie, wenn du wiederkommst, nicht früher!«

Nachdem klar war, daß er gewonnen hatte, fand er sogar seinen Humor wieder: »Ich seh dich schon vor mir, Blackie! Eine angesehene Wittfrau, wie Mrs. Brockwell ungefähr, als Vorsteherin des Armenhauses!«

Sie warf ihm einen langen harten Blick zu. »Den Gestank des Armenhauses bin ich losgeworden, dahin geh ich nicht zurück – aber du siehst mich bald wieder, also denk daran! Paß gut auf meine Uhr auf, sonst –« Sie suchte nach einer Drohung, die ihn schrecken könnte: »– sonst verhex ich dich, wie ich Mrs. Armstrong verhext hab!« Zu ihrer Genugtuung sah Mary in Tims Augen ganz kurz so etwas wie Angst aufblitzen.

Nachdem sie aus dem Gefühl von Macht, das diese Drohung ihr verschaffte, noch eine winzige Spur Trost gewonnen hatte, packte sie ihre Habseligkeiten zusammen und folgte Tim hinunter zur *Tern*, wo er sie dem Maat weiterreichte, schnell noch etwas in ihre Tasche steckte, sich umdrehte und auf die Mole sprang.

»Ein wahrhaft schlimmes Gefühl, wenn man so mitten unter lauter Fremden landet – mutterseelenallein – und weit und breit kein bekanntes Gesicht. Das hatte mir der Gauner angetan. Mich an Bord der *Tern* verfrachtet wie ein Stück Holz oder einen Hund. Er wußte ja, daß ich das Meer haßte wie die Pest. Das Meer hat keine Vernunft, man kann ihm nicht ausweichen, nirgends sich davor verstecken.«

Mary könnte noch hinzufügen, tut es aber nicht, nicht einmal vor Rachel, daß sie furchtbare Angst vor dem Meer hatte, kein Vertrauen zu den Schiffen – recht und schlecht zusammengenagelte faulende Dinger waren doch die meisten –, genausowenig zu den Matrosen, die über Deck rutschten und an Webleinen emporkletterten – unreife Jungen, die vorgaben, sie wüßten, was sie taten.

Von Angst gebeutelt, folgte Mary dem Maat der *Tern*, einem Mann namens Sam Ryan, über das Deck und eine steile Leiter hinunter in die Kombüse. Dabei hielt sie ihr Kinn hoch und biß sich auf die Unterlippe, um sie am Zittern zu hindern.

»Viel Platz haben wir nicht an Bord, die Mahlzeiten mußt du uns an Deck heraufbringen – die Männer essen eben, wo sie können. Sonst schläft der Koch immer bei der Mannschaft, aber« – und der Maat blickte sich zweifelnd in dem Raum zwischen Kästen und Fässern um, der nichts anderes war als ein schmaler Gang von der Leiter zur eisernen Kohlenpfanne – »aber du wirst dich hier unten irgendwo dazwischen einrichten müssen.«

Sichtlich erleichtert über das Schweigen der jungen Frau, lächelte Sam Ryan und klopfte gegen einen der Kästen. »Alles, was du brauchst, ist hier in Reichweite. Matt Escott ist für die Lagerhaltung zuständig – er hat die Schlüssel zu den Vorräten. Ich schick ihn dir runter, dann kannst du gleich mit dem Abendessen anfangen.« Dann murmelte er noch etwas von bereit zum Ablegen, kletterte die Leiter hoch und verschwand.

Mary war vor Erleichterung ganz schwach, der Mann hatte sie kaum angesehen und vor allem überhaupt nicht bemerkt, daß das Bündel auf ihrem Rücken ein Kind enthielt. »Wenn der Kerl mit den Schlüsseln nicht auftaucht – mich sehen die jedenfalls nicht an Deck, solang wir nicht auf See sind«, beschloß sie, während sie das Bündel aufmachte, Fanny und ihre paar Sachen an der Wand oben auf dem größten Kasten verstaute und sich zurücklehnte, um ihre Umgebung zu betrachten.

Ein finsteres Loch, nach Rauch und altem Fett stinkend, und darunter spürte Mary diesen fauligen Modergeruch, in dem sie Ratten witterte – aber es war warm und trocken, und sie mußte es mit niemandem teilen. Sie betastete die harte runde Orange, die Tim in ihre Tasche hatte fallen lassen, und schöpfte daraus Trost. Die Orange roch würzig und sauber – wenn sie sie an die Nase hielt, dann wurde sie vielleicht nicht seekrank. »Wenn ich nur mit meinem Magen fertigwerde«, dachte sie, »dann kann's sein, daß wir die Sache überstehen.«

Doch als sie Escott erblickte, wußte Mary sofort, daß die *Tern* für sie kein Ort der Zuflucht war.

»Ja, was haben wir denn da? Das ist ja ganz was Nettes – ein kleiner Leckerbissen für die Männer auf dieser Fahrt«, und der Matrose lehnte sich zurück gegen die Leiter, hielt ihr einen Schlüsselring vor die Nase, schwang die Schlüssel hin und zurück, lächelte und wartete, daß sie in seine Reichweite kam. Die andere Hand, an der zwei Finger fehlten, hing locker an der Seite, bereit zum Zupacken.

Er war groß, aber zaundürr, Mary fragte sich, ob sie mit ihm nicht vielleicht doch fertig würde. Am Kohleofen lehnte eine Eisenzange, ein langes Gerät mit scharfen Kanten. Ohne den Blick von Matt Escott zu wenden, bückte sie sich und nahm die Zange auf – eine gute Waffe, wenn sie nur ordentlich ausholen konnte.

»Ach, so eine bist du!« Sein Grinsen verschwand blitzartig, er stürzte sich auf sie und schlug ihr den Schlüsselbund hart aufs Handgelenk; Schmerz schoß ihr durch den Arm, und sie ließ die Zange fallen.

»Bild dir nicht ein, ich weiß nicht, wer du bist – ich hab doch Tim Toop rumschleichen sehen und den Skipper fragen, ob er dich nicht nimmt. Bist wohl seine kleine Hur – und hilfst ihm Matrosen ausnehmen, keine Frage!« Er riß Mary an den Haaren und drückte sie gegen die hölzerne Kante eines Vorratskastens, drang auf sie ein, und sie wehrte sich, lautlos kratzend und tretend. Aber er war stark, schon hatte er ein Knie zwischen ihren Beinen, und sein stinkender Atem schlug ihr ins Gesicht. Er zerrte an ihrem Ausschnitt, sie hörte, wie der Stoff riß und kleine Knöpfe auf den Boden hüpften. Mary biß ihn in den nackten Arm.

Oben trat ein Stiefel gegen die Falltür. »Bist du da unten, Escott? Der Alte sucht dich.«

»Komm schon«, rief er hinauf, riß sie noch einmal an den Haaren und zischte »Fotze!«

Mary preßte sich eine Hand vor den Mund, um das Schluchzen zu unterdrücken, und drückte sich in eine Ecke. Das Handgelenk schmerzte sie entsetzlich, und ihre Kopfhaut blutete dort, wo er ihr ein Büschel Haare ausgerissen hatte. Aber plötzlich war sie weniger verängstigt als vielmehr wütend.

»Du gottverdammtes Arschloch!« zischte sie. »Wenn du noch ein einziges Mal hier runterkommst, bring ich dich um – egal wie, ich bring dich um!«

Matt Escott hob den Schlüsselring vom Boden auf. »Glaub nicht, ich fürchte mich vor einer kleinen Hure, die's mit halb St. John's getrieben hat!«

Mary dachte schon, er würde sie noch einmal mit dem Schlüsselring schlagen, aber in dem Moment schwang sich Sam Ryan die Leiter herunter. »Los, gib schon die Schlüssel her und hopp an Deck, Escott – das Bauholz ist noch nicht gezählt und festgezurrt!«, und der Maat sah zu, wie Mary die Schlüssel übernahm und Matt Escott die Leiter hochkletterte.

»An der Luke gibt's einen festen starken Riegel, wenn du ihn brauchst«, bemerkte der Maat wohlwollend und erklärte ihr dann, wie sie die Kochtöpfe am geschicktesten an Deck befördern könnte.

»Solang wir regelmäßig was zu essen kriegen, sind wir nicht heikel – schlag nur an den Topfrand, dann kommen schon alle mit ihren Tellern gelaufen. Wenn Sturm aufkommt, dann lösch am besten das Feuer, und wir geben uns mit hartem Zwieback und kaltem Tee zufrieden.«

Mary hörte ihn wortlos an und suchte in seinem Gesicht nach einem Hinweis darauf, wieviel er gehört hatte.

»Kapitän Brennan ist ein anständiger Mensch, komm ruhig zu ihm oder zu mir, wenn du Ärger hast«, sagte er noch, bevor er wieder an Deck ging.

Als die Luke zufiel, fühlte sich Mary plötzlich vollkommen mutlos, ließ sich zu Boden sinken und lehnte sich an die Kartoffelkiste. Das Baby greinte, hatte wohl schon längere Zeit gegreint. Mary beachtete es nicht, sondern betupfte sich die blutende Kopfhaut, starrte schluchzend auf die sechs kleinen Löcher in ihrem Kleid und fragte sich, wie sie das knopflose Ding jetzt vorn zusammenhalten konnte. »In Tims alten Hosen hätt ich mich besser wehren können«, sagte sie und bereute zutiefst, daß sie sich von Tim so leicht hatte abwimmeln lassen.

Sie blieb auf dem Boden liegen, bis ein Krachen und Knirschen durch die Planken hindurch ihr verkündete, daß sie ablegten. Dann wischte sie sich das Gesicht am Rocksaum ab, nahm das Baby auf und legte es an die Brust. Es schien Mary, als wäre es schon Tage her, seit sie Fans und Lols Wohnung verlassen hatte. Sie war erschöpft, und vom Saugen des Babys und dem Schaukeln des Schiffes döste sie ein und fing zu träumen an.

In ihrem Traum saßen sie und Tessa auf einem Leiterwagen, der zwischen senfgelben Feldern dahinrumpelte. Sie lachten, und um sie herum fielen Perlknöpfe vom Himmel, jeder Knopf ein kleiner vollkommener Mond. Winzige schimmernde Monde füllten den Wagen, tippten den Mädchen zart auf Arme und Gesicht, verfingen sich in ihrem Haar – dann ratterte der Wagen, und Mary erwachte.

Mary zwang sich, das tiefe, gleichmäßige Schlingern des Schiffes nicht zu beachten, und machte der Kleinen auf einem der Kästen eine Art Nest. Das Kind weinte noch eine Weile, dann schlief es ein.

Es war gar nicht so leicht, der Kohle in der häßlichen vierschrötigen Kohlenpfanne ein Feuer zu entlocken. Als es endlich brannte, sperrte sie die Vorratskästen auf, holte Erdäpfel und Stockfisch heraus und machte sich ans Kochen.

Während die *Tern* langsam nordwärts stampfte, ging Mary ruhig ihrer Arbeit nach und tat ihr Bestes, um unsichtbar zu bleiben. Oft fing sie Escotts rachsüchtigen Blick auf, wenn sie sich an Deck wagte, um Wasser zu holen oder die Mahlzeiten zu servieren, aber er kam nicht in ihre Nähe. Mit Ausnahme des Maats, der meist täglich einmal in der Kombüse nach ihr sah, schienen die Matrosen sie kaum zu bemerken. Kapitän Brennan wollte sie einmal in ein Gespräch verwickeln, es schien ihn aber nicht weiter zu bekümmern, als Mary auf fast alle seine Fragen nur den Kopf schüttelte.

»Was er nicht weiß, macht ihn nicht heiß!« erklärte sie Fanny und tat, als würde sie's nicht bemerken, als die Mannschaft begann, sie Mary Bundle zu rufen.

Die See blieb ruhig, aber Mary kam nur selten herauf an Deck. Sie ging auch nicht an Land in jenen Häfen, wo das Schiff einen Teil seiner Ladung löschte. Gottverlassene Nester alle miteinander, meist nur eine einzige Mole und ein paar Häuser direkt unten am Meer. Sie verstand nicht, was Menschen dazu bringen konnte, sich derart von der Welt zurückzuziehen – so gänzlich abhängig von dem, was ihnen übers Meer geliefert wurde. Und Mary schwor, sich weder von Tim Toop noch sonst jemand je wieder einfach irgendwohin verfrachten zu lassen, wenn sie erst wieder in St. John's war.

Ihre Furcht vor Matt Escott legte sich etwas, da sie die Luke auch von unten verriegeln konnte, aber dann fühlte sie sich eingesperrt und machte sich wegen des Kohlefeuers Sorgen, stellte sich vor, wie die Kombüse brannte, sie selbst und das Baby in den Flammen gefangen, schreiend gegen die Luke schlagend. Und obwohl sie dann noch früher aufstehen mußte, löschte sie jetzt das Feuer jeden Abend. Danach schlief sie beruhigt ein, in dem kleinen Gang unten auf dem Boden neben Fanny, zwischen Stockfisch, Erdäpfeln und Schiffszwieback.

In der sechsten Nacht fuhr sie plötzlich hoch, geweckt von furchtbarem Gepolter keine zwei Fuß von ihrem Kopf entfernt. Ein plötzlicher Sturm hatte die *Tern* erfaßt und schleuderte die Kohlenpfanne mit dem runden Boden in ihrem Ziegelstand herum. Mary tastete in der Finsternis danach, um sich zu vergewissern, daß sie den Deckel über die Kohle gelegt hatte. Als sie sicher war, daß sie wenigstens nicht elendiglich verbrennen würden, legte sie sich wieder nieder – und dort blieb sie, das heulende Kind in den Armen, lauschte den gegeneinanderkrachenden Töpfen, dem Rumpeln und Poltern der Fracht, dem Schreien der über ihrem Kopf hin und her hastenden Männer, aber den eigentlichen Sturm hörte sie nicht. Darüber war sie sehr froh. Sie erbrach sich in den Eimer, aber sie stand die ganze Nacht nicht auf – nicht einmal, als ihr eine große Ratte über die Beine rannte. Einmal trommelte jemand gegen die Luke, aber sie öffnete nicht – auch wenn sie untergingen – alles war besser als dieser Zustand.

Endlich mußte sich der Sturm gelegt haben, denn sie schlief ein und wurde von lautem Klopfen an der Luke geweckt. »Verdammt noch mal – lebst du noch da unten, oder bist du hin?«

Steif und elend, rappelte sie sich langsam hoch, kletterte die Leiter auf halbe Höhe hinauf und entriegelte die Luke.

»Jesus, Maria und Josef, hab schon geglaubt, du wärst erstickt!« Kapitän Brennan strahlte munter auf sie herab, während sie sich noch ganz schwindlig an der Leiter festhalten mußte. »Wir sind gesund und sicher auf Cape Random – du kannst jetzt raufkommen, Mary Bundle.«

Frische kühle Luft blies in die Kombüse. Mary spürte plötzlich heftige Sehnsucht nach dem festen Land. »Das Baby ist krank«, sagte sie, »ich brauch Hilfe – gibt's eine Frau an diesem Ort?«

»Hab gehört, Josh Vincent und seine Leute sind runtergezogen von Pond Island – Sarah Vincent ist eine gute Frau, die wird dir helfen. Geh an Land, wenn du willst. Aber beeil dich – die Mannschaft muß was in den Magen kriegen, und ich will bis zum Abend wieder ablegen.«

Unten an der Mole hörte man jemand singen: »*Drei Schiffe sah ich fahren, sah ich fahren, sah ich fahren ...*« Der Sänger, ein Mann, wiederholte endlos den Refrain.

»Hier bleib ich«, erklärte Mary, »ich verbringe keine einzige Nacht mehr auf diesem alten Kahn.«

»Red keinen Unsinn! Die *Tern* ist solid gebaut, da kann dir nichts passieren!«

»Ich sag Ihnen, ich fahr nicht den ganzen Sommer lang auf so einem Schiff! Jetzt bleib ich erst mal hier – und dann bei der ersten Gelegenheit will ich zurück nach St. John's.«

»Du hast für die ganze Saison angeheuert, Mary Bundle – und überhaupt, wie kann sich eine junge Frau wie du schon durchschlagen auf dem Kap? Letzte Nacht war hart für dich, aber nächstes Mal bist du's gewöhnt.« Der Kapitän tat ihre Angst mit einem Schulterzucken ab. »Du wirst schon noch seetüchtig, wirst sehen, Mary Bundle!« Er grinste, wie immer, wenn er sie Mary Bundle nannte.

»Jetzt pack den Kochtopf und einen Sack Gemüse, und mach uns eine Suppe auf dem festen Land, dann geht's dir gleich besser. Und denk dran – Caleb Gosse nimmt es übel, wenn man den Vertrag bricht!« ermahnte er sie und rief zwei Seeleuten Befehle zu, die den Landungssteg hinausschoben.

»So blöd zu sein – die Vorstellung, daß ich's eine ganze Saison lang auf einem Schiff aushalten würde! Aber so ist das mit dem Meer, kaum hat man festen Boden unter den Füßen, vergißt man, wie übel einem auf dem Wasser war! Was der Kapitän sagte, konnte mich nicht schrecken – denn ich konnte ja gar nicht lesen und schreiben und hatte keinen Vertrag gesehen. Tim Toop mußte für mich unterschrieben haben, den würde der alte Gosse büßen lassen, nicht mich.

Ich tu, was ich will, sollen die anderen schauen, wo sie bleiben, sagte ich zu mir selbst.

Und so kam ich aufs Kap. Damals war ich siebzehn – hätte ich geahnt, daß ich es nie wieder verlassen würde, dann wär ich aufs Meer zurück – und wenn es noch so schrecklich war.«

9

Rachel war enttäuscht. Sie hätte gern an der Geschichte ihrer Großmutter weitergeschrieben. Sie hörte sie gern, diese Geschichte, denn die lenkte sie ab von dem seltsamen Rumoren in ihrem Bauch und ihrer Angst vor der Geburt und vom Nachdenken über die Art, wie die anderen sie ansahen, mit einer Mischung aus Trauer, Mitgefühl und Neugier.

Aber: »Ich muß noch drüber nachdenken«, erklärte Mary. »Was hier auf dem Kap alles geschehen ist, das hat ja wohl Vinnie alles festgehalten. Morgen lesen wir das nach, und auch die Seiten, die Thomas Hutchings hineingeschrieben hat. Man muß ja nicht das gleiche zweimal aufschreiben.«

Also packte Rachel am nächsten Morgen die alte Frau warm in ihren Schaukelstuhl und fing an, laut vorzulesen: »Am Anfang lebten wir in Weymouth in der Monk Street und dort waren wir glücklich …«

Stundenlang las sie vor. Manchmal schien Mary zu schlafen, aber immer, wenn Rachel eine Pause machte, fuhr sie hoch und bestand – mit geschlossenen Augen – darauf, daß sie weiterlas. Der Tag war schon weit fortgeschritten, als sie zu Marys Ankunft auf Cape Random kam: »Heute landete Mary Bundle, so sehr einer Wilden ähnlich, daß eine Christenseele erschrecken möchte«, las das Mädchen.

Mary richtete sich kerzengerade auf, stieß ein wildes Knurren aus und schlug auf das Buch: »Zeig her!« rief sie, »zeig mir, wo das geschrieben steht!«

Rachel deutete auf die Worte.

»Das kann ich kaum glauben, daß Vinnie so was niederschreibt!«

Die alte Frau starrte ins Feuer, offensichtlich tief getroffen von diesem Verrat ihrer Freundin. Das scharfe, knochige Gesicht, das da aus der Decke spähte, wirkte kaum mehr menschlich, eher wie das eines großen Raubvogels, der eine Höhle im Berg bewachte.

»Sicher hat Lavinia nie drüber nachgedacht, wie sie selbst an diesem Tag ausgesehen hat – oder die anderen Andrews' und Vincents. Aufgereiht standen sie da auf der Mole, wohl an die zwanzig waren's, wie eine Armee Vogelscheuchen – und ein rothaariger Mann, der verrückte Lieder sang und wie ein Kobold zwischen ihnen herumtanzte. Nie in meinem ganzen Leben hab ich einen jämmerlicheren Haufen Menschen gesehen – Beine wie Besenstiele und gelbe Gesichter und eingesunkene Augen. Außer dem Tanzenden gab keiner auch nur einen Laut von sich.«

Aber nicht nur das Aussehen der Menschen von Cape Random jagte Mary einen Schauer ein – ihr ganzes Benehmen, das Starren der Kinder, die sie von Kopf bis Fuß musterten, das alles war ihr unheimlich. »Ich konnte nicht verstehen, was das für Leute waren, ich wurde einfach nicht klug aus ihnen. Nur aus Thomas Hutchings, aus dem schon – den hatte ich sofort durchschaut!«

Thomas war der Boss, und in Marys Erfahrung ging man denen am besten aus dem Weg. Josh und Sarah Vincent redeten von Thomas immer als dem »Käpt'n«, und die Kinder, die sonst jeden »Onkel« nannten, redeten Thomas nur als Mr. Hutchings an.

»Der war der Größte bei denen, der Thomas Hutchings – was der sagte, war das Evangelium, auch wenn er unrecht hatte. Trug die Nase in der Luft, als gehörte ihm das ganze Kap, wie ein König. Also da standen sie alle draußen am Kai, ein Haufen von abgerissenen Vogelscheuchen und ein Teufel, und natürlich ihr großmächtiger König – und glotzten mich alle an!«

Und Mary starrte zurück – starrte und beobachtete und hörte zu. Das war ihre Hauptbeschäftigung in diesen ersten Tagen auf dem Kap. An ihren Kleidern und an der völligen Kahlheit von Vincents Dachboden, wo sie und die Kinder schliefen, konnte sie sehen, wie arm die beiden Familien waren. An der Art, wie sie andächtig das Brot in der Hand hielten und seinen Duft und seine Beschaffenheit genossen, bevor sie es in den Mund steckten, erkannte sie, daß die Ankunft der *Tern* sie alle vor dem Verhungern gerettet hatte. Aber trotzdem hoffte Mary, sie würde auf dem Kap etwas Wertvolles finden, etwas, das sie klauen und zurück nach St. John's nehmen könnte.

»Wirklich arm ist erst der, dem man nichts klauen kann«, sagte Tim immer, und während ihrer ersten Woche auf dem Kap dachte Mary immer öfter, daß wahrscheinlich nicht einmal Tim hier etwas zum Stehlen gefunden hätte.

»Da bin ich ja am Arsch der Welt gelandet!« dachte sie mißmutig, wenn sie mit Fanny auf dem Dachboden lag, umgeben von den schlafenden Vincent-Kindern. Dann machte sie sich selber angst mit der Vorstellung, sie müßte auf ewig an dieser nebelverhangenen Küste bleiben, unter Menschen, die noch seltsamer waren als einst ihre Mutter. In solchen Nächten fand sie nur Schlaf, wenn sie an die in ihr Kleid geknüpften Goldmünzen dachte und an die goldene Uhr, die Tim um den Hals trug und für sie aufbewahrte, und indem sie sich ein Schiff auf dem Weg zum Kap vorstellte – ein Schiff, das sie doch sicher mitnehmen würde nach St. John's.

Aber vielleicht erinnert sich die alte Frau nicht mehr so gut, vielleicht war ihr Abscheu vor Cape Random damals doch nicht so groß. Die Vincents hatten sie und ihr Kind bei sich aufgenommen, niemand behandelte sie schlecht, niemand stellte ihr zudringliche Fragen, und es gab – wenigstens den Sommer über – genug zu essen.

Und an Arbeit mangelte es auch nicht. Von Morgengrauen bis Sonnenuntergang war niemand untätig – die Männer waren fischen, zogen Netze ein und warfen Berge von glitschigem glänzendem Kabeljau auf die Mole – und die Frauen schnitten den Fisch auf, wuschen und salzten und wendeten und stapelten ihn. Mitte des Sommers konnte Mary beim Abschuppen bereits stolz mit Sarah Vincent mithalten. Jeden Tag lernte sie etwas Neues: wieviel Salz nehmen, wann den Fisch wenden oder abdecken, aus Kabeljauleber Öl gewinnen, Muscheln sammeln, Kabeljauzungen herausschneiden, Dickmaul trocknen, mit Fischdarm und Dickmaul den Kartoffelacker düngen, Heringe ausnehmen, ihre Bäuche mit Salz füllen und sie in Fässer packen. Sie lernte Seife und Kerzen machen, Brot und Heu und Flickenteppiche – und sogar Netze flicken.

»Die Zeit verging, und ich verlor meine Angst – erkannte, daß die Menschen hier nicht anders waren als ich selbst – daß ich nichts zu fürchten hatte. Die Arbeit war auch nicht schwerer als in der Spülküche der Armstrongs, und niemand brüllte mich an oder schlug mich. Wenn auch die Nächte schwarz und einsam waren, tagsüber im Freien arbeiten gefiel mir.«

Mary hatte immer ihre Schwester Tessa schön gefunden und sich selber häßlich, und sonst hatte sie nie an ihr Äußeres gedacht. Doch an dem Tag, da sie von der *Tern* an Land kam, war sowohl Meg wie auch Jennie Andrews aufgefallen, wie hübsch sie aussah, wie eine Zigeunerin, mit ihrem schwarzen ungekämmten, im Wind flatternden Haar, noch immer in Lols blauem Gingham-Kleid mit den um den Saum gestickten rosa Blumen.

»Eine Menge Stoff in diesem Kleid – gut geschnitten, nur daß es vorn so merkwürdig zusammengesteckt ist«, kommentierte die alte Jennie Andrews, die früher einmal mit gebrauchten Kleidern gehandelt hatte.

»Ist aber schon eine Weile her, seit sie oder das Kleid Seife und Wasser gesehen haben«, meinte Meg, als sie das Mädchen aus der Nähe sah.

Schon bald nach ihrer Ankunft veränderte sich unter Anleitung der anderen Frauen Marys Aussehen. Lols abgelegtes Kleid, so hieß es, sei viel zu schön, um es beim Abschuppen zu tragen; es wurde gewaschen und geflickt und sorgfältig aufgehoben, und wurde schließlich das offizielle Hochzeitskleid für eine Generation von Kap-Frauen. Aus irgendwelchen Resten erzeugten Meg, Sarah und Jennie ein Gewand, das ihrem eigenen ganz ähnlich war: ein formloser schwarzer Sack, verblichen und an der Ärmelunterseite gestopft, und eine große weiße Schürze. Die Schürze war fürs Haus. Für die Arbeit draußen sollte Mary statt dessen einen Jutesack oder ein Stück Segeltuch verwenden.

Obwohl sie innerlich vor Zorn kochte (»Was die sich einbilden, kommandieren mich herum wie ein kleines Kind – schicken mich waschen und kämmen – ein Wunder, daß sie mich nicht auch noch mit Karbol geschrubbt haben!«), sah Mary ein, daß es vernünftig war, wenn sie wie die anderen Frauen aussah.

Selbst als Meg erklärte, Mary habe ihr Haar aufzustecken, muckte Mary nicht auf. Marys widerspenstiges Haar ließ sich nicht zu Megs weichen Wellen glätten, daher hielt man sich eher an Sarahs Vorbild, flocht vier Zöpfe, wand sie zu einem Knoten und steckte das Ganze mit den fächerförmigen Steckkämmen fest.

»Wenigstens sind wir den Filz los, und mit den Kämmen hängt es dir nicht auf den Rücken runter«, meinte Meg, noch immer nicht sehr zufrieden, aber doch beruhigt. »So muß es eben bleiben, bis ich dazukomme, dir eine Haube zu nähen.«

Insgeheim war Mary nicht unzufrieden. Der Knoten und das schwarze Kleid machten sie älter und gesetzter. Keiner hätte erraten, daß ihr noch drei Jahre auf zwanzig fehlten, oder sie mit der schmutzigen Taschendiebin namens Blackie in Verbindung gebracht. Zum ersten Mal seit Jahren fühlte sie sich sicher.

Mit diesem Gefühl von Sicherheit kamen andere, weniger merkbare Veränderungen. Statt ihren Blick immer in Kniehöhe zu halten, begann Mary, den Menschen in die Augen zu sehen, und nach ein paar Wochen, als sie erkannte, daß niemand sie schlagen würde, ging sie auch niemandem mehr aus dem Weg. Und obwohl sie nie zu jenen Frauen gehörte, die ständig den Mund offen haben (wie sie später sagte: »Ned hat genug geredet für uns beide!«), fanden die Vincents und die Andrews' bald heraus, daß Mary sich nicht scheute, ihre Meinung zu sagen.

»Die Kleine da ist eine ganz Gerissene – noch bevor das Jahr um ist, läßt die uns alle nach ihrer Pfeife tanzen«, bemerkte Meg eines Tages zu Jennie, während sie zusah, wie Mary Megs ältester Tochter erklärte, wie man getrockneten Kabeljau am besten stapelte. »Nein, wenn ich dran denke, daß ich sie zuerst für schüchtern hielt!«

»Das war nicht Schüchternheit, meine Liebe – das war die Gerissenheit der Stadtleute. Die wartet nur darauf, daß sie uns alle rumkommandieren kann!«

Überall machte sie sich zu schaffen, wortlos, aber mit gespitzten Ohren: »Ich wußte sehr bald, wer hier wer war – verstehst du, das ist lebensnotwendig!« erklärt Mary in unbewußter Befolgung des methodistischen Grundsatzes, alle Geschichten müßten eine Moral haben, ihrer Urenkelin. »Laß den Mund zu und die Beine geschlossen, bis du weißt, wem du trauen kannst – besonders im Hinblick auf die Männer. In diesen ersten Monaten dachte ich manchmal, die Ohren würden mir abfallen und die Augen rauskugeln vor lauter Bemühen, alles zu erfahren!«

Doch trotz ihrer unstillbaren Neugier gab es Dinge, die Mary nicht herausfand. Sie brachte einfach nicht heraus, wer diese Leute waren, woher sie kamen, warum sie hier lebten.

Das Kap war zugleich seltsam vertraut und seltsam fremd. Voller Geheimnisse. Manchmal schien es Mary, als wäre sie um die Welt gereist, nur um im Land ihrer Kindheit anzukommen. Wenn sie in der dünnen Erdschicht des Kaps grub, stiegen ungebeten die Erinnerungen an die Hütte und den Gemüsegarten am Fuß der Shepton Hills in ihr auf. Längst vergessene Worte wurden in Sarah Vincents merkwürdigen Sprüchen wieder lebendig, in ihren Warnungen vor den Geistern, die in Sumpf und Wald und Teich lebten. Die bloßfüßigen Kinder und die Art, wie sie alles nur halbwegs Eßbare in sich hineinstopften, erinnerten Mary an sich selbst und Tessa. Manchmal träumte sie von Zauberern, Piraten und Kobolden, von Teufeln und von Elfen – und sehnte sich beim Erwachen nach Tim Toop, dessen Motive immer so klar und durchsichtig waren wie die ihren.

Von allen Menschen am Kap wurde Mary aus Lavinia am wenigsten klug. »Die ging herum wie im Schlaf, zog immer mit den Kindern herum. Kann sein, daß sie mich für eine Wilde hielt – aber ich sag dir, ich hielt sie für nicht ganz dicht – mondsüchtig oder so was Ähnliches!

Am ersten Tag, als ich sie neben Hazel kauern sah, verstand ich nicht, wie sie den Gestank aushielt. Hazel war Neds erste Frau, und sie starb schon am nächsten Tag. Die Andrews hausten alle miteinander in dem Fischladen, und kaum war ich drin, stieg mir dieser süßlich faulige Totengestank in die Nase, den ich vom Armenhaus her kannte. Aber Lavinia hockte bei Hazel und tat, als würde sie schreiben, ich sah aber, daß sie mich beobachtete.«

Mary rechnete damit, daß die junge Frau sie verraten würde – laut rufen, daß Fanny hier versteckt war, daß Mary Bundle und ihr

Baby sich vom Schiff absetzten. Doch das tat sie nicht, und nachdem die *Tern* abgesegelt war, kam Mary aus ihrem Versteck und überreichte Lavinia die Orange. »Ich hab nie erwartet, daß mir jemand umsonst einen Gefallen tut. Vinnie nahm die Orange, als hätte sie so was in ihrem Leben noch nicht gesehen – dann teilte sie sie unter uns dreien auf. Habgierig war sie nicht, das muß ich sagen. Den größten Teil gab sie der armen Hazel. Schon merkwürdig, wenn ich daran denke – Tim Toops Orange war das letzte, was Hazel auf dieser Welt gegessen hat.

Lavinia Andrews sah sanft aus wie ein Lamm, aber sie hatte ihren Dickschädel. Im Haushalt rührte sie nichts an, kein Schrubben und kein Kochen, und beim Abschuppen half sie nur alle heiligen Zeiten – nur wenn wir anderen nicht mehr ein noch aus wußten.

Sie war ein großes dünnes Mädchen, ungefähr so alt wie ich, und sie hatte was gegen Thomas Hutchings, genau wie ich – wir hätten also Freundinnen sein können, hätte sie nur gewollt. Aber nein, ihr genügte es, in ihrem Buch zu schreiben und mit den Kindern durch das Moor zu wandern. Es machte ihr nichts aus, im Freien zu übernachten, so was konnte sie nicht erschüttern!«

Obwohl niemand besonders freundlich war, spürte Mary gegen Ende des Sommers, daß sie den widerwilligen Respekt der anderen gewonnen hatte. »Stand mir ja auch zu, hatte ich denn nicht härter und länger – ja, und besser als sie alle gearbeitet?«

Fischen war einfach, sinnvoll und klar – etwas Wildes, sonst nicht Genutztes fangen und in Nahrung verwandeln, ohne Schweine, Hühner oder Schafe (die dümmsten Geschöpfe auf Gottes Erdboden) versorgen zu müssen, ohne die pingeligen Details der Küchen- und der Hausarbeit – das gefiel Mary.

Natürlich war es hart, schon im Morgengrauen mit der Arbeit anzufangen und den ganzen Tag gebückt zu stehen, Fisch zu wenden, Salz zu verteilen und Fisch und Salz zwischen Mole und Laden hin und her zu schleppen. Am Abend konnte man dann kaum noch aufrecht stehen. Das schwarze Gewand, verschwitzt und salzverkrustet, hing ihr bleischwer um die Beine, die Augen waren rot und brannten, die Hände bluteten, Füße und Knöchel schwollen an. Doch das alles reichte nicht, um Marys Jubelgefühl zu dämpfen, wenn sie zusah, wie der getrocknete Kabeljau sich in scharf riechenden, goldgelben Haufen in Thomas Hutchings' Laden stapelte. Jedesmal, wenn sie Fisch in den Laden brachte, betrachtete sie die Haufen, und im Fortgehen kalkulierte sie, wieviel das Labyrinth aus steifem, plattem Kabeljau wohl wert war.

Irgendwann einmal in ihrer kurzen Kindheit, vielleicht beim Kartenspielen auf dem Friedhof von Christchurch, hatte Mary bis zehn zählen gelernt. Sie wußte, daß zweimal zehn zwanzig machte, war aber unsicher, wie's weiterging. An ihren Fingern konnte sie zehnmal zehn abzählen, was, wie sie wußte, einhundert ergab, aber dann konnte sie nicht mehr weiter.

Allein im Fischladen, zählte sie oft alle, die hier am Fisch arbeiteten: Josh Vincent, der zusammen mit Ned und Ben, den Andrews-Brüdern, aus dem eigenen Boot heraus fischt – obwohl Ben eigentlich nicht richtig mitzählt, denn er verbringt mehr Zeit mit der Arbeit am Andrews-Haus als beim Fischen. Thomas Hutchings fischt allein in seinem gedrungenen kleinen Boot. Das macht vier. Dann sind da die Frauen – Bens Frau Meg und Sarah Vincent arbeiten wie die Tiere, und sogar die alte Jennie Andrews stellt beim Abschuppen ihren Mann. Mary beschließt, Lavinia nicht mitzuzählen, denn die läuft ja immer nur mit den Kindern herum. Die jungen Mädchen wie Annie Vincent oder Megs und Bens Lizzie kann man auch nicht zählen. Und schon gar nicht die älteren Vincent-Jungen, der junge Joe hat sich aus dem Staub gemacht, und Peter ist zu nichts nutze, stört die Abschupper nur bei der Arbeit.

Mary schätzt, die Hauptarbeit auf dem Kap wird geleistet von Thomas Hutchings, Ned, Ben und Josh, und Meg, Sarah, Jennie und ihr selbst. Acht Personen! Sie steht im Laden und stellt sich vor, sie würden den großen Stapel gesalzenen Kabeljau in acht kleinere Haufen teilen. Obwohl sie keine Ahnung hat, wieviel der Fisch einbringt, versucht sie zu schätzen, wieviel ihr Haufen wert wäre. Wieviel käme dann zu ihren Goldstücken dazu, und zu der Uhr, die Tim für sie aufbewahrt?

»Und am Ende hatte ich gar nichts davon! Mein Fisch und Sarahs Fisch, das wurde alles Josh Vincent zugeschlagen. Und auch er hat kein Geld bekommen – nur ein paar Striche in Thomas Hutchings' kleinem Buch!« Selbst nach so vielen Jahren ist das für Mary eine bittere Erinnerung.

Rachel nickt. Das war doch von vornherein klar – das weiß am Kap das kleinste Kind. »Aber Nan, das weiß doch jeder, daß diese Striche Kredit für Ausrüstung und Salz und so was bedeuten. Und das ist doch in Ordnung, daß alle für die Gemeinschaft arbeiten!« Kaum kann das Mädchen glauben, daß ihre weise Urgroßmutter einmal so dumm war.

»In Ordnung?« knurrt Mary und wird auf einmal traurig. »Du armes verstocktes Menschenkind! Wenn du das in Ordnung findest, wie willst du je auf einen grünen Zweig kommen?«

Was soll nur aus dem Kind werden, wenn sie einmal nicht mehr da ist? Mary sucht nach etwas, was sie ihrer Urenkelin sagen kann, etwas über die Welt außerhalb des Kaps, ein bißchen Weisheit aus ihren langen Erdenjahren.

»Mit dem Alter kommt die Weisheit, hat Sarah oft gesagt – wenn's doch gestimmt hätte! Wenn man durch Alter weise würde, dann könnte ich dem armen Kind jetzt sagen, was sie tun soll, damit sie nicht die gleichen Fehler macht wie ich!«

Die Nutzlosigkeit ihrer Erfahrung ärgert Mary so sehr, daß sie dem Mädchen die Dinge erklären will, obwohl sie doch weiß, daß es ganz sinnlos ist: »Du armes verstocktes Menschenkind! Woher, glaubst du, hatte Zuwidergesicht seine Seidenkrawatten und seine glänzenden Schuhe? Woher kam der große Koffer mit den Messingecken? Glaubst du, das hat er von jemandem gegen Fisch eingetauscht? Gekauft hat er das alles, Mädchen – gekauft, und zwar mit Geld! So ist das in den Städten – die Leute werden mit Geld bezahlt, in Silber und Gold, nicht mit Zahlen in einem kleinen Buch!«

Rachel gibt jetzt nicht mehr vor, nicht zu wissen, wer Zuwidergesicht ist. Das ist eben Marys Name für Stephen – und das schmerzt sie weniger, als wenn sie seinen Namen hört. Manchmal muß das Mädchen sogar darüber lächeln. »Sein Vater hatte doch ein Geschäft, Nan – er handelte mit Elfenbein gegen Geld.«

»Ja, so ist das unter vernünftigen Leuten. Und so sollte es überall sein. Keiner, der mehr Verstand als eine Qualle hat, sollte anders handeln als um Geld.«

»Warum bist du dann nicht fort? Warum nicht an einen vernünftigen Ort zurück? Du hast doch schon den ersten Herbst gewußt, daß hier kein Geld zu haben ist.«

Die Frage überrascht die alte Frau – sie ist kurz still, dann beginnt sie zu gackern: »Weil ich mir Thomas Hutchings eingebildet habe – deshalb!

Das war wirklich ein komischer Vogel, dieser Thomas Hutchings. Am Abend haben wir meistens alle Ned zugehört, wie er sang oder Geschichten erzählte, nur Thomas Hutchings saß allein in einer Ecke und las, als würde er uns das bißchen Spaß nicht gönnen. Und verschlossen war er – wenn er mit den Vincents zu Abend aß, war kein Wort aus ihm herauszubringen. Nicht einmal Sarah, die einen Kochtopf zum Reden bringen konnte, hatte bei ihm Glück. Aber er war derjenige, der das Sagen hatte – was Fisch anlangte, was aus dem Laden kam, was aus St. John's zu bestellen war –, und er führte Buch darüber, wieviel jedem von der Mannschaft zustand. Dafür bezahlte ihn Gosse. Und zwar mit richtigem Geld!«

Mary hatte das Geld gesehen. Zu Ende des Sommers wußte sie auf Heller und Pfennig genau, wieviel jede Person am Kap besaß. Sie hatte die Kisten der Andrews' durchwühlt und über ihre Bündel bunter Stoffe und ramponierter Stadtkleider die Nase gerümpft. »Hätte nie jemand für so dumm gehalten, daß er so mottenzerfressenes Zeug rund um die halbe Welt schleppt.«

Als sie das alte Zeug zusammenfaltete und wieder einräumte, entdeckte sie auch, wo die Schuhe und die blaue Porzellankuh der armen Hazel versteckt waren – in die Kuh hatte Meg sogar noch eine Münze gelegt. Mary spähte unter Flickenteppiche, in alle Tassen und kroch unter Fischhürden; dann fiel ihr ihre Mutter ein, und sie stocherte auch in der Erde um den Kamin und in den Ecken. Lavinias Tasche durchsuchte sie, blätterte durch das Ellsworth-Journal, ließ das grüne Samtband durch die Finger gleiten. Auch das Haus der Vincents durchsuchte sie von oben bis unten, und die Taschen der Andrews-Männer drehte sie um, ohne das Geringste zu finden. Erst in Thomas Hutchings' Laden wurde ihre Hartnäckigkeit belohnt.

Auf einem Brett über Thomas' Schreibtisch standen mehrere Bücher, eingezwängt zwischen einer rostigen Dose und einem roten Plüschkästchen. Für die Bücher interessierte Mary sich nicht, ebensowenig für die rostige Dose, aber in dem roten Plüschkästchen waren bestimmt Juwelen.

Als sie eines Tages endlich allein im Laden war, nahm Mary das Kästchen herunter und wagte zuerst nicht, es zu öffnen. Wenn nun Thomas Hutchings in Wirklichkeit ein Pirat war? Mike Morey vielleicht? Der sich mit seiner Beute hier am Kap versteckte? Piraten belegten ihre Beute oft mit einem Fluch – was würde ihr zustoßen, wenn sie das Schmuckkästchen öffnete? Damals schon hatte Mary gewußt, daß das Kap voller Geheimnisse war: voll düsterer, verrückter, verborgener und vergessener Dinge – Dinge, die noch schwerer zu finden waren als Schmuck oder Geld.

Mary schob den silbernen Verschluß auf, und der Deckel klappte hoch. Drinnen lag ein Kranz aus schwarzen Perlen mit einem Kreuz daran – abgegriffenes, stumpfes Zeug. Bitter enttäuscht ließ sie den Deckel wieder zuschnappen, schob das Kästchen auf das Brett zurück und nahm die alte Dose herunter. Die war viel schwerer als das Plüschkästchen. Sie nahm den Deckel ab und riß den Mund auf – drinnen waren Gold- und Silbermünzen – mehr, als Mary zählen konnte – mehr, als eigentlich ein Mensch allein besitzen konnte! Sie fragte sich, ob Thomas Hutchings sie wohl gezählt hatte. Würde er es merken, wenn sie eine nahm, oder zwei – vielleicht auch drei? Oder gleich alle. Sie konnte ja Steine in die Dose geben, um sie schwer zu machen. Wie oft sah denn Thomas Hutchings wohl hinein?

Sie blieb am Schreibtisch stehen und dachte nach. Heute noch erinnert sich Mary an den starken Geruch, der von den goldgelben Stapeln aus gedörrtem Kabeljau in der Ecke aufstieg, und das Surren der Fliegen in den staubdurchdrungenen Sonnenstrahlen und das Hochgefühl, mit dem sie in den Münzen wühlte und sich vorstellte, was sie damit kaufen konnte – ein Haus vielleicht, oder die Überfahrt nach England. Und was für ein Gesicht würde Tim Toop erst machen, wenn sie mit einem Beutel voller Gold und Silber nach St. John's zurückkam!

Der Tagtraum dauerte nicht lang. Natürlich hatte Thomas Hutchings die Münzen gezählt! Nicht nur gezählt, sondern wahrscheinlich auch in seinem Hauptbuch festgehalten. Kaum war Mary zu diesem unerfreulichen Schluß gekommen, als das vertraute Klappern, mit dem ein Stapel Kabeljau zu Boden poltert, sie aus ihren Träumen riß.

»Was hast du denn hier zu suchen?« rief Jennie Andrews und pflanzte sich vor ihr auf.

Als Mary nicht antwortete, beugte Jennie sich vor und riß die Hand der jüngeren Frau aus der Dose: »Wenn da auch nur ein vermaledeiter Shilling fehlt, dann sag ich Mr. Hutchings, daß du es warst – auf meinen Leuten laß ich so etwas nicht sitzen, Mary Bundle!« Und Jennie knallte den Deckel auf die Dose und stieß die Dose zurück neben die Bücher.

Ohne ein Wort war Mary aus dem Laden fortgegangen, und daraufhin hörte sie eine Weile damit auf, in anderer Leute Sachen herumzustöbern, ging Jennie aus dem Weg und konnte abends nicht einschlafen vor lauter Angst, die alte Frau würde ihrer Familie oder Thomas Hutchings sagen, was sie gesehen hatte.

Ungeniert erzählt Mary das alles ihrer Urenkelin, erzählt ihr, wie sie überall auf dem ganzen Kap nach etwas gesucht hatte, das sie stehlen konnte, und wie man sie mit der Hand in der Geldschatulle erwischte.

Aber kein Wort darüber, wie sie Thomas Hutchings nachlief: wie sie ihn wochenlang beobachtete, wie sie am Tisch der Vincents mit idiotischem Grinsen neben ihm saß. Sie erzählt nicht, wie der Gedanke an seine Geldschatulle ihr Tag und Nacht nicht aus dem Kopf ging; und wie sie sich in den Hüften wiegte und sich die Wangen rot rieb und geziert tat und ihn mit Blicken verfolgte, und wie sie sogar Sarah bestach, Thomas mit einem Zauber zu belegen, und wie sie nachts schlaflos im Bett lag und überlegte, ob sie nicht in den Fischladen schleichen und in sein Bett schlüpfen sollte. Sie gesteht Rachel nicht, wie sie eines Tages Haar aus seinem Bart mit ihrem eigenen Menstruationsblut vermischt unter seine Bettbretter klebte. Und gesteht nicht, wie wenig Erfolg sie mit alldem letzten Endes hatte.

»Thomas Hutchings war drauf und dran, um meine Hand anzuhalten, als dein Urgroßvater anfing, mir den Hof zu machen, und ich ihn statt dessen nahm«, sagt Mary. Und sie weist Rachel an, das alles an den Rand jener Seite zu schreiben, wo Lavinia schildert, wie es dazu kam, daß ihr Bruder Ned Mary Bundle heiratete.

Denn natürlich mußte sie einen Mann wie Ned Andrews heiraten – den verrückten Ned, den Tänzer, den Sänger, den Aufschneider –, der nie in seinem Leben ein einziges Goldstück besitzen würde, geschweige denn eine ganze Dose voll.

Auch er hatte am Tag ihrer Ankunft auf der Mole gestanden, zusammen mit den anderen. Mary erinnerte sich an sein rotes Haar und seinen roten Bart, an den grinsenden Teufel, der zwischen diesen muffigen schweigsamen Menschen tanzte. Mit seiner kleinen Tochter tanzte er die Mole auf und ab und trällerte ein verrücktes Lied über Schiffe, die gefüllt waren mit Diamantenringen. Seine Stimme stieg bis zu ihr an Deck, vermischte sich mit den Geräuschen des Frühlings, lockte sie mit Versprechungen von Reichtum und Geborgenheit, von schönen Kleidern und Juwelen, von Schiffen, beladen mit allem, was Mary je ersehnte. Und Mary, seekrank und erschöpft nach einer Nacht in der stickigen Kombüse, nahm ihr Kind und ging an Land.

In ihrer Eile hatte sie damals nicht bemerkt, wie gefährlich die schmale Sandzunge mit ihrem Rückgrat aus Fels ins Meer hinausragte und daß nichts anderes darauf stand als ein Fischladen und ein einziges einsames Haus, und sie konnte auch nicht wissen, daß diese Menschen, die so aussahen, als wüchsen sie aus dem Fels heraus, selbst eben erst angekommen waren, erst einen Winter hier verbracht hatten und fast daran gestorben waren.

Ohne es selbst zu wissen, hatte Ned Andrews Mary auf das Kap gelockt, und das nahm sie ihm lange Zeit übel.

Als der Fisch verpackt und gezählt war, an Bord der *Tern* verfrachtet und nach St. John's gebracht, und der einzige Hinweis, daß er je aus dem Meer geholt worden war, in der weißlichen Salzkruste auf dem Boden und ein paar Strichen in Thomas' Hauptbuch bestand, und als das letzte Schiff die Küste verlassen hatte und das erste Eis des Jahres das Süßwasser überzog und Mary erkannte, daß ihr Entschluß, hier zu überwintern, nicht mehr rückgängig zu machen war; in dieser Zeit, als ihre Gedanken ständig um Thomas Hutchings' Münzen kreisten, und wie sie sie in die Hand bekommen könnte, da schlich sie manchmal heimlich in den Laden. Fisch war jetzt keiner drin, nur die Wintervorräte und Thomas' Habseligkeiten: Schreibtisch, Stuhl und Bett, alles dicht an den Kamin gerückt, und ganz hinten an der Mauer der lange Kiel eines Bootes, das Ben Andrews bauen wollte.

Eines Tages, als sie allein drinnen war und die Gelddose anstarrte, die sie nicht mehr zu berühren wagte, und finster an Caleb Gosse dachte und an die Stapel Dörrfisch, die jetzt in seinen Lagerhäusern in St. John's waren, oder vielleicht auch im Bauch eines Schiffs, das schon auf dem Weg nach England war, da hörte Mary plötzlich vom Kai her einen gewaltigen Lärm.

»Das letzte Schiff«, dachte sie, »das Schiff, das mich aus diesem Loch fortbringt!« Ihre Rettung – verspätet von Labrador hereinkommend, gerade noch rechtzeitig vor dem Eis, das bald das Meer zufrieren würde, so fest wie Blei.

Sie überlegte keine Sekunde. Keine Sekunde lang fragte sie sich, warum ein solches Schiff jetzt am Kap anlegen sollte, wohin es segelte, oder ob man sie überhaupt an Bord nehmen würde. Schnell hob sie ihre Juteschürze hoch und legte sie auf Thomas Hutchings' Schreibtisch, zog die Dose herunter und drehte sie um und leerte den glitzernden Haufen Gold und Silber auf den Stoff. Dann faltete sie die Schürze rasch über dem Geld und knüpfte sie mit dem Strick, der den groben Stoff um ihre Taille festhielt, zusammen. Die leere Dose ließ sie fallen und hob Fanny auf, die in der Nähe auf dem Boden saß. Das Kind war daran gewöhnt, herumgezerrt zu werden, und blinzelte nur, als Mary mit ihm auf den Kai hinausrannte.

Draußen rutschte die gesamte Jugend, sogar die steife Annie Vincent und ihr hochnäsiger Bruder Peter, sogar Neds weinerlicher Sohn Isaac und Megs Willie, über die Mole, quietschend und johlend, auf dem Hinterteil oder bloßen Füßen dahingleitend. Ned war natürlich auch dabei, singend schleuderte er mit einer Schöpfkelle dunklen Tran herum. Von jeder Ladung, die er aus dem großen Faß mit Kabeljauleber schöpfte, die den ganzen Sommer in der Sonne hier gebrodelt hatte, rann ihm mindestens die Hälfte vorne auf Jacke und Hose, aber das störte ihn überhaupt nicht. Wie ein Irrer wirbelte er herum und goß den Tran auf die Bretter vor die johlenden Kinder.

Als Mary aus der Tür sauste, glitt Ned aus und stolperte in die Menge der hin und her flitzenden Kinder. Mary drangen der Lärm, die Schreie, das auf sie zugleitende Gewühl aus Armen und Beinen kaum ins Bewußtsein. Sie sah nur: da war kein Schiff. In dem

Augenblick, bevor sie stürzte, erkannte sie, daß das Meer hinter der Mole stahlgrau, kalt und – leer war.

Dann reißt es ihr die Füße weg, und sie rutscht. Die Welt um sie versinkt in lärmendem Nebel, und sie prallt aufs Wasser – es ist hart, als wäre es schon festgefroren. Aber es ist nicht fest, sie versinkt. Das Baby, das Stoffgewirr aus Röcken und Schürze, das Gewicht um ihre Taille ziehen sie hinunter. Mund, Augen und Ohren füllen sich mit Wasser – und mit Schrecken. Alles ist still.

Etwas zerrte an dem Strick um ihre Taille, so daß er ihr ins Fleisch schnitt. Eine Hand griff ihr unters Kinn und riß ihr den Kopf hoch. Gesicht nach oben, schnappte sie nach Luft und sah den Himmel.

Mary erinnert sich an jede Einzelheit. Und obwohl Annie Vincent noch Jahre später schwor, daß Mary sich nach ihrem Kind nicht einmal erkundigt hatte, weiß Mary doch genau, daß sie als erstes nach Fanny rief, als sie sie aus dem Wasser zogen.

»Gut so – ja, ja, nur so weiter«, sagte jemand, »ruhig bleiben, gleich ziehen wir dich an Bord.«

Dann wurde sie über die Seite hereingezogen und in den Kahn geknallt wie ein großer nasser Fisch. Das Boot war nicht einmal losgebunden, es polterte gegen die Mole. Der Mann im Boot richtete sie auf, Kinderarme griffen herunter und zogen sie auf den Kai, wo sie in die Knie brach und sich übergab. Dann rollte sie stöhnend auf den Rücken und blieb in einer immer größer werdenden Meerwasserlache liegen. Tang klebte ihr im Haar und schlang sich in den Strick und die Jute um ihre Taille.

Mary erkannte, daß Ned Andrews, ihr Retter, auf sie hinunterstarrte und sich nur mühsam das Lachen verbiß. Auch die Kinder starrten sie an, wortlos, mit weitaufgerissenen Augen, bis eins zu lachen anfing.

Mary wünschte, die kleinen Fratzen wären tot – oder sie wäre tot.

»Verpiß dich!« murmelte sie, als Ned eine Hand ausstreckte, um ihr zu helfen. Ned Andrews prustete heraus. »Aber so spricht doch eine Dame nicht!« rief er in gespieltem Entsetzen und fuhr fort: »Thomas hat dein Kleines aufgeklaubt«, und er deutete mit dem Kopf auf Thomas Hutchings, der gerade auf die Mole kletterte mit der kleinen Fanny unterm Arm, als wäre sie ein Sack Mehl.

»Schöner Sprung!« rief Ned dem triefnassen Mann zu.

Thomas warf ihm einen bösen Blick zu. »Du bringst noch einmal jemand um, Ned Andrews, mit deinen dummen Spielen!« knurrte er und ging mit dem brüllenden Baby unterm Arm zum Haus der Vincents, ohne die Frau auf dem Boden auch nur anzusehen.

»Die Kleine hört sich nicht an, als wär sie am Sterben! Komm, Mädchen, gehn wir rein, bevor du dir den Tod holst.« Ned packte Mary an den Händen und zog sie auf die Beine, dann trug er den Kindern auf, sie sollten Meg holen, »und sagt ihr, sie soll heißen Tee und eine Decke mitbringen«, rief er ihnen nach, und sie rannten um die Wette fort, denn jeder wollte der erste sein, der die Geschichte von Mary Bundles Sprung von der Mole erzählen konnte.

Drinnen im Fischladen lehnte Ned Mary gegen eine Wand wie ein Stück Holz, ein Ruder vielleicht, oder einen Bootshaken. Dann sah er etwas auf dem Boden und hob es auf. Als er auf sie zukam, sah Mary, daß er die Gelddose in der einen und ein Messer in der anderen Hand hielt. Betäubt vor Angst und Kälte, dachte sie schon, Ned Andrews würde sie umbringen.

Aber der Rotschopf blieb lächelnd vor ihr stehen und fing leise ein Lied zu singen an:

Meine Mudder hat mir stets gesagt:
Spiel nicht mit den Zigeunerkindern im Wald,
Das tun nur schlimme Knaben,
Und wird böse Folgen haben …

»Zigeuner wären schlauer«, sagte er dann und durchschnitt den Schürzenstrick.

Die Münzen schepperten in Thomas Hutchings' Blechdose, und Mary fing zu heulen an. Nie würde sie das Geld bekommen! Nie reich sein! Nie nach St. John's zurückkehren, und noch viel weniger nach England! Und sie hörte auch nicht zu weinen auf, als Ned die Dose auf das Brett zurückstellte. Also nahm er sie in die Arme und rieb sie warm, hauchte in ihre kalten Hände und zog ihr kleine

Stücke Seetang und Fischleber aus dem Haar. Und sie heulte immer weiter, als müßte ihr das Herz brechen.

Diesen ganzen Winter über kämpfte Mary mit sich – manchmal sogar noch in Neds Armen: »Da müßte man doch gottverlassen blöd sein, daß man sich einläßt mit einem Mann, der nichts hat, gar nichts, weder Boot noch Haus noch einen Pott zum Pissen. Und der sich nicht mal was draus macht!«

Das war es ja, was Mary am allermeisten aufregte, dieses Sich-nichts-draus-Machen, das war's, was einen ins Armenhaus brachte. Das war's, wodurch sich Ned von Männern wie Tim Toop und Thomas Hutchings unterschied, von Männern, die jede kleinste Münze in Ehren hielten und mit der Zeit einen Schatz anhäuften.

»Das sah Meg ähnlich, daß sie Thomas Hutchings so lang bearbeitete, bis er über Ned und mich die Worte sprach. Meg redete mit Gott – uns hat sie immer eingeredet, daß er durch ein kleines Loch im Himmel direkt aufs Kap runterschaute. Thomas war ihr Ein und Alles, kein Wort durfte man gegen ihn sagen, auch später nicht, als wir schon alle wußten, was er auf dem Kerbholz hatte.«

Aber Mary wehrte sich nicht, sondern schritt folgsam zum Altar – genaugenommen zu dem Tisch, auf dem sonst die Fische geschnitten wurden und den Meg mit einem Stück Tuch darauf als Altar hergerichtet hatte. Mary wehrte sich nicht, weil sie erkannte, daß am Kap keine Frau es zu etwas bringen konnte, solange sie keinen Ehemann besaß, und weil die Nächte mit Ned Andrews ihr Vergnügen bereiteten – viel mehr Vergnügen als noch ein Winter in der Kälte des überbelegten Dachbodens der Vincents.

Als sie an diesem Tag Thomas Hutchings zusah, wie er die Namen Mary Bundle und Edward Andrews in sein kleines Buch schrieb, empfand sie eine seltsame Mischung aus Unruhe und Glück. Thomas malte eine schwungvolle Linie unter die Worte. »So«, sagte er und schüttelte Ned die Hand. »Die erste Hochzeit auf dem Kap! Ich gratuliere, Ned, du hast das große Los gezogen!«

»Heuchler!« dachte Mary, hielt aber den Mund und lächelte und wollte sich nicht trennen von der hoffnungsvollen Vorstellung, das Geld in Thomas' Blechdose würde doch noch eines Tages ihr gehören.

10

Der letzte Winter in Mary Bundles Leben war zugleich der stürmischste. In den Sätzen, die ihre Urenkelin Rachel an den Rand von Lavinias Tagebuch schrieb, ist der Himmel immer düster, die See immer rauh, der Wind immer stürmisch.

In der verrußten, überheizten Küche verloren das Mädchen und die alte Frau jedes Zeitgefühl, der Vormittag ging in den Abend über, der Abend in die Nacht, ein Tag in den anderen. Leise sprach Mary mit den längst Verstorbenen – stellte ihnen Fragen, die sie sich selbst noch nie gestellt hatte. Der kleine Raum war voller Geister, manchmal konnte auch Rachel sie sehen – aus der Ecke lächelte die schöne Lavinia geheimnisvoll, Ned saß rittlings auf dem Stuhl, das Kinn auf die gefalteten Hände gestützt, den Blick auf Marys Gesicht geheftet. Der jungen Frau schien es, als hätte sie schon immer hier gesessen, als wären Vergangenheit, Gegenwart und Zukunft eins – wie eine in sich geschwungene Muschel, bei der man nicht sieht, wo das Außen endet und das Innen anfängt.

»Das hast du mit Absicht getan – nur um mich zu ärgern, was, Ned Andrews?« sagte Mary eines Tages. Dann lächelte sie und fing gackernd zu lachen an und redete zum ersten Mal seit einer Stunde wieder den lebendigen Menschen an, der neben ihr in der dämmerigen Küche saß: »Diesen ersten Winter, nachdem Ned und ich geheiratet hatten, da war ich so widerborstig – es war das reine Wunder, daß der arme Mann mir nicht davonlief«, sagte sie.

»Alle Andrews' – Megs und Bens vier Kinder, Ned und seine Kinder von Hazel, nämlich die Tochter Jane und Isaac, sein lästiger Junge, und dann Lavinia und die Alte, und dazu noch ich und Fanny – alle dreizehn klebten wir da aufeinander, in dem, was Meg ein Haus nannte, was aber in Wirklichkeit nicht viel besser war als ein Unterstand. Brot und Erdäpfel, Pökelfisch, Hafergrütze, Melasse und die kleinen roten Beeren, die hier wachsen, das war alles, was wir zu essen hatten. Wir litten keinen Hunger, aber sehr abwechslungsreich war das nicht. Kein Vergleich mit dem, was ich und Tim unter Gosses Lagerhaus alles aßen!

Jane war ein recht liebes Mädchen, aber Isaac, der lästige Jammerer, klammerte sich immer an seinen Vater, so daß Ned und ich keine Minute für uns allein hatten. Fanny bekam gerade ihre ersten Zähne, Lizzie, Megs älteste Tochter, starb beinah am Fieber, das Baby Willie und auch Pash und Emma hatten alle den schlimmen Husten, und von Frostbeulen blieb keiner von uns verschont. Und obendrein hat Ben auch noch auf Megs Befehl den ganzen Tag und die halbe Nacht klopfen und hämmern müssen. Die Haare hätte ich mir am liebsten ausgerissen, wenn ich daran dachte, in was für eine Familie ich da eingeheiratet hatte. Ich hatte kein freundliches Wort, für keinen einzigen von ihnen – für Ned am allerwenigsten, und der war doch ein herzensguter Mann.«

Eines schönen Wintertages erklärte Mary Ned, sie sei noch nie jagen gegangen, und warum sie es nicht mal versuchten. »Kann sein, wir finden einen Fuchs, oder Enten oder vielleicht so einen Salzwasservogel wie Josh Vincent sie immer heimbringt«, sagte sie.

»Füchse gibt's in dieser Gegend keine, Mädchen. Außerdem friert's dir heute draußen sicher deinen Arsch ab – und das wollen wir doch nicht, was?« Und Ned grinste sie an und packte sie rasch am Hinterteil.

Aber dann gingen sie doch. Als Ned erkannte, wie heftig ihr Wunsch war, einmal aus dem Haus zu kommen, gab er nach, begeisterte sich selbst an der Idee, schickte Jane zu den Vincents um zwei Paar Schneeschuhe und ging selber das alte Gewehr holen, das Thomas Hutchings in seinem Laden hatte. Mary stopfte Brot und gerösteten Dickmaul in einen Beutel und bat Jane, auf Fanny aufzupassen.

»Du solltest besser zu Haus bleiben und selber auf dein Kind aufpassen, Mary Bundle! So was hab ich noch nie gehört – eine erwachsene Frau, die zu dieser Jahreszeit draußen rumstapft!« Finster starrte Meg Mary an, die sich den Rock um die Hüfte hochband und ein Paar grobe Wollstrümpfe anzog.

Als Ned mit dem alten Vorderlader und einem Pulverbeutel zurückkam, ging Meg auf ihn los: »Keinen Funken Verstand habt ihr, keiner von euch beiden! Um diese Zeit kann man sich aufs Wetter nicht verlassen – sieht ja jetzt ganz gut aus, aber was ist, wenn ein Sturm aufkommt, oder wenn ihr einem wilden Tier begegnet – einem Bären, oder womöglich einem Wolf? Dann kommt ihr beide um, und wer sorgt dann für Fanny – und was wird aus Isaac und aus Jane?«

»Meg, altes Mädchen, mach dir keine Sorgen, kein Wolf wird die süße kleine Mary fressen, dafür sorg ich schon«, und Ned schnitt ein fürchterliches Gesicht und knurrte und schnappte nach den Kindern, die alle quietschend in die Ecken rannten, alle bis auf Isaac, der sich an Neds Bein klammerte und heulte, der Vater solle doch nicht fortgehen.

Ned nahm den kleinen Jungen hoch und tanzte mit ihm auf den Armen quer durchs Zimmer und sang dazu:

Zwei Knaben gingen durch das Korn,
Der eine hint', der andre vorn,
Doch keiner ging in der Mitte,
Denn wo ist Isaac, der dritte?

Und Ned gab seinem Sohn einen schmatzenden Kuß und setzte ihn Jane auf den Schoß.

»Schmier den Brattopf aus und leg nach, daß das Feuer nicht ausgeht«, rief er Meg von der Tür zu. »Bis zum Abend sind wir mit einer Ladung Enten zurück.«

»Am Schustersonntag, wenn die blaue Sonne scheint!« rief Meg höhnisch zurück, aber sie wickelte noch einen Feuerstein und eine Kerze in zwei Paar dicke Socken und stopfte das Bündel schnell in Marys Schulterbeutel.

Draußen war es bitter kalt, aber sonnig und windstill. Am Strand war alles von gefrorenem Gischt bedeckt, Treibholz, umgedrehte Boote und Steine glitzerten in der Sonne. Hoch über dem Strand, wo der Schnee sich zu großen geschwungenen Dünen aufhäufte, banden sich Ned und Mary die Schneeschuhe an und bewegten sich zwischen verschneiten Bäumen und über Moore landeinwärts.

Keiner von ihnen hatte je zuvor Schneeschuhe getragen, aber Ned schien instinktiv zu wissen, wie er in weitem Bogen schwingen mußte, um eine Spur durch den Pulverschnee zu legen. Mary stapfte mühsam hinter ihm her, eine Stunde lang stolperte sie immer wieder und rappelte sich dann fluchend hoch, bis sie sich endlich an die ungewohnte Fußbekleidung gewöhnt hatte.

Erst dann fiel ihr die ungeheure Ruhe auf, die sie umgab. Nichts war zu hören außer dem Knirschen des Schnees unter ihren Tritten und ihrem eigenen keuchenden Atem. Über den gefrorenen Sumpf konnte sie meilenweit sehen, bis zu den bewaldeten Hügeln am Horizont. Nichts rührte sich, weder Vogel noch Wild, nur Ned, die große dunkle Gestalt weit vorne, die samt Vorderlader und Pulverbeutel gewandt durch den Schnee zog. Ned, der sich durch die unendliche Weiße schnell und lautlos von ihr fortbewegte, rechts und links weiße Wolken aufwirbelnd.

Mary schaute ihm nach, und urplötzlich traf sie wie ein Schlag das Gefühl von Verlust und Verlassenheit. Ohne zu überlegen, rief sie laut seinen Namen, und er blieb stehen und drehte sich um. Als sie sein Gesicht sah, wich ihre Panik.

»Schau!« brüllte er und deutete auf eine Gruppe von Erlen links von ihnen.

Ein großer Vogelschwarm stieg in den Himmel auf, braungefleckte hühnerartige Geschöpfe mit weißen Bäuchen gackerten aufgescheucht über ihren Köpfen.

»Rebhühner!« sagte Ned, sank in die Knie und fing an, in seinem Pulverbeutel zu wühlen.

Es kam ihr endlos vor, bis er endlich Pulverpapier und Ölfetzen fand und beides in den Lauf des Gewehrs steckte. Mary hatte Josh Vincent zugesehen, wie er Ned diese Methode des Ladens zeigte, aber so lange hatte es bei ihm nie gedauert.

Die Vögel hatten sich wieder beruhigt, sie schrien nicht mehr und flogen in geordneten Kreisen, doch Ned stopfte aufgeregt immer mehr und mehr Schrot in den Vorderlader. Ein paar Vögel verschwanden in den Sträuchern, aber die anderen – viel, viel mehr, als Mary zählen konnte – wirbelten und kreisten immer noch über ihren Köpfen.

Endlich rollte sich Ned auf den Rücken, richtete den langen Lauf himmelwärts, drückte den Schaft gegen die Schulter und feuerte mitten hinein in den Vogelschwarm.

Der Schuß dröhnte. Kein einziger Vogel fiel herunter, aber im nächsten Moment war der Himmel leer, alles war totenstill, und Ned lag auf dem Rücken im Schnee, das Gewehr neben ihm.

»Ned! Ned, um Gottes willen!« Mary stolperte durch den Schnee zu ihrem Mann, es schien ihr, als brauche sie Jahre, bis sie an die Stelle kam, wo er im Schnee lag, umgeben von einem schwarzen Kreis aus Schrot und verbranntem Stoff.

Seine Augen waren geschlossen, und aus seinem Mund rann Blut. Überzeugt, daß er tot war, sank sie in die Knie, packte ihn an den Schultern, setzte ihn auf und schrie: »Da bin ich hergegangen und hab dich geliebt, und schau, was du getan hast – hast dich selber umgebracht, du blöder Hund!« Halb wahnsinnig vor Angst und Zorn küßte sie sein geschwärztes Gesicht und schüttelte ihn.

Da öffnete Ned den Mund und spuckte zwei Zähne aus. Mary hörte auf, ihn zu schütteln. Seine Lider flatterten, und er begann zu stöhnen. Sie beugte seinen Kopf auf den Pulverbeutel herunter, nahm eine Handvoll Schnee und rieb ihm damit das Gesicht ab.

»Herr im Himmel, Mädchen! Was hast du vor, willst du mir den Rest geben?« sagte er undeutlich aus dem Mundwinkel heraus. »Wie wär's mit ein bißchen mehr Lieben und Küssen – da wird einem gleich ganz warm ums Herz«, und er blieb noch eine Weile im Schnee liegen in der Hoffnung, daß sie ihn weiter küssen würde.

»Ich hab mich fast angemacht vor lauter Schreck, du Gauner!« sagte sie, und tat, als wollte sie ihn noch einmal mit Schnee einreiben.

Er schob ihre Hand weg, rappelte sich langsam hoch und griff sich vorsichtig an die Wange. »Das verfluchte Gewehr ist mir ins Gesicht geschlagen, ich bin sicher, der Kiefer ist gebrochen!«

»Geschieht dir recht, Ned Andrews! Hast viel zuviel Pulver reingetan, Blödarsch! Wie wär's, wenn jetzt du sie aufscheuchst und ich schieße – so gut wie du kann ich's schon lange!«

Ned schien sie nicht zu hören, er betrachtete die beiden Zähne, die er aus dem Schnee geklaubt hatte: »Zu dumm, daß wir sie nicht irgendwie in den Schädel zurückschrauben können!«

»Komm – gib sie mir.« Mary schüttelte aus dem Gewehr, was vom alten Zündsatz noch übrig war, wühlte im Jutesack herum, fand noch einen Ölfleck, und es dauerte keine Minute, bis sie die Mündung mit Pulver und Zähnen gestopft hatte.

Dann pflanzte sie den Gewehrlauf in den Schnee und verkeilte ihn zwischen den beiden Beuteln, so daß die Mündung wie ein Kanonenrohr genau auf einen Punkt über den Erlen zielte. »Jetzt!« kommandierte sie. »Schrei!«

Ned brüllte: »Mary liebt Ned!« worauf an die zwanzig Vögel mit lautem Flügelschlag aufflogen. Sie feuerte, und zwei Vögel fielen wie Steine zu Boden.

Mary stieß einen Schrei aus und stürzte so schnell, wie sie sich den ganzen Tag nicht bewegt hatte, durch den Schnee hin zu den toten Vögeln.

»Ein guter Tausch, würd ich sagen – zwei Vögel gegen zwei Zähne«, rief sie triumphierend und veranstaltete einen kleinen Siegestanz, auf ihren Schneeschuhen auf- und abhüpfend.

»Dir kommt's vielleicht so vor, es waren ja nicht deine Zähne«, sagte Ned vorwurfsvoll und zog sie an der Hand. »Komm, komm, Mary-Mädchen, wir sind ja beide vor Kälte schon halb tot. Gleich da drin im Wald gibt's einen alten Unterstand«, und Ned deutete mit dem Kopf auf die paar hageren Bäume hinter den Erlenbüschen.

»Letzten Herbst hat Josh dort aus Stein und Lehm einen Kamin gebaut, damit wir ein Feuer machen konnten.«

»Aber die Vögel da essen wir nicht, bevor nicht jeder sie gesehen hat!« erklärte Mary, während sie in die von Ned gewiesene Richtung stapften.

»Ja, ja, die zwei wirst du ausstopfen und über unseren Kamin hängen, damit du noch deinen Urenkeln erzählen kannst, wie gut du sie mit meinen Zähnen getroffen hast«, zog Ned sie auf.

An diesen Tag erinnert sich Mary als einen der glücklichsten in ihrem ganzen Leben.

Als sie beim Unterstand ankamen, mußten sie die niedrige Eingangstür erst mit ihren Schneeschuhen freischaufeln. Dann krochen sie auf Händen und Füßen hinein, zündeten mit dem unterm Bett gestapelten Holz ein Feuer an, füllten einen ausgebeulten Eimer mit Schnee und machten Tee. Der winzige Raum war bald voll Rauch, aber auch warm. Sie zogen ihre dicken Gewänder aus und hängten Pullover, Mützen, Fäustlinge und Gamaschen auf Stöcken rund ums Feuer. So gut wie das Brot mit dem gerösteten Dickmaul hatte Mary noch nie in ihrem Leben etwas geschmeckt. Als nichts mehr da war, legten sie sich zusammen mitten im Rauch und dem Gestank von versengter Wolle auf das harte Lattenbett.

»Und so, mein Kind, haben wir unseren Ältesten auf Kiel gelegt, der dann dein Großvater Henry wurde – in Josh Vincents Unterstand, dieser Teil ist mir nie schwer gefallen. Henry kam auf den Tag genau neun Monate zur Welt, nachdem ich diese Vögel schoß. Meg hat's ausgerechnet – sie hat gesagt, das kommt davon, wenn ich mich herrichte wie ein Kesselflicker. Manchmal hab ich mich schon gefragt, ob Meg gewußt hat, woher die kleinen Kinder kommen!« sagt Mary, und dann fragt sie ohne jedes Schamgefühl, wo denn Rachel und das Zuwidergesicht das Kind, das ihre Urenkelin jetzt trägt, auf Kiel gelegt hätten.

»Das mußt du nicht wissen, Nan«, antwortet das Mädchen.

Das Wort »Liebe« kam in der Erzählung vor. Und jetzt möchte Rachel von ihrer Urgroßmutter alles über Liebe wissen. »Damals, an dem Tag, als ihr jagen wart – da hast du gesagt, du liebst ihn?« Mit abgewandtem Gesicht stochert das Mädchen in der Glut.

»Erst neulich mußte ich abends daran denken – merkwürdig, was einem im Bett alles einfällt! Das erste Mal, daß ich von Liebe überhaupt reden hörte, das war, als Jennie Andrews, Meg, Sarah und ich einmal auf dem Acker das Kartoffelkraut verbrannten. Da hat die alte Jennie davon angefangen, wie sehr sie und ihr Mann, also der Vater von Ned und den anderen allen, sich geliebt hatten. Das war für mich das Merkwürdigste, was ich je gehört hatte.

Im alten Land, wo Jennie aufwuchs, da haben sie eine Nacht in jedem Frühling, bevor die Felder bestellt wurden, große Feuer gemacht. Burschen und Mädchen sammelten Reisig und dürres Gras und schichteten es auf, und wenn es dunkel war, zündeten sie's an und spielten die ganze Nacht Spiele und tanzten ums Feuer.

Das war kurz nachdem ich aufs Kap kam – lang bevor mir einfiel, Ned zu heiraten. Meg war's furchtbar peinlich, immer wieder versuchte sie Jennie das Wort abzuschneiden, aber die alte Frau wollte uns das nun einmal erzählen. Was da passierte, war eben, daß am nächsten Morgen gut die Hälfte aller Mädchen keine Jungfrauen mehr waren, und nach der Ernte haben sie dann alle geheiratet. Und so kamen auch Jennie und Neds Vater zusammen: ›Ich hab ihn vom ersten Augenblick an geliebt‹, sagte sie. Das ist mir im Gedächtnis geblieben.

Ich selber hab dort, woher ich komme, keine Spur von Liebe je gesehen, sicher nicht zwischen meiner Mutter und meinem Vater. Und im Bett mit Tim Toop, da war auch keine Rede davon – so lustig das auch war, für mich genauso wie für ihn.

Aber als ich anfing, Ned zuzuhören, da hörte sich das plötzlich an, als wäre Liebe das Gewöhnlichste auf der Welt. In seinen sämtlichen Geschichten, da brodelte es nur so von Prinzessinnen und von Bettelmädchen, die irgendeinen Mann geliebt haben. Am Ende stellte sich der dann immer als steinreich heraus – ein Prinz oder ein Piratenkönig –, und wenn sie nicht gestorben sind, dann leben sie noch heute. Neds Geschichten gingen ja immer gut aus – alle lebten sie glücklich bis an ihr seliges Ende.

Na ja, auch wenn ich an diesem Tag im Wald laut brüllte, daß ich Ned liebte, so war das doch nichts, woran ich sonst viel dachte. Liebe und Glück, das kam nur in Geschichten vor. Nur Wörter! Wörter, die bloß ein Andrews je laut sagen würde.« Mary hält inne, und Rachel wartet, wagt sich nicht zu rühren aus Angst, ihre Urgroßmutter könnte sonst den Faden verlieren.

»Im Sommer war's am allerschönsten. Im Sommer glaubte ich immer, ich müßte nur Geduld haben, und bald würden wir alle reich, müßten nie wieder hungern. Das wäre für mich ›glücklich bis an ihr seliges Ende‹.«

Wenn das Meer ums Kap meilenweit vor Dickmaul schäumte, wenn die Männer von jeder Ausfahrt zu den Fischgründen die Boote bis zum Dollbord gefüllt mit Kabeljau heimbrachten, wenn sie Hunderte Zentner Fisch ausweiden, waschen, salzen und wenden half und dann zusah, wie die Stapel von Pökelfisch in Thomas Hutchings' Laden höher und höher wurden – dann spürte Mary Kraft und Hoffnung in sich aufsteigen. Eine solche Fülle, eine solche Ausdauer brachten doch gewiß ihren Lohn!

Aber dann wurde der Fisch fortgebracht, die Tage wurden kürzer, und ihre alte Angst kehrte zurück. In der leblosen Trägheit des tiefen Winters verfiel sie in Panik. Eingesperrt in einem Haus mit gestampftem Lehmboden, mit einem weiteren Kind im Bauch, mußte Mary mitansehen, wie die Vorräte immer weiter schrumpften und Neds Hände von Jahr zu Jahr verkrüppelter wurden; sie lauschte seinen Geschichten von Gold, betrachtete die verkniffenen Wintergesichter der Kleinen, machte sich Sorgen, daß schon wieder eine Lage vom Holzstoß in Rauch aufgegangen war – und versank in schwärzesten Unmut.

»In vielen Wintern kam's so weit, daß wir kaum Leib und Seel' zusammenhalten konnten. Aber mich schalten sie habgierig, wenn ich mir den Kopf zerbrach, wie wir etwas Geld dazuverdienen könnten. Das einzige echte Geld, das wir damals überhaupt zu Gesicht bekamen, brachten die Männer vom Eis nach Haus – und Gott weiß, das war nicht viel!

Aber trotzdem muß ich sagen, trotz dem ewigen Schuften und Kinderkriegen, und Steineklauben und Wasserschleppen und Fischausnehmen – trotzdem kam es mir bald nicht mehr als Fehler vor, daß ich Ned geheiratet hatte, und ich hörte bald auf, mich woandershin zu wünschen. Wenn ich zurückdenk, kann ich klar und deutlich sehen, daß ich fast die ganzen vierzehn Jahre lang, die wir geschuftet haben wie die Tiere und ich immer Angst hatte, daß wir verhungern müßten – daß wir die ganzen vierzehn Jahre lang glücklich waren wie im Märchen. Und ich wußte es nicht einmal!«

Die alte Frau blickt dem Mädchen gerade in die Augen: »Wenn ich ehrlich sein will, Kind, ich würde alles dafür geben, wieder in diesem alten Haus zu sein – wenn draußen der Nordost heult, und Ned und ich es miteinander im Bett gemütlich haben.«

»Aber es ging gar nicht ums Bett allein«, fährt Mary fort und tupft sich mit dem Ärmel ihres roten Kleides die Augen. »Ned tat immer irgendwas für mich oder zeigte mir was. Meistens war's überhaupt nichts Besonderes – ein merkwürdig geformter Baum oder Tang, um Felsen geschlungen – oder einfach Steine! Steine wurden Ned nie langweilig!

Einmal weckte er mich mitten in der Nacht – wickelte mich in eine Steppdecke und nahm mich an den Kai hinunter. Es war im Spätherbst und schon höllisch kalt, aber wir lagen auf dem Rücken und betrachteten die Nordlichter – direkt über uns, als könnten wir sie berühren oder sie uns! Kleine bunte Finger, die rundherum ihre Kreise zogen, rot und lila und grün – bunte Bänder, die sich über unseren Köpfen ineinanderschlangen, wie beim Maibaumtanz, den ich mal in Christchurch sah. Und stell dir vor, jedesmal, wenn sie am Verbleichen waren, konnte Ned sie wieder wachpfeifen. Hab so was noch nie gesehen – als tanzten sie nur für ihn.

An warmen Sommerabenden, wenn alle andern schon im Bett lagen, fuhren Ned und ich oft im Boot um die Landspitze. Alles war ganz still, nur der Mond schien über dem Wasser. Manchmal erzählte er mir was, manchmal sang er – Matrosenlieder oder alte Kinderlieder, die er als Kind auf der Straße gelernt hatte. Eine schöne Stimme hat er ja gehabt, mein Ned ...« Die alte Frau schaukelt sich lächelnd hin und her. »Vinnie hat oft gesagt, mein Ned ist ein rechtes Wunder. Das war er auch – ein rechtes Wunder!«

Rachel fürchtet, die Urgroßmutter fängt zu weinen an, und greift nach ihrer Hand. »Nachdem ihr geheiratet habt, seid ihr doch sicher Freundinnen geworden, du und die Schwester meines Urgroßvaters?«

»Davon war keine Rede! Zugegeben, nach der Hochzeit wurden sie alle ein bißchen freundlicher, aber trotzdem gab's am ganzen Kap keine einzige Frau, der ich je mein Herz ausgeschüttet hätte. Und dann fing ich mit dem Heilen an. Das war nichts, worum ich mich bemühen mußte, ich konnte es einfach. Meine Stärkungsmittel, meine Umschläge gegen Schneeblindheit, meine Salben für offene Hände halfen. Das liegt mir im Blut – dir auch«, erklärt Mary ihrer Urenkelin.

Im Lauf der Jahre haben sich die ganze Küste entlang Legenden über die Heilkünste der alten Frau gebildet. Rachel hat davon gehört, wie Mary dem jungen Joe Vincent einen Finger wieder annähte, wie sie vielen Frauen bei schwierigen Geburten beistand, wie sie Warzen entfernen, Skorbut heilen, Blut gerinnen machen kann. Der jungen Frau fiel auch auf, daß in diesen Geschichten viel Respekt, aber wenig Liebe steckt – und daß am Ende oft Marys schreckliche Wutanfälle, ihr Ehrgeiz und ihre Besitzgier erwähnt werden.

»Für Zärtlichkeit hatte meine Mutter nie was über«, hat Rachel ihre Tante Tessa sagen hören, und sie fragt sich, ob außer Ned je ein Mensch ihre Urgroßmutter geliebt hat.

»Mit der Zeit hat sich das Weibervolk an mich gewöhnt – aber nah standen sie mir nicht – auch Vinnie nicht. Nein, Kind, Vinnie und ich waren nicht befreundet, erst viele Jahre später. Es haben mich ja alle für habgierig gehalten – lüstern nach Besitz, hat Meg gern gesagt. Und anscheinend kommt ja alles Böse auf der Welt von Gier und Lüsternheit – laut Meg war's das, was den Teufel in die Hölle stürzte. Also ich glaube, der Teufel und ich, wir beide wären ein schönes Paar gewesen – mir kommt's ganz natürlich vor, daß man was haben will.

Denk zum Beispiel an den Sommer, als Frank Norris aufs Kap kam und mit dem Bau seines Hauses anfing. Ich weiß, daß ich nicht als einzige neidisch war! Vor Neid wurden wir ganz grün, und zwar wir alle!

Frank ließ buntes Glas in die Eingangstür setzen und eine richtige Treppe bauen und alle Möbel herbringen, bevor seine Frau und die kleine Rose einzogen. Alles war piekfein eingerichtet – Schaukelstühle und Sessel, Lampen aus Glas und alles, was dazugehört.

Ich seh uns noch, mich und Meg und Sarah, wie wir Frank beim Tapezieren halfen, wunderbare Tapeten, ganz voller Rosen. Hätte ich das Haus bekommen können, indem ich Frank Norris vom Kai runterstieß, ich hätt's sofort getan, Hölle hin, Hölle her.

Letzten Endes war aber alles für die Katz. Keine einzige friedliche Nacht hatte er je in diesem Haus. Seine Frau Ida war verrückt wie ein Schneehuhn – ins Erdgeschoß ließ sie die Ziegen und sperrte sich oben ein und schrie und jaulte und kratzte die Tapeten von der Wand, bis ihre Finger bluteten. Jahre später, als sie starb, brannten sie das ganze Haus ab – was blieb ihnen auch anderes übrig. Die junge Rose Norris behielt die vier bunten Glasscheiben, zwei rote und zwei blaue. Als sie Megs Willie heiratete, bauten sie an der gleichen Stelle ein neues Haus, und das bunte Glas steckt noch heute in der Haustür.

Außer Ned gab's nur noch einen Menschen, mit dem ich mich gut verstand. Du kommst nicht drauf, wer's war. Keiner kam jemals drauf!« Mary Bundle lachte gackernd, als hätte sie die Menschen, die so kühl zu ihr waren, damit ordentlich hereingelegt.

»Das kannst du aufschreiben – Vinnie hat ja gar nichts davon gewußt«, sagt sie und überlegt, wie sie am besten anfangen soll.

Mary mußte zugeben, daß die Vincents mehr für sie getan hatten als alle anderen. Sarah war es, die sie und Fanny aufnahm, als Thomas Hutchings nichts mit ihnen zu tun haben wollte, und Sarah brachte sie auch darauf, wie man mit Kräutern und mit Wurzeln heilen konnte.

Josh und Sarah Vincent waren gute Menschen, aber Mary behauptete, daß sie Peter, ihren mittleren Sohn, seltsam behandelten.

»Sarah redete oft von Wechselbälgern, und manchmal fragte ich mich dann, ob nicht Peter so einer war. Zwischen ihm und den anderen Vincents war ein Unterschied wie Tag und Nacht. Er war kein Kind, das die anderen mochten. Als ich aufs Kap kam, war er neun oder zehn, und schon damals fiel mir auf, wie Sarah immer an ihm herumnörgelte. Und er schaute immer finster drein und konnte keine Minute stillhalten. Kaum saß er einmal, war er im nächsten Moment wieder fort – ganz gleich, ob beim Essen oder mitten in der Arbeit. Wenn zum Beispiel einmal alle gemeinsam ein Boot an Land zogen oder an einem Dach nagelten – dann war mitten in der Arbeit Peter auf einmal verschwunden.«

Josh und Sarah hatten vier Kinder. Charlie, der jüngste, das erste Kind, das auf Cape Random geboren wurde, war ein kränkliches Kind, oder vielmehr verzogen, wie Mary fand. »Ein verwöhnter Fratz, genau wie sein Enkel Zuwidergesicht«, erklärt sie Rachel.

Sogar Lavinia hatte anscheinend, als sie die Kinder zu unterrichten anfing, an Charlie sofort einen Narren gefressen. Kein Wunder, daß der Junge so schnell lesen lernte, viel schneller als die drei Söhne von Ned und Mary – Lavinia verbrachte mehr Zeit mit Charlie als mit allen ihren anderen Schülern zusammen.

Der junge Joe, der älteste Vincent-Junge, war seinem Vater wie aus dem Gesicht geschnitten. Joe hatte sich als blinder Passagier auf die *Tern* geschlichen und Sarah ein leidvolles Jahr beschert, und danach sagte sie nie mehr ein böses Wort zu ihm. Er kam heim, ging wieder mit Josh fischen, und nach ein paar Jahren gründete er mit Megs und Bens Tochter Lizzie eine Familie.

Annie, die Vincent-Tochter, war das, was sie ein »Hausmütterchen« nannten – immer tüchtig im Haushalt, und nie sah man sie draußen ohne ein kleines Kind auf der Hüfte. Doch als der Vater starb, ging Annie zur allgemeinen Überraschung mit dem jungen Joe aufs Wasser. Und Sarah wandte kein Wort ein, obwohl eigentlich Peter der Platz im Boot seines Vaters zugestanden hätte. Annie zog sich Ölzeug an und ging jahrelang mit ihrem Bruder fischen – bis Ida Norris starb. Am Tag, nachdem die Irre gestorben war, schlüpfte Annie Vincent in ein Kleid und heiratete Frank Norris.

Nach dem großen Krach an jenem Tag, da er dem jungen Joe den Finger abhackte, zog sich Peter immer mehr in sich selbst zurück. Die häßliche Narbe von dem Hundebiß in seinem Gesicht machte ihn auch nicht anziehender. Als die anderen Kinder anfingen, ihn wegen der grellroten Narbe zu hänseln, ging er öfter allein fort. Schon als Junge ging er allein tief ins Land hinein, blieb wochenlang fort mit nichts als ein paar Stücken Schiffszwieback, einem Stück Segeltuch und Thomas Hutchings' altem Gewehr.

»In vielen Wintern verhungerten wir nur deshalb nicht, weil Peter uns frisches Fleisch brachte. Einen Monat lang war er fort – manchmal auch noch länger –, dann ging eines Tages die Haustür auf, und er warf eine Karibukeule herein, oder ein paar Hasen, Wildenten, Wildgänse. Aber Sarah war das egal – die anderen drei hatte sie trotzdem lieber.

Als schon jeder am Kap wußte, daß Annie mit Frank Norris schlief – der doch immerhin eine Ehefrau hatte, verrückt zwar, aber doch so lebendig wie du und ich –, da war Sarah immer noch hinter Peter her, er solle doch brav in die Kirche gehen wie ihre Annie, oder sich das Haar so ordentlich schneiden lassen wie der junge Joe, oder so schön lesen lernen wie ihr Charlie. Und immer wollte sie von ihm wissen, wann er wegging und wann er wiederkäme. So hab ich die meinen nie behandelt – nie einen über die anderen gestellt«, erklärt Mary, die längst vergessen hat, wie wenig sie sich mit ihren Kindern überhaupt abgab, im Guten wie im Schlechten.

Die ganzen Jahre über hatte Mary mit Peter Vincent kaum je gesprochen. Er war ja nur ein Junge – einer aus dem Haufen Kinder, die hinter Lavinia Andrews herliefen –, und Mary war eine Frau. Manchmal sah sie ihn draußen im Land, wenn sie nach Ingredienzien für ihre Heilmittel suchte. Dann nickten sie einander zu, wechselten kein Wort und gingen jeder seiner Wege. Bis Mary eines Tages, viele Jahre nach der Geschichte mit dem abgehackten Finger, Peter drinnen im Wald fand, mit einer tiefen Schnittwunde im Bein.

Es war das Jahr, in dem er anfing, sein Haus zu bauen. Ohne irgend jemandem etwas davon zu sagen, ganz allein schusterte er auf dem Hügel oberhalb des Kaps ein Fundament und Träger zusammen, ein eigenartiges, mysteriöses Skelett, das aussah, als sollte es drei Stockwerke hoch werden und in jedem nur einen Raum enthalten – falls er je Wände und ein Dach dazubauen würde. Peter war jetzt schon ein junger Mann, hatte aber noch keine Liebste, deshalb wunderten sich alle, daß er ein Haus bauen wollte. Vielleicht war's ein Leuchtturm, oder eine Art Ausguck, oder einfach nur ein Zufluchtsort vor seiner Familie.

»Ist dir schon einmal aufgefallen, wie Leute immer nur die Fragen stellen, auf die sie die Antworten schon wissen? Mir kommt immer vor, wenn die Leute von etwas gar keine Ahnung haben, dann trauen sie sich auch nicht nachzufragen. So war's auch mit Peter Vincents Haus. Jedem anderen hätten sie über diese endlos langen Träger, die da in den Himmel stachen, die Würmer aus der Nase gezogen – aber kein Wort zu Peter, außer Sarah, aber daß sie ihn direkt gefragt hat, glaub ich auch nicht. Und niemand bot ihm Hilfe an, obwohl alle seinem Bruder Joe halfen, als er und Lizzie sich ihr Haus bauten.«

An dem Tag, an dem Mary Peter Vincent näher kennenlernte, war er mit dem Bein in ein Moorloch gestürzt und hatte sich an einem spitzen Ast einen tiefen Schnitt zugezogen. Mary sagte, er solle schnell heimgehen und die Wunde säubern, bevor er den Wundbrand bekam, aber er schüttelte nur den Kopf. Er war doch gerade erst fortgegangen und wollte nicht eher zurück, als bis er seinen Sechs-Meilen-Rundgang beendet, seine Fallen überprüft und frischen Seehundsköder ausgelegt hatte. »Hast du was zum Verbinden?« fragte er.

Mary hockte sich hin und wühlte in ihrem Jutesack. Auch sie war gerade erst von zu Haus fortgegangen und hatte daher noch nicht viel drin. Sie goß lauwarmen Tee über den Schnitt und brachte die Blutung mit Moos zum Stillstand.

»Ich weiß ein oder zwei Dinge über dich, Mary Bundle«, sagte Peter ruhig.

Mary verband das Bein gerade mit einem Stück Stoff aus ihrem Unterrock. Sie hielt das Gesicht gesenkt, ließ sich Zeit beim sorgfältigen Verknoten der Enden und hoffte, er würde ihren Schreck nicht merken.

Seit Jahren schon hatte sie damit gerechnet. Jedes Frühjahr, wenn die Schiffe wieder am Kap anlegten, fiel es Mary eiskalt ein: eines Tages würde jemand von einem dieser Schiffe an Land kommen und verlangen, daß sie mit ihm ging und sich den Gerichten stellte, die nach ihr fahndeten, wie ihr Tim Toop gesagt hatte. Tausendmal schon hatte sie sich Neds Gesicht vorgestellt, wenn sie sie fortschleppten. Nach St. John's würden sie sie bringen, ins Gefängnis werfen, auspeitschen vielleicht – schon die Vorstellung machte sie krank – oder zurück nach England verschiffen.

Die Angst war nicht verschwunden, aber in den letzten Jahren doch schwächer geworden. Ihr neuer Name, die Geburt ihrer Kinder, der Kreis von Menschen, die sie kannten, die sie kannte, die Arbeit und mehr als alles das Leben mit Ned – das alles hatte sie in Sicherheit gewiegt.

»Wie kann man auch so blöd sein«, dachte sie jetzt und zerrte an dem schmuddeligen Stoffstreifen. »Muß ja weich sein in der Birne, zu glauben, daß es für eine wie mich Sicherheit gibt.«

Mary beschloß, kein Wort zu sagen. Sie würde sich Peter nicht ausliefern, ihm nichts gegen sie in die Hand geben. Sie blieb hocken, blickte dem bärtigen jungen Mann in die Augen, und wartete, was er von ihr für sein Schweigen verlangte.

»Kennst du 'nen Kerl, der Matt Escott heißt?« fragte Peter.

Mary rührte sich nicht. Die beiden starrten einander so reglos an, daß man sie aus der Entfernung für wilde Tiere hätte halten können, die da im braunen Herbstgesträuch hockten.

»Hast du je von so was gehört, was man Surrogat-Gericht nennt?«

Als sie immer noch still blieb, redete er nach ein paar Minuten weiter. »Vor etwa einem Monat, ich glaub, es war Ende August, da war ich oben auf den Red Hills hinter Pond Island, ich hab mir überlegt, daß ich hinuntergehe und die Nacht bei Pas Leuten verbringe. Bei Onkel Ezra Vincent, oder einem der Cousins«, sagte Peter.

»Aber bis Pond Island kam ich gar nicht. Ich geh also so dahin, ganz gemütlich, halte Ausschau nach 'nem verirrten Vogel oder Hasen und bin schon fast an den Gärten, als ich plötzlich einen Fremden oben auf einem alten Schuppen sitzen sehe. Wie auf einem Aussichtsturm saß er da oben. Er kam mir irgendwie bekannt vor, aber der Name fiel mir nicht ein, bis er mir sagte, daß er schon oft auf Cape Random war – ist jahrelang als Matrose unter Kapitän Brennan auf einem der Gosse-Schiffe gefahren.« Peter hielt in seinem Singsang inne und studierte Marys Gesicht.

»Sein Name wär Escott, sagte er – und wollte wissen, ob ich 'ne Mary Bundle kannte. Als ich ihn frage, was diese Mary Bundle ihn denn angeht, daß er nach ihr fragt, da grinst er nur und deutet auf das gottverdammte Riesen-Kriegsschiff, das ziemlich weit draußen vor Anker liegt. ›Siehst du das?‹ fragt er, und natürlich seh ich's – war ja nicht zu übersehen. Also nicke ich, und er erklärt mir, das ist die *H. M. S. Valiant* – des Gouverneurs eigenes Flaggschiff.

›Denk doch mal!‹ sagt Escott und will mich beeindrucken – und ich denk, und denk immer noch. Da kommt so ein englisches hohes Tier und plustert sich auf in einem riesigen Flaggschiff, während wir Leute hier kaum Leib und Seel' zusammenhalten können.«

Peter verstummte, schüttelte den Kopf, und zog einen Pfriem Kautabak aus der Tasche. Er schnitt ein Stück ab, steckte es in den Mund und hielt dann Tabak und Messer Mary hin, als wäre sie ein

Mann. Als sie den Kopf schüttelte, steckte er den Tabak zurück in die Tasche und fuhr fort.

Escott erzählte Peter Vincent, der Gouverneur Cochrane habe die *Valiant* unter Kapitän Upshall auf eine dreimonatige Fahrt die Nordostküste entlang ausgesandt, um den abgelegenen Häfen britische Justiz angedeihen zu lassen. Für die Dauer der Reise war Kapitän Upshall zum Surrogat-Richter bestellt und als solcher berechtigt zur Entgegennahme von Klagen, zu Verhaftungen, Untersuchungen, Urteil und Strafen durch Auspeitschen, wo nötig.

Man hatte dem Kapitän auch eine Liste mit Namen und Beschreibung von Übeltätern übergeben, denen die unterschiedlichsten Verbrechen angelastet wurden, von Mord bis zum Diebstahl einer auf zehn Pence geschätzten Daunendecke. Man nahm an, daß sich diese Flüchtigen in den gesetzesfernen Fischerhäfen versteckten, und der Kapitän war angewiesen, sie nach St. John's vor Gericht zu bringen.

»Dieser Escott war anscheinend der Handlanger des Kapitäns. Schreiber nannte er sich selber, und sollte sich in den verschiedenen Orten umsehen und Gesetzesübertretungen erschnüffeln und alle ausfindig machen, die sich irgendwo versteckt hielten. Ihre drei Monate waren schon fast um, aber zum Auspeitschen hatten sie erst zwei gefunden – einen Alten und seine Frau, wegen Schnapsbrennen oben in Fox Cove. Und dann hatten sie noch 'nen armen Kerl in Gewahrsam, der sich in Bonavista von seinem Schiff abgesetzt hatte. Dieser Escott war so sauer! Verbrecher würden der Gerechtigkeit entzogen, sagte er. Und es wär der reinste Skandal, wie wenig Achtung wir Leute in der Bay dem Gouverneur entgegenbrächten. Er hatte doch Aussicht auf Belohnung, der Escott, wenn er einen von der Liste fing – aber jetzt waren sie schon wieder auf dem Rückweg nach St. John's, und noch immer hatte er keinen! Als er mich sah, faßte er wieder Hoffnung – zog sein Papier aus der Tasche und las mir alle der Reihe nach vor. Aber auf wen er's besonders abgesehen hatte, das war diese Mary Bundle – eigentlich hieß sie ja, sagte er, Mary Sprig –, über die hatte er eine ganze Menge stehen.«

»Was?« Das war Marys erstes Wort, seit sie hier hockte. Kaltes

Moorwasser war ihr in die Schuhe gesickert, die Knie waren ihr eingeschlafen, und das Kreuz tat ihr weh. Sie begriff nicht, wie Peter diese Stellung so leicht aushielt.

»Ich lese es dir vor«, sagte Peter und zog ein Stück Papier, zusammengefaltet und fleckig, aus der Hemdtasche. »Mary Sprig – weiblicher Dienstbote, klein, von dunkler Farbe. Aus dem Dienst entlaufen, ohne die Überfahrt abzuarbeiten, hat böswillig Eigentum der Herrschaft zerstört und Essen und Haushaltsgüter gestohlen, darunter goldene Kerzenleuchter und eine Uhr, jeweils auf hundert Pfund geschätzt. Ist vielleicht bewaffnet. Mary Sprig, eine Diebin und gefährlich, verbirgt sich womöglich in einem der Außenhäfen in der Umgebung von St. John's.«

Mary war vor Schreck halbtot – und verblüfft, nicht nur über die Worte auf dem Papier, sondern auch, daß Peter Vincent sie lesen konnte. Lavinia hatte sich doch oft beschwert, daß sich Peter nie im Schulzimmer sehen ließ. »Das saugst du dir doch nicht alles aus den Fingern?« fragte sie, teils, um Zeit zum Überlegen zu gewinnen.

»Nein, das steht auf dem Papier – obwohl Escott mir sagte, daß nicht alles stimmt. Er wußte, daß diese Sprig sich keineswegs in der Umgebung von St. John's aufhielt, denn er war selber an Bord der *Tern* die Küste heruntergefahren mit einer Mary Bundle – und die hatte sich vorher am Hafen von St. John's durchs Leben gestohlen und paßte auch sonst genau auf die Beschreibung. Diese Mary Bundle, sagte er, war so ein Biest, daß sie ihn angefallen hatte, und dann beförderte man sie auf Cape Random an Land. Laut Matt Escott wollten sie in ein oder zwei Tagen am Kap anlegen – und Mary Bundle war die einzige Person auf seiner Liste, die er noch einzufangen hoffte. Mir war schon klar, was ihr blühte, wenn der sie auf das Schiff bekam.«

»Was hast du ihm gesagt?«

»Nichts«, antwortete Peter. »Gar nichts hab ich dem Schweinehund gesagt – aber dann wurde er noch frech und behauptete, er könnte mich anklagen, weil ich Gesetzesflüchtigen Unterkunft gewähre, oder so ein ähnlicher Blödsinn.«

Peter stand auf und streckte sich. »Also hab ich ihn zuerst mal verdroschen, aber ordentlich. Als ich fertig war, hab ich ihm erklärt, es gibt keine Mary Bundle auf dem Kap, und wenn irgendwer, egal wer, noch einmal nach ihr schnüffeln kommt, dann fahre ich mit dem nächsten Schiff nach St. John's und mach ihn fertig, aber diesmal endgültig.« Er lächelte und spuckte Tabakspeichel über die Schulter. »Und ich glaube, das hat er mir abgenommen«, erklärte er befriedigt.

Mary versuchte aufzustehen, aber es ging nicht, also mußte Peter sie hochziehen. Ihre Beine stachen ganz fürchterlich, ihr Rock hatte sich mit Wasser vollgesogen, sie fror und hatte entsetzliche Angst.

»Na, was ist?« fragte sie, krampfhaft bemüht, das Klappern ihrer Zähne zu unterdrücken.

»Was soll sein?« Peter faltete das Papier zusammen und steckte es zurück in die Tasche. »Ich muß fort – in zwei Stunden wird es finster«, sagte er und machte sich in die entgegengesetzte Richtung auf.

»Wart!« rief sie ihm nach. »Wozu hast du's getan, wenn du nichts dafür willst?«

Er blieb stehen und kratzte sich am Kopf. »Weiß auch nicht – kann sein, weil Mudder dich mag«, sagte er – und verschwand.

Von da an unterhielten sich Mary und Peter immer, wenn sie einander zufällig begegneten. Manchmal saßen sie nur da und kauten Tabak, manchmal redete Peter, denn der junge Mann war eigentlich viel redseliger, als irgend jemand auf dem Kap vermutet hätte.

»Er zeigte mir gern, wie man irgend etwas tun mußte – vielleicht weil ich das einzige Geschöpf war, das sich von ihm überhaupt was zeigen ließ. Zum Beispiel wie man eine Falle legt oder wie man ein Netz zum Vogelfangen wirft. Das Land um uns herum, das kannte er wie seine Westentasche – kannte jedes Versteck im Umkreis von hundert Meilen, und überall die Küste entlang kannte er Leute, dieser Peter.

Manchmal fand er anscheinend, daß ich zu freundlich wurde, oder zu neugierig. Dann sprang er auf und ging fort. Da hockten wir gerade noch und redeten, und im nächsten Augenblick war er fort – verschwunden wie der Schnee vom letzten Jahr!«

Peter hatte schon recht, wenn er Mary Bundle für neugierig hielt. Sie sammelte Informationen und legte sie zur Seite für späteren Gebrauch. Sie war geduldig, sie vertraute Peter, und mit der Zeit vertraute er ihr auch. Zwar erzählte er ihr nie, warum er das Haus baute, aber er vertraute ihr andere Dinge an, Dinge, die Mary jetzt ihrer Urgroßenkelin erzählt.

»Peter Vincent war weit und breit der einzige, von dem ich je erfuhr, daß er mit den Rothäuten redete. Die waren auch nicht dümmer als wir Christenmenschen, sagte er – sie hatten geheime Stellen in hohlen Bäumen oder unter Steinen, wo sie Nachrichten versteckten, die sie über Hunderte von Meilen weiterreichen konnten – jeder brachte die Nachricht bis zum nächsten Versteck. Auf diese Weise erfuhren sie's lang im voraus, wenn die Weißen kamen, und brachten sich rechtzeitig in Sicherheit.

Aber Peter hat doch einige von ihnen kennengelernt – mit einer Gruppe von Indianern hat er einmal den ganzen Winter verbracht. Die konnten Fisch ohne Salz haltbar machen, und einen Katamaran unten mit Seehundfell verkleiden, so daß man damit über den Schnee glitt. Die Indianer hatten auch ihre eigene Medizin, Aufgüsse aus Hundsbeerenrinde, Gelben Teichrosenwurzeln und so Zeug. Ich mache auch heut noch Mixturen, für die mir Peter das Rezept gegeben hat.«

Nachdem sie eine Weile miteinander bekannt waren, konnte Mary Peter dazu überreden, ihr die Beschreibung aller Flüchtigen auf Matt Escotts Liste vorzulesen. Außer Mary Sprig standen da noch vier andere Namen: Nell Sheppard, ein armer Teufel, der eine Decke stahl; Pater Commins, ein irischer Priester, der den Verstand verlor und einen Engländer umbrachte; Bertha Putt, ein Dienstmädchen, das ihr Neugeborenes tötete und unter der Türschwelle der Herrschaft vergrub, und George Gipps, ein einohriger Dieb, der in St. John's aus dem Gefängnis ausbrach, während er auf den Galgen wartete.

»Das ist alles?« fragte Mary enttäuscht, weil sie gehofft hatte, vielleicht die Namen von Tim Toop oder sogar Thomas Hutchings zugleich mit dem ihren auf der Liste zu finden. Aber immerhin, man konnte ja nie wissen, eines Tages war das Papier da in Peters Hand vielleicht von Nutzen.

»Was willst du denn mit dem Papier anfangen – jetzt brauchst du's ja nicht mehr, oder?« fragte sie.

Mary hatte in gleichgültigem Ton gefragt, aber Peter ließ sich nicht täuschen. Seine Augen bekamen diesen fernen Blick, als lauschte er auf etwas in seinem Kopf. Sie hatte erwartet, daß er aufstehen und fortgehen würde, aber statt dessen legte er die Liste auf den Boden zwischen seinen Füßen, zog ein Stück Tabak aus der Tasche und fing an, mit dem Messer kleine Flocken abzuschneiden. Als das Papier damit bedeckt war, hob er es auf, hielt es zwischen den Fingern beider Hände und schüttelte den Tabak in die Mitte. Dann rollte er das Ganze zu einem Röhrchen, nahm einen Flintstein und setzte es damit in Brand.

»Und dann rauchte er sich's an, als wär's eine Pfeife, und lachte sich in den Bart. Er hatte so langes strähniges Haar – damit hätte er an dem Tag bald Feuer gefangen. Es gab nicht viele auf dem Kap, die ein gutes Wort für Peter Vincent hatten, aber mir war er immer ein guter Freund.«

11

Wie dann diese Prediger angefangen haben, aufs Kap zu kommen, da war's nie mehr so wie früher. Nie mehr!«

Rachel mußte lächeln über das Gift in Marys Stimme. Das hatte sie von ihrer Nan schon oft gehört, meistens einem ahnungslosen Missionar ins Gesicht geschleudert, der der ältesten Frau an der ganzen Küste seine Aufwartung machen wollte.

»Brauchst gar nicht so grinsen, Rachel Andrews! Ganz verblödet bin ich noch nicht – und das ist weiß Gott ein Wunder, wo ich so lang unter euch gelebt hab! Diese Pfaffen, die sind eine echte Strafe Gottes!

Ganz arg war der allererste, dieser Hochwürden Ninian Eldridge. Dürr wie ein Stecken kam er vom Schiff heraufgekrochen, und Meg hat ihn fest am Arm gepackt, aus Angst, er könnte entzweibrechen oder im Wind davonfliegen. Besser wär's gewesen!

Es war noch keine Woche um, da jaulten alle, sogar mein Ned, von Sachen, die du nicht sehen kannst – Seelen und Engeln und Himmel und Erlösung und so. Möcht wissen, was so ein Gerede für einen Sinn hat. Der hat das Oberste zuunterst gekehrt, dieser Ninian Eldridge.

Nur weil der immer so von anderen Orten geplappert hat, sind Jane und Emma auf die Idee gekommen, nach St. John's zu gehen. Megs Emma hab ich ja nie getraut, aber Neds Jane war doch ein gutes fügsames Kind – hab mich mit ihr besser verstanden als mit meiner eigenen Fanny, die ja im Haushalt zu nichts nutze war. Nachdem sie dem Pfaffen also zugehört hatten, machten sich die beiden untereinander aus, sich nach St. John's abzusetzen, wollten Geld verdienen, hübsche Fetzen kaufen, reiche Männer heiraten. Klar hab ich gewußt, was für blöde Ideen das sind, aber auf mich hört ja keiner – und die andern ließen sie eben ziehen, ihrer Meinung nach waren Jane und Emma auf dem rechten Weg, waren große, vernünftige Mädchen, und Kapitän Brennan versprach uns außerdem, daß seine Frau sich um die beiden kümmern würde.

Als dann Emma später ihre zwei Bankerte am Kap abgeben ließ wie neugeborene Kätzchen, da fragte ich mich, ob Meg oder Ben sich noch an ihr dummes Gerede erinnerten, daß die Mädchen ›der Mantel der Gerechten umfing‹. Das hätt ich ihnen gern ins Gesicht geschleudert – ich tat es aber nicht.« Den lammfrommen Gesichtsausdruck der alten Frau verdrängte sofort ein finsterer Blick: *»Aber was mich damals zur Verzweiflung trieb, das war die Schnapsidee von diesem Pfaffen, wir sollten am Kap eine Kirche bauen!«*

Hochwürden Eldridge war es jedenfalls gewesen, der Meg auf die Idee brachte, eine Kirche zu bauen, und dazu gehörte dann auch, daß sie aus ihrem Sohn Willie einen Prediger machen wollte – und das dem Umstand zum Trotz, daß der Junge die Schule haßte und sich eigentlich für nichts interessierte außer für Rose Norris.

Inzwischen waren die beiden Andrews-Familien in das große Doppelhaus gezogen. Auf der Seite von Mary und Ned blieb immer alles beim alten, unten eine große Stube, wo die beiden hinter einem Vorhang in einem großen Bett schliefen, und oben ein großer offener Dachboden, und da schliefen alle Kinder gemeinsam auf dem Fußboden.

Aber bei Ben und Meg war's ganz anders. Megs Fußböden waren nicht nur mit Brettern beschlagen, sondern auch gewachst und mit selbstgefertigten Flickenteppichen belegt. Im Winter hängte sie auch innen vor der Tür so eine Matte auf, und eine zweite vor dem Glasfenster, auf das sie so stolz war.

Ben war genauso – auch er mußte, wie Ned sagte, »immer noch eine Rosine in seine Kuchen stecken«. Wenn er nicht gerade den Pier oder eine Stelling reparierte oder an einem Boot arbeitete, dann mußte er für Meg Trennwände aufstellen, einen Raum anbauen, Wandbretter abhobeln, Tische und Stühle machen, Truhen und Waschtische und Schemel herstellen.

In ihrer Küche hatte Meg an der Wand eine Kredenz stehen, links und rechts von ihrem Kamin gab's einen Ofensitz; und Lizzie, Pash, Emma und Willie schliefen in richtigen Betten, die Ben für sie gemacht hatte. Wenn Ned an den Abenden Netze ausbesserte und Geschichten erzählte, schnitzte Ben immer irgend etwas: Kerzenleuchter oder Löffelständer, Spielzeugboote für die Jungen, Puppen für die Mädchen oder Rahmen für die kleinen Bilder, die Meg auf Jute stickte.

»Alle Männer haben immer gemeinsam Holz gemacht. Aber schon damals gab's am Kap keine Bäume – sogar um Reisig mußten wir weit ins Land hinein. Im Herbst und Winter gingen alle Männer Holz fällen und brachten die Stämme auf Hundeschlitten her, oder auf Booten, sobald das Eis fort war. Ben beschaffte sich nach und nach auch ordentliches Werkzeug, erst eine gewöhnliche Säge und einen Sägebock, dann eine große Säge. Und die Männer überließen ihm immer das beste Holz als Bauholz. Und dafür hätte Ben uns bei unserem Haus eigentlich auch helfen sollen – denn Ned war zwar willig, aber leider hatte er zwei linke Hände.

Aber sobald Meg sich einmal diese Kirche in den Kopf gesetzt hatte, gab ich jede Hoffnung auf Bretterböden und Trennwände auf. Das dauerte *Jahre,* bis die stand, diese Kirche, dieses Riesending!« Mary schnaubte und spuckte ihre ärgste Beschimpfung heraus: »Für nichts und wieder nichts!«

Diese sinnlose Vergeudung von Zeit und Arbeit war es aber gar nicht, was sie den Pfaffen am meisten vorwarf. Vielmehr war es in Marys Augen so, daß sich nach Abreise von Hochwürden Eldridge so etwas wie ein Fluch übers ganze Kap senkte, es war wie ein dicker Nebel, der zuerst ganz harmlos schien, aber dann immer dichter wurde und sich auf alle vertrauten Orte legte und alles derart veränderte, daß einem bald der eigene Hof fremd und gefährlich vorkam.

Nachdem Jane und Emma fortgegangen waren, schien eine Weile alles wunderbar. Es war der schönste Sommer am Kap seit Menschengedenken, die Äcker trugen gut, es gab Beeren im Überfluß, und das Meer schäumte vor Fischen. Ned und Mary hatten jetzt vier Söhne – Henry und Alfred, die beiden älteren, konnten zusammen mit Neds Isaac dem Vater schon beim Fischen helfen. George war etwa sechs, und Moses lernte gerade das Laufen.

»Ich glaubte schon, mit dem Kinderkriegen wär's vorbei, aber als der Sommer aus war, war ich wieder in der Hoffnung. Meg redete uns ein, das alles – Fisch und Beeren und Babys – wär Gottes Segen dafür, daß so viele von uns jetzt in der Gnade standen. An den Sonntagen luden sie und Sarah uns abwechselnd in ihre Häuser ein, zum Kirchenlieder-Jaulen und Predigen – die einzigen, die nicht hingingen, waren die arme verrückte Ida Norris, ich und Thomas Hutchings.

Ganz anders waren sie jetzt alle, seit sie ›in der Gnade‹ standen; wenn Alex Brennan hie und da einmal eine Flasche mit an Land brachte, dann wollte keiner mehr einen Tropfen, und geflucht wurde sowieso nicht mehr – ganz heiligmäßig waren sie auf einmal. Charlie Vincent, der doch nur ein Junge war, fing an zu predigen. Fanny ›in der Gnade‹ war noch viel merkwürdiger, als sie ohnehin schon war, aber Vinnie wurde plötzlich munter und machte Thomas schöne Augen. Nur Ned änderte sich nicht – er kannte alle Melodien und alle Texte auswendig, aber in sich selber blieb er immer gleich.

Das war der Sommer, wo Ned mir das von Thomas erzählte.«

Es war ein Sonntag und schön warm, obwohl bereits Oktober. Ned liebte den Gesang und die Bibelgeschichten, aber er hatte die Andacht verlassen und war mit seiner Frau an den Strand gegangen, um Mary aus der finsteren Stimmung herauszulocken, die sie seit Wochen quälte.

Von dort, wo sie saßen, erstreckte sich leerer sauberer Strand in beide Richtungen. Links von ihnen ragte der hohe schwarze Fels, den sie Gottes Finger nannten, in den Himmel, und rechts von ihnen in einiger Entfernung waren der Pier, die Fischhürden und der Laden – worin sich jetzt nur mehr der Wintervorrat an Pökelfisch befand; der Sommerfang war schon nach St. John's verschifft. Auf den Äckern grub man noch Erdäpfel aus, und im Keller hatte jede Familie Steckrüben, Karotten und Kraut. Fässer voller Wein und Eimer voller Beeren standen auf Dachböden und in Hintereingängen. Aber ungeachtet des Fischvorrats im Laden und der

Brennholzstapel an jeder Hausmauer fingen die Männer weiter Fisch und schifften Holz um die Landzunge, solange das Wetter hielt. Wenn es morgen schön blieb, wollte Mary für ihre Ziegen Grummet mähen, andere Frauen wollten Kerzen ziehen oder ihr Haus noch einmal putzen, bevor der Winter kam.

Ned lag auf dem Rücken, die Arme hinterm Kopf verschränkt, und sah den Möwen zu, wie sie rund um Gottes Finger kreischend herabstießen. »Mary-Mädchen, dieses Jahr zahlen wir das Boot ab, dann sind wir unsere Schulden los, und es bleibt sogar was über.«

»Seit über dreizehn Jahren sagst du das, und gestimmt hat es noch nie – und wird auch nie stimmen, solange wir um alles, was wir brauchen, bei Wildfremden betteln müssen – um alles, von Seilen bis zu Nadeln.« Mary war verbittert, schließlich hatte sie jetzt fast einen Monat lang die Männer zu überreden versucht, doch endlich daranzugehen, ein Schiff zu bauen, groß genug, damit sie selber den Fisch nach St. John's bringen konnten.

»Gib's auf, Mädchen! Skiffs und Dorys kriegen wir ja sehr gut hin – und Ben schreckt sicher auch vor einem größeren Bulley nicht zurück –, aber kein einziger von uns würde sich an ein Schiff rantrauen, das so groß ist, daß wir es voll gesalzenen Kabeljau laden und damit nach St. John's segeln.«

Ned griff nach dem Arm seiner Frau und versuchte sie neben sich auf den Sand zu ziehen, aber Mary blieb steif sitzen, das Gesicht hinaus aufs Meer gewandt, und überließ sich ihrer Enttäuschung. Dieses Jahr hätten sich die Männer zum ersten Mal wirklich an ein großes Schiff wagen können. Nie zuvor hatte man am Kap einen solchen Herbst erlebt – noch keine Spur von Schnee, noch kein einziger Nordost war die Küste herabgefahren. Es wäre massenhaft Zeit gewesen, knurrte Mary, einen Kiel zu legen, die Spanten einzupassen, vielleicht sogar das Deck zu verplanken, bevor's zum Arbeiten zu kalt war. Und sie wußte: wenn Ned wirklich wollte, dann konnte er Ben dazu bringen.

»Was hat's denn für einen Sinn, jemandem was einzureden, was er selbst nicht will«, bemerkte Ned. »Und außerdem braucht man mehr als Holz, um so ein Fahrzeug zu bauen – ich glaube nicht, daß sich an der ganzen Nordostküste genug Geld findet, um das Schiff, von dem du redest, auszustatten.«

»Das Geld wär schon da, wärt ihr nicht all die Jahre so vernagelt gewesen – und hättet euch von Thomas Hutchings vorschreiben lassen, was euch zusteht und was nicht!«

Seit langem wünschte sich Mary nichts sehnlicher, als einmal das zu kontrollieren, was in Thomas' Hauptbuch stand. Da aber weder sie noch Ned lesen konnten, war sie immer schon hinter ihrem Mann hergewesen, er solle Lavinia für den Plan gewinnen.

»Vinnie muß doch nichts anderes tun, als ein paar Zahlen ausbessern, oder was ausradieren«, erklärte sie ihm wieder und wieder.

Von derartigen Dingen wollte Ned nichts hören. »Dieser Mann hat zu uns Andrews' gehalten, seit wir den Fuß aufs Kap gesetzt haben. Den ersten Winter war's nur er, der uns über Wasser hielt – und schau, wie er Bücher für die Kleinen in Vinnies Schule auftreibt, und wie er uns Pier und Fischhürden mitbenutzen läßt, und dabei bezahlt er Ben noch dafür, daß er das alles in Schuß hält. Nein, Mädchen, auf Thomas Hutchings lasse ich nichts kommen!«

»Ned, du weißt doch gar nichts über ihn. Vielleicht stiehlt er uns das Weiße aus den Augen – vielleicht ist er der größte Schuft, der je gelebt hat!« Mary hatte nur ihren üblichen Einwand vorgebracht. Was sie am meisten beschäftigte, war die Frage, ob in Thomas' Blechdose wohl noch genug Geld für die Ausstattung eines Schiffs vorhanden wäre.

»Mein Leben würd ich in seine Hände legen, Mary. Und das kannst auch du – das kann jeder von uns! An der ganzen Küste gibt es keinen anständigeren Mann, und wenn er auch einer von diesen Papistenpfaffen ist!«

Mary verschlug es die Sprache. So oft sie sich in Gedanken mit dem Mann auch beschäftigt hatte, darauf wäre sie nie gekommen.

»Wenn ich jetzt daran zurückdenke, dann versteh ich nicht, wie ich so begriffsstutzig hab sein können«, bemerkt Mary zu ihrer Urenkelin.

»Ich hab's Ned nicht gesagt, aber mir war sofort klar, daß Thomas Hutchings in Wirklichkeit Pater Commins war, der Mörder, von dem mir Peter vor Jahren erzählte – der Mann, den Matt Escott und dieser Richter suchten – der verrückte Pfaffe, der einen Engländer umgebracht hat und dann floh – das war Thomas!

Unser Thomas, der mit uns lebte und sich als unser Herr aufspielte!

Kaum war Ned das rausgerutscht, sah ich auch schon, daß es ihm leid tat. Ganz aufgeregt war er auf einmal – ich mußte ihm fest versprechen, daß ich's keiner Menschenseele sagen würde. Hab ich auch nie getan. Bis auf Thomas selber bist du die erste, die's von meinen Lippen hört. Und als mir's viele Jahre später Vinnie erzählte, da tat ich, als hörte ich's zum ersten Mal.«

Ned war daran gelegen, das Thema zu wechseln: »Ich hab das Gefühl, diesmal wird's ein Mädchen – wir müssen einen guten Namen für sie finden«, und damit streckte er die Hand aus und tätschelte Marys Bauch und schnurrte eine gereimte Liste der ausgefallensten Namen herunter.

Aber Mary wollte sich um keinen Preis aufheitern lassen. »Was macht es denn für einen Unterschied, wie Leute wie wir heißen? Wir leben nur, um zu sterben – wir schuften wie die Tiere, wenn uns die reichen Schweine brauchen, und hungern, wenn wir ihnen zu nichts nutze sind – und das ganze Leben lang haben wir nie genug zu essen und anzuziehen!« Und sie fing zu weinen an.

»Mir traust du nie, was, Mary? Traust mir nie zu, daß ich für dich sorge?« sagte Ned, und sie erinnert sich an den gekränkten Stolz in seiner Stimme.

»Es muß doch was geben, was wir tun können, Ned – damit wir nie wieder Hunger leiden müssen!«

»Nein, Mädchen, das glaub ich nicht, ich glaub nicht, daß Leute wie wir irgend etwas dazu tun können. Das ist Schicksal, weißt du – alles Schicksal!«

Und er zog ihren Kopf herunter auf seine Brust und strich ihr übers Haar. »Alles Schicksal, alles Schicksal! Wie der junge Char heute morgen vorgelesen hat – ›Ergeben in sein Schicksal, setzte Abraham, da Gott ihn rief und in das Land sandte, das er dereinst erben sollte, die Segel und wußte nicht, wohin der Wind ihn trieb.‹«

Es verblüffte Mary immer wieder, wie leicht sich Ned solche Sachen auswendig merken konnte. Manchmal überlegte sie sogar, ob daraus nicht Kapital zu schlagen wäre – konnte man mit so einem Talent nicht Geld verdienen? Aber an diesem Tag ließ sie sich nicht ablenken. »Willst du damit sagen, daß dieser Gott, von dem du immer redest, es lieber sieht, wenn man einfach so loszieht, ohne Plan?«

»Ja, Mädchen – wohin der Wind uns treibt – so wie ich's mein Leben lang gehalten hab. Und so wie du auch, Mary – und so wie wir beide, wenn wir immer wieder Kinder kriegen. Wie Sand am Meer sind unsere Kinder – wie Sand am Meer sind wir selber – wir kommen und gehen und wissen nicht wohin«, wiederholte Ned ein paarmal, es klang wie ein Lied, und ließ dabei eine Handvoll Sand in Marys Haare rieseln.

»Und auf diese Art seid ihr hierhergekommen – das war einfach Schicksal?« Mary hatte schon oft gefragt, wie es die Andrews-Familie eigentlich aufs Kap verschlagen hatte, hatte aber nie zweimal die gleiche Antwort darauf bekommen.

»Ja, Mädchen, so war's – einfach Schicksal. Wir wußten nicht, wohin wir gingen – ja, so waren wir Andrews'. Wir folgten der Verheißung – wir folgten der Verheißung Gottes.«

»Was für einer Verheißung?« fragte Mary. Wenn Ned eine große Zuhörergruppe unterhielt, hörte sie selten richtig hin, aber es gefiel ihr sehr, wenn er seine Geschichten ihr allein erzählte. »Was für eine Verheißung, Ned?« drängte sie.

»Dieser alte Mann, dem ich in St. John's begegnet bin – von dem Alten hab ich dir doch schon erzählt, nicht?« Da fiel ihm plötzlich etwas ein. »Mich trifft der Schlag!« rief er, rollte auf den Bauch, stützte sich auf einen Ellbogen und starrte Mary ins Gesicht: »Mary, der Alte, das war sicher Gott!«

Im Gesicht ihres Mannes zeichnete sich erst heilige Scheu ab, dann Verblüffung und schließlich Begeisterung, während sich die Idee in ihm festsetzte und ausbreitete. Mary spürte die vertraute innere Wärme, wie immer, wenn sie sich Neds Begeisterung überließ. Nicht einmal in ihren schönsten Momenten im Bett liebte sie ihn so sehr wie jetzt in diesem Augenblick. Aus seinem Gesicht strahlte bedingungsloser Glaube, so daß ganz kurz auch Mary die Möglichkeit eines Gottes, der auf die Erde kam und mit Menschen auf dem Kartoffelacker sprach, richtig und natürlich schien. Die Vorstellung raubte ihr die Worte, ja den Atem.

»Ja, Mädchen – Gott selber in St. John's! Da hört sich doch alles auf!«

Die Zweifel waren wieder da. »Gott in St. John's!« prustete sie heraus, und die Welt war wieder normal geworden.

»Ja, er war's – aber ich genier mich nicht, daß ich ihn damals nicht gleich erkannt hab. Für mich war halt nur ein alter Mann zu sehen, der Erdäpfel ausgrub – ein merkwürdiger Alter, der selber aussah wie ausgegraben, mit einem schmuddeligen Bart in der gleichen Farbe wie die Jutesäcke, die er um die Schulter trug. Hab mich oft gefragt, warum ich überhaupt stehenblieb und mit ihm redete, statt gleich zum Branntweiner zu gehen wie die anderen. Jetzt seh ich, daß das Schicksal war – es hat eben sollen sein.«

»Na weißt du, du seifst ja sogar Katzen ein, wenn sie dir nur zuhören!« warf sie ein, aber Ned hörte sie nicht.

»Dein Samen soll sein als wie Sand am Meer, das hat er mir gesagt. Und recht hat er gehabt! Und er hat noch mehr so alte Sprüche von sich gegeben, während wir Erdäpfel gruben – und er hat auch gesagt, ich bin vom Glück begünstigt. Genau das waren seine Worte – ›vom Glück begünstigt‹. Und mir vorausgesagt, ich würde an einen Ort kommen, der weder Kap noch Insel ist, sondern beides zugleich. Und daß wir zusammen dorthin gehen könnten, er und ich – und gleich bei der Stelle unserer Landung würde ein goldenes Schatzkästchen mit Juwelen gefüllt auf uns warten. Er meinte, ich sollte gleich vom Schiff abhauen und sofort mit ihm nach Turr gehen!«

»Und warum hast du's nicht getan?«

»Weil doch Hazel und Mama daheim in Weymouth auf mich gewartet haben. Ich konnte nicht einfach so spurlos verschwinden, das hätte Mama nicht überlebt. Aber im nächsten Jahr wollte ich zurückkommen – das hab ich ihm auch versprochen. Zum Abschied hat er ein Faß Fisch für mich herausgerollt – und dann gab er mir ein Andenken.«

Der Sand war warm, und die Kinder waren alle in Megs Haus untergebracht, mit Bibelgeschichten beschäftigt. Mary fühlte sich wohl hier, war glücklicher als seit vielen Wochen. »Hättest dir eine Karte geben lassen sollen – daß er dir drauf einzeichnet, wo das Schatzkästchen ist. Da hättest du mehr davon gehabt als von dem Faß mit Fisch, von dem du so viel Scherereien bekamst.«

»Nein, Mädchen – du begreifst nicht Gottes Pfade. Er gibt uns keine Landkarten. Er spielt mit uns so wie damals mit Abraham, als er so tat, als sollte Abraham Isaak töten. Gott spielt mit unserem Schicksal, da brauchen wir gar nichts tun, es treibt uns einfach dahin, so wie eine unterirdische Strömung – wir sind nicht Herr darüber. Nur Gott kennt unser Schicksal – er ist es selber!« Ned hielt inne, ein neuer Gedanke überwältigte ihn: »Glaubst du, ich sollte meinen Namen ändern in Abraham?«

»Was du für verrückte Ideen hast – mir kommt vor, wir haben hier schon genug Leute, die ihren Namen geändert haben! Das Schicksal hat dich also zu dem goldenen Schatzkästchen mit den Juwelen geführt? Und wahrscheinlich hast du's die ganze Zeit irgendwo vergraben und wartest nur darauf, daß Gott dir sagt, wozu es gut ist?«

»Nein, Mädchen, nicht die geringste Spur hab ich davon gesehen. Aber es ist irgendwo da draußen!« Ned seufzte. »Wie Meg immer sagt, Gottes Wege sind nicht die unseren. Die Juwelen sind irgendwo in Sicherheit, irgendwo in einer Ritze oder Spalte draußen auf Turr. Aber kränk dich nicht, Mädchen, wir finden sie schon noch – wenn nur genug Zeit ist, sorgt er schon dafür, daß wir alles bekommen.«

»Vielleicht möchte dein Gott, daß wir ihm helfen – der Gedanke ist dir nie gekommen? Vielleicht sollten wir alle auf Turr suchen gehen und die blöde Insel auseinandernehmen, Fels für Fels«, Mary deutete mit dem Kopf auf die winzige verhangene Insel, von wo der Nebel langsam auf das Kap zurollte.

»Das hätt nicht den geringsten Sinn – mit Gott muß man Geduld haben – Geduld und Vertrauen – daran fehlt's dir, Mary, mein Schatz. Er hat mich hierhergebracht, und eines Tages wird er mir schon noch ein Zeichen geben, wo diese Schatzkiste ist – vielleicht zeigt er sie mir im Traum, oder vielleicht läßt eine Möwe so einen Rubin oder Diamanten direkt auf meinen Kopf fallen. Stell dir vor, Mary – wir zwei liegen hier im Sand, und da kommt so eine Riesenmöwe heruntergeschossen – von Gott gesandt, damit wir die Goldkiste finden!«

»Auf uns kacken wird sie, glaub ich, eher«, bemerkte Mary und beobachtete die weißen Vögel, die kreuz und quer über den Himmel schossen und Muscheln auf Felsen fallen ließen, und dann auf die kleinen weichen Körper darin herabstießen.

»Was war das für ein Andenken, das er dir gegeben hat?« wollte sie wissen.

Aber sie bekam keine Antwort. Ned war eingeschlafen. Er lächelte im Schlaf, träumte höchstwahrscheinlich von herabtaumelnden, in der Sonne glitzernden Diamanten. Er sah selber wie eine Sonne aus – das runde Gesicht offen und voll kindlichen Vertrauens, eingerahmt von orangefarbenem Haar und Bart. Mary beugte sich ungeschickt vor und küßte ihn, dann brachte sie die Lippen an sein Ohr und zischte: »Was für ein Andenken?«

Erschrocken fuhr er hoch: »Was für ein Andenken? Was für ein Andenken?« Er blinzelte. »Was für ein Andenken?« fragte er noch einmal.

»Was dir der alte Mann zusammen mit dem Faß Fisch gegeben haben soll – Gottes Andenken!«

»Ah ja, Gottes Andenken.« Ned konnte sich nicht gleich besinnen. Dann fing er an, in seinen Taschen zu wühlen. »Wart, das haben wir gleich – da hab ich's doch gehabt – vor vierzehn Tagen noch gesehen ...«

Eins nach dem anderen fischte er heraus, was er in der Tasche hatte: eine rosa Glasscherbe, die Ränder vom Meerwasser glattgeschliffen, aber immer noch von der Form einer fünfblättrigen Rose, zwei Pfeilspitzen aus Flintstein, zwei verrußte Nägel, die Schale eines Seeigels und ein Stück stumpfes Metall, schon leicht rostig. Er hielt alle diese Gegenstände in der hohlen Hand und betrachtete sie mit schiefgelegtem Kopf.

»Da ist es ja! Ich hatte schon Angst, ich hätt's verloren«, strahlte er und hielt etwas hoch, das wie eine Gürtelschnalle aussah. »Siehst du? Das Andenken!« Und er zeichnete mit einem Finger das Muster in dem rostigen Metall nach.

»Das ist doch nur eine alte Schnalle – und kaputt auch noch!«

»Du hast keine Ehrfurcht, Mary! Siehst du diese Linien? Das ist der Name Gottes – das weißt du doch, daß Gott einen Gürtel haben muß, auf dem sein Name steht.«

»Na, was ist denn dann sein Name? Ich glaub, den weißt du selber nicht.«

»Gott des Landes, Gott des Meeres, und Gott des Landes unter dem Meer«, antwortete Ned feierlich.

Die Worte jagten ihr einen Schauer über den Rücken, aber sie ließ sich nichts anmerken, sondern fragte nur: »Wenn du so schlau bist, warum hast du ihn dann nicht gesucht, als du wieder in St. John's warst?«

»Er ist fort, Mädchen. Verschwunden. Jedesmal, wenn ich zum Eis gehe, erkundige ich mich nach ihm – aber keine Seel' hat je von ihm gehört – gottverlassen, ja, das ist St. John's.«

»Kein Wunder, daß wir's nie zu etwas bringen – nachdem du dein Versprechen gegen Gott gebrochen hast!«

»Mary, du bist eine Spötterin.« Ned steckte das Metallstück wieder in die Tasche, zog Mary an sich und drückte ihr einen Kuß auf die Lippen. »Aber ich verzeih dir. Wenn ich meine Truhe finde, bekommst du eine Schnalle, genau wie die da – und ich geb dir die Hälfte von allem, was drin ist, und Ringe für deine Finger und Glöckchen für deine Zehen, Mary Bundle – dann kannst du dir Gold in die Ohren hängen und einen Funkelstein in deinen Nabel wie eine richtige Zigeunerin.«

»Und seine Truhe hat er dann ja auch gefunden«, sagt die alte Frau in der Küche jetzt verbittert.

»Im nächsten Frühjahr lag er drin – draußen auf der Landzunge neben Hazel – aber ohne Gold, ohne Juwelen, ohne Andenken von Gott. Außer es ist ein Andenken, daß man in die Grube fährt, daß man zerrissen wird von einem wilden Vieh.«

In den langen, langen Jahren ist es heute das erste Mal, daß Mary von Neds Tod spricht. Sie weist Rachel an, Lavinias Bericht von Neds Tod hinzuzufügen, daß Thomas Hutchings daran schuld war.

»Hunderte von wilden Tieren trieben sich damals rum – und Indianer und Piraten noch dazu. Und fremde Menschen, die Kinder erzählten immer wieder, sie hätten im Wald so fremde Leute gesehen, Meg bestrafte sie, weil sie es für Lügen hielt, aber ich hab ihnen geglaubt. Es ist doch klar, daß Thomas Hutchings und ich nicht die einzigen Gesetzesflüchtigen waren, die sich an der Küste hier verkrochen. Wie oft lag ich ihm nur in den Ohren, daß er uns was Besseres beschaffen sollte als den alten Vorderlader. Für das viele Geld in seiner Blechdose konnte er in St. John's doch wirklich ein ordentliches Gewehr besorgen – aber er tat's nicht, und deshalb fällt auf ihn zurück, was mit Ned und Isaac an diesem Tag geschehen ist.«

Mary beschreibt Rachel, was geschah. Land und See ganz zugefroren, und das riesige Tier, schmutzig weiß, hoch aufgereckt auf den Hinterbeinen, mit den Vorderpfoten immer wieder auf die beiden Körper einhauend – das Blut, und, als sie zu schreien aufhört, diese furchtbare Stille.

»Es wäre nicht passiert, wäre Peter Vincent hier gewesen. Aber Peter war fort, und das Gewehr mit ihm. Und wir hier so schutzlos wie ein Baby in der Wiege – und alles nur wegen Thomas Hutchings' Schlamperei!«

In dieser Nacht schrie und tobte Mary stundenlang, weinte sich den alten, uralten Schmerz von der Seele, steigerte sich wieder in den Zorn darüber, daß sie Ned verloren hat, daß sie allein geblieben ist, schwanger, und mit einem Haufen Kinder.

»Stell dir doch nur einmal vor – nur vierzehn Jahre lang waren wir verheiratet, und über sechzig lebe ich schon ohne ihn! Außer mir war ich. Und noch am selben Tag, an dem sie Ned und Isaac eingruben, fand ich heraus, daß Fanny in anderen Umständen war – rund wie ein Faß, mit Thomas Hutchings' Kleinem im Bauch! Aber den hab ich dazu gebracht, daß er sie heiratet – das kannst du in Vinnies Buch schreiben. Mary Bundle hat Thomas Hutchings gezwungen, daß er ihre Tochter heiratet. Ich hab's ihm gesagt, daß ich alles über ihn weiß und daß ich ihn, wenn er nicht spurt, in Handschellen abführen lasse!«

Rachel protestiert, das Kind war aber doch sicher nicht von Thomas: »Lavinia schreibt, der Indianer war der Vater von Fannys Kind!«

Mary wirft der jungen Frau einen vernichtenden Blick zu. »Darauf brauchst du nichts zu geben – das war eine von Vinnies romantischen Ideen. Sie wollte natürlich nicht glauben, daß Thomas, ihr geliebter Schatz, einem jungen Ding wie Fanny so was antun konnte!«

»Aber Nan, was war denn dann damals am Strand, an dem Tag, als Großvater Toma auf die Welt kam? Im Buch steht doch, daß der Indianer an diesem Tag herkam und Fanny fortschleppen wollte!«

»Ach, das war so ein armer verirrter Wilder, halb verrückt vor Einsamkeit, dem die eigenen Leute weggestorben waren, oder umgebracht. In St. John's hatten sie damals ein Kopfgeld auf Rothäute ausgesetzt. Lebend haben sie sie gefangen, weil sie sie dem König vorführen wollten, oder einem anderen von den großen Tieren – besonders die Weiber wollten sie. Vielleicht hat uns die arme Haut am Strand gesehen und ist übergeschnappt – und wollte sich eben eine Frau wegschleppen, so wie sie ihm wahrscheinlich seine eigene weggeschleppt haben.«

Mary betrachtet das traurige kleine Gesicht ihrer Urenkelin, die Enkelin des Kindes, das an jenem Tag am Strand zur Welt kam: »Du brauchst nichts geben auf das Zeug, das Lavinia da schreibt. Dem armen Ned hat sie zwar immer vorgeworfen, daß er flunkert, aber sie selber hat's mit der Wahrheit auch nicht so genau genommen.«

Aber Rachel hat schon viele Versionen dieser Geschichte gehört. Sie erinnert Mary daran, daß der Indianer, der Fanny kurz vor der Geburt davonzerren wollte, ebenfalls Toma hieß: »Mein Großvater Toma – wieso haben sie ihn nach dem Indianer genannt, wenn der nicht sein Vater war?«

»Toma war halt ein Name, den sich Vinnie einbildete – wahrscheinlich aus so einem alten Theaterstück. Und ist dir noch nicht aufgefallen, daß Toma genauso klingt wie Thomas? Und warum hat dann Thomas Hutchings den Jungen aufgezogen als seinen eigenen? Und noch dazu ist dein Großvater Toma diesem Thomas Hutchings wie aus dem Gesicht gerissen, und genauso staubtrocken und verknöchert. Kein Funken Humor, in keinem von den beiden. Comfort hat mir selbst gesagt, sie hat seine Bücher verstecken müssen, damit sie ihn zu sich ins Bett kriegte.«

»Dann ist also keiner von uns mit den Indianern verwandt, oder?« Rachel klingt enttäuscht. »Ich hab Stephen erzählt, daß ich meinen dunklen Teint von dem Indianer hab, der der Vater meines Großvaters war – das hat ihm gefallen.«

Mary greift nach der Hand des Mädchens, die klein und rauh und knochig und sehr dunkel ist. Wie ihre eigenen, bevor die Knöchel anschwollen, bevor dicke Adern und dunkle Flecken auftraten. »Nein, Kind, du bist genau wie meine Mutter Una. Neulich in der Nacht hab ich's gesehen – da hast du hier am Tisch gestanden und ganz genauso ausgesehen wie sie. Sie war eine aus dem alten Volk, denen England gehört hat, bevor die großen, blonden Leute kamen. Darauf war sie stolz – von dort, sagte sie, hatte sie das Zweite Gesicht.« Mary tätschelt Rachels Hand und sagt, sie soll jetzt schlafen gehen.

Mary hat Rachel nicht alles erzählt, was sie über diesen Tag am Strand weiß, den Tag, an dem Fanny starb und Toma zur Welt kam. Sie bleibt die halbe Nacht wach und überlegt, wieviel von der Geschichte sich niederschreiben läßt. Was soll man sich heute noch darüber den Kopf zerbrechen, mit wem sich Fanny damals eingelassen hat? Und ob sie selbst damals recht daran tat, Thomas zur Ehe mit ihrer armen närrischen Tochter zu zwingen? Wozu Rachel erzählen, wie sie in dieser Nacht Peter Vincent fand, die Arme um Fannys Leiche geschlungen, weinend wie ein verirrtes und verschrecktes Kind?

Wild sah Peter damals aus, mehr Tier als Mensch mit seinen langen verkrusteten Haaren und dem verfilzten Bart, und seinem Geruch nach Wald und Erde und getrocknetem Blut. »Ich habe Fanny immer geliebt – das konnte doch jeder merken – jeder, der mich ansah. Aber das tat ja keiner!« schrie er.

Dann legte er Fanny wieder auf den Tisch, behielt aber ihre Hände in den seinen, als hielte er einen kleinen Vogel. »Der Indianer, der Fanny heute wegholen wollte – er und ich, wir waren befreundet, seit wir kleine Jungen waren«, sagte er Mary.

Zuerst als Kinder, später als Männer hatten die beiden sich Sommer für Sommer im geheimen getroffen, hatten zusammen gejagt, waren durch das Land gestreift. Einmal war Peter im Winter sogar mit dem Roten ins Landesinnere gezogen und hatte dort dessen Familie kennengelernt, zwei Männer und eine Frau, die letzten Überlebenden seines Stammes.

»Keiner scherte sich je um das, was ich tat«, sagte er. »Und als ich diesen Herbst nach Haus kam, da erkannte ich sofort, wie es um Fanny stand – und erfuhr, daß du und Mudder und Meg sie mit Thomas Hutchings verkuppelt hatten. Am liebsten hätte ich euch dafür alle umgebracht.« Peter bemühte sich zu flüstern, rauh und röchelnd kam seine Stimme heraus, drohend.

In dieser Nacht hat mir gegraut vor ihm, denkt Mary und erinnert sich, daß Peter es war, der immer den Vorderlader bei sich trug, und wie er damals an jenem Tag am Landeplatz Thomas Hutchings angriff. Und hier stand er über Fannys Leiche und erklärte, er würde sie am liebsten alle umbringen.

Aber ich hab nicht mit der Wimper gezuckt, auch nicht, als ich erkannte, daß er nicht ganz bei sich war – ich blieb stehen und hörte ihm nur zu. Das würde Mary gern Rachel erzählen, damit die aufschreibt, wie mutig sie selber damals war – aber nein, zu viele lose Fäden hängen weg von dieser Nacht, unverknüpft und unverbunden, die keinem Menschen Nutzen bringen.

»Jetzt weiß ich, daß er es war – der Indianer – immer schon war er es«, sagte Peter. Dann erzählte er ihr, wie er dem Roten nachgeschlichen war, nachdem die beiden am Strand miteinander gerungen hatten, und ihm den Kopf einschlug. Und er beschrieb ihr auch, wo sie die Leiche finden konnte. Der junge Mann sprach ganz nüchtern, als beschriebe er etwas, was vor langer, langer Zeit passiert war, und nicht erst heute, an diesem selben Tag.

Mary erklärte, es scherte sie nicht, wo die Leiche war, es sei ihr auch egal, was er getan hätte, und warum. Sie riet ihm nur, noch vor Tagesanbruch vom Kap zu verschwinden, gab ihm Neds schweren Wintermantel und sah ihm nach, als er den Pfad in Richtung Sumpf davonging. Sie sah ihn nie wieder und sagte auch keinem ein Sterbenswort von dieser Begegnung über Fannys Leiche. Und auch jetzt wird sie Rachel nichts erzählen – es gibt Dinge, die bleiben besser ungesagt.

Als Rachel am nächsten Morgen wieder auf den Indianer am Strand zu sprechen kommt, erklärt Mary, sie habe keine Ahnung, wer er gewesen und woher er gekommen sei.

»Thomas und Dolph Way fanden dann die Leiche. Es gab viel Aufregung darüber, wo man ihn begraben sollte«, erzählt sie dem Mädchen. »Meg behauptete, da er ein Heide wäre – das haben wir jedenfalls angenommen –, dürfte man ihn nicht dort begraben, was sie ›geweihte Erde‹ nannte – was weiß ich, was das heißen soll. Aber Thomas hat darauf bestanden, daß der Wilde draußen auf der

Landzunge begraben wurde, neben allen anderen. Mir war es gleich. Thomas hat sich schließlich durchgesetzt – wie immer –, und Fanny und der Indianer lagen dann dort nebeneinander, und der junge Char schnitzte ein paar Worte in die Holzkreuze.«

»Ich hab aber keine Kreuze für die beiden dort gesehen.«

»Nein, Mädchen, die sind schon seit Jahren fort – im Sand versunken, oder im Meer. Und was macht das am Ende auch schon aus?« Mary stößt einen tieftraurigen Seufzer aus. Dann hellt sich ihr Gesicht auf, und sie sagt: »Na, wenn ich sterbe, dann werden sie auch sagen, ich bin eine Heidin, und mich draußen vorm Kirchhof beerdigen!«

»Aber Nan! Du weißt genau, das tun sie nicht – du bekommst das schönste Begräbnis, das diese Küste je gesehen hat!«

»Steht mir auch zu!« sagt Mary und verbringt wieder einmal eine gute Stunde damit, Rachel genau auseinanderzusetzen, was diese nach ihrem Tod zu erledigen hat. Danach weist sie sie an, alles aufzuschreiben, was sich nach Thomas Hutchings' Abreise vom Kap zugetragen hat.

»Mir tat's ja nicht leid, daß er fortging«, erklärt Mary. »Er hat uns nichts gesagt, aber alle haben angenommen, er ginge zurück nach St. John's zu einem früheren Leben, das er dort zurückgelassen hat. Bevor er ging, bat ich ihn um seine Gelddose, und er gab sie mir auch, aber leer – kein einziger Shilling war drin! Immerhin hatten wir diese Vereinbarung, daß Vinnie und ich seine Arbeit weiterführen – die Liste mit der Fischlieferung und den Bestellungen an Caleb Gosse senden und den Pier in gutem Zustand halten, und solche Sachen halt. Das war nur recht und billig nach dem, was er Fanny angetan hatte – und das bißchen Geld von Caleb Gosse war dann für das Kind, das er zurückließ.

Wenn man Meg zuhörte, hätte man glauben können, ohne Thomas Hutchings würden wir alle im Wind verwehen und umkommen, aber du kannst mir glauben, davon war keine Rede. Wer uns in diesem Frühjahr am allermeisten fehlte, war mein Ned – es war, als hätte der ganze Ort sein Herz verloren. Natürlich, Isaac war auch tot – und Josh Vincent – Josh war im letzten Herbst gestorben, an der gleichen Krankheit, die auch unseren Moses holte und Pash Andrews blind machte.«

Die erste Hälfte des Sommers war fürchterlich. Fisch gab's im Überfluß, aber nicht genug Leute, um ihn einzubringen. Mary trieb alle so erbarmungslos zur Arbeit an, daß keiner mehr ein freundliches Wort für sie fand. Ihre eigenen drei Jungen rannten vor ihr davon und versteckten sich im Wald, nur damit sie sich ein bißchen ausruhen konnten. Aber Dolph Way, Janes neuer Ehemann, war eine wertvolle Arbeitskraft, und im Juli siedelte sich eine neue Familie namens Gill am Kap an.

»Das waren anständige Menschen und tüchtige Arbeiter, die Gills. Trotzdem, als der Herbst kam, war ich gar nicht sicher, daß wir durch den Winter kommen würden.«

Vor lauter Sorge war ihr oft ganz übel – dann ging sie hinunter in den Laden und zählte die Fässer mit Mehl, den Dickmaul, Pökelfisch und das Gemüse, und dann zählte sie die Mäuler, die zu füttern waren.

»Und jedes Jahr war es das gleiche, egal, wie hart wir schufteten, wir kamen immer nur mit Ach und Krach durch den Winter – aber den nächsten Winter würde es schlimmer, weil wir weniger Fisch als sonst für Gosse hatten. Ich lag nachts immer wieder wach und zerbrach mir den Kopf, wie wir auf andere Weise zu Geld kommen könnten.«

Mary versuchte sich zu erinnern, auf welche Art sie Menschen in St. John's und in Christchurch Geld verdienen gesehen hatte. Aber nichts von dem, was ihr einfiel, paßte für das Kap, wo jeder alles, was er brauchte, selbst erzeugte, wo alles geflickt und ausgebessert wurde, bis es zerfiel. Die Menschen am Kap kauften keine Schindeln und kein Bauholz, denn das machten sie selber, sie kauften keine Töpfe oder Kessel, denn in jedem Haus gab's schon einen, schwere schwarze Ungetüme, die generationenlang hielten. Jeder zog sein eigenes Gemüse, jeder machte Brot und Seife und Kerzen, jeder ließ selber Öl aus. Mary schlief oft damit ein, daß sie alle Dinge aufzählte, die sie von Caleb Gosse kauften – Salz, Nadeln, Melasse, Mehl, Flanell, Nägel – aber nichts fiel ihr ein, was sie am Kap erzeugen könnten.

Eines Nachts fuhr sie im Bett plötzlich hoch. Fässer! Schon sah sie im Geist die *Tern*, mit hundert leeren Fässern festgezurrt an Deck. An jedem Ort, an dem Alex Brennan landete, konnte er ein paar davon abladen und sie dann im Herbst wieder holen, gefüllt mit Beeren, Dickmaul, Salzhering. Und jedes Jahr würden sie ein paar Fässer zurückbehalten, für ihren eigenen Vorrat an Beeren, Sauerkraut, Lachs und Forellen.

»Und so kam ich auf die Idee, daß wir unsere eigenen Fässer machen könnten! Du darfst nicht glauben, daß ich in dieser Nacht noch ein Auge zutat. Das klang doch vernünftig – man konnte sich ersparen, die Fässer herzubringen – und warum sollte Gosse uns nicht ebenso dafür bezahlen wie irgendwelche Leute in St. John's? Dann hätte er doch mehr Platz für Geräte und für Salz auf jedem Frachter, der die Küste runterfuhr.«

Gleich bei Tagesanbruch sauste Mary nach nebenan und fragte Ben Andrews, ob er Fässer machen könnte. Ihr Schwager hatte noch nie jemanden ein Faß machen sehen, aber er sagte, er würde sich die Sache überlegen, und fing auch sofort an, kleine Zeichnungen zu machen, denn so arbeitete Ben immer. Am nächsten Tag zerlegte er ein Faß, legte die Dauben gerade hin, maß sie nach und überlegte, wie man sie wieder zusammensetzen konnte.

»Ich glaub schon, daß wir Fässer herstellen können, wenn wir nur das Holz für die Dauben ordentlich trockenkriegen und kleine Birken für die Bänder schneiden. Die spleißen wir und lassen sie in Meerwasser weichen, so wie damals für die Sprossen von meinen Stühlen«, erklärte er Mary. »Aber du weißt auch, wie weit wir um anständiges Holz gehen müssen, und ganz sicher bin ich nicht, daß ich so was fertigbringe mit dem Werkzeug, das ich habe.«

»Ben war ja immer ein bißchen lahmarschig – andererseits bekam er wirklich alles hin, was er einmal in Angriff nahm. Ich sagte ihm, ein Mann, der Boote machen kann, kann auch Fässer machen, und ließ ihm keine Ruhe, bis er hinunterging in den Laden und sich das trockene Holz vornahm, das Thomas dort unter den Dachstuhl geräumt hatte.

Und stell dir vor, im Frühjahr hatte Ben ein wasserdichtes Faß fertig! Da war er wirklich gut; wenn man ihn einmal soweit hatte, dann ließ er selbst nicht locker, bis alles so war, wie er's wollte. Schreib das nieder, Mädchen – Mary Bundle war es, die die Menschen an der Küste dazu brachte, daß sie Fässer machten.«

Als sie mit der Faßherstellung anfingen, ging Mary jeden Morgen, bevor noch irgend jemand auf war, hinunter in den Laden. Dort zählte sie die Fässer, die tags zuvor fertig geworden waren, und legte die richtige Anzahl von Dauben und von Holzbändern heraus, damit Ben und die älteren Jungen, die ihm an die Hand gingen, alles zur Arbeit bereit fanden.

Meg hörte sie aus dem Haus gehen, wenn es noch finster war, und schalt sie eines Tages, daß sie mitten in der Nacht schon herumkroch.

»Das Bett ist nur für zwei Sachen gut, und da ich keine von beiden tu, kann ich genausogut aufstehen und herumgehen«, schnappte Mary zurück.

Sie war gern allein im Laden in der Morgenkühle. »Da hab ich immer nachgedacht, dort in der Früh, und meinen Tag geplant«, erklärt sie Rachel.

Da niemand im Laden selber wohnte, ließ man das Feuer jeden Abend ausgehen. Mary hatte die paar Sachen von Thomas Hutchings gegen das Bett geschoben, um Platz zu machen für Hobelbänke, Werkzeug, Dauben, Holz zum Trocknen und die alten Tonnen, die Ben dazu benutzte, um die nassen Bänder in die richtige Form zu bringen. Zum ersten Mal war der Laden nicht mehr bewohnt, sondern nur noch Lagerraum und Werkstatt; verschwunden war der Küchendunst, vertrieben vom sauberen Geruch nach Holz, Netzen, Werg und Tauen. Still war es dort am Morgen, nur das leise Rauschen der See unter den Fußbodenbrettern war zu hören, und das gedämpfte Klacken der Steine, wenn die See zurückgeht.

»In diesem ersten Jahr, da Ben sich an die Arbeit machte, bekamen wir fast fünfzig Fässer fertig – und das, obwohl Meg ständig hinter ihm her war und ihn zu anderen Arbeiten abkommandierte. Als Alex Brennan dann wiederkam, sagte ich ihm, was ich wollte, und er war bereit, das dem alten Knauser Gosse klarzumachen. Meiner Berechnung nach konnten wir zweimal fünfzig hinbekommen, wenn wir die Sache richtig planten.

Es ging aufwärts mit uns! Das war nicht zu übersehen, das war für jeden klar, der Augen im Kopf hatte. Den zweiten Sommer ohne Thomas ging's auch besser mit dem Fisch – und in diesem Herbst hatten wir jeder Ziegen, Schafe und Hühner, und als einzige besaß die Norris-Familie kein Schwein. Wir Frauen hatten alle unsere Wolle gekardet und gesponnen und unser eigenes Gemüse eingelagert, Fisch gab's sowieso, und Seevögel damals auch im Überfluß.«

So wie Meg und Sarah niemals müde wurden, ihre Bibelverse aufzusagen, so wurde es Mary nie über, die Vorräte zusammenzurechnen. Wieviel hatten sie eingelagert? Mit wieviel konnten sie handeln?

Aber Mary hatte nie genug. Sie dachte immer voraus, sie plante nicht nur für den nächsten Winter, sondern auch schon für den übernächsten. Sie gönnte weder sich noch den anderen eine Minute Ruhe, sie redete oft tagelang mit keiner Menschenseele, bekam dann aber plötzlich einen Wutanfall beim Anblick eines Werkzeugs am falschen Platz, eines Kindes, das über Steine hüpfte, oder eines Erwachsenen, der untätig hinaus aufs Meer blickte.

»Jede Minute, die ihr im Sommer verplempert, ist ein Löffel voll, der euch im Winter fehlt!« wiederholte sie so oft, daß die Kinder es sich schon untereinander zuflüsterten, wenn sie sie kommen sahen.

Die jungen Leute wurden ganz verdrossen und lehnten sich gegen ihr hartes Regiment auf, allen voran ihre eigenen Söhne: »Mudder bricht uns das Kreuz, bevor wir überhaupt erwachsen sind«, murrten Henry, George und Alfred und versteckten sich schnell, wenn sie Marys Stimme hörten oder nur ihren Schatten sahen.

Es war damals ein ganz normaler Anblick, daß man Mary Bundle herumgehen sah und Befehle gegen Felsen und Sträucher schleudern, hinter denen sie ihre Söhne wußte. Sie war zur Aufseherin des ganzen Kaps geworden. Ohne offizielle Autorität und ohne jede Neigung, die anderen mit Freundlichkeit zu gewinnen, blieb ihr nur ihre wilde Entschlossenheit, den Willen aller anderen unter den ihren zu beugen.

»Sie taten damals alle, was ich wollte. Hinter meinem Rücken murrten sie und beschwerten sich, aber mir ins Gesicht parierten sie – so vernünftig waren sie schließlich doch«, erklärt sie Rachel stolz.

Der zweite Frühling nach Thomas' Abreise war lang und naß,

die Küste ständig in Nebel gehüllt, die Feuchtigkeit kroch in die Häuser, Kleidung und Bettzeug rochen muffig, und niemand konnte sich an Sonnenschein überhaupt noch erinnern. Dickmaul kam, wurde auf Hürden zum Trocknen ausgelegt, aber dann verschimmelte er und war voller Maden, gerade noch als Hundefutter geeignet. Das war ein schrecklicher Schlag, denn ein paar Fässer voll getrocknetem Dickmaul bedeuteten oft am Ende eines langen Winters den Unterschied zwischen Überleben und Verhungern.

Mary verkündete, es müsse noch mehr Dickmaul gefangen und zum Trocknen ausgelegt werden. Jedermann hielt Ausschau nach dem vertrauten Silbergefunkel und den schwarzen Schatten dicht unter der Wasseroberfläche. Aber Tag um Tag verging, und als die Sonne endlich durch den Nebel brach, mußten sie annehmen, daß sich das kleine Fischzeug verabschiedet hatte.

Dann blickte Mary eines Morgens aus dem Laden hinaus aufs Meer und sah ein Kräuseln auf dem Wasser und kleine silberne Mondsicheln am Strand. Schnell riß sie ein Wurfnetz von der Wand und rannte von Haus zu Haus, polterte gegen die Türen und rief: »Dickmaul, Dickmaul, Dickmaul ist da!«

Eben hatte sie die Hand von der Tür zu Megs und Bens Haus gehoben, als diese aufging und Meg auf die Schwelle trat, die sie voll grimmiger Mißbilligung betrachtete.

»Weißt du denn nicht einmal, was heute für ein Tag ist, Mary Bundle?«

Als sie in das Gesicht ihrer Schwägerin blickte und Charlie Vincents Stimme hörte, fiel Mary ein, warum keiner zu sehen war. Es war Sonntag, der Tag des Gottesdienstes, der Tag, an dem alle auf Stühlen und Bänken in Megs Küche saßen, um zu beten und Kirchenlieder zu singen. Jeden Sonntag versammelten sich alle hier drin, ausgenommen die ganz warmen Sommertage, wo sie in den Mauern ihrer Kirche, die noch kein Dach hatte, beteten – aber Mary ging nie hin und dachte auch nie daran.

Meg hätte gern ihren Sohn Willie auch einmal zum Vorlesen gebracht, aber dieses Amt übernahm schließlich doch so gut wie immer Charlie Vincent. Heute morgen arbeiteten sie sich gerade durch das Evangelium des Matthäus, Mary hörte jedes Wort ganz glockenklar: »... jeder, der Haus und Geschwister, Vater und

Mutter, Weib und Kind und Land verläßt um meinetwillen, der wird hundertfach getröstet und wird das ewige Leben erben ...«

Mary erinnert sich noch an die niederschmetternde Wirkung, die diese Worte auf sie hatten, und wie sie sich fragte, was das für eine merkwürdige Religion war, die die Männer dazu aufforderte, ihre Familien zu verlassen. Bevor sie noch den Mund öffnete, hatte sie eine Vorahnung der Niederlage, ein unbekanntes und sehr unangenehmes Gefühl, das sie schnell wegschob.

»Dickmaul ist da, Meg, Mädchen! Laß doch diesen Unsinn und komm runter – vielleicht ist es das letzte Mal, daß sie dies Jahr kommen!«

»Keiner der hier Versammelten geht heute Dickmaul fangen – deinetwegen, Mary Bundle, werden wir nicht die Sabbatruhe brechen. Du glaubst vielleicht, du kannst über unsere Leiber herrschen, aber das sag ich dir, über unsere Seelen hast du keine Gewalt!«

Meg blickte auf sie herab wie aus großer Höhe, gar nicht viel anders als damals in einer Nacht vor vielen, vielen Jahren, als sie Mary aus Neds Bett gescheucht hatte.

»Du blöde Kuh, deinetwegen werden wir nächsten Winter alle verhungern!« schrie Mary.

Meg blieb eiskalt. »Der Herr wird sorgen für die Seinen, und von deinen frechen Reden hab ich genug«, gab sie zurück und schloß die Tür.

»Idioten – wo war der Herr das letzte Mal, als wir fast verhungert sind?« schleuderte Mary gegen die Tür und dachte kurz daran, ins Haus einzudringen und ihre eigene Mannschaft herauszuholen. Aber statt dessen gab sie der Tür nur einen kindischen Tritt und stapfte dann hinunter an den Strand.

Dort zog sie Schuhe und wollene Socken aus, knüpfte sich den Rock um die Taille fest und watete mit ihrem Wurfnetz ins eiskalte Wasser.

Etwa eine Stunde lang arbeitete sie ohne Unterbrechung, sie genoß es, das Netz auszuwerfen über den Fischschwarm, der in Strudeln um sie wirbelte, erfreute sich an dem Berg von silbernen Leibern, den sie über der Flutlinie anhäufte, und dachte daran, wie sie und Tessa mit dem kleinen Unterwassernetz im Watt gefischt hatten. Hypnotisiert von dem leuchtenden Wasser und dem kreisenden Fisch vergaß sie ihren Zorn, vergaß vollkommen die Menschen da oben in Megs Haus.

»*Maienkälte, Juniwärm', Mondenfische zu mir send*«, trällerte sie. Und dann verschwand der Schwarm ebenso plötzlich, wie er gekommen war.

Der Fisch mußte jetzt eingesalzen und zum Trocknen ausgebreitet werden. Als Mary überlegte, wie lange diese mühsame Arbeit wohl dauern würde, sah sie auf einmal eine Gestalt sich über den silbernen Berg beugen und einen Fisch nach dem anderen hochnehmen, in den Armen sammeln, als wären es Blumen. Zuerst glaubte Mary, sie sähe ein Gespenst, den Geist aller ermordeten Fische, eine Frau mit langem Haar bis zur Taille, strähnig grauem Haar, grauem Gesicht und zerlumpter grauer Kleidung, in der glitzernde Fischschuppen hingen. Das Wesen bewegte sich ohne Laut, trug jeden Armvoll hinauf zu den Hürden, breitete die Fische sorgfältig in der bleichen Sonne aus, kam zurück und holte noch mehr von dem Haufen.

»Vor Schreck fiel mir das Herz in die Hose, bis ich begriff, das war Ida, die Frau von Frank Norris. An ihrem Hinken hab ich sie erkannt«, erklärt Mary Rachel.

Zum ersten Mal, seit sie am Kap gelandet waren, sah Mary jetzt die Irre aus der Nähe. Das Puppengesicht war zu schuppigem Grau verwelkt, wie alter Kalk. Die blauen Augen blickten leer, und der früher so hübsche Mund hing leicht geöffnet herunter. Idas lahmer Fuß zeichnete merkwürdige Muster in den nassen Sand, wie sie zwischen den Hürden und dem Dickmaulhaufen hin und her schlurfte.

Schweigend arbeiteten sie nebeneinander, bis der Strand leer war und der Fisch sauber auf den Hürden lag. Ungefähr fünf Fässer, überschlug Mary befriedigt und wandte sich an die Erscheinung, um ihr das mitzuteilen, aber Ida war verschwunden – so gänzlich verschwunden wie der Dickmaulschwarm.

Als die Gläubigen später aus Megs Türe und zum Wasser herunterströmten, mußten sie, leicht verlegen, zugeben, daß Mary gute Arbeit geleistet hatte. Obwohl sie mittlerweile bester Laune war, ließ sie sich von ihren Komplimenten nicht versöhnen. »Je besser der Tag, um so besser die Tat!« rief sie und marschierte davon, ohne etwas von Ida zu erwähnen.

»In späteren Jahren dachte ich manchmal an Ida Norris, vielleicht hat sie ja doch nicht nur so getan. Ich hab noch andere Frauen erlebt, die so merkwürdig wurden wie sie – Rowena, als sie erfuhr, daß Samuel Blackwoods Schoner mit ihren beiden Söhnen an Bord untergegangen war, und Jean Lovey, nachdem ihr kleines Mädchen aus dem Wald nicht mehr zurückkam – vielleicht ist diese Krankheit doch echt.

Jedenfalls hab ich Ida nach diesem Tag nie wiedergesehen, nicht bis zu dem Tag, an dem sie starb, und das dauerte noch ziemlich lang. Und kurz bevor sie starb, fing sie wieder mit diesen blöden Sachen an, genau wie damals, als Annie und Frank miteinander anfingen, sie tat Salz in den Zucker, pißte in den Wassereimer, solche Sachen eben. Und dann eines Tages war sie tot. Sie starb im Schlaf, wie ein kleines Kind.«

Gegen Ende Januar sind sowohl Mary wie auch Rachel nicht mehr so gut zu Fuß; das Mädchen wegen ihres Leibesumfangs und Mary wegen ihrer schlaflosen Nächte und tagsüber diesen Schwindelanfällen, die über ihr zusammenschlagen wie dunkle Wellen.

»Daß du ja nicht deiner Mutter sagst, daß mir nicht gut ist, und Calvin auch nicht, keinem von beiden. Ich will diese Welt auf meine Art verlassen, nicht daß alle um mich rumstehen und einen Auflauf machen!«

»Aber Nan, wir müssen doch was tun – vielleicht wird's besser, vielleicht wissen Tante Tessa oder Mamma …«

»Hör zu winseln auf, sonst schick ich dich fort«, fällt ihr Mary scharf ins Wort. »Das ist das Alter, Mädchen – das kann nichts in der Welt mehr heilen!«

Von da an macht Rachel den heißen Trank, den sie ihrer Urgroßmutter abends zubereitet, noch stärker und mischt gestoßene Lilienwurzel zu den Kräutern, damit die alte Frau in der Nacht schlafen kann.

12

Thomas Hutchings war drei, vier Jahre fort – nein, nein, ich glaub drei – schreib drei«, diktierte Mary ihrer Urenkelin.

Die alte Frau spürte, daß ihr nicht mehr viel Zeit blieb. Sie mochte Rachel auch nicht merken lassen, wie wenig die Lilienwurzel half, und sie fürchtete, daß sie vielleicht nicht mehr durchhielt bis zur Geburt des Kindes. Aber ihr lag viel daran, daß ihre ganze Geschichte noch in Lavinias Buch aufgenommen wurde.

»Es war alles so merkwürdig an dem Tag, an dem Thomas Hutchings zurückkam – ich hatte immer das Gefühl, alles wäre irgendwie abgesprochen, auswendig gelernt, wie bei diesen Leuten, die zu Weihnachten immer so Sachen aufsagen. Ich hab mich oft gefragt, ob in dem, was Thomas uns an dem Tag erzählt hat, auch nur ein Funken Wahrheit steckte. Und was mit ihm und Vinnie war, da kann ich nur nach dem gehen, was sie mir Jahre und Jahre später dazu erzählt hat.«

»Dann können wir's also nicht hineinschreiben, weil du's ja nicht weißt«, sagte Rachel enttäuscht.

Mary gackerte. »Na, ich weiß es schon, so gut es einer eben wissen kann – doch, doch, Mädchen, wir werden es hineinschreiben. Vinnie war ja auch keß genug, das ganze Zeug über mich und Ned hineinzuschreiben, nicht?«

Munterer als Rachel sie seit Wochen gesehen hatte, redete Mary von der Zeit, bevor Lavinia starb, als die beiden alten Frauen sich oft stundenlang über die alten Zeiten auf dem Kap unterhielten.

»Eines Tages haben wir jedes Schiff, das je aufs Kap kam, an den Fingern abgezählt – die Tern, *die* Molly Rose, *das* Seepferd, *die* Charlotte Gosse *und so weiter – und uns erinnert, wie die jungen Leute dann immer die Runde machten und ›Schiff ahoi!‹ brüllten, und dann stürzten alle hinunter zum Landeplatz. Als wir alle Namen aufgezählt hatten, die uns einfielen, hab ich Vinnie geradeaus gefragt, was sie noch von jenem Tag weiß, als das* Seepferd *Thomas Hutchings zurückbrachte aufs Kap.*

Alles, sagte sie – die Farbe des Himmels, die beiden räudigen Hunde, die um den Landeplatz tollten, das Loch in ihrem Socken und die aufgewetzte Stelle an der Ferse, den Geruch vom Wasser her, wo jemand Netze trocknete, das Muster in Megs gestricktem Schal, wie Pash Lizzies Kleine mit sich herumschleppte, alle beide, obwohl andere Leute sie ihr abnehmen wollten – alles. In dieser Hinsicht war Vinnie genau wie mein Ned – alles, was sie je erlebt hatte, blieb ihr in der Erinnerung, und wenn's ihr einfiel, drüber zu reden, dann bekam man das Gefühl, man war dabei.«

Gosses neues Schiff war eine Schönheit. Der große Viermaster kam mit prallen Segeln aufs Kap zu, wie eine weiße Wolke über dem Wasser. Ein Seufzer der Enttäuschung stieg von den Wartenden auf, als das Schiff noch weit vor dem Pier die Segel strich und den Anker warf.

»Kann man ihnen nicht vorwerfen – mit einem solchen Schiff geht man nicht das Risiko ein, auf Grund zu laufen«, bemerkte Ben.

Jetzt konnten sie alle sehen, wie ein kleines Skiff mit einem Mann an jedem Ruder über die Seite heruntergelassen und festgehalten wurde, und dann ließen sie an Seilen zwei Kisten hinab. Und dann kletterte noch ein Mann ins Skiff, der etwas in seinen Armen trug.

»Vielleicht sind das Joe und Frank, die heimkommen«, rief Lizzie. Seit dem Tod ihres kleinen Mädchens hatte sie Zwillinge zur Welt gebracht, zwei Jungen, und war jetzt wieder in der Hoffnung.

Brose Gill schüttelte den Kopf. »Auf so einem Schiff hätten die aber keine freie Passage bekommen – und daß Frank und Joe sich nur für die Heimfahrt von ihrem Seehundsgeld trennen, das kann ich mir nicht vorstellen.«

»Dazu ist der junge Joe viel zu geizig, so was tut er nicht, solang er noch Beine hat zu gehen«, kicherte Sarah. Aber dann bemerkte sie, was sie da gesagt hatte, und ihr Gesicht wurde starr. »Diese Kisten – diese Kisten schauen fast aus wie Särge.«

»Das ist Joe, ich weiß es«, flüsterte Lizzie und fiel ohnmächtig zu Boden. Meg kniete sich zu ihr und bettete sich den Kopf ihrer Tochter auf den Schoß, aber sonst rührte sich keiner, alle starrten unverwandt auf das kleine Boot, das, auf den Wellen steigend und fallend, immer näher kam.

Dann konnten sie sehen, daß der Mann, der darin stand, Thomas Hutchings war, der ein Baby im Arm hielt und den anderen Arm um einen kleinen Jungen gelegt hatte.

»Na, was ist denn das – Thomas Hutchings mit einer neuen Familie?« sagte Mary, und Lavinia, die neben ihr gestanden hatte, schlüpfte schnell weiter zurück, bis sie ganz hinten, hinter der Gill-Familie am Rand der Menge stand.

Das Boot stieß gegen den Landungssteg. Thomas stand auf, blickte hoch und reichte das Kind der ersten Person, die er sah – Annie Vincent. Sie nahm den Säugling und fragte, offensichtlich ohne jeden Gedanken an ihre Brüder: »Ist Frank Norris in einer von den Kisten?«

Thomas schüttelte den Kopf. Jemand streckte eine Hand aus, um ihm zu helfen, und der Junge kletterte auf den Steg, während die Männer an den Rudern das Skiff festmachten. Ben und Dolph traten zusammen mit Brose Gill vor und fingen die Seile auf, die um die Särge geschlungen waren – inzwischen konnten alle sehen, daß es Särge waren, grob gezimmert, ohne Farbe drauf, aber mit dem typischen schmaleren Ende. Schweigend sahen alle zu, wie die Kisten über den Rand der Landebrücke gehievt und dann die Stricke den Männern im Skiff zurückgeworfen wurden, wie die Männer Thomas zunickten und dann abstießen und wieder zum Schiff zurückruderten.

»Thomas war einer, der immer auf sein Aussehen hielt – immer saubere Hemden hatte und einen gepflegten Bart – aber an diesem Tag sah er aus wie Hundefutter – rotäugig und als hätte er seit

Tagen nicht geschlafen. Ich wußte ja, wie das ist, wenn man mit einem Baby unten im Laderaum eines Schiffes steckt, und fast hätte er mir leid getan, wär mir nicht eingefallen, wie er mich und Fanny, als wir hier landeten, wieder forttreiben wollte.«

Thomas Hutchings stand am Rand des Landestegs und starrte auf die Versammelten. Er wirkte unsicher und wie betäubt. Er hatte weder Taschen noch Truhen bei sich, nur ein kleines Paket in der einen Hand und einen mageren kleinen Jungen an der anderen, und so starrte er die Menschen vom Kap an, es schien unendlich lange – und dann ging er zu Sarah Vincent und küßte sie auf die Wange. Sarah brach in Schluchzen aus.

»Meine zwei«, sagte sie, und Thomas nickte.

Er ließ die Hand des Kleinen los, nahm die schluchzende Frau in die Arme und ließ sein Kinn auf ihrem Kopf ruhen, so daß es für die Umstehenden aussah, als würde Sarah ihn stützen.

Als Thomas sich schließlich umdrehte, hatte sich die Andrews-Familie um Ben und Meg geschart, die jetzt Lizzie hochgezogen hatten und sie zwischen sich stützten. Marys drei Söhne standen neben Megs Willie. Pash, je einen von Lizzies Zwillingen in einem Arm, den jungen Toma am Schürzenzipfel, stand neben ihrem Vater. Jane und ihr Ehemann Dolph Way und sogar Mary drängten sich um Lizzie, so nah sie konnten. Nur Lavinia war verschwunden.

»Mein Beileid. Lizzie, es ist Joe – dein Joe, und Peter, alle beide. Ich mußte sie heimbringen.«

Niemand sagte ein Wort. Die Menschen auf der Landebrücke drängten sich eng zusammen und bildeten einen Kreis um den Mann und die beiden Särge.

»Ich mußte sie heimbringen«, wiederholte Thomas, hielt inne, schluckte und blickte über ihre Köpfe hinweg, als hoffte er, es würde noch jemand den Pfad herunterkommen – Ned vielleicht, oder Lavinia.

Und dann erzählte er ihnen die Geschichte, die er auf der Fahrt herunter vorbereitet hatte. Über die Nacht auf der treibenden Eisscholle, wo Joe sich den Knöchel verstaucht hatte und Peter mit ihm zurückblieb und ihm helfen wollte, die erlegten Seehunde zum Schiff zurückzuschleppen. Wie die Brüder im Schneetreiben den Weg verloren, wie sie in der eisigen Nacht beisammenblieben und sich weiterkämpften. Wie sich schließlich keiner mehr bewegen konnte – und wie sie so starben, einer in des anderen Armen.

Ja, das war es, was sie hören wollten. Vielleicht war's sogar wahr. Als er fertig war, schluchzte die Hälfte der Umstehenden.

»Tapfere Männer waren es, alle zwei, gute Männer«, sagte Ben Andrews leise, und dann war ein langes Schweigen.

Nicht einmal Meg schien zu wissen, was jetzt zu tun war. Alle standen einfach da, wie betäubt. Als nach einer langen Pause Mary Bundle fragte, wer denn die beiden Kinder wären, fuhr Thomas zusammen, als hätte er den kleinen Jungen und den Säugling ganz vergessen.

Das waren die Kinder von Peter und Emma, sagte Thomas. Peter Vincent und Emma Andrews, erklärte er, hätten vor zwei Jahren geheiratet.

Meg schloß die Augen. »Dann ist auch Emma tot«, sagte sie.

»Nein, nein, Emma ist nicht tot«, beeilte sich Thomas zu versichern, konnte aber auch nicht wirklich erklären, warum sie nicht mit ihren Kindern heimgekehrt war. »Sie hatte in St. John's noch Sachen zu erledigen«, schloß er unsicher.

»Was – du willst doch nicht sagen, unsere Emma hat dich ihre beiden Kleinen und ihren toten Gatten heimbringen lassen – und bleibt selber in St. John's?« fragte Ben ungläubig.

»Sie kommt wohl mit dem nächsten Schiff – wahrscheinlich mit Alex Brennan auf der *Tern*«, antwortete Thomas, schob den Jungen vor sich hin und erklärte, das sei Benny Vincent, nach seinem Großvater genannt, und das Baby sei ein Mädchen, aber er wisse nicht, wie Emma es getauft habe.

Meg hatte das Baby schon in den Armen: »Armer kleiner Unschuldswurm!« sagte sie, küßte ihre Enkelin auf die Stirn und erklärte, da sie ihr ein solcher Trost sei, werde sie sie Comfort nennen.

»Und auf die Art kam deine Großmutter zu ihrem ausgefallenen Namen«, sagt Mary.

Es fällt ihr schwer zu erklären, warum dieser Tag damals so seltsam war. »Es war alles irgendwie falsch, Mädchen. Unnatürlich, jede einzelne Minute. Ständig rechnete ich damit, daß irgend jemand Thomas Hutchings einen Lügner nennen würde, aber keiner tat's – auch später nicht.«

Das Furchtbarste, an das Mary sich erinnert, war der Gestank der Leichen. Als der erste Schock vorüber war, spürten sie alle den Verwesungsgeruch, der aus den beiden Särgen aufstieg.

Charlie Vincent nahm schließlich die Sache in die Hand. »Vielleicht«, sagt Mary nachdenklich, »hat Meg in dem Augenblick beschlossen, Char das ganze Geld zu geben, das sie für Willies Ausbildung auf die Seite gelegt hatte.«

Der Junge machte seine Sache gut. Er trat vor und bat alle Anwesenden, den Kopf zu senken. »Die Seelen der Gerechten sind in Gottes Hand. Keine Höllenqual soll sie berühren noch der Tod die Herrschaft über sie erlangen«, betete Charlie mit seiner jungen, schwankenden Stimme und fügte dann noch ein besonderes Gebet für seine beiden Brüder an. Dann nahmen die Männer und die älteren Knaben die Särge auf die Schultern und trugen Joe und Peter unter Charlies Führung die Anhöhe hinauf, wo die neue Kirche errichtet wurde.

»Die anderen gingen hinterher, wie immer, wenn sie einer anführt. Und so kam es, daß Charlie Vincent, ohne daß jemand was dagegen sagte, den Friedhof von da unten am Meer – was ja doch nie eine würdige Begräbnisstätte war – hinauf hinter die Kirche verlegte. Und seit diesem Tag gab's unten am Wasser kein einziges Begräbnis mehr.«

Aber nicht alle folgten. Thomas Hutchings, Mary und Lavinia, die irgendwann unbemerkt zurückgekommen war, diese drei blieben allein an der Landebrücke stehen. Da fiel Mary auf, daß niemand Thomas gefragt hatte, wie's denn ihm selber ginge, wo er die letzten Jahre gelebt hatte, wie er auf ein Gosse-Schiff geraten war – nichts, gar nichts! Und außer ihr fand es offenbar auch niemand merkwürdig, daß er seinen eigenen Sohn Toma ganz vergessen zu haben schien. Thomas hatte sich nicht erkundigt, ob das Kind, das er zurückgelassen hatte, lebendig oder tot war, hatte den sehnigen kleinen Jungen, der sich an Pashs Schürze klammerte, nicht einmal bemerkt.

Unter Marys Augen überreichte jetzt Thomas Lavinia das Paket im braunen Packpapier – das sie wortlos entgegennahm. »Ich hatte schon den Mund offen, um ihn ein oder zwei Dinge zu fragen, als Lavinia mir diesen spitzen Blick zuwirft, der ihr überhaupt nicht ähnlich schaut, und sagt, frech wie eine Wilde: ›Geh heim jetzt, Mary Bundle, Thomas und ich haben was zu besprechen.‹ Und damit nimmt Vinnie seinen Arm und dreht ihn herum, so als wären sie ein altes Ehepaar. Ich sag dir, Kind, mir blieb der Verstand stehen – mit einer Feder hättest du mich umwerfen können!«

Lavinia hatte in diesem Augenblick beschlossen, daß Mary Thomas nicht bekommen würde und daß er das Kap nie mehr verlassen durfte – jedenfalls nicht, wenn es nach ihr ging. Ohne die geringste Vorstellung, wie sie das erreichen könnte, ließ Lavinia Andrews ihren Arm unter den von Thomas gleiten – eine besitzergreifende Geste, die sie sich in der Phantasie schon so oft ausgemalt hatte, daß sie ihr jetzt ganz vertraut schien.

Thomas zögerte, und einen gräßlichen Moment lang fürchtete Lavinia, er würde seinen Arm fortziehen, zum Schiff zurückkehren, wieder dorthin segeln, woher er gekommen war. Aber ein Blick über die Schulter zeigte ihr, daß das Schiff gottlob schon nicht mehr zu sehen war. Dann drehte Thomas sich wieder um, und sie gingen miteinander hinunter an den Strand und ließen Mary allein an der Landebrücke stehen.

Er sagte kein Wort, und Lavinia wagte es nicht, ihrerseits etwas zu sagen oder auch nur von der Seite einen Blick auf ihn zu werfen. Kein Gedanke an Joe und Peter, die tot in ihren Särgen lagen, kreuzte Lavinias Sinn – aber der Schatten des Todes, seine Unvermeidlichkeit trugen vielleicht bei zu ihrer ungehemmten Hochstimmung. Sie war schwindlig vor Glück, nur weil er hier neben ihr stand, weil sie seinen Arm unter ihrer Hand spürte, weil sie soviel gewagt hatte, weil sie jetzt unter keinen Umständen mehr da raus konnte.

Als sie zu dem hohen Felsen kamen, der Gottes Finger genannt wurde, ließen sie sich nieder, genau wie es Lavinia am ersten Tag am Kap getan hatte, und lehnten sich mit dem Rücken an den schwarzen Stein. Verstohlen blickte sie in sein Gesicht. Er sah krank aus, vollkommen erschöpft, verwirrt.

Sie saßen nebeneinander, ihre Schultern berührten sich, und beobachteten das Meer, wie es vordrang und wieder zurückging.

Lavinia dachte an früher, an den Tag auf der Insel Turr, als sie und Thomas einmal miteinander nach Eiern suchten. Wie lang schien das jetzt her – wie viele Nächte hatte sie seither wach gelegen und hatte es bitter bereut, daß sie damals nicht geredet hatte, daß sie einander nicht in die Arme gefallen waren!

Das darf heute nicht noch einmal geschehen. Sie hat sich ausgemalt, ach, wie oft, wie es sein wird, wenn sie einander je wieder begegnen sollten. Hat sich geschworen, daß sie ihm sagen wird, daß sie ihn liebt. Und ihn zum Lachen bringen, ihn mit Geschichten aufheitern, wie Ned es konnte, ihn dazu zu bringen, sie zu lieben.

Aber die Wirklichkeit war anders, dachte sie, unglücklich im feuchten Sand hockend und verzweifelt überlegend, wie man einem Mann denn solche Dinge sagte. Es war wichtig, daß man die richtigen Worte fand, Worte, die ihn nicht kränkten, Worte, die er nie vergessen würde. Sie muß diese ersten Worte sagen. »Fang an, sag die ersten Worte!« redete sie sich zu, »sag nur die ersten paar Worte, die anderen kommen dann schon von selber!« Aber gerade diese ersten Worte fielen ihr nicht ein, und das Schweigen zwischen ihnen vertiefte sich immer mehr.

Lavinia starrte auf ein Stück Treibholz, das am Strand lag, und gelobte sich, sie würde reden, bevor die steigende Flut es bedeckte. Ihre draufgängerische Stimmung von vorhin war längst vergangen. Nervös zupfte sie am Spagat des Pakets, das Thomas ihr gegeben hatte und das, wie sie wußte, ihr Tagebuch enthielt. Ob er es überhaupt gelesen hatte? Sie wußte nicht mehr, wieviel sie in diesem Buch von sich preisgegeben hatte. Wenn nur Thomas etwas sagen würde – nur ein paar von den Worten, die sie ihm in ihren Tagträumen schon tausendmal in den Mund gelegt hatte.

Es gab keine Frau hier am Kap, keine einzige, die nicht gescheiter wäre als sie! Meg oder Sarah oder Annie, sogar Lizzie, und Mary ohnehin – die würden genau wissen, was sie sagen sollten – was hier zu tun war. Aber das wollte sie ja auch wieder nicht, wollte keinen Mann, den man immer schieben und drängen mußte – hatte nie so sein wollen wie Mary Bundle. Lavinia spürte brennende Tränen in ihre Augen steigen. Hatte er ihr denn nach so langer Zeit wirklich nichts zu sagen?

»Rede! Sag etwas!« beschwor ihn Lavinia wortlos und sah zu, wie die Flut an dem aalförmigen Stück Treibholz leckte. Die nächste Welle würde es bedecken. Sie sprang auf, ging hin, hob das Holz hoch und schleuderte es mit ihrer ganzen Kraft weit fort.

»Von mir aus sollst du lieber in einem dieser Särge liegen, Thomas Hutchings, als in der Nacht neben Mary Bundle!« schrie sie, als der graue Schatten auf das Wasser klatschte.

Hinter sich hörte sie, wie er den Atem anhielt – und lachte. Dann spürte sie seine Arme um ihre Taille. Überrascht drehte sie sich um und lehnte sich zurück, um sein Gesicht zu sehen. Wie sehr hatte sie doch immer gewünscht, er möge einmal lachen, hatte sich vorgestellt, wie ganz anders er da aussehen würde – und wirklich, er sah ganz anders aus. Da fing auch sie zu lachen an, vor lauter Glück und Erleichterung, daß das Schweigen gebrochen war. Als sie zu lachen aufhörten, knieten sie beide im nassen Sand, und die See leckte um sie herum. Thomas zog sie zum Felsen, und dort setzten sie sich, die Arme umeinander geschlungen.

»Ach, mein Schatz, du wirst viel Geduld brauchen! Ich bin so ein dummer Mann, lerne erst jetzt Dinge, die Männer wie Ned von Geburt an wissen!« Thomas sprach so leise, daß sie ihn kaum verstand. Aber seine Worte schienen ihr wie ihre eigenen, und so fing sie zu reden an, ohne vorher zu überlegen, und sagte ihm alle die Dinge, die sie ihm längst hatte sagen wollen.

»… und vorhin da oben, als ich dich auf dem Steg neben Mary Bundle stehen sah, da wußte ich, wenn auch nur ein Shilling für sie drin ist, dann hat sie dich in ihrem Bett, bevor es Nacht wird …« Sie hielt inne.

Thomas nahm ihre linke Hand und legte sie neben seine, Handfläche nach oben, in ihren Schoß. »Siehst du diese Hände?« fragte er. »Diese Hände sagen mir, daß ich sicher nicht bei Mary Bundle lande – die sagen mir was ganz anderes.«

Sie blickten einander nicht an, sondern sahen beide zu, wie sein Finger eine Linie zeichnete, von Lavinias Hand in seine eigene. »Das war immer schon da, es stand geschrieben in unseren Händen, aber wir waren zu dumm, es zu lesen – es steht geschrieben, daß ich Lavinia Andrews heirate und glücklich mit ihr lebe bis an unser seliges Ende – bis ans selige Ende, Lavinia, wie in Neds Geschichten.«

Drei Tage, bevor sie starb, führte Lavinia, von Kissen gestützt, in dem Bett, das sie zweiunddreißig Jahre lang mit Thomas geteilt hatte, ihre Geschichte zu Ende.

»Hört sich an wie das reinste Unschuldslamm, diese Vinnie«, knurrt Mary dem Mädchen zu, das in Lavinias Buch schreibt. »Aber ich weiß es besser – ich weiß mehr von diesem Tag, als sie gedacht hat.«

Als Thomas und Lavinia ihr den Rücken zukehrten, hatte Mary ihnen nur ein paar Minuten nachgesehen.

»Da hört sich doch alles auf«, dachte sie, »da schickt mich diese Vinnie Andrews fort, als wär ich ein kleines Kind!«

Unter empörtem Gemurmel sah sich Mary um, aber da war niemand, bei dem sie sich beschweren konnte. Also stapfte sie langsam den Hügel hinauf und überlegte, was Thomas' Rückkehr für das Kap und auch für sie bedeuten würde.

Vor der halbfertigen Kirche standen die Leute und schauten zu, wie die Männer und die Jungen einander beim Graben in dem felsigen Boden ablösten. Mary stellte sich dazu, dachte an die Männer in den Särgen und hätte gern gewußt, was wirklich mit ihnen passiert war. Vielleicht hatte Peter versucht, seinen Bruder zu retten – schließlich hatte er auch sie einmal gerettet. Sie hörte Sarah und Lizzie schluchzen, hörte Megs tröstende Worte und gab ihrem Sohn George eine ordentliche Kopfnuß, als sie bemerkte, daß er sich vorm Graben drücken wollte.

Aber an der allgemeinen Trauer nahm sie nicht wirklich Anteil, denn sie bedrückte vor allem der Umstand, daß sie jetzt, nach Thomas' Rückkehr, sicher nicht weiter Buch führen durfte, auch nicht mehr die paar Shilling in Empfang nehmen, die Gosse jeden Herbst aufs Kap schickte, oder mit Ben über die Reparaturen an Laden und Landungssteg verhandeln, und auch nicht mit Vinnie die Listen der Dinge erstellen, die sie im Frühling brauchen würden. Ihre sämtlichen Pläne für das Kap lösten sich in Rauch auf – denn ihre Stellung übernahm jetzt wieder Thomas Hutchings.

Mary wußte genau, wie es jetzt sein würde. Thomas war ohne jede Erklärung fortgegangen und ebenso zurückgekommen, aber nun, da er wieder da war, war er eben »der Käpt'n« – derjenige jedenfalls, an den sich Ben und Sarah wandten, derjenige, der in allem das letzte Wort hatte.

»Und da hab ich beschlossen, daß ich mich nicht von ihm überrollen lasse. Vielleicht schaufelte ich damit ja mein eigenes Grab, aber jedenfalls nahm ich mir fest vor, ihn mir am nächsten Morgen vorzuknöpfen, Thomas Hutchings zu erklären, daß ich genausogut wie er der Boss sein konnte, daß er auch nichts Besseres war als wir anderen.«

Und so war Mary zwar fest entschlossen, aber dennoch recht nervös, als sie am nächsten Tag im Morgengrauen zum Laden ging. Trotz aller Aufmüpfigkeit hatte sie vor Thomas immer irgendwie Spundus gehabt, war nie so richtig mit ihm warm geworden. Von dem Tag an, da sie ihren Fuß aufs Kap setzte, hatte er sie wie ein etwas zurückgebliebenes eigensinniges Kind behandelt. Sie wollte sich ihren Kleinmut ausreden, sich daran erinnern, daß er doch manchmal den kürzeren gezogen hatte – schließlich hatte sie ihn nicht nur dazu gebracht, Fanny zu heiraten, sondern auch dazu, ihr vor seiner Abreise seinen Job zu überlassen. Aber damals konnte sie ihn erpressen – jetzt dagegen fiel ihr nichts ein, womit sie handeln konnte.

Als Mary die Tür zum Laden aufdrückte und in die kühle, dunkle Stille trat, suchte sie im Geist noch immer nach irgend etwas, womit sie Thomas in die Hand bekäme. Denn auch dies stand für sie auf dem Spiel, der Zutritt hier zum Laden am frühen Morgen, diese stille Zeit, in der sie ihren Tag planen konnte, die Fässer zählen und den sauberen Holzgeruch genießen.

Abgesehen von ein paar glühenden Kohlen auf dem Rost deutete nichts auf Thomas' Anwesenheit. Vielleicht hatte er gar nicht hier geschlafen.

Mary schlich leise zu der Koje, die er immer als Bett benutzt hatte, und wäre fast über einen Haufen von Steppdecken auf dem Boden gestolpert. Überrascht beugte sie sich vor und erblickte Thomas Hutchings und Lavinia Andrews, die hier auf dem Boden schliefen, einer in des anderen Armen.

Wie die Kinder schliefen sie, tief und ruhig atmend, mit unschuldigen Gesichtern. Mary betrachtete sie. Sie sahen so jung aus, und ganz unbekannt – wie die Lebewesen aus dem Meer in

Neds alten Geschichten, Nixen und Meergötter, die in Höhlen unter dem Ozean lebten. Sie tat ein paar Schritte zurück, sank auf die Hobelbank und blieb dort sitzen. Sie starrte auf das Liebespaar, während es im Raum langsam heller wurde. Bänder aus staubgeflecktem Licht fielen auf die blauen Wimpernschatten auf den Wangen der Frau, auf den Kupferglanz ihrer Seetang-Haare, spiegelten sich grünlich auf der Hand des Mannes auf ihrer nackten Brust, leuchteten intensiv wie Edelsteine auf den bunten Stoffflecken der Steppdecke in Rot und Grün und Gelb.

»Wie ich so dasaß, kam ich mir uralt vor – alt wie die Berge, älter als jetzt – erschöpft und hoffnungslos. So leise ich konnte, stand ich auf und verließ den Laden«, erzählt Mary.

Sie ging hinunter an den Strand, machte einen Umweg um die Häuser und kam schließlich zu der schmalen Stelle, die sie den Hals nannten, ohne richtig zu bemerken, wo sie war.

Was machte es denn schon, wenn Thomas den Laden und das Hauptbuch wieder führen wollte? Und wieder alle Entscheidungen traf? Sie hatte ja auch genug davon, daß sie immer alle antreiben und schieben mußte, genug von der Ablehnung in ihren Stimmen, wenn sie ihren Namen nannten, »... diese Mary Bundle«, als wäre sie eine ganz andere Art von Fisch – anders und unbeliebt. Nicht einmal in den Jahren ihrer Ehe mit Ned hatten die Andrews' sie wirklich als eine der Ihren akzeptiert, kein einziges Mal sie je Mary Andrews genannt.

»Ich bin müde«, sagte sie sich, »es hat mich ausgelaugt, sie immer anzutreiben.«

Sie konnte nicht begreifen, wie die meisten Menschen lebten – wie sie über dem, was sie gerade taten, nicht sehen konnten, was zu tun war. Nicht sahen, daß man, wenn man mehr Gemüse ernten wollte, zuerst einmal die Sümpfe trockenlegen mußte, daß man das Holz fällen mußte, Jahre, bevor man es brauchte, daß man größere Gemüsekeller graben und mit Steinen ausmauern mußte, daß der Fluß gegen das Versanden zu schützen war, Unkraut zu verbrennen, Ställe auszumisten, Heu einzufahren, Dächer, Landungsstege und Boote immer wieder auszubessern. Ja, ja, die kleinen alltäglichen Arbeiten, die sahen sie ja noch, aber es ging ihnen nie ein, daß es für alles eine richtige Reihenfolge gab – eine bestimmte Ordnung, wollte man mit allem rechtzeitig fertig werden.

Mary wanderte ziellos durch das vom Tau noch nasse Gras, vorbei an den frischen Gräbern vor der ungedeckten Kirche und trat ein. Drinnen betrachtete sie die rohen Holzwände, die schon zu silbrigem Grau verwittert waren. Die Kirche, fand sie, war ein gutes Beispiel für das, was passierte, wenn man keinen Sinn für die richtige Ordnung hatte. Meg wollte diese Kirche, Sarah ebenso, aber beide waren sie zu lieb und nett, um die Leute lang genug bei der Arbeit zu halten, sie solange anzutreiben, bis keiner mehr ein freundliches Wort für sie hatte.

Überall lagen Stücke von Bauholz herum. Hinter dem leeren Türstock lag ein halbfertiges Stück Dachgebälk, stellenweise von welkem Gras bedeckt. In einer Ecke lehnten verzogene Fensterrahmen, in einer anderen eine Eisenstange, wahrscheinlich dieselbe, mit der Peter den Indianer erschlagen hatte. Mary fiel Megs Vorschlag ein, diese Stange in die Kirche einzubauen, das Böse sollte damit zum Guten gewendet werden oder so was Ähnliches. In Marys Augen ergab das nicht viel Sinn, wie konnte man denn Böses zum Guten wenden? Dafür durfte sie ja immerhin dankbar sein – daß sie sich zumindest nie den Kopf mit diesem religiösen Zeug verkleistert hatte wie Meg.

Mary stand da und starrte auf die graue Einfriedung, und diese Gedanken kräuselten nur leicht die Oberfläche ihres Denkens. Darunter dachte sie immer noch an Lavinia und Thomas, sah noch das schlafende Paar, spürte immer noch diese Woge von Erschöpfung, von Sinnlosigkeit und Bedrückung, die alle ihre Sicherheiten zu ertränken drohte. War es vielleicht das, was Menschen manchmal zustieß – so daß sie dann fromm wurden oder schwach im Kopf wie die arme Ida Norris?

Auch in den nächsten paar Tagen blieb Mary mutlos, aber sie ließ sich nichts anmerken, sondern sah nur zu, wie das Leben sich wieder glättete, wie es das noch jedes Mal getan hatte.

Frank Norris kam vom Eis nach Hause mit der Nachricht, daß oben in Shamblers Cove gerade eine große Wiedergeburt stattfände und der Prediger bis Mai oder Juni hier am Kap eintreffen würde. Benny, der kleine Junge von Emma und Peter, fand Aufnahme in Sarahs Haushalt und wurde von Sarah, Annie und Charlie so verwöhnt, daß er überall mit einem großen Lächeln der Verwunderung herumging. Die Vincents hätten gern Comfort gehabt, aber Meg gab das Baby nicht mehr her. Auch zwei andere Kleinkinder, nämlich Toma und Marys Tochter Tessa, waren fast immer in Megs Küche zu finden, aber die wurden langsam größer, und Meg und Pash freuten sich, daß sie jetzt wieder einen neuen Säugling hatten.

Thomas Hutchings sagte ihnen nicht, was er für Pläne hatte, er zog nur sein Boot aufs Trockene und fing an, es frisch zu teeren, als wäre er nie fort gewesen. Verblüfft beobachtete Mary, wie schnell alles wieder so wie früher war – als hätte man einen Eimer Wasser aus dem Meer geschöpft, dachte sie. Keine Menschenseele kam noch zu ihr um Rat oder hatte ihre schwarze Stimmung auch nur bemerkt.

Am vierten Tag nach seiner Ankunft ließ Thomas allen ausrichten, er hätte ihnen was zu sagen, und bat sie nach dem Abendessen in den Laden.

»Ich weiß nicht, warum ich überhaupt hinging – ich nahm mir doch fest vor, kein Wort zu sagen, und es lag mir wirklich überhaupt nichts dran, Thomas von irgendwelchen großartigen Plänen für das Kap reden zu hören.«

Mary setzte sich etwas abseits von den anderen, genau wie damals, als sie neu am Kap war, und beschäftigte sich damit, daß sie alle Anwesenden zählte, sogar die Säuglinge.

»Einunddreißig Stück – nur zehn mehr als damals vor vielen Jahren, als ich hier ankam.« Sie erinnerte sich noch, daß Thomas Hutchings gesagt hatte, mit ihr und Fanny wären es einundzwanzig – »Einundzwanzig Menschen durchzufüttern!«, das hatte er gesagt. Aber noch am selben Abend, an dem sie kam, schlich der junge Joe an Bord der *Tern*, und am nächsten Tag starb Hazel Andrews – und so war es all die Jahre hindurch gewesen – der eine kam, der andere ging.

Mary schüttelte sich. Wenn sie immerfort so brütete, dann würde sie noch so enden wie diese alten Weiber, die an den Dorfrändern hausten und die die anderen Hexen nannten. Aber wie konnte sie alt sein, wenn sie doch genauso alt war wie Lavinia, die ihr gegenübersaß und aussah wie ein junges Mädchen? Unschuldig wie ein neugeborenes Lämmchen sieht sie drein, dachte Mary und wunderte sich nicht zum ersten Mal über die täuschenden Tagesgesichter, die so viele Menschen trugen.

Thomas stand vor ihnen auf einer Kiste und erklärte etwas, was er während der Schiffsreise hierher erfahren hatte. Mary fing an, ihm zuzuhören.

»... und jetzt gehören die Gosse-Unternehmungen also alle Timothy Drew, in St. John's ebenso wie hier auch – und noch in einem Dutzend anderer kleiner Orte an der Küste. Der ist ein großer Herr in St. John's, dieser Drew. Wir haben uns auf der Fahrt hierher öfter unterhalten, und er hat mir erzählt, daß er mit Gosse seit Jahren in Geschäftsbeziehungen steht. Soweit ich verstanden habe, hat er beschlossen, daß seine Anlagen hier am Kap aufgelöst werden.«

»Aufgelöst? Was heißt aufgelöst?« Die Männer blickten einander verständnislos an.

»Dieser neue Besitzer, Timothy Drew, wird einfach nicht mehr herkommen, um unseren Fisch zu kaufen oder um unsere Bestellungen zu bringen, und niemanden mehr dafür bezahlen, daß er die Dinge hier in Schuß hält.«

Mary konnte dem Klang seiner Stimme entnehmen, daß Thomas das jetzt schon ein paarmal gesagt hatte.

Ben Andrews ergriff das Wort: »Aber Thomas, das hören wir doch schon so lang, daß es gar nicht mehr wahr ist. Die Mannschaft auf Gosses Schiffen erzählt uns ja immer solche Schauermärchen – in einem Jahr heißt es, er wird Gouverneur, im nächsten, daß sein größtes Schiff gesunken ist und er zurück nach England geht!«

»Mose Skanes hat uns letzten Herbst erzählt, daß Gosse fortgeht – in Devon soll er ganze Straßen voller Villen haben, alle mit dem Kabeljau gebaut, den wir Leute fangen, mit der Arbeit von uns allen hier an der Küste«, sagte Sarah Vincent, und die Leute um sie herum nickten.

»Dieser neue Mann, dieser Drew, wie ist der denn so?«

Thomas dachte kurz nach. »Timothy Drew kam mir recht anständig vor – seine Frau hat ein gutes Herz, mir half sie mit dem

Baby. Drew wollte eigentlich erst auf dem Rückweg am Kap landen – aber seine Frau sah, wie seekrank Benny war, und brachte ihn dazu, daß er uns schon am Hinweg ablud.

Morgen oder übermorgen ist er hier. Ihr könnt ja alle versuchen, ihn noch umzustimmen – ich hab's auch versucht, hab ihm erklärt, daß er hier den besten Fisch bekommt, und noch dazu in rauhen Mengen. Aber mir scheint, Timothy Drew ist keiner, der seine Meinung ändert. Für ihn zählt nur das Geschäft, und er hat sich eben ausgerechnet, daß es sich für ihn besser auszahlt, wenn er nur in den größeren Orten wie Pond Island seine Läden behält.«

»Aber dann gehen wir hier ja ein – es ist so schon hart genug, ohne daß wir um Dinge wie Salz und Seile nach Pond Island hinauf müssen«, sagte Meg.

»Das ist noch nicht das Schlimmste, aber was ist dann mit unserem Fisch? Wir müßten unseren ganzen Fang selber in Booten hinaufschaffen, und das ohne genau zu wissen, wann er weiterverschifft wird! Vielleicht müßten wir sogar jemand für die Lagerung bezahlen, bis ein Schiff kommt.« Mary war überrascht, Megs Willie so vernünftig reden zu hören.

Über eine Stunde beredeten sie die Lage, waren am Ende aber um kein Jota klüger. Thomas sprang von der Kiste herunter: »Irgendwie kommen wir schon durch, so wie bisher auch immer«, sagte er, und sie nickten, sie hatten genug von dem Thema und waren froh, daß sie gehen konnten.

»Und jetzt«, sagte Thomas, »besprechen wir, was zu besprechen ist. Wenn es wirklich hart auf hart kommt, finden wir vielleicht einen Weg, wie wir unseren Fisch zum nächsten größeren Ort schaffen. Aber jetzt klären wir, wer diesen Sommer mit wem in den Booten arbeitet, so als hätten wir Timothy Drews Namen nie gehört.« Und er zog das Hauptbuch heraus, und sie drängten sich um ihn wie eh und je.

Ja, so war es eben – kein bißchen Widerstand wollten sie diesem Drew leisten! Mary hatte es schon so oft erlebt, diese starrköpfige Entschlossenheit, mit der sie das sichere Unglück einfach nicht beachteten – als ob sie etwas damit beweisen wollten, daß sie alles auf sich nahmen und sich nie wehrten, nie zurückschlugen. Ja ja, sie würden wieder schuften wie die Ochsen, einige würden beten, jeder sich Sorgen machen, einige vielleicht leise vor Mann oder Frau ein bißchen fluchen – aber geschehen würde nichts. Sie nahmen eben immer nur alles auf sich – wie Sarah sagte: »Was man nicht ändern kann, muß man ertragen.«

Mary beobachtete sie und versank noch tiefer in ihre Bedrücktheit. »Viel werden uns deine Listen nützen, Thomas Hutchings – wenn keiner unseren Fisch von hier holt, werden wir wohl alle fortmüssen – darauf läuft's hinaus, und Schluß!«

Verbittert fragte sie sich, wie oft man einen Menschen wohl vertreiben konnte, daß er immer noch die Kraft zu einem neuen Anfang fand. »Kein sicherer Ort, so hart man auch schuftet«, dachte sie und erinnerte sich an ihre Mutter und an Master Potts. »Denen, die Geld haben, gehört alles – alles zu Land, alles zur See – und Leuten wie uns gehört gar nichts.«

Niemand außer Ned hatte Mary Bundle je weinen sehen – und diesen Anblick gönnte sie ihnen auch jetzt nicht. Sie biß sich auf die Lippen und hörte ihren Schwiegersohn Dolph erklären, ohne auch nur einen Blick in ihre Richtung, er würde Neds Boot aufs Wasser nehmen und mit Henry arbeiten. Namen wurden aufgerufen, Willie Andrews übernahm das Boot von Frank Norris, Brose Gill nahm seine beiden Söhne mit, und Annie, die früher immer mit Joe zusammengewesen war, sagte, sie wollte Marys mittleren Sohn Alfred haben; Thomas schließlich nahm den jungen George, der zwar erst zwölf war, aber in jedem Boot seinen Mann stand.

»Char ist so gut mit Zahlen – vielleicht läßt man ihn am besten mit Ben an den Fässern arbeiten«, warf Lavinia ein, der sicher aufgefallen war, daß niemand Charlie Vincent aufgerufen hatte.

Thomas warf ihr ein kurzes Lächeln zu, bevor er sich an Ben wandte: »Ich hab die Dauben und die Bänder gesehen – was habt ihr denn für Abmachungen hinsichtlich der Fässer?«

Mehrere begannen gleichzeitig zu antworten, aber schließlich gelang es Ben doch zu erklären, daß alle bei den Fässern mitgeholfen hatten und sich alle den besseren Preis, den sie für den in den eigenen Fässern gelieferten Fisch und die Beeren erhalten hatten, teilten.

Es war genau wie immer, alle standen sie vor Thomas, und Thomas hockte da, redete, nickte, paffte an seiner Pfeife, malte Zahlen in sein kleines Buch. Mary beobachtete, daß seine Blicke immer wie durch Zufall Lavinias Blicke kreuzten und sie dann beide grinsten wie zwei schlimme Kinder. Manchmal wiegte sich Thomas leicht hin und her – noch nie hatte er so jungenhaft ausgesehen. Kaum konnte man in ihm den grauen Mann erkennen, der vor drei Tagen auf der Landungsbrücke gestanden hatte – und Mary fragte sich, ob in diesem Raum niemand außer ihr die Veränderung bemerkte.

»Ich versteh was von Fässern«, sagte Thomas jetzt, »mein Vater war Böttcher.« Das war die erste Information über seine Vergangenheit, die Thomas je von sich gegeben hatte, und alle deuteten es als Zeichen, daß er bleiben würde. Sofort spürte man, wie die allgemeine Spannung im Raum nachließ. Die Lage konnte also nicht so schlimm sein, wenn Thomas Hutchings beschlossen hatte, hier am Kap zu bleiben.

Mary meinte fast zu hören, was sie alle dachten. Sie stand auf und verließ den Raum. Im Hinausgehen hörte sie noch Thomas sagen: »Habt ihr je daran gedacht, die Fässer zu brennen?«

Zitternd vor Wut stapfte Mary hinunter an die Landestelle, zog sich die alten Seehundsstiefel aus und ließ die nackten Füße übers Wasser baumeln. »Diese Mistkäfer! Kein einziger von ihnen weiß heute noch, daß ich sie auf die Idee mit den Fässern brachte. Keiner fragte mich auch nur das geringste – nicht mal Dolph, als er mit Henry über Neds Boot redete – mein Boot! Und ich sitz dabei, als hätt ich keine Zunge im Gesicht. Genausogut könnte ich draußen auf den Funks hocken, da würden sie mich auch nicht weniger bemerken, seit dieser Kerl wieder da ist – hält sich für Gott, der sie alle retten kann – na, bald werden sie den Unterschied ja merken!«

Sie starrte hinab aufs Wasser, das leise gegen die muschelüberwachsenen Pfeiler schlug, und zählte die Quallen, die unter dem Steg aus und ein drifteten. Dann sah sie aus dem Augenwinkel auf See eine Bewegung und blickte hoch. Das Schiff, das vor drei Tagen Thomas an Land gebracht hatte, hielt jetzt direkt auf das Kap zu. Wieder warf es vor den Untiefen Anker, und wieder wurde ein Skiff mit zwei Matrosen zu Wasser gelassen, Mary sah, wie sie zwei weiteren Männern und einer Frau ins Skiff herunterhalfen, und dann nahmen die Matrosen Kurs auf die Landestelle.

Und das war also wohl Timothy Drew – der neue Eigentümer und seine Frau, die Thomas als gutherzig beschrieben hatte. Eine kleine Frau, mit einer blauen, unter dem Kinn gebundenen Haube und einem langen Umhang aus weichem braunem Stoff. Marys Aufmerksamkeit richtete sich so ausschließlich auf die Frau, daß sie die beiden männlichen Passagiere des Bootes kaum beachtete.

Mary stand nicht auf, rührte sich überhaupt nicht, als das Skiff gegen die Landestelle stieß und die drei Insassen vorsichtig die schwankende Leiter hochkletterten. Der eine Mann wandte sich um und wies die Matrosen an zu warten, in einer Stunde würde man wieder abfahren. Mary sah den resignierten Blick der Bootsleute, als sie ihre Ruder einzogen.

Unter ihrem Umhang trug die Frau ein Kleid im gleichen Blauton wie ihre Haube. Ihre Stiefel waren aus glänzendem schwarzem Leder, mit einem Dutzend kleiner Knöpfe an der Seite.

»Sie sah wie die reichen Weiber in St. John's aus, man konnte sie riechen, duftende Seife und Puder, sie roch gar nicht wie ein Mensch – oft hab ich mir solche Frauen vorgestellt und mich gefragt, was die wohl für Sorgen haben. Sie stand so nahe bei mir, daß ich auf ihre Stiefel hätte spucken können.«

Obgleich so viele Jahre seither vergangen sind, ist Mary ihre Angst damals noch heute peinlich. Sie hatte Angst vor diesen Menschen, die da vor ihr standen, Angst, aufzublicken, sie fühlte sich so bedeutungslos neben deren Wichtigkeit und glänzenden Schuhen, schämte sich für ihre schmutzigen Füße, kam sich plötzlich blöd und schwerfällig vor – Gefühle, vor denen ihre Wut sie sonst meist bewahrte. Sie blieb einfach sitzen, ohne sich zu regen, unfähig, den Blick weiter zu heben als bis zu den Knien dieser Fremden, die von oben herab auf ihren Scheitel starrten.

Der ältere Mann, der zu den Matrosen in knappem Befehlston gesprochen hatte, sagte: »He, du da!« und hielt sie wahrscheinlich, dachte Mary, für den Dorftrottel, der sich den ganzen Tag hier am Landungssteg herumtrieb. Er stupste sie sogar leicht mit seinem polierten Schuh an.

Mary kämpfte gegen ihre Angst, rappelte sich hoch und auf die Beine und zwang sich, ihren Blick zu heben – und fand sich plötzlich Auge in Auge mit Tim Toop. Da war kein Irrtum möglich. Sein

Gesicht hatte sich verändert, es war aufgedunsen und viel gröber, die Nase dicker, röter, aber die scharfen, rattenartigen Augen, die gehörten eindeutig dem alten Taschendieb.

Die beiden starrten einander wohl eine volle Minute lang ins Gesicht. Dann richtete sich der Mann zu seiner vollen Höhe auf, die, wie Mary bemerkte, noch immer nicht sehr bedeutend war, und sprach: »Madam, darf ich mich vorstellen, ich bin Timothy Drew, und dies ist meine Gattin, und …« und er deutete mit dem Kopf auf den Mann, der dicht an seiner Schulter wartete, »dies ist Mr. Matthews, mein Sekretär.«

Ohne Mary Zeit zum Antworten zu lassen, wies er Matthews an, sich in der Anlage umzusehen. »Machen Sie eine Liste aller Gegenstände von Wert, und dann schlagen Sie die Bekanntmachung an – und sehen Sie, ob dieser Hutchings mit uns zurücksegelt«, befahl er und entließ den Angestellten dann mit einem Schnippen seiner Finger.

Timothy Drew sah seinem Sekretär nach, wie er die Brücke entlangging und dann im Laden verschwand, ehe er sich wieder an Mary wandte. Jetzt ließ er sich Zeit und betrachtete sie ausführlich von Kopf bis Fuß, von den schmutzigen Füßen bis zum verfilzten Haar. »Und wie mag wohl Ihr Name sein?« fragte er.

»Mag eigentlich irgendwas sein – wie's aussieht, halten sich Namen ja nicht so gut – werden oft schlecht – wie Fisch, möglicherweise«, antwortete sie. Ihre Angst war vollkommen verschwunden, wie weggeblasen durch Wut und Überraschung.

Er beugte sich leicht vor, und Mary meinte, in den Augen, die ihr Gesicht studierten, etwas wie Belustigung funkeln zu sehen. »Ganz recht, ganz recht, das kommt vor. Ich zum Beispiel hab den Namen meiner Gattin angenommen. Klingt doch gut, findest du nicht?«

Damit wandte er sich an seine Frau, die leicht verdutzt wirkte. »Meine Liebe, das ist Mary, Mary Sprig, von der ich dir erzählt habe. Wir saßen miteinander auf Grabsteinen und teilten gestohlene Orangen.«

»Ja ja«, dachte Mary, »wir teilten noch viel mehr als nur gestohlene Orangen.« Prüfend betrachtete sie die Frau. Hübsch, dachte sie, aber nicht sanft, und größer, als sie im Boot gewirkt hatte – die schmale Feder in ihrer Haube war um mehrere Zoll höher als die Zylinderspitze ihres Mannes.

»Sie hatte ein gutes Gesicht, die wußte um einiges mehr, als sie sich anmerken ließ, diese Mrs. Timothy Drew«, erklärt Mary ihrer Urenkelin.

Mrs. Drew lächelte und nickte. Mary nickte höflich zurück, wandte sich aber sofort wieder an den Mann: »Was hast du denn hier bei uns verloren, Tim Toop – und was ist das für eine Bekanntmachung, die dein Bursche für uns hat?« fragte sie, obwohl sie ja die Antwort kannte. Aber sie brauchte Zeit zum Denken, mußte überlegen, wie sie Tim um den Finger wickeln konnte.

»Ich hab immer schon mit Caleb Gosse Geschäfte gemacht, das weißt du ja selber, Mary – hab ich dir nicht Arbeit auf einem seiner Schiffe verschafft?«

Ohne ihr Schnauben zu beachten, machte er einen kleinen Rundgang um den salzverkrusteten Landungssteg – vielleicht brauchte auch er Zeit zum Denken –, betrachtete den verwitterten Laden, den winzigen Vorgarten, die unverputzten Häuser, die irgendwie zwischen die Felsen hingesetzt waren, bevor er wieder zu Mary zurückkehrte.

»Jetzt bist du mit Antworten an der Reihe«, erklärte er kurz. »Zwei Fragen: erstens, wo sind alle anderen? Und – noch einmal – wie heißt du?«

»Man nennt mich Mary Bundle, aber zu deiner Information: mein richtiger Name ist Mary Andrews – Mrs. Ned Andrews für dich. Und wenn du wissen willst, wo alle sind – da drin«, und sie deutete auf den Laden. »Jetzt spuckt ja wahrscheinlich schon dein Matthews alle freudigen Nachrichten für sie aus. Und wie kommt's, daß die Leute in St. John's dich noch immer nicht aufgeknüpft haben?«

Bei diesen Worten blickte sie ihm scharf ins Gesicht und sah, wie sich sein Ausdruck veränderte. Als hätte man Feuer mit Wasser gelöscht, verschwand jede Spur von Jovialität und wich einer derartig stählernen Eiseskälte, daß Mary einen Schritt zurückgetreten wäre, hätte sie sich nicht so gut in der Hand gehabt.

»In St. John's, Mrs. Andrews, bestimme ich jetzt selber mit, wer hängen soll – und wenn ich mich recht entsinne, steht auch Ihr

Name auf der Liste.« Er sprach jedes Wort ganz deutlich aus, mit großer Umsicht, als hätte ihm jemand Sprechunterricht gegeben.

Mary zwang sich, seinem Blick standzuhalten. Aus dem Augenwinkel sah sie, daß die Frau die Hand ausstreckte und ihren Mann am Arm berührte. Als er sich zu ihr umdrehte und seinen Blick von Mary löste, schüttelte seine Frau unmerklich den Kopf, als wollte sie ihn warnen oder an irgend etwas erinnern. Mary spürte kalten Schweiß über ihren Rücken laufen.

Doch als er sich wieder zu ihr wandte, lächelte er. »Na, Mary, was willst du denn, was brodelt denn da in deinem gierigen kleinen Hirn?«

»Möchtest du denn nicht einmal wissen, was mit deiner Tochter ist?« Mary warf einen Blick auf die Frau, die aber zu ihrer Enttäuschung keine Überraschung zeigte.

»Eigentlich nicht«, antwortete er, »sie gehört dir, ich bin überzeugt, daß du gut für sie sorgst.« Er griff in die Tasche, zog eine Zigarre heraus und zündete sie an. Offenbar hatte er seine gute Laune wiedergefunden. Wie er so dastand neben seiner hübschen Frau, sah Tim so reich aus, so geschniegelt und so gutgenährt, daß Mary ihn liebend gern über den Rand der Landebrücke geschubst – und zugesehen hätte, wie er zwischen dem faulen Fischgedärm versank.

»Sie ist tot – deine Tochter starb hier unten, genau hier unten am Strand. Sie starb bei der Geburt ihres Kindes, obwohl sie selber nur ein Kind war – nicht einmal so alt wie ich, als du mich geschwängert hast!«

»Und Ihr Gatte, Mrs. Andrews, wo ist der?« fragte jetzt die Frau.

»Auch tot – er – er wurde getötet, von einem – von einem ...«, Mary versagte die Stimme, »getötet von einem Tier.« Sie holte tief Luft. »An Orten wie diesem hier hat einen der Tod schnell.«

»Das tut mir aufrichtig leid«, sagte die Frau.

»Wir holen jetzt wohl am besten diesen Hutchings und empfehlen uns«, und damit schob Tim seine Hand unter den Ellbogen seiner Frau und wandte sich zum Gehen. »Es war – interessant, Sie wiederzusehen, Mrs. Andrews.«

Mit ungeschickter Hast stellte sich Mary zwischen die beiden und den Laden. »Noch nicht, Tim Toop, wir sind noch nicht fertig.

Als wir uns das letzte Mal gesehen haben, da hast du mir ja was versprochen, hast gesagt, sobald ich nach St. John's zurückkomme, hilfst du mir bei der Überfahrt nach England und gibst mir Geld, damit ich mit Fanny eine Bleibe finde.«

»Das ist lange her – ein ganzes Leben lang. Diese Vereinbarung betraf zwei Menschen, die es nicht mehr gibt.« In Tims Gesicht stand ein starres Lächeln, aber seine Augen waren wieder eiskalt.

»So lang auch wieder nicht, weder mein Leben noch dein Leben lang, jedenfalls nicht so lang, daß ich mich nicht daran erinnere, wie du das Haus der Armstrongs geplündert hast – und was ist aus dem Scheißkerl geworden – hat mein Fluch gewirkt?«

Sie wartete, doch er sagte nichts, also riskierte sie einen Schuß ins Ungewisse und fuhr fort: »Und was wurde denn aus der Uhr, die du Armstrong geklaut hast, der mit den Buchstaben und den Blättern auf der Rückseite?«

Die Hand, die instinktiv nach der Westentasche gegriffen hatte, hielt inne. Seine Frau sagte: »Timothy!«

Mary begriff, daß sie ihn hatte, und drängte weiter: »Ich hab hier gute Freunde, Leute, die lesen und schreiben können, die alles über dich wissen, Tim Toop (das war gelogen, sie hatte seinen Namen nie auch nur erwähnt), Freunde, die mit Vergnügen dem Gouverneur in St. John's deine Uhr beschreiben können, damit er erfährt, was für ein Mann das ist, der Caleb Gosses Geschäfte übernahm.«

Mary stand da, leicht gegen ihn geneigt, Hände auf den Hüften, Kinn vorgereckt, und wartete, denn diesmal würde er ihr antworten müssen. Statt dessen tat er einen Schritt vor und hob die Hand, als wollte er sie schlagen oder von der Mole stoßen.

»Aber ich wich keinen Zoll«, erklärt Mary stolz ihrer Urenkelin, »und hätte er mich auch nur angefaßt, bei Gott, ich hätt ihn umgebracht!«

Aber er beherrschte sich rechtzeitig, trat selber an den Rand der Mole und starrte hinaus auf sein wunderbares Schiff.

»Wir sollten Mr. Drew ein bißchen Zeit lassen, sich zu fassen«, bemerkte seine Frau mit ihrer leisen, vornehmen Stimme. »Nun, meine Liebe, was hätten Sie denn gern? Würden Sie diesen Ort gern verlassen? Möchten Sie vielleicht Passage zurück nach England für sich und Ihre Kinder – Sie haben doch Kinder?«

Diese Idee war Mary gar nicht gekommen. Sie überlegte. Passage nach England konnte sie ihnen wahrscheinlich herausreißen, und vielleicht noch was dazu, vielleicht genug für ein kleines Haus? Zurück nach England? Wohin nach England? Mit Neds Kindern? Sie versuchte sich an England zu erinnern, aber es fiel ihr einfach nichts mehr ein außer dem Armenhaus, dem Friedhof und der Straße rundherum – von Englands Küstenlinie, der Farbe des dortigen Meeres, dem Geruch der Luft hatte sie keine Vorstellung mehr.

»Weißt du, Rachel, damals hielt ich mich schon für alt – dabei war ich noch keine vierzig. Jung! Mein Leben war noch nicht einmal zur Hälfte vorüber!« Die alte Frau klingt ungläubig, sehnsüchtig fast.

»Tat es dir je leid, daß du nicht zurückgegangen bist, Nan?« fragt das Mädchen, steht auf und streckt sich – sie hat jetzt stundenlang geschrieben.

»Das könnt ich gar nicht mehr sagen – vielleicht hätte ich gehen sollen. Tim Toop hätte es schon hingekriegt – Passage nach England, das war für ihn ein Kinderspiel, der hätte uns auf eins seiner Schiffe gestopft, irgendwo zwischen den gesalzenen Kabeljau. Wahrscheinlich hätte ich auch Geld von ihm bekommen. Der war schon damals reich wie Gott, und bevor er abkratzte, wurde er noch viel reicher – der alte Hund.«

Aber Mary hatte die Idee sofort wieder verworfen. Was sollte sie denn in England? Was sollten Henry, George und Alfred dort, halbe Wilde, die sie waren, die mit Müh und Not gerade ihre eigenen Namen schreiben konnten? Sie würden von vorne anfangen müssen, aber als was? Zigeuner? Taschendiebe? Oder wie ihr Vater bei einem reichen Mann die Schafe hüten?

»Das würde euch beiden so passen, was? Mich auf die andere Seite des Ozeans verfrachten, damit ihr vor mir sicher seid – und mich auf halbem Weg über Bord werfen lassen!« und sie deutete auf Tims Rücken.

Da drehte er sich um, trat wieder zu seiner Frau und bat Mary, so liebenswürdig, als hätte er nie an Mord gedacht, ihre Karten auf den Tisch zu legen. Das tat sie, und dann fingen sie an zu handeln, genau wie früher unter Gosses altem Lagerraum, schnappten einander an wie zwei Straßenjungen, maßen ihre Kräfte, spuckten einander Beleidigungen ins Gesicht. Tim vergaß seine sorgfältig eingelernte Grammatik, und seine Frau entfernte sich ein paar Schritte und starrte mit abwesendem Blick über den leeren Strand.

Mary genoß den Kampf und bedauerte es, als er beendet war und sie darauf einträchtig hinauf zum Laden schritten.

Als sie eintraten, redete gerade Mr. Matthews, der Sekretär, und schien offenbar bereits am Ende seiner Geduld: »... das Kap ist gefährlich, das ist bekannt, und zwar besonders für die großen Schiffe, die Mr. Drew in Zukunft zu erwerben plant. Es geht einfach nicht mehr, in jedem flohverseuchten kleinen Hafen an der Küste anzulegen und Fracht aufzunehmen. Und dabei bleibt's!«

Auf seine Rede folgte Schweigen. Niemand widersprach oder stellte Fragen. Niemand rührte sich, nicht einmal um einen Blick zur Tür zu werfen, wo jetzt Mary neben dem neuen Besitzer und seiner Frau stand.

»Mit einem schafsmäßigen Haufen hast du dich da eingelassen«, bemerkte Tim aus dem Mundwinkel, und Mary mußte ihm recht geben; sie wünschte, sie würden, anstatt mit gesenktem Blick dazustehen, losstürmen und den jungen Dandy in den Hintern treten.

»Die sind lang nicht so schafsmäßig, wie sie aussehen – eines Tages bekommst du das vielleicht zu spüren!« zischte sie, wagte ihm aber nicht ins Gesicht zu sehen aus Angst, er könnte dann aus dem Triumphleuchten in ihren Augen erkennen, daß sie sich mit weniger zufriedengegeben hätte, mit viel weniger, als er ihr schließlich zugestand.

Jetzt ließ Timothy Drew seine Frau und Mary an der hinteren Seite des Raumes stehen, eilte mit energischen Schritten nach vorn, schob ohne ein erklärendes Wort Mr. Matthews beiseite, stieg auf die Kiste und nahm alles zurück, was sein Sekretär verkündet hatte.

»Wir haben uns entschlossen, in Gosses Tradition fortzufahren und auch weiterhin Waren in Cape Random auszuladen, und natürlich auch euren Fisch hier an Bord zu nehmen. Und wenn von euch Männern jemand Überfahrt nach Labrador auf einem Drew-Schiff haben möchte, so kann er jetzt gleich Mr. Matthews seinen

Namen nennen – und«, dabei warf er Mary einen Blick zu, »und wir garantieren euch auch einen anständigen Preis für euren Fisch.«

Der Sekretär machte große Augen, die Zuhörer trauten ihren Ohren nicht. Dann fingen sie an, flüsternd miteinander zu beraten, einige sah man unsicher lächeln. Schließlich traten die Männer zögernd einer nach dem anderen zu Mr. Drew und bedankten sich: »Wir wissen es zu schätzen, Sir, wirklich«, murmelten sie verlegen und zerrten an ihren Mützen.

Mrs. Drew kam jetzt auch nach vorn und flüsterte ihrem Gatten etwas ins Ohr, und der nickte und hielt die Hand hoch, ganz der große Herr. »Vergeßt nur eines nicht: Den Namen Drew werdet ihr vielleicht noch öfter hören – wir haben Söhne«, sagte er mit einem Lächeln zu seiner Frau. »Und eines Tages werden sie bei Wahlen antreten. Wenn es soweit ist, rechne ich mit eurer Loyalität – ich rechne damit, daß ihr mit euren Familien dann hinter den Drews steht, so wie wir hinter euch gestanden haben.«

Alle nickten und lächelten, und als er von der Kiste stieg, gab es sogar ein paar verlegene Hurra-Rufe.

Unten an der Landebrücke traten wieder ein paar Männer vor und tippten sich an die Mützen vor dem großen Mann und seiner Gemahlin. »Gott mit Ihnen, gnädige Frau«, »Wir bedanken uns auch schön«, und »Wir werden nicht vergessen, was Sie für uns getan haben«, sagten sie. Sogar Thomas Hutchings dankte ihnen und verbeugte sich vor der Frau. Jane und Rose klatschten, und ein paar Jungen riefen Hurra. Die Drews nickten und lächelten.

»Da lachen ja die Hühner«, dachte Mary, »wie zahm die alle sind – und Tim Toop, der kleine Dieb, führt sich auf, als wär er der König von England.«

Dennoch lächelte auch sie, lächelte und lächelte, und drückte das steife Stück Papier unter ihrem Mieder an die Brust und murmelte leise immer wieder: »… in Ewigkeit, in Ewigkeit …« Es war ein wunderbares Wort. Sie hatte sich vom jungen Matthews das Ganze vorlesen lassen, und dieses Wort gefiel ihr ganz besonders.

»In Ewigkeit …« flüsterte sie leise und lächelte, während das Skiff den Hochwohlgeborenen Timothy Drew und seine Gemahlin von den winkenden Menschen forttrug. »In Ewigkeit …!« Und es war ihr egal, ob sie den Himmel über diesen beiden je wiedersah.

Tat sie auch nicht. Aber in den darauffolgenden Jahren verbreitete sich der Name von Timothy Drew und seinen Söhnen und Enkeln die ganze Nordostküste entlang wie Falschgeld, und ebenso die Namen der Drew-Schiffe – die *Northern Queen*, das *Seepferd*, die *Jubilee* und die *Northern Pathway*. Mary war Zeugin des Entstehens eines Familienimperiums, das das wirtschaftliche und politische Leben Neufundlands über Generationen hinweg beherrschen sollte.

Innerhalb von zwanzig Jahren eignete sich Timothy Drew – mit Hilfe der englischen Verwandten seiner Gattin – eine gewaltige Wirtschaftsmacht an, auf der Grundlage von Walfleisch und Seehundsöl und Pökelfisch aus Neufundland, mit dem er in spanischen, portugiesischen und englischen Häfen Seile, Rum, Salz, Mehl und Kohle einhandelte. In tausend kleinen Buchten, auf hundert winzigen Inseln arbeiteten Tausende Fischer und ihre Familien für Drew-Firmen und waren für jeden Bissen Nahrung, für jeden Fetzen Stoff auf Drew-Schiffe angewiesen. Timothys Nachkommen wurden Industrielle, Bankiers, Rechtsanwälte – und natürlich Politiker. In den Augen der Neufundländer war ihr Platz nur wenig unter dem der Engel, aber weit über der königlichen Familie.

Aber an diesem Frühlingstag stand Mary Bundle still auf der Mole und flüsterte ihr Zauberwort und wußte von alledem noch gar nichts. Und hätte sie's gewußt, wär's ihr auch egal gewesen. Für das, was hätte sein können, interessierte sie sich nie; was ihr das höchste Glück bedeutete, war das Wissen, daß das alles ihr gehörte: die Bretter unter ihren bloßen Füßen, die Fischhürden und der fest gebaute hölzerne Laden hinter ihr.

13

Ich sag dir, Mädchen, an dem Tag, an dem ich dem Seepferd *mit Tim Toop drauf nachschaute, da hätte ich nicht die Königin meine Tante nennen mögen! Da war keiner unter uns, dem nicht ein Stein vom Herzen fiel. Die Erwachsenen schauten noch etwas belämmert drein, aber die Kinder tollten um die Landungsbrücke rum wie junge Ziegenböcke!«*

Sie waren gerettet! Noch einmal davongekommen!

»Ich hab mir schon ausgemalt, wie's wäre, wenn ich von hier hätte fortmüssen – alle Sachen zusammenpacken und woanders ganz neu anfangen. Wie das wäre, Josh dort draußen liegenlassen, und Joe und Peter da oben«, schluchzte Sarah und drückte Meg und Annie an sich.

Jede von den Frauen hatte Ähnliches gedacht, und nicht nur an die Gräber, auch an die Häuser, die Wandborde, die Gärten und die Erdäpfelkeller, die halbfertige Kirche, die Fliederbüsche an den Haustüren, den Sonnenuntergang vor Turr Island. Nie war ihnen das Kap so teuer gewesen, so vertraut, so erfüllt von Freunden und von geschätzten Dingen. Im vergehenden Licht eines Frühlingsabends schien ihnen alles in einen goldenen Schimmer getaucht. Wie könnte man ein solches Paradies verlassen, wie es je in dieser Welt oder der nächsten neu erschaffen?

Willie stieß seinen Vater an: »Da haben wir noch mal Glück gehabt, was, Pa?«

Ben sah seinen Sohn an und grinste. »Das kann man wohl

sagen – ist doch ein anständiger Mensch, dieser Drew. Der Junge da, dieser Matthews, der wollte uns doch richtig alle rauswerfen, bevor Mr. Drew dazukam und mit der Faust auf den Tisch schlug.«

Die anderen Männer nickten, aber Meg wischte sich die Augen und sah ihren Mann vorwurfsvoll an: »Die ganze Zeit, die wir da drin waren, hab ich gebetet – daß wir nicht nächsten Sommer hier sitzen, ohne daß jemand den Fisch holt, den wir fangen – und ich sag dir, es war Gottes Werk, daß wir gerettet sind.«

Sarah, Annie und Lizzie stimmten ihr zu, ja, ein Wunder war es und nichts anderes. Wie sonst war so ein Stimmungsumschwung zu erklären?

Plötzlich redeten alle durcheinander, Meg und Sarah zitierten aus der Bibel, Lizzie zankte die Zwillinge aus für ihr schlechtes Benehmen vor vornehmen Leuten, und Jane und Rose beschrieben Pash jeden Knopf und jedes Bändchen an Mrs. Drews mondäner Kleidung. Die Männer, verlegen wie Kinder, die, sobald die Kerze brennt, das Ungeheuer als Mantel ihres Vaters erkennen, bestätigten einander, daß sie den Sekretär wohl von Anfang an falsch verstanden hätten – und kein Wunder – der hatte eben diese merkwürdige Art der Stadtleute, sich auszudrücken.

Keiner bemerkte, wie Thomas zu Lavinia ging. Erst als er sich räusperte, fiel ihnen allen auf, daß sie ganz eng nebeneinander standen, Arm in Arm.

»Wir beide werden ab jetzt zusammen im Laden wohnen«, sagte Thomas und sah Meg an, als würde er sie um Erlaubnis bitten. »Zusammenleben – und heiraten, sobald ein Prediger vorbeikommt.«

Meg traute ihren Ohren nicht. Was sagte Thomas da, so ganz offen vor allen anderen, vor den Kindern? Mit offenem Mund starrte sie ihn an. »Was?«

»Lavinia und ich, wir ziehen jetzt zusammen in den Laden.«

»Thomas! Du willst doch nicht ohne Gottes Segen wie Mann und Frau mit ihr leben – das ist ja unerhört!« Meg wandte ihren Blick zu Willie und Rose, die ebenso, allerdings in getrennten Häusern, auf die Ankunft eines Predigers warteten. »Das schickt sich nicht, und außerdem gibt das ein schlechtes Beispiel.«

»Warum kann nicht Charlie uns alle verheiraten – so wie

damals …« Rose blieb das Wort im Mund stecken, sie begann zu stottern und lief ganz rot an, denn jetzt fiel ihr ein, daß er damals ja Thomas und Fanny verheiratet hatte.

»Damals waren besondere Umstände, Rose Norris – das werden wir nicht wiederholen. Bald kommt ja ein Geistlicher – Hochwürden Oakley vielleicht, wenn er in Shamblers Cove fertig ist.« Meg warf ihrer zukünftigen Schwiegertochter einen vernichtenden Blick zu, bevor sie ihre Entscheidung verkündete: »Und bis dahin könnt ihr warten, alle vier, und besonders du, Vinnie, denn schließlich bist du eine Lehrerin. Ich bin sprachlos, daß ihr euch selbst in Gedanken so versündigt – und dann noch vor den Kindern drüber redet! Wenn nötig, sprechen wir uns am Sabbat nach dem Gottesdienst.«

»Wir wollen aber nicht warten, Meg – Thomas und ich haben schon zu lang gewartet«, sagte Lavinia und sah sich ohne jede Verlegenheit im Kreis um. »Noch heute wird Thomas einen Teil des Ladens mit Brettern abtrennen – dahinter wollen wir schlafen«, sagte sie und senkte wenigstens bei den letzten Worten die Augen.

»Ja ja, einen Dickschädel hatte sie, das muß man ihr lassen.« Mary reicht Rachel ihre leere Tasse. »In späteren Jahren waren Vinnie und ich wie Schwestern, aber ich muß schon sagen, sie tat immer, was sie wollte, ohne sich um die anderen zu scheren. Und *ihr* hat es niemand je übelgenommen, niemand hat sie deshalb geringgeachtet und auf sie runtergeschaut, nein, auf Vinnie nicht.«

An diesem Tag aber war es Mary gleich. Von ihr aus hätten Lavinia und Thomas gleich dort vor aller Augen miteinander auf dem Landungssteg herumrollen können. Mary schwebte wie auf Wolken nach ihrem Sieg über Tim Toop, das Papier, das sie im verborgenen an die Brust drückte, verlieh ihr ein solches Selbstvertrauen, daß sie im Moment an niemanden dachte als nur an sich selbst. Jetzt stieg sie auf den Tisch, stand höher als alle anderen und blickte finster auf sie hinunter, bis sie sie schließlich einer nach dem anderen bemerkten.

»Na, ihr seid mir eine feine Bande – Schafe, genau wie der Mann gesagt hat. Schafe! Gottes Schafe oder Drews Schafe – oder auch Thomas Hutchings' Schafe – Schafe für jeden, der Schafe braucht«, schrie Mary in ihre emporgewandten Gesichter.

Sie fuhr herum und brüllte Thomas an: »Und wer zum Kuckuck glaubst du, daß du bist, Thomas Hutchings? Kommst hierher zurück wie ein großer Herr, kommandierst herum, als würden wir dir gehören! Und ihr anderen – ihr tut ja gerade so, als kämen wir ohne ihn nicht zurecht. Und was haben wir denn ohne ihn getan, na, so sagt's mir doch! Haben wir nicht auch unsere Boote ins Wasser gebracht? Und Fisch gefangen und getrocknet? Und hergerichtet und gezählt und nach St. John's expediert?«

Verblüfft starrten sie zu ihr hinauf. Was wollte sie denn nur? Ihre eigenen Jungen schämten sich für diesen Ausbruch ihrer Mutter, und Jane flüsterte Dolph zu, er solle doch was tun, und schob ihren Mann bis zu dem Tisch, auf welchem Mary stand.

»Mamma Mary, komm jetzt runter, so komm doch runter«, sagte Dolph, als würde er mit einem Kind reden, oder mit einer Katze, die sich unter die Landebrücke verkrochen hatte.

Sie schlug ihn auf die Hand. »Schleich dich! Und nenn mich nicht mit diesem blöden Namen – kann ich nicht aushalten – klingt ja wie eine römische Heilige!«

Mary schaute sich um, bis sie wieder Thomas im Auge hatte: »Ich weiß noch, wie ich hergekommen bin, da hat Alex Brennan den dort gefragt, ob ich bleiben könnte, und er hat nein gesagt. Nein! Der ganze Ort hat ihm gehört. Immer sind alle nur zu ihm gegangen. Aber damit ist es vorbei, Thomas Hutchings! Jetzt sind andere Zeiten! Ja, mein Guter, wenn du im Laden wohnen willst, mußt du zu mir kommen – mußt mich fragen – denn mir gehört der Laden jetzt!« Die letzten Worte brüllte Mary hinaus, und schwenkte dabei das Papier über ihrem Kopf, dabei flatterte es ihr aus der Hand und sie wäre fast gestürzt bei dem Versuch, es wieder einzufangen.

Nachdem sie ihre Balance zurückgewonnen hatte, holte sie tief Luft und schimpfte weiter, spuckte ihnen den jahrelang aufgestauten Groll entgegen, hielt ihnen alles vor, was sie getan hatte, um das Kap am Leben zu erhalten, jede kleine Kränkung zahlte sie zurück und sagte ihnen schließlich klipp und klar, was sie von ihrem Auftreten vor Timothy Drew hielt: »... und jetzt steht ihr alle da wie die Katze, die die Sahne ausgeschleckt hat, und bildet euch ein, es wären eure Gebete gewesen, eure Katzbuckelei, euer

Mützenziehen und Kriechen vor diesen Schießbudenfiguren, was euch das Kap erhalten hat! Keine Spur! Ich war's – ich hab's dem alten Gauner abgerungen, daß seine Schiffe weiterhin hier landen.«

Sie war wie die Flut, wie der Mond, wie die großen unaufhaltsamen Eisberge, die die Küste herunterdrifteten. Wie erschlagen standen sie alle da – was sie sagte, ergab keinen Sinn, aber es war ein Naturereignis. Selbst das kleinste Kind begriff, daß es Zeuge wurde von einem von Mary Bundles berühmten Wutanfällen, ein Erlebnis, von dem sie eines Tages noch ihren Urenkeln berichten würden.

Irgendwann verrauchte ihre Wut, sie ließ ihre gestikulierenden Hände sinken und sah sich um. Immer noch vom Tisch herunter winkte sie Lavinia zu sich: »Da, lies ihnen das vor – und paß drauf auf, sonst sind wir alle verloren!«

Mary erinnert sich an diesen Moment, gackert und schließt genußvoll die Augen: »Ja, meine Liebe, war das schön, da oben stehen und in ihre Gesichter schauen, während Vinnie ihnen das Papier vorlas.«

Der Schmerz, den sie am Morgen beim Anblick der schlafenden Liebenden gespürt hatte, war fort, unvorstellbar, so wie Eis im Sommer.

Wie sie die Menschen da von oben betrachtete, fielen ihr andere Menschen ein, die einmal sie, Mary, so von oben herab angesehen hatten: Master Potts hoch zu Roß, der Una erklärte, wenn sie nicht mehr für ihn leistete, würde er sie und ihre Kinder aus der Hütte werfen lassen; Mrs. Brockwell auf den Stufen des Armenhauses, die den beiden Kindern erklärte, wie verlaust sie seien, und man müsse sie abschrubben; Mr. Armstrong mit seinem lüsternen Blick auf sie und Tessa, mit seinen teigigen Händen nach ihnen grapschend; Thomas Hutchings, der ihr erklärte, sie und ihr Kind könnten hier nicht an Land gehen. Und die vielen »Die«, die Tessa umgebracht und Mary Sprig gejagt hatten, die sie hungern ließen und ihr ein Leben in Armut und schwerer Arbeit aufbürdeten. Selbst Megs Gesicht stand jetzt vor ihr, wie sie auf sie und Ned herunterschaute und sie aus dem Haus trieb und verkündete, sie sollten ihre Körper vergessen und lieber an ihre Seelen denken.

»Tim hat recht gehabt«, dachte sie, »es lohnt sich wirklich, dafür zahlt sich wirklich alles aus, Lügen, Stehlen, vielleicht sogar Töten, daß man derjenige ist, der hier oben steht – der mit der Peitsche in der Hand, und nicht der, der sie zu spüren kriegt.«

Als Mary mit ihrem Bericht über die Szene am Pier fertig ist, öffnet sie die Augen und starrt Rachel an. Der alten Frau kommt sie nicht älter als ein Kind vor, ein Kind, das mit gesenktem Kopf hier sitzt und noch immer in Lavinias Buch schreibt.

»Sie ist nicht hart genug«, denkt Mary, »lange nicht hart genug für das, was auf sie zukommt.«

Mary denkt nach, was sie ihrer Urenkelin noch sagen könnte, welchen Rat sie ihr geben könnte, einen Zauberspruch oder Fluch, der macht, daß Rachel für sich selbst eintritt, wenn einmal sie, Mary, nicht mehr da ist. Etwas, das ihr Sicherheit gibt.

Aber es gibt nichts, nichts außer dem, was das Mädchen jetzt schon seit Wochen niederschreibt – und vielleicht glaubt Rachel das alles nicht einmal, vielleicht hält sie's für Hirngespinste einer wunderlichen alten Frau.

»Das ist alles wahr, weißt du, wahr wie die Bibel, jedes einzelne Wort!« sagt Mary scharf.

»Das weiß ich ja, Nan, das glaub ich dir – und alles, was du gesagt hast, hab ich da drin aufgeschrieben«, erwidert Rachel und klappt das Buch zu. Zum ersten Mal seit Wochen scheint Mary ihre Urenkelin richtig zu sehen.

»Ich will nicht sagen, daß sie keine guten Menschen waren – doch, doch, das waren sie. Und harte Arbeiter – Mädchen, das kannst du dir nicht vorstellen, wie hart die arbeiten konnten! Nicht wie die Heutigen, nirgends an der Küste gibt es heute Frauen wie Meg oder Sarah und Männer wie Ned und Ben oder Josh Vincent oder Frank Norris. Die Zeiten haben sich geändert, Kind – euch geht's allen heute viel zu gut.«

Rachel erwartet, daß ihre Urgroßmutter jetzt einnickt, so wie fast jeden Abend, wenn sie mit dem Schreiben aufhören. Statt dessen richtet sich die alte Frau auf, blickt zum Fenster, zieht die Luft ein und sagt: »Ich glaub, der Wind hat sich gedreht. Bis morgen früh ist der letzte Schnee fort. Komm, machen wir uns ein Abendessen – wir können uns einen von den Weißfischen braten, die Jack rübergebracht hat, und dazu rösten wir ein Stück Brot von deiner Mutter – ich muß schon sagen, Jessies Brot ist wirklich gut.«

Während der Fisch gart und den Geruch von See und Wäldern in die Küche bringt, geht Rachel zum Haus ihrer Eltern um ein Glas Marmelade. Es stimmt, der Wind hat sich gedreht, und zwar nach Südwesten. Der Winter ist so gut wie vorbei.

»Nan geht es besser. Ich glaub, sie wird wieder gesund«, berichtet Rachel ihrer Mutter, teils, weil es wahr ist, teils, um Jessie abzulenken, deren Augen sich jedesmal, wenn sie den wachsenden Leibesumfang ihrer Tochter sieht, mit Tränen füllen.

Während des Abendessens und während Rachel dann abspült, erzählt Mary von ihren Jahren als Ladeninhaberin.

»Machte eigentlich gar keinen Unterschied, das seh ich jetzt ganz gut, nur daß es mich zufriedener machte. Thomas und Vinnie lebten dort zusammen, bis dieses Haus hier fertig war. Und es stimmte, was dieser Gehilfe gesagt hatte, die Schiffe, die die Küste runterfuhren, wurden wirklich immer größer. Und dann kamen die Dampfer, und die legten dann wirklich nicht mehr an – aber immerhin, wir blieben irgendwie am Leben. Die Fässer waren eine Hilfe. Die Idee von Thomas, sie innen auszubrennen, stellte sich als wirklich gut heraus, unsere Heringe und unsere Beeren schmeckten auf einmal viel besser – zumindest bildeten sich das die Leute ein, und weil sie sich's einbildeten, zahlten sie uns einen besseren Preis.«

»Und was war mit Thomas und Lavinia, haben die je richtig geheiratet?«

»Schon, aber erst nach einiger Zeit – irgendwo an der Küste war grad wieder so eine christliche Erweckung im Gang, wahrscheinlich wollte der Prediger jede einzelne Seele retten und blieb irgendwie dort hängen. Willie und Rose, die Armen, mußten jedenfalls den ganzen Sommer und den nächsten Winter noch einmal bis zum Sommer warten, bis sie heiraten konnten. Thomas Hutchings und Vinnie scherte das überhaupt nicht, sie benahmen sich, als wären sie verheiratet, nahmen den kleinen Toma bei sich auf und waren eben eine Familie – da konnten Meg und Sarah sich noch so sehr in einen Krampf beten.«

In dieser Nacht redet Mary noch lange. Aber nichts, was Rachel niederschreiben müßte. Es geht um glückliche Erinnerungen, um Dinge, die sie alte Dummheiten nennt – Wimpel der Erinnerung, flatternd über dem ewig gleichen Kreislauf von Fischen, Kinderkriegen, gegen die Kälte kämpfen, den Winter überleben.

Sie erzählt Rachel, wie es war, als Alfred einmal ein fünfzig Fuß langes Meeresungeheuer hereinholte, länger als sein Boot; wie Lavinia anfing, Geschichten zu erzählen genau wie früher Ned (»manchmal glaubte ich wirklich fast, es wäre Ned und nicht Vinnie, der da Thomas Hutchings gegenüber auf der anderen Seite des Kamins saß und sein Garn spann«); von dem Winter, als Ben und Thomas einen großen Katamaran bauten und alle den Hügel hinunter und hinaus über das Eis rodelten; von dem Herbst, als Sarah den Geist des kleinen, im Wald verlorengegangenen Mädchens sah (»mir kam es eher vor, als wären es Sarahs Nerven«), über die Sommerpicknicks von Thomas und Lavinia auf Turr Island (»natürlich nahmen die nie wen dazu mit, aber ich konnte sie fortgehen sehen mit Decken und Körben, und dabei kichernd wie zwei Junge. Vinnie wurde nie richtig erwachsen, und nachdem die zwei zusammenzogen, steckte sie auch Thomas damit an, und der wurde auch immer jünger«). Zu Weihnachten legte einmal jemand eine Dose mit englischen Keksen auf jede Türschwelle, und sie fanden nie heraus, wer's war. Und sie erzählt davon, wie einmal jede Seele am ganzen Kap bis auf Mary vor der Verdammnis gerettet wurde; und von dem Tag, an dem Annie aus ihrem Ölzeug schlüpfte und ein Kleid anzog und hinging und Frank Norris um seine Hand bat, und davon, wie sie einmal alle ein Schiff am Himmel sahen, so deutlich wie am hellichten Tag, auf Wolken segelnd, jede Webeleine an ihrem Platz.

Glückliche, verrückte Geschichten. Die meisten davon kennt Rachel fast ebensogut wie Mary, denn die Kinder am Kap sprechen von Dingen, die lang vor ihrer Geburt geschahen, nicht anders als vom gestrigen Wetter oder dem Fang der letzten Fangzeit.

Mary redet immer noch, während Rachel ihr beim Ausziehen hilft, sie auf die Couch bettet und mit der Steppdecke zudeckt.

»Vinnie war wirklich genau wie Ned«, sagt sie, das kleine Altweibergesicht in die Hand geschmiegt wie ein Kind vorm Einschlafen. Impulsiv beugt Rachel sich vor und küßt ihre Urgroßmutter, bevor sie die Lampe ausbläst und hinaufgeht in das kalte Schlafzimmer.

Irgendwann in der Nacht ist Mary Bundle dann gestorben. Sie starb allein, wie sie's geplant hatte, und sie hatte einen guten Tod, was ja ihr sehnlichster Wunsch war. Sie hatte Glück. »Aber schließlich«, dachte sie, bevor ihr das Bewußtsein entglitt, »hab ich eigentlich immer Glück gehabt.«

Am Morgen findet Rachel sie. Das Mädchen wird nicht hysterisch, schreit nicht, rennt nicht den Hügel hinunter zur Mutter, sondern geht quer durch die Küche, die noch warm ist vom gestrigen Feuer, und blickt hinunter auf das Gesicht ihrer Urgroßmutter.

Die alte Frau muß in der Nacht aufgestanden sein. Der große Strickschal liegt nicht mehr auf dem Schaukelstuhl, sondern säuberlich über sie gebreitet, und das lange graue Haar ist zu einem Knoten eingerollt – Rachel weiß, das muß Nan schwergefallen sein, mit ihrer steifen rechten Schulter.

Nur eines ist nicht so, wie Mary es gewünscht hätte. Ihre Augen, immer noch kohlrabenschwarz, sind offen. Rachel holt tief Atem, streckt die Hand aus und drückt ihr leise die Lider herunter. Jetzt sieht das Gesicht friedlich aus, so friedlich, wie Rachel ihre Nan nie gesehen hat. Sie fragt sich, wo Smut ist – vielleicht ist er fortgerannt, wie das Tiere angeblich oft tun, wenn ihre Herren sterben? Aber dann gleitet der Schal zur Seite, und die Katze kriecht heraus von der Stelle, wo sie sich an Mary geschmiegt hatte.

Rachel geht zur Hintertür, nimmt das beschwerte Netz von dem Krug, den ihre Mutter tags zuvor herauf geschickt hat, und gießt Milch in die gesprungene Untertasse hinter dem Herd. Als sie dort Marys Teetasse stehen sieht, hebt sie sie hoch.

Eine dicke braune Masse, wie schwarzer Sirup, klebt am Boden der Tasse. Rachel betrachtet sie lange, riecht daran, kann aber den scheußlich süßlichen Geruch nicht erkennen. Sie geht zur Anrichte zurück und spült die Tasse sauber, und während sie Victorias Gesicht und die Schnörkel um ihre Krone sorgfältig trockenwischt, denkt das Mädchen daran, wie diebisch es ihre Nan freute, daß sie die alte Queen überlebt hat; und Rachel beschließt, die Tasse zu behalten.

Dann wiederholt sie bei sich noch einmal die Anweisungen, die sie und Mary so oft durchgegangen sind, steigt die Stufen hinauf und leert den Inhalt von Lavinias Beutel auf die Steppdecke. (»Hör mir gut zu, drei Dinge mußt du tun, bevor du hinuntergehst und deine Mutter rufst ... nimm das Gold und das Buch. Das mußt du verstecken, das gehört einzig und allein dir ... Kind, ich meine es ernst, das Geld wirst du brauchen, wenn erst das Baby da ist ...«)

Rachel tut genau, was ihr aufgetragen wurde. Zuerst räumt sie das Buch weg, sie steckt es in ihre Schultasche und legt diese unter das Bündel Kleider zum Wechseln, das sie hier liegen hat. Dann knüpft sie die Goldstücke wieder in das Tuch und verbirgt sie, genau wie Mary früher einmal, an ihrer Brust unter dem Flanellhemd. Die anderen Sachen – die kleine Rolle Handelsnoten, die noch kleinere Rolle Banknoten und das dicke Pergament, auf dem Mary und ihre Erben zu Besitzern von Laden und Pier »in Ewigkeit« ernannt werden – stopft Rachel wieder in Lavinias ausgefransten Beutel und schiebt diesen unter die Federmatratze. Dort werden ihre Mutter und die Tanten ihn finden, wenn sie kommen, um Nan aufzubahren.

Die Rolläden in der Küche sind noch unten. Rachel tritt ans Fenster und läßt sie vorsichtig hoch (»langsam, Kind, langsam, reiß ihnen nicht das Gedärm heraus!«). Wenn die Frauen kommen, werden sie sie wieder herunterlassen – alle Rolläden auf Cape Random werden unten bleiben, alle Vorhänge zugezogen, bis das Begräbnis vorüber ist.

Aber jetzt sieht Rachel noch der bleichen Morgensonne zu, wie sie langsam über den geschrubbten Holzboden wandert, über das geblümte Wachstuch auf dem Tisch, über das alte Bild mit dem Hirten und den Schafen, die einen baumbestandenen Pfad herunterwandern, mit Bäumen, die höher sind als alle, die Rachel je gesehen hat. Sie beobachtet die Sonnenstrahlen auf den braunen und blauen Vierecken des Wollschals, der so säuberlich unter dem spitzen Kinn zusammengelegt ist, und sieht sie über das merkwürdig friedliche Gesicht der alten Heidin blitzen, die hier liegt und darauf wartet, daß ihre Leute kommen und sie auf den Kirchhof tragen, dort oben neben der Kirche, die sie seit dem Tag ihrer Vollendung nicht betreten hat.

Nachdem sie das Gesicht ihrer Großmutter eine lange Zeit betrachtet hat, verläßt Rachel das Haus, geht den Weg hinunter, vorbei am Hühnerhaus, vorbei am Pflaumenbaum und am Rhabarber, den Nan gegen die Ziegen eingezäunt hat, und hinunter zum Haus ihres Vaters. Bevor sie hineingeht, bleibt sie noch einmal stehen und wirft einen langen Blick hinunter auf Laden und Pier. Es steigt Rauch auf aus dem Schornstein des Doppelhauses, wo Onkel Willie sich zur Arbeit fertigmacht. Die See hinter der Anlegestelle ist spiegelglatt, vertäute Boote schwingen leicht am Haken und spiegeln sich vollkommen im blauen Wasser. Draußen hinter der sauberen Sichel des Strandes, hinter den weißen Schaumkronen des Kaps dehnt sich der eisfarbene Atlantik, weit hinauf bis dorthin, wo er, so sagt ihr Großvater, Labrador-Meer genannt wird. Rachel füllt sich die Lungen noch einmal mit der kalten Morgenluft, bevor sie hineingeht und es ihrer Mutter sagt.

Einhundertundsechsundzwanzig Menschen stehen an Marys Grab. Ein weiteres halbes Hundert liegt still in den Gräbern rundherum. Einige Gräber sind alt, grasüberwachsen, eingefallen, andere frisch umgegrabene Hügel aus Lehm und Steinen, wie umgedrehte Boote. Der Friedhof ist kahl, Marmeladegläser und Tassen, in denen einmal Blumen waren, liegen in Scherben herum, gesprungen im Winterfrost. An diesem ungeschützten windigen Ort gedeihen weder Rosen noch Flieder noch die Bartnelken, die die Frauen jedes Jahr pflanzen.

Nachdem die Lehrerin die Worte der Totenfeier verlesen und Calvin ein Gebet gesprochen hat, singen sie ein altes Kirchenlied:

Hebe deine Augen auf zu den Bergen,
von welchen dir Hilfe kommt.
Deine Hilfe kommt vom Herrn,
der Himmel und Erde gemacht hat …

Die vertrauten Worte bringen Rachel zum Weinen, Tränen strömen über ihr Gesicht, als Marys Söhne und Enkel den Sarg langsam in die Grube gleiten lassen und die neue Kirchenglocke zu läuten beginnt. Und sie läutet immer weiter, immer weiter, daß es über das Sumpfland hallt, die Hügel hinunter zu den Häusern, und zurückprallt von dem großen schwarzen Felsen, den sie Gottes Finger nennen.

Das Läuten, das zuerst voll Trauer ist, verändert sich, wird lauter und schneller, als die Jungen an den Seilen auf den Geschmack kommen, schließlich wird daraus ein Höllenlärm, ein lautes wüstes Plärren, das übers Meer hinausschmettert und die Wasseroberfläche kräuselt und von den tangüberwachsenen Spitzen versunkener Felsen widerhallt, eindringt in die unergründliche Tiefe, wo Millionen von Fischen schwimmen und sich wundern über das schwache Echo in ihrer kalten, stillen Welt.

Teil 3

Lav

14

Lavinia windet sich mit ihrem Auto die Kurven der Bonavista Bay hinauf. Die Straße hat sie auf der Karte, die auf dem Beifahrersitz liegt, nachgezeichnet. Unter der Karte liegt ihre Aktentasche, und darin das Ellsworth-Journal. Sie ist seit aller Herrgottsfrühe unterwegs, und bisher ist es ihr gelungen, nicht allzuviel darüber nachzudenken, was sie getan hat und noch tun wird.

Fast eine Woche ist vergangen seit ihrem melodramatischen Auftritt bei der Pressekonferenz des Fischerei-Ministers. Eine Woche des totalen Schweigens.

Außer Mark Rodway, der einmal kurz bei ihr aufgetaucht ist, hat sie niemanden gesehen. Und keine einzige der Anschuldigungen, die sie dem Minister und seinem persönlichen Assistenten entgegengeschleudert hat, ist gedruckt worden, keine Einstellung hat das Fernsehen auf die Szene verschwendet, wie Lav Kopien von Marks Bericht an die Medienleute verteilt. Mark hat nur von einem Freund bei CBC davon erfahren.

An die Haustür war sie erst gegangen, als das Läuten in heftiges Pochen überging. Schnell zog sie einen Schlafrock über das schmuddelige Nachthemd, aus dem sie seit zwei Tagen nicht herausgekommen war, fuhr sich mit den Fingern durchs Haar und wappnete sich innerlich gegen Gott weiß was – Wayne Drover, der sie feuern wollte, Lori Sutton, die das gestohlene Ellsworth-Journal zurückverlangte, einen Polizisten mit einem Haftbefehl?

Doch es war Mark Rodway, der vor ihrem Eingang auf und ab joggte. »Bravo, gut gemacht!« sagte er, packte ihre Hand und schüttelte sie mit so viel Energie, daß ihr seine hüpfenden Füße Kopfweh machten.

»Dachte nur, Sie würden gern erfahren, daß sie mich wieder rausgelassen haben – ›nach Verwarnung auf freien Fuß gesetzt‹, so war die Formulierung.« Nach dieser Mitteilung ließ Mark ihre Hand fallen, drehte sich um, winkte und hüpfte die Stufen hinunter. An der Gartentür blieb er stehen, machte kehrt und hüpfte zurück.

»Wissen Sie, über Sie hab ich mir von Anfang an den Kopf zerbrochen – da war irgendwas ... etwas in Ihnen, was nicht zu durchschauen war.« Er sah sie von der Seite an. »Und ich sagte mir, es könnte schließlich jeder Zugereiste sich als Engel erweisen, sogar jemand aus Ottawa. Allerdings hatte ich die Verwandlung nicht so schnell erwartet – oder auf diese Art –, ›doch Gottes Wege sind nicht die des Menschen‹«, sagte er feierlich, bevor er laut auflachte.

Ins Licht blinzelnd, das bestimmt gnadenlos jede Falte in ihrem Morgengesicht enthüllte, fragte Lav gereizt, was daran so lustig war.

»Entschuldigung, aber ich bin kein Beamter mehr, da findet man wahrscheinlich alles lustig«, antwortete er und grinste weiter. »Nichts klärt den Geist so sehr wie zwei Tage im Kittchen. Eingesperrt sein mit nichts als einer harten Pritsche und einem Eimer, da lernt man sich selbst ganz gut kennen. Und mir wurde klar, daß so ein Job bei der Regierung nichts für mich ist. Hätte Wayne Drover mich nicht gefeuert, wäre ich von selbst gegangen.«

»Ah, er hat Sie also gefeuert – und was wollen Sie jetzt tun?«

»Ja ja, ich bin ordnungsgemäß gekündigt. Ich weiß noch nicht, was ich jetzt tun soll – vielleicht mein Leben dem Unruhestiften weihen, eine Sabotagebewegung gründen.«

Lav hoffte, er machte Witze, aber wer konnte das schon wissen? »Ich gehe für ein paar Tage nach Davisporte.« Das sagte sie nicht, um das Thema zu wechseln – obwohl sie auch keinerlei Bedürfnis hatte, noch mehr von Unruhe und Sabotage zu hören –, sondern weil irgend jemand wissen sollte, wo sie sich die nächsten paar Tage aufhielt, und ihr plötzlich einfiel, daß Mark der einzige Mensch war, dem sie diese Information anvertrauen konnte.

»Ich hab da unten Verwandte, die ein Motel führen – aber eigentlich möchte ich gern campen, ein oder zwei Tage in der frischen Luft sein.« Lav, die in ihrem ganzen Leben nie gecampt hatte, versuchte, gesund und frisch dreinzuschauen, wie jemand, für den Campen so natürlich ist wie Atmen.

Mark nickte nur und fragte, ob sie sich irgendwelche Campingsachen von ihm leihen wollte. Von ihm hat sie die Laterne, die Kühltasche, den Schlafsack und das praktische Leichtzelt, das jetzt zusammengefaltet hinten im Kofferraum liegt.

Ein Rucksack, gestern gekauft, liegt auf dem Rücksitz. Er enthält ein buntes Gemisch an Bekleidung, vom knappen roten Badeanzug bis zur Thermo-Unterwäsche. Neben dem Rucksack liegen eine Thermoskanne mit Kaffee, mehrere Kassetten und darüber ein riesiger Khaki-Parka aus einem Army-Surplus-Laden.

Die Liste nützlicher Dinge, die sie mitgenommen hat, verschafft Lav Beruhigung. Na bitte, sie ist doch tüchtig, kann vorausdenken, planen. Sie hat sogar im Cat Harbour Inn angerufen und ein Zimmer reserviert – nur für den Fall, daß es regnet oder schneit, Mark sagt, das gibt es oft im Mai. Andererseits muß Lav zugeben, daß vernünftige Mittel oft zu irren Zielen führen, und überlegt, was gewisse Leute (nicht ihre Mutter – sondern wirklich vernünftige Menschen wie zum Beispiel Alice O'Reilly) zu diesem Ausflug sagen würden – die ganze Bonavista Bay nach irgendeiner alten Frau absuchen, die möglicherweise – oder auch nicht – jene Rachel ist, die die spinnwebdünnen Marginalien ins Ellsworth-Journal geschrieben hatte.

Abgesehen von der faserigen Spur eines Jets, der jetzt wahrscheinlich schon auf halbem Weg nach England ist, zeigt der Himmel ein tiefes reines Blau. Die fast leere Straße schlängelt sich durch dunkle, mit Nadelbäumen bestandene Hügel, von Licht gefleckt, wo Sonnenstrahlen das Vorfrühlingsgrün von Birken und Vogelbeerbäumen aufleuchten lassen. Aus dem Autoradio dringt Dvořáks Symphonie aus der Neuen Welt. Die Musik spiegelt Lavs Stimmung, die immer hoffnungsvoller wird, sie begleitet die frühlingshaften Hügel und verschmilzt mit den Buckeln in der Straße, die der Frost aufgeworfen hat – als würde unter der schwarzen Straßendecke noch die Eiszeit lauern.

Lav scheint die Straße endlos. Meilenweit schlängelt sie sich durch kahles Land, wo tote Bäume ihre Finger gen Himmel strecken: vorbei an häßlichen Schulgebäuden, die aussehen, als hätte jemand sie aus einem Slum hochgehoben und achtlos irgendwo im Ödland zwischen zwei Gemeinden fallen lassen – und durch ein halbes Dutzend kleiner Hafenorte mit sauberen, gepflegten Häusern, mit Vereinslokalen, Bierhallen und Bingohallen, vorbei an Holzhäusern mit Filialen der Bank of Nova Scotia, an Verkaufsstellen der Versandfirma Sears, Kentucky Fried Chicken, Videoverleihen, Autohändlern, Supermärkten, Drogerien – und natürlich Kirchen, jeder Menge Kirchen, Zeugen Jehovas, Unierte, Heilsarmee, Anglikaner, Methodisten.

Jede dieser Gemeinden umrahmt einen Hafen und wird selbst wieder rundherum von Hügeln eingerahmt. Aus der Ferne sehen sie alle idyllisch aus, verträumt, hübsch und geborgen. Aber dann kommt man zu den ersten Häusern, und dort liegen verrostete Autos, Küchengeräte, Kühlschränke und vermodernde Möbel im Moor, glitzern Scherben von Cola- und Bierflaschen im Gras, flattern Plastikbeutel wie kopflose Gespenster von Zäunen, Sträuchern und Telegrafendrähten.

Davisporte ist größer als die meisten anderen dieser Orte. Es hat eine leuchtend zitronengelbe Halle, die der Society of United Fishermen gehört, und eine Gemischtwarenhandlung, die, so verkündet eine vergilbte Inschrift, Alphaeus Hutchings gehört und »Taue, Seile und Netze aller Art« vertreibt. Diese Gebäude heben Lavs Laune, sie ist in bester Stimmung, als sie den Wagen zwischen hockeyspielenden Jungen und Teenagern, die zu dritt oder zu viert eingehängt auf und ab schlendern, durch die Straße manövriert.

Als sie alle Läden abgefahren ist und sich fragt, ob sie das Motel nicht vielleicht übersehen hat, hält sie an der Tür einer weißen Holzbude. Vor einem Schild mit der Aufschrift »Kosy Kafe – Trinkt Pepsi« lungern drei kleine Mädchen herum, starren wie in Trance die Straße hinauf und essen Pommes frites von Papptellern. Lav rollt das Fenster herunter, dabei steigt ihr der Geruch von Salz und heißem Fett in die Nase und erinnert sie, daß sie kein Mittagessen bekommen hat. Die Mädchen starren zuerst sie an, dann einander, und dann tritt die kleinste vor.

»Kannst du mir bitte sagen, wo das Cat Harbour Inn ist?« fragt Lav.

Das Kind reißt die Augen auf, dann neigt es den Kopf zur Seite, als zweifelte es an Lavs Geisteszustand. »Keine Ahnung, nie gehört«, murmelt es und wendet sich um Zustimmung zu den anderen.

»Stell dich nicht so blöd an, Pam – sie meint das Cat«, entgegnet eine ihrer Freundinnen und schreit dann zum Wagen: »Fahren Sie nur immer gradeaus, Missis, Sie können es nicht übersehen.«

Keine dreißig Meter weiter, mitten auf einem Parkplatz, den man aus dem Fels herausgesprengt hat, entdeckt Lav schließlich das barackenartige Gebäude, das ein weiteres großes Pepsi-Schild über der Tür als Cat Harbour Inn ausweist. Die Vorderseite des Motels ist zur Hälfte von einer blaugrünen Plastikverkleidung verdeckt, der Rest war offenbar einmal tiefrot bemalt, aber zum Glück ist die Farbe schon fast abgeblättert und hat dem verwitterten Grau des Holzes Platz gemacht.

Lav stößt die Eingangstür auf und tritt in einen großen Raum, kalt und fensterlos, leer bis auf zehn Resopaltische an der einen Wand. Auf jedem Tisch steht eine Glasvase mit zwei Plastikblumen. An der gegenüberliegenden Wand ist nahe der Decke ein riesiger Fernsehschirm installiert. Am anderen Ende des Raumes gibt es eine Bar, dahinter einen weißen Kühlschrank. Eine kleine rote Lampe oben auf dem Kühlschrank ist die einzige Lichtquelle.

Lav läßt die Eingangstür laut zufallen, aber niemand erscheint hinter der Bar. Sie hustet und wartet. Nichts geschieht.

Sie schlendert die Wände entlang und inspiziert die Andenken, die da hängen: ein Set Riemendollen; eine Bronzeplakette mit der Inschrift »Davisporte Champs 1986«, und rundherum die jährlichen Aufnahmen des Davisporter Bowling-Teams; ein altmodisches Türschloß samt Schlüsseln; und viele Hufeisen. Eine Wand ist ganz mit einem Fischernetz bedeckt, darin hängen Treibholzstücke, ein falsches Gebiß, Muscheln, zwei Plastikhaie und eine lange Harpune, die, laut einem gelben Papier, das am Netz befestigt ist, dazu diente, das größte Säugetier der Welt zu jagen: Blauwale, die oft mehrere Tonnen wiegen.

Links und rechts vom Netz hängen weitere Dinge an der Wand:

mehrere Bilder von Sonnenuntergängen, in grellem Orange auf schwarzen Samt gemalt, ein mit Bleistift geschriebenes Angebot »Klavierstunden – fünf Dollar die Stunde, sechs Dollar für Fortgeschrittene«, dann zwei Kalender, auf dem noch gültigen von Hibernia Oil ragt ein riesiger Betonwürfel vor einem Sonnenaufgang in den Himmel – »Sicherheit für morgen!« steht darunter. Der zweite aus dem Jahr 1953 stammt von Pope's Möbelfabrik, gegr. 1860, und zeigt ein Segelschiff in voller Fahrt. Weiter unten an der Wand hängt ein schöner handgewebter Teppich neben einem Hochglanzfoto von Brigitte Bardot mit Autogramm, auf dem sie einen flauschigen weißen Seehund im Arm hält und zu einer bedrohlichen Figur emporlächelt, die über ihr einen Knüppel schwingt. Dann gibt es noch etwa ein Dutzend Geschäftskarten, einen lackierten Hummer und eine große gerahmte Karte von Neufundland mit einer Übersicht jener Schiffe, die hier an der Küste gesunken sind, und neben vielen Schiffen, mit Bleistift eingetragen, die Namen der Männer, die dabei ums Leben kamen.

Lav studiert jedes Objekt, liest jeden Namen auf der Karte, die gleichen Familiennamen wiederholen sich immer wieder: Gill, Andrews, Davis, Norris, Vincent, Stokes, Hounsell, Blackwood, Hutchings, Barbour.

In diesem Raum hier gibt es weder frische Luft noch Tageslicht, weder Musik noch Wärme, weder Geräusche noch Gerüche – nichts. Die Zeit ist stehengeblieben, denkt Lavinia: draußen ist niemand mehr am Leben – oder es hat sich alles geändert, die Zeit hat den Vorlauf oder Rücklauf eingeschaltet. Lav hat jetzt öfter so verrückte Ideen, einen Augenblick gibt sie ihnen nach. Doch schließlich bekommt sie Angst, wendet sich zur Tür, hat sie schon fast erreicht, als diese plötzlich aufgeht und sich ein riesiger Karton mit der Aufschrift »Delsey Küchenrollen« in den Raum schiebt.

Hinter dem Karton erscheint ein dünnes, fuchsgesichtiges Mädchen ganz in Schwarz. Die riesengroßen baumelnden Ohrringe, das bronzegrüne stachelige Haar, die schwärzesten Lippen und die weißeste Haut, die Lav je begegneten, sind verblüffend genug, aber da ist noch etwas anderes an dem Mädchen, eine Intensität, eine Konzentration von Energie in dem kleinen weißen Gesicht, in den dünnen Armen, die einen Berg sauberer Bettwäsche tragen, in den flachen, schwarz umhüllten Hüften, die den Karton schieben.

Das Mädchen ist derart in die Anstrengung vertieft, den Karton durch die Tür zu bugsieren, daß sie Lav zuerst nicht sieht. Als sie endlich drin ist, legt sie die Leintücher auf die Schachtel und knipst an der Tür einen Schalter an, worauf sofort zwanzig oder mehr Leuchtröhren anspringen – so plötzlich, so grell, daß Lav nach Luft schnappt.

»Ach du Scheiße!« ruft das Mädchen und fährt sich mit grünen Fingerspitzen an die Kehle. »Ich dachte, Sie sind ein Gespenst.« Und dann in geschäftsmäßigem Ton: »Was kann ich für Sie tun?«

Ohne die Antwort abzuwarten, durchquert das Mädchen den Raum, tritt hinter die Bar und zieht dort eine Schublade nach der anderen auf, wobei sie leise etwas murmelt.

»Mein Name ist Andrews – Lavinia Andrews – ich habe ein Zimmer reserviert. Ist Mr. Andrews da?«

»Ja ja«, sagt das Mädchen, läßt von ihrer Suche ab und schlägt ein Heft auf, wie Lav sie in der Schule verwendet hat. »Ich weiß schon, daß Sie angerufen haben«, fährt sie fort, leckt den Daumen an und blättert durch die linierten Seiten. »Also, wie's aussieht, haben Sie freie Wahl unter unseren Zimmern – möchten Sie in ein neues Zimmer oben oder in einen von den Bungalows? In den Bungalows gibt's auch Kochmöglichkeit und Kühlschrank.«

»Ist Mr. Andrews da?« fragt Lav noch einmal, als müßte sie, bevor sie sich für ein Zimmer in diesem Motel entschließt, unbedingt Alf Andrews persönlich kennenlernen.

»Nein, glaub ich nicht – Großmutter Andrews ist vorgestern nacht heimgegangen – heut nachmittag ist das Begräbnis.«

»Seine Großmutter Rachel ist tot?« Lav hat unmittelbar das Gefühl eines schrecklichen Verlustes. Wie furchtbar dumm von ihr, daß sie nicht schon früher gekommen ist.

»Na ja, sie war ja schon fast hundert. Nan und Tante Doss haben für Juli schon eine große Party für sie geplant gehabt – sogar einen Brief von der Queen hat sie bekommen. Tante Doss sagt, Rachel Andrews war schon eine alte Frau, als sie selber noch ein Kind war.«

Lav denkt, das ist sicher richtig, die Erscheinung da vor ihr kann trotz ihres außerordentlichen Make-ups nicht älter als sechzehn sein. Ihre Tante Doss ist wahrscheinlich jünger als ich, denkt Lav und erinnert sich an den Neid, den sie als Kind immer für die vielen Tanten ihrer Freundin Audrey empfunden hat.

»Sind Sie auch eine Verwandte?« Das grünhaarige Mädchen sieht Lav jetzt zum ersten Mal genauer an, betrachtet ihre Leinenhose, die gelbe Bluse und den gelben Pullover, und scheint davon nur mäßig beeindruckt.

»Ja, ich glaube, ich bin entfernt mit euch verwandt.« Bei einem ihrer Telefongespräche hat ihr Selina, Alfs Mutter, erklärt, sie und Alf wären Cousins dritten Grades. Während sie noch überlegt, was für ein Verwandtschaftsgrad das wohl ist, geht eine Tür hinter der Bar auf, und ein Mann mit einem großen Whiskyglas in der Hand betritt den Raum.

Er weiß sofort, wer sie ist. »Ich hab Sie erst später hier erwartet.« Er greift in den Kühlschrank und läßt Eiswürfel in seinen Drink fallen.

Das Mädchen wirft ihm einen scharfen Blick zu und schiebt ihm dann das Schulheft hin. »Nan hat gesagt, du kommst heute nicht rein. Alle haben ausgecheckt, ich mach gerade die hinteren Zimmer fertig.« Sie sieht Lav an. »Dad kümmert sich jetzt um Sie«, sagt sie und verschwindet.

»Deine Großmutter sagt, du sollst dir vor dem Begräbnis dieses Zeug aus den Haaren waschen!« ruft der Mann in Richtung Schwingtür, bevor er sich Lav zuwendet und sie fragt, ob sie einen Drink möchte.

Lav nickt. Alf Andrews ist älter als erwartet – vielleicht fünf Jahre älter als sie selbst. Groß und breit, aber nicht dick. Glattes schwarzes Haar fällt ihm ins Gesicht, das verschlossen wirkt, hart fast, mit hohen Wangenknochen und einem schmalen Mund. Er trägt ein dunkelgrünes Hemd und eine braune Anzugjacke. Als er hinter der Bar hervorkommt, sieht sie, daß die Jacke um die Schultern zu eng ist und wirklich gar nicht zu den Cordhosen paßt. Er sieht ziemlich schäbig aus, und von oben bis unten irgendwie verstaubt.

Alf Andrews betrachtet sie ebenfalls eingehend, ohne das irgendwie zu verbergen, langsam trinkt er seinen Whisky und mustert sie dabei von Kopf bis Fuß. Sie liest in seinen Augen auch nicht mehr Zustimmung als vorhin in den Augen seiner Tochter.

Lav versucht sich vorzustellen, was er sieht – eine große Frau, genauso groß wie er selber, eine Frau, die eindeutig nicht länger jung ist. Sie weiß, daß die Hose ihre kräftigen Hüften betont und leider auch ihre langen, recht ordentlichen Beine versteckt. Ihr Haar, das seine Ottawa-Glanzzeit hier nie wieder erreicht hat, hängt ihr, grau durchzogen, auf die Schultern, aber es ist immerhin frisch gewaschen und nicht stumpf.

Was er von ihrem Gesicht hält, kann sie nicht erraten. Lav konnte sich selber nie entscheiden, was sie davon halten sollte – es geht schon, denkt sie – sie hätte sich vielleicht etwas anderes ausgesucht, aber immerhin, man braucht sich seinetwegen nicht zu verstecken. Sie hat Sommersprossen, eine spitze, gerade Nase und eine Unterlippe, die für ihr schmales Kinn viel zu groß ist – aber im richtigen Licht, mit dem richtigen Make-up, das weiß sie, ist es ein würdevolles, ja attraktives Gesicht.

Unter seinem intensiven Blick wird sie nervös. »Es tut mir leid – wirklich sehr leid, das mit Ihrer Großmutter«, sagt sie.

Er führt sie zu einem der Resopaltische. »Ja, wirklich zu dumm – schade, daß Sie eigens so weit gefahren sind«, antwortet er, als sie Platz genommen haben.

»Nein, nein, das meine ich nicht. Es war eine sehr angenehme Fahrt.«

»... im Sommer war immer ein ganzer Rattenschwanz von Leuten hier, die mit ihr reden wollten. Alte Käuze, die ihre Stammbäume erforschen wollten, und Knilche von der Universität mit Kassettenrecordern.« Alf Andrews starrt in sein Glas, als wäre dort die Erklärung für der Menschheit seltsames Verhalten zu finden.

»Wenn Sie mehr wissen wollen über die alten Zeiten hier an der Küste, dann gehen Sie am besten ins Volkskundearchiv. Die sind ja bei Gott oft genug hier aus- und eingetrampelt.«

Alf Andrews hat recht. Genau das hätte sie tun sollen, die Forschungsergebnisse der Universität studieren. Gerade sie hätte das doch wissen sollen. Wie dumm von ihr – sich einzubilden, eine alte Frau würde ausgerechnet ihr ihre Familiengeheimnisse anvertrauen. Woran konnte sich Rachel wohl schon erinnern? Und warum sollte sie es einer Wildfremden sagen?

»Kann ich – könnte ich sie sehen?« In Lavs eigenen Ohren

klingt die Frage äußerst merkwürdig, aber Alf Andrews zuckt nicht mit der Wimper.

»Klar, sicher, wenn Sie wollen – das Begräbnis ist um vier. Genehmigen wir uns noch einen Schluck, dann gehen Sie mit mir rüber ins Haus. Sie ist drüben bei Muttern aufgebahrt – sie wollte nicht ins Bestattungsinstitut.«

Aufgebahrt! denkt Lav, und schon tut es ihr leid, daß sie gebeten hat, die alte Frau sehen zu dürfen. Mit dem Fingernagel fährt sie über Buchstaben, die jemand in die stumpf blaue Tischplatte gekratzt hat: »Frank A ist ein Schwanzlutscher.« Steht das A vielleicht für Andrews? Und weiß Frank A, daß jeder diese Aussage hier lesen kann?

Auf dem Parkplatz klettert Alf Andrews in einen schlammbespritzten Kleinlaster, winkt ihr, ihm zu folgen, und fährt dann in halsbrecherischem Tempo den Weg zurück, den sie gekommen ist. Vorbei am Kosy Kafe, an der Kirche, am Gemischtwarenladen. Beim Postamt biegt er plötzlich scharf nach rechts ab, Richtung Meer, und fährt eine steile Straße hinunter – eigentlich ist es mehr ein Feldweg –, zwischen Wiesen voller Frühlingsgras und frisch umgegrabener Erde. Jedes Stück Land, manche nicht größer als ein Zimmer, ist von einem Lattenzaun umgeben.

Am Ende der Straße stehen zwei Häuser, ein hellrosa Bungalow und ein würfelförmiges zweigeschossiges Haus mit steilem Dach. Der Bungalow steht auf einem Betonsockel und ist der Straße zugewandt. Eine steile Treppe führt auf eine lange Veranda an der dem Ozean zugewandten Seite, von der man aber den Ozean sicher nicht sehen kann, denn genau dahinter, getrennt nur durch ein paar Meter Gras, einen Holzstoß und eine Wäscheleine, ist das andere Haus.

Das zweite Haus steht auf einem Fels direkt am Meer, es ist weiß und hoch, mit drei Sprossenfenstern unter der Dachrinne und je einem zu beiden Seiten der Haustür. Es ist ein schönes Haus, viel älter als der Bungalow, aber frisch geweißt und sauber, obwohl Gras bis direkt an die Haustür wächst und in den Fenstern keine Vorhänge hängen.

»Was für ein wunderbares altes Haus«, sagt Lav, als sie durch die Gartentür tritt.

Alf Andrews wirft einen Blick auf das leere Haus, brummt und sagt: »Vorsicht – die erste Stufe ist ziemlich hoch«, und geht vor ihr hinauf in den rosa Bungalow.

»Merkwürdiger Typ«, denkt Lav. Sie fühlt sich leicht beschwipst von den zwei Whiskys auf nüchternen Magen und ist so nervös, als sollte sie gleich in einem afrikanischen Dorf an einem unbekannten Ritual teilnehmen.

Oben am Treppenabsatz hält der Mann ihr die Tür auf. Der Raum vor ihr wirkt wie eine große Küche, Schränke stehen an den Wänden, aber Stühle gibt es keine. Männer stehen herum, Arme gekreuzt, an Theken lehnend. Eine Frau, jung und blond, in engen Jeans, hockt auf einem Kühlschrank. Alle tragen sie dicke Sportjacken und feste Schuhe. Die Frau und ein paar Männer halten Bierflaschen in der Hand. Ein rundlicher, gemütlich aussehender Mann, der einzige hier in Anzug und Krawatte, lacht gerade über etwas, das die blonde Frau gesagt hat.

Bei Lavs Eintritt verstummt das Gelächter, und alle Gesichter drehen sich zu ihr. Alf Andrews verlangsamt aber keineswegs den Schritt, sondern schiebt sie an den Anwesenden vorbei, murmelt: »Mutter ist bestimmt da drin«, und führt sie weiter in die richtige Küche: grüne und weiße Wände, hellgelbe Vorhänge, leuchtendweißer Herd und Kühlschrank; und ein Tisch, bedeckt mit Kristalltellern, auf denen Plätzchen in rosa, hellgrün und schaumigweiß, kleine Brötchen und ein säuberlich geschnittener Obstkuchen symmetrisch arrangiert sind. Lav läuft das Wasser im Mund zusammen, aber sie wird weitergeschoben, durch die Küche und in einen dritten Raum.

Nach der leuchtendhellen Küche wirkt dieser Raum dunkel. Die Vorhänge sind zugezogen, und nur eine einzige Lampe ist angedreht, strategisch plaziert am Kopf des Sarges. Der Sarg, genau der Tür gegenüber aufgestellt, ruht auf Bänken, die mit weinrotem Tuch verkleidet sind.

Der Sarg ist groß. Sicher doch viel zu groß für eine Frau, denkt Lav. Sie studiert die glänzenden Messinggriffe, den offenen Deckel, der mit schimmerndem Satin gefüttert ist. Ein Bild auf dem oberen Teil des Deckels zeigt rosa und blaue Engel, die Gottes Thron umflattern, lange gelbe Streifen strahlen von der pastellfarbenen Szene aus. Genau unter Gottes Füßen ragt eine Nase in die

Luft, ein totes, wachsgelbes Ding, das ziemlich genau wie ihre eigene Nase aussieht. Es ist das einzige, was sie von der Tür aus von Rachel Andrews sehen kann.

Jetzt erst bemerkt Lav eine kleine, energische Frau mit festen, pfirsichfarbenen Löckchen auf dem Kopf, der zwischen knochigen Schultern aus der Dunkelheit späht.

»Das ist Lavinia Andrews, Mutter. Die wegen Nan angerufen hat.« Alfs Stimme ist so unpersönlich wie sein Griff. Die Frau ist also Selina – Lav hatte sie sich größer vorgestellt, herrischer. Sie hat das kaum zu Ende gedacht, als sich Selinas Finger schon um ihren Ellbogen schließen und sie zum Sarg drängen.

»Keinen Tropfen mehr für diesen Haufen da im Hinterzimmer – mach ihnen eine ordentliche Tasse Tee«, ruft Selina Alf nach, der schon wieder hinausgegangen ist. Dann wendet sie sich mit einem dramatischen Seufzer um, stellt sich neben Lav und starrt hinunter auf die Tote.

Die schüchterne, verschreckte Fünfzehnjährige, die die Spinnwebschrift in Lavinias Tagebuch eintrug, diese Rachel ist längst verschwunden. Der Kopf, der da auf dem rosa Satinkissen ruht, könnte der eines alten ägyptischen Pharaos sein, Yuya vielleicht, der im Museum in Kairo liegt, oder Una in ihrem Armengrab am Rand von Coltsford, oder Mary Bundle, oder der Indianer, deren Gräber, obgleich jünger, schon ins Meer geglitten sind.

Nur die Nase verbindet sie mit Lav. Das übrige Gesicht, die dunkle Haut, die vorstehenden Wangenknochen, die breite, hohe Stirn, der zu einer schmalen braunen Linie zusammengepreßte Mund, das alles erinnert an Alf. Aber das Gesicht der alten Frau hat mehr Kraft als das ihres Enkels. Selbst jetzt noch, wo die Augen geschlossen sind und die Wangen eingefallen und die Haut wie trockener, durchsichtiger Teig, erkennt Lav ihre Entschlossenheit.

»Sie war eine entschlossene Frau«, sagt Lav laut – ganz als hätte sie Rachel ihr Leben lang gekannt. Sie freut sich über diese Bemerkung, sie scheint ihr passend für den Augenblick. Vielleicht wird doch noch alles gut, denkt sie.

»Ja, das war sie – bis zum Ende. Stellen Sie sich vor, noch an ihrem letzten Abend auf dieser Welt hat sie darüber geredet, daß sie das alte Haus da hinten für den Sommer hergerichtet haben möchte. Meine Liebe, die Frau war so entschlossen, die konnte machen, daß der Wind sich drehte, wenn sie nur wollte!«

Man hat Rachel ein geschmackvolles lila Kleid angezogen, es sieht wie Seide aus, mit einem hellen Spitzenkragen, den eine Amethystbrosche zusammenhält. Lav fragt sich, ob das etwa die Brosche ist, die Una ihrer Tochter Tessa vermachte.

Selina bemerkt ihr Interesse. »Das ist ein Andenken, Nan hat es von ihrer eigenen Urgroßmutter bekommen. Wir sollen sie abnehmen, bevor der Sarg geschlossen wird. Rachel Jane soll sie bekommen.« Selinas kurzes Schnaufen deutet an, daß sie diese Wahl ihrer Schwiegermutter nicht billigt.

Lav bemerkt überrascht, daß es ihr Freude macht, das Gesicht der alten Frau zu betrachten. Dieses Gesicht hat etwas, was in den Gesichtern der Lebenden nicht zu finden ist, eine ruhige Klarheit, als würde es jeden Moment ein Geheimnis offenbaren. Zwei oder drei Minuten stehen sie neben dem Sarg, bis Selina sie, ihre starken Finger wieder um Lavs Ellbogen geschlossen, in eine Ecke führt. An drei Seiten des abgedunkelten Raumes sitzen Frauen und Kinder auf geraden Stühlen an den Wänden und beobachten sie, so völlig geräuschlos, daß Lav sie bis jetzt gar nicht bemerkt hat. Als sie näher kommen, steht eine Frau auf und lächelt ihnen entgegen.

»Das ist Doris, meine Schwiegertochter«, sagt Selina.

Lav blickt in das hübsche, gelassene Gesicht – kann das Alf Andrews' Frau sein?

»Nett von Ihnen, daß Sie gekommen sind«, sagt die Frau. »Ich muß jetzt fort – den Jungen das Abendessen richten, und dann rechtzeitig zurück zum Gottesdienst.«

Selina weist Lav auf den freigewordenen Stuhl, bevor sie Doris aus dem Zimmer folgt. Lav setzt sich, senkt den Kopf und schließt die Augen. Vom Whisky und vor Hunger fühlt sie sich ganz schwach. Niemand spricht. Die Frauen links und rechts von ihr rühren sich nicht.

Offenbar dachten sie, daß sie betet, denn in dem Moment, da Lav sich wieder aufrichtet, dreht sich die Frau links zu ihr und flüstert: »Ein schönes Alter, sie hat ein schönes Alter erreicht«, und betupft sich die Augen mit einem Kleenex.

Andere Frauen murmeln zustimmend: »Ein schönes Alter«, »schönes Alter«, »ein schöner Tod«, dringt es jetzt flüsternd aus allen Ecken des Raumes.

Die Frau, die als erste gesprochen hat, beugt sich zu Lav: »Ich bin Mavis Fifield. Sind Sie auch von der Andrews-Verwandtschaft? Aus St. John's, was?«

Lav nickt. Die Augen der Frau leuchten erwartungsvoll. Als nichts mehr kommt, fragt sie: »Dann muß Ihr Vater Clar Andrews sein – der, der an der Universität unterrichtet?«

Da sie glaubt, ihr Atem müsse nach Whisky riechen, versucht Lav zu antworten, ohne ihr den Kopf zuzuwenden. »Nein, nein, mein Vater hieß David – er ist schon heimgegangen.« Lav wundert sich selbst über das Wort »heimgegangen«, das ganz ungebeten aufgestiegen ist – von wo? Stammesgedächtnis?

Ihre Augen haben sich an die Dunkelheit gewöhnt, sie sieht jetzt, daß die meisten Frauen Teetassen in den Händen halten. Sie hätte auch gern eine Tasse Tee.

»Sie sind die Kleine vom David Andrews! Nein, so was!« Die Frau möchte unbedingt als erste diese aufregende Neuigkeit verbreiten, sie beugt sich vor und klopft der anderen aufs Knie, die rechts neben Lav sitzt. »Hast du das gehört, Ruby? Die da ist die Kleine von David Andrews!«

»Davids Kleine!« Ruby faßt Lav ins Auge und legt dabei den Kopf schief, so daß ihr rundliches Gesicht auf vielen Kinnen ruht: »Herr im Himmel – ja sicher, jetzt seh ich's genau, sie hat den Andrews-Mund!«

Wieder kreist das Echo rund um den Raum, diesmal lauter und fröhlicher: »Ja ja, ich seh's auch!« – »Nein, so was!« – »Die Kleine von David Andrews!«

»Ein hübscher Junge war das. Bist du nicht eine Zeitlang mit ihm gegangen, Violet?« Lav kann die beiden Frauen nicht sehen, sie sitzen an der anderen Seite des Sarges in einer abgedunkelten Ecke.

Die als Violet Angesprochene lacht guttural: »Ja schon – aber nicht auf mich hatte er's abgesehen, sondern auf Nina Stokes, meine Freundin, die bei den Soldaten Akkordeon gespielt hat.«

Sie erinnern sich an Nina Stokes, die jung im Sanatorium

gestorben ist, und sprechen eine Weile über sie, bis jemand sagt: »David Andrews war in der Schule eine Klasse über mir – als Bub war der eine echte Krätze!«

Lav spürt ein warmes Gefühl in ihrem Innern aufsteigen. Alle kannten sie ihren Vater, oder wer dazu zu jung ist, kennt ihn zumindest aus Erzählungen. Und sie reden von ihm, als wäre er erst gestern gestorben.

Sie erinnern sich sogar an ihren Großvater – Ki Andrews, den alten Mann, den ihre Mutter so gehaßt hat. »Erinnerst du dich, daß ich dir von Onkel Ki Andrews erzählt hab – von dem, der uns an Winterabenden immer mit Geschichten unterhalten hat?« fragt eine alte Frau das kleine Kind, das neben ihr sitzt. Es fällt Lav auf, daß die Kinder nichts reden, sondern ganz still dasitzen und die Augen von einer Rednerin zur anderen gehen lassen.

Erinnerungen an Kindheit und Jugend, die Generationen zurückgehen, fluten durch den dämmrigen Raum hin und her. Leises Klirren der Teetassen, die gedämpften Stimmen – wie Stimmen von Erwachsenen aus dem Nebenzimmer – umfangen Lav, und sie döst ein. Sie kann den Staub unter den Stiegen in Audreys Haus riechen, würde sich nicht wundern, wenn sie die Hand ihrer Freundin in der ihren spürte, Audreys Mutter vom Liebesleben ihrer Tanten erzählen hörte oder von einem Abenteuer, das einer der Petrassi-Onkel in der Arbeit erlebt hatte.

Schließlich entsteht Unruhe, ein Geschiebe und Gepolter, das Lav wieder munter macht. Auch die dicke Frau neben ihr rappelt sich hoch. »Meine Lieben, ich muß weg, Clyde wird nicht wissen, was aus mir geworden ist. Wo ist Selina? Wahrscheinlich draußen, noch mehr Essen richten! Na, wir sehen uns dann in der Kirche.« Sie lächelt Lav zu, tritt an den Sarg und blickt noch einmal eine Minute lang mit trauervollem Gesicht hinunter, bevor sie geht.

Eine nach der anderen stehen die Frauen auf, nehmen ihre Handtaschen, ihre Teetassen, ihre Kinder und bewegen sich langsam in Richtung Tür. Jede wirft vorher noch einen Blick auf die Tote, eine Frau hebt sogar ein kleines Mädchen hoch, damit es das trockene alte Gesicht küssen kann.

Bevor Lav noch überlegen kann, was sie jetzt tun soll, kommt Alf Andrews herein, geht quer durch den Raum zu ihr und schaut düsteren Blicks auf sie herunter, mit einem ganz ähnlichen Gesichtsausdruck wie die Frauen, als sie die Tote betrachtet haben – als würde er überlegen, wie man sie mit dem geringsten Aufwand loswird.

Lav steht auf, sie fühlt sich verknittert und unbehaglich. »Sie haben nette Nachbarn«, sagt sie, um das Schweigen zu überbrücken.

»Nette Nachbarn, hübsches Haus, nettes Meer, hübscher Himmel, netter Sarg, hübsche Leiche«, antwortet er tonlos, ausdruckslos.

Seine Grobheit macht sie sprachlos.

»Mutter sagt, Sie sollen hinauskommen in die Küche und etwas essen, bevor wir in die Kirche gehen«, sagt er mit derselben ausdruckslosen Stimme.

»Tee und was zu essen hätte ich gern, aber in die Kirche komme ich nicht mit.« Sie folgt ihm in die leere Küche und sieht zu, wie er aus einer großen geblümten Teekanne Tee eingießt.

»Essen Sie, die Fahrt in die Stadt zurück ist lang«, sagt er und bietet ihr einen Platz an dem gedeckten Tisch an, tritt aber selbst mit seiner Teetasse ans Fenster, wo er die Leute beim Fortgehen beobachtet.

Lav ist schon beim dritten Brötchen, als Selina in die Küche kommt, und hinter ihr der behäbige Mann in Anzug und Krawatte. »Das ist Ned, mein jüngerer Sohn – der Fischer in der Familie«, sagt Selina. »Doris, seine Frau, haben Sie schon vorhin kennengelernt.«

»Ah, Cousine Lavinia – das ist die, die sich durch die Skelette der Vincents und der Andrews' wühlt«, sagt er, aber sein Lächeln wirkt echt, herzlich. »Willkommen an Bord«, sagt er und küßt sie auf die Wange.

Selina macht sich zu schaffen, ordnet die Teller, stellt weitere Tassen auf den Tisch. »Warum ist Rachel Jane nicht hier?« fragt sie Alf.

»Weil sie im Motel die Betten macht.«

»Na, und wo ist Tracy?«

»Sitzt draußen vor der Haustür und unterhält die Truppe.«

»Und warum schickst du sie nicht rein, daß sie ihre Arbeit tut?«

Selina hatte offenbar noch mehr auf der Zunge, läßt sich damit aber Zeit.

Alf überhört die Frage seiner Mutter, was sie noch mehr reizt. »Ich hoffe, die Fürsorge klopft dir auf die Finger, Alf Andrews – ein Mädchen in Rachel Janes Alter hinter der Bar stehen lassen! Und überhaupt hättest du heute zusperren sollen. Und bevor ich's vergesse, warst du das, der das Bier ins Haus gebracht hat?«

Darauf antwortet jetzt Ned, seine Stimme klingt hoffnungsvoll, besänftigend: »Aber Ma, du weißt doch, bei einem Begräbnis muß man den Leuten einen Schluck gönnen!«

»Bei den Katholen vielleicht – nicht bei uns! Was würde denn sie da drin dazu sagen? Und was Hochwürden Dawe heut nachmittag von uns gedacht hat, möcht ich gar nicht wissen. Alle stehen an der Hintertür und saufen, und das ganze Haus riecht wie eine Brauerei.«

»Sind ja schon alle weg, ist doch nichts passiert«, sagt Ned und zwinkert Lav zu, und dieses Zwinkern schließt auch Lav in irgendeinen Familienscherz bezüglich Selina und Alkohol ein. »Und Ihnen erzähle ich jetzt, was einem passieren kann, wenn man seine Wurzeln ausgraben will«, fährt er fort und beginnt eine Geschichte über ein pensioniertes Ehepaar, das in jahrelanger Kleinarbeit die Vincent-Familie zurück bis auf die Kanalinseln verfolgt hat.

Dankbar, daß nicht sie im Mittelpunkt der Aufmerksamkeit steht, trinkt Lav Tee und verschlingt eine ganze Menge Kuchen, beobachtet die beiden Brüder und fragt sich, wie lange der Schweigsame wohl noch schweigen wird.

Neds Geschichte endet damit, daß das Paar seine gesamten Ersparnisse ausgab, nur um herauszufinden, daß die ersten Vincents alle Katholiken waren und nicht einmal Vincent hießen, sondern St. Vincion oder was ähnlich Ausgefallenes.

»Ich kann nur hoffen, daß du das deiner Großmutter Rachel nie erzählt hast«, schnappt Selina und wendet sich dann an Lav: »Das Badezimmer ist draußen über dem Gang, wenn Sie sich frischmachen wollen.«

Im Badezimmer wäscht sich Lav mit kaltem Wasser das Gesicht, legt Make-up auf und gibt Selina ein bißchen Zeit für ein paar private Worte mit ihren Söhnen.

Ob man ihr wohl anbieten wird, die Nacht hier zu verbringen? Wahrscheinlich nicht. Selina hat am Telefon viel freundlicher gewirkt – sie sind überhaupt anders als erwartet – nicht wie die Menschen im Journal. Lav starrt abwesend in den Spiegel und denkt, jetzt hätte sie Gelegenheit, sich einen neuen Namen zuzulegen – in Davisporte kann sie Lavinia sein, wenn sie es wirklich will. Sie probiert den Namen aus: »Lavinia, Lavinia« – flüstert sie ihrem Spiegelbild zu. Aber es ist zu spät, ihr Name ist jetzt Lav – Lavinia gehört der Frau im Journal. Lav geht in die Küche zurück.

»Aber Mutter, du weißt doch, daß Vicky nicht einfach für das Begräbnis runterfahren kann – schließlich war sie doch zu Weihnachten hier«, sagt Ned gerade.

Selina lehnt am Herd und trinkt Tee und wirkt erschöpft und den Tränen nahe. Alf starrt noch immer aus dem Fenster.

Wie um seine Mutter von der abwesenden Vicky abzulenken, fängt Ned von einem Nachbarn zu reden an, der ein Sonargerät in sein Boot installieren ließ. Als niemand dazu eine Bemerkung macht, wendet er sich an Lav: »Werde mir selber bald so ein Sonargerät zulegen müssen. Die Küste entlang ist nichts mehr zu machen. Letzten Sommer hab ich kaum genug gefangen, um den Treibstoff zu bezahlen!«

»Sonar! Mein Junge, du bist offenbar auf die Laffen aus St. John's reingefallen – paß bloß auf, sonst wird dein Hirn so weich wie ihrs!« Alf wendet sich vom Fenster weg und betrachtet seinen Bruder mit einem düsteren Blick. »Letzte Woche hab ich's schwarz auf weiß ausgerechnet, direkt in Bruce Blackmores Küche, hab's ausgerechnet und ihnen unter die Nase gehalten – diesen Typen mit ihren Fiberglasbooten, ihren japanischen Sonargeräten und ihren amerikanischen Navigationshilfen – und ihren Regierungskrediten über eine Million Dollar. Die werden nie imstande sein, das viele Geld zurückzuzahlen – nie! Nein, bei Gott nicht – nicht einmal, wenn jeder einzelne von ihnen volle Netze reinholt, und das Tag und Nacht bis an sein seliges Ende!«

»Und warum sollen wir auf Kerle wie dich hören, der du seit über zwanzig Jahren keinen Fuß mehr in ein Fischerboot gesetzt hast?« Lav bemerkt, wie Ned sich freut, daß es ihm gelungen ist, seinen Bruder zu diesem Ausbruch zu reizen. »Sämtliche Experten, die seit dreißig Jahren den Fisch studieren, erklären uns, mit der Fallenfischerei ist es vorbei. Ich hab schon mit dem Mann in der Bank gesprochen. Er sagt, es gibt ein neues Kreditprogramm der Regierung, er sagt, es ist genauso wie damals im Westen, als jeder Farmer seine Erntemaschinen kaufen mußte, und genauso müssen wir größere Boote und Sonargeräte kaufen – und alles andere, was dazugehört. Das ist der Fortschritt, Junge – den Fortschritt kannst du nicht aufhalten!«

Selinas resignierter Gesichtsausdruck läßt darauf schließen, daß dieses Thema nicht zum ersten Mal behandelt wird – vielleicht ist es das einzige, über das ihre Söhne miteinander reden, gefahrlos miteinander streiten können, das einzige, womit sie das Schweigen zwischen sich vertreiben können, während die Frauen im Nebenzimmer tratschen.

Diesmal läßt Alf sich aber nicht mehr reizen. »Scheiß auf den Fortschritt«, murmelt er, stellt seine Tasse ab und geht zur Tür. »Ich begleite Miss Andrews zum Wagen. Dann geh ich ins Cat nach dem Rechten sehen – bis Levi und die Gills hier sind, bin ich zurück. Den Sarg bringen wir nur zu sechst die Stufen runter.« Er bleibt stehen und hält die Tür auf, während Lav sich bei Selina bedankt.

Auf dem Weg zu ihrem Wagen wirkt Alf etwas munterer. Vielleicht hat ihn die Debatte mit seinem Bruder angeregt, oder vielleicht ist er erleichtert, daß sie wieder abfährt. Er erklärt Lav, daß das leere Haus nebenan Rachel gehört hat. »Großmutter hat es vom Kap per Schiff heraufbringen und dann hier heraufziehen lassen, schon damals, als mein Vater noch ein Kind war. Seit Jahren hat keiner mehr darin gewohnt. Ich nehme an, Mutter wird darauf bestehen, daß wir's abreißen, wo die Großmutter jetzt tot ist.«

Lav hätte sich sehnlichst gewünscht, das alte Haus von innen zu sehen, das muß wohl das Haus sein, das Thomas Hutchings für Lavinia baute, das Haus, in dem Mary Bundle starb. Aber sie bringt es nicht über sich, Alf Andrews um einen Gefallen zu bitten.

Er sieht ihr beim Einsteigen in den Wagen zu. »Also, ich nehme nicht an, daß wir Sie hier wiedersehen. Und unsereins kommt nicht oft nach St. John's.«

»Oh, ich gehe noch nicht zurück nach St. John's – zuerst will ich hinaus aufs Kap, zumindest für heute nacht.«

Die deutliche Mißbilligung in seinem Gesicht erfüllt sie mit perverser Freude, sie muß laut lachen, bevor sie erklärt, er brauche sich um sie keine Sorgen zu machen. »Ich bin gut ausgerüstet, ich habe ein Zelt mit, Essen – sogar eine Laterne.«

»Sie können dort nicht einfach hinfahren – in zwei Stunden ist es finster, dann finden Sie nicht mehr zurück!«

»Ich finde mich schon zurecht!« Sie dreht den Schlüssel in der Zündung. »Und ich kann auch durchaus ein oder zwei Meilen zu Fuß gehen. Und außerdem kann ich eine Karte sicher genauso gut lesen wie Sie!« Alf Andrews hängt ihr zum Hals heraus.

»Seien Sie doch nicht so dumm, wir haben erst Mai – Sie werden erfrieren! Verstehen Sie denn nicht, dort draußen ist niemand – Sie werden ganz allein sein!« ruft er durch das offene Fenster, die Hand an der Wagentür, als wollte er sie physisch an der Abfahrt hindern.

»Glauben Sie, ich fürchte mich vor der Dunkelheit?« Lav läßt den Motor an, gibt Gas.

Er tritt zurück, sagt: »Dort gibt's noch andere Sachen zum Fürchten außer der Dunkelheit!« Und dann, als sie den Wagen in einem engen Kreis wendet und die schmale Gasse runterfährt und Schlamm und Gras um ihn aufspritzen läßt, schreit er ihr nach: »Blöde Festlandkuh!«

Sie rast durch Davisporte mit einer derartigen Wut im Bauch, daß sie vor der Schnellstraße kurz an den Rand fahren und das Fenster herunterkurbeln muß und in tiefen Atemzügen die Salzluft einatmen. Endlich kühlt sich ihr Gesicht ab, und ihre Atmung wird normal. Mein Gott, hat sie sich kindisch benommen! Hätte sie nur etwas Würdevolles gesagt, würdevoll, doch schneidend – etwas, das ihm gezeigt hätte, was sie von ihm hält.

Lav nimmt sich vor, Alf Andrews zu vergessen, studiert die Karte, entdeckt, daß sie in die falsche Richtung gefahren ist, wendet und fährt die Küste entlang in Richtung Cape Random.

15

Lav findet den Weg ganz leicht, wie erwartet. Die letzten vier oder fünf Meilen führen auf einem braunen Fahrweg quer durch Moor und Sumpf. Kein einziges Haus in Sicht. Das einzige Anzeichen von Zivilisation – in der allgemeinen Bedeutung, nicht in Philips Sinn – ist eine Stromleitung, zwischen Masten gespannt, die aus mit Steinen gefüllten Käfigen ragen. Den Ozean kann sie nicht sehen, nur Himmel und Moor.

Der Fahrweg endet in einem aufgewühlten Lehmviereck voller Bierflaschen, Verpackungen von Kentucky Fried Chicken, Kondomen und einer großen verdreckten Teppichrolle. Lav packt Brot, Obst, Käse und den restlichen Kaffee in ihren Rucksack, sperrt alles übrige in den Kofferraum, schlingt sich Parka, Rucksack und Zelt über die Schulter und betritt einen Fußweg, der tief ins Moor eingeschnitten ist. Aber nach ein paar hundert Metern bleibt sie stehen, macht kehrt und geht zurück zum Wagen.

Dieser Parkplatz verursacht ihr Übelkeit, er riecht nach geistlosem Vandalismus, nach gedankenloser Gemeinheit. Hier kann sie das Journal nicht lassen. Sie sagt sich zwar, daß es Unsinn ist, was sie jetzt macht, schließt aber trotzdem den Kofferraum auf und holt das Journal heraus. Nachdem sie ihren Pullover um das schwere Buch gewickelt hat, stopft sie beides in den Rucksack, nimmt ihre anderen Habseligkeiten auf und macht sich wieder auf den Weg.

Es ist angenehm, auf so einem elastischen Moorboden zwischen niedrigen Sumpfpflanzen dahinzuwandern. Lav meint, einen leichten minzartigen Duft zu riechen – von den weißen, im Winter eingeschrumpelten Beeren dort vielleicht, oder den winzigen Blüten gleich neben dem Pfad. Oder vielleicht von den braunblättrigen Sträuchern, die in der Hitze austrocknen. Die Sonne wärmt ihr Haar und Nacken, und sie fragt sich, wozu sie den schweren Parka eigentlich mitgenommen hat.

Der Pfad wird immer nasser, je näher sie dem Meer kommt, er schlängelt sich um große Felsen und kreisrunde Moorteiche, die in der Sonne glänzen wie geschmolzene Schokolade. Sie spürt, wie das angenehm warme Wasser in ihre Laufschuhe quillt, zwischen ihren Zehen quatscht. Jedes Mal, wenn sie den Fuß hebt, hört sie ein blubberndes Geräusch, und wenn sie zurückblickt, sieht sie, wie braunes Wasser ihre Fußabdrücke füllt. Wer hätte gedacht, daß ein Gang durchs Moor eine so sinnliche Erfahrung ist? Sie geht langsam, sie weiß, daß sie, trotz Alf Andrews' Warnung, immer noch zwei bis drei Stunden Tageslicht vor sich hat.

Schneller als erwartet erreicht sie den Hals. Der schmale Streifen Land, der Cape Random an der Küste verankert, ist heute von einem tiefen Fluß durchschnitten – der natürlich kein Fluß ist, sondern ein Meeresarm. Die schmale Brücke über das Wasser sieht aus, als wäre sie willkürlich zerstört und dann behelfsmäßig repariert worden. Sie gelangt ohne Schwierigkeiten hinüber und ist auf dem Kap.

Die erwartete Erregung stellt sich nicht ein. Dem Journal zufolge sollte die Kirche hier ganz in der Nähe sein – aber sie sieht hier überhaupt kein Gebäude, kein einziges. Der Pfad führt leicht bergan, windet sich um einen riesigen Felsbrocken aus geflecktem Marmor, der von Wind, Schnee und Eis derart geglättet ist, daß er wie ein Osterei in einem Nest von Sträuchern aussieht. Lav klettert die sanfte Steigung zum Gipfel des Felsens – und da ist der Ozean!

Sie sieht ihn, hört ihn, riecht ihn! Rundherum die weite Strandlinie, wo die See herein und wieder hinaus rollt – das sanfte Plätschern wird vom bedrohlichen Brüllen nach jeder zurückgehenden Welle widerlegt. Überwältigt von dieser Kombination aus Anblick, Klang und Geruch, läßt Lav ihre Sachen fallen und rennt zum nassen Sand.

Hier, entlang der Flutlinie, ist der Strand bedeckt von kleinen

Muscheln, creme- und pfirsichfarben und blaßlila, von blauen Mollusken, purpurroten Seesternen, bernsteingelbem Seetang, langen Seegrasfäden, behangen mit grün durchscheinenden Beeren, Algen, weißen Korallenalgen und schwarzen Seeschwämmen, elfenbeinweißen Seeigeln und scharlachroten Quallen, die wie Glasschüsseln leuchten. Da gibt es zerbrochene Hummertöpfe, Treibholz, zu abstrakten Skulpturen geschnitzt, abgeschliffene Glasscherben, die wie Zuckergeleefrüchte aussehen, und grellbunte Plastikbeutel, die nicht einmal das Meer verschönern kann. Lav läuft hin und her und sammelt diese Dinge auf, bis ihre Taschen voll sind und ihre Hände nach Seetang riechen.

Dann setzt sie sich in den Sand, beobachtet die Möwen, wie sie herabstoßen und tauchen, und das Meer, wie es den Strand heraufrollt. Vergeblich versucht sie, sich hier eine Stadt vorzustellen.

Berauscht von Licht und Luft und Salzwasser, steigt sie die Uferböschung hinauf, geht wieder zu dem fleckigen Felsen zurück und versucht sich zu orientieren. Dann nimmt sie ihre Sachen und bahnt sich durch dichte Sträucher einen Weg zu der Felsmauer, wo ihrer Schätzung nach der Kartoffelacker gewesen sein müßte. Doch auf dem Gipfel des Hügels findet sich keine Spur von gerodetem Land – nur Erlen und vom Sturm verkrüppelte Nadelbäume, die sich mit nackten Wurzeln an die Felsen klammern.

Am Rand des Hügels entdeckt sie dann den Steinhaufen, zur Hälfte mit Senfflechte überwachsen. Die Steine sind zu einem großen Berg angehäuft, einzeln Stück für Stück hierhergetragen, um dem verschwundenen Garten Windschutz zu bieten. Dieser Steinhaufen ist der einzige Hinweis, daß einmal Menschen hier gelebt haben. Vorsichtig steigt sie durch die Disteln und den Löwenzahn rund um den Haufen und tritt dann auf die Steine, die ziemlich locker scheinen, aber Zeit, Unkraut und Flechten haben sie miteinander verbunden. Mühelos gelangt sie auf die Spitze, wo sie ihren Parka ausbreitet und sich daraufsetzt. Dann schiebt sie die fadendünnen Fangarme irgendeiner unterirdischen Pflanze zurück und löst einen großen grauen Stein aus der Umklammerung.

Und so sitzt sie, hält den Stein in der Hand und gibt sich ihren Vorstellungen hin – und fragt sich, welche der Frauen – Jennie, Meg, Sarah oder Mary – ihn zuletzt berührt hat? Sicher hat ihn eine von ihnen der Erde entrissen und heraufgetragen, vielleicht in ihrer Schürze, und auf den Haufen gelegt. Lav fährt mit den Fingerspitzen über seine rauhe Oberfläche. An der Oberseite ist der Stein ganz glatt, aber unten hat er ein rauhes wellenähnliches Muster, vor Äonen eingeschnitten, als die große Eiskappe sich zurückzog und Schlick und Sand zusammenpreßte und daraus die Hügel, Buchten und Inseln an dieser Küste hier entstanden.

Lav wünscht sich hellseherische Fähigkeiten, schließt die Augen, hält den kühlen Stein gegen die Stirn. Nichts geschieht. Kein Gesicht, keine Stimme, keine Gestalt erscheint vor ihrem inneren Auge.

»Gott sei Dank – was wäre, wenn das in beide Richtungen wirkt – wenn sie mich sehen könnten«, denkt Lav und blickt verlegen auf ihre manikürten Hände, ihre spitz zulaufenden lackierten Nägel.

Den Kopf über ihre eigene Dummheit schüttelnd, legt sie den Stein wieder an seinen Platz, steht auf und hält nach einer flachen Stelle zum Aufstellen ihres Zeltes Ausschau. Unten, wo wahrscheinlich die Häuser standen, sieht sie nur Felsen und niedriges Gebüsch, keinen Keller oder Zaun oder Stall, keinen Fliederbaum, keinen Pier. Sieht aus wie Tennysons Land, denkt Lav und starrt über eine Landschaft, in der sich nichts bewegt außer dem Meer – ein Land, das niemand je betreten hat, seit die Welt erschaffen wurde.

Der Himmel hat sich bezogen, über allem liegt ein Schleier, der fast Nebel ist, aber nicht ganz. Ihre Armbanduhr zeigt ihr, daß es acht ist – schnell steigt sie von ihrem Aussichtspunkt herunter. Wie konnten Menschen zwischen diesen Felsen und Mulden je etwas bauen? Sie wendet sich nach links und geht durch Sand und hohes Gras auf eine kürzere Strandkurve zu, die bis zur Pfeilspitze hinaus reicht, und erblickt den hoch aufragenden Finger aus schwarzem Gestein, an dessen Fuß Lavinia an ihrem ersten Tag am Kap gesessen hat. Die Flut läßt weißen Schaum um die Wurzel des glänzenden Monolithen zischen.

Zuerst möchte Lav ihr Zelt in sicherer Entfernung vom Wasser aufstellen, im Schatten der Uferböschung, die den Strand überdacht. Dann sieht sie, daß diese Gewölbe, von wilden Rosen überwachsen und wie Vordächer über den Strand hängend, stellenweise erodiert und herunter auf den Strand gestürzt sind. Da sie aber nicht den Wunsch hat, hier am Kap lebendig begraben zu werden, entfaltet sie ihr Zelt schließlich direkt am Strand, auf halbem Weg zwischen Flutlinie und Uferböschung.

Es fällt ihr nicht schwer, die acht Plastikheringe in den weichen Sand zu treiben. Für den Fall, daß der Wind stärker wird, legt sie Steine und Treibholz als zusätzliche Befestigung rund um die Pflöcke. Das Zelt hat einen Boden, und als sie hineinkriecht, kommt sie sich vor wie in einer kleinen roten Truhe – in der Größe von Rachels Sarg, aber ohne daß Gott und gemalte Engel ihr aus wenigen Zoll Entfernung ins Gesicht starren.

Rachels Begräbnis ist jetzt wohl vorüber. Die Verwandten von auswärts fahren zurück nach St. John's oder nach Gander, um den ersten Flug nach draußen zu erwischen. Die Ortsansässigen sind nach Haus gegangen, sitzen beim Abendessen und reden offener über die alte Frau als zuvor in Selinas Wohnzimmer.

Sicher reden sie über die Familiengeschichte der Andrews', erwähnen Rachels Sohn – Selinas Mann. Einige von ihnen wissen vielleicht sogar, daß Stephen Andrews' Vater ein Vincent gewesen ist – jener gutaussehende, dem Tod geweihte junge Mann, der einmal nach Cape Random zu Besuch kam. Sie werden an die Jahre denken, die Rachel in den USA verbracht hat, und wahrscheinlich darüber spekulieren, was sie dort wohl gemacht hat, daß sie dann einen derart sorgenfreien Lebensabend genießen konnte. Überall die ganze Küste entlang sitzen jetzt die Menschen bei einem verspäteten Abendessen und unterhalten sich über das Leben der alten Frau. Vielleicht reden ein paar von ihnen sogar über Lavinia – die Frau aus der Stadt – David Andrews' Kleine. Lav gefällt die Vorstellung, wie sie alle in ihren blitzsauberen Küchen sitzen und ihren Namen und den ihres Vaters nennen.

Aber lieber ist sie jetzt hier, allein in ihrem kleinen Zelt. Als sie den Rucksack auspackt, merkt sie, daß sie den Schlafsack vergessen hat. Wird es später kalt werden? Sie überlegt, wie weit es von hier zum Wagen ist, und kommt zu dem Schluß, es ist viel zu weit, als daß sie vor Einbruch der Dunkelheit zurück sein könnte. Macht nichts, heute nacht wird sie eben mit Parka und Pullover zurechtkommen müssen. Falls sie dann noch eine Nacht bleiben will, kann sie den Schlafsack morgen holen.

Im Schneidersitz hinter der Zeltklappe sitzend, ißt sie Brot und Käse, trinkt den letzten Rest vom heißen Kaffee und sieht zu, wie Sand und Wasser sich verfärben. Irgendwie hatte sie die romantische Vorstellung, hier draußen am Kap das Journal zu lesen, aber als sie es schließlich aufschlägt, ist es viel zu dunkel, um die verblichene Schrift noch zu entziffern. Also steckt sie das Buch wieder in den Rucksack, den sie als Kopfkissen benutzt, legt sich zurück und denkt über diesen Tag nach, über Selina und ihre Söhne, und über Rachel Andrews.

Bei einem ihrer Telefongespräche hat Lav sich einmal Rachel zu fragen getraut, wie alt sie war, als sie vom Kap fortging.

»Alt?« krächzte die heisere Stimme das Wort durchs Telefon, als hätte sie es nie zuvor gehört. Dann gab sie nach. »Achtunddreißig war ich, Kind. Jahrelang hatte ich das vorgehabt, aber erst als meine Eltern tot und begraben waren, und Stephen über zwanzig, erst da brachte ich den Mut auf, fortzugehen.«

Und das war die einzige persönliche Information, die sie aus Rachel je herausbekam, denn Rachel war an der Vergangenheit lange nicht so interessiert wie an der Gegenwart. Krieg und Kriegsgerüchte, Hungersnöte irgendwo auf der Welt, Handel und Grenzen – alles interessierte die alte Frau. Aber am meisten Sorgen machte sie sich um die jungen Leute, »Burschen und Mädchen, die die ganze Nacht die Straßen unsicher machen«.

Die Gefahr dabei war es, behauptete sie, die ihr Sorgen machte. »In der heutigen Zeit, einfach mitten auf der Straße gehen, ohne Bürgersteig und Straßenlampen!«

Aber in Wirklichkeit, dachte Lav, waren es nicht so sehr die Gefahren des Straßenverkehrs, die die alte Frau aufregten. Sie dachte wohl an andere Gefahren. Wer hätte besser als sie gewußt, welche Fallen die Natur den jungen Menschen an lauen Sommerabenden stellt?

Die Natur konnte man nur durch Bildung überlisten – gesagt hatte Rachel Andrews das nicht, nur gedacht. »Was wird denn aus ihnen? Was können sie erreichen in dieser Welt oder in der nächsten?« sorgte sie sich um die Teenager, die vor ihrem Fenster auf-

und abspazierten. Als sie herausfand, daß Lav einen Doktortitel hatte, freute sie sich wie ein Schneekönig. »Na, so was, man stelle sich das vor! Das macht schon vier in der Andrews-Familie – fünf, wenn Vickies Stephen mit seinem Diplom fertig ist!« Und es machte ihr ungeheures Vergnügen, die akademischen Titel nicht nur ihrer Nachkommen, sondern sämtlicher Nachfahren ihrer mütterlichen Großeltern herunterzuschnurren. Toma Hutchings und Comfort Vincent, erklärte sie, seien beide »blitzgescheit gewesen und wären heute Professoren, wenn sie noch am Leben wären«!

Lav schläft ein, lächelnd in Erinnerung an die Titel-Litanei der alten Frau.

Sie schläft und träumt – nicht von Rachel oder vom Kap, sondern von Lachs. Von dem großen regenbogenfarbenen Fisch, der in einem Netz schwimmt, im Kreis herum in einem Raum, der immer enger wird. Das Netz zieht sich zusammen, die Leiber der anderen Fische umdrängen ihn immer näher. Jetzt wird das Netz gehoben, Wasser läuft von seinen Schuppen ab, er japst nach Luft, wird vom Licht geblendet, betäubt vom gräßlichen Kreischen der Winden.

Lav fährt hoch. Sie drückt die Hand an eine schmerzende Stelle, wo die Rucksackschnalle sich ihr in die Wange gepreßt hat. Draußen blitzen Lichter auf, etwas jagt brüllend vorbei, daß die Zeltwände sich im Sog nach außen blähen. Der Lärm ist ohrenbetäubend. Es ist etwas Großes: Motorräder, Jeeps, Beach Buggies rasen rund herum ums Zelt.

Mit lautem Herzklopfen kriecht Lav zur offenen Zeltklappe und schaut hinaus. In diesem Moment röhrt ein Motorrad ganz knapp an ihr vorbei, keinen Viertelmeter von ihrem Gesicht entfernt, daß der Sand aufspritzt. Sie fährt zurück, zieht sich die schwere Jacke über den Kopf, stopft sich die Ohren zu und hockt sich an die Rückwand ihres winzigen Zelts.

Der Lärm ist entsetzlich, aber noch schlimmer als der Lärm ist dieses große leere Gefühl von Verlust, das jetzt das Zelt füllt, die Dunkelheit unter dem Parka, ihren Kopf. Irgend jemand schluchzt, ein Kind vielleicht. Das Schluchzen hört nicht auf, sie ertrinkt in Tränen, in Schweiß, sie erstickt. Sie macht sich frei, bleibt keuchend liegen, endlich hört das Schluchzen auf, aber das furchtbare Kreischen und Lärmen geht immer weiter.

»Ich träume«, sagt sich Lav, »das ist nur ein Traum.« Und sie will im Traum wieder ihren Lachs finden, aber der Fisch ist fort.

Nur die Erinnerung ist noch da, Erinnerung und Lärm, Lärm und Licht, rundherum und rundherum. Und das ist wirklich und laut und grell, in ihrem Zelt wechselt die Beleuchtung von fluoreszierendem Rot zu zitterndem Weiß, erst wird sie vom Licht geblendet, dann fällt sie in pechschwarze Finsternis, wenn die Motorräder rasend um das kleine Zelt kreisen.

Ihr Instinkt rät ihr, sich wieder zu verkriechen, zu verstecken, den Kopf zu bedecken und hoffen, daß sie verschwinden. Aber das wird sie nicht retten. Sie muß jetzt die Erinnerung ersticken, den Lärm aussperren, ihren Pullover anziehen, ihre Schuhe, und den Rucksack schultern.

Das tut sie. Sie konzentriert sich auf jeden Handgriff, bringt alles fertig, und dann kriecht sie hinaus und bleibt aufrecht vor dem Zelt stehen. Die Scheinwerfer blenden sie, das Röhren der Motoren nimmt ihr das Gehör. Sie sieht nur behelmte Köpfe über Schemen in Schwarz, Rot und Chrom. Salziger Sand sticht ihr ins Gesicht, wenn sie vorüberjagen.

Das sind nur Menschen, nur Menschen auf geländegängigen Fahrzeugen, sagt sich Lav, zwingt sich zu rufen, die Arme zu schwenken. Nachdem sie ihren Spaß hatten, werden sie doch jetzt aufhören, ihre Helme abnehmen. Sicher tun sie das, sagt sie sich, jeden Moment bleiben sie jetzt stehen, verwandeln sich aus riesigen Insekten in Teenager, die eine Stelle zum Feuermachen suchen, zum Biertrinken, zum Schmusen. Jeden Moment werden sie jetzt diese Plastikblasen abnehmen, und sie wird Haare sehen, Augen, menschliche Gesichter. Und so wartet sie, vor dem Zelt stehend, und zwingt sich zur Ruhe.

Aber sie bleiben nicht stehen, sie werden nicht einmal langsamer. Im Gegenteil, sie fahren immer schneller und schneller, wie Derwische verschwimmen ihre Gestalten in einem flirrenden Band aus Licht und Farbe. Irgend etwas schreit ihr aus den Plastikgesichtern entgegen, sie versteht kein einziges Wort, aber die Bedeutung ist klar: es ist der Laut sinnlosen Hasses, hemmungsloser Brutalität, der Laut, den die Neandertaler vielleicht ausstießen, wenn sie mit Steinen in der Hand aufeinander losgingen.

Lavs beherrschte Fassade bricht zusammen, Panik überschwemmt sie. Wo ist Sicherheit? Wohin kann sie sich retten, wem vertrauen? Nicht der Erinnerung, nicht den Träumen, nicht den eigenen Augen. Was ist geschehen? Was geschieht, was wird geschehen? Wie ein Tier steht sie da, von den Scheinwerfern gefangen, umzingelt von Maschinen, die wie Götter sind – Götter, aufgestiegen vom Mittelpunkt der Erde, um die Menschheit zu bestrafen.

Dann rast eine Maschine gegen einen Zeltpflock – Funken stieben, die Maschine dreht ab, in dem Kreis aus Lichtern gibt es eine dunkle Lücke, und durch diese bricht sie aus, in Richtung Meer. Sie kann das Krächzen und Husten hören, als die Maschinen in den Rückwärtsgang geschaltet werden, wenden, neue Spuren in den Sand bohren.

Die Scheinwerfer finden sie wieder, sie umkreisen sie in Schleifen, spielen mit ihr, während sie zum Strand rennt. Sie taumelt gegen Lavinias Felsen, kehrt um und hastet wie irr zu den Sandbänken, wo Büsche über den Strand hängen. Eine Minute lang verlieren sie sie. Sie stolpert gegen die hohe Uferböschung und hockt sich hin, zitternd, betend, daß sie weg sind.

Jetzt schluchzt sie, drückt sich mit dem Rücken gegen die zerbröckelnde Böschung, hält sich die Hand vor den Mund, damit kein Laut herausdringt. Ihre Hosen sind zerrissen. Das Knie, mit dem sie gegen den Fels stieß, blutet, aber der Rucksack hängt noch immer an ihren Schultern.

Es scheint, als hätten sie sich zurückgezogen, sie rasen wieder ums Zelt, sie schreien und brüllen, wenn die Maschinen gegen die Steine stoßen, die sie um die Pflöcke aufgehäuft hat. Dann ändern sie die Formation, die Scheinwerfer schwärmen fächerartig aus und rasen den Strand herunter auf sie zu. Im nächsten Moment werden sie sie unter dem Überhang hocken sehen. Lav dreht sich um und fängt an, auf Händen und Knien hochzukriechen, dabei verliert sie einen Schuh, der Sand rutscht immer wieder unter ihr davon. Oben angelangt, kriecht sie langsam weiter, tastet sich über den Sandkamm, bis sie zu einer Stelle kommt, wo die Böschung eingestürzt ist. Ganz vorsichtig zieht sie sich hoch, hält sich an Unkraut fest, an Wurzeln, an dem dornigen Gestrüpp von wilden Rosen, und rechnet jeden Augenblick damit, daß der Boden unter ihr einbricht und sie wieder hinunterrollt – auf den Strand, hinunter zu ihren Folterern. Endlich zieht sie sich über den Kamm und rollt, genau in dem Moment, da die Scheinwerfer sie finden, über den Rand in ein Gewirr von niedrigen Sträuchern.

Die motorisierten Bestien versammeln sich genau unter ihr und beginnen die Böschung zu erstürmen. Sie fahren zurück, nehmen Anlauf, stürmen dann mit lautem Aufheulen gegen den senkrechten Hügel an, rollen zurück und fangen wieder an. Jedesmal kommen sie ein bißchen näher. Sinnlos vor Angst springt sie hoch, ohne sich um die Scheinwerfer in ihrem Rücken zu scheren, und rennt weiter durchs Gebüsch. Sie rutscht auf dem Sand aus, stolpert über Grasbüschel und überwachsene Steine, hastet in die sichere Dunkelheit. Jetzt schluchzt sie schon ganz laut, jeder Atemzug tut weh. Sie rennt und stürzt, rennt und stürzt, bis sie endlich mit dem Kopf voran in ein schwarzes Loch fällt und betäubt liegenbleibt, das Gesicht in den Sand gepreßt, ein lautes Klopfen im Kopf – Panikwellen schwappen über sie hinweg, während Angst mit Zorn kämpft.

»Gottverdammte Wilde! Was hat man schon von einer Welt, die von Barbaren auf Rädern zerstört wird? Ich möchte sie umbringen – könnte sie umbringen – würde sie umbringen, wenn ich könnte! Und wie gern!«

Sehen wir sie uns an, diese Lavinia Andrews, eine moderne Frau, Kunstliebhaberin, Pazifistin, Kundin von Schönheitssalons, Wissenschaftlerin, wie sie sich vor Maschinen versteckt, vor Ungeheuern, vor der Erinnerung. Hier liegt sie, gekleidet in Leinenhosen, Seidenbluse, handgestrickten Pullover – nicht von ihren Händen, sondern den Händen irgendeiner peruanischen Bäuerin –, Lavinia Andrews, B. Sc. (Hons.), M. Sc., Ph. D., betäubt, blutig und schließlich schlafend, in jener Grube, in der einst ein Indianer starb – ermordet von einem ihrer nicht allzu entfernten Verwandten.

16

Im Morgengrauen kommt Alf Andrews langsam den Strand herunter, in der Hand einen gelben Plastikbeutel. Einen Moment bleibt er vor dem flachgedrückten Zelt stehen, bevor er die Böschung hinaufsteigt und geräuschvoll durchs Gebüsch trampelt. Lav ist schon auf den Beinen, sie wartet mit einem großen Stein wurfbereit in der Hand, als er am Rand der Mulde auftaucht.

Dann springt er zu ihr herunter und landet präzis vor ihren Füßen, starrt in ihr zerkratztes Gesicht, betrachtet ihren zerrissenen Pullover, die fleckigen Hosen, den bloßen, blutverkrusteten Fuß. »War keine schöne Nacht, was?«

Lav läßt den Stein fallen, setzt sich hin, legt den Kopf auf die Knie und beginnt zu heulen.

Alf beachtet sie nicht, sondern sucht herum, sammelt kleine Stöcke und Stücke Treibholz, die er innerhalb des Kreises aus verrußten Steinen im Mittelpunkt der Mulde aufschichtet. Dann nimmt er alles, was er in dem Plastikbeutel hat, heraus und legt die Sachen im Sand ordentlich nebeneinander: einen Laib Brot, eine Wasserflasche, eine braune Papiertüte, eine Schachtel Streichhölzer, zwei Tassen, ein Messer, einen Wasserkessel.

Mittlerweile hat Lav zu heulen aufgehört. Sie schneuzt sich in den Ärmel ihres Pullovers und erzählt ihm von der vergangenen Nacht. Er macht inzwischen vorsichtig Feuer mit Hilfe von trockenen Zweigen und der braunen Papiertüte – ihren Inhalt, getrocknetes Dickmaul, hat er bereits auf flachen Steinen ums Feuer herum ausgebreitet.

»Das waren nur unsere Burschen«, sagt er, als sie fertig ist, und leert Wasser in den Kessel, den er an einem Stock über die Flammen hält.

Lav ist indigniert. »Was heißt das – ›unsere Burschen‹?«

»Na, die unsrigen eben – junge Leute, die sich ein bißchen amüsieren wollen.« Alf läßt den Kessel nicht aus den Augen.

»Amüsieren! Das soll ›amüsieren‹ sein – einen anderen Menschen terrorisieren? Seine Sachen ruinieren? Sich benehmen wie ein Haufen Vandalen?«

»Hören Sie zu, Lady! Sie waren es, die unbedingt hierherwollte – das hier ist denen ihr Spielplatz. Die wollten sich halt noch einmal austoben, bevor man sie nach Ontario verfrachtet und den ganzen Sommer in Fabriken sperrt. Die sind die große Arbeitsreserve unseres Landes – ohne sie hätten wir keine freie Marktwirtschaft, könnten wir nicht die Dritte Welt mit billigen Arbeitskräften ausstechen! Also gönnen Sie doch den armen Jungs einen letzten Spaß!« Und er zieht ihren Schuh aus seiner Jackentasche und reicht ihn ihr: »Hier – gehen Sie sich anziehen.«

Sie klettert aus der Mulde heraus, schreitet durch den kühlen Morgennebel zum Meer, zieht sich die Hose hinunter, watet einen Meter weit ins Wasser und hockt sich zum Urinieren hin – ein merkwürdiges Gefühl. Dann wäscht sie sich Füße, Hände und Gesicht, das eisige Salzwasser brennt in ihren Schnitten und Kratzern. Als sie zurück in die Grube kommt, gibt Alf gerade Tee in den Kessel. Schweigend sitzen sie da und warten, daß er zieht.

Lav fühlt sich sicher und geborgen. Sie kann den Ozean nicht sehen, sie kann ihn nur hinter dem Hügel brüllen hören. Das Feuer wärmt sie, der schwarze Tee rinnt durch ihren Hals wie eine wunderbare unbekannte Flüssigkeit. Sie ißt schnell, beißt große Stücke ab von dem knusprigen Dickmaul – Kopf, Gräten, alles –, zwischen frische Brotschnitten gelegt.

»Ich und meine Brüder, wir haben hier immer Feuersteine und Pfeilspitzen gefunden – und Baumhäuser gebaut und Cowboy und Indianer gespielt. Wir hielten das für unser eigenes Versteck, für einen Ort, den sonst kein Mensch auf der Welt kannte«, und Alf deutet mit dem Kopf auf den Kreis aus rußgeschwärzten Felsen, die Skelette von verbrannten Bäumen. »Vielleicht hat's ja auch gestimmt. Das ist schon lange her.«

Eine Stunde oder länger bleiben sie in der warmen Mulde sitzen und reden. Lav erkundigt sich nach der Küstenlandschaft; sie weiß – erwähnt das aber nicht –, daß das Kap auf einem riesigen Unterwasserplateau ruht.

»Das Meer ist hier nirgends tiefer als fünfzig Faden – früher war alles voll mit Fisch – Dickmaul, Hering, Kabeljau, Hummer, was Sie wollen«, erklärt Alf.

»In der Jugend meiner Großmutter war jedes Stück Ozean einer der Familien zugeteilt, die hier an der Küste lebten – die meisten auf den kleinen vorgelagerten Inseln. Natürlich gingen viele Männer nach Labrador – aber daheim fischten sie jahraus, jahrein immer in denselben Gründen. Als Vater alt genug zum Fischen war, hatten die meisten Leute schon Motorboote und fuhren weiter hinaus, zu den Funks, oder dort hinauf, was sie die ›Französische Küste‹ nannten. Damals ging's mit der Salzwasserfischerei schon abwärts. Als das Tiefkühlen kam, brauchten die Leute keinen Pökelfisch mehr – jetzt mußte alles frisch sein, oder frisch eingefroren.

Wir haben die weltgrößten Eiweiß-Reserven in die Konföderation eingebracht, und jetzt schauen Sie uns an!« fährt Alf fort, er ist nicht abzubringen von dem einzigen Gegenstand, der ihn offenbar wirklich aufregt. »Die Europäer sind ganz groß im Schützen ihrer eigenen Fanggründe, aber die unsrigen, die schützt keiner. Es ist eine Tatsache, daß wir im Jahr 84 ein Abkommen unterzeichnet haben, das uns sogar verbietet, französischen Fischkuttern einen Beobachter mitzugeben – und dabei haben alle gewußt, daß die bis zum Vierfachen ihrer Quote fangen. Da draußen auf See sind in diesem Augenblick vierzehn Tiefkühlfabriken unterwegs – gerade so weit weg, daß sie vom Land aus nicht zu sehen sind. Natürlich stehen wir selber nicht zurück – Sie haben ja gestern die Unterhaltung gehört –, heutzutage hat der Fisch keine Chance mehr. Es ist ein Wunder, daß es überhaupt noch welchen gibt – viel ist's ja nicht!«

Er klingt wie Mark Rodway, denkt Lav. Da sie aber nicht den Wunsch hat, weiter über Fisch zu debattieren, fragt sie ihn nach der Anzahl seiner Geschwister.

»Nur Ned und Vicky – sie hat einen Pfarrer geheiratet, sie leben in Ontario.«

»Aber Sie haben doch gesagt, Sie hätten mit Ihren Brüdern hier in dieser Grube gespielt.«

»Ich hatte einen Zwillingsbruder – er ist jung gestorben.«

Sie erkennt an seiner Stimme, daß sie sich auf verbotenes Terrain begeben hat, und fragt schnell nach Rachel. Was war sie denn in ihrer Jugend eigentlich für eine Frau?

Erstaunlicherweise weiß Alf über seine Großmutter kaum mehr als sie selbst. Rachel hatte das Kap vor seiner Geburt verlassen und war dann irgendwie Krankenschwester geworden. »Hat für so einen Doktor gearbeitet, der Söhne hatte. Das weiß ich, weil sie uns Jungen immer deren abgelegte Kleider geschickt hat, in Paketen aus New York. Samthosen und gestreifte Hemden. Die Sachen haben wir gehaßt, alle anderen haben uns ausgelacht.«

Sie will wissen, ob Rachel Jane Rachels Brosche erben wird.

»Sowieso«, knurrt Alf – nicht ganz so unhöflich wie gestern, aber er läßt sie jedenfalls spüren, welche Fragen er akzeptiert und welche nicht.

Lav hat jetzt genug davon, sich mit der Entzifferung dieses Konversations-Rituals herumzuplagen, und schweigt. Sie denkt an letzte Nacht, möchte wissen, wie lang sie wohl geschlafen hat. Was wäre gewesen, wäre Alf nicht gekommen, um nach ihr zu sehen? Was hätte sie getan, wäre sie allein aufgewacht? Die Erinnerung an den Traum – oder was es war, was ihr in diesen letzten Augenblicken im Zelt durch den Kopf gegangen ist –, diese Szene aus der Kindheit, mit Audrey und einem Motorrad, hängt an einem Faden im Hintergrund ihres Gedächtnisses. Wird sie sie herausnehmen müssen, untersuchen, oder kann sie den Faden durchschneiden, die Erinnerung in die finstere Ecke fallen lassen, wo sie die letzten dreißig Jahre lang gehaust hat?

»Sie hatten recht, ich hätte nicht allein hier herauskommen sollen«, gibt sie zu.

»Ich hab gar nicht an diese wilde Horde gedacht – eher an den Großen Weißen Bären, der aus den Gräbern steigt, oder daß Mary Bundle kommt und Sie holt …« sagt Alf, und als sie lächelt – allerdings nicht so selbstsicher wie vielleicht gestern noch –, lächelt er nicht zurück.

Als die Sonne aufgeht, brennt sie den Nebel nieder. Sie gehen den Strand entlang und klauben dabei Teile des ruinierten Zeltes auf, die Thermoskanne und Lavs Parka.

Alf füllt seinen gelben Sack mit Glasscherben und Plastikbeuteln. »Wir sind die größten Schweine auf Gottes Erdboden – überall Abfall, am meisten im Meer – das Meer kann alles aufnehmen, glauben wir. Zu dieser Jahreszeit schleppe ich ein- bis zweimal die Woche einen Sack voll Müll nach Haus«, erklärt er.

Wie der Besitzer eines geliebten Gartens führt er Lav von Ort zu Ort, zeigt ihr Hügel und Mulden, geschützte Plätze, wo kleine lila Blüten aus dem Sand sprießen, zeigt ihr die runden Unterwasserschatten der Flundern, die winzigen Vögel, die auf spindeldürren Beinchen herumschießen, die Gezeitenteiche voll bunter Steine, die weißen Kronen der Brecher über Untiefen vor der Küste.

Sie verbringen den ganzen Vormittag mit diesem langsamen Rundgang um das Kap. Aber laut Alf ist das nicht mehr das Kap von Thomas und Lavinia, nicht einmal das Kap seiner Kindheit – oder von gestern.

»Es ist nie zweimal dasselbe«, erklärt Alf. »Wenn Sie zehn Tage hintereinander herkommen, ist die Küstenlinie jeden Tag anders.«

Die Vorstellung eines Ortes, der sich ständig erneuert, oder von Eis und Meer erneuert wird, entsetzt und begeistert Lav. Sie fragt sich, ob das Kap wohl eines Tages ganz verschwinden wird, aber Alf sagt, nein, es ist gerade die Veränderung, die es rettet, »ein Stück Strand bröckelt ab, und dafür erscheint ein neues«.

Und doch sind einige Dinge geblieben. Er zeigt ihr Gemüsekeller, eingestürzt und überwachsen, den großen spitzen Fels, den man früher, erklärt er, Gottes Finger nannte, Tante Jennies Garten, die Fundamente des alten Ladens, das dränagierte Sumpfland, das einst Scheunen voller Heu, Fässer voll Gemüse produzierte. Sie stehen auf dem Granitblock, der einst das Haus der Vincents trug, und blicken über den Teich, der längst salzig geworden ist.

Sie besuchen die Friedhöfe, erst den auf der Landspitze, wo viele Gräber ins Meer geglitten sind. Aber einige sind noch vorhanden – ein paar Zoll weißer Marmor, Steinfinger, Kronen und Kreuze, die Köpfe kleiner steinerner Lämmer ragen aus dem Treibsand. Lav kniet sich bei einem davon nieder und gräbt mit den Händen den Sand von der weißen Marmortafel.

Die Buchstaben mit den Fingern nachziehend, liest sie:

In liebendem Gedenken an Ned Andrews
Geb. Weymouth, England, 1799 – Gest. Cape Random, 1838
Empfangen in der Welt da oben,
die unsren selgen Bruder grüßt,
wird er dort den Schöpfer loben,
der Ursprung aller Liebe ist.

Es sind noch mehr Worte in den Stein gemeißelt. »Errichtet von seiner liebenden Gattin Mary« vielleicht? Aber nein, Mary hätte nie einen solchen Vers gewählt! Vielleicht haben Meg und Ben den Stein aufgestellt, oder Lavinia. Lav wird es nie erfahren, der Sand ist so fest in die unteren Zeilen gepreßt, daß man sie nicht mehr lesen kann.

In der Nähe dessen, was Alf den neuen Friedhof nennt, bleiben sie vor etwa einem Meter bröckelnden Mauerwerks stehen – das ist alles, was von der Kirche von Cape Random übrig ist. Lav fragt, wie so ein Gebäude denn in fünfzig Jahren verschwinden kann.

»Jahre, nachdem alle von hier fort sind, haben sie die Kirche abgerissen und die Steine weggefahren«, sagt er. »Wieder irgend so ein Regierungsprogramm, um die Menschen im Winter vorm Verhungern zu bewahren, als sie einmal nicht mehr genug Marken zum Ablecken hatten.«

Er deutet mit dem Kopf auf die Reihe von Grabsteinen: »Der Bau der Kirche hat die Menschen arm gemacht, da ist es nur gerecht, daß die Lebenden mit dem Abbruch ein paar Dollar verdienen. Außerdem wurde hier nur Unfug getrieben, die Jungen sind immer wieder an den Balken herumgeklettert und haben Steine durch die Fenster geschmissen.«

»In zivilisierten Ländern stehen alte Kirchen unter Schutz«, sagt Lav und zitiert:

»… denn welcher Tod wäre höher
als im ungleichen Kampfe zu fallen,
die Asche der Väter zu schützen,
seiner Götter Tempel vor allen?«

»Ich kann mir ein Dutzend besserer Möglichkeiten vorstellen!« knurrt Alf, kehrt ihr den Rücken und betritt den noch immer vollständig umzäunten Friedhof.

Es wird noch viel Zeit vergehen, bis sie erfährt, daß Alfs Zwillingsbruder sich in den bröckelnden Mauern der Ruine erhängt hat; eine Schlinge über das handgeschnitzte Kreuz geworfen, das fünfzig Jahre lang über der Gemeinde hing, und sprang. Sein Name war Mark – und er war siebzehn.

Er und Alf sollten am nächsten Tag nach St. John's fahren, für ihr zweites Jahr an der Universität. Er hätte nicht sterben sollen – eigentlich hätte gar nichts passieren dürfen. »Darauf verwette ich mein Leben – Mark wollte nur Mutter einen Schreck einjagen, weiter nichts – sich vielleicht den Knöchel verstauchen, damit sie ihn zu Hause bleiben ließ und fischen – er interessierte sich nicht fürs Studium«, wird Alf Jahre später Lav erklären.

Aber das Kreuz hielt wider Erwarten. Ein paar Jungen fanden Mark auf dem Heimweg vom Kap. Er hing immer noch am Querbalken, der, wie sich herausstellte, eben nicht aus Holz bestand, sondern aus einer langen Eisenstange, die so verrostet war, daß sie die gleiche Farbe wie die Holzbalken angenommen hatte.

Obwohl Lav noch nichts davon weiß, spürt sie, daß Alf tief verstimmt ist. Sie tritt neben ihn vor die niedrige Mauer mit den vier identischen Grabsteinen und entschuldigt sich: »Als ich klein war, wollte ich immer damit großtun, daß ich Gedichte aufsagen konnte – das hab ich mir noch nicht abgewöhnt«, sagt sie. »Außerdem bin ich noch immer über gestern nacht empört.«

Aber so leicht entgeht sie ihm nicht. »Wenn wir schon von der Asche unserer Väter reden – warum haben Sie ihn nie besucht, als er noch am Leben war?« fragt er, im gleichen kalten, streitsüchtigen Ton wie gestern.

Lav starrt ihm verständnislos ins Gesicht. »Mein Vater ist schon lange tot.«

Alf deutet auf einen der vier Marmorgrabsteine und liest laut vor:

Dem Andenken an David Albert Andrews
Geb. Cape Random 1924 – Gest. 1975
Denn ihrer ist das Himmelreich.

Eine Wolke scheint sich vor die Sonne zu schieben, sie fröstelt. »Das kann nicht der David sein, der mein Vater war – er starb viel früher – noch vor meiner Geburt!«

»Doch, doch, das ist schon Ihr Vater, er starb vor knapp vierzehn Jahren. Da ist auch seine Familie – Tante Cass und Onkel Ki neben ihm – und da drüben ist das Kreuz für seinen Bruder Cle.«

Lav setzt sich auf die Steinmauer. »Meine Mutter hat gesagt, er ist im Krieg gefallen. Umgekommen im Atlantik – bevor ich zur Welt kam.«

»Im Krieg war er schon – beide Brüder –, aber gefallen ist nur Cle.« Er zieht einen Flachmann heraus, aber Lav schüttelt den Kopf.

Alf tut einen langen Zug. »Wollen Sie damit sagen, Sie haben all die Jahre nicht gewußt, daß Ihr Vater noch lebt?«

Sie hat nicht die Kraft zu antworten. Sie versucht sich alles in Erinnerung zu rufen, was sie über ihren Vater weiß – viel ist es nicht, nur das, was sie damals an dem Abend in der Wohnung ihrer Mutter über ihn erfahren hat. Hatte Charlotte es nicht gewußt? Hatte sie es vergessen? Gestern hätte Lav nicht an eine solche Möglichkeit geglaubt. Heute weiß sie es besser.

»Vielleicht galt er als gefallen«, sagt sie.

»Er galt als vermißt. Aber dann tauchte er in irgendeinem Hospital in England auf.« Alf redet tonlos, unemotional. »Sechs Monate nach dem Untergang seines Schiffes war er wieder in St. John's – aber da waren Sie und Ihre Mutter schon weg.« Er sieht Lav an: »An Ihre Mutter kann ich mich erinnern.«

»Sie lebt noch – wieso auch nicht, sie ist doch erst ...« Lav wirft einen Blick auf das Geburtsdatum auf dem Grabstein, erkennt, daß das nicht zu dem Alter paßt, das ihr Vater damals angeblich hatte, und daß sie daher wahrscheinlich auch nicht weiß, wie alt ihre Mutter wirklich ist.

»Sie ist doch erst etwas über sechzig«, beendet sie ihren Satz unsicher und fügt hinzu: »Vor kurzem hat sie wieder geheiratet und lebt jetzt in Kalifornien.« Doch schon während sie das sagt, überkommt sie wieder Unsicherheit – vielleicht stimmt ja gar nichts von dem, was sie über Charlotte weiß oder zu wissen glaubt.

»Typisch.«

»Wieso?«

»Sie war eben diese Art von Frau – schon damals – wie eine Katze. Die, die immer nur das tun, was ihnen am angenehmsten ist. Die landen immer an Orten wie Kalifornien.«

Lav errät, daß seine Bitterkeit sich mehr auf eine andere Frau bezieht – auf seine verschwundene Frau vielleicht – als auf ihre Mutter. »Wie war denn sein späteres Leben?« fragt sie vorsichtig.

»Nicht allzu gut, würde ich sagen.« Alf überlegt. »Andererseits, wer kann das schon wissen? Vielleicht war er glücklicher als wir alle. Kommen Sie, holen wir unsere Sachen und gehen zurück zum Wagen, bevor's dunkel wird.«

Auf dem Weg zurück zur Mulde scheint er milder gestimmt und fängt wieder über ihren Vater zu reden an: »Wir haben natürlich alle gewußt, daß er vermißt war. Immer wenn so was passierte, gab's einen besonderen Gottesdienst, und es wurde gebetet – damals war ja schon eine ganze Reihe Männer von der Küste hier vermißt – die Asche ihrer Väter verteidigend, und die Tempel ihrer Götter drüben in England«, sagt er und wirft ihr von der Seite einen scharfen Blick zu.

»Und dann erfuhren wir, daß er in einem Krankenhaus in St. John's war. Monatelang blieb er dort. Tante Cass erzählte herum, er wäre im Sanatorium – irgendwas nicht in Ordnung mit seinen Lungen, erzählte sie. Aber das war es nicht.«

Alf schraubt den Flachmann auf und nimmt einen weiteren Schluck, bevor er mit der Geschichte fortfährt. »Im Spätherbst gingen Onkel Ki und Tante Cass dann nach St. John's und holten ihn. Ich war höchstens fünf oder sechs, aber schon in der Schule. Die Lehrerin führte uns zum Pier hinunter, und wir alle – es waren ungefähr ein Dutzend Kinder – stellten uns dort auf und schwenkten kleine Union Jacks. Dann fingen wir ein Lied zu singen an ›England steht auf ewig fest‹ oder so einen Blödsinn. Und dann sahen wir, was mit ihm los war.«

Oben am Kopf der Laufplanke stehend, sah David Andrews aus genau wie immer – ein großer rothaariger Seemann in der schmalen Matrosenjacke und den weiten Hosen. Aber dann setzte er sich stolpernd in Bewegung, verwickelte sich in den eigenen Beinen, zitterte vor Angst, mußte gestützt werden. Ewig hatte das gedauert. An Land konnten sie dann in seinem Gesicht erkennen, wie es um ihn stand. Fahnen und Lied waren vergessen, in schweigender Reihe standen die Kinder und schauten zu, wie der junge Mann von der Anlegestelle fortgeführt wurde, links und rechts gestützt von Vater und Mutter.

»Das Gesicht von Tante Cass war wie Stein, aber Onkel Ki rollten die Tränen übers Gesicht – das einzige Mal, daß ich einen erwachsenen Mann je weinen sah. Für sie war es wie das Ende der Welt – sie hatten nur zwei Söhne, und inzwischen wußten sie ja schon, daß Cle gefallen war.«

Unten in der Mulde stellt Alf fest, daß sie noch genug Zeit haben, daher macht er Feuer und bringt den Kessel wieder zum Kochen. Dann trinken sie Tee mit einem Schuß Whisky, und er erzählt Lav weiter von ihrem Vater.

»Ihr ganzes Leben haben sie für ihn gesorgt, Tante Cass und Onkel Ki. Nach ihrem Tod zog er zu Maud Stokes und ihrer Familie oben in Wesleyville – Maud war eine Vincent, die Schwester von Tante Cass. Mit Kindern konnte er gut umgehen – ich weiß noch, wie ich mit ihm unten an der Flutlinie Steine hüpfen ließ. Aber in ein Boot brachten sie ihn nie – da schnappte er vollkommen über, wenn sie ihn aufs Wasser bringen wollten. Dafür war er mit Holz sehr gut zu gebrauchen, versorgte den halben Ort mit Brennholz – und hat wunderbare Ruderpflöcke machen können.«

Alf überlegt, was er noch über ihren Vater sagen kann. Nach einigem Nachdenken fügt er hinzu: »Ihr Vater war ein guter Mensch, der keiner Menschenseele je etwas zuleide getan hat – nicht viele können das von sich behaupten.«

Auf dem Rückweg den Strand entlang und durch die grasüberwachsenen Dünen wechseln sie kein Wort.

Lav denkt an ihren Vater. An David Andrews, der all die Jahre hier gelebt hat – wie ein Kind – ein Armer im Geist. Und was bedeuten diese Worte? Konnte er sich an irgend etwas erinnern? An England? An den Krieg? An seine Frau? Konnte er lesen? Schreiben? Konnte er sich an seinen Brief erinnern?

Und sie denkt, wie merkwürdig es ist, daß Charlotte und David – ja, und auch sie selbst – daß sie alle drei so unverläßliche

Erinnerungen haben, Erinnerungen, die lügen, betrügen, auslöschen.

Zurückgekehrt auf den von Müll übersäten Parkplatz, packen sie alles in den Kofferraum ihres Wagens, bevor Alf das lange Schweigen bricht.

»Vielleicht war sein Leben gar nicht schlechter als das von uns allen. Die meisten Männer, die aus Übersee zurückkehrten, gingen bald wieder fort – landeten dann in einer Fabrik in Vancouver oder gruben Straßengraben in Toronto, bauten Schiffe oder Häuser – oder verkauften in St. John's Autos und Krawatten. Im Sommer kamen sie nach Haus, soffen und erzählten ihre Schauermärchen, und verstanden nicht, warum sie je von daheim fortgegangen waren.«

Lav ist nicht bereit, diese bequeme Ansicht zu akzeptieren. »Aber die hatten doch ein Leben – ein richtiges Leben – oder nicht?« Sie steigt in den Wagen und wirft die Tür zu, doch dann sagt sie sofort: »Tut mir leid!«, denn er war ja nett, viel netter, als sie das erwartet hätte.

»Von den Frauen gestern hat keine das erwähnt, von meinem Vater.«

»Warum auch. Sie wollten ihn eben für Sie so zurückrufen, wie er war, bevor er zum Militär ging – so, wie sie ihn ja alle in Erinnerung behalten haben.« Alf Andrews lehnt sich an seinen Pickup und starrt zurück aufs Kap. Sie hat das Gefühl, daß er ihr etwas sagen will, und hofft, daß er es nicht tut. Aber er sagt nur: »Warum kommen Sie nicht zu uns nach Haus zum Abendessen?«

Nein, sagt sie. Sie will jetzt mit niemand reden, will keine weiteren Fragen stellen, keine weiteren Geheimnisse erfahren. Zum ersten und vielleicht auch letzten Mal in ihrem Leben weiß Lavinia Andrews genug – mehr als genug.

17

Lav kehrt natürlich immer wieder zum Kap zurück, kommt und geht, kommt und geht – von Unentschlossenheit geplagt, die noch schlimmer wird im Dezember, als ihr Sohn zur Welt kommt.

In den ersten Lebensjahren dieses Kindes quält sich Lavinia immer noch gelegentlich mit Gedanken über ihre – und nun auch seine – Geschichtslosigkeit, fühlt sich manchmal im Traum von melancholischen Fischen gepeinigt, läßt sich immer noch manchmal ein in den Kampf gegen hängende Brüste, ergrauendes Haar und gegen die Tendenz, alles laufen zu lassen.

Aber diese Sorgen werden immer mehr in den Hintergrund gedrängt von der Notwendigkeit, ihren Lebensunterhalt zu verdienen, ein neues Leben zu gründen für sich und den Jungen, den sie nach reiflicher Überlegung schließlich David Saul genannt hat. Und sie erklärt allen anderen gewissenhaft, daß man ihn mit beiden Namen rufen muß.

Nach ihrem Ausbruch bei der Pressekonferenz sieht Lav Wayne Drover niemals wieder. Ihre Entlassung eines sonnigen Vormittags in einem teuren Restaurant in Ottawa aufs taktvollste ins Werk gesetzt, beendete jeglichen Kontakt mit ihren früheren Kollegen. Niemand meldete sich bei ihr außer Ian Farman, dessen Schuldgefühl bezüglich des Neufundland-Fiaskos ein paar sehr gute freiberufliche Projekte für sie zur Folge hatte.

Während eines ihrer Aufenthalte in Davisporte gelang es Ian sogar, ihr einen von der Bundesregierung finanzierten Job zuzuschieben – es ging um ein bizarres Projekt, wo bestimmte Arten von Plattfisch und Flunder zur Produktion eines Proteins herhalten sollten, das einem Frostschutzmittel ähnelte, und welches Körperorgane länger frisch halten sollte als alles, was es bisher gab. Ian teilte ihr telefonisch mit, daß der Brutplatz in Valleyfield einen Leiter für dieses Projekt benötigte. Lav, überqualifiziert, bekam den Job und richtete sich überglücklich in Davisporte ein.

Sie genoß den Winter, den sie mit Selina und Rachel Jane hier verbrachte. Die Arbeit war interessant, und Selina kümmerte sich sehr gern um das Baby. Lav lernte Brot backen, mit einem Schneemobil fahren und ein Kartenspiel, das sie Fünfundvierzig nannten.

Obwohl Alf im Haus seiner Mutter ein Zimmer hatte, einen dunklen Raum unter der langen Veranda, sahen ihn die Frauen fast nie. An dem Tag, an dem Lav mit dem Baby zurückkam, nickte er nur abwesend, schien sie kaum zu bemerken, als wären sie Fremde – als hätte es den Tag am Kap nie gegeben. In diesem Winter verbrachte er die meiste Zeit im Cat, kam spät nachts heim und war schon fort, wenn die Frauen aufstanden. Als Lav Rachel Jane fragte, was Alf eigentlich den ganzen Tag tat, antwortete das Mädchen: »Trinken und Vorträge halten!«

Rachel Jane hatte erst kürzlich einen Gebrauchtwagen gekauft und erklärte, die Arbeit im Motel hinge ihr zum Hals heraus und sie wolle fort. »Wenn Vater nicht aufhört, sich mit allen wegen der Fischerei anzulegen, dann haben wir sowieso bald keine Kunden mehr«, sagte sie zu Lav und Selina.

Rachel Jane war ständig hinter Alf her, er möge doch das Cat mit Live-Musik und einem ordentlichen Dancefloor ausstatten. »Dann würdest du nicht mehr soviel reden, wir könnten die jungen Leute reinbekommen, und das Ganze hätte mehr Leben. Bands gibt es hier genug – einer, mit dem ich im College war, der ist jetzt Drummer in Gander, hat seine eigene Band, ›The Spiked Pig‹«, hörte Lav sie eines Tages zu ihrem Vater sagen.

Alf, mit einer Kaffeetasse in der Hand ans Küchenfenster gelehnt – nie setzt er sich zum Essen hin –, hatte an Rachel Jane vorbei Lav angeblickt:

»Ach, nimm das Bargeld, verzichte auf den Ruhm,
und scher dich nicht ums Schlagen ferner Trommeln!«

hatte er gesagt und dabei tatsächlich gelächelt.

Nach diesem Eingeständnis, daß auch er sich an den Tag am Kap erinnerte, warfen sie einander öfter Gedichtzeilen an den Kopf und wetteiferten darum, wem mehr einfiel.

Leider mußte der Brutplatz nach drei Monaten wieder zusperren. Eine Chemiefirma in Massachusetts bestritt das Recht der kanadischen Regierung, Forschungen für ein Produkt zu subventionieren, das dem ihren Konkurrenz bieten würde. Der Job war zu Ende, und im April gingen Lav und David Saul zurück nach Ottawa.

In Ottawa kann Lav immer Arbeit finden. Ohne jede Hemmung spricht sie bei Leuten vor, die ihr Gefälligkeiten schulden, bekommt einen Halbtagsjob in der Kunstgalerie, wo sie früher einmal ehrenamtlich tätig war, und Vertragsarbeiten in Universitätslabors. Manchmal lebt sie in dem Haus, das noch immer ihr und Philip gemeinsam gehört, manchmal vermietet sie es, läßt sich von Philips Anwalt finanziell beraten, nimmt dankbar die Babysachen an, die ihre Mutter schickt, und entwickelt eine Freundschaft mit Zinnie, Philips früherer Frau, die die Umweltbewegung zugunsten einer soliden Beamtenstelle aufgegeben hat.

Da ihre eigenen Kinder ihr endlose Sorgen bereitet haben, hält Zinnie Lav für verrückt, aber sehr tapfer, ein Kind in die Welt zu setzen.

»Mit einer Katze wärst du besser dran«, erklärt sie Lav in der Nacht von David Sauls Geburt.

Laut Zinnie ist die Menschheit dabei, sich selbst umzubringen. »Nicht die Welt ist in Gefahr – nur die Menschheit. Die Welt wird ohne uns bestens zurechtkommen«, erklärt sie, als Lav ihr einmal erzählt, was damals mit der Forschungsarbeit für *Oceans 2000* passiert ist.

Ihrer düsteren Philosophie zum Trotz hat Zinnie einen fröhlichen Charakter. Lavs Brüten geht ihr auf die Nerven, sie hält so was nicht nur für langweilig, sondern auch für unhöflich. Die beiden Frauen gehen jetzt öfter an Sonntagnachmittagen gemeinsam in den Gatineau Hills wandern und schleppen abwechselnd David Saul in der Rückentrage. Nach einem Tag in den Bergen kehren sie in Zinnies zerbröckelndes Haus zurück, wo immer das eine oder andere ihrer Kinder sich gerade von einer emotionalen oder finanziellen Krise erholt, und bereiten sich aus dem, was gerade im Haus ist, irgendeine Mahlzeit. Lav mag Zinnies Kinder.

»Weil du nicht mit ihnen leben mußt«, sagt Zinnie, nimmt aber begeistert den Tanten-Status ehrenhalber für David Saul an – unter der Bedingung, daß sie die Ehre zurückgeben darf, sobald er ein Teenager ist.

Lav findet Ottawa lauter, schneller als in der Erinnerung. Die Luft in Ottawa riecht nach Chemikalien, das Wasser schmeckt nach Reinigungsmitteln. Alles ist zu perfekt, auf Hochglanz poliert – deprimierend.

Nur Zinnie und ihr Haus machen ihr den Ort erträglich – aber dann verläßt Zinnie Ottawa und geht ins nördliche Ontario, um in einem Kleinstadt-College zu unterrichten, und Lav bekommt immer mehr Sehnsucht nach dem Kap.

Da sie die Zeitungen in Ontario stets nach Erwähnungen von Neufundland durchstöbert, fällt ihr auf, daß Kabeljau, oder vielmehr die Abwesenheit von Kabeljau, immer häufiger in den Schlagzeilen auftaucht. Innerhalb von drei Wochen sieht sie, wie die Schätzungen, die das DFO zur Laich-Biomasse des nördlichen Kabeljaus veröffentlicht, von gut 100 000 Tonnen auf Null sinken. Schadensbegrenzung, denkt Lav, irgend jemand im Department will seinen Arsch retten. Höchstwahrscheinlich wird man Experten einfliegen.

Sie überlegt, ob sie Ian Farman anrufen und nach Möglichkeiten für einen Consulting-Job in Neufundland fragen soll. Statt dessen ruft sie Selina Andrews an, die Lavs unentschlossenes Hin und Her zwischen Ontario und Neufundland mit Mißfallen betrachtet.

»Du solltest wirklich endlich heimkommen«, rät Selina. »Manche gibt's, wie meine Vicky, die gehen fort von daheim und denken nie wieder dran – haben einfach kein Gefühl dafür. Aber es gibt auch die anderen – wie du und Rachel Jane –, die werden nur hier glücklich und sonst nirgends.«

Eine Woche lang quält sich Lav. Ottawa, denkt sie, ist wie ein Zimmer ohne Fenster – sicher und geborgen wie eine Katakombe. Eine Zukunft kann sie sich hier nicht vorstellen. Aber es gibt Wellenbewegungen im Leben der Menschen, Strömungen – und jetzt nach Neufundland ziehen, das wäre doch sicher gegen die Strömung schwimmen, in die falsche Richtung ziehen. Und wie soll sie in einem derart hinterwäldlerischen Ort wie Davisporte überhaupt leben? Was mit ihrer Zeit anfangen? Wovon sich und ihren Sohn ernähren?

Schließlich und endlich beauftragt sie Nat Hornsby, das Haus in Ottawa zu verkaufen. Dann erwirbt sie einen Kombi und verfrachtet da hinein ihren Sohn, ihre Katze – Zinnies Abschiedsgeschenk – und ihre Besitztümer. Und dann fahren sie nach Neufundland.

Lav und David Saul treffen am Tag vor einer weiteren bedeutenden Ankündigung von Timothy Drew in Davisporte ein. Beinahe das erste, was Selina sagt, ist: »Jetzt haben wir Juli, und Ned weiß noch immer nicht, wieviel Kabeljau er und die Jungen fangen dürfen – zitternd warten wir darauf, was dieser Mann sagen wird«, erklärt sie Lav.

Nachdem sie David Saul geküßt und so fest umarmt hat, daß er sich losreißt und in den Garten davonsaust, schenkt sie Tee ein.

»Neufundland ist kein Ort, um Kinder großzuziehen – keine Zukunft mehr. Ich hätte dich nicht überreden sollen, herzuziehen«, sagt Selina, stellt die Teekanne grimmig auf den Tisch und setzt sich Lav gegenüber.

Doch als sie David Saul zusehen, wie er begeistert in der Regenpfütze herumhüpft, die sich in der vermoosten Ecke von Selinas Hof immer bildet, da scheint ihnen diese Bemerkung so sinnlos, daß die beiden Frauen einander ansehen und lachen müssen.

»Es war nicht deinetwegen – ich wollte selber kommen«, sagt Lav und weiß, daß das wahr ist.

»Die Sorge um Ned und seine Leute macht mich krank, Mädchen. Er hat doch diesen riesigen Kredit, damit er sein Boot mit Fiberglas beziehen konnte. Kann mir nicht vorstellen, daß er auch nur die Zinsen aufbringt – letztes Jahr war's schlechter als das Jahr davor, und dieses Jahr haben sie noch gar nichts gefangen.«

Laut Selina wird die Küste seit Monaten von apokalyptischen Prophezeiungen erschüttert: Fernsehkommentatoren, Talkshow-Gastgeber und Regierungsexperten raten zu drastischer Reduzierung der Fangquoten, man hört haarsträubende Geschichten von

Fischern, die noch vor zwei Jahren 675 000 Pfund Kabeljau gefangen haben und dieses Jahr im ganzen erst vier Stück Fisch.

»Und trotzdem kaufen die Leute überall an der Küste neue Ausrüstung, reparieren ihre Boote – bereiten sich auf die Sommerfangsaison vor wie jedes Jahr. Was sollen sie denn sonst tun?«

»Nichts«, antwortet Lav, obwohl sie weiß, die Frage ist rhetorisch. Sie klopft ans Fenster, doch David Saul beachtet sie nicht. Er sitzt in der Hocke, die Hände auf den Knien, die Augen geschlossen, angespannt, bereit, aus der seichten Pfütze himmelwärts zu springen. »Er ist naß bis auf die Haut – ich sollte ihn hereinholen.«

Selina nickt, aber keine der beiden Frauen rührt sich. Sie sind selber wie verzaubert von der Freude des Kleinen, von seinem runden koboldhaften Gesichtchen, von dem Regenbogen aus Gischt und Licht, der ihn jedesmal umgibt, wenn er mit seinen Gummistiefelchen in das leuchtend grüne Wasser platscht.

»Aber ich freu mich ja doch, daß ihr beide hier seid«, sagt Selina und tätschelt über den Tisch Lavs Hand. »Und wer weiß – die Kerle in St. John's wollen uns ja immer wieder einreden, daß sich alles einrenkt. Ned sagt, letzte Woche hat unsere Regierung ausländischen Trawlern eine Fangquote von 100 000 Tonnen Kabeljau innerhalb unserer 200-Meilen-Zone genehmigt – das würden sie doch nicht tun, wenn sie hier Schluß machen wollten, oder?«

Selina weiß, daß Lav früher einmal Verbindungen zum Fischereiministerium hatte, und erwartet daher von ihr Beruhigung, die Lav ihr nicht geben kann. Sie schweigen, sind froh, daß sie beieinander sind, genießen den Tee und den Anblick des glücklichen kleinen Jungen.

Das Cat, sonst nur von ein paar Stammgästen besucht, ist am nächsten Abend gesteckt voll. Heute sind auch Leute da, die sonst keinen Fuß hereinsetzen: Frank Parsons, der Schuldirektor, Levi Vincent, Laienprediger in der Kirche, Connie Fifield, die Sozialarbeiterin, und zwei Krankenschwestern aus der Klinik – fast ganz Davisporte. Alle starren auf die große Leinwand und warten auf die Ansprache von Timothy Drew.

Doris, Neds Frau, kommt, nachdem das Programm schon begonnen hat. Sie sieht aus, als hätte sie geweint, läßt sich in den

Stuhl fallen, den Alf gerade geräumt hat, und flüstert: »Ich hätt nicht fortgehen sollen – aber zu mehreren heult sich's leichter, und die älteren Jungen werden schon auf Stevie aufpassen.«

Irgend jemand sagt »Pssst!«, als die üblichen Szenen über die Leinwand flimmern: die neufundländische und die kanadische Flagge über Regierungsgebäuden; Netze, übervoll mit Kabeljau, werden in Boote gezogen, die unter dem gewaltigen Gewicht zu sinken drohen. Dann kommt Timothy Drew – lächelnd, gewandt, den Fernsehkameras auf seinem Weg durch den Flughafen von Torbay zunickend.

Lav erhascht einen Blick auf Wayne Drover im Hintergrund und verliert ihn wieder in dem Durcheinander einer Art Protestdemonstration vor dem Flughafen. Die Kamera zögert, schwenkt zurück zum Minister, bevor Lav hört, was die Leute schreien, oder ihre Slogans lesen kann. Lächelnd stellt sie sich vor, wie Wayne sich anstrengt, seine Mutter, oder vielleicht Mark Rodway, aus dem Blickfeld der Kameras zu drängen.

Doris sieht ihr Lächeln. »Muß schwer zu verstehen sein für jemanden von auswärts, warum wir uns alle so aufregen«, sagt sie.

Lav schüttelt den Kopf. Ihr ist klar, daß Neds Frau völlig aus dem Häuschen ist, sie weiß aber auch nicht, wie sie sie beruhigen könnte.

Selina hat Lav erzählt, daß Ned vor sechs Jahren, als ihr Ältester mit der Schule fertig war, ein größeres Boot gebaut und dessen Ausstattung seither laufend verbessert hat. Jetzt fischen sowohl Cleary wie auch John mit ihrem Vater, aber Cleary redet schon von einem eigenen Boot, was Doris ihm ausreden will, denn, so sagt sie, sie und Ned hätten ohnehin schon eine halbe Million Dollar Schulden, und das sei genug für eine einzige Familie.

Ned gehört zu der Gruppe Männer, die heute morgen um sechs nach St. John's aufgebrochen sind und geschworen haben, den Fischereiminister zu stellen. Lav waren die Männer ganz unschuldig vorgekommen, in allerbester Ausflugslaune, wie Kinder, als sie sich mit Sandwichpaketen und Coladosen in den Kleinbus quetschten.

»Was immer der alte Esel zu sagen hat, das soll er uns ins Gesicht sagen!« rief Ned. Aber Bruce Blackwood, der Besitzer des

Minibusses, hatte den Frauen versprochen, daß sie keinerlei Gewalt anwenden würden.

Im Cat herrscht vollkommene Stille. Frauen und Männer sitzen vorgeneigt, die Gesichter dem Riesenbildschirm zugewandt, als Timothy Drew, verbarrikadiert hinter einem Wald von Mikrofonen, die Tage der Kabeljau-Fischerei für beendet erklärt. Er ordnet an, daß bis morgen um Mitternacht sämtliche Fischernetze und -geräte aus dem Wasser zu entfernen seien – während gleichzeitig erboste Fischer in den Raum im Plaza eindringen wollen, man hört Fäuste trommeln, Türen schlagen, sieht Sicherheitsbeamte den Minister umdrängen.

Ein Stöhnen geht durch das Cat, als plötzlich Bruce Blackwood den Bildschirm ausfüllt, einen Stuhl gegen die verriegelte Tür schwingend. Eine Frau beginnt zu weinen, ein Mann sagt leise »Jesus! Jesus!« Polizisten eilen durch die Hotelhalle, umstellen die Fischer, packen sie an den Armen, drücken ihnen die Schlagstöcke gegen den Hals, drängen sie ab von der Tür, hinter welcher der Minister sich völlig ungerührt die Krawatte richtet und den Reportern erklärt, so leicht sei er nicht einzuschüchtern.

»Wir sind ruiniert«, sagt Doris. »Ned ist fünfundvierzig – er fischt seit dreißig Jahren. Von April bis November jeden Tag um vier Uhr auf – was soll er tun, wenn er nicht mehr aufs Wasser kann?« Sie weint, hält sich am Tischrand fest, versucht sich zu beherrschen. Alf bringt ihr einen Drink, aber sie schüttelt den Kopf, zieht sich hoch und geht.

Niemand rührt sich oder spricht. Sogar als Alf den Fernseher abdreht, starren sie immer noch auf den leeren Bildschirm, als erwarteten sie eine Botschaft – daß vielleicht Gott ihnen sagt, was sie tun sollen.

»Diese Runde geht auf mich«, sagt Alf, geht im Raum herum und verteilt Bierflaschen.

Levi Vincent stellt seine Flasche aufs Tablett zurück. »Für mich nicht, Alter – nicht heute abend«, sagte er, steht auf und geht quer durch den Raum zur großen Karte von Neufundland.

Dort beugt er sich nah an die Karte, groß und schlaksig. Alle sehen ihm zu.

Dann fängt er an, im gleichen Ton wie bei einer Lesung in der Kirche, eine Litanei von ertrunkenen Männern und untergegangenen Schiffen aufzusagen: »Die *Flora May*, gesunken vor Cape Chidley, mit Samuel Gill, Charlie Fifield, David Gill und Oram Pond. Die *Watersprite*, im Wasser verbrannt, die gesamte Besatzung verloren. Die *Challenge*, vor Labrador mit 300 Doppelzentnern Leichtpökelfisch gesunken, Mannschaft dito. Die *Seepferd*, auf Grund gegangen mit Eli Vincent, Alfred Kean, Job Parsons und drei Blackwoods. Die *Netty Tizzard*, im Sturm vor Cape St. Francis auseinandergebrochen, ertrunken sind Ephraim Green, Stanley Andrews, Matt Gullage und Joshua Burry. Die *Florizel*, gesunken nördlich von Cappahayden mit 94 Männern, Frauen und Kindern, darunter Bill Walters, Edward Greening, Clarence Moulton, George Crocker ...«

Levi hört nicht auf, betet jeden Mann und jedes Schiff herunter, an die er sich erinnern kann. Hunderte. Schiffe, die schon seit hundert Jahren am Meeresgrund liegen, Schiffe, die er nur aus Erzählungen von Vater und Großvater kennt. Er hat keine besondere Reihenfolge, ruft die Namen jener auf, die vor sieben Jahren ertranken, als die *Blue Pathway* im Eis gefangen wurde und kenterte, vor denen, die auf der *Caribou* untergingen, und die Mannschaft der *Ocean Ranger* vor den Seehundsfängern in der Neufundland-Katastrophe.

Es sind so viele: Väter, Onkel, Cousins, Brüder oder Söhne der Menschen, die hier im Raum sitzen. Selbst Lav erkennt einige Namen. Und sie fragt sich, warum keiner alle diese Namen je auf ein Denkmal geschrieben hat, sie in einen Block aus schwarzem Marmor gemeißelt oder in einen Fels gehauen hat in diesem Land der Felsen.

Lav möchte gehen, sehnt sich fort aus diesem stickigen Raum, aus dieser Untergangsatmosphäre, spürt aber, daß sie bleiben muß, sitzen bleiben muß bei diesen schweigenden, unglücklichen Menschen, die jetzt dem nicht enden wollenden Aufruf der Ertrunkenen lauschen: »... Jim Fisher, George Tuff, Mike Holloway, Isaac Norris ...«

Schließlich hält sie es aber nicht mehr aus und stürzt hinaus in den Nieselregen, bleibt auf dem verschlammten Parkplatz stehen und holt tief Luft und fragt sich, wo sie wohl ihren Wagen gelassen hat.

»Wer freiwillig an einen solchen Ort zieht, muß verrückt sein!« hatte ihre Mutter gesagt, und ihre Mutter hatte recht gehabt.

Am nächsten Morgen um sieben Uhr tritt Alf ins Haus, nüchtern wie ein Gerichtsvollzieher, denn wenn er es am meisten möchte, kann er sich am wenigsten betrinken. Lav sitzt mit Selina und David Saul beim Frühstück. Sie war die ganze Nacht auf und hat alle ihre Sachen eingepackt, ausgepackt, wieder eingepackt. Vier Koffer stehen in Reih und Glied neben dem Küchensofa.

Alf lehnt mit dem Rücken an der Tür, starrt zuerst die Koffer an, dann den Jungen und zuletzt Lav. »So«, sagt er, »›noch ist es Zeit, sich eine neuere Welt zu suchen‹ – das glaubst du ja wahrscheinlich – glaubst, wenn du schnell genug und weit genug läufst, dann kommst du in die Gefilde der Seligen? Nach Ontario vielleicht – oder nach Kalifornien?«

Lav schüttelt den Kopf, sie weiß, daß es keine Gefilde der Seligen gibt, will es aber nicht zugeben. Am liebsten würde sie seine Hand nehmen, ihn zu seinem unterirdischen Lager führen, mit ihm schlafen, im Bett liegenbleiben und vergessen: Arbeit, Fisch, alles Suchen und sich Quälen.

Die Zeit steht still, nichts in der Küche bewegt sich, das Schweigen scheint nie mehr zu enden.

Lav zermartert sich das Hirn nach einem passenden Zitat, aber das einzige, was ihr einfällt, ist: »Da sie Frau ist, mag man um sie werben – da sie Lavinia ist, muß man sie lieben!« Aber jene Lavinia wurde nicht umworben, sondern vergewaltigt – die Hände wurden ihr abgehackt, die Zunge abgeschnitten. Lav schaudert, denkt an den Dichter und an Gewalt, und hätte gern gewußt, wer der ersten Lavinia Andrews ihren Namen gab.

Endlich stößt sich Alf von der Tür ab. »Die Männer befolgen Drews Anordnung und holen ihre Kabeljaufallen ein. Ich geh runter zuschauen – ihr drei solltet mitkommen – der Junge ganz besonders. Das ist Geschichte – das wird er seinen Enkelkindern erzählen können – der Tag, an dem das große Moratorium begann, der Tag, als Neufundländer keine Fischer mehr sein durften.«

David Saul ist zwar noch keine vier, aber eine Einladung versteht er immer, er fängt sofort an, sich aus seinem Stuhl zu winden, doch Lav schiebt ihn wieder hinein.

Selina schüttelt den Kopf. »Nein danke – ich hab nicht das Herz dafür – solltest du auch nicht haben. Setz dich lieber zu uns, zu einer guten Tasse Kaffee und einem anständigen Frühstück.«

Doch bevor seine Mutter ausgeredet hat, ist Alf schon fort, leise hat er die Tür hinter sich geschlossen und Lav und David Saul nicht einmal auf Wiedersehen gesagt.

Selina tunkt ein Stück Toast in ihr Ei und steckt es dem Kind in den Mund. Ohne Lav anzusehen, sagt sie: »Weißt du, er war nicht immer so.«

»Wie war er denn?« Lav hat das Gefühl, daß Selina ihre Gedanken gelesen, ihren plötzlichen Wunsch, mit Alf ins Bett zu gehen, erkannt hat.

»Er war ein guter Junge – ein bißchen schlampig, aber er hat immer gut gelernt. Als er und Shirley geheiratet haben, da war ich sicher, daß das gutgehen würde.«

Durch vorsichtige Fragen bekommt Lav heraus, daß Alfs Frau ganz unbegreiflicherweise – denn sie hatte keinen Verwandten an Bord des Bohrschiffs – nach dem Untergang der *Ocean Ranger* in eine schwere Depression fiel. Und wenige Monate nach der Katastrophe verließ sie Davisporte und nahm Rachel Jane mit. Eine Erklärung bekam die Familie nie, auch nicht, als das Kind ein Jahr später wieder heimgeschickt wurde.

»Shirley war eine Coish, von den Leuten unten in Happy Adventure«, fährt Selina fort. Sie hat David Saul auf den Schoß genommen und spielt mit ihm Hoppe, hoppe, Reiter. »... fällt er in den Graben, fressen ihn die Raben ...«, singt sie. »Zu einer weiteren Tasse Tee würde ich nicht nein sagen«, erklärt sie Lav.

Lav schenkt Selina Tee ein und überlegt, wie sehr sich ihr Verhältnis zu der älteren Frau seit ihrer ersten Begegnung verändert hat. Bei jedem Besuch hat Lav immer mehr und mehr Hausarbeit übernommen, während Selina immer mehr Zeit woanders verbringt oder mit David Saul spielt.

Es ist an der Zeit, daß David Saul und ich etwas Eigenes finden, denkt Lav. Dann ertappt sie sich bei der Vorstellung, das alte Haus nebenan zum Wohnen herzurichten, und erkennt, daß sie Davisporte nicht verlassen wird.

Hat sie es denn je wirklich gewollt? Was ist sie eigentlich überhaupt für ein Mensch? Eine erwachsene Frau, eine Mutter, die selbst nicht weiß, was sie will – ihre Mutter hatte nie gezögert, hatte immer gewußt, was sie wollte, und es auch bekommen. Der Vergleich mit Charlotte deprimiert sie, so wie immer.

»Alfs Frau war also Shirley Coish?« fragt sie – nicht nur, um Selina zur Erzählung zurückzuführen, sondern auch, um dem Zwang zur Selbsterkenntnis zu entgehen.

»Das stimmt, sie und Alf waren zusammen an der Memorial-Universität – von der Coish-Familie haben alle studiert. Die sind alle leicht überdreht, das war schon immer so. Gute Menschen – viele Gebildete in der Familie – aber überdreht.« Lav ist mit Selinas Erzählweise bereits vertraut und kann sich vorstellen, was sie mit Überdrehtheit meint.

Nachdem sie eine Minute lang nachgedacht hat, schiebt Selina diese Ablenkungen beiseite: »Aber trotzdem leuchtet mir nicht ein, daß sie so fortgegangen ist, ohne ein Wort zu irgendwem – nicht mal zu ihrer eigenen Mutter! Was ich damals glaubte und auch heute noch glaube –« sagt sie und senkt die Stimme, geht durch die Küche und schaut in den Gang, ob auch Rachel Janes Schlafzimmertür noch zu ist.

»Ich glaube, Shirley hat Vern Soper geliebt«, sagt Selina, an den Tisch zurückgekehrt, wo sie mit abwesendem Blick die geblümte Tischdecke mit ihren Händen glättet, das Leben so erinnernd, ordnend, daß es zur Geschichte wird.

»Manchmal hab ich sie gesehen, in den Ferien, wenn er von der Handelsschule heimkam, und später, als er Schichtarbeit auf dem Bohrschiff tat. Da sind sie immer am Strand spazierengegangen. Damals hab ich mir nie was gedacht dabei. Vern hat Gitarre gespielt und Rachel Jane Gitarrespielen beigebracht. Die war auch immer mit dabei – trottete immer hinterher, ich hab sie damit aufgezogen, daß sie bestimmt in ihn verschossen wäre.«

Das ist die Art von Geschichte, die Lav immer gern gehört hat. Sie streicht Erdnußbutter auf David Sauls Toast und lauscht den endlosen Erzählungsfäden, die sich in alle Richtungen ausbreiten.

Shirley hatte Verwandte hier in Davisporte. Ihr Bruder hatte Alf vorgeworfen – unfairerweise, sagte Selina –, Shirley schlecht zu behandeln. Auch Vern Soper hatte Verwandte und eine Freundin – eine Freundin, mit der er sogar verlobt war. Und die Freundin bekam später auch ein Kind, ein kleines Mädchen, das von Verns Mutter aufgezogen wurde. Das Mädchen kam vier Monate nach dem Untergang der *Ocean Ranger* zur Welt. Und noch in derselben Woche gingen Shirley und Rachel Jane fort, neue Adresse unbekannt.

»Neue Adresse unbekannt«, seufzt Selina und wiederholt den Ausdruck, »das muß die Daueradresse aller Neufundländer sein.«

Shirley ist nie wieder zurückgekommen, aber Rachel Jane fährt hin und her, seit sie vierzehn war.

»Hat er da zu trinken angefangen, als seine Frau ihn verließ?« fragt Lav. Sie weiß – und fragt sich, ob Selina es auch weiß –, daß eines nicht mehr allzu fernen Tages sie und Alf miteinander schlafen werden. Es ist nur eine Frage der Zeit, aber seit dem Tag am Kap denkt sie daran.

Selina äußert sich nicht definitiv zu dem Ursprung der Trinkgewohnheiten ihres Sohnes. »Es wurde schlimmer – ich glaube, es wurde schlimmer, als Shirley ging«, erklärt sie. In ihren sämtlichen Geschichten, sämtlichen Erklärungen der Familienbeziehungen hat sie noch kein Wort über Alfs Zwillingsbruder verloren, den, der sich erhängt hat.

»Ich nehme an, ich sollte dankbar sein – hab zwei Söhne hier bei mir in Davisporte, kann meine Enkel aufwachsen sehen. Rachel Jane redet davon, daß sie wieder fortgeht. Ich hab Hochwürden Dawe gebeten, mit dem armen übergeschnappten Kind zu reden, aber auf den hat sie ja noch nie gehört – Sängerin will sie werden! Ihre eigene Fernsehshow möchte sie haben! Aber Rachel Jane wird immer wieder heimkommen – Nan wußte das, deshalb hat sie ihr auch die Brosche vererbt. Rachel Jane ist wie du, niemals glücklich woanders.«

Selina hält inne, blickt von den Koffern zu Lav: »Warum räumst du das Zeug nicht wieder weg? Ich wasche David Saul, dann könnten wir mal rübergehen und sehen, wie Doris zurechtkommt.«

Zwei Wochen später fährt Rachel Jane ab, in ihrem Fünfhundert-Dollar-Wagen, auf dessen rostige Türen sie amateurhaft die Worte ›Cod Peace‹ gekritzelt hat.

»Bis Weihnachten kommt sie zurück – denk an meine Worte«, sagt Selina, als Rachel Jane abfährt, begleitet von drei ziemlich verrufenen Freundinnen, ihrer Gitarre und Gepäck, das mit grellbunten Bungee-Seilen am Dachgepäckträger festgezurrt ist. Aus dem Fenster des abfahrenden Autos ruft sie ihnen das Versprechen zu, sofort nach ihrer Ankunft in Toronto anzurufen.

Als sie zum Haus zurückgehen, macht Selina Lav den Vorschlag, sie könnte doch im Motel aushelfen: »Wo Rachel Jane jetzt fort ist, haben sie zu wenig Leute, dabei mehr Kundschaft als seit Jahren.«

Das stimmt. Es ist ganz unerwartet und erstaunlich, doch das Cat ist jeden Abend voll. Zwar ist der Fisch verschwunden, dafür überschwemmen aber Beamte, Experten aller Arten, Sozialwissenschaftler und Journalisten jetzt die Küste. Jedermann in Davisporte betrachtet mit aufgerissenen Augen den Zustrom dieser bizarren Gestalten – Leute, die endlose, zudringliche Fragen stellen, Leute, die nicht genau erklären können, wovon sie eigentlich leben, aber offenbar eine Menge Geld zum Ausgeben haben.

Zuerst scheut sich Lav, diesen Leuten zu begegnen. Was ist, wenn frühere Kollegen dabei sind? Oder Wayne Drover und seine Strahlemänner hereinspazieren und Dr. Andrews hinter der Bar stehen sehen?

Doch schließlich siegt die Neugier, und sie beginnt, zwei Tage pro Woche im Cat zu arbeiten und die Reporter und die Uni-Menschen zu belauschen. Sie hört zu, wie sie Arrangements treffen, Boote zu mieten, Fotos von arbeitslosen Fischern zu schießen, die aufs Meer starren, und Teenager über ihre Zukunftsvorstellungen zu interviewen. Als sie hört, wie einer erklärt, er möchte entlassenen Fischereiarbeitern in einer Reihe von Workshops beibringen, wie man eine eigene Firma gründet, und ein anderer Doris fragt, ob in ihrer Familie die Gewalttätigkeit gestiegen sei – da wird Lav wütend.

Aber: »Der Reiz des Neuen wird bald vorbei sein – bis zum ersten Schnee sind die alle weg«, versichert ihr Alf. Mittlerweile hat er sich ein Faxgerät gekauft, und zum ersten Mal seit Jahren wird im Cat wieder Frühstück serviert.

Aber er hat recht. Als erste spüren die Medienmenschen, daß diese Geschichte im Sande verläuft, und empfehlen sich. Und als die Tage kürzer werden, bekommen die Beamten Sehnsucht nach ihren Büros, die Uni-Menschen nach ihren Hörsälen. Schon im Oktober ist das Fax tot, und in ganz Davisporte ist kein einziger Experte mehr zu sehen.

Im November lassen die Banken auf den Besitz von sieben Fischern den Kuckuck kleben. Neds Haus, Wagen und Boot werden versiegelt. Ned, Doris und ihre drei Söhne beschließen, nach British Columbia zu gehen, wo ein Cousin von Doris Fischer ist. Sie packen alles, was sie vor der Versiegelung des Hauses an Hab und Gut noch retten konnten, in Lavs Kombi. Der Cousin sagt, daß auch in B. C. die gebratenen Tauben nicht vom Himmel fallen, aber zumindest für Cleary, den ältesten Jungen, hat er auf seinem Boot einen Platz.

Ned ist bis zuletzt guter Dinge, noch immer vertritt er gegenüber Alf den Standpunkt, er habe das einzig Richtige getan. »Ich hatte doch keine Wahl – hätte ich mit der Rute angeln und dabei verhungern sollen? Ich muß zugeben, vor dem Treffen mit dem Bankmanager hatte ich die Hosen voll, aber der war sehr anständig – hat gesagt, er versteht das, in den dreißiger Jahren ist seine eigene Familie auch bankrott gegangen. Na, das Ärgste haben wir hinter uns.«

Er küßt Selina und versichert ihr, daß sie es schon schaffen werden. »Schau, Mutter, ich hab mein Leben lang Boote gebaut, mein eigenes Haus gebaut, Installationen, Elektrizität, alles – da muß sich doch eine Arbeit finden, mit der ich meine Familie ernähren kann.« Ned lehnt die Rolle Banknoten ab, die Alf ihm in die Tasche schieben will, und steigt ins Auto. »Also, Kopf hoch – danke, daß du uns deinen Wagen gibst – wir kommen mit einem Cadillac zurück, wenn unser Schiff einläuft«, sagt er und zwinkert Lav zu.

»Alles ist besser, als hierzubleiben und als Bettler zu leben«, sagt Doris und umarmt ihre Schwiegermutter, und beide weinen.

Der kleine Stevie verkündet, daß er nicht mitfährt, daß er hier bei Nan und David Saul bleiben will.

Ein paar Minuten überlegen sie, Selina erklärt, sie würde den Jungen gern hierbehalten, wenigstens bis zum Ende des Schuljahrs!

Aber das kommt für Ned nicht in Frage. »Wir sind eine Familie«, sagt er, »und wir gehören zusammen.«

Schließlich fahren sie ab, und halb Davisporte winkt ihnen nach, bis der bis oben vollgepackte Wagen außer Sicht ist.

Dieser Abschied hat Selina erschüttert. Für sie ist das etwas ganz anderes als Rachel Janes Abreise. »Die sind für immer fort«, sagt sie, »die kommen nicht zurück – nie wieder.«

»Ohne dich und David Saul würd ich den Verstand verlieren!« erklärt sie Lav und schlägt ihr ein paar Tage später vor, sie möge doch, als Ersatz für ihren Kombi, das alte Haus in Besitz nehmen. »Du hast doch ein Auge auf das Haus geworfen, seit du das erste Mal hier warst. Abgesehen davon hast du genauso viel Anrecht drauf wie sonst wer.«

Später unterzeichnet Selina ein Stück Papier, an dessen legale Gültigkeit Lav nicht recht glauben kann, auf dem steht, daß das alte Haus jetzt ihr gehört. Aber sie und ihr Sohn ziehen nie dort ein, sie bleiben bei Selina in ihrem zweigeschossigen Bungalow, eine provisorische Einrichtung, die über die Jahre zur dauernden wird.

Anfangs benutzt Lav das alte Haus, wenn sie allein sein will, das Journal lesen, über ihr Leben nachdenken, zu einem Entschluß kommen, ob sie bleiben oder gehen soll. Aber schneller, schneller als sie es je für möglich gehalten hätte, drängen sich andere Interessen, andere Beschäftigungen in den Vordergrund. Sie hört auf, von Lachs zu träumen, vergißt das Brüten und läßt ihr Haar vollkommen grau werden.

Lav hatte nicht erwartet, daß das Mutterdasein sie besonders glücklich machen würde, und wirklich hat David Saul als Baby sie auch eher gelangweilt. Doch als er jetzt größer wird und beginnt, Fragen zu stellen, fühlt sie sich mehr und mehr zu ihm hingezogen, und als sie entdeckt, daß er immer genau das sagt, was er denkt, ist sie fasziniert. Sie kennt nicht genügend andere Kinder, um zu wissen, daß dies eine Eigenschaft der Jugend ist, und denkt, sie habe ein vollkommen ehrliches Geschöpf geboren, die Erfüllung aller ihrer Träume. Die Frau, die jetzt sichtlich nicht mehr jung ist, und der gesprächige kleine Junge verbringen jeden Tag viele Stunden zusammen.

David Saul ist ein kluges, wißbegieriges Kind, aber seine Fragen haben, darin Lav gar nicht ähnlich, alle mit Natur zu tun: Warum haben Würmer keine Beine? Woher haben die Blumen ihre unterschiedlichen Farben? Würde ein chinesischer Hund einen neufundländischen Hund verstehen?

Als ihr Sohn das erste Jahr zur Schule geht, steht Lav zu Mittag oft schon am Fenster und wartet auf den Moment, da er auf ihren Weg einbiegt. In dem Moment, da sie ihn erblickt, weiß sie auch schon, wie sein Schultag war, weiß, ob er glücklich ist, ob er eine große Menge Hausaufgaben auf seinen schmalen Schultern trägt, ob er ihr etwas Besonderes zu erzählen hat. Sie kann sogar sagen, ob seine Füße naß sind, kann selbst den weichen Stoff seiner flanellgefütterten Jeans spüren, oder die steife Kälte seiner schneeverkrusteten Fäustlinge.

Diese Empfindsamkeit ist so spontan, daß sie ihr keine Angst macht. Sie war sicher, ist noch immer sicher, daß ihr Sohn das gleiche spürt. Zum Beweis dafür erinnert sie sich an den sonnigen Tag, als er ihr eine Handvoll winziger blauer Vergißmeinnicht nach Hause brachte, mitsamt den Wurzeln aus einem fremden Garten gezogen.

»Die sind für dich«, sagte das Kind, »weil du den ganzen Tag traurig warst.« Und das war wahr! Den ganzen Tag war sie voll Trauer gewesen, weil Selina ihr am Morgen, als sie ihm gemeinsam auf dem Weg zur Schule nachblickten, gesagt hatte: »Sie werden erwachsen, weißt du, Lav – sie wachsen auf und wachsen von uns weg. Er wird nicht bleiben – darauf mußt du gefaßt sein.«

In diesen Jahren lernt Lav vieles von Selina: Dickmaul einsalzen, stricken, Teppiche weben, Marmelade einkochen, einen Garten anlegen. Von Alf lernt sie Buchführung, sogar doppelte Buchführung, Bier brauen, Nägel einschlagen. Er zeigt ihr, wie man Forellen fängt, im Sommer in weit abgelegenen, reißenden Bächen, im Winter durch Löcher im Eis des Teichs. Mit ihrem Sohn lernt sie Schlittschuh- und Schneeschuhlaufen und die Hockey-Nacht in Kanada anschauen, ohne vor Langeweile zu sterben.

Während um sie her die Menschen sich gedrängt fühlen, die Küste zu verlassen, empfindet Lav ein fast perverses Glück darüber, daß sie bleibt. Sie bemerkt natürlich, daß die Straßen immer schlechter werden, daß Schäden an den Wasserleitungen und Telefonverbindungen nicht mehr repariert werden, daß jedes Jahr mehr und mehr Häuser mit Brettern vernagelt werden, daß mehr und mehr junge Leute sofort nach ihrem Schulabschluß die Küste verlassen. Sie weiß, daß Davisporte so wie hundert andere kleine Orte an der ganzen Küste dem Untergang geweiht ist – denn obwohl sie das Wort »Umsiedlung« nicht auszusprechen wagen, geht doch die Politik der Regierung dahin, sie alle in jene Städte zu verpflanzen, die als »wirtschaftlich begünstigte Gemeinden« gelten.

Nichts davon stört Lavs Glück.

Trotz dem Anblick von Neds versiegeltem Haus und der fortgesetzten Abwesenheit von Rachel Jane scheinen auch Alf und Selina recht zufrieden. Von Doris bekommen sie regelmäßig Post – sie arbeitet als Tagesmutter, Ned hat Teilzeitarbeit in einer Fabrik gefunden, und John geht auf die Universität. Von Rachel Jane trudelt gelegentlich eine Postkarte mit ein paar gekritzelten Zeilen ein, die nichts besagen, außer daß sie sich in einer bestimmten Stadt aufhält: Toronto, New York, Vancouver, San Francisco.

Die Vorstellung, Charlotte könnte einmal in einen Nachtclub gehen und Rachel Jane hören, ohne die geringste Idee, wer diese Sängerin ist – diese Vorstellung findet Lav erheiternd. Sie erwähnt Alf gegenüber diese Möglichkeit, der es aber nicht für wahrscheinlich hält, daß seine Tochter es bis zu einem solchen Auftritt bringt, »nur wenn sie diese Gestalten loswird, mit denen sie von hier fort ist«, sagt er.

Und doch sehen Lav und Selina das Mädchen einmal in einer TV-Show. Da steht, mitten in einem Back-up Chorus hinter irgendeinem Star, doch tatsächlich Rachel Jane Andrews – blaue und rote Lichter blitzen über ihr weißes Gesicht, die dünnen Hüften kreisen in schwarzem Leder. Selina rümpft die Nase und möchte wissen, was wohl aus der Brosche geworden ist.

Alf erwähnt seine Tochter fast nie. Manchmal meint Lav, er habe sie vergessen. Manchmal meint sie, er habe überhaupt vergessen, daß er je eine andere Familie hatte, daß David Saul nicht sein Sohn und sie nicht seine Frau ist.

Wie Selina gern sagt: Jeder, der sie sieht, würde glauben, Alf ist

David Sauls Vater – nur die gute Laune des Jungen, sein Drang zu gefallen und sein Harmoniebedürfnis erinnern an Ned. Lav kann jedenfalls nichts von Wayne Drover in ihm sehen – und äußerlich ähnelt er Alf, der gleiche dunkle Teint, das schwarze Haar, die gleiche Falkennase.

»Die beiden sind schwarze Andrews'«, erklärt Selina. »Du dagegen und dein Vater, ihr seid rote Andrews' – aber die Familien sind natürlich vollkommen vermischt.« Selina läßt ungesagt, daß Lav und Alf ja Cousins dritten Grades sind und gemeinsame Vorfahren haben, darunter auch, wenn man Lavinias Tagebuch Glauben schenkt, eine echte Rothaut.

Im Sommer geht Lav oft hinaus aufs Kap, meistens allein. Sie hat sich vorgenommen, alle alten Grabsteine, die noch vorhanden sind, zu entziffern. Nachdem sie sorgfältig den Sand rundherum weggegraben hat, schreibt sie die Inschriften in Lavinias Journal. Im neuen Friedhof schneidet sie das Gras und streicht den schmiedeeisernen Zaun um die Gräber ihres Vaters und ihrer Großeltern.

In einem Jahr graben Lav und Selina Doris' alten Garten hinter dem immer noch versiegelten Haus um und bepflanzen ihn. Nach einer reichen Kartoffel- und Weißkrauternte wagen sie sich im folgenden Jahr an Salat, Karotten und Rosenkohl. Als David Saul in die dritte Klasse kommt, tritt Lav einer Frauengruppe bei, deren Mitglieder abwechselnd in der kleinen Leihbücherei Dienst tun und außerdem von Kuchen bis Geschenkpapier alles mögliche auf Flohmärkten verhökern, um Geld für die Schule zu sammeln. Bis die kleine Klinik zusperrt, arbeitet sie dort gelegentlich als Pflegehelferin.

Lav denkt jetzt fast nie mehr an eine Zukunft an irgendeinem anderen Ort. Läßt sich der Gedanke gar nicht abweisen, dann versucht sie, sich selbst und David Saul auf das Unvermeidliche vorzubereiten: »Eines Tages werden wir Davisporte vielleicht verlassen müssen«, sagt sie zu ihm. »Eines Tages mußt du fort – wenn du alt genug bist für die Universität.«

Dann starrt der Junge ihr immer wortlos ins Gesicht und schüttelt den Kopf, und Lav gibt auf. Sie kann sich seine Zukunft nicht vorstellen, weiß nicht, was aus ihm werden könnte. David Saul selbst interessiert sich nur für das Arbeiten im Wald, für Forellenfangen und Eislaufen mit seinen Freunden, für Autos und für Laster. Im Alter von neun Jahren chauffiert er bereits Alfs Kleinlaster den Weg hinauf und hinunter.

Könnte er Designer werden, vielleicht, oder Biologe, oder Ingenieur? Sicher nicht. Nichts scheint ihr richtig, hoffnungsvoll genug, nichts wunderbar genug für ihren Sohn. Sie denkt an ihren Stiefvater Saul, und wie er ihr zur Naturwissenschaft riet in jener lang vergangenen Zeit, da es schien, als könne Naturwissenschaft die Welt retten. Was kann heute die Welt noch retten? Das Problem ist zu verwirrend.

Aber, so sagt sich Lav, es ist noch Zeit, viel Zeit – Zeit in Hülle und Fülle, wie Selina sagt –, um über David Sauls Zukunft nachzudenken, der Junge ist ja noch nicht einmal zehn. Zinnie fällt ihr ein, und sie beschließt, nächstes Jahr an ihre Freundin zu schreiben und sie um Rat zu bitten.

Epilog

Es ist verlockend, Lav in der noch angenehmen Gegenwart zu verlassen. Sie hier zu verlassen, glücklich, eigensinnig, unbekümmert um die Zukunft. Doch auch wir sind – ob das nun klug ist oder nicht – dem unbekannten Terrain verfallen, sind, wie sie, von Neugier beherrscht.

Lav hat noch viele Jahre zu leben, wird noch vieles werden – Lehrerin, Ziegenhirtin, Hebamme, Heilerin, und sie hamstert Mehl, Zucker und Dosennahrung. Auch malen wird sie – sie wird Künstlerin. Sie wird kleine Marmeladegläser aufheben und darin Farben sammeln: Fassadenfarben, Schiffsfarben, Emailfarben, Leuchtfarben. Wenn sie jemanden malen oder streichen sieht, geht sie gleich hin, ein Marmeladeglas in der Hand, und schon wird es wortlos gefüllt. Mit der Zeit braucht sie gar nicht darum zu bitten, die Menschen kommen mit ihren Farben schon zu ihr.

»Was für eine wunderbare Farbe!« sagt etwa eine Frau und bewundert ihre frischgestrichene Tür. »Den Rest werde ich gleich Vinnie bringen«, denn inzwischen hat, von Alf abgesehen, schon jeder ihren früheren Namen vergessen.

Lav übt ihre Kunst auf jeder Unterlage: auf Karton, Glas, Sperrholz, auf den Türen von kaputten Autos und Kühlschränken. Sie schafft grelle Meeresungeheuer, wie sie keiner an dieser Küste je gesehen hat.

Im Sommer bringt sie ihren Sohn dadurch in Verlegenheit, daß sie ihre Bilder für die Fremden aufstellt, gegen einen Zaun lehnt, mit der Aufschrift »Zum Verkauf«. Kein einziges wird je verkauft.

Schließlich hängt Alf die Gemälde an die Wände seiner Bar, über das Fischernetz, zwischen den lackierten Hummer, die Karte mit den Schiffsunglücken und die Bowling-Plaketten. Witzbolde behaupten, im Cat brauche man nicht so viel zu trinken wie anderswo, um jenen Zustand der Betrunkenheit zu erreichen, wo die Wände anfangen zu pulsieren und der Fußboden zu schwingen.

Lav findet großes Glück darin, diese schaurigen Fische zu erschaffen. Sie kann in Trance fallen, wenn sie auf lange, verschlungene Fangarme Punkte aus Leuchtfarbe malt. Sie kann mit zurückgeworfenem Kopf dastehen und malen und dabei Kirchenlieder singen, die sie von Selina gelernt hat:

Versiegt sind Aufruhr und Geschrei,
die Führer und die Könige fort,
bußfertig, demütig nur sei
das Herz, das bleibt am heil'gen Ort.

In diesen Tönen singt Lavinia Andrews, deren Herz mit jedem Jahr weniger demütig, weniger bußfertig wird, so singt sie, während sie schimmernde Auren um seltsam schlangenhafte Leiber malt. Als im Cat jede Handbreit an den Wänden schon gefüllt ist, beginnt sie kleinere Stücke zu malen, erfindet Türstopper, Kaminschirme, Fensterläden und Kopfenden für Betten, und alles in Fischgestalt.

Als sie ihre Werke nicht mehr loswird, stapelt sie sie übereinander, Schicht auf Schicht, füllt die Zimmer des alten Hauses, wo Thomas und Lavinia einst gelebt haben, die Küche, in der Rachel starb. Manchmal steht sie in den kühlen Räumen, die immer noch nach Meer und Salzlake riechen, und hört sie über ihre Arbeit reden, sich über diese wunderbaren Geschöpfe unterhalten, die jetzt den Raum erobert haben, in dem sie einst lebten.

Irgendwann wird David Saul zum Teenager werden, der seiner Mutter nicht mehr alles anvertraut. Die Helligkeit, die ihn als Kind umgab, wird sich leicht verdunkeln.

Als Lav älter wird, verbringt sie immer mehr Zeit im Freien: ganze Sommer lang durchstreift sie das Kap, geht den leeren Strand auf und ab, wo längst kein Dickmaul mehr zu sehen ist und nur hie und da ein paar Heringe sich an der Angel fangen lassen.

Oft wandert sie meilenweit durch die abgebrannten Wälder hinter Davisporte. Dieses Gebiet hatte man vor Jahren irgendwelchen Holzfirmen überlassen, die sich aber jetzt in die Wälder Rußlands oder Südamerikas begeben haben. Die lebenden Bäume sind alle verschwunden, geblieben sind nur ein Gewirr von toten Ästen und faulende Stümpfe, die in den Himmel weisen. Von Zeit zu Zeit fangen sie Feuer, brennen bis tief in die Erde hinein, glimmen unterirdisch oft monatelang weiter.

Und doch wachsen die Pflanzen. Die Erde wird überleben, wie Zinnie immer sagt. Jeden Frühling bedecken rosa Malven mit gelben Herzen, hellblaue Glockenblumen, die aus alten Gärten verwildert sind, Espen und Erlensträucher den Boden. Im Herbst ragen die silberweißen Geisterbäume turmgleich über einen bunten Teppich aus rotblättrigen Heidelbeeren, weinfarbenen Sumpfbeeren, stechpalmengrünen Blättern.

Im Winter malt Lav, liest – oder brütet. Manchmal hockt sie mit Alf im Cat und trinkt. Manchmal spielt sie mit Selina und ihren Freundinnen Fünfundvierzig, oder sie diskutieren über Kriege und Epidemien, wenn entsprechende Gerüchte wieder einmal wie Winterstürme über die Küste fahren.

Diese Gerüchte sind, wie Winterstürme auch, jedesmal anders und doch immer gleich. Das hartnäckigste Gerücht besagt, daß eine multinationale Gesellschaft mit Sitz in New York, Zürich oder Hongkong einen monströsen Plan entworfen hat: die gesamte Insel soll Raketenabschußbasis werden, oder riesige Mülldeponie, oder Truppenübungsplatz, oder Zielscheibe für Artillerieübungen – oder einfach nur ein menschenleerer Fels, auf den Amerika seinen Anspruch auf den umgebenden Ozean gründet.

Aber Lav hat für derartiges Gerede keine Zeit. Sie ist jetzt auch noch Mechanikerin geworden, Improvisateurin, Sammlerin, die alles heimschleppt, was sie findet: kleine Holzstücke, Ziegel, Draht, Plastikplanen, abgefahrene Reifen und zahllose andere Sachen, wie man sie in Mooren und auf alten Müllhalden findet.

Man hat sich bereits daran gewöhnt, daß es viele Dinge oft nicht gibt, sie hat gelernt, das Mehl in ihrem Brotteig mit pürierten Kartoffeln zu strecken, absterbende Fernsehsignale zu verstärken, indem sie Draht rund um das Dach legt, Zwiebeln, Sellerie und Salat im Küchenfenster zu ziehen, ein Tonikum aus Seetang herzustellen, Wein aus Löwenzahn, Schuhe aus Seehundsfell. Sie hat es gelernt, Marmelade ohne Zucker zu genießen, Kleider ohne jeden Stil, ganze Monate ohne Besucher.

Lav findet, daß nichts davon sie unglücklich macht, auch nicht die kaum mehr befahrbare Schnellstraße, das Fehlen von Zeitungen, das leere Kap, das keine Schiffe mehr anfahren. Manchmal denkt sie, daß niemand so leicht davonkommen dürfte, daß ihre Zufriedenheit höchst egoistisch ist, daß sie dafür bezahlen wird.

Und das wird sie.

Es kommt die finstere Zeit, eines Tages geht ihr Sohn fort, eines Tages stirbt ihr Geliebter. Zutiefst unglücklich und verzweifelt zieht sie sich in eine kleine stille Welt zurück. In diesen kalten leeren Monaten wird sie nichts tun als auf den Stufen vor ihrer Haustür sitzen und auf die Straße starren. Sie wird den Kindern Angst einjagen – es gibt nur mehr ganz wenige, denn nur die Alten, die Verfolgten und die Behinderten leben noch hier an der Küste. Die Kinder flüchten vor Lavs irrem Gesicht und wilden Blicken.

In diesen Monaten geht sie nur ein einziges Mal auf die Straße, und dann packt sie einen Stock und vertreibt damit einen Beamten, der einem Regierungshubschrauber entsteigt.

Aber Selina lebt weiter, und sie wird auch Lav zum Weiterleben zwingen. Miteinander werden sie alte Frauen. »Untersteh dich, mir wegzusterben!« schreit Selina und zwingt Lav zum Essen.

Dann erscheint eines Tages, Gott weiß woher, Rachel Jane; ein Skelett, das den Weg heraufkommt, an der Hand ein kleines Mädchen. Rachel Jane legt sich sofort ins Bett. Aber das Mädchen, von ihrer Mutter Soshiska genannt, von Selina schnell auf Sissy umgetauft, setzt sich neben Lav auf eine Stufe und fängt an, sie auszufragen.

Nach der Ankunft des kleinen Mädchens kommt Lav langsam wieder zu sich – wird beinah wieder vernünftig –, obwohl sie immer noch Stimmen hören wird und manchmal vergißt zu essen, immer noch lange Gespräche führen wird mit Alf, mit ihrer Mutter, mit Rachel und mit Mary Bundle. Bald steht sie wieder früh am Morgen auf, nimmt eine Tasse Tee und eines von David Sauls alten Bilderbüchern, setzt sich vor die Tür und liest dem Kind vor – oder jedem, der vorüberkommt.

Viele Jahre später wird Lav am Grab ihres Vaters stehen und übers Kap aufs Meer schauen und Dickmaul auf den Strand fluten sehen – seit Jahrzehnten der erste Mensch, dem dieser Anblick gegönnt ist. Sie wird Sissy rufen, die gerade das Gras auf Selinas Grab schneidet. Und dann werden die beiden Frauen, die eine humpelnd, die andere laufend, zum Strand hinunter zu der silbrigen Masse eilen.

Die Dinge kehren zurück, denkt Lav, sie kehren wieder! Erst Dickmaul, dann Kabeljau, dann Menschen. Sie sieht Sissy zu, die die kleinen Fische einsammelt, und denkt daran, was Zinnie einmal gesagt hat, daß nämlich die Welt ein besserer Ort ist ohne Menschen – Lavs Ansicht war das nie.

Eines Morgens kurz darauf wird die alte Frau etwas tun, was sie sich seit langer, langer Zeit vorgenommen hat. Sie wird in das alte Haus gehen und Lavinias Tagebuch holen. Ganz allein wird sie dann durchs Moor gehen und das Buch aufs Kap hinaustragen. Dort sitzt sie dann in der milden Frühlingssonne, den Rücken an den schwarzen Fels gelehnt, öffnet das Buch und beginnt zu schreiben.

Sie wird schreiben: »Es ist Frühling, und in der großen Mulde in der Mitte des heiligen Hügels brennt ein Feuer wie schon seit tausend Frühlingen …«

Lavinia Andrews,
Cape Random, Juni 2024.

Lav Andrews' unvollständiger Stammbaum der Familie Andrews

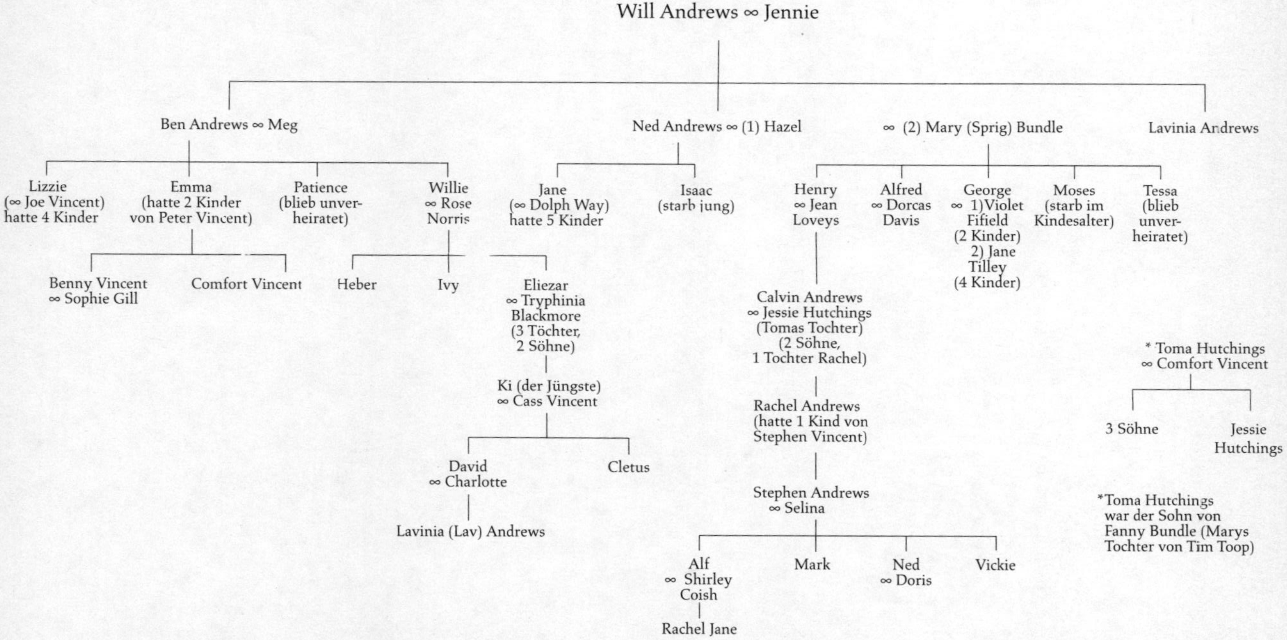

Margriet de Moor im dtv

»Ich möchte meinen Leser genau in diesen zweideutigen Zustand versetzen, in dem die Gesetze der Wirklichkeit aufgehoben sind.«
Margriet de Moor

Erst grau dann weiß dann blau
Roman · dtv 12073
Eines Tages ist sie verschwunden, einfach fort. Ohne Ankündigung verlässt Magda ihr angenehmes Leben, die Villa am Meer, den kultivierten Ehemann. Und ebenso plötzlich ist sie wieder da. Über die Zeit ihrer Abwesenheit verliert sie kein Wort. Die stummen Fragen ihres Mannes beantwortet sie nicht.

Der Virtuose
Roman · dtv 12330
Neapel zu Beginn des 18. Jahrhunderts – die Stadt des Belcanto zieht die junge Contessa Carlotta magisch an. In der Opernloge gibt sie sich, aller Erdenschwere entrückt, einer zauberischen Stimme hin: Es ist die Stimme Gasparo Contis, eines faszinierend schönen Kastraten. Carlotta verführt den in der Liebe Unerfahrenen nach allen Regeln der Kunst.

Herzog von Ägypten
Roman · dtv 12716
Die Liebesgeschichte zwischen Lucie, der Bäuerin, und Joseph, dem Zigeuner. Und gleichzeitig ein ganzes Panorama menschlicher Schicksale …

Rückenansicht
Erzählungen · dtv 11743

Doppelporträt
Drei Novellen · dtv 11922

Ich träume also
Erzählungen · dtv 12576

»De Moor erzählt auf unerhört gekonnte Weise. Ihr gelingen die zwei, drei leicht hingesetzten Striche, die eine Figur unverkennbar machen. Und sie hat das Gespür für das Offene, das Rätsel, das jede Erzählung behalten muss, von dem man aber nie sagen kann, wie groß es eigentlich sein soll und darf.«
(Christof Siemes in der ›Zeit‹)